谨以此书
祝贺我的老师叶嘉莹教授
百岁华诞

本书为

华东师范大学 2022 年度文化传承创新研究专项项目

（2022ECNU—WHCCYJ-03）成果

〔清〕陈廷焯 编选　钟 锦 校订

白雨斋词选

一

图书在版编目(CIP)数据

白雨斋词选 /(清)陈廷焯编选 ; 钟锦校订.
上海 : 上海古籍出版社,2024.7. -- ISBN 978-7-5732-
1233-7

Ⅰ. I222.82

中国国家版本馆 CIP 数据核字第 20240S9T49 号

责任编辑:祝伊湄
装帧设计:严克勤
技术编辑:隗婷婷

白雨斋词选

(全五册)

〔清〕陈廷焯 编选

钟 锦 校订

上海古籍出版社出版发行

(上海市闵行区号景路 159 弄 1 - 5 号 A 座 5F 邮政编码 201101)

(1)网址:www.guji.com.cn

(2)E-mail:guji1@guji.com.cn

(3)易文网网址:www.ewen.co

山东韵杰文化科技有限公司印刷

开本 787×1092 1/32 印张 47.125 插页 22 字数 1,006,000

2024 年 7 月第 1 版 2024 年 7 月第 1 次印刷

印数:1—2,100

ISBN 978 - 7 - 5732 - 1233 - 7

I · 3846 定价:238.00 元

如有质量问题,请与承印公司联系

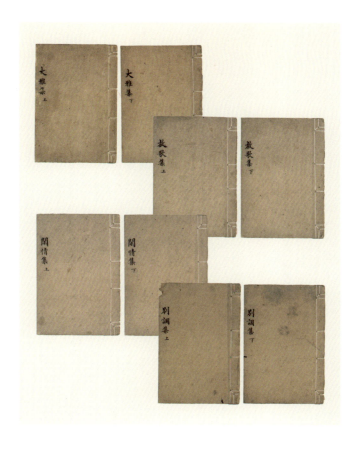

图一：南京图书馆藏《词则》原稿封面

原稿分装八册，封面无总名，各题四集名及上、下字样

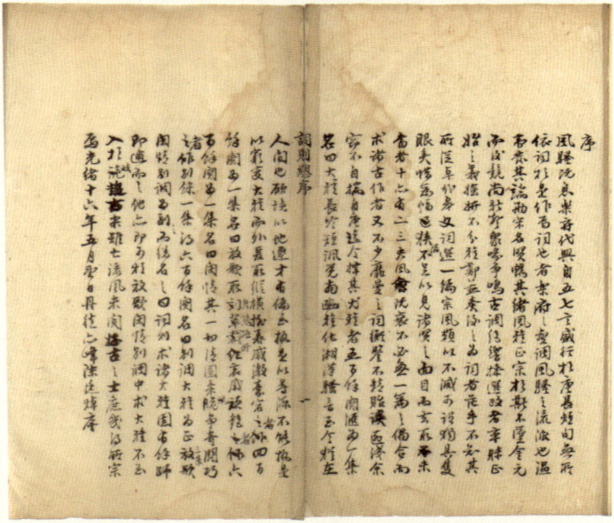

图二：南京图书馆藏《词则》原稿序

序言落款是光绪十六年（1890）

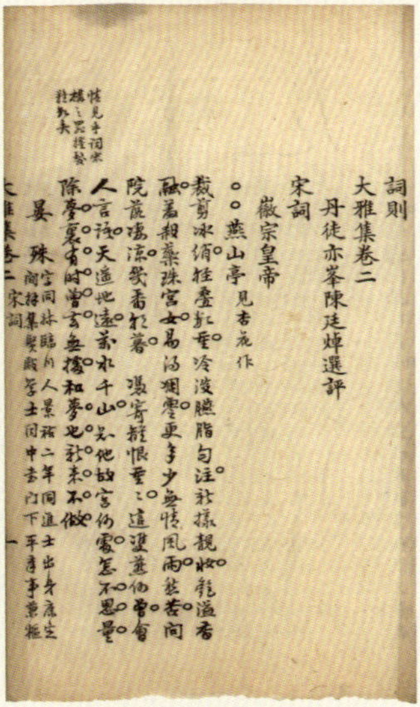

图三：南京图书馆藏《词则》原稿正文

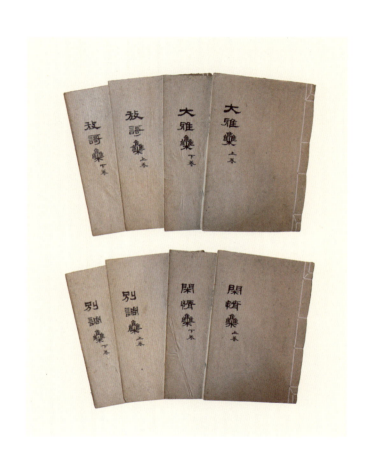

图四：北京大学图书馆藏《词则》抄本

这套抄本个别字句和原稿稍有所出入，但意思是一致的

图五：中国科学院图书馆藏《词则》抄本

这套抄本首册《大雅集上》佚失，工楷抄写，时有朱笔批校，
很可能是准备刊印用的

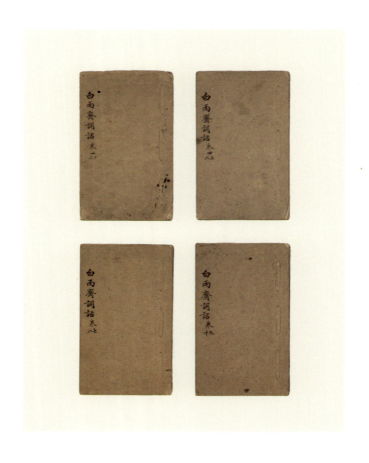

图六：南京图书馆藏《白雨斋词话》原稿封面

原稿分装四册，封面题写书名及卷次

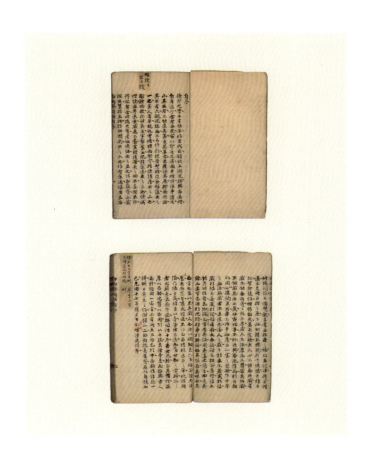

图七：南京图书馆藏《白雨斋词话》原稿序言

序言落款是光绪十七年（1891），陈廷焯去世的前一年

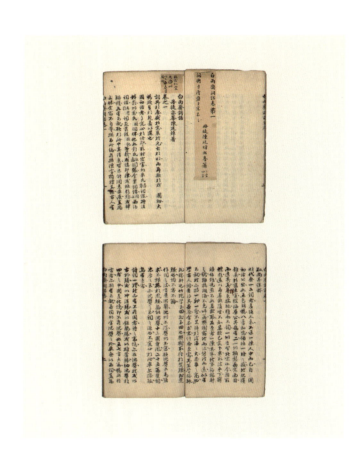

图八：南京图书馆藏《白雨斋词话》原稿正文

陈廷焯的父亲和门人根据原稿刊刻《白雨斋词话》，稿本上
留有编辑痕迹，很有可能就是其父陈壬龄的笔迹

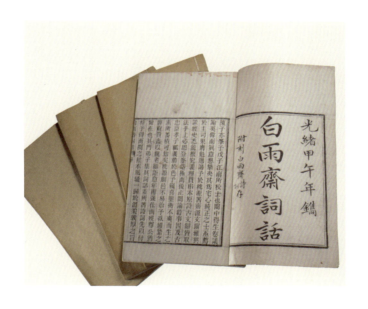

图九：光绪二十年（1894）刻本《白雨斋词话》内封面、序言

如果不是陈廷焯的父亲和门人在他身后刊刻了这部《白雨斋词
话》，他必然湮没无闻。但刻本经过删削，十卷减为八卷

图十：《词则》《白雨斋词话》原稿影印本

上海古籍出版社 1984 年 5 月第一版第一次印刷，有精装、平
装两种，后来还重印过一次

图十一：《白雨斋词话》的几种旧印本

从右到左：苏州中报馆1927年校印《词话汇刊》第一集所收
排印本、上海文瑞楼和苏州绿荫堂1929年联合发行的石印本、
开明书店自1938年开始反复印了十多年的排印本

图十二：《白雨斋词话》的主要新印本

左边是人民文学出版社的排印八卷本，流行最广。右边是齐
鲁书社的屈兴国先生校注十卷足本，却一直没有重印

前　　言

　　词落到了文人手里，变成所谓"诗客曲子词"（欧阳炯《花间集序》），陡然生出一种异样的"奇巧"（王灼《碧鸡漫志》），引人瞩目，反显出当时的诗"日趣浅薄"（陆游《跋花间集》）。无论在实践的创作中，还是在理论的反思中，词的美感特质都成为词学自觉的主题。词"别是一家"（胡仔《苕溪渔隐丛话》引李易安语）的回响，贯穿着整个词学史。

　　实在说来，词的美感远不及诗的丰衍繁复，所以其特质很快都被触及。本师叶嘉莹先生发现这种特质和词的写作困惑直接相关。起源于酒席歌筵的词，尽管别具"奇巧"，但却带给写作者不小的困惑："由于早期词作之内容既多以叙写美女与爱情为主，而此种伤春怨别的男女之情，则显然不合于传统诗文的言志与载道之标准。在此种情况下，自然使得一般习惯于言志与载道之批评标准的士大夫们,对于如何衡量这种艳歌小词,以及是否应写作此类艳歌小词,都产生了不少困惑。"这种困惑迫使写作者在言志载道标准的潜在逼视下开始为词的美感进行辩解,迦陵师深刻地指出有三种辩解和后来的词学理论极有关系:"从表面看来原不过只是宋人笔记中所记叙的一些琐事见闻而已,而且其辩解既全无理论可言,除了显示出在困惑中的一种强辞夺理的辩说以外,根本不足以称之为什么'词学',但毫无疑问的,中国的词学却也正是从这种困惑与争议中发展出来的。"并认为,这些辩解"已然显露出了后世词学所可能发展之趋向的一些重要端倪"(叶嘉莹《论词学中之困惑与花间词之女性叙写及其影响》)。

第一种辩解出自晏殊,见于张舜民《画墁录》:

> 柳三变既以词忤仁庙,吏部不放改官。三变不能堪,诣政府。晏公曰:"贤俊作曲子么?"三变曰:"只如相公亦作曲子。"公曰:"殊虽作曲子,不曾道'彩线慵拈伴伊坐'。"柳遂退。

这个辩解一直被看作词"雅化"的立场,认为南宋雅词论者与之一脉相沿。值得关注的是,"雅化"正是应对困惑的策略。张炎说得很明了:"词欲雅而正,志之所之,一为情所役，则失其雅正之音。"(张炎《词源》)如何能够不"为情所役"？就是"雅而正"，这势必要讲求艺术的法则，通过法则的轨约限制情绪的过度宣泄，以减少美女与爱情的叙写带来的伦理困境。和词长短错落的句式相结合，法则更利于造成曲折幽微的美感，跟诗很不一样。毛先舒说："填词长调，不下于诗之歌行。长篇歌行，犹可使气，长调使气，便非本色，高手当以情致见佳。盖歌行如骏马蓦坡，可以一往称快。长调如娇女步春，旁去扶持，独行芳径，徙倚而前，一步一态，一态一变，虽有强力健足，无所用之。"(王又华《古今词论》引)就把南宋雅词的美感形容得十分形象。法则既能轨约抒情，自然也能轨约使气，在豪放词里也越来越得到重视。因此直到清代的阳羡派、浙西派，"雅化"都是谨守不逾的方法，在很长的时期里实际占据着词学的主导位置。

第二种辩解出自黄庭坚，见于惠洪《冷斋夜话》：

> 法云秀关西铁面严冷，能以理折人。鲁直名重天下，诗词一出，人争传之。师尝谓鲁直曰："诗多作无害，艳歌小词可罢之。"鲁直笑曰："空中语耳。非杀非偷，终不至坐此堕恶道。"

"空中语"的态度,不只回避了令叙写者困惑的语境,还突出了一种置身局外的距离感,在这距离感中摆脱利害的关系,静观物如其自身般的自然呈现,就产生了所谓的境界。叔本华承续德国古典美学对境界之为美进行了学理上的论述,王国维把握得很恰切:"物之现于空间者皆并立,现于时间者皆相续,故现于空间时间者,皆特别之物也。既视为特别之物矣,则此物与我利害之关系,欲其不生于心,不可得也。若不视此物为与我有利害之关系,而但观其物,则此物已非特别之物,而代表其物之全种,叔氏谓之曰'实念'。故美之知识,实念之知识也。"(《叔本华之哲学及其教育学说》)但境界在中国的诗和词里是不同的:诗里的境界多是景物,词里的境界多是情感。精熟叔本华哲学的王国维对此能够敏锐区分,他说:"境非独谓景物也。喜怒哀乐,亦人心中之一境界。"至于那个著名的"无我之境"和"有我之境"的区分,说的就是景物、情感的两种境界。他说:"古人为词,写有我之境者为多。"(《人间词话》)也看到了境界在诗和词里的不同。道家和禅宗的美学为我们揭示了景物境界,却忽视了情感境界,王国维进一步点明后者,成为他词学最有价值的所在。他自诩:"然沧浪所谓兴趣,阮亭所谓神韵,犹不过道其面目;不若鄙人拈出'境界'二字,为探其本也。"(《人间词话》)"探其本"当然不只是个术语的选择,实是对境界之美更深入的理解。

第三种辩解出自晏几道,见于胡仔《苕溪渔隐丛话》:

> 晏叔原见蒲传正云:"先公平日小词虽多,未尝作妇人语也。"传正曰:"'绿杨芳草长亭路,年少抛人容易去',岂非妇人语乎?"晏曰:"公谓'年少'为何语?"传正曰:"岂不谓其所欢乎?"晏曰:"因公之言,遂晓乐天诗两句云'欲留年少待富贵,富贵不来年少去'。"传正笑而悟。

这是将词中涉及男欢女怨的语句加以比附以推求他义从而避免困境,但为后来以比兴寄托说词的理论开启了方便之门。尽管这种说词方式时时不免牵强附会,重蹈汉儒说诗的覆辙,但却发现了词最超妙的美感品质。诗带着历史赋予的沉重身份负担,言志载道的责任似乎已无时或忘,词却因为酒席歌筵的特殊语境将之轻易摆脱了,在那样场合下的即兴抒写,显得既放松,也没什么顾忌。这时词人的品格自然流露于男女哀乐的叙写中,没有了政治伦理的虚矫,不经意地展现出纷然多彩的"内美",这在诗里久已难得一遇,却成为词最迷人的特质。言志载道很容易滑入手段的善,"内美"却上升到目的的善,不是前一种,恰恰是后一种善才是儒家诗教的终极鹄的。清代的常州派经历不少曲折，最终发现了词的这种美感，让谭献为之兴奋不已："又其为体，固不必与庄语也，而后侧出其言，旁通其情，触类以感，充类以尽。甚且作者之用心未必然，而读者之用心何必不然。言思拟议之穷，而喜怒哀乐之相发，向之未有得于诗者，今遂有得于词。"（《复堂词录叙》）这时词完全摆脱了困惑，甚乃"体益尊，学益大"（谭献《复堂日记·丙子》），终于和诗分庭抗礼。

词美感最独特的美学因素大致就是以上三种，看似并不繁复，但实在太过精微，以致词学研究在每一次逼近之时，似乎又都难于觑准。于是被外沿的因素牵绊——或者关注词作为歌词的形式，强调和音乐的关系；或者关注词的叙写内容，争论婉约和豪放的风格——多次偏离方向，停滞在持续的摸索中。自宋代到近代，曲曲折折经历了将近千年，才最终认识明白。这也带来了意外的好处，就是把词美感形成的多种要素都进行了充分的考察，避免在最终完成简括的理论之时，让理论显得单调枯竭。理论原以简括为上，再加上难免会对自身的独特性加以强调，往往显得疏阔且偏狭。词通过法则展现的美感，由于艺术的法则本无定质，分析、归纳都无所措手，南宋的雅词论者只好泛泛讲一点儿，数百年后的浙西派也更不多增一语。看似最有影响的理论,却最是疏阔。王国维通过叔本华的哲学,深入理解了词通过境界展现的美感,却因为境界和法则的内在抵触——境界进乎道,法则止于技,竟对法则毫无同情性理解,一个"隔"字径予抹杀。看似最具深度的理论,也最是偏狭。常州派最合理地揭示了词通过目的之善展现的美感,这本是中国正统美学最高的标准,也和德国古典美学一致,康德同样将美视为道德的象征。只是叔本华的美学距此高度尚有一间未达,王国维也随之止步,其实这和时代相关,一切古典式的崇高精神都沦丧了。如熊十力所说,那个时代"当衰危之运,欧化侵凌,吾固有精神荡然泯绝。人习于自卑、自暴、自弃,一切向外剽窃,而无以自树"(《十力语要初续·略谈新论要旨(答牟宗三)》)。西方学术的外壳震慑了王国维的拥趸,他们以为王国维远胜常州派,最终捧过了头,成为词学最大的笑话。但常州派高自标置,对于目的之善以下的美感表现得有些轻视,就颇蕴藏了"高处不胜寒"的危机。这时词学曲折经历带来的好处显现了,恰能对治这些深刻理论自身的偏枯。

因此,集以往词学之大成的理论需求,历史性地在近代提了出来。承担这个任务的人物,至今仍只有陈廷焯一人。时代给予的丰富词学理论资源,在陈廷焯那里得以融会贯通,成就就是大家熟知的《白雨斋词话》,尤其是不那

么知名的《词则》。《词则》全面遴选了自唐至清晚期 2360
首词作,几乎每首词作都写有评语,内容较《白雨斋词话》
更丰富。陈廷焯诗学尊沈德潜,也许是这个原因,他在十
几岁时用夏秉衡的《历朝词选》(通行称作《清绮轩词选》)
作了入门读物,因为这部词选有沈的序言。其实,夏氏选
本达不到沈德潜的高度,陈廷焯后来对之也颇不以为然,
说:"《清绮轩词选》,华亭夏秉衡选,大半淫词秽语,而其中
亦有宋人最高之作。泾渭不分,雅郑并奏,良由胸中毫无
识见。选词之荒谬,至是已极。"(《白雨斋词话》卷七)但潜
移默化的影响其实不小,《词则》选录的很多词作直接出自
夏氏选本。《清绮轩词选》实际上以雅正的标准对明人《草
堂诗余》等选本的香艳风气进行了一定的轨范,力图以新
的面貌表现"词家正轨,自以婉约为宗"(蒋兆兰《词说》)的
意识。陈廷焯通过这部词选,早早熟悉了婉约派的审美趣
味。到二十岁上下,陈廷焯已经处在浙西派的影响之下
了。《词则》大部分的选目来自朱彝尊的《词综》和王昶的
《明词综》《国朝词综》,可见浙西派对他的持续影响。词通
过艺术法则以轨约抒情而形成的美感特色,他应该比浙西
派体会得更透彻,因此特别关注了具有豪放风格的阳羡
派。尽管从表面看来,浙西派和阳羡派风格差异较大,但
运用法则的目的和方式并无二致,这一点陈廷焯看得很

准。《词则》中他特别从陈维崧、郑燮、蒋士铨的别集选录了大量词作，纠正浙西派的偏颇，增加阳羡派的声势。陈廷焯对豪放词的关注，超越了婉约、豪放在内容风格上的差异，透入到美感的本质。二十三岁时，陈廷焯遇到庄棫，一下子感到上述三个方面的词学都不能让他满足了。他自己有过检讨："近人为词，习绮语者，托言温、韦；衍游词者，貌为姜、史；扬湖海者，倚于苏、辛。近今之弊，实六百余年来之通病也。余初为倚声，亦蹈此习。自丙子年与希祖（庄棫字希祖）先生遇后，旧作一概付丙，所存不过己卯后数十阕，大旨归于忠厚，不敢有背《风》《骚》之旨。过此以往，精益求精，思欲鼓吹蒿庵（庄棫号蒿庵，有《蒿庵词》），共成茗柯（张惠言号茗柯）复古之志。"（《白雨斋词话》卷六）常州派进入了他的视域，和沈德潜诗学的潜在影响结合，使他体味出了词中最超妙的美感品质。三十七岁时定稿的大型词选《词则》，大量选录了张惠言《词选》的评语，还补充了接近常州派思路的冯煦《宋六十一家词选》和成肇麐《唐五代词选》的选目，结合之前的理论积累，集以往词学之大成的规模形成了。一年后，他又在《词则》的基础上完成《白雨斋词话》，发挥出"沉郁说"，从此即以常州派词论家的身份为世所知。唯一的遗憾，他出现得早了几十年，没有来得及汲取王国维的词学成果。

《词则》分了四个小集——《大雅集》《放歌集》《闲情集》《别调集》，由此可以看到，陈廷焯对词的不同美感不仅是全面地接纳，还有意识地进行了分判。《大雅集》秉承常州派的宗旨，关注的是目的之善的"内美"。《放歌集》和《闲情集》无疑是对豪放和婉约风格之美的兼收并蓄。至于词的艺术美本应贯穿在三者当中，但被特别突出时就放入了《别调集》，即所谓"其一切清圆柔脆、争奇斗巧者"(陈廷焯《〈词则〉序》)。不过《别调集》所收很广泛，词的其他美感难以自成大宗者都被安排到了里面，有时竟和艺术美相抵牾。比如，法则一旦形成普遍模式，对此模式的突破也将成为一种"别调"，他在《别调集》里对贺双卿的称许就是如此。这就只能笼统地说"辞极其工，意极其巧"(《〈别调集〉序》)，但也使审美视野愈加开阔。陈廷焯区分词之美感的标准其实并不统一，从美学上说仍需规范，从词学上看反倒显得更丰富。但王国维借助叔本华美学揭示出情感的境界美，这在陈廷焯那里是欠缺的，成为一个无法弥补的遗憾。这也导致陈廷焯没能正确理解晏殊和欧阳修，对两人的评价一直不够高："晏、欧词，雅近正中，然貌合神离，所失甚远。盖正中意余于词，体用兼备，不当作艳词读。若晏、欧不过极力为艳词耳，尚安足重？"(《白雨斋词话》卷一)不得不说，这一点是陈廷焯词学最大的失误。

　　陈廷焯编选《词则》除了较为全面地关注到词的美感，还有意识地进行了词史的构建，这是十分完善的选本编撰方法。《词则》的选目一般来自前人词选，并不直接从别集进行遴选，这肯定不是因为陈廷焯不熟悉别集，而是体现了对前人词选的尊重和有意识的继承。这是一种词史的态度，认可历史的遗产，自己并不去刻意标新立异。但他也不保守，看到前人还不曾关注到的佳作，就直接从别集遴选了。这种情况自然集中在相对说来缺少词史反思的时期，就是清代的词史。陈廷焯关注最多的是陈维崧，《词则》里竟然选了 278 首，加之那些面面俱到的评论，为陈维崧词研究做了真正的奠基工作。其次是朱彝尊，选了 112 首，尤其他欣赏《静志居琴趣》的独到眼光，把朱彝尊艳词的不凡成就看得明白彻底。和他时代相近的作者，蒋春霖、庄棫、谭献都选了不少，这些作者在当时还未享大名，足见其敏锐的判断力。虽说对庄棫的评价有溢美之嫌，但出于对常州派创作的特别揄扬，可作同情之理解。还有董以宁、王策、过春山、史承谦、赵文哲、张惠言等，选词和评语也都给我们留下极深的印象。可以说，陈廷焯为词史，尤其是清代词史的构建做出了卓越的贡献。

　　也许我们很难理解，以陈廷焯之深刻广博的词学，竟有不算专家的批评。1937 年徐兴业出版《清代词学批评家述评》一书，评述了陈廷焯、谭献、王国维三位近代词论家，其中说："陈氏论清词……又薄容若词，盖以其不能郁厚也。不甚推崇蒋鹿潭词，盖以其宗玉田也。薄朱、陈、樊榭，以朱、厉着眼不高，而迦陵跳踉，性情不能如稼轩之厚也。微言或中，但其论清词非专家，亦有谬处。"钱仲联1983年出版《梦苕庵清代文学论集》，其中《近百年词坛点将录》论及陈廷焯，有"勇于立论，疏于考核"的说法。不过稍加思考，也不难理解，陈廷焯去世于光绪十八年（1892），生前并未刊刻任何著述，两年后，其父陈壬龄和其门人正式刊刻《白雨斋词话》。直到1984年，上海古籍出版社才将《词则》手稿影印出版。在此之前，大家都没有看到陈廷焯《白雨斋词话》以外的任何著述，何况常州派素重经史，往往给人不屑仅为词学专家的印象，也就容易让大家忽略他扎实的考核功夫了。我们认真阅读《词则》，就会发现徐兴业的说法不仅因为没有看到过《词则》，也因为没有真正理解《白雨斋词话》。钱仲联恐怕是早有成见在胸，信口一说罢了。

陈廷焯深受沈德潜的影响，年仅三十九岁去世的他不仅在理论上，甚至在编撰著作的方式上也依傍沈氏。我们知道，沈德潜在编撰完《古诗源》和三朝诗别裁集后，选取选本的评语，重新提炼、编排，写成《说诗晬语》。固然，我们通过《说诗晬语》能够更加方便地了解沈德潜的诗学，但

《古诗源》和三朝诗别裁集却能够帮助我们更为全面地阅读历代诗歌，意义更为重要。《白雨斋词话》之于《词则》，一如《说诗晬语》之于《古诗源》和三朝诗别裁集。《词则》可以被认为是一部集前人词选大成之作，通过阅读它，不但能够精准地把握词之美感特质，而且便于较为全面地熟悉词史上的作家作品，也有益于更深入地理解《白雨斋词话》。缺憾在所难免，却不失为我们今天阅读历代词作的上佳选本。

陈廷焯的声望主要是靠《白雨斋词话》的刊行确立的，这部词话在《词则》的基础上做了高度的理论概括。先熟悉词话的观念，对于阅读《词则》无疑会有事半功倍的效果。因此，我们将《词则》和《白雨斋词话》合编成一个简体字本，作为适合自学词学的进阶读物，希望能够更为广泛地被使用。至于编法，却经历了很久的踌躇和讨论，最终提供出这样一个版本，是成是败，其实并无把握。我在此坦诚地谈出我的想法，和读者们交流，也等待实践的检验。

这个版本的主旨自然是为了方便更广大读者的阅读，如果有利于此，是否必要一丝不苟地忠实于原本呢？《白雨斋词话》的专业整理本已经不止一种，我自己也以严格的学术规范进行了《词则》的整理，简单地将它们转化成简体字本出版，是否就是我们的初衷？我于是想到明人刻书和清人刻书的差异。(当然,这只是个大体上的说法,不可细究。)清人刻书最讲忠实原本,树立了严谨的学风,这一点无论怎么称许都不过分。但因此就将明人刻书一笔抹杀是否公平? 其实明人刻书更多地考虑了实用和市场,也自有其长处。书终究是为了使用,有学术的使用,也有普及的使用。普及的使用如登岸舍筏、见月忘指,达到了目的,书随时可以扔掉。如果能够帮助读者更方便、更快捷地达到目的,何必斤斤于永久的流传? 想通了这一点,我开始了大刀阔斧的重编(具体的处理方法已经写在凡例中)。

重编之后,词话中朝代、作者的总论不仅完美地为读者起到一个导读的作用,每首词的具体评论也勾画出要点所在,毕竟选入词话的作品更值得细读。重编本初拟用"《词则》《白雨斋词话》合编"这样的题目,但嫌冗长,改题作《白雨斋词选》。显然,"白雨斋"的声望更有号召力,利于这个版本的普及。这也自是明人刻书的旧习。

经过改编整理,提供便利之外,肯定也会造成损失。坦率地说,如果没有《词则》和《白雨斋词话》的繁体字本,我是绝对不敢搞出这样一个版本的。一切由我改编造成的损失,希望繁体字本能够予以弥补。

钟锦　2024 年 4 月 25 日

凡　例

一、《白雨斋词选》系《词则》《白雨斋词话》的合编本，由于原书经过了重编，失去原来题名的意义，仿《旧月簃词选》等前例，拟为现在的题名。

二、《词则》的重编，取消了《大雅集》《放歌集》《闲情集》《别调集》的分集，统一按照作者的时代次序排列。这更适应现在初学者的需求，同一作者的词作排在一起方便阅读，也方便对词史的了解。但陈廷焯的用心并未被泯没，在每首词末都加注了原编四集的集名。

三、作者次序的排列，依照陈廷焯早年选本《云韶集》，《词则》新增者则斟酌年代而定。卷次重编，但总数仍为二十四卷，分为唐词一卷、五代词一卷、宋词八卷、金元词一卷、明词一卷、清词十二卷。

四、《白雨斋词话》的次序完全打乱，按照内容分别插入《词选》相应的位置,以仿宋体排印,省称《词话》。词话里那些《词则》未及提出的理论大要,编为"白雨斋词论"置于卷首,先掌握这个理论大要对于阅读词选有事半功倍之效。两部书中的序跋及《白雨斋词话》论及陈廷焯自己词作的条目,附在卷末。

五、将繁体字转为简体字,处理得比较灵活,那些不太常用的异体,都直接改为通行简体了。但有时并不能贯彻,往往前后不统一,需要祈请谅解。比如,"鞦韆"都改作了"秋千",但有的词人为了押韵写为"韆鞦",改作"千秋"就让人踌躇了。

六、标点没有依照词律,而是依照句意。但在标点时,往往又要迁就词律,难免顾此失彼。如万树《金缕曲·三野先生传赞》的首句,标作:"三野先生者。谓野居、野心野服,自称三野。"并不标作:"三野先生者,谓野居、野心、野服,自称三野。"

七、《词则》的眉评统一置于词作之后,在每条评语前,用括弧加注了所评词作的词句,描述作"'某某'数句",每句有韵、无韵并依一句计,不计顿。评语系评全首,或所指明确者,即不再括注。需要说明的是,这些评语针对的词句,均依所写位置以及原词上所加圈点斟酌而定,失误难免,读者仍宜参考手稿原件或影印本。

八、《词则》和《白雨斋词话》原稿均加圈点,考虑到这种批评方式已非今日初学者所急,为了排版方便,再三犹豫之后还是删去了。想进一步钻研的读者,仍宜参考原稿和《词则》整理本。

九、《白雨斋词话》和《词则》评语完全相同的语句,不再重出,仅在《词则》评语下加脚注说明。

十、《白雨斋词话》的每一条标注原书卷次,以手稿十卷足本为准,在括弧内加注经过删削后的八卷刻本的卷次。如果稿本和刻本卷次相同,就不再有括弧,如果是刻本删削的内容,则在括弧内加注"刻本无"。

十一、我整理的《词则》繁体字本根据陈廷焯的选词来源和通行本,全面校勘了入选词作。除了校订陈廷焯的笔误,还校出常见的异文。并根据校勘确定入选词作的来源,以"录自某书"的方式写于题注之下。本书仅校订陈廷焯的笔误,显得过分简要,有兴趣的读者可以参考繁体字本(《词则》整理本)的校记。

目　　录

白雨斋词选卷三
宋词一

白雨斋词选卷四
宋词二

白雨斋词选卷五
宋词三

白雨斋词选卷六
宋词四

白雨斋词选卷七
宋词五

白雨斋词选卷八
宋词六

白雨斋词选卷九
宋词七

白雨斋词选卷十
宋词八

元词

白雨斋词选卷十二
明词

白雨斋词选卷十三

清词一

白雨斋词选卷十四
清词二

白雨斋词选卷十五
清词三

白雨斋词选卷十六
清词四

白雨斋词选卷十七
清词五

白雨斋词选卷十八
清词六

白雨斋词选卷十九
清词七

白雨斋词选卷二十
清词八

白雨斋词选卷二十一
清词九

白雨斋词选卷二十二

清词十

白雨斋词选卷二十三
清词十一

白雨斋词选卷二十四
清词十二

附录

白 雨 斋 词 论

总　　纲

　　《词话》卷一：词兴于唐，盛于宋，衰于元，亡于明，而再振于我国初，大畅厥旨于乾、嘉以还也。

　　《词话》卷一：国初诸老，多究心于倚声。取材宏富，则朱氏彝尊《词综》；持法精严，则万氏树《词律》。他如彭氏孙遹《词藻》、《金粟词话》及《西河词话》毛奇龄、《词苑丛谈》徐釚等类，或讲声律，或极艳雅，或肆辩难，各有可观。顾于此中真消息，皆未能洞悉本原，直揭三昧。余窃不自量，撰为此编，尽扫陈言，独标真谛，古人有知，尚其谅我。

　　《词话》卷九（刻本卷六）：作词贵求其本原，而文藻亦不可不讲。求之《词选》以探其本，博之《词综》以广其才，按之《词律》以合其法。词之道，几尽于是。惟本之所在，

1

未易骤探。第求诸《词选》,尚不足臻无上妙谛。此余不得已撰述此编,推诸《风》《骚》,以尽精义。知我罪我,一任天下也。

《词话》卷九(刻本卷七):入门之始,先辨雅俗。雅俗既分,归诸忠厚。既得忠厚,再求沉郁。沉郁之中,运以顿挫,方是词中最上乘。

《词话》卷九(刻本卷七):作词气体要浑厚,而血脉贵贯通。血脉要贯通,而发挥忌刻露。居心忠厚,托体高浑,雅而不腐,逸而不流,可以为词矣。◎雄阔非难,深厚为难。刻挚非难,幽郁为难。疏逸非难,冲淡为难。工丽非难,雅正为难。奇警非难,顿挫为难。纤巧非难,浑融为难。古今不乏名家,兼有众长鲜矣。词岂易言哉!

本　　原

《词话》卷一:学古人词,贵得其本原,舍本求末,终无是处。其年学稼轩,非稼轩也;竹垞学玉田,非玉田也;樊榭取径于楚《骚》,非楚《骚》也。均不容不辨。

《词话》卷九(刻本卷七):温厚和平,诗教之正,亦词之根本也。然必须沉郁顿挫出之,方是佳境。否则不失之浅露,即难免平庸。

《词话》卷九（刻本卷七）：词中本原，初学难于骤得。宜先多读唐、宋之词，以植其基，然后上溯《风》《骚》，下逮国初，以竟其原委，穷其变态。本原所在，可不言而喻矣。

《词话》卷九（刻本卷七）：《风》《骚》为诗词之原。然学《骚》易，学《诗》难，《风》诗只可取其意，《楚词》则并可撷其华。

《词话》卷九（刻本卷七）：幽深窈曲，瑰玮奇肆，《楚词》之末也。沉郁顿挫，忠厚缠绵，《楚词》之本也。舍其本而求其末，遂托名于灵均，吾所不取。◎千古得《骚》之妙者，惟陈王之诗，飞卿之词，为能得其神不袭其貌。近世则蒿庵词，可与《风》《骚》相表里。此外鲜有合者。◎《楚词》二十五篇，不可无一，不能有二。宋玉效颦，已为不类，两汉才人，踵事增华，去《骚》益远。惟陈王处骨肉之变，发忠爱之忱，既悯汉亡，又伤魏乱，感物指事，欲语复咽，其本原已与《骚》合，故发为诗歌，觉湘间泽畔之吟，去人未远。嗣后太白学《骚》，虚有形体，长吉学《骚》，益流怪诞。飞卿古诗，有与《骚》暗合处，但才力稍弱，气骨未遒，可为《骚》之奴隶，未足为《骚》之羽翼也。惟《菩萨蛮》《更漏子》诸词，几与《骚》化矣，所以独绝千古，无能为继。继之者，其惟蒿庵乎？

《词话》卷九（刻本卷七）：或问：杜陵何以不学《骚》？

余曰：此不可一概论也。大约自《风》《骚》以迄太白，皆一线相承。其间惟彭泽一源，超然物外，正如巢、许、夷、齐，有不可以常理论。至杜陵，负其倚天拔地之才，更欲驾《风》《骚》而上之，则有所不能，仅于《风》《骚》中求门户，又若有所不甘，故别建旗鼓，以求胜于古人。诗至杜陵而圣，亦诗至杜陵而变，顾其力量充满，意境沉郁，嗣后为诗者，举不能出其范围，而古调不复弹矣。故余谓自《风》《骚》以迄太白，诗之正也，诗之古也；杜陵而后，诗之变也。自有杜陵，后之学诗者，更不能求《风》《骚》之所在，而亦不得不以杜陵为止境，韩、苏且列门墙，何论余子？昔人谓杜陵为诗中之秦始皇，言其变古也。亦是快论。此下六条，论诗之正变，偶与论《风》《骚》连类及之。◎世人论诗，多以太白之纵横超逸为变，而以杜陵之整齐严肃为正，此第论形骸，不知本原也。太白一生大本领，全在《古风》五十五首，今读其诗，何等朴拙，何等忠厚。至如《蜀道难》《行路难》《天姥吟》《鸣皋行》等篇，粗而不精，枝而不理，绝非太白高作。若杜陵忠爱之忱，千古共见，而发为歌吟，则无一篇不与古人为敌，其阴狠在骨，更不可以常理论。故余尝谓太白诗，谨守古人绳墨，亦步亦趋，不敢相背。至杜陵乃真与古人为敌，而变化不可测矣。固由读破万卷，研琢功深，亦实为古今迈等绝伦之才，断不能率循规矩，受古人羁缚也。但可为知者道,难与俗人言。◎今之尊李抑杜者,每以李之劣处为李之优,而以杜之优处为杜之劣,不独非杜之知己,并非李之知己矣。杨升庵其甚焉者也。◎诗有变古者,必有复古者。如陈伯玉扫陈、隋之习是也。然自杜陵变古后,而后世更不能复古,自《风》《骚》至太白,同出一源。杜陵而后,无敢越此老范围者,皆与古人为敌国矣。何其霸也!◎不知古者,必不能变古,此陈、隋之诗所以不竞也。杜陵与古为化者也,惟其与古为化,故一变而莫可复兴。◎杜陵之诗,洗脱汉、魏六朝面目殆尽,亦非敢于变《风》《骚》也。特才力愈工,《风》《雅》愈远,不变而变,乃真变矣。

《词话》卷九(刻本卷七):自温、韦以迄玉田,词之正也,亦词之古也。元、明而后,词之变也。茗柯、蒿庵,其复古者也。斯编若传,轮扶大雅,未必无补。

《词话》卷九(刻本卷七):熟读温、韦词,则意境自厚。熟读周、秦词,则韵味自深。熟读苏、辛词,则才气自旺。熟读姜、张词,则格调自高。熟读碧山词,则本原自正,规模自远。本是以求《风》《雅》,何必遽让古人?

沉　郁

《词话》卷一:所谓沉郁者,意在笔先,神余言外。写怨夫思妇之怀,寓孽子孤臣之感。凡交情之冷淡,身世之飘零,皆可于一草一木发之。而发之又必若隐若现,欲露不露,反复缠绵,终不许一语道破。匪独体格之高,亦见性情之厚。

《词话》卷一:作词之法,首贵沉郁,沉则不浮,郁则不薄。顾沉郁未易强求,不根柢于风骚,乌能沉郁?十三国变风,二十五篇《楚词》,忠厚之至,亦沉郁之至,词之源也。不究心于此,率尔操觚,乌有是处?

《词话》卷一:唐五代词,不可及处,正在沉郁。宋词不尽沉郁,然如子野、少游、美成、白石、碧山、梅溪诸家,未有不沉郁者。即东坡、方回、稼轩、梦窗、玉田等,似不必尽以沉郁胜,然其佳处,亦未有不沉郁者。词中所贵,尚未可以知耶?

比　　兴

《词话》卷八(刻本卷六):《风》《骚》有比、兴之义,本无比、兴之名,后人指实其名,已落次乘。作诗词者,不可不知。◎《风》诗三百,用意各有所在,仁者见之谓之仁,智者见之谓之智,故能感发人之性情。后人一为臆测,系以比、兴、赋之名,而诗义转晦。子朱子于《楚词》,亦分章而系以比、兴、赋，尤属无谓。

《词话》卷八（刻本卷六）：或问比与兴之别。余曰：宋德祐太学生《百字令》《祝英台近》两篇，字字譬喻，然不得谓之比也。以词太浅露，未合风人之旨。如王碧山咏萤、咏蝉诸篇，低回深婉，托讽于有意无意之间，可谓精于比义。婉讽之谓比，明喻则非。《随园诗话》中所载诗，如咏六月菊云"秋士偶然轻出处，高人原不解炎凉"，咏落花云"看他已逐东流去，却又因风倒转来"，咏茶灶云"两三杯水作波涛"等类，皆舌尖聪明语，恶薄浅露，何异刘四骂人？即"经纶犹有待，吐属已非凡"之句，无不倾倒，然亦不过考试中兴会佳句耳，于风诗比义，了不相关。宋人"而今未问和羹事，且向百花头上开"自是富贵福泽人声口，以云风格，视"经纶"句又低一筹矣。若兴则难言之矣。托喻不深，树义不厚，不足以言兴。深矣厚矣，而喻可专指，义可强附，亦不足以言兴。所谓兴者，意在笔先，神余言外，极虚极活，极沉极郁，若远若近，可喻不可喻，反复缠绵，都归忠厚。求之两宋，如东坡《水调歌头》、《卜算子》（雁），白石《暗香》、《疏影》，碧山《眉妩》（新月）、《庆清朝》（榴花）、《高阳台》（"残雪庭除"一篇）等篇，亦庶乎近之矣。

《词话》卷九（刻本卷七）：古人词，大率无题者多，唐、五代人，多以调为词。自增入"闺情""闺思"等题，全失古人托兴之旨,作俑于《花庵》《草堂》,后世遂相沿袭,最为可厌。至《清绮轩词选》,乃于古人无题者,妄增入一题,诬己诬人,匪独无识,直是无耻。

辨　　体

《词话》卷一:诗词一理,然亦有不尽同者。诗之高境,亦在沉郁,然或以古朴胜,或以冲淡胜,或以巨丽胜,或以雄苍胜。纳沉郁于四者之中,固是化境,即不尽沉郁,如五、七言大篇畅所欲言者,亦别有可观。若词则舍沉郁之外,更无以为词。盖篇幅狭小,倘一直说去,不留余地,虽极工巧之致,识者终笑其浅矣。

《词话》卷九(刻本卷七):诗词一理,然不工词者可以工诗,不工诗者断不能工词。故学词贵在能诗之后。若于诗未有立足处,遽欲学词,吾未见有合者。◎古人词胜于诗则有之,如少游、白石皆然。未有不知诗而第工词者。王碧山、张玉田辈,诗不多见,然必非不工诗者。即使碧山辈诗未成家,不能卓立千古,要其为词之始,必由诗以入门,断非躐等。

《词话》卷十(刻本卷八):温厚和平,诗词一本也。然为诗者,既得其本,而措语则以平远雍穆为正,沉郁顿挫为变,特变而不失其正,即于平远雍穆中,亦不可无沉郁顿挫也。词则以温厚和平为本,而措语即以沉郁顿挫为正,更不必以平远雍穆为贵。诗与词同体异用者在此。

《词话》卷十(刻本卷八):诗之高境在沉郁,其次即直截痛快,亦不失为次乘。词则舍沉郁之外,即金氏所谓俚词、鄙词、游词,更无次乘也。非沉郁无以见深厚,唐、宋诸名家不可及者正在此。

《词话》卷十(刻本卷八):文采可也,浮艳不可也。朴实可也,鄙陋不可也。差以毫厘,谬以千里矣。◎情以郁而后深,词以婉而善讽。故朴实可施于诗,施于词者,百中获一耳。朴实尚未必尽合,况鄙陋乎?

《词话》卷十(刻本卷八):诗有诗境,词有词境。诗词一理也,然有诗人所辟之境,词人尚未见者,则以时代先后、远近不同之故。一则如渊明之诗,淡而弥永,朴而愈厚,极疏极冷、极平极正之中,自有一片热肠,缠绵往复,此陶公所以独有千古,无能为继也。求之于词,未见有造此境者。一则如杜陵之诗,包括万有,空诸依傍,纵横博大,千变万化之中,却极沉郁顿挫、忠厚和平,此子美所以横绝古今,无与为敌也。求之于词,亦未见有造此境者。若子建之诗,飞卿词固已几之。太白之诗,东坡词可以敌之。子昂高古,摩诘名贵,则子野、碧山,正不多让。退之生凿,柳州幽峭,则稼轩、玉田,时或过之。至谓白石似渊明,大晟似子美,则吾尚不谓然。然则词中未造之境,以待后贤者尚多也。皆境之高者。若香山之老妪可解,卢仝、长吉之牛鬼蛇神,贾岛之寒瘦,山谷之桀傲,虽各有一境,不学无害也。有志倚声者,可不勉诸!

《词话》卷七(刻本卷五):昔人谓诗中不可着一词语,词中亦不可作一诗语,其间界若鸿沟。余谓诗中不可作词语,信然。若词中偶作诗语,亦何害其为大雅?且如"似曾相识燕归来"等句,诗词互见,各有佳处。彼执一而论者,真井蛙之见。◎诗中不可作词语,词中不妨有诗语,而断不可作一曲语。温、韦、姜、史复起,不能易吾言也。

《词话》卷十(刻本卷八):诗词同体而异用,曲与词则用不同而体亦渐异,此不可不辨。

优　　劣

《词话》卷十(刻本卷八):情有所感,不能无所寄,意有所郁,不能无所泄。古之为词者,自抒其性情,所以悦己也。今之为词者,多为其粉饰,务以悦人,而不恤其丧己,而卒不值有识者一噱,是亦不可以已乎!

《词话》卷十(刻本卷八):言近旨远,其味乃厚。节短韵长,其情乃深。遣词雅而用意浑,其品乃高,其气乃静。

《词话》卷十（刻本卷八）：诗外有诗，方是好诗。词外有词，方是好词。古人意有所寓，发之于诗词，非徒吟赏风月以自蔽惑也。少陵诗云："甫也南北人，早为诗酒污。"具此胸次，所以卓绝千古。求之于词，旨有所归、语无泛设者，吾惟服膺碧山。

《词话》卷七（刻本卷五）："未睹钧天之美，则北里为工；不咏《关雎》之乱，则《桑中》为隽。"徐昌谷《谈艺录》语也。今人论词，不向《风》《骚》中求门径，徒取一二聪明语，叹为工绝，正坐此病。

《词话》卷九（刻本卷六）：山歌樵唱，里谚童谣，非无可采，但总不免俚俗二字，难登大雅之堂。好奇之士，每偏爱此种，以为转近于古，此亦魔道矣。钟、谭《古诗归》之选，多犯此病。《风》《骚》自有门户，任人取法不尽，何必转求于村夫牧竖中哉？

《词话》卷十（刻本卷八）：诗词所以寄感，非以徇情也。不得旨归，而徒骋才力，复何足重？唐贤云："枉抛心力作词人。"不宜更蹈此弊。

《词话》卷八（刻本卷六）：词人好作精艳语。如左与言之"滴粉搓酥"，姜白石之"柳怯云松"，李易安之"绿肥红瘦""宠柳娇花"等类，造句虽工，然非大雅。◎宋人如"红杏尚书""贺梅子""张三影""山抹微云秦学士，露华倒影柳屯田"、"晓风残月柳三变，滴粉搓酥左与言"之类，皆以一语之工，倾倒一世。宋与柳、左无论矣，独惜张、秦、贺三家，不乏杰作，而传诵者转以次乘，岂《白雪》《阳春》竟无和者与？为之三叹。◎子野吊林君复诗："烟雨词亡草更青。"蔡君谟寄李良定诗："《多丽》新词到海边。"此则一篇之工，见诸吟咏。然亦其人并非专家，故不惜以一篇之工，艺林传播。国朝"崔黄叶"、"崔红叶"，亦犹是也。至"贺梅子"、"张三影"、"秦学士"，词品超绝，而亦以一语之工得名，致与诸不工词者同列，则亦安用此知己也？◎"把酒嘱东风，种出双红豆。"吴蘭次词也，当时有"红豆词人"之号。"郎似桐花，妾似桐花凤。"王阮亭词也，京师人呼为"王桐花"。此类皆一时情艳语，绝无关于词之本原，而当时转以此得名，何其浅也！

《词话》卷七（刻本卷五）：无论作诗作词，不可有腐儒气，不可有俗人气，不可有才子气。人第知腐儒气、俗人气之不可有，而不知才子气亦不可有也。尖巧新颖，病在轻薄；发扬暴露，病在浅尽。腐儒气、俗人气，人犹望而厌之，若才子气，则无不望而悦之矣，故得病最深。

《词话》卷七（刻本卷五）：聪明纤巧之作，庸夫俗子每以为佳，正如蜣蜋逐臭，乌知有苏合香哉？若以王碧山、庄中白之词，不经有识者评定，猝投于庸夫俗子之前，恐不终篇而思卧矣。

《词话》卷十（刻本卷八）：诗词中浅薄聪明语，余所痛恶。一染其习，动辄可数十首。无论其不能传，即徼幸传之后世，亦不过供人唾骂耳，何足为重？

修　饰

《词话》卷十（刻本卷八）：白石、梅溪、碧山、玉田词，修饰皆极工，而无损其真气，何也？列子云："有色者，有色色者。"知此，可以言词矣。

《词话》卷七（刻本卷五）：炼字琢句，原属词中末技，然择言贵雅，亦不可不慎。古人词有竟体高妙，而一句小疵，致令通篇减色者。如柳耆卿"对萧萧暮雨洒江天"一章，情景兼到，骨韵俱高，而有"想佳人、妆楼长望"之句，"佳人妆楼"四字连用俗极，亦不检点之过。又如王君玉《望江南》云："碧瓦烟昏沉柳岸，红绡香润入梅天。"可谓精于造句，"红绡"七字为荆公所爱。而接语云："飘洒正萧然。"五字意尽。殊病空滑，与上不称。又如姜白石《石湖仙》一阕，自是高境，而"玉友金蕉，玉人金缕"八字纤俗，固不能为白石讳。又如高竹屋"月冷霜袍拥"一篇，旁面取势，亦可谓思深意远，惟"想见那"三字，不免粗鄙。此类皆失之不检，致使敲金戛玉之词，忽与瓦缶竞奏，白璧微瑕，固是恨事。

《词话》卷八（刻本卷六）：遣词贵典雅。然亦有典雅之事，数见不鲜，亦宜慎用。如"莲子空房"、"人面桃花"等字，久已习为套语，不必再拾人唾余。

《词话》卷九（刻本卷七）：学以砺而后成，苟违绳墨，何惮鈲撅，若以水济水，则亦何益之有哉？古人诗词，不尽可法，善于运用，何难化腐为奇？若理解不明，贞淫未辨，妄窃古人成语，以为已有，胶柱者宝其唾余，改弦者失其宗旨，古人亦安恃此知己也？

《词话》卷八（刻本卷六）：词中如佳人、夫人、那人、檀郎、伊家、香腮、心儿、莲瓣、双翘、鞋钩、断肠天、可怜宵、莽乾坤、哥、奴、姐、耍等字面，俗劣已极，断不可用。即老子、玉人、则个、好个、那个、拚个、元是、娇嗔、兜鞋、恁、些、他、儿等字，亦以慎用为是。盖措词不雅，命意虽佳，终不足贵。

《词话》卷十（刻本卷八）：彭骏孙《金粟词话》云："词人用语助入词者甚多，入艳词者绝少。惟秦少游'闷则和衣拥'，新奇之甚，用'则'字亦仅见此词。"按此乃少游恶劣语，何新奇之有？至用"则"字入词，宋人中屡见。如"拚则而今已拚了，忘则怎生便忘得"，又"忆则如何不忆"之类，亦岂谓之仅见？董文友词云："暗笑那人知未，薄幸从前既。"押"既"字稳而有味，似此方可谓善用语助入艳词者。

《词话》卷九（刻本卷七）：词中连用叠字，或句句用"春"字，或句句用"愁"字，句句用"声"字、"儿"字、"秋"字、"间"字之类，皆非正道。有志于古者，必不屑为也。

《词话》卷九（刻本卷七）：词中如《西江月》《一剪梅》《钗头凤》《江城梅花引》等调，或病纤巧，或类曲唱，最不易工。难得大雅。善为词者，此类以不填为贵。

《词话》卷十（刻本卷八）：诗词和韵，不免强己就人，戕贼性情，莫此为甚。张玉田谓词不宜和韵，旨哉斯言！

词　　史

《词话》卷十（刻本卷八）：温、韦，创古者也。晏、欧继温、韦之后，面目未改，神理全非，异乎温、韦者也。苏、辛、周、秦之于温、韦，貌变而神不变，声色大开，本原则一。南宋诸名家，大旨亦不悖于温、韦，而各立门户，别有千古。元、明庸庸碌碌，无所短长。至陈、朱辈出，而古意全失，温、韦之风，不可复作矣。贞下起元，往而必复，皋文唱于前，蒿庵成于后，《风》《雅》正宗，赖以不坠。好古之士，又可得寻其绪焉。

《词话》卷十(刻本卷八):蒿庵曾语余云:"唐以后诗,元以后词,必不可入目,方有独造处。"此论甚精。然余谓作诗词时,须置身于汉、魏、指诗言。唐、宋指词言。之间,不宜自卑其志。若平时观览,则唐以后诗,元以后词,益我神智,增我才思者,正复不少,博观约取,亦视善学者何如耳。◎读白石、梅溪、碧山、玉田词,如饮醇醪,清而不薄,厚而不滞。元以后词,则清者失真味,浓者似火酒矣。◎杜陵变古之法,不变古之理。故自杜陵变古后,而学诗者不得不从杜陵。纵有复古者,亦不过古调独弹,无与为应也。陈、朱变古之理,而并未能尽变古之法。故虽敢于变古,不能必人之中心悦而诚服其词,且不能禁人之复古。有志为词者,宜直溯《风》《骚》,出入唐、宋,乃可救陈、朱之失,勿为陈、朱辈所囿也。

《词话》卷十(刻本卷八):诗衰于宋,词衰于元。然自乾、嘉以还,追踪正始者,时复有人。是衰者可以复振,亡者犹有存焉者也。

《词话》卷九(刻本卷七):词至元、明,犹诗至陈、隋。茗柯、蒿庵,犹陈射洪、张曲江也。嗣后谁为太白,收前古之终?谁为杜陵,别出旗鼓,以开来学哉?陈、朱不能与古化,虽敢于变古,终无少陵手段,不足范围后学也。

词　作

　　《词话》卷七（刻本卷五）：唐明皇《好时光》云："宝髻偏宜宫样，莲脸嫩、体红香。眉黛不须张敞画，天教入鬓长。　　莫倚倾国貌，嫁取个、有情郎。彼此当年少，莫负好时光。"俚浅极矣。而顾梧芳《尊前集》首录此篇，称为"音婉旨远，妙绝千古"，岂非痴人说梦？

　　《词话》卷九（刻本卷七）："商人重利轻别离"，白香山沉痛语也。江开之《菩萨蛮》（商妇怨）云："嫁郎如未嫁，长是凄凉夜。情少利心多，郎如年少何。"俚极笨极，真是点金成铁。

　　《词话》卷九（刻本卷七）：元《草堂诗余》载江村姚云文艮岳词《摸鱼儿》云："渺人间、蓬瀛何许，一朝飞入梁苑。辋川梯洞层崖出，犹带鬼愁龙怨。穷游宴，谈笑里、金风吹折桃花扇。翠华天远。怅莎沼萤粘，锦屏烟合，草露泣苍藓。　　东华梦，好在牙樯雕辇。画图历历曾见。落红万点孤臣泪，斜日牛羊春晚。摩双眼，看尘世、鳌宫又报鲸波浅。吟鞭拍断。便乞与娲皇，化成精卫，填不尽遗憾。"慨当以慷，亦陈经国之亚匹也。

　　《词话》卷九（刻本卷七）：许鲁斋云："儒者以治生为

急务。"真通达之论。其《沁园春》(垦田东城)云:"为农换却为儒,任人笑、谋身拙更迁。念老来生业,无他长技,欲期安稳,敢避崎岖。达士身名,豪家骄蹇,此好胸中一点无。欢然处,有膝前儿女,几上诗书。"亦即治生之义,非泛作农家语。元《草堂诗余》载之,而词则未为超妙。

《词话》卷七(刻本卷五):近时闺秀,仁和赵我佩君兰,著有《碧桃馆词》,格调未高,措辞亦不免于俗。余独赏其《踏莎行》(春草)一篇,可为集中压卷。词云:"径绕苔花,庭飞柳絮。池塘寂寞清明雨。西园蝴蝶故依依,东风吹梦来何处。　　别浦魂销,画楼人伫。离愁三月长亭路。经年绿遍旧城根,萋萋又送王孙去。"雅丽缠绵,不减陈西麓。

词　　话

《词话》卷九(刻本卷七):玉田《词源》二卷,上卷精研声律,探本穷源,绘图立说,审音者执此以求古乐不难矣。下卷自《音谱》以至《杂论》,选词不多,别具只眼,洵可为后学之津梁。陈眉公误以下卷为《乐府指迷》,云间姚培谦、张景星辑为《乐府指迷》一卷,而删其十之二三,盖仍眉公之误也。

《词话》卷七（刻本卷五）：金圣叹论诗词，全是魔道，又出钟、谭之下。其评欧阳公词一卷，穿凿附会，殊乖大雅。且两宋词家甚多，独推欧公为绝调，盖犹是评《水浒》《西厢》之伎俩耳。以论词之例论曲，尚不能尽合，况以论曲论传奇之例论诗词，乌有是处？◎圣叹评传奇，虽多偏谬处，却能独出手眼。至于诗词，直是门外汉。取其所长，弃其所短，是在有识者。

《词话》卷七（刻本卷五）：彭骏孙《词藻》四卷，品论古人得失，欲使苏、辛，周、柳，两派同归。不知苏、辛与周、秦，流派各分，本原则一。若柳则傲而不理，荡而忘反，与苏、辛固不能强合，视美成尤属歧途。骏孙于词一道，未能洞悉源委，其所撰《延露词》，亦未见高妙，故所论多左。

《词话》卷七（刻本卷五）：近阅《莲子居词话》海陵吴衡照子律撰，其中亦有可采。然于词之原委，全未讨论，枝叶虽荣，本根已槁，此亦六百余年之通病也。◎《莲子居词话》云："苏之大，张之秀，柳之艳，秦之韵，周之圆融，南宋诸老，何以尚兹？"此论殊属浅陋。谓北宋不让南宋则可，而以"秀"、"艳"等字尊北宋则不可。如徒曰"秀"、"艳"、"圆融"而已，则北宋岂但不及南宋，并不及金、元矣。至以耆卿与苏、张、周、秦并称，而不数方回，亦为无识。又以

"秀"字目子野,"韵"字目少游,"圆融"字目美成,皆属不切。即以"大"字目东坡,"艳"字目耆卿,亦不甚确。大抵北宋之词,周、秦两家,皆极顿挫沉郁之妙,而少游托兴尤深,美成规模较大,此周、秦之异同也。子野词于古隽中见深厚,东坡词则超然物外,别有天地,而江南贺老寄兴无端,变化莫测,亦岂出诸人下哉?此北宋之隽,南宋不能过也。若耆卿词,不过长于言情,语多凄秀,尚不及晏小山,更何能超越方回,而与周、秦、苏、张并峙千古也?◎《莲子居词话》又云:"苏、辛并称,辛之于苏,亦犹诗中山谷之视东坡也。东坡之大,与白石之高,殆不可以学而至。"此论尚有可采。惟以"大"字目东坡,终不甚确。

《词话》卷五(刻本卷四):杨伯夔当时盛负词名,与吴江郭祥伯,仿表圣《诗品》例,撰《词品》二十四则,传播艺林。然两君于词,皆属最下乘,匪独不及陈、朱,亦去董文友、王小山远甚。而世顾津津称之,何也?

《词话》卷九(刻本卷六):梁应来《两般秋雨盦随笔》,除当时人诗词外,大半掇拾唾余,并无独见。其中摘录诸词,率是浅薄纤丽之作,最为下品。彼所自撰,如《金缕曲》(春阴)云云,枝而不物,即金氏所谓游词也。

《词话》卷九(刻本卷六):近时兴化刘熙载论词,颇有合处,尚不染板桥余习。

选 词

《词话》卷十（刻本卷八）：作词难，选词尤难。以我之才思，发我之性情，犹易也。以我之性情，通古人之性情，则非易矣。竹垞《词综》，备而不精。皋文《词选》，精而未备。然与其不精也，宁失不备，古今善本，仍推张氏《词选》。若选本之尽美尽善者，吾未之见也。

《词话》卷十（刻本卷八）：声名之显晦，身分之高低，家数之大小，只问其精与不精，不系乎著作之多寡也。子建、渊明之诗，所传不满百首，然较之苏、黄、白、陆之数千百首者，相越何止万里？词中如飞卿、端己、正中、子野、东坡、少游、白石、梅溪诸家，脍炙人口之词，多不过二三十阕，少则十余阕或数阕，自足雄峙千古，无与为敌。近人以多为贵，卷帙寰然，佳者不获一二阕，吾虽以之覆酒瓮，覆酱瓿，犹恐污吾酒、酱也。吾愿肆志于古者，将平昔应酬无聊之作，一概删弃，不可存丝毫姑息之意，而后真面目可见，而后可以传之久远，不为有识者所讥。然则蒿庵四十阕，较古人为已多，正不病其少也。

《词话》卷十（刻本卷八）：《小仓山房诗》，诗中异端也。稍有识者，无不吐弃之，然亦实有可鄙之道，不得谓鄙之者之过。假令简斋当日，删尽芜词，仅存其精者百余首，多存近体，少存古体，不必存绝句。极多以百余首为止，更不可再多。传至今日，正勿谓不逮阮亭、竹垞诸公也。惟其不能割舍，夸多斗靡，致使指摘交加，等诸极恶不堪之列，亦其自取。习倚声者，尤不可不察。◎《小仓山房集》，佳者尚可得百首。《忠雅堂诗》《瓯北诗钞》，百中几难获一，盖一则如粗鄙赤脚奴，一则如倚门卖笑倡也。近人慑于其名，以耳代目，彼不知驼峰、熊掌为何物，宜其如鹓雏之吓腐鼠也。哀哉！◎袁、赵、蒋盛负时名，而其诗实无可贵。洪稚存、吴谷人等诗，愈趋愈下，尽可不观，无足深论。

《词话》卷十（刻本卷八）：余友尝语余云："有《全唐诗》，不可无《全宋词》，有能为是举者，固是大观，且不患其不传也。"然余谓借以传一己之名则可，欲以教天下后世之为词者则不可。盖兵贵精不贵多，精则有所专注，多则散乱无纪。如《全唐诗》九百卷，多至四万八千首，精绝者亦不过三千首，可数十卷耳。余久有《唐诗选》之意，约得三千首，此举至今未果。余则仅备观览，供采掇、资谐笑而已，虽不录无害也。倚声一途，既有朱氏《词综》，两宋精华，约略已具，而蒿庵犹病其芜，更欲集《全宋词》，则亦不过壮观邺架，于本原无涉，亦可不必。◎《宋六十家词》，已病芜杂，识者宜分别观之。吴氏《宋元百家词》，竹垞时已失全书，近更无从采访。然宋、元两代词，高者不过十余家，次者约得三十余家，合五十家足矣。录至百家，下乘必多于上驷，博而不精，终属过举。

《词话》卷十（刻本卷八）：两宋词，精绝者约略不过五百余首，足备揣摹，不必多求也。◎白石，仙品也。东坡，神品也，亦仙品也。梦窗，逸品也。玉田，隽品也。稼轩，豪品也。然皆不离于正，故与温、韦、周、秦、梅溪、碧山同一大雅，而无傲而不理之诮。后人徒恃聪明，不穷正始，终非至诣。◎唐、宋名家，流派不同，本原则一。论其派别，大约温飞卿为一体，皇甫子奇、南唐二主附之。韦端己为一体，牛松卿附之。冯正中为一体，唐、五代诸词人以暨北宋晏、欧、小山等附之。张子野为一体，秦淮海为一体，柳词高者附之。苏东坡为一体，贺方回为一体，毛泽民、晁具茨高者附之。周美成为一体，竹屋、草窗附之。辛稼轩为一体，张、陆、刘、蒋、陈、杜合者附之。姜白石为一体，史梅溪为一体，吴梦窗为一体，王碧山为一体，黄公度、陈西麓附之。张玉田为一体。其间惟飞卿、端己、正中、淮海、美成、梅溪、碧山七家，殊途同归。余则各树一帜，而皆不失其正，东坡、白石尤为矫矫。◎词有表里俱佳、文质适中者，温飞卿、秦少游、周美成、黄公度、姜白石、史梅溪、吴梦窗、陈西麓、王碧山、张玉田、庄中白是也，词中之上乘也。有质过于文者，韦端己、冯正中、张子野、苏东坡、贺方回、辛稼轩、张皋文是也，亦词中之上乘也。有文过于质者，李后主、牛松卿、晏元献、欧阳永叔、晏小山、柳耆卿、陈子高、高竹屋、周草窗、汪叔耕、李易安、张仲举、曹珂雪、陈其年、朱竹垞、厉太鸿、过湘云、史位存、赵璞函、蒋鹿潭是也，词中之次乘也。有有文无质者，刘改之、施浪仙、杨升庵、彭羡门、尤西堂、王渔洋、丁飞涛、毛会侯、吴薗次、徐电发、严藕渔、毛西河、董苍水、钱葆龄、汪晋贤、董文友、王小山、王香雪、吴竹屿、吴谷人诸人是也，词中之下乘也。有质亡而并无文者，则马浩澜、周冰持、蒋心余、杨荔裳、郭频伽、袁兰邨辈是也，并不得谓之词也。论词者本此类推，高下自见。

词　　选

《词话》卷十（刻本卷八）：《花间》《草堂》《尊前》诸选，背谬不可言矣。所宝在此，词欲不衰，得乎？

《词话》卷九（刻本卷七）：赵闻礼辑《阳春白雪》八卷，颇能撷两宋人之精，而杂入游词亦不少，未能尽善也。

《词话》卷十（刻本卷八）：有长于论词，而不必工于作词者，未有工于作词，而不长于论词者。古人论词之善，无过玉田。若公谨之《浩然斋雅谈》《绝妙好词》等编，所论与所选,均多未洽,其所自作可知矣。吾于南宋诸名家,不得不外草窗。

《词话》卷七(刻本卷五):《清绮轩词选》华亭夏秉衡选,大半淫词秽语,而其中亦有宋人最高之作。泾渭不分,雅郑并奏,良由胸中毫无识见。选词之荒谬,至是已极。

《词话》卷七(刻本卷五):《国朝词综》之选王昶编,去取虽未能满人意,大段尚属平正,余亦未敢过非。惟《明词综》之选,实属无谓。然有明一代,可选者寥寥无几,高者难获一篇,略可寓目者,大约不过数十篇耳。亦不能病其所选之平庸也。

《词话》卷七(刻本卷五):皋文《词选》,精于竹垞《词综》十倍,去取虽不免稍刻,而轮扶大雅,卓乎不可磨灭。古今选本,以此为最。若黄朴存词选,则兼采游词,于《风》《骚》真消息,何尝梦见?

《词话》卷一:张氏惠言《词选》,可称精当,识见之超,有过于竹垞十倍者,古今选本,以此为最。但唐五代两宋词,仅取百十六首,未免太隘。而王元泽《眼儿媚》、欧阳公《临江仙》、李知几《临江仙》,公然列入,令人不解。即朱希真《渔父》五章,亦多浅陋处,选择既苟,即不当列入。又东坡《洞仙歌》,只就孟昶原词敷衍成章,所感虽不同,终嫌依傍前人,《词综》讥其有点金之憾,固未为知己,而《词选》必推为杰构,亦不可解。至以吴梦窗为变调,摈之不录,所见亦左。总之小疵不能尽免,于词中大段,却有体会。温、韦宗风,一灯不灭,赖有此耳。

《词话》卷九(刻本卷六):金应珪《词选后序》云:"近世为词,厥有三蔽:义非宋玉,而独赋蓬发,谏谢淳于,而唯陈履舄,揣摩床笫,污秽中冓,是谓淫词,其蔽一也;猛起奋末,分言析字,诙嘲则俳优之末流,叫啸则市侩之盛气,此犹巴人振喉以和《阳春》,龟螂怒嗌以调疏越,是谓鄙词,其蔽二也;规模物类,依托歌舞,哀乐不衷其性,虑叹无与乎情,连章累篇,义不出乎花鸟,感物指事,理不外乎酬应,虽既雅而不艳,斯有句而无章,是谓游词,其蔽三也。此病最深,亦最易犯。盖前两蔽则显忤《风》《骚》,常人皆知其非。此一蔽则似是而非,易于乱真。今之假托南宋者,皆游词也。原其所昧,厥亦有由。童蒙撷其粗而失其精,达士小其文而忽其义,故论诗则古近有祖祢,而谈词则《风》《骚》若河汉,非其惑欤?"此论深中世病。学人必破此三蔽,而后可以为词。

《词话》卷七(刻本卷五):《宋七家词选》戈载编甚精,若更以淮海易草窗,则毫发无遗憾矣。

《词话》卷七(刻本卷五):近时冯梦华煦所刻乔笙巢《宋六十一家词选》,甚属精雅,议论亦多可采处。

《词话》卷七：成肇麐《唐五代词选》，删削俚亵之辞，归于雅正，最为善本。唐五代为词之源，而俚俗浅陋之词，杂入其中，亦较后世为更甚，至使后人陋《花间》《草堂》之恶习，而并忘缘情托兴之旨归，岂非操选政者加之厉乎？得此一编，较顾梧芳所辑《尊前集》，雅俗判若天渊矣。

律　　韵

《词话》卷九(刻本卷七)：词有平仄可以通融者，有必不可以通融者，一字偶乖，便不合拍。究心于《词律》，自无不协之弊。◎词之音律，先在分别去声。不知去声之为重，虽观《词律》，亦知其然而不知其所以然，知犹不知也。斯编之作，专在直揭本原，声调之学，有《词律》在，余弗赘论。偶拈一条，示人以究《词律》之捷径耳。

《词话》卷九(刻本卷七)：《箓斐轩词韵》，以上、去、入三声均隶入平韵中，盖专为北曲而设，决非宋人所订正。惜大晟乐府久已失传，无从考证其谬。樊榭遽以为宋人词韵，失之未考也。

白雨斋词选卷一

唐　词

　　《词话》卷七（刻本卷五）：唐人词，所传不多，然皆见作意，即于平淡直率中，亦觉言近旨远。正如汉、魏之诗，语句虽有工拙，气格固自不同。至五代则声色渐开，瑕瑜互见，去取不当，误人匪浅矣。◎以词较诗，唐犹汉魏，五代犹两晋六朝，两宋犹三唐，元明犹两宋，国朝词亦犹国朝之诗也。

　　《词话》卷十（刻本卷八）：唐五代小词，皆以婉约为宗，长调不多见，亦少佳篇，至宋乃规模大备矣。诗至于唐亦然。

昭宗皇帝

巫山一段云　题宝鸡驿壁

　　蝶舞梨园雪①，莺啼柳带烟。小池残日艳阳天，芒罗山又山。　　青鸟不来愁绝，忍看鸳鸯双结。春风一等

---

　　① "雪"，底本作"云"，据朱本《尊前集》、《词综》改。

1

少年心，闲情恨不禁。 **闲情集**

（"小池"二句）遣词哀艳，至有李茂贞之变。

李 白

字太白，陇西人，供奉翰林。

菩 萨 蛮

　　平林漠漠烟如织，寒山一带伤心碧。暝色入高楼，有人楼上愁。　　阑干空伫立，宿鸟归飞急。何处是归程，长亭更短亭。《湘山野录》云："此词不知何人写在鼎州沧水驿楼，复不知何人所撰，魏道辅泰见而爱之。后至长沙，得古风集于曾子宣内翰家，乃知李白所撰。" **大雅集**

　　《菩萨蛮》《忆秦娥》两阕，神在个中，音流弦外，可以是为词中鼻祖。①

　　《词话》卷七（刻本卷五）：寻词之祖，断自太白可也，不必高语六朝。

─────────────

　　①　此评录入《词话》卷七（刻本卷五）。

忆 秦 娥

　　箫声咽，秦娥梦断秦楼月。秦楼月，年年柳色，灞陵伤别。　　乐游原上清秋节，咸阳古道音尘绝。音尘绝，西风残照，汉家陵阙。《词律》云："'灞'、'汉'二字必须用仄，得去声尤妙。"　**大雅集**

清 平 乐

　　禁闱秋夜，月探金窗罅。玉帐鸳鸯喷兰麝，时落银灯香炧。　　女伴莫话孤眠，六宫罗绮三千。一笑皆生百媚，宸游教在谁边。　**别调集**

　　（"一笑"二句）三千罗绮皆工献媚，谁能得圣眷哉？所谓众女进而蛾眉见嫉也。

又

　　烟深水阔，音信无由达。惟有碧天云外月，偏照悬悬离别。　　尽日感事伤怀，愁眉似锁难开。夜夜长留半被，待君魂梦归来。　**别调集**

（"夜夜"二句）寄情甚深，含怨言外。

桂 殿 秋①

　　仙女下，董双成，汉殿夜凉吹玉笙。曲终却从仙官去，万户千门惟月明。　别调集

结句高远，似古乐府。

又

　　河汉女，玉炼颜，云軿往往在人间。九霄有路去无迹，褭褭香风生佩环。吴虎臣云："此太白词也。有得于石刻而无其腔，刘无言倚其声歌之，音极清雅。"　别调集

（"九霄"二句）仙风缥缈。

连 理 枝

　　雪盖宫楼闭，罗幕昏金翠。斗压阑干，香心淡薄，

----

　　① 此下二首初见《许彦周诗话》，以为李德裕《步虚词》。《词综》据《能改斋漫录》作李白词。

梅梢轻倚。喷宝狻香烬麝烟浓，馥红绡翠被。 **别调集**

又

　　浅画云垂帔，点滴昭阳泪。咫尺宸居，君恩断绝，似遥千里。望水晶帘外竹枝寒，守羊车未至。 **别调集**

　　"玉阶生白露"一绝，温厚和平，不着迹相，太白绝调也。此词微病浅露，然句法、字法仍不失为古雅。

张志和

　　字子同，金华人。擢明经，肃宗命待诏翰林，坐贬，不复仕，自称烟波钓徒。

渔 歌 子

　　西塞山前白鹭飞，桃花流水鳜鱼肥。青箬笠，绿蓑衣，斜风细雨不须归。黄鲁直云："有远韵。" **大雅集**

韦应物

　　京兆人。官左司郎中，历苏州刺史。

调 笑 令

　　河汉，河汉，晓挂秋城漫漫。愁人起望相思，塞北江南别离。离别，离别，河汉虽同路绝。　别调集

戴叔伦

　　字幼公，金坛人。萧颖士弟子。历官抚郡刺史，封谯县男，迁容管经略使。有集。

调 笑 令

　　边草，边草，边草尽来兵老。山南山北雪晴，千里万里月明。明月，明月，胡笳一声愁绝。　放歌集

　　爽朗。

韩 翃

　　字君平，南阳人。天宝十三载进士，以驾部郎中知制诰，终中书舍人。

章 台 柳 寄柳氏

　　章台柳，章台柳，往日依依今在否？纵使长条似旧

时，也应攀折他人手。　闲情集

（"纵使"二句）疑似之词，却说得婉折。

王　建

字仲初，颍州人。大历十年进士，太和中为陕州司马。①

调　笑

团扇，团扇，美人并来遮面。玉颜憔悴三年，谁复商量管弦？弦管，弦管，春草昭阳路断。　大雅集

结句凄怨，胜似《宫词》百首。②

白居易

字乐天，其先太原人，徙下邽。贞元十四年进士，历官中书舍人，出知杭州，以刑部尚书致仕，卒，赠仆射，谥文。有《长庆集》。

---

① 《词则》小传全据《词综》，此无王建小传，当是误缺，据补。
② 此评录入《词话》卷七（刻本卷五）。

长 相 思

　　汴水流，泗水流，流到瓜州古渡头。吴山点点愁。　　思悠悠，恨悠悠，恨到归时方始①休。月明人倚楼。　　**放歌集**

　　"吴山点点愁"五字精警。

花 非 花

　　花非花，雾非雾。夜半来，天明去。来如春梦不多时，去似朝云无觅处。　　**闲情集**

长 相 思

　　深画眉，浅画眉，蝉鬓鬖髽云满衣。阳台行雨回。　　巫山高，巫山低，暮雨潇潇郎不归。空房独守时。　　**闲情集**

　　（上阕）词近鄙亵。（"暮雨"二句）好在"暮雨潇潇"四字。

----

　　①　"始"，底本误作"时"，据《唐宋诸贤绝妙词选》《清绮轩词选》改。

〇妙在绝不着力，若"黄昏却下潇潇雨"，便见痕迹。

《词话》卷七（刻本卷五）：香山《长相思》云："暮雨潇潇郎不归，空房独守时。"（香山此词绝佳，惟上半阕词近鄙亵。）绝不费力，自然凄警，若"黄昏却下潇潇雨"（朱淑真词），便见痕迹。

刘禹锡

字梦得，中山人。贞元中进士，仕为太子宾客，会昌中检校礼部尚书。

忆 江 南

春去也，多谢洛城人。弱柳从风疑举袂，丛兰浥露似沾巾。独坐亦含颦。　**别调集**

（"弱柳"三句）婉丽。

潇 湘 神

湘水流，湘水流，九疑云物至今愁。若问二妃何处所，零陵芳草露中秋。　**别调集**

饶有古意，两宋后此调不复弹矣。

又

斑竹枝，斑竹枝，泪痕点点寄相思。楚客欲听瑶瑟怨，潇湘深夜月明时。　　别调集

古致亦不减上章。

温庭筠

本名岐，字飞卿，太原人。官方山尉。有《握兰》《金荃》等集。

《词话》卷一：飞卿词，全祖《离骚》，所以独绝千古。《菩萨蛮》《更漏子》诸阕，已臻绝诣，后来无能为继。

《词话》卷七（刻本卷五）：飞卿短古，深得屈子之妙。词亦从《骚楚》来，所以独绝千古，难乎为继。

《词话》卷九（刻本卷七）：飞卿词，大半托词帷房，极其婉雅，而规模自觉宏远。周、秦、苏、辛、姜、史辈，虽姿态百变，亦不能越其范围。本原所在，不容以形迹胜也。

菩 萨 蛮

小山重叠金明灭，鬓云欲渡香腮雪。懒起画蛾眉，弄妆梳洗迟。　　照花前后镜，花面交相映。新贴绣罗

襦，双双金鹧鸪。《词选》云："此感士不遇也。篇法仿佛《长门赋》，而用节节逆叙。此章从梦晓后领起，'懒起'二字，含后文情事。'照花'四句，《离骚》初服之意。"　**大雅集**

飞卿短古，深得屈子之妙。《菩萨蛮》诸阕，亦全是楚《骚》变相，徒赏其芊丽，误矣。

《词话》卷一：飞卿《菩萨蛮》十四章，全是变化楚《骚》，古今之极轨也。徒赏其芊丽，误矣。

《词话》卷一：飞卿词，如"懒起画蛾眉，弄妆梳洗迟。"无限伤心，溢于言表。又"春梦正关情，镜中蝉鬓轻。"凄凉哀怨，真有欲言难言之苦。又"花落子规啼，绿窗残梦迷。"又"鸾镜与花枝，此情谁得知。"皆含深意。此种词，第自写性情，不必求胜人，已成绝响。后人刻意争奇，愈趋愈下，安得一二豪杰之士，与之挽回风气哉？

又

水精帘里颇黎枕，暖香惹梦鸳鸯锦。江上柳如烟，雁飞残月天。　　藕丝秋色浅，人胜参差剪。双鬓隔香红，玉钗头上风。《词选》云："'梦'字提。'江上'以下，略叙梦境。'人胜参差'、玉钗香隔，言梦亦不得到也。"　又云："'江上柳如烟'是关络。"　**大雅集**

（"江上"二句）梦境凄凉。

《词话》卷九（刻本卷七）："江上柳如烟，雁飞残月天。"飞卿佳句也。好在是梦中情况，便觉绵缈无际，若空写两句景物，意味便减。悟此方许为词，不则即金氏所谓"雅而不艳，有句无章"者矣。

又

蕊黄无限当山额，宿妆隐笑纱窗隔。相见牡丹时，暂来还别离。　　翠钗金作股，钗上双蝶舞。心事竟谁知，月明花满枝。《词选》云："提起。"　又云："以下三章，本入梦之情。"　**大雅集**

又

翠翘金缕双鸂鶒，水纹细起春池碧。池上海棠梨，雨晴红满枝。　　绣衫遮笑靥，烟草粘飞蝶。青琐对芳菲，玉关音信稀。　**大雅集**

又

杏花含露团香雪，绿杨陌上多离别。灯在月胧明，

觉来闻晓莺。 　　玉钩褰翠幕，妆浅旧眉薄。春梦正关情，镜中蝉鬓轻。《词选》云："结。" **大雅集**

（"灯在"句）梦境迷离。

又

　　玉楼明月长相忆，柳丝袅娜春无力。门外草萋萋，送君闻马嘶。 　　画罗金翡翠，香烛消成泪。花落子规啼，绿窗残梦迷。《词选》云："'玉楼明月长相忆'，又提。'柳丝袅娜'，送君之时，故'江上柳如烟'，梦中情境亦尔。七章'阑外垂丝柳'，八章'绿杨满院'，九章'杨柳色依依'，十章'杨柳又如丝'，皆本此'柳丝袅娜'言之，明相忆之久也。" **大雅集**

（"绿窗"句）低回欲绝。

又

　　凤凰相对盘金缕，牡丹一夜经微雨。明镜照新妆，鬓轻双脸长。 　　画楼相望久，阑外垂丝柳。音信不归来，社前双燕回。 **大雅集**

又

牡丹花谢莺声歇，绿杨满院中庭月。相忆梦难成，背窗灯半明。　　翠钿金压脸，寂寞香闺掩。人远泪阑干，燕飞春又残。《词选》云："'相忆梦难成'，正是'残梦迷'情事。"　大雅集

三章云"相见牡丹时"，五章云"觉来闻晓莺"，此云"牡丹花谢莺声歇"，言良辰已过，故下云"燕飞春又残"也。

又

满宫明月梨花白，故人万里关山隔。金雁一双飞，泪痕沾绣衣。　　小园芳草绿，家住越溪曲。杨柳色依依，燕归君不归。　大雅集

结句即七章"音信不归来"二语意，重言以申明之，音更促，语更婉。

又

宝函钿雀金鸂鶒，沉香阁上吴山碧。杨柳又如丝，

驿桥春雨时。　　画楼音信断,芳草江南岸。鸾镜与花枝,此情谁得知。《词选》云:"'鸾镜'二句结,与'心事竟谁知'相应。"　大雅集

只一"又"字,含多少眼泪。("鸾镜"二句)沉郁。

又

南园满地堆轻絮,愁闻一霎清明雨。雨后却斜阳,杏花零落香。　　无言匀睡脸,枕上屏山掩。时节欲黄昏,无聊独倚门。① 　大雅集

又

夜来皓月才当午,垂帘悄悄无人语。深处麝煤长,卧时留薄妆。　　当年还自惜,往事那堪忆。花落月明残,锦衾知晓寒。《词选》云:"此自卧时至晓,所谓'相忆梦难成'也。"　大雅集

"知"字凄警,与"愁人知夜长"同妙。

_____

① 此首《词选》有评语:"此下乃叙梦。此章言黄昏。"

又

　　雨晴夜合玲珑日，万枝香袅红丝拂。闲梦忆金堂，满庭萱草长。　　绣帘垂箓簌，眉黛远山绿。春水渡溪桥，凭栏魂欲销。《词选》云："此章正写梦，垂帘、凭栏皆梦中情事，正应'人胜参差'三句。"　**大雅集**

　　"绣帘"四语婉雅。叔原"梦中惯得无拘检，又踏杨花过谢桥"，聪明语，然近于轻薄矣。

又

　　竹风轻动庭除冷，珠帘月上玲珑影。山枕隐浓妆，绿檀金凤皇。　　两蛾愁黛浅，故国吴宫远。春恨正关情，画楼残点声。《词选》云："此言梦醒。'春恨正关情'与五章'春梦正关情'相对双锁。"又云："'青琐'、'金堂'、'故国吴宫'，略露寓意。"　**大雅集**

　　（"春恨"二句）缠绵无尽。

更　漏　子

　　柳丝长，春雨细，花外漏声迢递。惊塞雁，起城乌，画屏金鹧鸪。　　　香雾薄，透帘幕，惆怅谢家池阁。红烛背，绣帘垂，梦长君不知。《词选》云："此三首亦《菩萨蛮》之意。'惊塞雁'三句，言欢戚不同，兴下'梦长君不知'。"　**大雅集**

（"红烛"三句）思君之词，托于弃妇以自写哀怨，品最工，味最厚。

又

星斗稀，钟鼓歇，帘外晓莺残月。兰露重，柳风斜，满庭堆落花。　　　虚阁上，倚阑望，还是去年惆怅。春欲暮，思无穷，旧欢如梦中。《词选》云："'兰露重'三句，与'塞雁'、'城乌'义同。"　**大雅集**

"兰露"三句即上章意，略将欢戚颠倒为变换。◎"还是去年惆怅"，欲语复咽，中含无限情事，是为沉郁。"旧欢"五字，结出不堪回首意。

《词话》卷一：飞卿《更漏子》首章云："惊塞雁，起城乌，画屏金鹧鸪。"此言苦者自苦，乐者自乐。次章云："兰露重，柳风斜，满庭堆落花。"此又言盛者自盛，衰者自衰，亦即上章苦乐之意。颠倒言之，纯是风人章法，特改换面目，人自不觉耳。

又

玉炉香，红蜡泪，偏照画堂秋思。眉翠薄，鬓云残，夜长衾枕寒。　　梧桐树，三更雨，不道离情正苦。一叶叶，一声声，空阶滴到明。胡元任云："庭筠工于造语，极为奇丽，此词尤佳。"[①]　**大雅集**

后半阕无一字不妙，沉郁不及上二章，而凄警特绝。

《词话》卷一：飞卿《更漏子》三章，自是绝唱，而后人独赏其末章"梧桐树"数语。胡元任云："庭筠工于造语，极为奇丽，此词尤佳。"即指"梧桐树"数语也。不知"梧桐树"数语，用笔较快，而意味无上二章之厚。胡氏不知词，故以"奇丽"目飞卿，且以此章为飞卿之冠，浅视飞卿者也。后人从而和之，何耶？

玉 蝴 蝶

秋风凄切伤离，行客未归时。塞外草先衰，江南雁到迟。　　芙蓉凋嫩脸，杨柳堕新眉。摇落使人悲，断

---

① "胡元任"，原稿误作"胡云任"。胡仔，字元任，此评见《苕溪渔隐丛话》后集卷十七。

肠谁得知。 **大雅集**

（"塞外"二句）括多少《秋思赋》。◎"凋嫩脸""堕新眉"，微落俗调。结语怨，却有含蓄。

梦 江 南

梳洗罢，独倚望江楼。过尽千帆皆不是，斜晖脉脉水悠悠。肠断白蘋洲。 **大雅集**

河 传

湖上，闲望。雨潇潇，烟浦花桥路遥。谢娘翠蛾愁不销，终朝，梦魂迷晚潮。 荡子天涯归棹远，春已晚，莺语空肠断。若耶溪，溪水西，柳堤，不闻郎马嘶。 **大雅集**

（"谢娘"三句）凄怨而深厚，最是高境。○此调最不易合拍，五代而后，几成绝响。

《词话》卷九（刻本卷七）：《河传》一调，最难合拍，飞卿振其蒙，五代而后，便成绝响。

清 平 乐

洛阳愁绝，杨柳花飘雪。终日行人争攀折，桥下水流呜咽。 上马争劝离觞，南浦莺声断肠。愁杀平原年少，回首挥泪千行。 **放歌集**

"桥下"句，从离人眼中看得，耳中听得。

南 歌 子

手里金鹦鹉，胸前绣凤凰。偷眼暗形相，不如从嫁与，作鸳鸯。 **闲情集**

（"偷眼"句）五字摹神。◎"鸳鸯"二字，与上"鹦鹉"、"凤凰"映射成趣。

又

倭堕低梳髻，连娟细扫眉。终日两相思，为君憔悴尽，百花时。 **闲情集**

（"为君"二句）低回欲绝。

又

懒拂鸳鸯枕，休缝翡翠裙。罗帐罢炉熏，近来心更切，为思君。 **闲情集**

上三句三层，下接"近来"五字甚紧，真是一往情深。

女 冠 子

含娇含笑，宿翠残红窈窕。鬓如蝉。寒玉簪秋水，轻纱卷碧烟。 雪胸鸾镜里，琪树凤楼前。寄语青娥伴，早求仙。 **闲情集**

（"寒玉"二句）仙骨珊珊，知非凡艳。◎后半无味。

酒 泉 子

楚女不归，楼枕小河春水。月孤明，风又起，杏花稀。 玉钗斜簪云鬟重，裙上镂金双凤。八行书，千里梦，雁南飞。 **别调集**

（"月孤"三句）情词凄怨，三句中有多少层折。

河渎神

　　河上望丛祠，庙前春雨来时。楚山无限鸟飞迟，兰棹空伤别离。　　何处杜鹃啼不歇，艳红开尽如血。蝉鬓美人愁绝，百花芳草时节。　　**别调集**

　　《河渎神》三章，寄哀怨于迎神曲中，得《九歌》之遗意。

又

　　孤庙对寒潮，西陵风雨潇潇。谢娘惆怅倚兰桡，泪流玉箸千条。　　暮天愁听思归乐，早梅香满山郭。回首两情萧索，离魂何处飘泊。　　**别调集**

　　（"孤庙"二句）苍莽中有神韵。

又

　　铜鼓赛神来，满庭幡盖徘徊。水村江浦过风雷，楚

山如画烟开。　　离别橹声空萧索，玉容惆怅妆薄。青麦燕飞落落，卷帘愁对珠阁。　**别调集**

上二章待来未来，此章言神至也。◎下半阕神去，致思慕之情。

遐方怨

凭绣槛，解罗帏。未得君书，断肠潇湘春雁飞。不知征马几时归。海棠花谢也，雨霏霏。　**别调集**

（"海棠"二句）神味宛然。

又

花半拆，雨初晴。未卷珠帘，梦残惆怅闻晓莺。宿妆眉浅粉山横。约鬟鸾镜里，绣罗轻。　**别调集**

诉 衷 情

莺语，花舞，春昼午，雨霏微。金带枕，宫锦，凤凰帷。柳弱燕交飞，依依。辽阳信音稀，梦中归。　**别调集**

节愈促，词愈婉。◎结三字凄绝。

忆 江 南

千万恨，恨极在天涯。山月不知心里事，水风空落
眼前花。摇曳碧云斜。　　别调集

（"山月"二句）低回宛转。

蕃 女 怨

万枝香雪开已遍，细雨双燕。钿蝉筝，金雀扇，画
梁相见。雁门消息不归来，又飞回。　　别调集

"又飞回"三字，悽惋特绝。

又

碛南沙上惊雁起，飞雪千里。玉连环，金镞箭，年
年征战。画楼离恨锦屏空，杏花红。　　别调集

起二语，有力如虎。

荷 叶 杯

楚女欲归南浦，朝雨，湿愁红。小船摇漾入花里，波起，隔西风。　**别调集**

节短韵长。

皇甫松

字子奇，湜之子。

《词话》卷一：唐代词人，自以飞卿为冠。太白《菩萨蛮》《忆秦娥》两阕，自是高调，未臻无上妙谛，皇甫子奇《梦江南》《竹枝》诸篇，合者可寄飞卿庑下，亦不能为之亚也。

《词话》卷九（刻本卷七）：唐人皇甫子奇词，宏丽不及飞卿，而措词闲雅，犹存古诗遗意。唐词于飞卿而外，出其右者鲜矣。五代而后，更不复见此种笔墨。

梦 江 南

兰烬落，屏上暗红蕉。闲梦江南梅熟日，夜船吹笛

雨潇潇。人语驿边桥。 **大雅集**

又

　　楼上寝，残月下帘旌。梦见秣陵惆怅事，桃花柳絮满江城。双鬟坐吹笙。 **大雅集**

　　（"梦见"二句）梦境、画境，婉转凄清，亦飞卿之流亚也。

竹　枝 一作《巴渝辞》

　　槟榔花发竹枝鹧鸪啼女儿，雄飞烟瘴竹枝雌亦飞女儿。 **别调集**

　　诸篇情余言外，得古乐府神理。

又

　　木棉花尽竹枝荔支垂女儿，千花万花竹枝待郎归女儿。 **别调集**

又

芙蓉并蒂_{竹枝}一心连_{女儿}，花侵槅子_{竹枝}眼应穿_女儿。 **别调集**

又

筵中蜡烛_{竹枝}泪珠红_{女儿}，合欢桃核_{竹枝}两人同_女儿。 **别调集**

又

斜江风起_{竹枝}动横波_{女儿}，劈开莲子_{竹枝}苦心多_女儿。 **别调集**

又

山头桃花_{竹枝}谷底杏_{女儿}，两花窈窕_{竹枝}遥相映_女儿。 **别调集**

诸词纯用比兴体，意味最深。

又①

门前春水竹枝白蘋花女儿，岸上无人竹枝小艇斜女儿。商女经过竹枝江欲暮女儿，散抛残食竹枝饲神鸦女儿。　**别调集**

直似中唐绝句。

采 莲 子

菡萏香连十顷陂举棹，小姑贪戏采莲迟年少。晚来弄水船头湿举棹，更脱红裙裹鸭儿年少。　**别调集**

此亦绝句也。彼以"枝"、"儿"叶韵，此以"棹"、"少"叶韵，盖皆歌时群相随和之声也。

浪 淘 沙

蛮歌豆蔻北人愁，浦雨杉风野艇秋。浪起鹧鸪眠不得，寒沙细细入江流。　**别调集**

---

① 此词孙光宪作，见《花间集》卷八，此误从《词律》。

　　唐人《浪淘沙》本是可歌绝句，措语亦紧切调名。自后主"帘外雨潺潺"二阕后，竞相沿袭，古调不复弹矣。

天 仙 子

　　晴野鹭鸶飞一只，水蒇花发秋江碧。刘郎此日别天仙，登绮席，泪珠滴，十二晚峰青历历。　　**别调集**

　　"一只"妙。◎结有远韵，是从"江上数峰青"化出。

又

　　踯躅花开红照水，鹧鸪飞绕青山嘴。行人经岁始归来，千万里，错相倚，懊恼天仙应有以。　　**别调集**

　　字字警快可喜。

摘 得 新

　　酌一卮，须教玉笛吹。锦筵红蜡烛，莫来迟。繁红一夜经风雨，是空枝。　　**别调集**

（"繁红"二句）及时勿失，感慨系之。

郑　符

字梦复。官秘书监。

闲 中 好 题永寿寺

闲中好，尽日松为侣。此趣人不知，轻风度僧语。

别调集

段成式

字柯古，文昌子。会昌中，官太常少卿。

闲 中 好

闲中好，尘务不萦心。坐对当窗木，看移三面阴。

别调集

合上篇皆见静机。

李重元①

忆 王 孙 春景

蒌蒌芳草忆王孙，柳外楼高空断魂，杜宇声声不忍闻。欲黄昏，雨打梨花深闭门。　　**别调集**

《忆王孙》四首，句斟字酌，期于稳当，直似近人笔墨，古意全失矣。

又 夏景

风蒲猎猎小池塘，过雨荷花满院香，沉李浮瓜冰雪凉。竹方床，针线慵拈午梦长。　　**别调集**

又 秋景

飕飕风冷荻花秋，明月斜侵独倚楼，十二珠帘不上钩。黯凝眸，一点渔灯古渡头。　　**别调集**

---

①　重元约当宋徽宗宣和时。词见《唐宋诸贤绝妙词选》。

又 冬景

同云风扫雪初晴，天外孤鸿三两声，独拥寒衾不忍听。月笼明，窗外梅花影瘦横。　**别调集**

司空图

字表圣，泗州人。咸通中进士，官礼部员外郎。黄巢之乱，避地中条山。昭宗反正，以户部侍郎召，至京复归，再以兵部侍郎召，不赴。乱作，不食而死。有《一鸣集》。

酒 泉 子

买得杏花，十载归来方始坼。假山西畔药栏东，满枝红。　　旋开旋落旋成空，白发多情人更惜。黄昏把酒祝东风，且从容。　**放歌集**

韩 偓

字致尧，一作光，万年人。龙纪元年擢进士第，官至兵部侍郎，朱全忠恶之，贬濮州司马。有《香奁集》。

生 查 子

侍女动妆奁，故故惊人睡。那知本未眠，背面偷垂

泪。　　　懒卸凤凰钗，羞入鸳鸯被。时复见残灯，和烟坠金穗。　闲情集

柔情密意。

浣 溪 沙

枕鬓新收玉步摇，背灯初解绣裙腰。枕寒衾冷异香焦。　　　深院不关春寂寂，落花和雨夜迢迢。恨情残醉却无聊。　闲情集

上下阕结句微嫌并头，然五代人多犯此弊。

张　曙

小字阿灰，侍郎祎子。

浣 溪 沙①

枕障熏炉隔绣帷，二年终日两相思。杏花明月始应

① 此张泌词，见《花间集》卷四。此据《词综》从《北梦琐言》。

知。　　天上人间何处去，旧欢新梦觉来时。黄昏微雨
画帘垂。　**别调集**

（"杏花"句）婉约。（"天上"二句）对法活泼。

吕　岩

字洞宾，关右人。咸通中与进士不第，携家隐终南。

豆 叶 黄

二月江南山水路，李花零落春无主。一个鱼儿无觅
处，风和雨，玉龙生甲归天去。　**放歌集**

（"一个"三句）奇警。

梧 桐 影 景德寺僧房

落日斜，秋风冷。今夜故人来不来，教人立尽梧桐
影。《词综》云："别本首句皆作'落月斜'，非是，今从《竹坡诗
话》更正。又景德寺蛾眉院壁所题，'今夜故人'作'幽人今
夜'。"　**别调集**

笔意幽寂。

柳　氏

韩翃宠姬。

杨 柳 枝 答韩员外

杨柳枝，芳菲节，可恨年年赠离别。一叶随风忽报秋，纵使君来岂堪折。　闲情集

君平寄词云"也应攀折他人手"，此则并不剖白，但云"纵使君来岂堪折"，而相忆之情，贞一之志，言外自见。和平温厚，不愧风人。

刘采春

罗 唝 曲

不喜秦淮水，生憎江上船。载儿夫婿去，经岁又经年。　别调集

婉雅幽怨，似五绝中最高者。〇此类皆可入诗，姑录一二以备格，不求多也。

<h2 style="text-align:center">又</h2>

借问东园柳，枯来得几年。自无枝叶分，莫怨太阳偏。　**别调集**

王丽真女郎

见《才鬼录》。

<h2 style="text-align:center">字 字 双</h2>

床头锦衾斑复斑，架上朱衣殷复殷。空庭明月闲复闲，夜长路远山复山。　**别调集**

既伤阒寂，又悲鸾隔，曼声促节，极其哀怨。

无名氏

后 庭 宴

千里故乡，十年华屋，乱魂飞过屏山簇。眼重眉褪不胜春，菱花知我销香玉。 双双燕子归来，应解笑人幽独。断歌零舞，遗恨清江曲。万树绿低迷，一庭红扑簌。 **大雅集**

白雨斋词选卷二

五代十国词

　　《词话》卷十（刻本卷八）：五代人词，高者升飞卿之堂，俚者直近于曲矣，故去取宜慎。《花间》《尊前》等集，更欲扬其波而张其焰，吾不解是何心也！○六朝诗所以远逊唐人者，魄力不充也。魄力不充者，以纤秾损其真气故也。当时乐府所尚，如《子夜》《捉搦》诸歌曲，诗所以不振也。五代词不及两宋者，亦犹是耳。

后唐庄宗皇帝

忆　仙　姿

　　曾宴桃源深洞，一曲舞鸾歌凤。长记别伊时，和泪出门相送。如梦，如梦，残月落花烟重。　　别调集

　　（"如梦"三句）笔意幽秀。

蜀主孟昶

玉 楼 春 夜起避暑摩诃池上作

冰肌玉骨清无汗，水殿风来暗香满。绣帘一点月窥人，欹枕钗横云鬓乱。　起来琼户启无声，时见疏星渡河汉。屈指西风几时来，只恐流年暗中换。《词综》云："苏子瞻《洞仙歌》本隐括此词，然未免反有点金之憾。"　**大雅集**

南唐中宗李景①

山 花 子

菡萏香销翠叶残，西风愁起绿波间。还与韶光共憔悴，不堪看。　细雨梦回鸡塞远，小楼吹彻玉笙寒。多少泪珠何限恨，倚阑干。　**大雅集**

（"还与"二句）凄然欲绝。后主虽工于怨词，总逊此哀婉沉至。

———————

① 李景，《旧五代史》："景，本名璟，及将臣于周，以犯庙讳，故改之。"《新五代史》："景，初名景通，昪长子也。既立，又改名璟。"

《词话》卷一：南唐中宗《山花子》云："还与韶光共憔悴，不堪看。"沉之至，郁之至，凄然欲绝。后主虽善言情，卒不能出其右也。

又

手卷真珠上玉钩，依前春恨锁重楼。风里落花谁是主？思悠悠。　　青鸟不传云外信，丁香空结雨中愁。回首渌波三峡暮，接天流。　**大雅集**

浣 溪 沙①

风压轻云贴水飞，乍晴池馆燕争泥。沈郎多病不胜衣。　　沙上未闻鸿雁信，竹间时听鹧鸪啼。此情惟有落花知。　**大雅集**

起七字亦工于写景。

① 此词亦见《东坡乐府》，王仲闻考订为苏轼作。此从《词选》。

南唐后主李煜

后主词，悽惋出飞卿之右，而骚意不及。

《词话》卷一：后主词，思路悽惋，词场本色，不及飞卿之厚，自胜牛松卿辈。

《词话》卷九（刻本卷七）：李后主、晏叔原皆非词中正声，而其词则无人不爱，以其情胜也。情不深而为词，虽雅不韵，何足感人？

相 见 欢

　　林花谢了春红，太匆匆。无奈朝来寒雨晚来风。　　胭脂泪，相留醉，几时重。自是人生长恨水长东。　**大雅集**

又

　　无言独上西楼，月如钩。寂寞梧桐深院锁清秋。　　剪不断，理还乱，是离愁。别是一番滋味在心头。黄叔旸云："此词最凄婉，所谓'亡国之音哀以思'。"　**大雅集**

（下阕）哀感顽艳，妙只说不出。

浪 淘 沙

帘外雨潺潺，春意阑珊。罗衾不耐五更寒。梦里不知身是客，一晌贪欢。　　独自暮凭栏，无限江山。别时容易见时难。流水落花归去也，天上人间。蔡絛云："含思悽惋。"　**大雅集**

结得悲惋，尤妙在神不外散，而有流动之致。

又

往事只堪哀，对景难排。秋风庭院藓侵阶。一桁珠帘闲不卷，终日谁来。　　金剑已沉埋，壮气蒿莱。晚凉天静月华开。想得玉楼瑶殿影，空照秦淮。　**大雅集**

起五字极悽婉，而来势妙，极突兀。

清 平 乐

别来春半，触目愁肠断。砌下落梅如雪乱，拂了一

身还满。　　雁来音信无凭，路遥归梦难成。离恨恰如春草，更行更远还生。　**大雅集**

（"离恨"二句）永叔"离愁渐远渐无穷"二语，从此脱胎。

子　夜

花明月暗笼轻雾，今宵好向郎边去。刬袜步香阶，手提金缕鞋。　　画堂南畔见，一晌偎人颤。好为出来难，教君恣意怜。　**闲情集**

（"好为"二句）荒淫语，十分沉至。

长　相　思

云一緺，玉一梭。淡淡衫儿薄薄罗，轻颦双黛螺。　　秋风多，雨如和。帘外芭蕉三两窠，夜长人奈何。　**闲情集**

（"帘外"二句）情词凄婉。

一斛珠 美人口

晓妆初过，沉檀轻注些儿个。向人微露丁香颗。一曲清歌，暂引樱桃破。　　罗袖浥残殷色可，杯深旋被香醪涴。绣床斜凭娇无那。烂嚼红茸，笑向檀郎唾。　**闲情集**

（"烂嚼"二句）风流秀曼，失人君之度矣。

忆江南

多少恨，昨夜梦魂中。还似旧时游上苑，车如流水马如龙。花月正春风。　**别调集**

后主词一片忧思，当领会于声调之外。君人而为此词，欲不亡国也，得乎？

又

多少泪，沾袖复横颐。心事莫将和泪滴，凤笙休向月明吹。肠断更无疑。　**别调集**

又

闲梦远，南国正芳春。船上管弦江面绿，满城飞絮混轻尘。愁杀看花人。 **别调集**

又

闲梦远，南国正清秋。千里江山寒色暮，芦花深处泊孤舟。笛在月明楼。 **别调集**

寥寥数语，括多少景物在内。

采 桑 子

亭前春逐红英尽，舞态徘徊，细雨霏微，不放双眉时暂开。　　绿窗冷静芳音断，香印成灰，可奈情怀，欲睡朦胧入梦来。 **别调集**

（"不放"句）幽怨。

子　夜

　　人生愁恨何能免，消魂独我情何限。故国梦重归，觉来双泪垂。　　　　高楼谁与上，长记秋晴望。往事已成空，还如一梦中。　　**别调集**

　　（"故国"二句）"回首可怜歌舞地"。（"还如"句）"悠悠苍天，此何人哉!"

虞　美　人

　　春花秋月何时了，往事知多少。小楼昨夜又东风，故国不堪回首月明中。　　　　雕栏玉砌应犹在，只是朱颜改。问君能有几多愁，恰似一江春水向东流。　　**别调集**

　　（"故国"句）哀猿一声。

临　江　仙

　　樱桃落尽春归去，蝶翻轻粉双飞。子规啼月小楼西。玉钩罗幕，惆怅暮烟垂。　　　　别巷寂寥人散后，望残烟草低迷。炉香闲袅凤凰儿。空持罗带，回首恨依依。苏子由云："凄凉怨慕，真亡国之声也。" 《词综》云："是词相传后主在围城中赋，未就而城破，阙后三句，刘延仲补之云：'何时重听玉骢嘶。扑帘柳絮，依约梦回时。'而《耆旧续闻》所载，故是全作，当从之。" **别调集**

（"空持"二句）低徊留恋，宛转可怜。○伤心语不忍卒读。

和　凝

字成绩，郓州人。举进士，仕后唐，知制诰，翰林学士。晋天福中拜中书侍郎，同中书门下平章事。归后汉，拜太子太傅，封鲁国公。有《红叶稿》。

采桑子

蝤蛴领上诃梨子，绣带双垂，椒户闲时，竞学樗蒲赌荔枝。　　丛头鞋子红编细，裙窣金丝，无事颦眉，春思翻教阿母疑。 **闲情集**

（"无事"二句）以婉雅之笔，绘秾丽之词，耐人寻味。

江 城 子 五首

初夜含娇入洞房，理残妆，柳眉长。翡翠屏中、亲
爇玉炉香。整顿金钿呼小玉，排红烛，待潘郎。　闲情集

五词不少俚浅处，取其章法清晰，为后人联章之祖。

又

竹里风生月上门，理秦筝，对云屏。轻拨朱弦、恐
乱马嘶声。含恨含娇独自语，今夜约，太迟生。　闲情集

又

斗转星移玉漏频，已三更，对栖莺。历历花间、似
有马蹄声。含笑整衣开绣户，斜敛手，下阶迎。　闲情集

又

迎得郎来入绣闱，语相思，连理枝。鬓乱钗垂、梳
堕印山眉。娅姹含情娇不语，纤玉手，抚郎衣。　闲情集

又

帐里鸳鸯交颈情，恨鸡声，天已明。愁见街前、还是说归程。临上马时期后会，待梅绽，月初生。 **闲情集**

鹤冲天 宫词①

晓月坠，宿云披，银烛锦屏欹。建章钟动玉绳低，宫漏出花迟。　　春态浅，来双燕，红日渐长一线。严妆欲罢转黄鹂，飞上万年枝。 **别调集**

（"严妆"二句）清和闲雅，似右丞七律，自是贵品。

渔 父

白芷汀寒立鹭鸶，蘋风轻剪浪花时。烟幂幂，日迟迟，香引芙蓉惹钓丝。 **别调集**

竟体清朗。

------

① 此词亦见冯延巳《阳春集》。此从《清绮轩词选》。

韦 庄

　　字端己，杜陵人。乾宁元年进士，入蜀，王建辟掌书记，寻召为起居舍人，建表留之，后为蜀散骑常侍，判中书门下事。有《浣花集》。

　　《词话》卷一：韦端己词，似直而纡，似达而郁，最为词中胜境。◎端己《菩萨蛮》云："未老莫还乡，还乡须断肠。"又云："凝恨对斜晖，忆君君不知。"《归国遥》云："别后只知相愧，泪珠难远寄。"《应天长》云："夜夜绿窗风雨，断肠君信否。"皆留蜀后思君之辞。时中原鼎沸，欲归不能，端己人品未为高，然其情亦可哀矣。

菩 萨 蛮

　　红楼别夜堪惆怅，香灯半卷流苏帐。残月出门时，美人和泪辞。　　　琵琶金翠羽，弦上黄莺语。劝我早归家，绿窗人似花。《词选》云："此词盖留蜀后寄意之作。一章言奉使之志本欲速归也。"　**大雅集**

　　深情苦调，意婉词直，屈子《九章》之遗。○词至端己，语渐疏快，意却深厚，虽不及飞卿之沉郁，亦古今绝构也。

　　《词话》卷一：端己《菩萨蛮》四章，惓惓故国之思，而意婉词直，一变飞卿面目，然消息正自相通。余尝谓后主之视飞卿，合而离者也；端己之视飞卿，离而合者也。

《词话》卷十（刻本卷八）：韦端己《菩萨蛮》四章，辛稼轩《水调歌头》《鹧鸪天》等阕，间有朴实处，而伊郁即寓其中。浅率粗鄙者，不得藉口。

又

人人尽说江南好，游人只合江南老。春水碧于天，画船听雨眠。　　垆边人似月，皓腕凝霜雪。未老莫还乡，还乡须断肠。《词选》云："此章述蜀人劝留之辞，即下章云'满楼红袖招'也。江南即指蜀，中原沸乱，故曰'还乡须断肠'。"　**大雅集**

讳蜀为江南，是其良心不泯处。端己人品未为高，然其情亦可哀矣。

又

如今却忆江南乐，当时年少春衫薄。骑马倚斜桥，满楼红袖招。　　翠屏金屈曲，醉入花丛宿。此度见花枝，白头誓不归。《词选》云："上云'未老莫还乡'，犹冀老而还乡也。其后朱温篡成，中原愈乱，遂决劝进之志，故曰'如今

却忆江南乐',又曰'白头誓不归'。则此词之作,其在相蜀时乎?" **大雅集**

("此度"二句)决绝语,正自凄楚。

又

洛阳城里春光好,洛阳才子他乡老。柳暗魏王堤,此时心转迷。　　桃花春水渌,水上鸳鸯浴。凝恨对斜晖,忆君君不知。《词选》云:"此章致思君之意。" **大雅集**

("柳暗"二句)中有难言之隐。

归 国 遥

金翡翠,为我南飞传我意。卷画桥边春水,几年花下醉。　　别后只知相愧,泪珠难远寄。罗幕绣帏鸳被,旧欢如梦里。 **大雅集**

此亦《菩萨蛮》之意。

应 天 长

绿槐阴里黄鹂语，深院无人春昼午。画帘垂，金凤舞，寂寞绣屏香一炷。　　碧天云，无定处，空有梦魂来去。夜夜绿窗风雨，断肠君信否。　**大雅集**

（"断肠"句）亦"忆君君不知"意。

浣 溪 沙

夜夜相思更漏残，伤心明月凭阑干。想君思我锦衾寒。　　咫尺画堂深似海，忆来惟把旧书看。几时携手入长安。　**大雅集**

（"想君"句）从对面设想便深厚。

谒 金 门

空相忆，无计得传消息。天上嫦娥人不识，寄书何处觅。　　新睡觉来无力，不忍把君书迹。满院落花春寂寂，断肠芳草碧。　**大雅集**

更 漏 子

钟鼓寒，楼阁暝，月照古桐金井。深院闭，小庭空，落花香露红。　　烟柳重，春雾薄，灯背水窗高阁。闲倚户，暗沾衣，待郎郎不归。　大雅集

上 行 杯

芳草灞陵春岸，柳烟深、满楼弦管。一曲离声肠寸断。　　今日送君千万，红缕玉盘金缕盏。须劝，珍重意，莫辞满。　闲情集

（"珍重"二句）殷勤恫款，令人情醉。

女 冠 子

四月十七，正是去年今日，别君时。忍泪佯低面，含羞半敛眉。　　不知魂已断，空有梦相随。除却天边月，没人知。　闲情集

（"不知"二句）一往情深，不着力而自胜。

天 仙 子

蟾采霜华夜不分，天外鸿声枕上闻。绣衾香冷懒重熏。　　人寂寂，叶纷纷，才睡依前梦见君。　**别调集**

（"才睡"句）端己词时露故君之思，读者当会意于言外。

荷 叶 杯

绝代佳人难得，倾国，花下见无期。一双愁黛远山眉，不忍更思惟。　　闲掩翠屏金凤，残梦，罗幕画堂空。碧天无路信难通，惆怅旧房栊。《古今词话》云："韦庄以才名寓蜀，王建割据，遂羁留之。庄有宠人，资质艳丽，兼善词翰。建闻之，托以教内人为词强庄，夺去。庄追念恨怏，作《小重山》及此词，情意悽怨。人相传播，盛行于时。姬后传闻之，遂不食而卒。"　**别调集**

"不忍更思惟"五字，凄然欲绝，姬独何心能勿肠断耶？

小 重 山

一闭昭阳春又春，夜寒宫漏永、梦君恩。卧思陈事

暗销魂。罗衣湿、红袂有啼痕。　　歌吹隔重阍，绕庭芳草绿、倚长门。万般惆怅向谁论。凝情立、宫殿欲黄昏。　　**别调集**

（"绕庭"句）凄警。

诉 衷 情

碧沼红芳烟雨净，倚兰桡。垂玉佩，交带，袅纤腰。鸳梦隔星桥，迢迢。越罗香暗销，坠花翘。　　**别调集**

"鸳梦"五字，有仙气，亦有鬼气。

薛昭蕴

仕至侍郎。

谒 金 门

春满院，叠损罗衣金线。睡觉水精帘未卷，帘前双语燕。　　斜掩金铺一扇，满地落花千片。早是相思肠欲断，忍教频梦见。　　**闲情集**

曰"相思",曰"梦见",泛常语分作两层写意态便浓,斯谓翻陈出新。

浣 溪 沙

粉上依稀有泪痕,郡庭花落欲黄昏。远情深恨与谁论。　　记得去年寒食日,延秋门外卓金轮。日斜人散暗销魂。　**闲情集**

《浣溪沙》数阕,委婉沉至,音调亦闲雅可歌。

又

携手河桥柳似金,蜂须轻惹百花心。蕙风兰思寄清琴。　　意满便同春水①满,情深还似酒杯深。楚烟湘月两沉沉。　**闲情集**

又

江馆清秋缆客船,故人相送夜开筵。麝烟兰焰簇花

---

① "水",底本误作"思",据《花间集》《唐五代词选》改。

钿。　　正是断魂迷楚雨，不堪离恨咽湘弦。月高霜白水连天。　闲情集

又

越女淘金春水上，步摇云鬓佩鸣珰。渚风江草又清香。　　不为远山凝翠黛，只应含恨向斜阳。碧桃花谢忆刘郎。　闲情集

（下阕）遣词大雅。

小 重 山

春到长门春草青，玉阶华露滴、月胧明。东风吹断紫箫声，宫漏促、帘外晓啼莺。　　愁极梦难成，红妆流宿泪、不胜情。手按裙带绕花行，思君切、罗幌暗尘生。　别调集

（"思君切"句）尚有古意。

又

秋到长门秋草黄，画梁双燕去、出宫墙。玉箫无复
理霓裳，金蝉坠、鸾镜掩休妆。　　忆昔在昭阳，舞衣
红绶带、绣鸳鸯。至今犹惹御炉香，魂梦断、愁听漏更
长。　**别调集**

牛　峤

字松卿，一字延峰，陇西人。乾符五年进士，历官拾遗，补尚书
郎。王建镇蜀，辟判官，后事蜀，为给事中。

菩萨蛮

舞裙香暖金泥凤，画梁语燕惊残梦。门外柳花飞，
玉郎犹未归。　　愁匀红粉泪，眉剪春山翠。何处是辽
阳，锦屏春昼长。　**大雅集**

（下阕）温丽芊绵，飞卿流亚。

又

绿云鬓上飞金雀，愁眉敛翠春烟薄。香阁掩芙蓉，

画屏山几重。 窗寒天欲曙,犹结同心苣。啼粉浣罗衣,问郎何日归。《词选》云:"'惊残梦'一点,以下纯是梦境。章法似《西洲曲》。" 又云:"《花间集》七首,词意颇杂,盖非一时之作。《词综》删存二首,章法绝妙。" 大雅集

江 城 子

鸡鶒飞起郡城东,碧江空,半滩风。越王宫殿、蘋叶藕花中。帘卷水楼鱼浪起,千片雪,雨蒙蒙。 大雅集

("越王"句)感慨苍凉。

望 江 怨

东风急,惜别花时手频执,罗帏愁复入。 马嘶残雨春芜湿,倚马立。寄语薄情郎,粉香和泪泣。 闲情集

感 恩 多

两条红粉泪,多少香闺意。强攀桃李枝,敛愁

眉。　　　　陌上莺啼蝶舞，柳花飞。柳花飞，愿得郎心，忆家还早归。　**闲情集**

（"强攀"二句）中有伤心处。（"柳花"四句）自然而然，绝不着力。

西　溪　子

捍拨双盘金凤，蝉鬓玉钗摇动。画堂前，人不语，弦解语。弹到昭君怨处，翠蛾愁，不抬头。　**闲情集**

（"弹到"三句）意在言外。

毛文锡

字平珪。唐进士，事蜀，为翰林学士，迁内枢密使，历文思殿大学士、司徒。

甘　州　遍

秋风紧，平碛雁行低。阵云齐，萧萧飒飒，边声四起。愁闻戍角与征鼙。　　　　青冢北，黑山西。沙飞聚散

无定，往往路人迷。铁衣冷、战马血沾蹄，破蕃奚。凤皇诏下，步步蹑丹梯。　放歌集

结以功名，鼓战士之气。

更 漏 子

春夜阑，春恨切，花外子规啼月。人不见，梦难凭，红纱一点灯。　　偏怨别，是芳节，庭下丁香千结。宵雾散，晓霞辉，梁间双燕飞。　闲情集

醉 花 间

休相问，怕相问，相问还添恨。春水满塘生，鸂鶒还相趁。　　昨夜雨霏霏，临明寒一阵。偏忆戍楼人，久绝边庭信。　闲情集

（"休相"三句）合下章自成章法。

又

深相忆，莫相忆，相忆情难极。银汉是红墙，一带

遥相隔。　　金盘珠露滴，两岸榆花白。风摇玉佩清，今夕为何夕。　闲情集

（下阕）笔意古雅。

临 江 仙

暮蝉声尽落斜阳，银蟾影挂潇湘。黄陵庙侧水茫茫。楚山红树，烟雨隔高唐。　　岸泊渔灯风飐碎，白蘋远散浓香。灵娥鼓瑟韵清商。朱弦凄切，云散碧天长。　别调集

就调名使事，古法本如此。◎结超远。

巫山一段云

雨霁巫山上，云轻映碧天。远风吹散又相连，十二晚峰前。　　暗湿啼猿树，高笼过客船。朝朝暮暮楚江边，几度降神仙。　别调集

（"远风"二句）神光离合。

牛希济

峤兄子。仕蜀，为御史中丞，降于后唐。

生查子

春山烟欲收，天淡稀星少。残月脸边明，别泪临清晓。　　语已多，情未了，回首犹重道。记得绿罗裙，处处怜芳草。　闲情集

（"残月"二句）别后情景，"晓风残月"不是过也。

又

新月曲如眉，未有团圞意。红豆不堪看，满眼相思泪。　　终日劈桃穰，人在心儿里。两朵隔墙花，早晚成连理。　闲情集

（"红豆"二句）淋漓沉至。◎后半近纤巧。

谒金门

秋已暮，重叠关山岐路。嘶马摇鞭何处去，晓禽霜

满树。　　梦断禁城钟鼓，泪滴枕檀无数。一点凝红和薄雾，翠蛾愁不语。　闲情集

欧阳炯

事后蜀，为中书舍人，《宣和画谱》贯休传云"大学士"。

江 城 子

晓日金陵岸草平，落霞明，水无情。六代繁华、暗逐逝波声。空有姑苏台上月，如西子镜，照江城。　大雅集

与松卿作同一感慨，彼于悲壮中寓风流，此于伊郁中饶蕴藉。

三 字 令

春欲尽，日迟迟，牡丹时。罗幌卷，翠帘垂。彩笺书，红烛泪，两心知。　　人不在，燕空归，负佳期。香烬落，枕函欹。月分明，花淡薄，惹相思。　闲情集

"两心知"较端己"忆君君不知"更深。

更 漏 子

　　三十六宫秋夜永，露华点滴高梧。丁丁玉漏咽铜壶，明月上金铺。　　红线毯，博山炉，香风暗触流苏。羊车一去长青芜，镜尘鸾彩孤。　　别调集

　　（"丁丁"二句）亦系宫怨词，措语闲雅。

清 平 乐

　　春来街砌，春雨如丝细。春径满飘红杏蒂，春燕舞随风势。　　春幡细缕春缯，春闺一点春灯。自是春心缭乱，非关春梦无凭。　　别调集

　　逐句用"春"字，亦见姿态，但非正格。

顾　夐

　　仕蜀，为太尉。

醉 公 子

　　岸柳垂金线，雨晴莺百啭。家住绿杨边，往来多少

年。　　马嘶芳草远，高楼帘半卷。敛袖翠蛾攒，相逢尔许难。　闲情集

（"敛袖"二句）丽而有则。

诉 衷 情

永夜抛人何处去，绝来音。香阁掩，眉敛，月将沉。争忍不相寻，怨孤衾。换我心，为你心，始知相忆深。
闲情集

末三语嫌近曲。

浣 溪 沙

红藕香寒翠渚平，月笼虚阁夜蛩清。塞鸿惊梦两牵情。　　宝帐玉炉残麝冷，罗衣金缕暗尘生。小窗孤烛泪纵横。　闲情集

（下阕）婉雅芊丽，不背于古。

又

云澹风高叶乱飞，小庭寒雨绿苔微。深闺人静掩屏帷。　　粉黛暗愁金带枕，鸳鸯空绕画罗衣。那堪孤负不思归。　闲情集

（"那堪"句）婉约。

木 兰 花

月照玉楼春漏促，飒飒风摇庭砌竹。梦惊鸳被觉来时，何处管弦声断续。　　惆怅少年游冶去，枕上两蛾攒细绿。晓莺帘外语花枝，背帐犹残红蜡烛。　闲情集

此犹是词，若飞卿《木兰花》，直是绝妙古乐府矣，录入《希声集》诗选中，兹编不载。

河 传

棹举，舟去，波光渺渺，不知何处。岸花汀草共依依，雨微，鸥鹭相逐飞。　　天涯离恨江声咽，啼猿切，此意向

谁说。倚兰桡，独无聊。魂销，小炉香欲焦。　　**别调集**

起四语，一步紧一步，冲口而出，绝不费力。

鹿虔扆

事蜀，为永泰军节度使，加太保。

临 江 仙

金锁重门荒苑静，绮窗愁对秋空。翠华一去寂无踪。玉楼歌吹，声断已随风。　　烟月不知人事改，夜阑还照深宫。藕花相向野塘中。暗伤亡国，清露泣香红。　　**大雅集**

（"藕花"三句）《黍离》《麦秀》之悲。

阎 选

后蜀处士，事后主。

浣 溪 沙

寂寞流苏冷绣茵，倚屏山枕惹香尘。小庭花露泣浓

春。　　刘阮信非仙洞客，嫦娥终是月中人。此生无路访东邻。　**闲情集**

"小庭"七字凄艳。◎下半阕已是元、明一派。

河　传

秋雨，秋雨，无昼无夜，滴滴霏霏。暗灯凉簟怨分离，妖姬，不胜悲。　　西风稍急喧窗竹，停又续，腻脸悬双玉。几回邀约雁来时，违期，雁归人不归。　**别调集**

起疏爽。◎结凄婉。

魏承班

仕至太尉。

玉楼春

寂寂画堂梁上燕，高卷翠帘横数扇。一庭春色恼人来，满地落花红几片。　　愁倚锦屏低雪面，泪滴绣罗金缕线。好天凉月尽伤心，为是玉郎长不见。　**别调集**

（"一庭"二句）凄警。（"好天"二句）语意爽朗。

尹 鹗

官参卿。

菩 萨 蛮

陇云暗合秋天白，俯窗独坐窥烟陌。楼际角重吹，黄昏方醉归。　　荒唐难共语，明日还应去。上马出门时，金鞭莫与伊。　　**闲情集**

（"上马"二句）摹写娇宠，只此已足。稍不自持，即流为"一面发娇嗔，碎揉花打人"之恶习矣，不可不防其渐。

毛熙震

蜀人，官秘书监。

南 歌 子

远山愁黛碧，横波慢脸明。腻香红玉茜罗轻。深院晚堂人静，理银筝。　　鬓动行云影，裙遮点屐声。娇

羞爱问曲中名。杨柳杏花时节，几多情。　闲情集

临江仙

　　幽闺欲曙闻莺啭，红窗月影微明。好风频谢落花声。隔帏残烛，犹照绮屏筝。　　绣被锦茵眠玉暖，炷香斜袅烟轻。淡蛾羞敛不胜情。暗思闲梦，何处逐云行。　闲情集

（"暗思"二句）风流凄婉，晏、欧先声。

菩萨蛮

　　梨花满院飘香雪，高楼夜静风筝咽。斜月照帘帷，忆君和梦稀。　　小窗灯影背，燕语惊愁态。屏掩断香飞，行云山外归。　别调集

（"屏掩"二句）幽艳得飞卿之意。

清平乐

　　春光欲暮，寂寞闲庭户。粉蝶双双穿槛舞，帘卷晚

天疏雨。　　含愁独倚闺帏，玉炉烟断香微。正是销魂时节，东风满院花飞。　**别调集**

（"正是"二句）情味宛然。

李　珣

梓州人。蜀秀才。有《琼瑶集》。黄休复《茅亭客话》："其先波斯人，有诗名，预宾贡。"

菩 萨 蛮

回塘风起波文细，刺桐花里门斜闭。残日照平芜，双双飞鹧鸪。　　征帆何处客，相见还相隔。不语欲魂销，望中烟水遥。　**大雅集**

南 乡 子

兰桡举，水文开，竞携藤笼采莲来。回塘深处遥相见，邀同宴，渌酒一卮红上面。　**闲情集**

李珣《南乡子》诸词，语极本色，于唐人《竹枝》外，另辟一境矣。

又

归路近，扣舷歌，采真珠处水风多。曲岸小桥山月过，烟深锁，豆蔻花垂千万朵。　闲情集

又

乘彩舫，过莲塘，棹歌惊起睡鸳鸯。游女带香①偎伴笑，争窈窕，竞折团荷遮晚照。　闲情集

又

相见处，晚晴天，刺桐花下越台前。暗里回眸深属意，遗双翠，骑象背人先过水。　闲情集

（"暗里"三句）情态可想。

————————

① "游女带香"，底本作"带香游女"，据《花间集》改。

又

登画舸，泛清波，采莲时唱采莲歌。拦棹声齐罗袖敛，池光飐，惊起沙鸥八九点。 闲情集

又

双髻坠，小眉弯，笑随女伴下春山。玉纤遥指花深处，争回顾，孔雀双双迎日舞。 闲情集

浣 溪 沙

晚出闲庭看海棠，风流学得内家妆。小钗横戴一枝芳。　　镂玉梳斜云鬓腻，缕金衣透雪肌香。暗思何事立残阳。 闲情集

（"暗思"句）其妙正在说不出处。

巫山一段云

古庙依青嶂，行宫枕碧流。水声山色锁妆楼，往事

思悠悠。　　云雨朝还暮，烟花春复秋。啼猿何必近孤舟，行客自多愁。黄叔旸云："唐词多缘题所赋，《临江仙》则言仙事，《女冠子》则述道情，《河渎神》则咏祠庙，大概不失本题之意。尔后渐变，失题远矣。如珣此作，实唐人本来词体如此。"　**别调集**

南 乡 子

渔市散，渡船稀，越南云树望中微。行客待潮天欲暮，迷春浦，愁听猩猩啼瘴雨。　**别调集**

河 传

去去，何处，迢迢巴楚，山水相连。朝云暮雨，依旧十二峰前，猿声到客船。　　愁肠岂异丁香结，因离别，故国音书绝。想佳人、花下对明月，春风恨，应同切。一本无"切"字，"风"字句绝，叶"同"韵。　**别调集**

（"上阕"）一气卷舒，有水流花放之致。◎结六字温厚。

孙光宪

字孟文，陵州人。游荆南，高从诲署为从事。仕南平，累官检校秘书兼御史大夫。劝高继冲献三州之地，宋太祖授以黄州刺史，将用为学士，未及而卒。有《荆台》《笔佣》《橘斋》《巩湖》诸集。

《词话》卷一：孙孟文词，气骨甚遒，措语亦多警炼。然不及温、韦处亦在此，坐少闲婉之致。

后 庭 花

石城依旧空江国，故宫春色。七尺青丝芳草碧，绝世难得。　　玉英落尽何人识，野棠如织。只是教人添怨忆，怅望无极。　**大雅集**

（"只是"二句）胸有所郁，触处伤怀，妙在不说破，说破则浅矣。

浣 溪 沙

蓼岸风多橘柚香，江边一望楚天长，片帆烟际闪孤光。　　目送征鸿飞杳杳，思随流水去茫茫。兰红波碧忆潇湘。　**大雅集**

谒 金 门

留不得，留得也应无益。白纻春衫如雪色，扬州初去日。　　轻别离，甘抛掷，江上满帆风疾。却羡彩鸳三十六，孤鸾还一只。　大雅集

（"却羡"二句）不遇之感，自叹语，亦是自负语。○"还"字妙，落拓非一日矣。

定 西 番

鸡禄山前游骑，边草白，朔天明，马蹄轻。　　鹊面弓离短鞢，弯来月欲成。一只鸣髇云外，晓鸿惊。　放歌集

（"一只"二句）笔力廉悍。

又

帝子枕前秋夜，霜幄冷，月华明，正三更。　　何处戍楼寒笛，梦残闻一声。遥想汉关万里，泪纵横。　放歌集

思 越 人

渚莲枯，宫树老，长洲废苑萧条。想象玉人何处所，月明独上溪桥。　　经春初败秋风起，红兰绿蕙愁死。一片风流伤心地，魂销目断西子。　　放歌集

（"经春"二句）笔力甚遒，而语特凄咽。

清 平 乐

愁肠欲断，正是青春半。连理分枝鸾失伴，又是一场离散。　　掩镜无语眉低，思随芳草萋萋。凭仗东风吹梦，与郎终日东西。　　闲情集

（"凭仗"二句）痴情幻想，说得温厚，便有《风》《骚》遗意。

浣 溪 沙

碧玉衣裳白玉人，翠眉红脸小腰身。瑞云飞雨逐行云。　　除却弄珠兼解佩，便随西子与东邻。是谁容易比真真。　　闲情集

起二语纤小。

又

何事相逢不展眉，苦将情分恶猜疑。眼前行止想应知。　　半恨半嗔回面处，和娇和泪泥人时。万般饶得为怜伊。　闲情集

（下阕）描绘逼真，惜语近俚。

又

乌帽斜欹倒佩鱼，静街偷步访仙居。隔墙应认打门初。　　将见客时微掩敛，得人怜处且生疏。低头羞问壁边书。　闲情集

（下阕）情态毕传。

又

兰沐初休曲槛前，暖风迟日洗头天。湿云初敛未梳

蝉。　　翠袂半将遮粉臆，宝钗长欲坠香肩。此时模样不禁怜。　**闲情集**

又

月淡风和画阁深，露桃烟柳影相侵。敛眉凝绪夜沉沉。　　长有梦魂迷别浦，岂无春病入离心。少年何处恋虚襟。　**闲情集**

河渎神

汾水碧依依，黄云落叶初飞。翠娥一去不言归，庙门空掩斜晖。　　四壁阴森排古画，依旧琼轮羽驾。小殿沉沉清夜，银灯飘落香炧。　**别调集**

"袅袅兮秋风，洞庭波兮木叶下。"起笔仿佛似之。

张　泌

字子澄，江南人。仕南唐，为内史舍人。[①]

————————

① 《花间集》无南唐人，此张泌疑非彼。

蝴 蝶 儿

蝴蝶儿,晚春时。阿娇初着淡黄衣,倚窗学画伊。　　还似花间见,双双对对飞。无端和泪拭胭脂,惹教双翅垂。　　**闲情集**

("无端"二句) 如许钟情,干卿甚事?

江 城 子

浣花溪上见卿卿,脸波明,黛眉轻。高绾绿云、金簇小蜻蜓。好是问他来得么,和笑道,莫多情。　　**闲情集**

("好是"三句) 妙在若会意若不会意之间,惜语近俚。

冯延巳

字正中,其先彭城人,唐末徙家新安。事南唐,为左仆射同平章事。有《阳春录》一卷。

《词话》卷一:冯正中词,极沉郁之致,穷顿挫之妙,缠绵忠厚,与温、韦相伯仲也。《蝶恋花》四章,古今绝构。

《词话》卷七(刻本卷五):冯正中《蝶恋花》四章,忠爱缠绵,已臻绝顶。然其人亦殊无足取,尚何疑于史梅溪耶?诗词不尽能定人品,信矣。

蝶 恋 花

　　六曲阑干偎碧树。杨柳风轻,展尽黄金缕。谁把钿筝移玉柱,穿帘燕子双飞去。　　满眼游丝兼落絮。红杏开时,一霎清明雨。浓睡觉来莺乱语,惊残好梦无寻处。　**大雅集**

　　(下阕)忧谗畏讥,思深意苦,信其言不必论其人也。

　　《词话》卷一:正中《蝶恋花》四阕,情词悱恻,可群可怨。《词选》云:"忠爱缠绵,宛然《骚》《辩》之义。延巳为人,专蔽嫉妒,又敢为大言,此词盖以排间异己者,其君之所以信而不疑也。"数语确当。◎正中《蝶恋花》首章云:"浓睡觉来莺乱语,惊残好梦无寻处。"忧谗畏讥,思深意苦。次章云:"谁道闲情抛弃久。每到春来,惆怅还依旧。日日花前常病酒,不辞镜里朱颜瘦。"始终不渝其志,亦可谓自信而不疑,果毅而有守矣。三章云:"泪眼倚楼频独语。双燕来时,陌上相逢否。"忠厚恻怛,蔼然动人。四章云:"泪眼问花花不语,乱红飞过秋千去。"词意殊怨,然怨之深,亦厚之至。盖三章犹望其离而复合,四章则绝望矣。作词解如此用笔,一切叫嚣纤冶之失,自无从犯其笔端。

又

谁道闲情抛弃久。每到春来，惆怅还依旧。日日花前常病酒，不辞镜里朱颜瘦。　　河畔青芜堤上柳。为问新愁，何事年年有。独立小桥风满袖，平林新月人归后。　**大雅集**

（上阕）始终不逾其志，亦可谓自信而不疑，果毅而有守矣。

《词话》卷八（刻本卷六）：冯正中《蝶恋花》云：（录上阕），可谓沉着痛快之极，然却是从沉郁顿挫来，浅人何足知之？

又

几日行云何处去。忘却归来，不道春将暮。百草千花寒食路，香车系在谁家树。　　泪眼倚楼频独语。双燕来时，陌上相逢否。掩乱春愁如柳絮，依依梦里无寻处。《词选》云："三词忠爱缠绵，宛然《骚》《辨》之义。延巳为人专蔽嫉妒，又敢为大言，此词盖以排间异己者，其君之所以信而弗疑也。"　**大雅集**

（上阕）低回曲折，蔼乎其言，可以群，可以怨。（"泪眼"三句）情词悱恻。○"双燕"二语，映首章。

又

　　庭院深深深几许。杨柳堆烟，帘幕无重数。玉勒雕鞍游冶处，楼高不见章台路。　　雨横风狂三月暮。门掩黄昏，无计留春住。泪眼问花花不语，乱红飞过秋千去。　**大雅集**

　　《词选》本李易安词序，指此章为欧阳永叔作，谓："'庭院深深'，闺中既以邃远也；'楼高不见'，哲王又不晤也；'章台'、'游冶'，小人之径；'雨横风狂'，政令暴急也；'乱红飞去'，斥逐非一人而已，殆为韩、范作乎？"此论亦通。他本亦多作永叔词，惟《词综》独断为冯延巳作。竹垞博览群书，必有所据，且与上三章一色笔墨，从之。

　　《词话》卷一：《词选》本李易安词序，指"庭院深深"一章为欧阳公作，他本亦多作永叔词。惟《词综》独云冯延巳作，竹垞博极群书，必有所据。且细味此阕，与上三章笔墨，的是一色，欧公无此手笔。

罗敷艳歌

　　小堂深静无人到，满院春风。惆怅墙东，一树樱桃

带雨红。　　　　愁心似醉兼如病，欲语还慵。日暮疏钟，双燕归来画阁中。　**大雅集**

　　《词话》卷一：正中《菩萨蛮》《罗敷艳歌》诸篇，温厚不逮飞卿。然如"凭仗东流，将取离心过橘州。"又"残月①尚弯环，玉筝和泪弹。"又"玉露不成圆，宝筝悲断弦。"又"红烛泪阑干，翠屏烟浪寒。"又"云雨已荒凉，江南春草长。"亦极凄婉之致。

又

　　笙歌放后人归去，独宿江楼。月上云收，一半珠帘挂玉钩。　　　　起来检点经游地，处处新愁。凭仗东流，将取离心过橘州。　**大雅集**

菩 萨 蛮

　　画堂昨夜西风过，绣帘时拂朱门锁。惊梦不成云，双蛾枕上颦。　　　　金炉烟袅袅，烛暗纱窗晓。残月②尚弯环，玉筝和泪弹。　**大雅集**

---

① "月"，底本作"日"，据《阳春集》改。
② "月"，底本作"日"，据《阳春集》改。

《菩萨蛮》诸阕，语长心重，温、韦之亚也。

又

回廊远砌生秋草，梦魂千里青门道。鹦鹉怨长更，碧笼金锁横。　　罗帷中夜起，霜月清如水。玉露不成圆，宝筝悲断弦。　**大雅集**

又

娇鬟堆枕钗横凤，溶溶春水杨花梦。红烛泪阑干，翠屏烟浪寒。　　锦壶催画箭，玉佩天涯远。和泪试严妆，落梅飞夜霜。　**大雅集**

又

西风袅袅凌歌扇，秋期正与行云远。花叶脱霜红，流萤残月中。　　兰闺人在否，千里重楼暮。翠被已销香，梦随寒漏长。　**大雅集**

又

沉沉朱户横金锁，纱窗月影随花过。烛泪欲阑干，落梅生晚寒。　　宝钗横翠凤，千里香屏梦。云雨已荒凉，江南春草长。　大雅集

清平乐

雨晴烟晚，绿水新池满。双燕飞来垂柳院，小阁画帘高卷。　　黄昏独倚朱阑，西南新月眉弯。砌下落花风起，罗衣特地春寒。　大雅集

喜迁莺

宿莺啼，乡梦断，春树晓朦胧。残灯和烬闭朱栊，人语隔屏风。　　香已寒，灯已绝，忽忆去年离别。石城花雨倚江楼，波上木兰舟。　大雅集

（"残灯"二句）恍惚得妙。

虞 美 人

玉钩鸾柱调鹦鹉，宛转留春语。云屏冷落画堂空，薄晚春寒无奈落花风。　　搴帘燕子低飞去，拂镜尘鸾舞。不知今夜月眉弯，谁佩同心双结倚阑干。　　**闲情集**

（"不知"二句）风神蕴藉，自是正中本色。

菩 萨 蛮

欹鬟堕髻摇双桨，采莲晚出晴江上。顾影约流萍，楚歌娇未成。　　相逢颦翠黛，笑把珠璫解。家住柳阴中，画桥东复东。　　**闲情集**

（"顾影"句）五字闲婉。（"楚歌"句）似《子夜》一流人物。◎结二句若关合若不关合，妙甚，较"家住绿杨边，往来多少年"高出数倍。

罗敷艳歌

马嘶人语春风岸，芳草绵绵。杨柳桥边，落日高楼酒斾悬。　　旧愁新恨知多少，目断遥天。独立花前，

更听笙歌满画船。　　**别调集**

又

花前失却游春侣，极目寻芳。满眼悲凉，纵有笙歌
亦断肠。　　林间戏蝶帘间燕，各自双双。忍更思量，
绿树青苔半夕阳。　　**别调集**

（"忍更"二句）缠绵沉着。

芳 草 渡

梧桐落，蓼花秋。烟初冷，雨才收。萧条风物正堪
愁。人去后，多少恨，在心头。　　燕鸿远，羌笛怨，
渺渺澄波一片。山如黛，月如钩。笙歌散，魂梦断，倚
高楼。　　**别调集**

（下阕）语短韵长，音节绵远。

归 国 谣

何处笛，深夜梦回情脉脉，竹风檐雨寒窗隔。

离人几岁无消息，今头白，不眠特地重相忆。　**别调集**

（"不眠"句）紧峭。

又

江水碧，江上何人吹玉笛，扁舟远送潇湘客。
芦花千里霜月白，伤行色，明朝便是关山隔。　**别调集**

结得苍凉。

南 乡 子

细雨湿秋风，金凤花残满地红。闲蹙黛眉慵不语，
情绪，寂寞相思知几许。　　玉枕拥孤衾，抱恨还同岁
月深。帘卷曲房谁共醉，憔悴，惆怅秦楼弹粉泪。　**别
调集**

（"细雨"二句）是深秋景况。

忆 秦 娥

风淅淅，夜雨连云黑。滴滴，窗外芭蕉灯下客。　　除非魂梦到乡国，免被关山隔。忆忆，一句枕前争忘得。　别调集

此《忆秦娥》别调也，意极芊婉，语极沉至。

抛 球 乐

梅落新春入后庭，眼前风物可无情。曲池波晚冰还合，芳草迎船绿未成。且上高楼望，相共凭栏看月生。
别调集

"入"字妙。◎"芳草"七字，秀炼有余味，对句稍逊。

又

霜积秋山万树红，倚岩楼上挂朱栊。白云天远重重恨，黄叶烟深淅淅风。仿佛梁州曲，吹在谁家玉笛中。
别调集

起句恣肆。◎"白云"十四字，颇近中唐名句。

又

坐对高楼千万山，雁飞秋色满阑干。烧残红烛暮云合，飘尽碧梧金井寒。咫尺人千里，犹忆笙歌昨夜欢。
别调集

（"烧残"二句）炼句炼字。拗一字，更觉宫商一片。

《词话》卷十（刻本卷七）："烧残红烛暮云合，飘尽碧梧金井寒。"冯正中《抛球乐》词也。拗一字，更觉宫商一片，知音者原不拘于调。

三 台 令

春色，春色，依旧青山紫陌。日斜柳暗花蔫，醉卧春风少年。年少，年少，行乐直须及早。　**别调集**

（"年少"三句）即"今日不作乐，当待何时"。

又

南浦，南浦，翠鬟离人何处。当时携手高楼，依旧楼前水流。流水，流水，中有伤心双泪。　别调集

上章"依旧"二字郁而突，故佳。此有"当时"一语，则"依旧"二字不过平衍耳。

又

明月，明月，照得离人愁绝。更深影入空床，不道帏屏夜长。长夜，长夜，梦到庭花阴下。　别调集

"不道"一语中含无数曲折。

浣 溪 沙①

马上凝情忆旧游，照花淹竹小溪流。钿筝罗幕玉搔头。　　早是出门长带月，可堪分袂又经秋。晚风斜日不胜愁。　别调集

———————

① 此首《花间集》作张泌词，此从《词综》。

（"早是"二句）流水对情致极深款。

应天长①

一钩初月临妆镜，蝉鬓凤钗慵不整。重帘静，层楼迥，惆怅落花风不定。　　绿烟低柳径，何处辘轳金井。昨夜更阑酒醒，春愁过却病。　**别调集**

"风不定"三字中别有愁怨。

阮郎归

角声吹断陇梅枝，孤窗月影低。塞鸿无限欲惊飞，城乌休夜啼。　　寻断梦，掩深闺，行人去路迷。门前杨柳绿阴齐，何时闻马嘶。　**别调集**

（"塞鸿"二句）托物见意。

临江仙

冷红飘起桃花片，青春意绪阑珊。高楼帘幕卷轻寒。

---

① 此首《南唐二主词》作李璟词，此从《词综》。

酒余人散,独自倚阑干。　　夕阳千里连芳草,风光愁杀
王孙。徘徊飞尽碧天云。凤城何处,明月照黄昏。　**别调集**

("徘徊"三句)意兼《骚》《雅》。

成幼文

江南人。仕南唐,官大理卿。

谒 金 门

风乍起,吹皱一池春水。闲引鸳鸯香径里,手挼红
杏蕊。　　斗鸭阑干遍倚,碧玉搔头斜坠。终日望君君
不至,举头闻鹊喜。陈质斋云:"世言'风乍起'为冯延巳作,
或云成幼文也。今《阳春集》无有,当是幼文作。"　**闲情集**

结二语若离若合,密意痴情,宛转如见。

许 岷

木 兰 花 二首　大石调

小庭日晚花零落,倚户无聊妆脸薄。宝筝金鸭任生

尘，绣画工夫全放却。　　有时觑着同心结，万恨千愁无处说。当初不合尽饶伊，赢得如今长恨别。　　闲情集

又

江南日暖芭蕉展，美人折得亲裁剪。书成小简寄情人，临行更把轻轻捻。　　其中捻破相思字，却恐郎疑踪不似。若还猜妾倩人书，误了平生多少事。　　闲情集

（下阕）思路未精，笔意却爽朗。

耿玉真女郎

菩萨蛮

玉京人去秋萧索，画檐鹊起梧桐落。欹枕悄无言，月和清梦圆。　　背灯惟暗泣，何处砧声急。眉黛远山攒，芭蕉生暮寒。南唐卢绛病痁，且死，夜梦白衣妇人歌此词劝酒，歌数阕，因谓绛曰："子之疾，食蔗即愈。"如言果差。逾数夕，又梦前妇人曰："妾乃玉真也。他日富贵，相见于固子坡。"后入金陵，累官柱国。唐亡归宋，以龚慎仪事坐诛。临刑，有白

衣妇人同斩，姿貌宛如所梦。问其姓名，曰："耿玉真。"问受刑
之地，即固子坡也。　**大雅集**

（下阕）如怨如慕，极深款之致。

白雨齋詞選

〔清〕陳廷焯 編選　鐘錦 校訂

二

白雨斋词选卷三

宋词一

《词话》卷一：北宋词，沿五代之旧，才力较工，古意渐远。晏、欧著名一时，然并无甚强人意处。即以艳体论，亦非高境。

《词话》卷十（刻本卷八）：唐诗可以越两晋、六朝，而不能越苏、李、曹、陶者，彼已臻其极也。宋词可以越五代，而不能越飞卿、端己者，彼已臻其极也。虽曰时运，岂非人事哉？

《词话》卷十（刻本卷八）：词家好分南宋、北宋，国初诸老，几至各立门户。窃谓论词只宜辨别是非，南宋、北宋，不必分也。若以小令之风华点染，指为北宋，而以长调之平正迂缓，雅而不艳，艳而不幽者，目为南宋，匪独重诬北宋，抑且诬南宋也。◎北宋间有俚词，南宋则多游词，而伉词则两宋皆不免，选择不可不慎。学者贵求其本原所在，门户之见自消，否则各执一是，互相攻讦，溯厥本原，卒无托足处，宜乎不得其通也。

徽宗皇帝

燕 山 亭 见杏花作

裁剪冰绡，轻叠数重，冷淡胭脂匀注。新样靓妆，艳溢香融，羞杀蕊珠宫女。易得凋零，更多少、无情风雨。愁苦，问院落凄凉，几番朝暮。　　凭寄离恨重重，这双燕何曾，会人言语。天遥地远，万水千山，知他故宫何处。怎不思量，除梦里、有时曾去。无据，和梦也、新来不做。　大雅集

（"怎不"四句）情见乎词，宋构之罪，擢发难数矣。

高宗皇帝

渔 父 词

水涵微雨湛虚明，小笠轻蓑未要晴。明镜里，縠纹生，白鹭飞来空外声。廖莹中《江行杂录》云："《渔父词》清新简远，虽古之骚人词客，老于江湖、擅名一时者，不能企及。"　别调集

（“白鹭”句）尚有逸致。

潘　阆

　　字逍遥，大名人。太宗朝赐进士第，坐事逾中条山，后收系，得释，以为滁州参军。有词一卷。

酒 泉 子

　　长忆孤山，山在湖心如黛簇。僧房四面向湖开，轻棹去还来。　　芰荷香细连云阁，阁上清声檐下铎。别来尘土污人衣，空役梦魂飞。山阴陆子遹云：“句法清古，语带烟霞，近时罕及。”　**别调集**

（“僧房”二句）天然图画。（“别来”二句）清雅。

又

　　长忆西湖湖水上，尽日凭栏楼上望。三三两两钓鱼舟，岛屿正清秋。　　笛声依约芦花里，白鸟成行忽惊起。别来闲想整纶竿，思入水云寒。《古今词话》云：“石曼卿见此词，使画工绘之作图。”又《湘山》云：“钱希白爱之，自

书玉堂屏风。" **别调集**

萧洒出尘。◎结更清高闲远。

寇 准

字平仲，下邽人。太平兴国中进士，累官尚书右仆射、集贤殿大学士，景德中同中书门下平章事，封莱国公。为丁谓所构，乾兴初贬雷州司户参军。卒，赠中书令，谥忠愍。有《巴东集》。

点绛唇

小陌轻寒，社公雨足东风慢。定巢新燕，湿雨穿花转。　　象尺熏炉，拂晓停针线。愁蛾浅，飞红零乱，侧卧珠帘卷。　**闲情集**

（"愁蛾"三句）遣词凄艳，姿态甚饶。

《词话》卷十（刻本卷七）：寇莱公《点绛唇》云（下阕），遣词凄艳，姿态甚饶，自是北宋人手笔。

江 南 春

波渺渺，柳依依。孤村芳草远，斜日杏花飞。江南

春尽离肠断，蘋满汀洲人未归。　　别调集

晏　殊

字同叔，临川人。景祐二年同进士出身，康定间拜集贤殿学士，同中书门下平章事，兼枢密使。卒，赠司空兼侍中，谥元献。有《珠玉词》一卷。①

《词话》卷一：晏、欧词，雅近正中，然貌合神离，所失甚远。盖正中意余于词，体用兼备，不当作艳词读。若晏、欧不过极力为艳词耳，尚安足重？

浣 溪 沙

一曲新词酒一杯，去年天气旧亭台。夕阳西下几时回。　　无可奈何花落去，似曾相识燕归来。小园香径独徘徊。　　大雅集

（上阕）有一刻千金之感。

踏 莎 行

小径红稀，芳郊绿遍，高台树色阴阴见。春风不解

---

① 据《宋史》，"景祐"应为"景德"，"康定"应为"庆历"。

禁杨花，蒙蒙乱扑行人面。　　翠叶藏莺，珠帘隔燕，炉香静逐游丝转。一场愁梦酒醒时，斜阳却照深深院。

《词选》云："此词亦有所兴，"盖亦'庭院深深'之流也。　**大雅集**

蝶　恋　花

槛菊愁烟兰泣露，罗幕轻寒，燕子双飞去。明月不谙离别苦，斜光到晓穿朱户。　　昨夜西风凋碧树，独上高楼，望尽天涯路。欲寄彩鸾无尺素，山长水阔知何处。　**大雅集**

（"欲寄"二句）缠绵悱恻，雅近正中。

破　阵　子

燕子来时新社，梨花落后清明。池上碧苔三四点，叶底黄鹂一两声。日长飞絮轻。　　巧笑东邻女伴，采桑径里逢迎。疑怪昨宵春梦好，元是今朝斗草赢。笑从双脸生。　**闲情集**

（"疑怪"二句）风神婉约。

清 平 乐

红笺小字，说尽平生意。鸿雁在云鱼在水，惆怅此情难寄。　　斜阳独倚西楼，遥山恰对帘钩。人面不知何处，绿波依旧东流。　闲情集

（"红笺"二句）低回婉曲。

玉 楼 春

绿杨芳草长亭路，年少抛人容易去。楼头残梦五更钟，花底离愁三月雨。　　无情不似多情苦，一寸还成千万缕。天涯地角有穷时，只有相思无尽处。　闲情集

（"楼头"二句）凄艳。（下阕）低回反复，言有尽而意无穷。

踏 莎 行

碧海无波，瑶台有路，思量便合双飞去。当时轻别

意中人，山长水远知何处。　　绮席凝尘，香闺掩雾，红笺小字凭谁附。高楼目尽欲黄昏，梧桐叶上萧萧雨。

闲情集

起三语妙，是凭空结撰。

渔 家 傲 采莲

越女采莲江北岸，轻桡短棹随风便。人貌与花相斗艳，流水漫，时时照影看妆面。　　莲叶层层张绿伞，莲房个个垂金盏。一把藕丝牵不断，红日晚，回头欲去心撩乱。　　**闲情集**

（"人貌"三句）有顾影自怜意。（"一把"三句）缠绵尽致。

李师中

字诚之，楚丘人。中进士科，仁宗朝权主管经略司文字，提点广西刑狱，历天章阁待制、河东都转运使，贬和州团练副使安置，迁右司郎中。

菩 萨 蛮

子规啼破城楼月，画船晓载笙歌发。两岸荔支红，

万家烟雨中。　　佳人相对泣，泪下罗衣湿。从此信音稀，岭南无雁飞。　**大雅集**

结得凄咽。"从此"二字包括前后多少事情。

林　逋

字君复，钱塘人。结庐孤山二十年，足不及城市。真宗赐以粟帛，诏长吏岁时劳问。既卒，仁宗赐谥和靖先生。有集。

点 绛 唇 草

金谷年年，乱生春色谁为主。余花落处，满地和烟雨。　　又是离歌，一阕长亭暮。王孙去，萋萋无数，南北东西路。　**大雅集**

长 相 思

吴山青，越山青。两岸青山相送迎，谁知离别情。　　君泪盈，妾泪盈。罗带同心结未成，江头潮已平。　**闲情集**

"此情此水共天涯",可为此词接笔。

李遵勖

字公武,崇矩孙。第进士,尚荆国大长公主,授左龙武军驸马都尉,累迁宁国军节度使,徙镇国军,知许州。卒,赠中书令,谥和文。有《闲宴集》。

滴 滴 金

帝城五夜宴游歇,残灯外、看残月。都来犹在醉乡中,听更漏初彻。 　　行乐已成闲话说,如春梦、觉时节。大家同约探春行,问甚花先发。　　**放歌集**

两"残"字警。("如春梦"句)猛省。○斯人而有斯语,故佳。

聂冠卿

字长孺,新安人。举进士,庆历中入翰林为学士,判昭文馆,兼侍读学士。有《蕲春集》。

多　丽 李良定席上赋

想人生,美景良辰堪惜。向其间、赏心乐事,古来难是并得。况东城、凤台沁苑，泛晴波、浅照金碧。露洗华桐，烟霏丝柳，绿阴摇曳，荡春一色。画堂迥、玉簪琼佩，高会尽词客。清欢久、重燃绛蜡，别就瑶席。　　有飘若惊鸿体态，暮为行雨标格。逞朱唇、缓歌妖丽，似听流莺乱花隔。慢舞萦回，娇鬟低轩，腰肢纤细困无力。忍分散、彩云归后，何处更寻觅。休辞醉、明月好花，莫谩轻掷。黄叔旸云："冠卿词不多见，如此篇亦可谓才情富丽矣。其'露洗华桐'四句，又所谓玉中之珙璧，珠中之夜光，每一观之，抚玩无斁。"　胡元任云："'露洗华桐'二语，此是仲春天气。下乃云'绿阴摇曳，荡春一色'，其时未有绿阴，亦语病也。"　**闲情集**

　　此词情文并茂，富丽精工。汤义仍《还魂记》从此脱胎，《西厢》"彩云何在"亦是盗袭此词后阕语。○长孺此篇，为词中降格，实为曲中上乘，盖元、明人杂曲之祖也。◎起结相应。

王　琪

　　字君玉，华阳人。举进士，历官知制诰，加枢密直学士，以礼部侍郎致仕。

望　江　南

　　江南雨，风送满长川。碧瓦烟昏沉柳岸，红绡香润

入梅天。飘洒正潇然。　　朝与暮，长在楚峰前。寒夜
愁欹金带枕，春江深闭木兰船。烟渚远相连。陈辅之云：
"君玉有《望江南》十首，自谓谪仙。荆公酷爱'红绡香润入梅
天'句。" **别调集**

（"碧瓦"二句）精于造句。◎"飘洒"句，意尽，语亦滑。

韩　琦

　　字稚圭，安阳人。天圣中进士，嘉祐初同中书门下平章事、集贤殿大
学士，迁昭文馆大学士，封仪国公，进封卫国公，再进魏国公，拜右仆
射。卒，赠尚书令，谥忠献，徽宗追论定策勋，赠魏郡王。有《安阳集》。

点 绛 唇

　　病起恹恹，庭前花影添憔悴。乱红飘砌，滴尽真珠
泪。　　惆怅前春，谁向花前醉。愁无际，武陵凝睇，
人远波空翠。　　**别调集**

（"愁无"三句）意余于言。

范仲淹

　　字希文，吴县人。大中祥符八年进士，仕至枢密副使、参知政事。

卒，赠兵部尚书、楚国公，谥文正。有集。

苏 幕 遮

碧云天，红叶地。秋色连波，波上寒烟翠。山映斜阳天接水。芳草无情，更在斜阳外。　　黯乡魂，追旅意①。夜夜除非，好梦留人睡。明月楼高休独倚。酒入愁肠，化作相思泪。《词选》云："此去国之情。"　**大雅集**

工于写景，层折极多。◎"芳草"二语沉至。

渔 家 傲

塞下秋来风景异，衡阳雁去无留意。四面边声连角起，千嶂里，长烟落日孤城闭。　　浊酒一杯家万里，燕然未勒归无计。羌管悠悠霜满地，人不寐，将军白发征夫泪。彭孙遹云："'将军白发征夫泪'，苍凉悲壮，慷慨生哀。永叔欲以'玉阶遥献南山寿'敌之，终觉让一头地。"　**放歌集**

绝不作一肮脏语，悲而壮，忠爱根于血性，不可强为也。

———————————

①　"意"，《乐府雅词》作"思"。

御 街 行

　　纷纷坠叶飘香砌，夜寂静、寒声碎。真珠帘卷玉楼空，天淡银河垂地。年年今夜，月华如练，长是人千里。　　愁肠已断无由醉，酒未到、先成泪。残灯明灭枕头欹，谙尽孤眠滋味。都来此事，眉间心上，无计相回避。　　闲情集

　　（下阕）淋漓沉着，《西厢》"长亭"篇袭之，骨力远逊，且少味外味，此北宋所以为高。小山、永叔后，此调不复弹矣。①

宋　祁

　　字子京，安州安陆人，徙开封之雍丘。天圣中进士，累官翰林学士承旨。卒，赠尚书，谥景文。有《出麾小集》《西洲猥稿》。

玉 楼 春

　　东城渐觉风光好，縠皱波纹迎客棹。绿杨烟外晓寒轻，红杏枝头春意闹。　　浮生长恨欢娱少，肯爱千金轻一笑。为君持酒劝斜阳，且向花间留晚照。　　别调集

---

　　① 此评录入《词话》卷十（刻本卷七）。

（"绿杨"二句）"红杏尚书"，艳夺千古。（"为君"二句）"为乐当及时"，有心人语。

浪 淘 沙 别刘原父

少年不管，流光如箭，因循不觉韶华换。到如今、始惜月满花满酒满。　　扁舟欲解垂杨岸，尚同欢宴。日斜歌阕将分散，倚兰桡、望水远天远人远。万红友云："因宋公创此'三远'句，一变而为何子初'细草沿阶'词，再变而为王渼陂'无意整云鬟'曲，愈出愈妙，'红杏尚书'岂非风流之祖乎？" **别调集**

此"浪淘沙"变调，绵丽中见凄感。

鹧 鸪 天

画毂雕鞍狭路逢，一声肠断绣帘中。身无彩凤双飞翼，心有灵犀一点通。　　金作屋，玉为笼，车如流水马游龙。刘郎已恨蓬山远，更隔蓬山几万重。子京过繁台街，逢内家车子，有搴帘者曰："小宋也。"子京归，作此词，传唱都下，达于禁中。仁宗知之，问内人第几车子，何人呼小宋。有内人自陈："顷侍御宴，见宣翰林学士，左右内臣曰小宋也。时

在车子中偶见之，呼一声耳。"上召子京，从容语及，子京惶惧无地。上笑曰："蓬山不远。"因以内人赐之。　**别调集**

用成句合拍无痕。

欧阳修

字永叔，庐陵人。第进士，历官礼部侍郎、兼翰林侍读学士，拜枢密副使、参知政事，以太子少师致仕，卒，赠太子太师，谥文忠。有《六一居士词》三卷。

《词话》卷一：文忠思路甚隽，而元献较婉雅。后人为艳词，好作纤巧语者，是又晏、欧之罪人也。

踏　莎　行

候馆梅残，溪桥柳细。草熏风暖摇征辔。离愁渐远渐无穷，迢迢不断如春水。　　寸寸柔肠，盈盈粉泪。楼高莫近危栏倚。平芜尽处是春山，行人更在春山外。
大雅集

（"离愁"二句）较后主"离恨恰如芳草"二语，更绵远有致。

玉楼春

湖边柳外楼高处,望断云山多少路。阑干倚遍使人愁,又是天涯初日暮。　　轻无管系狂无数,水畔飞花风里絮。算伊浑似薄情郎,去便不来来便去。　**大雅集**

少年游 草

阑干十二独凭春,晴碧远连云。千里万里,二月三月,行色苦愁人。　　谢家池上,江淹浦畔,吟魄与离魂。那堪疏雨滴黄昏,更特地、忆王孙。吴虎臣云:"不惟君复、圣俞二词不及,虽求诸唐人温、李集中,殆与之为一矣。"　**大雅集**

将"忆王孙"三字插在"疏雨"、"黄昏"之后,笔力既横,意味亦长,故应胜君复、圣俞作(君复词见前,圣俞词录入《别调集》)。

蝶恋花

画阁归来春又晚。燕子双飞,柳软桃花浅。细雨满天风满院,愁眉敛尽无人见。　　独倚阑干心绪乱。芳

草芊绵，尚忆江南岸。风月无情人暗换，旧游如梦空肠断。　**大雅集**

又

小院深深门掩乍。寂寞珠帘，画阁重重下。欲近禁烟微雨罢，绿杨深处秋千挂。　　傅粉狂游犹未舍。不念芳时，眉黛无人画。薄幸未归春去也，杏花零落红香谢。　**大雅集**

（"欲近"二句）清雅芊丽，正中之匹也。

长 相 思

深花枝，浅花枝。深浅花枝相并时，花枝难似伊。　　玉如肌，柳如眉。爱着鹅黄金缕衣，啼妆更为谁。　**闲情集**

连用四"花枝"，二"深""浅"字，姿态甚足。◎后半殊逊。

《词话》卷七（刻本卷五）：欧阳公《长相思》词也，可谓鄙俚极矣。而圣叹以前半连用四"花枝"两"深""浅"字，叹为绝技，真乡里小儿之见。

蝶 恋 花

越女采莲秋水畔。窄袖轻罗，暗露双金钏。照影摘花花似面，芳心只共丝争乱。　　鸂鶒滩头风浪晚。雾重烟轻，不见来时伴。隐隐歌声归棹远，离愁引着江南岸。　**闲情集**

（上阕）与元献作同一缠绵，而语更婉雅。

浣 溪 沙①

香靥凝羞一笑开，柳腰如醉暖相挨。日长人困下楼台。　　照水有情聊整鬓，倚阑无绪更兜鞋。眼边牵恨懒归来。　**闲情集**

诉 衷 情 画眉

清晨帘幕卷轻霜，呵手试梅妆。都缘自有离恨，故

---

① 此首秦观词，见《淮海居士长短句》。此从《清绮轩词选》。

画作远山长。　　思往事，惜流光，易成伤。拟歌先敛，欲笑还颦，最断人肠。　闲情集

（"都缘"二句）纵画长眉，能解离恨否？笔妙，能于无理中传出痴女子心肠。

南 歌 子

凤髻金泥带，龙纹玉掌梳。去来窗下笑相扶，爱道画眉深浅入时无。　　弄笔偎人久，描花试手初。等闲妨了绣工夫，笑问双鸳鸯字怎生书。　闲情集

洛 阳 春

红纱未晓黄鹂语，蕙炉销兰炷。锦屏罗幕护春寒，昨夜三更雨。　　绣帘闲倚吹轻絮，敛眉山无绪。看花拭泪向归鸿，问来处、逢郎否。　闲情集

临 江 仙

柳外轻雷池上雨，雨声滴碎荷声。小楼西角断虹明。

阑干倚遍,留待月华生。　　燕子飞来窥画栋,玉钩垂下帘旌。凉波不动簟纹平。水精双枕,傍有堕钗横。宋钱文僖罢政,为西京留守,一日,宴于后园,客集而欧公与妓俱不至,移时方来,在坐相视以目。公责妓云:"未至何也?"妓云:"中暑,往凉堂睡着,觉失金钗,犹未见。"公曰:"若得欧推官一词,当为偿汝。"欧阳公即席云云,合座称善。遂命妓满酌赏欧,而令公库偿钗。　**闲情集**

遣词大雅,宜为文僖所赏。

蝶 恋 花

帘幕风轻双语燕。午后醒来,柳絮飞撩乱。心事一春犹未见,红英落尽青苔院。　　百尺朱楼闲倚遍。薄雨浓云,抵死遮人面。羌管不须吹别怨,无肠更为新声断。　**别调集**

("羌管"二句)情有所郁,凄婉沉至。

采 桑 子

群芳过后西湖好,狼籍残红。飞絮濛濛,垂柳阑干

尽日风。　　　笙歌散尽游人去，始觉春空。垂下帘栊，双燕归来细雨中。　别调集

（"始觉"句）四字猛省。

浪 淘 沙

把酒祝东风，且共从容。垂杨紫陌洛城东。总是当时携手处，游遍芳丛。　　　聚散苦匆匆，此恨无穷。今年花胜去年红。可惜明年花更好，知与谁同。　别调集

（"可惜"二句）想到明年，真乃匪夷所思，非有心人如何道得？

浣 溪 沙

堤上游人逐画船，拍堤春水四垂天。绿杨楼外出秋千。　　　白发戴花君莫笑，六幺催拍盏频传。人生何处似尊前。晁无咎云："只一'出'字，自是后人道不到。"　别调集

（"白发"二句）风流自赏。

夜 行 船

满眼东风飞絮，催行色、短亭春暮。落花流水草连云，看看是、断肠南浦。　　檀板未终人又去，扁舟在、绿杨深处。手把金樽难为别，更那听、乱莺疏雨。　**别调集**

（"落花"二句）寻常意写得如许浓至。○"看看是"三字，咄咄逼人，情景兼到。

梅尧臣

字圣俞，宣城人。初以荫为河南主簿，历镇安判官，仁宗召试，赐进士出身，为国子监直讲，迁都官员外郎。有《宛陵集》。

苏 幕 遮 草

露堤平，烟墅杳。乱碧萋萋，雨后江天晓。独有庾郎年最少。窣地春袍，嫩色宜相照。　　接长亭，迷远道。堪怨王孙，不记归期早。落尽梨花春又了。满地残阳，翠色和烟老。　**别调集**

（下阕）自不及永叔一阕，当与林君复并驱中原。

司马光

字君实，夏县人。宝元初中进士甲科，累官资政殿学士、尚书左仆射兼门下侍郎，赠太师、温国公，谥文正。

西 江 月

宝髻松松挽就，铅华淡淡妆成。红烟翠雾罩轻盈，飞絮游丝无定。　　相见争如不见，有情还似无情。笙歌散后酒微醒，深院月明人静。　　**闲情集**

（"相见"二句）真情至语，《西厢》"多情总被无情恼"，浅矣。

阮 郎 归

渔舟容易入深山，仙家日日闲。绮窗纱幌映朱颜，相逢醉梦间。　　松露冷，海霞殷，匆匆整棹还。落花寂寂水潺潺，重寻此路难。　　**别调集**

（"落花"二句）清淡有味。

王安石

字介甫，临川人。举进士，熙宁初同中书门下平章事，封舒国公，加司空，卒，赠太傅，谥曰文，崇宁中追封舒王。有《临川集》，词一卷。

桂 枝 香 金陵怀古

登临送目，正故国晚秋，天气初肃。千里澄江似练，翠峰如簇。征帆去棹残阳里，背西风、酒旗斜矗。彩舟云淡，星河鹭起，图画难足。　　念自昔、豪华竞逐，叹门外楼头，悲恨相续。千古凭高对此，谩嗟荣辱。六朝旧事随流水，但寒烟、衰草凝绿。至今商女，时时犹唱，后庭遗曲。　**大雅集**

（"千古"四句）笔力苍秀。

甘 露 歌

折得一枝香在手，人间应未有。疑是经春雪未消，今日是何朝。　　尽日含毫难比兴，都无色可并。万里晴天何处来，真是屑琼瑰。　　天寒日暮山谷里，的砾愁成水。池上渐多枝上稀，惟有故人知。　**别调集**

《甘露歌》一本作两段，每段六句。《花草粹编》、《乐府雅词》皆作三段，每段平仄换韵，较正。○《钦定词谱》亦作三段，当从之。

晏几道

字叔原，殊幼子。监颍昌许田镇。有《小山词》一卷。

《词话》卷一：《诗》三百篇，大旨归于无邪。北宋晏小山，工于言情，出元献、文忠之右，然不免思涉于邪，有失风人之旨。而措词婉妙，则一时独步。○小山词，如："去年春恨却来时。落花人独立，微雨燕双飞。"又："当时明月在，曾照彩云归。"既闲婉，又沉着，当时更无敌手。又："明年应赋送君诗。细从今夜数，相会几多时。"浅处皆深。又："晓霜红叶舞归程。客情今古道，秋梦短长亭。"又："少陵诗思旧才名。云鸿相约处，烟雾九重城。"亦复情词兼胜。又："从别后，忆相逢，几回魂梦与君同。今宵剩把银钉照，犹恐相逢是梦中。"曲折深婉，自有艳词，更不得不让伊独步。视永叔之"笑问双鸳鸯字怎生书"、"倚阑无绪更兜鞋"等句，雅俗判然矣。

《词话》卷九（刻本卷七）：晏元献、欧阳文忠皆工词，而皆出小山下。专精之诣，固应让渠独步。然小山虽工词，而卒不能比肩温、韦，方驾正中者，以情溢词外，未能意蕴言中也。故悦人甚易，而复古则不足。

临江仙

　　梦后楼台高锁，酒醒帘幕低垂。去年春恨却来时。落花人独立，微雨燕双飞。　　记得小蘋初见，两重心字罗衣。琵琶弦上说相思。当时明月在，曾照彩云归。
大雅集

　　"落花"十字，自是天生好言语。（"当时"二句）回首可怜。

又

　　身外闲愁空满，眼中欢事常稀。明年应赋送君诗。细从今夜数，相会几多时。　　浅酒欲邀谁劝，深情惟有君知。东溪春近①好同归。柳垂江上影，梅谢雪中枝。　　**大雅集**

　　（"细从"二句）浅处皆深。

又

　　淡水三年欢意，危弦几夜离情。晓霜红叶舞归程。

---

　　① "近"，原稿作"尽"，据《小山词》改。

客情今古道，秋梦短长亭。　　绿酒尊前清泪，阳关叠里离声。少陵诗思旧才名。云鸿相约处，烟雾九重城。

大雅集

蝶恋花

醉别西楼醒不记。春梦秋云，聚散真容易。斜月半窗人①少睡，画屏闲展吴山翠。　　衣上酒痕诗里字。点点行行，总是凄凉意。红烛自怜无好计，夜寒空替人垂泪。　大雅集

（下阕）一字一泪，一字一珠。

又

欲减罗衣寒未去。不卷珠帘，人在深深处。残杏枝头花几许，啼红正恨清明雨。　　尽日沉香烟一缕。宿酒醒迟，恼破春情绪。远信还因归燕误，小屏风上西江路。　大雅集

----

① "人"，《小山词》《词综》作"还"。

此词亦见赵德麟《聊复集》，今从《宋六十一家词选》属小山作。

长 相 思

长相思，长相思。若问相思甚了期，除非相见时。 长相思，长相思。欲把相思说似谁，浅情人不知。 **闲情集**

此为小山集中别调，而缠绵往复，姿态有余。

《词话》卷九（刻本卷七）：晏小山《长相思》（全首），此亦小山集中别调，与其年"赠别杨枝"之作，笔墨相近。

清 商 怨

庭花香信尚浅，最玉楼先暖。梦觉香衾，江南依旧远。 回文锦字暗剪，谩寄与、也应归晚。要问相思，天涯犹自短。 **闲情集**

（"梦觉"二句）梦生于情，"依旧"二字中一波三折。◎艳词至小山，全以情胜。后人好作淫亵语，又小山之罪人也。

点 绛 唇

妆席相逢，旋匀红泪歌金缕。意中曾许，欲共吹花去。　　长爱荷香，柳色殷桥路。留人住，淡烟微雨，好个双栖处。　**闲情集**

（"留人"三句）情景兼写，景生于情。

又

明日征鞭，又将南陌垂杨折。自怜轻别，拼得音尘绝。　　杏子枝边，倚遍阑干月。依前缺，去年时节，旧事无人说。　**闲情集**

（"依前"三句）流连往复，情味自永。

又

花信来时，恨无人似花依旧。又成春瘦，折断门前柳。　　天与多情，不与长相守。分飞后，泪痕和酒，占了双罗袖。　**闲情集**

（"分飞"三句）淋漓沉至。

生查子

金鞍美少年，去跃青骢马。萦系玉楼人，绣被春寒夜。　　消息未归来，寒食梨花谢。无处说相思，背面秋千下。　闲情集

更漏子

柳丝长，桃叶小，深院断无人到。红日淡，绿烟晴，流莺三两声。　　雪香浓，檀晕少，枕上卧枝花好。春思重，晓妆迟，寻思残梦时。　闲情集

（上阕）情余言外，不必用香泽字面。

又

露华高，风信远，宿醉画帘低卷。梳洗倦，冶游慵，绿窗春睡浓。　　彩条轻，金缕重，昨日小桥相送。芳草恨，落花愁，去年同倚楼。　闲情集

曰"昨日"，曰"去年"，宛雅哀怨。

玉 楼 春

秋千院落重帘幕，彩笔闲来题绣户。墙头丹杏雨余花，门外绿杨风后絮。　朝云信断知何处，应作襄王春梦去。紫骝认得旧游踪，嘶过画桥东畔路。　**闲情集**

"余"、"后"二字有意味。

又

采莲时候慵歌舞，永日闲从花里度。暗随蘋末晓风来，直待柳梢斜月去。　停桡共说江头路，临水楼台苏小住。细思巫峡梦回时，不减秦源肠断处。　**闲情集**

（"暗随"二句）绵丽有致。

又

离鸾照罢尘生镜，几点吴霜侵绿鬓。琵琶弦上语

无凭，豆蔻梢头春有信。　　相思拌损朱颜尽，天若多情终欲问。雪窗休记夜来寒，桂酒已销人去恨。　闲情集

两 同 心

楚乡春晚，似入仙源。拾翠处、闲随流水，踏青路、暗惹香尘。心心在，柳外青帘，花下朱门。　　对景且醉芳樽，莫话销魂。好意思、曾同明月，恶滋味、最是黄昏。相思处，一纸红笺，无限啼痕。　闲情集

（"好意"二句）清词丽句，为元曲滥觞。

六 么 令

绿阴春尽，飞絮绕香阁。晚来翠眉宫样，巧把远山学。一寸狂心未说，已向横波觉。画帘遮匝，新翻曲妙，暗许闲人带偷掐。　　前度书多隐语，意浅愁难答。昨夜诗有回文，韵险还慵押。都待笙歌散了，记取留时霎。不消红蜡，闲云归后，月在庭花旧栏角。　闲情集

满 庭 芳

　　南苑吹花，西楼题叶，故园欢事重重。凭阑秋思，闲记旧相逢。几处歌云梦雨，可怜流水各西东。别来久，浅情未有，锦字系征鸿。　　年光，还少味，开残槛菊，落尽溪桐。谩留得尊前，淡月西风。此恨谁堪共说，清愁付、绿酒杯中。佳期在，归时待把，香袖看啼红。　**闲情集**

　　（"佳期"三句）柔情密意。

思 远 人

　　红叶黄花秋意晚，千里念行客。飞云过尽，归鸿无信，何处寄书得。　　泪弹不尽临窗滴，就砚旋研墨。渐写到别来，此情深处，红笺为无色。　**闲情集**

　　（下阕）就"泪"、"墨"二字渲染成词，何等姿态！

虞 美 人

　　湿红笺纸回纹字，多少柔肠事。去年双燕欲归时，

还是碧云千里锦书迟。　　南楼风月长依旧，别恨无端有。倩谁横笛倚危阑，今夜落梅声里怨关山。　闲情集

鹧 鸪 天

彩袖殷勤捧玉钟，当筵拚却醉颜红。舞低杨柳楼心月，歌尽桃花扇底风。　　从别后，忆相逢，几回魂梦与君同。今宵剩把银釭照，犹恐相逢是梦中。　闲情集

（"舞低"二句）仙乎！丽矣！◎后半阕一片深情，低回往复，真不厌百回读也。○言情之作，至斯已极。

又

小令尊前见玉箫，银灯一曲太妖娆。歌中醉倒谁能恨，唱罢归来酒未消。　　春悄悄，夜迢迢，碧云天共楚宫腰。梦魂惯得无拘检，又踏杨花过谢桥。程叔彻云："伊川闻诵晏叔原'梦魂惯得无拘检，又踏杨花过谢桥'，笑曰：'鬼语也。'意亦赏之。"　闲情集

<h1 style="text-align:center">又</h1>

陌上濛濛残絮飞，杜鹃花里杜鹃啼。年年底事不归去，怨月愁烟长为谁。　　梅雨细，晓风微，倚楼人听欲沾衣。故园三度群花谢，曼倩天涯犹未归。　闲情集

（上阕）笔意亦俊爽，亦婉约。

<h1 style="text-align:center">又</h1>

绿橘梢头几点春，似留春蕊送行人。明朝紫凤朝天路，十二重城五碧云。　　歌渐咽，酒初醺，尽将红泪湿湘裙。赣江西畔从今日，明月清风忆使君。　闲情集

<h1 style="text-align:center">蝶恋花</h1>

卷絮风头寒欲尽。坠粉飘红，日日香成阵。新酒又添残酒困，今春不减前春恨。　　蝶去莺飞无处问。隔水高楼，望断双鱼信。恼乱层波横一寸，斜阳只与黄昏近。　闲情集

（"隔水"四句）宛转幽怨。

又

庭院碧苔红叶遍。金菊开时，已近登高宴。日日露荷凋绿扇，粉塘烟水澄如练。　　试倚凉风醒酒面。雁字来时，恰向层楼见。几点护霜云影转，谁家芦管吹秋怨。　**闲情集**

出语必雅。北宋艳词自以小山为冠，耆卿、少游皆不及也。

又

碧草池塘春又晚。小叶风娇，尚学娥妆浅。双燕来时还念远，珠帘绣户杨花满。　　绿柱频移弦易断。细看秦筝，正似人情短。一曲啼乌心绪乱，红颜暗与流年换。　**闲情集**

又

碧玉高楼临水住。红杏开时，花底曾相遇。一曲阳

春春已暮，晓莺声断朝云去。　　远水来从楼下度。过尽流波，未得鱼中素。月细风尖垂柳渡，梦魂长在分襟处。　**闲情集**

（"月细"）凄婉欲绝，仙耶？鬼耶？

又

喜鹊桥成催凤驾。天为欢时，乞与初凉夜。乞巧双蛾加意画，玉钩斜傍西南挂。　　分钿擘钗凉叶下。香袖凭肩，谁记当时话。路隔银河犹可借，世间离恨何年罢。　**闲情集**

（"路隔"二句）思深意苦。

浣溪沙

床上银屏几点山，鸭炉香过琐窗寒。小云双枕恨春闲。　　惜别谩成凉夜醉，解愁时有翠笺还。那回分袂月初残。　**闲情集**

（"小云"句）幽怨。

又

楼上灯深欲闭门，梦云散处不留痕。几年芳草忆王
孙。　　白日阑干依旧绿，试将前事倚黄昏。记曾来处
易销魂。　**闲情集**

又

团扇初随碧簟收，画帘归燕尚迟留。靥朱眉翠喜清
秋。　　风意未应迷狭路，灯痕犹自记高楼。露花烟叶
与人愁。　**闲情集**

又

翠阁朱阑倚处危，夜凉闲捻彩箫吹。曲中双凤已分
飞。　　绿酒细倾销别恨，红笺小写问归期。月华风意
似当时。　**闲情集**

小山诸词无不闲雅，后人描写闺情，大半失之淫冶，此唐、五

代、北宋所以犹为近古。

破 阵 子

柳下笙歌庭院，花间姊妹秋千。记得青楼当日事，写向红窗夜月前。凭伊寄小莲。　　绛蜡等闲陪泪，吴蚕到了缠绵。绿鬓能供多少恨，未肯无情比断弦。今年老去年。　　**闲情集**

对法活泼，措词亦婉媚。（"绿鬓"三句）凄咽芊绵。

清 平 乐

留人不住，醉解兰舟去。一棹碧涛春水路，过尽晓莺啼处。　　渡头杨柳青青，枝枝叶叶离情。此后锦书休寄，画楼云雨无凭。　　**别调集**

（"此后"二句）怨语，然自是凄绝。

又

西池烟草，恨不寻芳早。满路落花红不扫，春色渐

随人老。　　远山眉黛娇长，清歌细逐霞觞。正在十洲残梦，水心宫殿斜阳。　**别调集**

浪 淘 沙

小绿间长红，露蕊烟丛。花开花落昔年同。惟^①恨花前携手处，往事成空。　　山远水重重，一笑难逢。已拚长在别离中。霜鬓知他从此去，几度春风。　**别调集**

（"霜鬓"二句）缠绵悱恻。

张 先

字子野，吴兴人。为都官郎中。有《安陆集》，词一卷。

《词话》卷一：张子野词，古今一大转移也。前此则为晏、欧，为温、韦，体段虽具，声色未开。后此则为秦、柳，为苏、辛，为美成、白石，发扬蹈厉，气局一新，而古意渐失。子野适得其中，有含蓄处，亦有发越处。但含蓄不似温、韦，发越亦不似豪苏腻柳，规模虽隘，气格却近古。自子野后，一千年来，温、韦之风不作矣，益令我思子野不置。

---

①　"惟"，底本作"谁"，据《小山词》《词综》改。

卜 算 子

梦短寒夜长，坐待清霜晓。临镜无人为整妆，但自学、孤鸾照。　　楼台红树杪，风月依前好。江水东流郎在西，问尺素、何由到。　**大雅集**

（"江水"二句）饶有古意。

《词话》卷八（刻本卷六）：张子野词，最见古致。如云："江水东流郎在西，问尺素、何由到。"情词凄怨，犹存古诗遗意。后之为词者，更不究心于此。

天 仙 子

水调数声持酒听，午睡醒来愁未醒。送春春去几时回，临晚镜，伤流景，往事悠悠空记省。　　沙上并禽池上暝，云破月来花弄影。重重翠幕密遮灯，风不定，人初静，明日落红应满径。　**大雅集**

《词话》卷七（刻本卷五）：王介甫谓张子野"云破月来花弄影"不及李世英"朦胧淡月云来去"，此仅就一句言之，未观全体，殊觉武断。即以一句论，亦安见其不及也？

木 兰 花 乙卯吴兴寒食

龙头舴艋吴儿竞，笋柱秋千游女并。芳洲拾翠暮忘归，秀野踏青来不定。　　行云去后遥山暝，已放笙歌池院静。中庭月色正清明，无数杨花过无影。　**大雅集**

青 门 引

乍暖还清冷，风雨晚来方定。庭轩寂寞近清明，残花中酒，又是去年病。　　楼头画角风吹醒，入夜重门静。那堪更被明月，隔墙送过秋千影。　**大雅集**

（"残花"句以下）韵流弦外，神注个中。○耆卿而后，声调渐变，子野犹多古意。

生 查 子 弹筝[①]

含羞整翠鬟，得意频相顾。雁柱十三弦，一一春莺语。　　娇云容易飞，梦断知何处。深院锁黄昏，阵阵芭蕉雨。　**闲情集**

---

① 此词又见欧阳修《欧阳文忠公近体乐府》。此从《词综》。

工雅芊丽，自是唐贤遗意。

木 兰 花

　　西湖杨柳风流绝，满缕青春看赠别。墙头籁籁暗飞花，山外阴阴初落月。　　秦姬秾丽云梳发，持酒听歌留晚发。骊驹应亦解人情，欲出重城嘶不歇。　**闲情集**

　　（"骊驹"二句）较叔原"紫骝认得旧游踪，嘶过画桥东畔路"更觉有味。

减字木兰花 赠妓

　　垂螺近额，走上红裀初趁拍。只恐惊飞，拟倩游丝惹住伊。　　文鸳绣履，去似风流尘不起。舞彻梁州，头上宫花颤未休。　**闲情集**

　　子野词最为近古，耆卿而后，声色大开，古调不复弹矣。

醉 落 魄 美人吹笛

　　云轻柳弱，内家髻子新梳掠。生香真色人难学。横

管孤吹，月淡天垂幕。　　朱唇浅破樱桃萼，倚楼人在
阑干角。夜寒指冷罗衣薄。声入霜林，簌簌惊梅落。　**闲
情集**

情词并茂，姿态横生，李端叔谓子野才短情长，岂其然欤？

碧 牡 丹

　　步障摇红绮，晓月堕、沉烟砌。缓板香檀，唱彻伊
家新制。怨入眉头，敛黛峰横翠。芭蕉寒，雨声
碎。　　镜华翳，闲照孤鸾戏。思量去时容易，钿合瑶
钗，至今冷落轻弃。望极蓝桥，正暮云千里。几重山，
几重水。《道山清话》云："晏文献为京兆，辟张先为通判。新纳
侍儿，公甚属意。先能为诗词，公雅重之。每张来，令侍儿出侑
觞，往往歌子野所为之词。其后王夫人寝不容，公即出之。一日，
子野至，公与之饮。子野作此词，令营妓歌之，至末句，公闻之
怃然曰：'人生行乐耳，何自苦如此！'亟命于宅库支钱若干，复
取前所出侍儿。既来，夫人亦不复谁何也。"　**闲情集**

（"望极"四句）深情绵邈，晏公闻之，能无动心耶？

剪 牡 丹 舟中闻双琵琶

野绿连空，天青垂水，素色溶漾都净。柔柳摇摇，坠轻絮无影。汀洲日落人归，修巾薄袂，撷香拾翠相竞。如解凌波，泊渚烟春暝。　　彩绦朱索新整，宿绣屏、画船风定。金凤响双槽，弹出今古幽思谁省。玉盘大小乱珠迸。酒上妆面，花艳媚相并。重听，尽汉妃一曲，江空月静。　**别调集**

（"柔柳"二句）子野善押"影"字韵，特地精神。（"尽汉"二句）即乐天"惟见江心秋月白"意。

醉 垂 鞭

双蝶绣罗裙，东池宴，初相见。朱粉不深匀，闲花淡淡春。　　细看诸处好，人人道，柳腰身。昨日乱山昏，来时衣上云。　**别调集**

蓄势在一结，风流壮丽。

惜琼花

汀蘋白，苕水碧。每逢花驻乐，随处欢席。别时携手看春色，萤火而今，飞破秋夕。　　河流如带窄，任轻似叶，何计归得。断云孤鹜青山极，楼上徘徊，无尽相忆。　别调集

（"萤火"二句）春去秋来，"而今"二字中含无数别感。◎结得孤远。

渔家傲

巴子城头青草暮，巴山重叠相逢处。燕子占巢花脱树，杯且举，瞿塘水阔舟难渡。　　天外吴门清霅路，君家正在吴门住。赠我柳枝情几许，春满缕，为君将入江南去。　别调集

（上阕）笔意高古。（"赠我"三句）情必深，语必隽。

浣 溪 沙①

　　楼倚春江百尺高，烟中还未见归桡。几时期信似江潮。　　　花片片飞风弄蝶，柳阴阴下水平桥。日长人去又今宵。　**别调集**

　　（下阕）造语别致。

柳　永

　　初名三变，字耆卿，乐安人。景祐元年进士，官至屯田员外郎。有《乐章集》九卷。

　　《词话》卷一：耆卿词，善于铺叙，羁旅行役，尤属擅长。然意境不高，思路微左，全失温、韦忠厚之意。词人变古，耆卿首作俑也。

　　《词话》卷一：蔡伯世云："子瞻辞胜乎情，耆卿情胜乎辞，辞情相称者，惟少游而已。"此论陋极。东坡之词，纯以情胜，情之至者词亦至，只是情得其正，不似耆卿之喁喁儿女私情耳。论古人词，不辨是非，不别邪正，妄为褒贬，吾不谓然。◎东坡、少游，皆是情余于词，耆卿乃辞余于情，解人自辨之。

---

　　①　此词又见欧阳修《醉翁琴趣外篇》。此从《安陆集》。

《词话》卷八（刻本卷六）：柳耆卿《戚氏》①云："红楼十里笙歌起，渐平沙落日衔残照。"意境甚深，有乐极悲来、时不我待之感。而下忽接云："不妨且系青骢，漫结同心，来寻苏小。"荒谬无度，遂使上二句变成淫词，岂不可惜？

雨零铃

寒蝉凄切，对长亭晚，骤雨初歇。都门帐饮无绪，方留恋处，兰舟催发。执手相看泪眼，竟无语凝咽。念去去、千里烟波，暮霭沉沉楚天阔。　　多情自古伤离别，更那堪、冷落清秋节。今宵酒醒何处，杨柳岸、晓风残月。此去经年，应是良辰，好景虚设。便纵有、千种风情，待与何人说。　大雅集

（"今宵"二句）预思别后情况，工于言情。

少年游

参差烟树霸陵桥，风物尽前朝。衰杨古柳，几经攀

---

① 此清人林牧《莺啼序·春游》词，《云韶集》已误抄，《词则》未录，不知《词话》何事又提及？

折，憔悴楚宫腰。　　夕阳闲淡秋光老，离思满蘅皋。一曲阳关，断肠声尽，独自上兰桡。　　大雅集

八声甘州

对萧萧暮雨洒江天，一番洗清秋。渐霜风凄紧，关河冷落，残照当楼。是处红衰绿减，苒苒物华休。惟有长江水，无语东流。　　不忍登高临远，望故乡渺邈，归思难收。叹年来踪迹，何事苦淹留。想佳人、妆楼长望，误几回、天际识归舟。争知我、倚阑干处，正恁凝愁。　　大雅集

情景兼到，骨韵俱高，无起伏之痕，有生动之趣，古今杰构，耆卿集中仅见之作。◎"佳人妆楼"四字连用，俗极。择言贵雅，何不检点如是？致令白璧微瑕。

蝶 恋 花①

独倚危楼风细细。望极离愁，黯黯生天际。草色山光残照里，无人会得凭阑意。　　也拟疏狂图一醉。对

————————
① 此词亦见欧阳修《欧阳文忠公近体乐府》。此从《宋六十一家词选》。

酒当歌，强乐还无味。衣带渐宽终不悔，为伊消得人憔悴。　闲情集

（"衣带"二句）情深语切。

婆罗门令

昨宵里、恁和衣睡，今宵里、又恁和衣睡。小饮归来，初更过、醺醺醉。中夜后，何事还惊起。　霜天冷，风细细。触疏窗、闪闪灯摇曳。空床展转重追想，云雨梦、任欹枕难继。寸心万绪，咫尺千里。好景良天，彼此空有相怜意，未有相怜计。　闲情集

起数语俚浅。◎末二语开出多少传奇。

雪梅香

景萧索，危楼独立面晴空。动悲秋情绪，当时宋玉应同。渔市孤烟袅寒碧，水村残叶舞愁红。楚天阔，浪浸斜阳，千里溶溶。　临风，想佳丽，别后愁颜，镇敛眉峰。可惜当年，顿乖雨迹云踪。雅态妍姿正欢洽，落花流

水忽西东。无憀恨，相思意，尽分付征鸿。　**闲情集**

（"渔市"二句）造语精绝。（"无憀"三句）一往不尽。

诉衷情近

雨晴气爽，伫立江楼望处。澄明远水生光，重叠暮山耸翠。遥想断桥幽径，隐隐渔村，向晚孤烟起。　　残阳里，脉脉朱栏静倚。黯然情绪，未饮先如醉。愁无际，暮云过了，秋风老尽，故人千里，竟日空凝睇。　**别调集**

（"隐隐"二句）词中有画。（"愁无"五句）此情此景，黯然销魂。

卜算子慢

江枫渐老，汀蕙半凋，满目败红衰翠。楚客登临，正是暮秋天气。引疏砧、断续残阳里。对晚景、伤怀念远，新愁旧恨相继。　　脉脉人千里，念两处风情，万重烟水。雨歇天高，望断翠峰十二。尽无言、谁会凭高意。纵写得、离肠万种，奈归鸿谁寄。　**别调集**

（"雨歇"五句）曲折深婉。

夜半乐

冻云黯淡天气，扁舟一叶，乘兴离江渚。渡万壑千岩，越溪深处。怒涛渐息，樵风乍起。更闻商旅相呼，片帆高举，泛画鹢、翩翩过南浦。　　望中酒旆闪闪，一簇烟村，数行霜树。残日下、渔人鸣榔归去。败荷零落，衰杨掩映，岸边两两三三，浣纱游女，避行客、含羞笑相语。　　到此因念，绣阁轻抛，浪萍难驻。叹后约、丁宁竟何据。惨离怀，空恨岁晚归期阻。凝泪眼、杳杳神京路，断鸿声远长天暮。　　**别调集**

此篇层折最妙。始而渡江直下，继乃江尽溪行。"渐"字妙，是行路人语。盖风涛虽息，耳中风涛犹未息也。"樵风"句点缀荒野，尚未依村落也。继见酒旆，继见[①]渔人，继见游女，则已傍村落矣。因游女而触离情，不禁叹归期无据，别时邀约，不过一时强慰语耳。"绣阁轻抛，浪萍难驻"，漂零岁暮，悲从中来。继而"断鸿声远"，白日西颓，旅人当此，何以为情？层折之妙，令人寻味不尽。陈质斋谓耆卿最工于行役羁旅，信然。

---

① "继见"后，底本衍一"继见"，径删。

白雨斋词选卷四

宋词二

苏　轼

字子瞻，眉山人。嘉祐初试礼部第一，历官翰林学士，绍圣初安置惠州，徙昌化，元符初北还，卒于常州。高宗即位，赠资政殿学士，复赠太师，谥文忠。有《东坡居士词》三卷。

《词话》卷一：苏、辛并称，然两人绝不相似。魄力之大，苏不如辛，气体之高，辛不逮苏远矣。东坡词，寓意高远，运笔空灵，措语忠厚，其独至处，美成、白石亦不能到。昔人谓东坡词非正声，此特拘于音调言之，而不究本原之所在，眼光如豆，不足与之辩也。◎词至东坡，一洗绮罗香泽之态，寄慨无端，别有天地。《水调歌头》、《卜算子》（雁）、《贺新凉》、《水龙吟》诸篇，尤为绝构。◎太白之诗，东坡之词，皆是异样出色，只是人不能学，乌得议其非正声？

《词话》卷八（刻本卷六）：和婉中见忠厚易，超旷中见忠厚难，此坡仙所以独绝千古也。

《词话》卷九（刻本卷七）：人知东坡古诗古文，卓绝百代，不知东坡之词，尤出诗文之右。盖仿九品论字之例，东坡诗文纵列上品，亦不过为上之中下，（七言古为东坡擅长，然于清绝之中杂以浅俗语，沉郁处亦未能尽致。古文才气纵横而不免霸气，总不及词之超逸而忠厚也。）若词则几为上之上矣。此老生平第一绝诣，惜所传不多也。

《词话》卷十（刻本卷八）：东坡词全是王道，稼轩则兼有霸气，然犹不悖于王也。其年则竟似老瞒、石勒一流人物，板桥、心余辈，不过赤眉、黄巾之流亚耳。后之学词者，不究本原，好作壮语，复向板桥、心余词求生活，则是鼠窃狗偷，益卑卑不足道矣。◎稼轩求胜于东坡，豪壮或过之，而逊其清超，逊其忠厚。玉田追踪于白石，格调亦近之，而逊其空灵，逊其浑雅。故知东坡、白石，具有天授，非人力所可到。◎东坡、稼轩，同而不同者也。白石、碧山，不同而同者也。

点 绛 唇①

月转乌啼，画堂宫徵生离恨。美人愁闷，不管罗衣褪。　　清泪斑斑，挥断柔肠寸。嗔人问，背灯偷搵，拭尽残妆粉。　大雅集

一片去国流离之思，却能哀而不伤。

---

① 此词亦见秦观《淮海居士长短句》，此从《清绮轩词选》。

水调歌头

明月几时有，把酒问青天。不知天上宫阙，今夕是何年。我欲乘风归去，又恐琼楼玉宇，高处不胜寒。起舞弄清影，何似在人间。　　　转朱阁，低绮户，照无眠。不应有恨，何事偏向别时圆。人有悲欢离合，月有阴晴圆缺，此事古难全。但愿人长久，千里共婵娟。《词选》云："忠爱之言，恻然动人。神宗读'琼楼玉宇，高处不胜寒'之句，以为'终是爱君'，宜矣。"　**大雅集**

纯以神行，不落骚雅窠臼。太白之诗，东坡之词，皆是异样出色。（"不应"五句）平情。◎结得忠厚。

贺 新 凉

乳燕飞华屋。悄无人、槐阴转午，晚凉新浴。手弄生绡白团扇，扇手一时似玉。渐困倚、孤眠清熟。帘外谁来推绣户，枉教人、梦断瑶台曲。又却是，风敲竹。　　　石榴半吐红巾蹙。待浮花、浪蕊都尽，伴君幽独。秾艳一枝细看取，芳意千重似束。又恐被、西风惊绿。若待得君来向此，花前对酒不忍触。共粉泪，两簌

籁。胡元任云:"托意高远。" **大雅集**

水 龙 吟 和章质夫《杨花》韵

似花还似非花,也无人惜从教坠。抛家傍路,思量
却似,无情有思。萦损柔肠,困酣娇眼,欲开还闭。梦
随风万里,寻郎去处,又还被、莺呼起。   不恨此花
飞尽,恨西园、落红难缀。晓来雨过,遗踪何在,一池
萍碎。春色三分,二分尘土,一分流水。细看来不是,
杨花点点,是离人泪。张叔夏云:"后片愈出愈奇,直是压倒
今古。" **大雅集**

身世流离之感,而出以温婉语,令读者喜悦悲歌,不能自已。

蝶 恋 花

春事阑珊芳草歇。客里风光,又过清明节。小院黄
昏人忆别,落红处处闻啼鴂。   咫尺江山分楚越。目
断魂消,应是音尘绝。梦破五更心欲折,角声吹落梅花
月。 **大雅集**

卜　算　子 雁

缺月挂疏桐，漏断人初定。时见幽人独往来，缥缈孤鸿影。　　惊起却回头，有恨无人省。拣尽寒枝不肯栖，寂寞沙洲冷。黄鲁直云："语意高妙，似非吃烟火食人语。"　《词选》云："此东坡在黄州作也。"　铜阳居士云："'缺月'，刺明微也；'漏断'，暗时也；'幽人'，不得志也；'独往来'，无助也；'惊鸿'，贤人不安也；'回头'，爱君不忘也；'无人省'，君不察也；'拣尽寒枝不肯栖'，不偷安于高位也；'寂寞沙洲冷'，非所安也。此词与《考槃》诗极相似。"　**大雅集**

或以此词为温都监女作，陋甚。从《词综》与《词选》，庶见坡公面目。（下阕）寓意高远，运笔空灵，措语忠厚，是坡仙独至处，美成、白石亦不能到也。

念　奴　娇 赤壁怀古

大江东去，浪声沉、千古风流人物。故垒西边，人道是、三国孙吴赤壁。乱石崩云，惊涛掠岸，卷起千堆雪。江山如画，一时多少豪杰。　　遥想公瑾当年，小乔初嫁了，雄姿英发。羽扇纶巾，谈笑处、樯橹灰飞烟灭。故国神游，多情应是，笑我生华发。人间如寄，一樽还酹江月。《词综》云："按他本'浪声沉'作'浪淘尽'，与调未协。'孙吴'作'周郎'，犯下'公瑾'字。'崩云'作'穿空'，'掠岸'作'拍岸'。又'多情应是，笑我生华发'作'多情应笑我，早生华发'，益非。今从《容斋随笔》黄鲁直手书本更正。至于'小乔初嫁'宜句绝，'了'字属下句乃合。"　大雅集

滔滔莽莽，其来无端。○大笔摩天，是东坡气概过人处。后人刻意摹仿，鲜不失之叫嚣矣。

生　查　子 诉别

三度别君来，此别真迟暮。白尽老髭须，明日淮南去。　　酒罢月随人，泪湿花如雾。后夜逐君还，梦绕湖边路。　放歌集

（"后夜"二句）语浅情深，正不易及。

双调南乡子 重阳

霜降水痕收，浅碧粼粼露远州。酒力渐消风力软，飕飕，破帽多情却恋头。　　佳节若为酬，但把清樽断送秋。万事到头都是梦，休休，明日黄花蝶也愁。　放歌集

（"破帽"句）翻用落帽事，极疏狂之趣。

点 绛 唇

　　独倚胡床，庾公楼外峰千朵。与谁同坐，明月清风我。　　别乘一来，有唱终须和。还知么，自从添个，风月平分破。　放歌集

押"我"字警。

西 江 月 平山堂

　　三过平山堂下，半生弹指声中。十年不见老仙翁，壁上龙蛇飞动。　　欲吊文章太守，仍歌杨柳春风。休言万事转头空，未转头时皆梦。　放歌集

（"休言"二句）深进一层，唤醒痴愚不少。[1]

又

　　照野弥弥浅浪，横空暧暧微霄。障泥未解玉骢骄，

---

[1]　此评录入《词话》卷八（刻本卷六），"深进"作"追进"。

我欲醉眠芳草。　　可惜一溪明月，莫教踏碎琼瑶。解鞍欹枕绿杨桥，杜宇数声春晓。　放歌集

《西江月》一调易入俚俗，稍不检点，则流于曲矣。此偏写得洒落有致。

浣　溪　沙 寓意，和前韵。

炙手无人傍屋头，萧萧晚雨脱梧楸。谁怜季子敝貂裘。　　顾我已无当世望，似君须向古人求。岁寒松柏肯惊秋。　放歌集

又 游蕲水清泉寺

山下兰芽短浸溪，松间沙路净无泥。潇潇暮雨子规啼。　　谁道人生难再少，君看流水尚能西。休将白发唱黄鸡。原注："寺前水西流。"　放歌集

（下阕）愈悲郁，愈豪放，愈忠厚，令我神往。①

————————

① 此评录入《词话》卷八（刻本卷六）。

青 玉 案 和贺方回韵，送伯固归吴中故居。

三年枕上吴中路，遣黄耳、随君去。若到松江呼小
渡。莫惊鸥鹭，四桥尽是，老子经行处。　　辋川图上
看春暮，常记高人右丞句。作个归期天已许。春衫犹是，
小蛮针线，曾湿西湖雨。　**放歌集**

此阕《词综》作姚进道词，兹从《宋六十一家词》本。

八声甘州 寄参寥子

有情风万里卷潮来，无情送春归。问钱塘江上，西
兴浦口，几度斜晖。不用思量今古，俯仰昔人非。谁似
东坡老，白首忘机。　　记取西湖西畔，正暮山好处，
空翠烟霏。算诗人相得，如我与君稀。约他年、东还海
道，愿谢公、雅志莫相违。西州路，不应回首，为我沾
衣。　**放歌集**

（"约他"五句）寄伊郁于豪宕。

《词话》卷八（刻本卷六）：东坡《八声甘州》寄参寥子结数语
云（"算诗"七句），寄伊郁于豪宕，坡老所以为高。

哨 遍

　　睡起画堂，银蒜押帘，珠幕云垂地。初雨歇，洗出碧罗天，正溶溶养花天气。一霎晴，风回芳草，荣光浮动，卷皱银塘水。方杏靥匀酥，花须吐绣，园林翠红排比。见乳燕梢蝶过繁枝，忽一线炉香惹游丝。昼永人闲，独立斜阳，晚来情味。　　便携将佳丽，乘兴深入芳菲里。拨胡琴语，轻拢慢捻总伶俐。看紧约罗裙，急趣檀板，霓裳入破惊鸿起。颦月凝眉，醉霞横脸，歌声悠扬云际。任满头红雨落花飞，渐鸦鹊楼西玉蟾低。尚徘徊、未尽欢意。君看今古悠悠，浮幻人间世。这些百岁光阴几日，三万六千而已。醉乡路稳不妨行，算人生、要适情耳。　**放歌集**

　　（"一霎"四句）笔致纡徐，蓄势在后。（"君看"六句）纵笔挥洒，如天风海雨，咄咄逼人。

如 梦 令 有寄

　　为向东坡传语，人在画堂深处。别后有谁来，雪压小桥无路。归去，归去，江上一犁春雨。　**别调集**

昭 君 怨

谁作桓伊三弄，惊破绿窗幽梦。新月与愁烟，满江天。　　欲去又还不去，明日落花飞絮。飞絮送行舟，水东流。　**别调集**

醉 翁 操 琴曲

琅然，清圜，谁弹。响空山，无言。惟翁醉中和其天。月明风露娟娟，人未眠。荷蒉过山前，曰有心也哉此贤。　　醉翁笑咏，声和流泉。醉翁去后，空有朝吟夜怨。山有时而童巅，水有时而回川，思翁无岁年。翁今为飞仙，此意在人间。试听徽外三两弦。　**别调集**

（"琅然"六句）清绝，高绝，不许俗人问津。（"思翁"二句）化笔墨为烟云。

行 香 子

清夜无尘，月色如银。酒斟时、须满十分。浮名浮

利，休苦劳神。叹隙中驹，石中火，梦中身。　　虽抱
文章，开口谁亲。且陶陶、乐尽天真。几时归去，作个
闲人。对一张琴，一壶酒，一溪云。　**别调集**

（"叹隙"三句）看得破，说得透。（"对一"三句）恬淡中别具
热肠，是真名士。

采 桑 子 润州多景楼与孙巨源遇

多情多感仍多病，多景楼中。樽酒相逢，乐事回头
一笑空。　　停杯且听琵琶语，细捻轻拢。醉脸春融，
斜照江天一抹红。　**别调集**

点 绛 唇 庚午重九再用前韵

不用悲秋，今年身健还高宴。江村海甸，总作空花
观。　　尚想横汾，兰菊纷相半。楼船远，白云飞乱，
空有年年雁。　**别调集**

（"楼船"三句）笔意超远，东坡本色。

又 再和送钱公永

莫唱阳关，风流公子方终宴。秦山禹甸，缥缈真奇观。　　北望平原，落日山衔半。孤帆远，我歌君乱，一送西飞雁。　别调集

次句俚浅。（"孤帆"三句）超脱。

蝶 恋 花

簌簌无风花自亸。寂寞园林，柳老樱桃过。落日多情还照坐，山青一点横云破。　　路尽河回千转柁。系缆渔村，月暗孤灯火。凭仗飞魂招楚些，我思君处君思我。　别调集

（"凭仗"二句）语浅情长，笔致亦超迈。

黄庭坚

字鲁直，分宁人。举进士，元祐初为校书郎，迁集贤校理，擢起居舍人。追谥文节。有《山谷词》二卷。

《词话》卷一：秦七、黄九，并重当时，然黄之视秦，吴宫碔

砆之与美玉？词贵缠绵，贵忠爱，贵沉郁，黄之鄙俚者无论矣，即以其高者而论，亦不过于倔强中见姿态耳。于倔强中见姿态，以之作诗尚未必尽合，况以之为词耶？◎黄九于词，直是门外汉，匪独不及秦、苏，亦去耆卿远甚。

减字木兰花

中秋无雨，醉送月衔西岭去。笑口须开，几度中秋见月来。　　前年江外，儿女传杯兄弟会。此夜登楼，小谢清吟慰白头。　**放歌集**

（"笑口"二句）愁苦之情，出以风流放诞之笔，绝世文情。

望　江　东

江水西头隔烟树，望不见、江东路。思量只有梦来去，更不怕、江阑住。　　灯前写了书无数，算没个、人传与。直饶寻得雁分付，又还是、秋将暮。　**放歌集**

笔力奇横，是山谷独绝处。○人只见其用笔之奇倔，不知其一片深情，往复不置，缠绵之至也。

《词话》卷八（刻本卷六）：黄鲁直词，乖僻无理，桀傲不驯，然亦间有佳者。如《望江东》云，笔力奇横无匹，中有一片深情，往复不置，故佳。

鹧鸪天 坐中有眉山隐客史应之和前韵，即席答之。

黄菊枝头生晓寒，人生莫放酒杯干。风前横笛斜吹雨，醉里簪花倒着冠。　　身健在，且加餐，舞裙歌板尽情欢。黄花白发相牵挽，付与傍人冷眼看。　　放歌集

山谷此词，颇似稼轩率意之作。

虞美人 宜州见梅作

天涯也有江南信，梅破知春近。夜阑风细得香迟，不道晓来开遍向南枝。　　玉台弄粉花应妒，飘到眉心住。平生个里愿杯深，去国十年老尽少年心。　　放歌集

秦 观

字少游，高邮人。登第后，苏轼荐于朝，除太学博士，迁正字，兼国史院编修官，坐党籍徙，徽宗立，放还，至藤州卒。有《淮海词》三卷。

《词话》卷一：秦少游自是作手，近开美成，导其先路，远祖温、韦，取其神不袭其貌，词至是乃一变焉。然变而不失其正，遂令议者不病其变，而转觉有不得不变者。后人动称秦、柳，柳之视秦，为之奴隶而不足者，何可相提并论哉！

《词话》卷一：张绂云："少游多婉约，子瞻多豪放，当以婉约为主。"此亦似是而非、不关痛痒语也。诚能本诸忠厚，而出以沉郁，豪放亦可，婉约亦可，否则豪放嫌其粗鲁，婉约又病其纤弱矣。

《词话》卷八（刻本卷六）：乔笙巢云："少游词，寄慨身世，闲雅有情思，酒边花下，一往而深，而怨悱不乱，悄乎得《小雅》之遗。"又云："他人之词，词才也。少游，词心也。得之于内，不可以传，虽子瞻之明俊，耆卿之幽秀，犹若有瞠乎后者，况其下耶？"此与庄中白之言颇相合。淮海何幸，有此知己！

《词话》卷十（刻本卷八）：东坡、稼轩、白石、玉田，高者易见。少游、美成、梅溪、碧山，高者难见，而少游、美成尤难见。美成意余言外，而痕迹消融，人苦不能领略。少游则义蕴言中，韵流弦外。得其貌者，如鼷鼠之饮河，以为果腹矣，而不知沧海之外，更有河源也。乔笙巢谓："他人之词，词才也，少游，词心也。"可谓卓识。

《词话》卷十（刻本卷八）：读古人词，贵取其精华，遗其糟粕。且如少游之词，几夺温、韦之席，而亦未尝无纤俚之语，读《淮海集》，取其大者高者可矣。若徒赏其"怎得香香深处，作个蜂儿抱"等句，（此语彭羡门亦赏之，以为近似柳七语。尊柳抑秦，匪独不知秦，并不知柳，可发大噱。）则与山谷之"女边着子，门里安心"，其鄙俚纤俗，相去亦不远矣。少游真面目，何由见乎？

如 梦 令

　门外鸦啼杨柳，春色着人如酒。睡起熨沉香，玉腕不胜金斗。消瘦，消瘦，还是褪花时候。　　**大雅集**

　起伏照应，六章如一章，仿佛飞卿《菩萨蛮》遗意。

又

　遥夜月明如水，风紧驿亭深闭。梦破鼠窥灯，霜送晓寒侵被。无寐，无寐，门外马嘶人起。　　**大雅集**

　此章离别。

又

　幽梦匆匆破后，妆粉乱红沾袖。遥想酒醒来，无奈玉销花瘦。回首，回首，绕岸夕阳疏柳。　　**大雅集**

别后。（"回首"三句）映起句"门外鸦啼杨柳"。

又

楼外残阳红满，春入柳条将半。桃李不禁风，回首落英无限。肠断，肠断，人与楚天俱远。　大雅集

又

池上春归何处，满目落花飞絮。孤馆悄无人，梦断月堤归路。无绪，无绪，帘外五更风雨。　大雅集

上章春半，此章春暮。

又

莺嘴啄花红溜，燕尾点波绿皱。指冷月笙寒，吹彻小梅春透。依旧，依旧，人与绿杨俱瘦。　大雅集

（"依旧"三句）映起章首句，亦申明五、六章之意。

江 城 子

西城^①杨柳弄春柔，动离忧，泪难收。犹记多情、曾为系归舟。碧野朱桥当日事，人不见，水空流。　　韶华不为少年留，恨悠悠，几时休。飞絮落花、时候一登楼。便做春江都是泪，流不尽，许多愁。　**大雅集**

"飞絮"九字凄咽，以下尽情发泄，却终未道破。

浣 溪 沙

漠漠轻寒上小楼，晓阴无赖似穷秋。淡烟流水画屏幽。　　自在飞花轻似梦，无边丝雨细如愁。宝帘闲挂小银钩。　**大雅集**

（下阕）宛转幽怨，温、韦嫡派。

又

锦帐重重卷暮霞，屏风曲曲斗红牙。恨人何事苦离

---

① "西城"，底本作"江城"，据《淮海居士长短句》《词综》改。

家。　　枕上梦魂飞不去，觉来红日又西斜。满庭芳草衬残花。　**大雅集**

菩萨蛮

金风簌簌惊黄叶，高楼影转银蟾匝。梦断绣帘垂，月明乌鹊飞。　　新愁知几许，欲似柳千缕。雁已不堪闻，砧声何处村。　**大雅集**

虞美人

高城望断尘如雾，不见联骖处。夕阳村外小湾头，只有柳花无数送归舟。　　琼枝玉树频相见，只恨离人远。欲将幽恨寄青楼，争奈无情江水不西流。　**大雅集**

（"欲将"二句）沉至。

八六子

倚危亭，恨如芳草，萋萋刬尽还生。念柳外青骢别后，水边红袂分时，怆然暗惊。　　无端天与娉婷。夜月一帘幽梦，春风十里柔情。怎奈向、欢娱渐随流水，素弦声断，翠绡香减，那堪片片飞花弄晚，濛濛残雨笼晴。正销凝，黄鹂又啼数声。　大雅集

寄慨无端。

满 庭 芳

　　山抹微云，天粘衰草，画角声断谯门。暂停征棹，聊共引离樽。多少蓬莱旧事，空回首、烟霭纷纷。斜阳外，寒鸦数点，流水绕孤村。　　消魂，当此际，香囊暗解，罗带轻分。谩赢得青楼，薄幸名存。此去何时见也。襟袖上、空染啼痕。伤情处，高城望断，灯火已黄昏。　大雅集

（"斜阳"三句）诗情画景。（"伤情"三句）情词双绝。此词之作，其在坐贬后乎？

又

　　红蓼花繁，黄芦叶乱，夜深玉露初零。霁天空阔，

云淡楚江清。独棹孤篷小艇，悠悠过、烟渚沙汀。金钩细，丝纶慢卷，牵动一潭星。　　时时，横短笛，清风皓月，相与忘形。任人笑生涯，泛梗飘萍。饮罢不妨醉卧，尘劳事、有耳谁听。江风静，日高未起，枕上酒微醒。　**大雅集**

（"金钩"三句）警绝。

又

晓色云开，春随人意，骤雨方过还晴。高台芳树，飞燕蹴红英。舞困榆钱自落，秋千外、绿水桥平。东风里，朱门映柳，低按小秦筝。　　多情，行乐处，珠钿翠盖，玉辔红缨。渐酒空金榼，花困蓬瀛。豆蔻梢头旧恨，十年梦、屈指堪惊。凭栏久，疏烟淡日，寂寞下芜城。　**大雅集**

又

碧水惊秋，黄云凝暮，败叶零乱空阶。洞房人静，斜月照徘徊。又是重阳近也，几处处、砧杵声催。西窗下，风摇翠竹，疑是故人来。　　伤怀，增怅望，新欢易失，往事难猜。问篱边黄菊，知为谁开。谩道愁须殢①酒，酒未醒、愁已先回。凭阑久，金波渐转，白露点苍苔。　大雅集

《满庭芳》诸阕，大半被放后作，恋恋故国，不胜热中。其用心不逮东坡之忠厚，而寄情之远，措词之工，则各有千古也。②

踏 莎 行 郴州旅舍

雾失楼台，月迷津渡。桃源望断无寻处。可堪孤馆闭春寒，杜鹃声里斜阳暮。　　驿寄梅花，鱼传尺素。砌成此恨无重数。郴江幸自绕郴山，为谁流下潇湘去。释天隐云："末二句从'沅湘日夜东流去，不为愁人住少时'变化来。"　黄山谷云："此词高绝，但'斜阳暮'三字为重犯耳。"又云："极似刘梦得楚、蜀间语。"　胡元任云："子瞻绝爱尾两句，自书于扇，曰：'少游已矣，虽万身何赎！'"　大雅集

---

① "殢"，底本作"滞"，据《淮海居士长短句》《宋六十一家词选》改。
② 此评录入《词话》卷一。

望 海 潮 洛阳怀古

　　梅英疏淡，冰澌溶泄，东风暗换年华。金谷俊游，铜驼巷陌，新晴细履平沙。长记误随车。正絮翻蝶舞，芳思交加。柳下桃蹊，乱分春色到人家。　　西园夜饮鸣笳。有华灯碍月，飞盖妨花。兰苑未空，行人渐老，重来事事堪嗟。烟暝酒旗斜。但倚楼极目，时见栖鸦。无奈归心，暗随流水到天涯。　　**大雅集**

　　（"柳下"二句）思路隽绝，其妙直令人不可思议。

　　《词话》卷一：少游词最深厚，最沉着。如"柳下桃蹊，乱分春色到人家。"思路幽绝，其妙令人不能思议。较"郴江幸自绕郴山，为谁流下潇湘去"之语，尤为入妙。世人动訾秦七，真所谓井蛙谤海也。

减字木兰花

　　天涯旧恨，独自凄凉人不问。欲见回肠，断续熏炉小篆香。　　黛蛾长敛，任是东风吹不展。困倚危楼，过尽飞鸿字字愁。　　**大雅集**

生 查 子^①

　　眉黛远山长，新柳开青眼。楼阁断霞明，罗幕春寒
浅。　　杯嫌玉漏迟，烛厌金刀剪。月色忽飞来，花影
和帘卷。　**大雅集**

　　雅丽是词场本色。少游名作甚多，而俚词亦不少，去取不可
不慎。^②

南 歌 子 赠陶心儿

　　玉漏迢迢尽，银潢淡淡横。梦回宿酒未全醒，已被
邻鸡催起怕天明。　　臂上妆犹在，襟间泪尚盈。水边
灯火渐人行，天外一钩残月带三星。　**闲情集**

　　（"天外"句）双关巧合，再过则伤雅矣。

玉 楼 春

　　秋容老尽芙蓉院，草上霜花匀似剪。西楼促坐酒杯

深，风压绣帘香不卷。　　玉纤慵整银筝雁，红袖时笼金鸭暖。岁华一任委西风，独有春红留醉脸。　闲情集

（"岁华"二句）顽艳中有及时行乐之感。

水 龙 吟 赠妓楼东玉

小楼连苑横空，下窥绣毂雕鞍骤。疏帘半卷，单衣初试，清明时候。破暖轻风，弄晴微雨，欲无还有。卖花声过尽，斜阳院落，红成阵、飞鸳甃。　　玉佩丁东别后，怅佳期、参差难又。名缰利锁，天还知道，和天也瘦。花下重门，柳边深巷，不堪回首。念多情但有，当时皓月，照人依旧。　闲情集

前后阕起处醒"楼东玉"三字，稍病纤巧。

海 棠 春

流莺窗外啼声巧，睡未足、把人惊觉。翠被晓寒轻，宝篆沉烟袅。　　宿醒未解宫娥报，道别院、笙歌会早。试问海棠花，昨夜开多少。　闲情集

"睡未足"句，终嫌俚浅。

好事近 梦中作

春路雨添花，花动一山春色。行到小桥深处，有流莺千百。　　飞云当面化龙蛇，天矫转空碧。醉卧古藤阴下，了不知南北。　　**别调集**

（下阕）笔势飞舞。○少游后至藤州，醉卧光化亭而卒，此为词谶矣。

阮 郎 归

湘天风雨破寒初，深深庭院虚。丽谯吹彻小单于，迢迢清夜徂。　　乡梦断，旅魂孤，峥嵘岁又除。衡阳犹有雁传书，郴阳和雁无。　　**别调集**

江 城 子

南来飞燕北归鸿，偶相逢，惨愁容。绿鬓朱颜、重见两衰翁。别后悠悠君莫问，无限事，不言中。　　小

槽春酒滴珠红，莫匆匆，满金钟。饮散落花、流水各西东。后会不知何处是，烟浪远，暮云重。　**别调集**

（"饮散"四句）亦疏落，亦沉郁。

鹧 鸪 天

枝上流莺和泪闻，新啼痕间旧啼痕。一春鱼鸟无消息，千里关山劳梦魂。　　无一语，对芳尊，安排肠断到黄昏。甫能炙得灯儿了，雨打梨花深闭门。　**别调集**

（"甫能"二句）不经人力，自然合拍。

晁补之

字无咎，巨野人。举进士，元祐初除秘书省正字，迁校书郎，以秘阁校理通判扬州，召还，为著作郎，坐党籍徙，大观末知泗州，卒。有《鸡肋集》，词一卷。

《词话》卷八（刻本卷六）：词贵浑涵，刻挚不浑涵，终属下乘。晁无咎咏梅云："开时似雪，谢时似雪，花中奇绝。香非在蕊，香非在萼，骨中香彻。"费尽气力，终是不好看。宋末萧泰来《霜天晓角》一阕，亦犯此病。

摸 鱼 儿

买陂塘、旋栽杨柳，依稀淮岸湘浦。东皋雨足轻痕
涨，沙嘴鹭来鸥聚。堪爱处，最好是、一川夜月光流渚。
无人自舞。任翠幕张天，柔茵藉地，酒尽未能去。
青绫被，休忆金闺故步，儒冠曾把身误。弓刀千骑成何
事，荒了邵平瓜圃。君试觑，满青镜、星星鬓影今如许。
功名浪语。便做得班超，封侯万里，归计恐迟暮。 放
歌集

（"君试"二句）溜漓顿挫。

忆 少 年 别历下

无穷官柳，无情画舸，无根行客。南山尚相送，只
高城人隔。 卷画园林溪绀碧，算重来、尽成陈迹。
刘郎鬓如此，况桃花颜色。 放歌集

惜 奴 娇

歌阕琼筵，暗失金貂侣。说衷肠、丁宁嘱付。棹举

帆开，黯行色、秋将暮。欲去，待却回、高城已
暮。　　渔火烟村，但触目、伤离绪。此情向、阿谁分
诉。那里思量，争知我、思量苦。最苦，睡不着、西风
夜雨。　　放歌集

"暮"字韵复。

满　江　红[①]

东武城南，新堤固、涟漪初溢。隐隐遍、长陵高阜，
卧红堆碧。枝上残花吹尽也，与君试向江边觅。问向前、
犹有几多春，三之一。　　官里事，何时毕？风雨外，
无多日。相将泛曲水，满城争出。不见兰亭修禊事，当
时座上皆豪逸。到如今、修竹满山阴，空陈迹。　　别调集

（"枝上"四句）风雅疏狂，音流弦外。

浣　溪　沙　广陵被召留别

怅饮都门春浪惊，东飞身与白鸥轻。淮山一点眼初

———

　　① 此词又见《东坡乐府》，有词序："东武会流杯亭上巳日作。城南有坡，土色
如丹，其下有堤，壅郏淇水入城。"此从《词综》。

明。　　谁使梦回兰芷国，却将春去凤凰城。樯乌风转不胜情。　**别调集**

陈师道

字履常，一字无己，彭城人。元祐初，以苏轼等荐为徐州教授，迁太学博士，终秘书省正字。有《后山集》，长短句二卷。

菩 萨 蛮 筝①

哀筝一弄湘江曲，声声写尽湘波绿。纤指十三弦，细将幽恨传。　　当筵秋水慢，玉柱斜飞雁。弹到断肠时，春山眉黛低。　**闲情集**

（"弹到"二句）凄怨自在言外。

减字木兰花 晁无咎出小鬟佐饮

娉娉袅袅，芍药枝头红样小。舞袖低回，心到郎边客已知。　　金尊玉酒，劝我花前千万寿。莫莫休休，白发簪花我自羞。　**闲情集**

———

① 此词又见晏几道《小山词》，此从《词综》。

后山词亦以情胜，微逊子野沉着，而措语较婉雅。

李之仪

字端叔，无棣人。历枢密院编修官，通判原州，徽宗初提举河东常平，坐为范纯仁遗表作行状，编管太平，遂居姑熟，久之，徙唐州，终朝请大夫。有《姑溪词》二卷。

卜 算 子

我住长江头，君住长江尾。日日思君不见君，共饮长江水。　　此水几时休，此恨何时已。只愿君心似我心，定不负相思意。　**别调集**

清雅得古乐府遗意，但不善学之，必流于滑易矣。

贺 铸

字方回，卫州人，孝惠皇后族孙。元祐中，通判泗州，又倅太平州。退居吴下，自号庆湖遗老。有《东山寓声乐府》三卷。

《词话》卷一：方回词，胸中眼中，另有一种伤心说不出处，全得力于楚《骚》，而运以变化，允推神品。◎方回词极沉郁，而笔势却又飞舞，变化无端，不可方物，吾乌乎测其所至？

《词话》卷一：方回《踏莎行》"荷花"云："断无蜂蝶慕幽香，

红衣脱尽芳心苦。"下云："当年不肯嫁东风，无端却被秋风误。"
此词骚情雅意，哀怨无端，读者亦不自知何以心醉，何以泪堕。
《浣溪沙》云："记得西楼凝醉眼，昔年风物似而今。只无人与共登
临。"只用数虚字盘旋唱叹，而情事毕现，神乎技矣。世第赏其
"梅子黄时雨"一章，犹是耳食之见。

青 玉 案

　　凌波不过横塘路，但目送、芳尘去。锦瑟年华谁与
度。月台花榭，琐窗朱户，惟有春知处。　　碧云冉冉
蘅皋暮，彩笔新题断肠句。试问闲愁都几许。一川烟草，
满城风絮，梅子黄时雨。《中吴纪闻》云："铸有小筑在姑苏盘
门之内十余里，地名横塘，方回往来其间，作此词。后山谷有诗
云：'解道江南肠断句，只今惟有贺方回。'其为前辈推重如
此。"　　潘子真云："寇莱公诗：'杜鹃啼处血成花，梅子黄时雨如
雾。'世推方回所作'梅子黄时雨'为绝唱，盖用莱公语也。"　　大
雅集

踏 莎 行 荷花

　　杨柳回塘，鸳鸯别浦。绿萍涨断兰舟路。断无蜂蝶
慕幽香，红衣脱尽芳心苦。　　返照迎潮，行云带雨。

依依似与骚人语。当年不肯嫁东风，无端却被秋风误。
大雅集

此词应有所指，骚情雅意，哀怨无端，读者亦不自知何以心
醉也。

<h1 style="text-align:center">又</h1>

急雨收春，斜风约水。浮红涨绿鱼文起。年年游子
惜余春，春归不解招游子。　　留恨城隅，关情纸尾。
阑干长对西曛倚。鸳鸯俱是白头时，江南渭北三千里。
大雅集

（"年年"二句）低回曲折。方回词只就众人所有之语运用入
妙，其长处正不可及。

<h1 style="text-align:center">浣 溪 沙</h1>

秋水斜阳绕绿阴，平山隐隐隔横林。几家村落几声
碪。　　记得西楼凝醉眼，昔年风物似而今。只无人与
共登临。　　**大雅集**

（下阕）只用数虚字盘旋唱叹，而情事毕现，神乎技矣。

望 湘 人

厌莺声到枕，花气动帘，醉魂愁梦相半。被惜余熏，带惊剩眼，几许伤春春晚。泪竹痕鲜，佩兰香老，湘天浓暖。记小江、风月佳时，屡约非烟^①游伴。　　须信鸾弦易断，奈云和再鼓，曲终人远。认罗袜无踪，旧处弄波清浅。青翰棹舣，白蘋洲畔，尽目临皋飞观。不解寄、一字相思，幸有归来双燕。　大雅集

清 平 乐

小桃初谢，双燕还来也。记得年时寒食下，紫陌青门游冶。　　楚城满目春华，可堪游子思家。惟有夜来归梦，不知身在天涯。　大雅集

宛约有味。

---

①　"非烟"，底本作"飞烟"，据《唐宋诸贤绝妙词选》《词综》改。

南柯子 别思

斗酒才供泪，扁舟只载愁。画桥青柳小朱楼。犹记出城车马、为迟留。　　有恨花空委，无情水自流。河阳新鬓尽禁秋。萧散楚云巫雨、此生休。　放歌集

起十字凄警。

薄幸

淡妆多态，更滴滴、频回盼睐。便认得、琴心先许，欲绾合欢双带。记画堂、风月逢迎，轻颦浅笑娇无奈。待翡翠屏开，芙蓉帐掩，羞把香罗暗解。　　自过了烧灯，都不见、踏青挑菜。几回凭双燕，丁宁深意，往来却恨重帘碍。约何时再，正春浓酒困，人闲昼永无聊赖。厌厌睡起，犹有花梢日在。　闲情集

低回往复。（下阕）意致缠绵，而笔势飞舞。○方回善用虚字，其味甚永。

柳 色 黄

薄雨催寒，斜照弄晴，春意空阔。长亭柳色才黄，远客一枝先折。烟横水际，映带几点归鸦，东风消尽龙沙雪。还记出门时，恰而今时节。　　将发，画楼芳酒，红泪清歌，顿成轻别。已是经年，杳杳音尘都绝。欲知方寸，共有几许清愁，芭蕉不展丁香结。枉望断天涯，两厌厌风月。《能改斋漫录》："方回眷一姝，别久，姝寄诗云：'独倚危阑泪满襟，小园春色懒追寻。深恩纵似丁香结，难展芭蕉一寸心。'贺因所寄诗，遂成此调。"　**闲情集**

（"烟横"三句）写景亦布置得宜。（"还记"二句）十字往复不尽。（"欲知"五句）淋漓顿挫，情生文，文生情。

菩 萨 蛮

厌厌别酒商歌送，萧萧凉叶秋声动。小泊画桥东，孤舟月满篷。　　高城遮短梦，衾藉余香拥。多谢五更风，犹闻城里钟。　**闲情集**

瑞 鹧 鸪

月痕依约到西厢，曾羡花枝拂短墙。初未试愁那是泪，每浑疑梦奈余香。　　歌逢嫣处眉先妩，酒半醒时眼更狂。闲倚绣帘吹柳絮，问人何似冶游郎。　**闲情集**

（"初未"二句）此种句法，贺老从心化出。[1]　（下阕）亦有别致。

清 平 乐

阴晴未定，薄日烘云影。临水朱门花一径，渡口鸟啼人静。　　厌厌几许春情，可怜老去兰成。看取镊残双鬓，不随芳草重生。　**别调集**

（"看取"二句）意余于言，是方回独至处。

忆 秦 娥

晓朦胧，前溪百鸟啼匆匆。啼匆匆，凌波人去，拜

---

① 此评录入《词话》卷八（刻本卷六），"贺老"前有"直是"二字。

月楼空。　　旧年今日东门东，鲜妆辉映桃花红。桃花红，吹开吹落，一任东风。　**别调集**

《忆秦娥》二章，别饶姿态，骨高气古，他手未易到此。（"吹开"二句）何等悲怨，却以浅淡语出之，躁心人不许读也。

又　桑

着春衫，玉鞭鞭马南城南。南城南，柔柔细草，留住金衔。　　粉蛾采叶供亲蚕，蚕饥略许携纤纤。携纤纤，湔裙淇上，更待初三。　**别调集**

看似信笔写去，其中自有波折，"幽索如屈、宋"，岂凡艳所能仿佛？

感　皇　恩

兰芷满汀洲，游丝横路。罗袜尘生步，回顾。整鬟颦黛，脉脉多情难诉。细风吹柳絮，人南渡。　　回首旧游，山无重数。花底深朱户，何处。半黄梅子，向晚一帘疏雨。断魂分付与，春归去。　**别调集**

（"细风"二句）笔致宕往。（"半黄"四句）骨韵俱胜，用笔亦精警。

惜 双 双

皎镜平湖三十里，碧玉山围四际。莲荡香风里，彩鸳鸯觉双飞起。　明月多情随舵尾，偏照空床翠被。回首笙歌地，醉更衣处长相记。　**别调集**

（"回首"二句）言情处亦是"横空盘硬语"。

思 越 人

重过阊门万事非，同来何事不同归。梧桐半死清霜后，头白鸳鸯失伴飞。　原上草，露初晞，旧栖新垄两依依。空床卧听南窗雨，谁复挑灯夜补衣。　**别调集**

悲恸于直截处见之，当是悼亡作。

好 女 儿

车马匆匆，会国门东。信人间、自古消魂处，指红尘北道，碧波南浦，黄叶西风。　　堠馆娟娟新月，从今夜、与谁同。想深闺、独守空床思，但频占镜鹊，悔分钗燕，长望书鸿。　别调集

设色精工，措语亦别致。◎上三句就眼前说，下三句从对面写，上下三句俱有三层意义，不似后人叠床架屋，其病百出也。

浣 溪 沙

烟柳春梢蘸晕黄，井栏风绰小桃香。觉时帘幕又斜阳。　　望处定无千里目，断来能有几回肠。少年禁取恁凄凉。　别调集

（"望处"二句）对法亦超脱。

又

梦想西池辇路边，玉鞍骄马小辎軿。春风十里斗婵娟。　　临水登山漂泊地，落花中酒寂寥天。个般情味已三年。　别调集

（"个般"句）一句结醒，峭甚。

又

鹦鹉无言理翠衿，杏花零落昼阴阴。画桥流水一篙深。　　芳径与谁同斗草，绣床终日罢拈针。小笺香管写春心。　**别调集**

（"小笺"句）方回词，一语抵人千百，看似平常，读之既久，情味愈出。

又

闲把琵琶旧谱寻，四弦声怨却沉吟。燕飞人静画堂深。　　欹枕有时成雨梦，隔帘无处说春心。一从灯夜到如今。　**别调集**

《词话》卷十（刻本卷八）：贺老小词，工于结句。往往有通首煊染，至结处一笔叫醒，遂使全篇实处皆虚，最属胜境。如《浣溪沙》云（"梦想西池辇路边"一首），又前调云（此首），妙处全在结句，开后人无数章法。

又

清浅陂塘藕叶干，细风疏雨鹭鸶寒。平垂帘幕倚栏杆。　惆怅采香人不见，几回憔悴后庭兰。行云可是渡江难。　**别调集**

结七字幽艳。

《词话》卷一：《浣溪沙》结句，贵情余言外，含蓄不尽。如吴梦窗之"东风临夜冷于秋"，贺方回之"行云可是渡江难"，皆耐人玩味。

烛影摇红

波影翻帘，泪痕凝烛，青山馆。离魂千里念佳期，襟佩如相款。　惆怅更长梦短，但衾枕、余芳剩暖。半窗斜月，照人肠断，啼乌不管。　**别调集**

忆仙姿

莲叶初生南浦，两岸绿杨飞絮。向晚鲤鱼风，断送彩帆何处。凝伫，凝伫，楼外一江烟雨。　**别调集**

景中带情，一结自足。

小梅花 三首录一

缚虎手，悬河口，车如鸡栖马如狗。白纶巾，扑黄
尘，不知我辈不是蓬蒿人。衰兰送客咸阳道，天若有情
天亦老。作雷颠，不论钱，谁问旗亭美酒斗十千。
酌大斗，起为寿，青鬓常青古无有。笑嫣然，舞翩然，
当垆秦女十五语如弦。遗音能记秋风曲，事去千年犹恨
促。揽流光，系扶桑，争奈愁来一日即为长。　**别调集**

掇拾古语，运用入化，借他人之酒杯，浇自己之块垒，赵闻礼
所谓"酒酣耳热，浩歌数过，亦一快也"。

毛　滂①

字泽民，江山人。为杭州法曹，以乐府受知苏轼得名，尝知武康
县，又知秀州。有《东堂词》二卷。

《词话》卷一：毛泽民词，意境不深，间有雅调。晁无咎则有
意蹈扬湖海，而力又不足。于此中真消息，皆未梦见。

---

　① 此下底本衍一小字"滂"。

惜 分 飞

泪湿阑干花着露，愁到眉峰碧聚。此恨平分取，更无言语空相觑。　　断雨残云无意绪，寂寞朝朝暮暮。今夜山深处，断魂分付潮回去。陈质斋云："泽民他词虽工，未有能及此者。"　周辉云："语尽而意不尽，意尽而情不尽。"
大雅集

玉 楼 春 至盱眙作

长安回首空云雾，春梦觉来无觅处。冷烟寒雨又黄昏，数尽一堤杨柳树。　　楚山照眼青无数，淮口潮生催晓渡。西风吹面立苍茫，欲寄此情无雁去。　**大雅集**

七 娘 子 舟中早秋

山屏雾帐玲珑碧，更绮窗、临水新凉入。雨短烟长，柳桥萧瑟。这番一日凉一日。　　离多绿鬓年时白，这离情、不似而今惜。云外长安，斜晖脉脉。西风吹梦来无迹。　**别调集**

亦整亦散，笔意雅近贺梅子，但不及彼之沉郁顿挫。

调笑令

隼旐佩马昌门西，泰娘绀襜为追随。河桥春风弄鬟影，桃花髻暖黄蜂飞。绣茵锦荐承回雪，水犀梳斜抱明月。铜驼梦断江水长，云中月堕寒香歇。

香歇，袂红蹙，记立河桥花自折。隼旐绀襜城西阙，教妾惊鸿回雪。铜驼春梦空愁绝，云破碧江流月。 **别调集**

即用诗中语，彼则诵，此则歌也。

忆秦娥

夜夜，夜了花朝①也。连忙，指点银瓶索酒尝。明朝花落知多少，莫把残红扫。愁人，一片花飞减却春。 **别调集**

此《忆秦娥》别调，末句皆用诗语，入妙。

---

① "朝"，底本作"开"，据《东堂词》《词综》改。

杜安世

字寿域，京兆人。有词一卷。

凤 栖 梧[①]

篱落繁枝千万片。犹似多情，似雪随风转。昨夜笙歌客易散，酒醒添得愁无限。　　楼上春云山四面。过尽征鸿，暮景烟深浅。一饷凭阑人未见，红绡掩泪思量遍。　**大雅集**

（"一饷"二句）哀婉沉至。

又

惆怅留春春不住。欲到清和，背我堂堂去。飞絮落花和细雨，凄凉庭院流莺度。　　更被闲愁相赚误。梦断高唐，回首桃源路。一饷沉吟无意绪，分明往事今何处。　**大雅集**

陶诗云"首夏犹清和"，言初夏犹有春日清和之意。竟以"清

---

① 此词亦见冯延巳《阳春集》。此从《宋六十一家词选》。

和"作夏令，未免相沿误用。◎"赚"字似峭实俗，慎用为是。

朱 服

字行中，乌程人。熙宁中进士甲科，累官国子司业、起居舍人，以直龙图阁知润州，徙泉、婺、宁、庐、寿五州，绍圣初召为中书舍人，历礼部侍郎，坐与苏轼游，贬海州团练副使，蕲州安置，改兴国军，卒。

渔 家 傲 东阳郡斋作

小雨纤纤风细细，万家杨柳青烟里。恋树湿花飞不起，愁无际，和春付与东流水。　　九十光阴能有几，金龟解尽留无计。寄语东阳沽酒市，拚一醉，而今乐事他年泪。　**放歌集**

（"拚一"二句）慨当以慷。

《词话》卷八（刻本卷六）：宋人朱行中《渔家傲》云："拚一醉，而今乐事他年泪。"贺方回《惜双双》云："回首笙歌地，醉更衣处长相记。"同一感慨，而朱病激烈，贺较深婉。

舒 亶

字信道，慈溪人。试礼部第一，累官御史丞，以罪斥，终直龙图阁待制。卒，赠直学士。

临 江 仙 送鄞令李易初

折柳门前鹦鹉绿，河梁小驻归船。不堪华发对离筵。孤村啼鴂日，深院落花天。　　文采弟兄真叠玉，赤霄去路谁先。明朝便恐各风烟。江山如有恨，桃李自无言。　**别调集**

（"明朝"三句）情词兼胜，合大苏、小晏为一手。

散 天 花 次师能韵

云断长空叶落秋。寒江烟浪静，月随舟。西风偏解送离愁。声声南去雁，下汀洲。　　无奈多情去复留。骊歌齐唱罢，泪争流。悠悠别恨几时休。不堪残酒醒，凭危楼。　**别调集**

（"西风"三句）句圆调浃，字字清脆。

菩 萨 蛮

柳桥花坞南城陌，朱颜绿发长安客。雨后小池台，

寻常载酒来。　　马头今日路，却望城西去。斜日下汀洲，断云和泪流。　**别调集**

　结十字沉着。

又

　画船挝鼓催君去，高楼把酒留君住。去住若为情，江头潮欲平。　　江潮容易得，却是人南北。今日此樽空，知君何日同。黄叔旸云："此词极有味。"　**别调集**

秦　观

字少章，观弟。

黄 金 缕 足司马才仲梦中苏小小词①

　妾本钱塘江上住。花落花开，不管流年度。燕子衔将春色去，纱窗几阵黄梅雨。　　斜插犀梳云半吐。檀板轻敲，唱彻黄金缕。梦断彩云无觅处，夜凉明月生南

―――――――

　① 《张右史文集》《云斋广录》以上阕为司马櫆梦中闻一女子所歌，下阕为櫆续。此从《词综》据《春渚纪闻》以下阕为秦观续。

浦。　**闲情集**

（"燕子"二句）情词凄艳，不愧少游之弟。

王　观

字通叟。官翰林学士，赋应制词，宣仁太后以其近亵，谪之，自号逐客。一云官大理寺丞，知江都县事。有《冠柳集》一卷。

《词话》卷八（刻本卷六）：王通叟词名《冠柳》。北宋词家极多，独云"冠柳"，仍是震于耆卿名而入其彀中耳。观其命名，即可知其词之不足重。嗣后以《清平乐》一词被谪，不亦宜乎？

庆清朝慢 踏青

调雨为酥，催冰做水，东君分付春还。何人便将轻暖，点破残寒。结伴踏青去好，平头鞋子小双鸾。烟郊外，望中秀色，如有无间。　　晴则个，阴则个，饾饤得天气，有许多般。须教撩花拨柳，争要先看。不道吴绫绣袜，香泥斜沁几行斑。东风巧，尽收翠绿，吹上眉山。　**别调集**

琢句秀炼，栩栩欲活，真耆卿之亚也。至黄叔旸谓此词"风流楚楚，又不独冠柳词之上"，则又过矣。

张舜民

字芸叟，别号浮休居士。以荐为谏官，仕至吏部侍郎。有《画墁集》。

卖花声 题岳阳楼

木叶下君山，空水漫漫。十分斟酒敛芳颜。不是渭城西去客，休唱阳关。　　醉袖抚危栏，天淡云闲。何人此路得生还。回首夕阳红尽处，应是长安。　**大雅集**

（"回首"二句）恋阙之心，蔼然言外。

王 雱

字符泽，安石子。举进士，累官天章阁待制兼侍讲，迁龙图阁直学士。卒，赠左谏议大夫。

眼 儿 媚①

杨柳丝丝弄轻柔，烟缕织成愁。海棠未雨，梨花先雪，一半春休。　　而今往事难重省，归梦绕秦楼。相思只在，丁香枝上，豆蔻梢头。　**别调集**

――――――――――

① 《草堂诗余前集》录此词，为无名氏作。此从《词综》《词选》。

"一半春休"妙，不待春尽时，便作伤春语，亦有心人也。

赵鼎臣

字承之，卫城人。元祐中进士，宣和中以右文殿修撰知邓州，召为太府卿，卒，赠待制。有《竹隐畸士集》。

念奴娇 送王长卿赴河间司录

旧游何处，记金汤形胜，蓬瀛佳丽。绿水芙蓉，元帅与宾僚，风流济济。万柳亭边，雅歌堂上，醉倒春风里。十年一梦，觉来无人千里。　　惆怅送子重游，南楼依旧否，朱栏谁倚。要识当时，惟是有明月，曾陪珠履。量减杯中，雪添头上，甚矣吾衰矣。酒徒相问，为言憔悴如此。　放歌集

潘元质①

金华人。

---

① 《全宋词》："潘汾：汾字元质。"

倦 寻 芳

　　兽环半掩，鸳甃无尘，庭院潇洒。树色沉沉，春尽燕娇莺姹。梦草池塘青渐满，海棠轩槛红相亚。听箫声，记秦楼夜约，彩鸾齐跨。　　渐迤逦、更催银箭，何处贪欢，犹系骢马。旋剪灯花，两点翠眉谁画。香减羞回空帐里，月高犹在重帘下。恨疏狂，待归来、碎揉花打。　闲情集

　　（"梦草"二句）秀丽不减柳七。（"香减"二句）楚楚可怜。◎结未免恶劣，转使上二语减色。

葛胜仲

　　字鲁卿，丹阳人。绍圣四年进士，历官礼部员外郎，权国子司业，迁太常卿兼谕德，除国子祭酒，寻知汝州，改湖州。绍兴元年卒，谥文康。有《丹阳集》，词一卷。

鹧 鸪 天

　　玉管还飞换岁灰，定山新棹酒船回。年时梁燕双双在，肯为人愁便不来。　　衰意绪，病情怀。玉山今夜为谁颓。年时梅蕊垂垂破，肯为人愁便不开。　别调集

自是词中变格，而风致绝胜，并能使无情处都有情。

李　冠

字世英，山东人。

蝶 恋 花

遥夜亭皋闲信步。才过清明，渐觉伤春暮。数点雨声风约住，朦胧淡月云来去。　　桃杏依稀香暗度。谁在秋千，笑里轻轻语。一寸相思千万绪，人间没个安排处。王介甫云："张子野'云破月来花弄影'不及冠'朦胧淡月云来去'也。"　别调集

周紫芝

字少隐，宣城人。举进士，为枢密编修，守兴国。有《竹坡词》三卷。

鹧 鸪 天

一点残红欲尽时，乍凉秋气满屏帏。梧桐叶上三更雨，叶叶声声是别离。　　调宝瑟，拨金猊，那时同唱鹧鸪词。如今风雨西楼夜，不听清歌也泪垂。　闲情集

（"梧桐"二句）从愁人耳中听得。

生 查 子

金鞍欲别时，芳草溪边渡。不忍上西楼，怕看来时路。　帘幕卷东风，燕子双双语。薄幸不归来，冷落春情绪。　闲情集

又

青丝结晓鬟，临镜心情懒。知为晓愁浓，画得双蛾浅。　柳困玉楼空，花落红窗暖。相对语春愁，只有春闺燕。　闲情集

（"知为"二句）永叔词云："都缘自有离恨，故画作远山长。"此反用其意，亦复入妙。

谒 金 门

春雨细，开尽一番桃李。柳暗曲阑花满地，日高人睡起。　绿浸小池春水，沙暖鸳鸯双戏。薄幸更无书

一纸，画楼愁独倚。　闲情集

生　查　子

春寒入翠帷，月淡云来去。院落半晴天，风撼梨花树。　　人醉掩金铺，闲倚秋千柱。满眼是相思，无说相思处。　别调集

（"满眼"二句）语浅情深，不着力而自胜。

谢　逸

字无逸，临川人。第进士。① 有《溪堂词》一卷。

虞　美　人

碧梧翠竹交加影，角簟纱幮冷。疏云淡月媚横塘，一阵荷花风起隔帘香。　　雁横天末无消息，水阔吴山碧。刺桐花上蝶翩翩，唯有夜深清梦到郎边。　闲情集

---

① 陆心源《宋史翼》卷二十六云："再举进士不第。"

"一阵"句稍粗。

花 心 动

风里杨花轻薄性，银烛高烧心热。香饵悬钩，鱼不轻吞，辜负钩儿虚设。桑蚕到老丝长绊，针刺眼、泪流成血。思量起，粘枝花朵，果儿难结。　　海样情深忍撇，似梦里相逢，不胜欢悦。出水双莲，摘取一枝，可惜并头分拆。猛期月满会姮娥，谁知是、初生新月。折翼鸟，甚日于飞时节。沈天羽云："此词句句比方，用《小雅·鹤鸣》篇体也。"　别调集

纯用比体，自是词中变格，亦未尝不古，但有色无韵。偶一为之则可，不必效尤也。

柳 梢 青

香肩轻拍，樽前忍听，一声将息。昨夜浓欢，今朝别酒，明日行客。　　后回来则须来，便去也、如何去得。无限离情，无穷江水，无边山色。　别调集

起四字俚。（"后回"二句）转头处跌宕生姿。

踏 莎 行

柳絮风轻，梨花雨细。春阴院落帘垂地。碧溪影里小桥横，青帘市上孤灯起。　　镜约关情，琴心破睡。轻寒漠漠侵鸳被。酒醒霞散脸边红，梦回山蹙眉间翠。

别调集

（"酒醒"二句）工致。

江 神 子

一江秋水碧湾湾，绕青山，玉连环。帘幕低垂、人在画图间。闲抱琵琶寻旧曲，弹未了，意阑珊。　　飞鸿数点拂云端，倚阑看，楚天寒。拟倩东风、吹梦到长安。恰似梨花春带雨，愁满眼，泪阑干。　　**别调集**

（"飞鸿"四句）词意幽怨，几可接武少游。

又

　　杏花村馆酒旗风，水溶溶，飏残红。野渡舟横、杨柳绿阴浓。望断江南山色远，人不见，草连空。　　夕阳楼外晚烟笼，粉香融，淡眉峰。记得年时、相见画屏中。只有关山今夜月，千里外，素光同。　　**别调集**

　　（"记得"四句）情深文明。

白雨斋词选卷五

宋词三

周邦彦

　　字美成，钱唐人。历官秘书监，进徽阁①待制，提举大晟府，出知顺昌府，徙处州，卒，赠宣奉大夫。有《清真集》二卷，《后集》一卷。

　　《词话》卷一：词至美成，乃有大宗。前收苏、秦之终，后开姜、史之始，自有词人以来，不得不推为巨擘。后之为词者，亦难出其范围。然其妙处，亦不外沉郁顿挫，顿挫则有姿态，沉郁则极深厚。既有姿态，又极深厚，词中三昧，亦尽于此矣。◎美成小令，以警动胜，视飞卿色泽较淡，意态却浓，温、韦之外，别有独至处。

　　《词话》卷一：今之谈词者，亦知尊美成。然知其佳而不知其所以佳，正坐不解沉郁顿挫之妙。彼所谓佳者，不过人云亦云耳。摘论数条于后，清真面目，可见一斑。

　　《词话》卷八（刻本卷六）：美成艳词，如《少年游》《点绛唇》《意难忘》《望江南》等篇，别有一种姿态，句句洒脱，香奁泛话，吐弃殆尽。

----

　　① "徽阁"，《宋史》卷四四四作"徽猷阁"。

兰 陵 王 柳

柳阴直，烟里丝丝弄碧。隋堤上，曾见几番，拂水飘绵送行色。登临望故国，谁识，京华倦客。长亭路，年去岁来，应折柔条过千尺。　　闲寻旧踪迹，又酒趁哀弦，灯照离席。梨花榆火催寒食。愁一剪风快，半篙波暖，回头迢递便数驿，望人在天北。　　凄恻，恨堆积。渐别浦萦回，津堠岑寂。斜阳冉冉春无极。念月榭携手，露桥闻笛。沉思前事，似梦里，泪暗滴。　**大雅集**

一则曰"登临望故国"，再则曰"闲寻旧踪迹"，至收笔"沉思前事，似梦里，泪暗滴"，遥遥挽合，妙有许多说不出处，欲语复咽，是为沉郁。

《词话》卷一：美成词，极其感慨，而无处不郁，令人不能遽窥其旨。如《兰陵王》（柳）云："登临望故国，谁识京华倦客"二语，是一篇之主。上有"隋堤上，曾见几番，拂水飘绵送行色"之句，暗伏倦客之根，是其法密处。故下接云："长亭路，年去岁来，应折柔条过千尺。"久客淹留之感，和盘托出。他手至此，以下便直抒愤懑矣，美成则不然。"闲寻旧踪迹"二叠，无一语不吞吐。只就眼前景物，约略点缀，更不写淹留之故，却无处非淹留之苦。直至收笔云："沉思前事，似梦里，泪暗滴。"遥遥挽合，妙在才欲说破，便自咽住，其味正自无穷。……（此见下首所引）大抵美成词，一篇皆有一篇之旨，寻得其旨，不难迎刃而解，否则病其繁碎重复，何足以知清真也？

六　丑　蔷薇谢后作

　　正单衣试酒，怅客里、光阴虚掷。愿春暂留，春归如过翼，一去无迹。为问家何在，夜来风雨，葬楚宫倾国。钗钿堕处遗香泽，乱点桃蹊，轻翻柳陌。多情更谁追惜，但蜂媒蝶使，时叩窗槅。　　东园岑寂，渐蒙笼暗碧。静绕珍丛底，成叹息。长条故惹行客，似牵衣待话，别情无极。残英小、强簪巾帻。终不似、一朵钗头颤袅，向人欹侧。漂流处、莫趁潮汐，恐断红、尚有相思字，何由见得。《浩然斋雅谈》："李师师歌《大酺》《六丑》二解于上前，上问教坊使袁绹《六丑》之义，莫能对。急召邦彦问之，对曰：'此犯六调，皆声之美者，然绝难歌。昔高阳氏有子六人，才而丑，故以比之。'上喜。"　**大雅集**

　　（"为问"句）沉郁。（"长条"九句）思深意苦，亦哀婉，亦恣肆。

　　《词话》卷一：如《六丑》（蔷薇谢后作）云："为问家何在。"上文有"怅客里、光阴虚掷"之句，此处点醒题旨，既突兀，又绵密，妙只五字束住。下文反复缠绵，更不纠缠一笔，却满纸是羁愁抑郁，且有许多不敢说处，言中有物，吞吐尽致。

齐 天 乐

绿芜凋尽台城路，殊乡又逢秋晚。暮雨生寒，鸣蛩劝织，深阁时闻裁剪。云窗静掩，叹重拂罗裀，顿疏花簟。尚有练囊，露萤清夜照书卷。　　荆江留滞最久，故人相望处，离思何限。渭水西风，长安乱叶，空忆诗情宛转。凭高眺远，正玉液新篘，蟹螯初荐。醉倒山翁，但愁斜照敛。　**大雅集**

（"渭水"三句）苍凉沉郁，开白石、碧山一派。

《词话》卷一：美成《齐天乐》云："绿芜雕尽台城路，殊乡又逢秋晚。"伤岁暮也。结云："醉倒山翁，但愁斜照敛。"几于爱惜寸阴，日暮之悲，更觉余于言外。此种结构，不必多费笔墨，固已意无不达。

浣 溪 沙①

　　水涨鱼天拍柳桥，云鸠拖雨过江皋。一番春信入东郊。　　闲碾凤团消短梦，静看燕子垒新巢。又移日影上花梢。　　大雅集

点 绛 唇

　　征骑初停，酒行莫放离歌举。柳汀莲浦，看尽江南路。　　苦恨斜阳，冉冉催人去。空回顾，淡烟横素，不见扬鞭处。　　大雅集

菩 萨 蛮

　　银河宛转三千曲，浴凫飞鹭澄波绿。何处望归舟，夕阳江上楼。　　天憎梅浪发，故下封枝雪。深院卷帘看，应怜江上寒。　　大雅集

　　美成小令于温、韦、晏、欧外别开境界，遂为南宋诸名家

———————————

　　① 此词汲古阁本《片玉集》补遗据陈钟秀本《草堂诗余》录入，元本《草堂诗余》为无名氏词。此从《清绮轩词选》。

所祖。

《词话》卷一：美成《菩萨蛮》上半阕云："何处望归舟，夕阳
江上楼。"思慕之极，故哀怨之深。下半阕云："深院卷帘看，应怜
江上寒。"哀怨之深，亦忠爱之至。似此不必学温、韦，已与温、
韦一鼻孔出气。

扫 花 游

晓阴翳日，正雾霭烟横，远迷平楚。暗黄万缕，听
鸣禽按曲，小腰欲舞。细绕回堤，驻马河桥避雨。信流
去，问一叶怨题，今到何处。　　春事能几许，任占地
持杯，扫花寻路。泪珠溅俎，叹将愁度日，病伤幽素。
恨入金徽，见说文君更苦。黯凝伫，掩重关、遍城钟
鼓。　　**大雅集**

（"信流"三句）宛雅幽怨，梅溪全祖此种。

满 庭 芳　夏日溧水无想山作

风老莺雏，雨肥梅子，午阴嘉树清圆。地卑山近，
衣润费炉烟。人静乌鸢自乐，小桥外、新绿溅溅。凭栏

久，黄芦苦竹，拟泛九江船。　　年年，如社燕，飘流瀚海，来寄修椽。且莫思身外，长近樽前。憔悴江南倦客，不堪听、急管繁弦。歌筵畔，先安枕簟，容我醉时眠。　**大雅集**

乌鸢自乐，社燕自苦，九江之船，卒未尝泛，沉郁顿挫中别饶蕴藉。

《词话》卷一：美成词，有前后若不相蒙者，正是顿挫之妙。如《满庭芳》（夏日溧水无想山作）上半阕云（"人静"五句），正拟纵乐矣，下忽接云（下阕），是乌鸢虽乐，社燕自苦，九江之船，卒未尝泛。此中有多少说不出处，或是依人之苦，或有患失之心。但说得虽哀怨，却不激烈，沉郁顿挫中别饶蕴藉。后人为词，好作尽头语，令人一览无余，有何趣味？

玉 楼 春

桃溪不作从容住，秋藕绝来无续处。当时相候赤栏桥，今日独寻黄叶路。　　烟中列岫青无数，雁背夕阳红欲暮。人如风后入江云，情似雨余粘地絮。　**大雅集**

（"人如"二句）上句人不能留，下句情不能已，平常意写得姿态如许。

《词话》卷一：美成词，有似拙实工者。如《玉楼春》结句云："人如风后入江云，情似雨余粘地絮。"上言人不能留，下言情不能已，呆作两譬，别饶姿态，却不病其板，不病其纤，此中消息难言。

一 络 索

杜宇催归声苦，和春催去。倚阑一霎酒旗风，任扑面、桃花雨。　　目断陇云江树，难逢尺素。落霞隐隐日平西，料想是、分携处。　**大雅集**

花 犯 梅花

粉墙低，梅花照眼，依然旧风味。露痕轻缀，疑净洗铅华，无限清丽。去年胜赏曾孤倚，冰盘共宴喜。更可惜、雪中高士，香篝熏素被。　　今年对花太匆匆，相逢似有恨，依依愁悴。凝望久，青苔上、旋看飞坠。相将见、脆圆荐酒，人正在、空江烟浪里。但梦想、一枝潇洒，黄昏斜照水。黄叔旸云："此只咏梅花，而纤徐反复，道尽三年间事，圆美流转如弹丸。"　**大雅集**

尉 迟 杯

隋堤路，渐日晚、密霭生深树。阴阴淡月笼沙，还宿河桥深处。无情画舸，都不管、烟波隔前浦。等行人、醉拥重衾，载将离恨归去。　　因思旧客京华，长偎傍、疏林小槛欢聚。冶叶倡条俱相识，仍惯见、珠歌翠舞。如今向、渔村水驿，夜如岁、焚香独自语。有何人、念我无聊，梦魂凝想鸳侣。　**大雅集**

（"无情"四句）窈曲幽深，笔情隽上。

浪淘沙慢

晓阴重，霜凋岸草，雾隐城堞。南陌脂车待发，东门帐饮乍阕。正拂面垂杨堪揽结，掩红泪、玉手亲折。念汉浦离鸿去何许，经时音信绝。　　情切，望中地远天阔。向露冷风清无人处，耿耿寒漏咽。嗟万事难忘，惟是轻别。翠樽未竭，凭断云留取，西楼残月。　　罗带光销纹衾叠，连环解、旧香顿歇。怨歌永，琼壶敲尽缺。恨春去、不与人期，弄夜色，空余满地梨花雪。　**大雅集**

第三段飘风骤雨，急管繁弦，歌至曲终，觉万汇哀鸣，天地变色。○"恨春去"七字甚深。

《词话》卷一：美成词，操纵处有出人意表者，如《浪淘沙慢》一阕，上二叠写别离之苦，如"掩红泪，玉手亲折"等句，故作琐碎之笔。至末段云（下阕），蓄势在后，骤雨飘风，不可遏抑。歌至曲终，觉万汇哀鸣，天地变色。老杜所谓"意惬关飞动，篇终接混茫"也。

渡江云

晴岚低楚甸，暖回雁翼，阵势起平沙。骤惊春在眼，借问何时，委曲到山家。涂香晕色，盛粉饰、争作妍华。千万丝、陌头杨柳，渐渐可藏鸦。　　堪嗟，清江东注，画舸西流，指长安日下。愁宴阑、风翻旗尾，潮溅乌纱。今朝正对初弦月，傍水驿、深舣蒹葭。沉恨处，时时自剔灯花。　大雅集

解 语 花 上元

风销绛蜡，露浥红莲，灯市光相射。桂华流瓦，纤云散、耿耿素娥欲下。衣裳淡雅，看楚女、纤腰一把。

箫鼓喧、人影参差，满路飘香麝。　　因念帝城放夜，望千门如昼，嬉笑游冶。钿车罗帕，相逢处、自有暗尘随马。年光是也，惟只见、旧情衰谢。清漏移、飞盖归来，从舞休歌罢。　**大雅集**

《词综》《词选》皆作"花市"，"桂华"亦作"桂花"，今从戈选《七家词》本。◎后半阕念及禁城放夜时，纵笔挥洒，有水逝云卷、风驰电掣之感。[①]

夜 飞 鹊

河桥送人处，良夜何其，斜月远堕余辉。铜盘烛泪已流尽，霏霏凉露沾衣。相将散离会处，探风前津鼓，树杪参旗。花骢会意，纵扬鞭、亦自行迟。　　迢递路回清野，人语渐无闻，空带愁归。何意重经前地，遗钿不见，斜径都迷。兔葵燕麦，向斜阳、影与人齐。但徘徊班草，欷歔酹酒，极望天西。　**大雅集**

（"何意"八句）哀怨而浑雅，白石《扬州慢》一阕，从此脱胎。

---

①　此评录入《词话》卷一。

《词话》卷一：美成《夜飞鹊》云（"何意"八句），哀怨而浑雅。白石《扬州慢》一阕，从此脱胎，超处或过之，而厚意微逊。

霜 叶 飞

露迷衰草疏星挂，凉蟾低下林表。素娥青女斗婵娟，正倍添凄悄。渐飒飒、丹枫撼晓，横天云浪鱼鳞小。见皓月相看，又透入、清晖半晌，特地留照。　迢递望极关山，波穿千里，度日如岁难到。凤楼今夜听秋风，奈五更愁抱。想玉匣、哀弦闭了，无心重理相思调。念故人、牵离恨，屏掩孤颦，泪流多少。　**大雅集**

西 河 金陵怀古

佳丽地，南朝盛事谁记。山围故国绕清江，髻鬟对起。怒涛寂寞打孤城，风樯遥度天际。　断崖树，犹倒倚，莫愁艇子曾系。空余旧迹郁苍苍，雾沉半垒。夜深月过女墙来，伤心东望淮水。　酒旗戏鼓甚处市，想依稀、王谢邻里。燕子不知何世，入寻常、巷陌人家相对，如说兴亡，斜阳里。　**放歌集**

此词以"山围故国"、"朱雀桥边"二诗作蓝本,融化入律,气
韵沉雄,音节悲壮。

少 年 游

并刀如水,吴盐胜雪,纤指破新橙。锦幄初温,兽
香不断,相对坐调笙。　　低声问向谁行宿,城上已三
更。马滑霜浓,不如休去,直是少人行。　**闲情集**

("下阕")曰"向谁行宿",曰"城上三更",曰"马滑霜浓",
曰"不如休去",曰"少人行",颠倒重复,层折入妙。

点 绛 唇

辽鹤归来,故乡多少伤心地。短书不寄,鱼浪空千
里。　　凭仗桃根,说与相思意。愁无际,旧时衣袂,
犹有东风泪。《夷坚支志》云:"美成在姑苏,与营妓岳芝云相
恋。后从京师过吴,则岳已从人久矣。因饮于太守蔡峦子高坐上,
见其妹,因作此词寄之。楚云读之,感泣者累日。"　**闲情集**

缠绵凄咽,措语亦极大雅,艳体正则也。

意 难 忘

衣染莺黄，爱停歌驻拍，劝酒持觞。低鬟蝉影动，私语口脂香。莲露滴，竹风凉，拚剧饮淋浪。夜渐深、笼灯就月，仔细端相。　　知音见说无双，解移宫换羽，未怕周郎。长颦知有恨，贪耍不成妆。些个事，恼人肠，待说与何妨。又恐伊、寻消问息，瘦减容光。　**闲情集**

（"长颦"七句）洒落有致，吐弃一切香奁泛话。

蝶 恋 花①

鱼尾霞生明远树。翠壁粘天，玉叶迎风举。一笑相逢蓬海路，人间风月如尘土。　　剪水双眸云半吐。醉倒天瓢，笑语生青雾。此会未阑须记取，桃花几度吹红雨。　**闲情集**

（"一笑"二句）语带仙气，似赠女冠之作。

《词话》卷八（刻本卷六）：美成《蝶恋花》云，语带仙气，似赠女冠之作，否则故为隐语。已为梦窗"北斗秋横"、"春温红玉"

---

① 《阳春白雪》录此词，题何大圭作。此从《宋七家词选》。

两篇，开其先路。

望江南

　　歌席上，无赖是横波。宝髻玲珑攲玉燕，绣巾柔腻掩香罗。人好自宜多。　　无个事，因甚敛双蛾。浅淡梳妆疑见画，惺忪言语胜闻歌。何况会婆娑。　　**闲情集**

　　美成以《少年游》一词通显，以此词得罪，荣枯皆系于一词，异矣。[①]　〇艳词至美成，一空前人，独辟机杼。如此词下半阕，不用香泽字面，而姿态更饶，浓艳益至，此美成独绝处也。

瑞龙吟

　　章台路，还是褪粉梅梢，试华桃树。愔愔坊陌人家，定巢燕子，归来旧处。　　黯凝伫，因记个人痴小，乍窥门户。侵晨浅约宫黄，障风映袖，盈盈笑语。　　前度刘郎重到，访邻寻里，同时歌舞。唯有旧来秋娘，声价如故。吟笺赋笔，犹记燕台句。知谁伴、名园露饮，东城闲步。事与孤鸿去，探春尽是伤离绪。官柳低金缕，

　　[①]　此评录入《词话》卷八（刻本卷六）。

归骑晚，纤纤池塘飞雨。断肠院落，一帘风絮。黄叔旸云："此词自'章台路'至'归来旧处'是第一段，自'黯凝伫'至'盈盈笑语'是第二段，此之谓双拽头，属正平调。自'前度刘郎'以下即犯大石，系第三段。至'归骑晚'以下四句，再归正平调。诸本皆以'吟笺赋笔'处分段，非也。"　别调集

（"前度"七句）笔笔回顾，情味隽永。

伤 情 怨

枝头风信渐小，看暮鸦飞了。又是黄昏，闭门收返照。　江南人去路杳，信未通、愁已先到。怕见孤灯，霜寒催睡早。　别调集

（"信未通"句）警绝。

关 河 令

秋阴时晴渐向暝，变一庭凄冷。伫听寒声，云深①无雁影。　更深人去寂静，但照壁、孤灯相映。酒已都

---

① "深"，原稿作"淡"，据《片玉集》《词综》改。

醒，如何消夜永。 **别调集**

（"酒已"二句）进一层说，愈劲直，愈缠绵。

虞 美 人

　　玉筋才掩朱弦悄，弹指壶天晓。回头犹认倚墙花，只向小桥南畔便天涯。　　银蟾依旧当窗满，顾影魂先断。凄风休飐半残灯，拟倩今宵归梦到云屏。 **别调集**

拜星月慢

　　夜色催更，清尘收露，小曲幽坊月暗。竹槛灯窗，识秋娘庭院。笑相遇，似觉琼枝玉树，暖日明霞光烂。水盼兰情，总平生稀见。　　画图中、旧识春风面。谁知道、自到瑶台畔。眷恋雨润云温，苦惊风吹散。念荒寒、寄宿无人馆，重门闭、败壁秋虫叹。怎奈何、一缕相思，隔溪山不断。 **别调集**

（下阕）曲折恣肆，笔情酣畅。

晁端礼

字次膺。熙宁六年进士，两为县令，晚以承事郎为大晟府协律。有《闲适集》一卷。

菩 萨 蛮 回纹

卷帘风入双双燕，燕双双入风帘卷。明月晓啼莺，莺啼晓月明。　　断肠空望远，远望空肠断。楼上几多愁，愁多几上楼。　**别调集**

别调取其稳惬，备格而已。

曹　组

字符宏，颍昌人。宣和三年进士，有旨换武阶，兼阁职，仍给事殿中，《挥麈录》云官止副使。有《箕颍集》二十卷。

青 门 饮

山静烟沉，岸空潮落，晴天万里，飞鸿南渡。冉冉黄花，翠翘金钿，还是倚风凝露。岁岁青门饮，尽龙山、高阳俦侣。旧赏成空，回首旧游，人在何处。　　此际谁怜萍泛，空自感光阴，暗伤羁旅。醉里悲歌，夜深惊

梦，无奈觉来情绪。孤馆昏还晓，厌时闻、南楼钟鼓。泪眼临风，肠断望中归路。　别调集

（"醉里"七句）婉雅幽怨，已为梅溪导其先路。

向　镐

字丰之，河内人。有《乐斋词》二卷。

如 梦 令

谁伴明窗独坐，我和影儿两个。灯尽欲眠时，影也把人抛躲。无那，无那，好个栖惶的我。　别调集

"影也把人抛躲"，真乃善写栖惶。

万俟雅言

自号词隐，崇宁中充大晟府制撰。有《大声集》五卷。

长 相 思 雨

一声声，一更更。窗外芭蕉窗里灯，此时无限

情。　　梦难成，恨难平。不道愁人不喜听，空阶滴到明。　**别调集**

昭君怨

春到南楼雪尽，惊动灯期花信。小雨一番寒，倚阑干。　　莫把阑干频倚，一望几重烟水。何处是京华，暮云遮。　**别调集**

（"莫把"二句）转头处，承上折入妙。◎结二语宛约，小令正宗。

陈克

字子高，临海人，侨寓金陵。元丰间，以吕安老荐入幕府，得官。有《赤城词》一卷。

《词话》卷一：陈子高词，婉雅闲丽，暗合温、韦之旨。晁无咎、毛泽民、万俟雅言等，远不逮也。

菩萨蛮

赤栏桥尽香街直，笼街细柳娇无力。金碧上晴空，

花晴帘影红。　　黄衫飞白马，日日青楼下。醉眼不逢人，午香吹暗尘。《词选》云："此刺时也。"　大雅集

又

绿芜墙绕青苔院，中庭日淡芭蕉卷。蝴蝶上阶飞，风帘自在垂。　　玉钩双语燕，宝甃杨花转。几处簸钱声，绿窗春梦轻。《词选》云："此自寓。"　大雅集

（下阕）工雅芊丽，温、韦流派。

谒金门

愁脉脉，目断江南江北。烟树重重芳信隔，小楼山几尺。　　细草孤云斜日，一晌弄晴天色。帘外落花飞不得，东风无气力。　大雅集

此词不减孙孟文。（"帘外"二句）中有怨情。

又

花满院，飞去飞来双燕。红雨入帘寒不卷，晓屏山

六扇。　　翠袖玉笙凄断，脉脉两蛾愁浅。消息不知郎
近远，一春长梦见。　**大雅集**

　　和凝词："拂水双飞来去燕，曲槛小屏山六扇。"此词用其语，
更觉婉丽。

浣 溪 沙

　　浅画香膏拂紫绵，牡丹花重翠云偏。手捼梅子并郎
肩。　　病起心情终是怯，困来模样不禁怜。旋移针线
小姑前。　**闲情集**

　　（下阕）娇态如见。

吕渭老

一作滨老，字圣求，秀州人。宣和末朝士。有词一卷。

小 重 山 七夕病中

　　半夜灯残鼠上檠。小窗风动竹，月微明。梦魂偏寄水西
亭。琅玕碧，花影弄蜻蜓。　　千里暮云平。南楼催上烛，

晚来晴。酒阑人散斗西倾。天如水，团扇扑流萤。　**别调集**

（"半夜"三句）是病中景况，写来逼真。

一 落 索

　蝉带残声移别树，晚凉房户。秋风有意染黄花，下几点、凄凉雨。　　渺渺双鸿飞去，乱云深处。一山红叶为谁愁，供不尽、相思句。　**别调集**

（"秋风"二句）凄警。

李 甲

字景元，华亭人。

帝 台 春

　芳草碧色，萋萋遍南陌。暖絮乱红，也知人、春愁无力。忆得盈盈拾翠侣，共携赏、凤城寒食。到今来，海角逢春，天涯倦客。　　愁旋释，还似织。泪暗拭，又偷滴。漫倚遍危栏，尽黄昏，也只是、暮云凝碧。拚则而今已拚了，

忘则怎生便忘得。又还问鳞鸿，试重寻消息。　**闲情集**

（"漫倚"六句）信笔抒写，却仍郁而不露，耐人玩索。

沈会宗

字文伯。

蓦 山 溪

想伊不住，船在蓝桥路。别语未甘听，更忍问、而今是去。门前杨柳，几日转西风，将行色，欲留心，忽忽城头鼓。　　一番幽会，只觉添愁绪。邂逅却相逢，又还有、此时欢否。临岐把酒，莫惜十分斟，尊前月，月中人，明夜知何处。　**闲情集**

（"别语"二句）曲折传出离情。○只是善用托笔。

沈公述

念 奴 娇

杏花过雨，渐残红零落，胭脂颜色。流水飘香人渐远，难托春心脉脉。恨别王孙，墙阴目断，手把青梅摘。金鞍何处，绿杨依旧南陌。　　消散云雨须臾，多情因甚，有轻离轻拆。燕子千般争解说，些子伊家消息。厚约深盟，除非重见，见了方端的。而今无奈，寸肠千恨堆积。　闲情集

（"燕子"五句）用笔亦沉着。

鲁逸仲

南　浦

风悲画角，听单于、三弄落谯门。投宿骎骎征骑，飞雪满孤村。酒市渐阑灯火，正敲窗、落①叶舞纷纷。送数声惊雁，乍离烟水，嘹唳渡寒云。　　好在半胧淡月，到如今、无处不消魂。故国梅花归梦，愁损绿罗裙。为问暗香闲艳，也相思、万点付啼痕。算翠屏应是，两眉余恨倚黄昏。　大雅集

---

① "落"，《唐宋诸贤绝妙词选》《词综》作"乱"。

（"到如今"五句）十分沉至。

方 乔

乐至人。

生 查 子 赠紫竹①

晨莺不住啼，故唤愁人起。无力晓妆慵，闲弄荷钱水。　　欲呼女伴来，斗草花阴里。娇极不成狂，更向屏山倚。　**闲情集**

"娇极不成狂"五字入细。

李 玉

贺 新 郎

篆缕消金鼎。醉沉沉、庭阴转午，画堂人静。芳草王孙知何处，惟有杨花糁径。渐玉枕、腾腾春醒。帘外

---

① 此词实出《琅嬛记》小说，为小说中人紫竹词。此从《词综》。

残红春已透，镇无聊、蹙酒厌厌病。云鬟乱，未忺整。 江南旧事休重省。遍天涯、寻消问息，断鸿难倩。月满西楼凭栏久，依旧归期未定。又只恐、瓶沉金井。嘶骑不来银烛暗，枉教人、立尽梧桐影。谁伴我，对鸾镜。 **别调集**

此词情韵并茂，意味深长。黄叔旸谓李君词不多见，然风流蕴藉，尽于此篇，非虚语也。

李 吕

字东老，邵武军光泽人。有《澹轩集》七卷，词一卷。

鹧 鸪 天 寄情

脸上残霞酒半消，晚妆匀罢却无聊。金泥帐小教谁共，银字笙寒懒更调。 人悄悄，漏迢迢，琐窗虚度可怜宵。一从恨满丁香结，几度春深豆蔻梢。 **闲情集**

向子諲

字伯恭，临江人，敏中玄孙。以钦圣宪肃皇后从侄恩补假承奉郎，建炎初迁直龙图阁、江淮发运副使，为黄潜善所斥，寻起知潭州，累迁户部侍郎，自号芗林居士。有《酒边集》四卷。

鹧 鸪 天

说着分飞百种猜，泥人细数几时回。风流可惯长孤冷，怀抱如何得好开。　　垂玉箸，下香阶，并肩小语更兜鞋。再三莫遣归期误，第一频教入梦来。　**闲情集**

（"再三"二句）临别绸缪，十分亲切。〇结句更写出痴情。

梅 花 引 戏代李师周作

花如颊，梅如叶，小时笑弄阶前月。最盈盈，最惺惺，闲愁未识、无计说深情。一年空省春风面，花落花开不相见。要相逢，得相逢，须信灵犀、中自有心通。同杯杓，同斟酌，千愁一醉都忘却。花阴边，柳阴边，几回拟待、偷怜不成怜。伤春玉瘦慵梳掠，抛掷琵琶闲处着。莫猜疑，莫嫌迟，鸳鸯翡翠、终是一双飞。　**闲情集**

此调颇不易工，古今合作仅此一首。盖转韵太多，真气必减，且转韵处必须另换一意，方能步步引人入胜，作者多为调所窘。此作层层入妙，如转丸珠，又如七宝楼台，不容拆碎也。①

《词话》卷九（刻本卷七）：贺方回三阕，陈其年二阕，专集古语以为词，可称别调。（贺、陈词余录入《别调集》。）

阮 郎 归 绍兴乙卯大雪，行鄱阳道中。

江南江北雪漫漫，遥知易水寒。同云深处是三关，断肠山又山。　　　天可老，海能翻，消除此恨难。频闻遣使问平安，几时銮辂还。　　**别调集**

（下阕）愤不可遏，不嫌直截。

蔡 伸

字伸道，莆田人，襄之孙。宣和中官彭城倅，历左中大夫。有《友古词》一卷。

洞 仙 歌

莺莺燕燕，本是于飞伴。风月佳时阻幽愿。但人心坚固后，天也怜人，相逢处，依旧桃花人面。　　　绿窗

---

① 此评录入《词话》卷九（刻本卷七）。

携手乍，帘幕重重，烛影摇红夜将半。对樽前如梦，欲语魂惊，语未竟、已觉衣襟泪满。我只为、相思特特来，这度更休推，后回相见。　闲情集

（"但人"四句）情到至处，诚无不格。"天也怜人"，要知真有此情，真有此理。◎结三语粗鄙。

虞 美 人

瑶琴一弄清商怨，楼外桐阴转。月华澄淡露华浓，寂寞小池烟水冷芙蓉。　　攀花撷翠当时事，绿叶同心字。有情还解忆人无，过尽寒沙新雁甚无书。　闲情集

（上阕）布景甚幽。

又

飞梁石径关山路，惨淡秋容暮。一行新雁破寒空，肠断碧云千里水溶溶。　　鸾衾欲展谁堪共，帘幕霜华重。鸭炉香尽锦屏中，幽梦今宵何许与君同。　闲情集

艳词亦以雅为宗，伸道《虞美人》《菩萨蛮》小词最为有则。

菩 萨 蛮 咏发

杏花零落清明雨，卷帘双燕来还去。枕上玉芙蓉，暖香堆锦红。　　翠翘金钿雀，蝉鬓慵梳掠。心事一春闲，黛眉颦远山。　闲情集

（"心事"二句）婉雅逼近温、韦。

满 庭 芳

烟锁长堤，云横孤屿，断桥流水溶溶。凭阑凝望，远目送征鸿。桃叶溪边旧事，如春梦、回首无踪。难忘处，紫薇花下，清夜一樽同。　　东城，携手地，寻芳选胜，赏遍珍丛。念紫箫声阒，燕子楼空。好是卢郎未老，佳期在、端有相逢。重重恨，聊凭红叶，和泪寄西风。　别调集

（"重重"三句）不免词胜于情，然却精于铸语，作词固不可无笔。

苏 武 慢

雁落平沙，烟笼寒水，古垒鸣笳声断。青山隐隐，败叶萧萧，天际暝鸦零乱。楼上黄昏，片帆千里归程，年华将晚。望碧云空暮，《宋六十家词》作"慕"，兹从《词综》。佳人何处，梦魂俱远。　　忆旧游、邃馆朱扉，小园香径，尚想桃花人面。书盈锦轴，恨满金徽，难写寸心幽怨。两地离愁，一樽芳酒，凄凉危栏倚遍。尽迟留，凭仗西风，吹干泪眼。　**别调集**

上半写景，"碧云"三句寄情，递到下阕，下半言情，"西风"三句又于情中带景，映合上面，结构精工，寓意深远。○"佳人"改作"美人"，则更雅矣。古诗"日暮碧云合，佳人殊未来"，恰到好处，词则不必泥用。

点 绛 唇 登历阳连云观

水绕孤城，乱山深锁横江路。帆归别浦，苒苒兰皋暮。　　人在天涯，雁背南云去。空凝伫，凤楼何处，烟霭迷津渡。　**别调集**

（下阕）雅正。

叶梦得

字少蕴，吴县人。绍圣四年进士，累迁翰林学士兼侍读，除户部尚书，以崇信军节度使致仕，赠检校少保。有《建康集》，《石林词》一卷。

临 江 仙 雪后寄周十

梦里江南浑不记，只今幽户难忘。夜来急雪绕东堂。竹窗松径里，何处问归艎。　　瓮底新醅应已熟，一尊知与谁尝。会须雄笔卷苍茫。云涛声隐户，琼玉照颓墙。　**别调集**

笔意超旷。○《乐府雅调》"竹窗"句无"里"字，"云涛"句无"声"字。又"只今"作"只君"，太呆。"云涛"作"雪涛"，与上半"雪"字覆。均从《宋六十家词》本改正。

贺 新 郎

睡起啼莺语。掩青苔、房栊向晓，乱红无数。吹尽残花无人见，惟有垂杨自舞。渐暖霭、初回轻暑。宝扇重寻明月影，暗尘侵、上有乘鸾女。惊旧恨，镇如许。　　江南梦断横江渚。浪粘天、蒲萄涨绿，半空烟雨。无限楼前沧波意，谁采蘋花寄取。但怅望、兰舟容

与。万里云帆何时到，送孤鸿、目尽千山阻。重为我，唱金缕。 **别调集**

（下阕）低回哀怨，寄托遥深。

李 邴

字汉老，任城人。崇宁五年进士第，绍兴初参知政事，授资政殿学士，卒，谥文敏。有《云龛草堂集》。

《词话》卷八（刻本卷六）：宋李汉老（谥文敏）有"问玉堂何似，茅舍疏篱"之句，一时脍炙人口。然此语亦似雅而俗。

玉 楼 春 美人书字

沉吟不语晴窗畔，小字银钩题欲遍。云情散乱未成篇，花骨欹斜终带软。　　重重说尽情和怨，珍重提携常在眼。暂时得近玉纤纤，翻羡镂金红象管。 **闲情集**

（"云情"二句）双管齐下。（下阕）即"愿在发而为泽"、"愿在丝而为履"之意。

汪　藻

字彦章，婺源人。进士第，官中书舍人兼直学士院，擢给事中，迁兵部侍郎兼侍讲，拜翰林学士。有《浮溪集》。

点 绛 唇

永夜厌厌，画檐低月山衔斗。起来搔首，梅影横窗瘦。　好个霜天，闲却传杯手。君知否，晓鸦啼后，归梦浓于酒。《能改斋漫录》云："彦章在翰苑，屡致言者，作此词。或问曰：'归梦浓于酒，何以在晓鸦啼后？'公曰：'无奈这一队畜生何！'"　**别调集**

（"君知"三句）情味隽永。草堂改"晓鸦"为"乱鸦"，"归梦"为"归兴"，反觉浅露无味。

陈与义

字去非，季常孙，本蜀人，后徙居河南叶县。政和中登上舍甲科，绍兴中拜翰林学士，知制诰，参知政事。有《简斋集》，《无住词》一卷。

临 江 仙

忆昔午桥桥上饮，坐中都是豪英。长沟流月去无声。

杏花疏影里，吹笛到天明。　　二十余年成一梦，此身虽在堪惊。闲登小阁眺新晴。古今多少事，渔唱起三更。张叔夏云："真是自然而然。"　胡仔云："清婉奇丽，简斋词惟此最优。"　**大雅集**

（"长沟"三句）自然流出，若不关人力者。（"古今"二句）笔意逼近大苏。

《词话》卷一：陈简斋《无住词》未臻高境，惟《临江仙》云，笔意超旷，逼近大苏。

法驾导引 世传顷年都下市肆中，有道人携乌衣椎髻女子，买斗酒独饮。女子歌词以侑，凡九阕，皆非人世语。或记之，问一道士，道士惊曰"此赤城韩夫人所制水府蔡真君《法驾导引》也，乌衣女子疑龙"云。得其三而亡其六，拟作三阕。

朝元路，朝元路，同驾玉华君。千乘载花同一色，人间遥指是祥云。回首海光新。　**别调集**

（"千乘"二句）超超玄著。

《词话》卷九（刻本卷七）：诗以穷而后工，倚声亦然，故仙词不如鬼词，哀则幽郁，乐则浅显也。宋代惟白玉蟾脱尽方外气，陈与义拟《法驾导引》三章，亦称佳构。（录原序及三词）以清虚之笔，写阔大之景，语带仙气，洗脱凡艳殆尽。

<h2 style="text-align:center">又</h2>

东风起，东风起，海上百花摇。十八风鬟云半动，飞花和雨着轻绡。归路碧迢迢。　**别调集**

如聆钧天广乐之声。

<h2 style="text-align:center">又</h2>

烟漠漠，烟漠漠，天澹一帘秋。自洗玉舟斟白醴，月华微映是空舟。歌罢海西流。　**别调集**

以清虚之笔，写阔大之景。○"月华"七字有仙气，洗脱凡艳殆尽。

<h2 style="text-align:center">虞 美 人 大光祖席醉中赋长短句</h2>

张帆欲去仍搔首，更醉君家酒。吟诗日日待春风，

及至桃花开后却匆匆。　　歌声频为行人咽，记着樽前雪。明朝酒醒大江流，满载一船离恨向衡州。　别调集

（"明朝"二句）极沉郁壮浪之致。

赵长卿

自号仙源居士，南丰宗室。有《惜香乐府》十卷。

更　漏　子

烛消红，窗送白，冷落一衾寒色。鸦唤起，马驮行，月来衣上明。　　酒香唇，妆印臂，忆共个人春睡。魂蝶乱，梦鸾孤，知他睡也无？　闲情集

"魂"、"梦"二字，运用凄警。

临　江　仙

过尽征鸿来尽雁，故园消息茫然。一春憔悴有谁怜。怀家寒食夜，中酒落花天。　　见说江头春浪渺，殷勤欲送归船。别来此处最萦牵。短篷南浦雨，疏柳断桥

烟。　**别调集**

（"短篷"二句）精秀似唐人名句。

赵　鼎

字符镇，闻喜人。崇宁初进士，累官尚书左仆射、同中书门下平章事兼枢密使，卒，赠太傅，谥忠简，追封丰国公。有《得全居士集》，词一卷。

《词话》卷八（刻本卷六）：二帝蒙尘，偷安南渡，苟有人心者，未有不拔剑斫地也。南渡后词，如赵忠简《满江红》云："欲待忘忧除是酒，奈酒行有尽愁无极。便挽将、江水入尊罍，浇胸臆。"张仲宗《贺新郎》云："梦绕神州路。怅秋风、连营画角，故宫离黍。底事昆仑倾砥柱，九地黄流乱注。聚万落、千村狐兔。天意从来高难问，况人情、易老悲难诉。更南浦，送君去。"又《石州慢》结句云："万里想龙沙，泣孤臣吴越。"朱敦儒《相见欢》云："中原乱，簪缨散，几时收。试倩悲风吹泪过扬州。"张安国《浣溪沙》云："万里中原烽火北，一尊浊酒戍楼东。酒阑挥泪向悲风。"刘潜夫《玉楼春》云："男儿西北有神州，莫滴水西桥畔泪。"刘叔儗《念奴娇》云："其肯为我来耶，河阳下士，正是强人意。勿谓时平无事也，便以言兵为讳。眼底山河，楼头鼓角，都是英雄泪。功名机会，要须闲暇先备。"刘改之《沁园春》（上郭帅）云："威撼边城，气吞胡虏，惨淡尘沙飞北风。中兴事，看君王神武，驾驭英雄。"又《八声甘州》(送湖北招抚吴猎)云:"望中原、驰驱去也,拥十州、牙纛正翩翩。春风早,看东南王气,飞绕星躔。"黄几仲《虞美人》云:"书生万字平戎策,苦泪风前滴。"王子文《西河》云:"天下事,问天怎忍如此。"下云:"纵有英心谁寄,近新来、又报烽烟起。"曹西士《西河》云:"漫哀痛,无及矣,无情莫问江水。西风落日,惨新亭、几人堕泪。战和何者是良谋,扶危但看天意。"陈龟峰《沁园春》(丁酉岁感事)云:"谁使神州,百年陆沉,青毡未还。怅晨星残月,北州豪杰,西风斜日,东帝江山。刘表坐谈,深源轻进,机会失之弹指间。伤心事,是年年冰合,在在风寒。 说和说战都难,算未必、江沱堪晏安。叹封侯心在,鳣鲸失水,平戎策就,虎豹当关。渠自无谋,事犹可做,更剔残灯抽剑看。麒麟阁,岂中兴人物,不尽儒冠。"方巨山《满江红》云:"倘只消、江左管夷吾,终须有。"又《水调歌头》云:"莫倚阑干北,天际是神州。"张方叔《贺新凉》云:"世上岂无高卧者,奈草庐、烟锁无人顾。"李广翁《贺新凉》云:"落落东南墙一角,谁护山河万里。问人在、玉关归未。老矣青山灯火客,抚佳期、漫洒新亭泪。歌哽咽,事如水。"(《浩然斋雅谈》:淳祐间,丹阳太守重修多景楼,高宴落成,一时席上皆湖海名流。酒余,主人命妓持红笺征诸客词。秋田词先成,众人惊赏,为之阁笔。)此类皆慷慨激烈,发欲上指,词境虽不高,然足以使懦夫有立志。

满 江 红 丁未九月南渡，泊舟仪真江口。

惨结秋阴，西风送、丝丝雨湿。凝望眼、征鸿几字，暮投砂碛。欲问乡关何处是，水云浩荡连南北。但修眉、一抹有无中，遥山色。　　江上路，天涯客。肠已断，头应白。空搔首兴叹，暮年离隔。欲待忘忧除是酒，奈酒行有尽愁无极。便挽将、江水入尊罍，浇胸臆。　放歌集

通首无一字涉南渡事迹，只摹写眼前景物，而一片忠爱之诚，幽愤之气，溢于言表。人品既高，词亦超脱。

点 绛 唇

香冷金炉，梦回鸳帐余香嫩。更无人问，一枕江南恨。　　消瘦休文，顿觉春衫褪。清明近，杏花吹尽，薄暮东风紧。　闲情集

（上阕）凄艳似飞卿，芊雅似同叔。

岳 飞

字鹏举，汤阴人。累官少保、枢密副使，封国公，谥武穆，追赠鄂王。

《词话》卷八（刻本卷六）：岳少保、韩蕲王、文信国，俱能为词，而少保为稍胜。然此皆词以人传，并非有独到处也。浅见者遽叹为工绝，殊可不必。

小 重 山

昨夜寒蛩不住鸣。惊回千里梦，已三更。起来独自绕阶行。人悄悄，帘外月胧明。　　白首为功名。旧山松竹老，阻归程。欲将心事付瑶琴。知音少，弦断有谁听。　**放歌集**

（下阕）苍凉悲壮中，亦复风流儒雅。

李弥逊

字似之，吴县人。大观初登第，迁起居郎，试中书舍人，再试户部侍郎，以争和议忤秦桧，乞归田，隐连江西山。有《筠溪集》。

菩 萨 蛮

江城烽火连三月，不堪对酒长亭别。休作断肠声，老来无泪倾。　　风高帆影疾，目送舟痕碧。锦字几时

来，熏风无雁回。　　放歌集

（"休作"二句）悲而郁，正妙在不多说。

蝶 恋 花 福州横山阁

百叠青山江一缕。十里人家，路绕南台去。榕叶满川飞白鹭，疏帘半卷黄昏雨。　　楼阁峥嵘天尺五。荷芰风清，习习消袢暑。老子人间无着处，一樽来作横山主。　　放歌集

（"老子"二句）疏放，似山谷、稼轩手笔。

张元干

字仲宗，长乐人。绍兴中，坐送胡铨及寄李纲词除名。有《归来集》,《芦川词》一卷。

贺 新 郎 送胡邦衡待制赴新州

梦绕神州路。怅秋风、连营画角，故宫离黍。底事昆仑倾砥柱，九地黄流乱注。聚万落、千村狐兔。天意

从来高难问，况人情、易老悲难诉。更南浦，送君去。 凉生岸柳摧残暑。耿斜河、疏星淡月，断云微度。万里江山知何处，回首对床夜语。雁不到、书成谁与。目尽青天怀今古，肯儿曹、恩怨相尔汝。举大白，听金缕。 放歌集

（"天意"二句）情见乎词，即"悠悠苍天"之意。

又 寄李伯纪丞相

曳杖危楼去。斗垂天、沧波万顷，月流烟渚。扫尽浮云风不定，未放扁舟夜渡。宿雁落、寒芦深处。怅望关河空吊影，正人间、鼻息鸣鼍鼓。谁伴我，醉中舞。 十年一梦扬州路。倚高寒、愁生故国，气吞骄虏。要斩楼兰三尺剑，遗恨琵琶旧语。谩暗涩、原注："一作'拭'。"铜华尘土。唤取谪仙平章看，过苕溪、尚许垂纶否。风浩荡，欲飞举。原注："'飞'一作'轻'。" 放歌集

石 州 慢 己酉秋吴兴舟中

雨急云飞，瞥然惊散，暮天凉月。谁家疏柳低迷，

几点流萤明灭。夜帆风驶，满湖烟水苍茫，菱蒲零乱秋声咽。梦断酒醒时，倚危樯清绝。　　心折。长庚光怒，群盗纵横，逆胡猖獗。欲挽天河，一洗中原膏血。两宫何处，塞垣只隔长江，唾壶空击悲歌缺。万里想龙沙，泣孤臣吴越。　放歌集

（"万里"二句）忠爱根于血性，勃不可遏。

水调歌头 丁丑春与钟离少翁、张元鉴登垂虹。

柱策松江上，举酒酹三高。此生飘荡，往来身世两徒劳。长羡五湖烟艇，好是秋风鲈鲙，笠泽久蓬蒿。想象英灵在，千古傲云涛。　　俯沧波，吞空旷，恍神交。解衣盘礴，政须一笑属奇曹。洗尽人间尘土，扫去胸中冰炭，痛饮读离骚。纵有垂天翼，何用钓连鳌。　放歌集

结悲愤。

清 平 乐

明珠翠羽，小绾同心缕。好去吴淞江上路，寄与双

鱼尺素。　　兰桡飞取归来，愁眉待得伊开。相见嫣然一笑，眼波先入郎怀。　闲情集

（"相见"二句）传神之笔，丽而不佻。

楼　上　曲

楼外夕阳明远水，楼中人倚东风里。何事有情怨别离，低鬟背立君应知。　　东望云山君去路，断肠迢迢尽愁处。明朝不忍见云山，从今休傍曲阑干。　闲情集

意味深长，音调古雅，艳体中《阳春》《白雪》也。①

吕本中

字居仁，公著曾孙，好问子。授承务郎，绍兴六年赐进士，累迁中书舍人兼权直学士院，秦桧讽御史劾罢之，提举太平观，卒，谥文靖。有《东莱集》。

减字木兰花

去年今夜，同醉月明花树下。今夜江边，月暗长堤

---

① 此评录入《词话》卷九（刻本卷七）。

柳暗船。　　故人何处，带我离愁江外去。来岁花前，还似今年忆去年。　　**别调集**

数十字中，纡徐反复，道出三年间事，有虚有实，运笔甚圆美。

浣溪沙

暖日温风破浅寒，短青无数簇幽栏。三年春在病中看。　　中酒心情浑似梦，探花时候不曾闲。几年芳信隔秦关。　　**别调集**

（下阕）婉雅流丽，居然作手。

朱敦儒

字希真，一作希直，洛阳人。以荐起，赐进士出身，为秘书省正字兼兵部郎官，迁两浙东路提点刑狱，上疏乞归，居嘉禾，晚除鸿胪少卿。有《樵歌》三卷。

好事近

春雨细如尘，楼外柳丝黄湿。风约绣帘斜去，透窗纱寒碧。　　美人慵剪上元灯，弹泪倚瑶瑟。却卜紫姑

香火，问辽东消息。　**大雅集**

（下阕）笔意古雅。

又　渔父

摇首出红尘，醒醉更无时节。生计绿蓑青笠，惯披霜冲雪。　　晚来风定钓丝闲，上下是新月。千里水天一色，看孤鸿明灭。　**大雅集**

希真《渔父》五篇，自是高境。虽偶杂微尘，而清气自在，烟波钓徒流亚也。

《词话》卷一：朱希真"春雨细如尘"一阕，饶有古意。至《渔父》五篇，虽为皋文所赏，然譬彼清流之中，杂以微尘。如四章结句"有何人留得"，五章结句"有何人相识"，一经道破，转嫌痕迹，不如并浑去为妙。余最爱其次章结句云："昨夜一江风雨，都不曾听得。"此中有真乐，未许俗人问津。又三章结句云："经过子陵滩畔，得梅花消息。"静中生动，妙合天机，亦先生晚遇之兆。

又

渔父长身来，只共钓竿相识。随意转船回棹，似飞

空无迹。　　芦花开落任浮生，长醉是良策。昨夜一江风雨，都不曾听得。　**大雅集**

（下阕）此中有真乐，未许俗人问津。

又

拨转钓鱼船，江海尽为吾宅。恰向洞庭沽酒，却钱塘横笛。　　醉颜经①冷更添红，潮落下前碛。经过子陵滩畔，得梅花消息。　**大雅集**

（"经过"二句）静中生动，妙合天机，亦先生晚遇之兆。

又

短棹钓船轻，江上晚烟笼碧。塞雁海鸥分路，占江天秋色。　　锦鳞拨刺满篮鱼，取酒价相敌。风顺片帆归去，有何人留得。　**大雅集**

（"有何"句）合下"有何人相识"句，转嫌痕迹，何如并浑

---

① "经"，《樵歌》《词综》作"禁"。

去为妙？

又

失却故山云，索手指空为客。莼菜鲈鱼留我，住鸳
鸯湖侧。　　偶然添酒旧葫芦，小醉度朝夕。吹笛月波
楼下，有何人相识。　**大雅集**

相 见 欢

金陵城上西楼，倚清秋。万里夕阳垂地大江
流。　　中原乱，簪缨散，几时收。试倩悲风吹泪过扬
州。　**放歌集**

笔力雄大，气韵苍凉，短调中具有万千气象。

念 奴 娇

别离情绪，奈一番好景，一番悲戚。燕语莺啼人乍
远，还是他乡寒食。桃李无言，不堪攀折，总是风流客。
东君也自，怪人冷淡踪迹。　　花艳草草春工，酒随花

261

意薄，疏狂何益。除却清风并皓月，脉脉此情谁识。料得文君，重帘不卷，且等闲消息。不如归去，受他真个怜惜。　**闲情集**

（"料得"五句）风流蕴藉。

十 二 时

连云衰草，连天晚照，连山红叶。西风正摇落，更前溪呜咽。　　燕去鸿归音信绝，问黄花、又共谁折。征人最愁处，送寒衣时节。　**别调集**

（上阕）苍凉之景，以叠笔尽其致。◎"征人"十字，亦是人同有之意，却未有道过者，大抵多就寄衣一边着意也。

康与之

字伯可。渡江初，以词受知高宗，官郎中。有《顺庵乐府》五卷。

《词话》卷八（刻本卷六）：《顺庵乐府》五卷，康伯可作也。伯可以词受知于高宗，当其上《中兴十策》时，何减于贾长沙之洞若观火。后以谄桧得进，（有"今皇御极，视公宰相为腹心"之对。）富贵热中，顿改其素。荀攸、荀彧之事操，晦于始而明于终，犹可恕也。伯可之谄桧，明于始而晦于终，不可恕也。然其词哀感顽艳，尽有佳者。陈质斋云："伯可词，鄙亵之甚。"（此语论其人则可，论其词则未尽然也。）此不足以服其心。至王性之云："伯可乐章，令晏叔原不得独擅。"此又等于瞽者辨黑白矣。

玉 楼 春

青笺后约无凭据，误我碧桃花下语。谁将消息问刘郎，怅望玉溪溪上路。　　春来无限伤情绪，拟欲题诗都付与。东风吹落一庭花，手把新愁无写处。　**别调集**

（"东风"二句）即竹坡"满眼是相思，无说相思处"意，而语更凄婉。

洞 仙 歌 荷花

若耶溪路，别岸花无数。欲敛娇红向人语。与绿荷、相倚恨，回首西风，波森森，三十六陂烟雨。　　新妆明照水，汀渚生香，不嫁东风被谁误。遣踟蹰、骚客意，千里绵绵，烟浪远、何处凌波微步。想南浦潮生画桡归，正月晓风清，断肠凝伫。　**别调集**

（"不嫁"句）意有所兴，便觉隽永，然伯可之贬节，正在急嫁东风也。

喜 迁 莺 鸦

秋寒初劲，看云路雁来，碧天如镜。湘浦烟深，衡阳沙远，风外几行斜阵。回首塞门何处，故国关河重省。汉使老，认上林欲下，徘徊清影。　　江南烟水暝，声过小楼，烛暗金猊冷。送目鸣琴，裁诗挑锦，此恨此情无尽。梦想洞庭飞下，散入云涛千顷。过尽也，奈杜陵人远，玉关无信。　**别调集**

（"回首"五句）此词颇有蒙尘之感，其在上《中兴十策》时乎？

刘之翰

荆南人。

水调歌头 献田都统

凉露洗金井，一叶下梧桐。谪仙浪游何处，华发作

诗翁。乌帽萧萧一幅，坐对清泉白石，矫首抚长松。独
鹤归来晚，声在碧霄中。　　　神仙宅，留玉节，驻金狨。
黔南一道，十万貔虎控雕弓。笑折碧荷倒影，自唱采莲
新曲，词句满秋风。剑佩八千岁，长入大明宫。《词综》：
"田世辅为金州都统制，时之翰待峡州远安主簿阙，作此词献之，
田览之大喜，致书约来金城，欲厚加资给，而之翰遽亡。明年，
田出阅武，恍惚见之翰立道左，因大惊异，亟送千缗与其孤。"
放歌集

（上阕）笔力雄劲，乃至其鬼犹灵，呜呼奇矣！

赵汝茪

字参晦，号霞山。

如 梦 令

小研红绫笺纸，一字一行春泪。封了更亲题，题了
又还折起。归未，归未，好个瘦人天气。　　**闲情集**

（"封了"二句）"行人临发又开封"，真有此情。

萧泰来

字则阳，号小山。

霜天晓角 梅

千霜万雪，受尽寒磨折。赖是生来瘦硬，浑不怕、角吹彻。　　清绝，影也别，知心惟有月。元没春风情性，如何共、海棠说。　**放歌集**

刻挚极矣，即词可以见气骨，但微少浑含耳。

白雨斋词选卷六

宋词四

辛弃疾

字幼安，历城人。耿京聚兵山东，节制忠义军马，留掌书记，令奉表南归，高宗召见，授承务郎，累官浙东安抚使，加龙图阁待制，进枢密都承旨。德祐初，以谢枋得请，赠少师，谥忠敏。有《稼轩长短句》十二卷。

《词话》卷一：辛稼轩，词中之龙也，气魄极雄大，意境却极沉郁。不善学之，流入叫嚣一派，论者遂集矢于稼轩，稼轩不受也。◎稼轩词仿佛魏武诗，自是有大本领大作用人语。◎稼轩词，如《永遇乐》（京口北固亭怀古）、《南乡子》（登京口北固亭）、《浪淘沙》（山寺夜作）、《瑞鹤仙》（南涧双溪楼）等类，才气虽雄，不免粗鲁，世人多好读之，无怪稼轩为后世叫嚣者作俑矣。读稼轩词者，去取严加别白，乃所以爱稼轩也。◎稼轩词着力太重处，如《破阵子》（为陈同甫赋壮词以寄之）、《水龙吟》（过南涧双溪楼）等作，不免剑拔弩张。余所爱者，如"红莲相倚深如怨，白鸟无言定是愁"，又"不知筋力衰多少，但觉新来懒上楼"，又"城中桃李愁风雨，春在溪头荠菜花"之类，信笔写去，格调自苍劲，意味自深厚，不必剑拔弩张，洞穿已过七札，斯为绝技。

《词话》卷八（刻本卷六）：稼轩词，于雄莽中别饶隽味。如"马上离愁三万里，望昭阳、宫殿孤鸿没"，又"休去倚危栏，斜阳正在，烟柳断肠处"，多少曲折。惊雷怒涛中，时见和风暖日，所以独绝古今，不容人学步。◎稼轩词，如"旧恨春江流不尽，新恨云山千叠"，又"前度刘郎今重到，问玄都、千树花存否"，又"重阳节近多风雨"，又"秋江上，看惊弦雁避，骇浪船回"，又"佳处径须携杖去，能消几两平生屐。笑尘劳、三十九年非，长为客"，又"楼观甫成人已改，旌旗未卷头先白。叹人生、哀乐转相寻，今犹昔"，又"秋晚莼鲈江上，夜深儿女灯前"，又"三十六宫花溅泪，春声何处说兴亡，燕双双"，又"布被秋宵梦觉，眼前万里江山"，又"功成者去，觉团扇、便与人疏。吹不断、斜阳依旧，茫茫禹迹都无"，皆于悲壮中见浑厚。后之狂呼叫嚣者，动托苏、辛，真苏、辛之罪人也。

《词话》卷八（刻本卷六）：东坡心地光明磊落，忠爱根于性生，故词极超旷，而意极和平。稼轩有吞吐八荒之概，而机会不来，正则可以为郭、李，为岳、韩，变则即桓温之流亚，故词极豪雄，而意极悲郁。苏、辛两家，各自不同。后人无东坡胸襟，又无稼轩气概，漫为规模，适形粗鄙耳。◎苏、辛词，后人不能摹仿。南渡词人，沿稼轩之后，惯作壮语，然皆非稼轩真面目。迦陵力量，不减稼轩，而卒不能步武者，本原未厚也。后人更欲学之，恐又为迦陵窃笑矣。◎学周、秦、姜、史不成，尚无害为雅正，学苏、辛不成，则入于魔道矣。发轫之始，不可不慎。

《词话》卷九（刻本卷七）：辛稼轩词，运用唐人诗句，如淮阴将兵，不以数限，可谓神勇。而亦不能牢笼万态，变而愈工，如腐迁《夏本纪》之点窜《禹贡》也。

《词话》卷九（刻本卷七）：稼轩《粉蝶儿》（落梅）起句云："昨日春如十三女儿学绣。"后半起句云："而今春如轻薄荡子难久。"两喻殊觉纤陋，令人生厌。后世更欲效颦，真可不必。

《词话》卷十（刻本卷八）：东坡一派，无人能继。稼轩同时，则有张、陆、刘、蒋辈，后起则有遗山、迦陵、板桥、心余辈，然愈学稼轩，去稼轩愈远。稼轩自有真耳，不得其本，徒逐其末，以狂呼叫嚣为稼轩，亦诬稼轩甚矣。

祝英台近

宝钗分，桃叶渡，烟柳暗南浦。怕上层楼，十日九风雨。断肠点点飞红，都无人管，更谁劝、流莺声住。　　鬓边觑，试把花卜归期，才簪又重数。罗帐灯昏，哽咽梦中语。是他春带愁来，春归何处，却不解、带将愁去。《词选》云："此与德祐太学生二调用意相似。'点点飞红'，伤君子之弃；'流莺'，恶小人得志也；'春带愁来'，其刺赵、张乎？"　**大雅集**

讽刺语，却婉雅。○按《贵耳录》："吕婆有女事辛幼安，以微事触怒，逐之，稼轩因作此词。"此亦一说。

满 江 红

敲碎离愁，纱窗外、风摇翠竹。人去后、吹箫声断，倚楼人独。满眼不堪三月暮，举头已觉千山绿。但试把、一纸寄来书，从头读。　　相思字，空盈幅。相思意，何时足。滴罗襟点点，泪珠盈掬。芳草不迷行客路，垂杨只碍离人目。最苦是、立尽月黄昏，阑干曲。　大雅集

（"芳草"二句）一往情深，非秦、柳所及。

《词话》卷一：稼轩最不工绮语。《寻芳草》一章，固属笑柄，即"蓦然回首，那人却在，灯火阑珊处。"及"玉筯泪满却停筋，怕酒似、郎情薄。"亦了无余味。惟"尺书如今何处也，绿云依旧无踪迹。"又"芳草不迷行客路，垂杨只碍离人目"为婉妙。然可作无题，亦不定是绮言也。

念 奴 娇 书东流村壁

野塘花落，又匆匆过了，清明时节。刬地东风欺客梦，一枕云屏寒怯。曲岸持觞，垂杨系马，此地曾经别。楼空人去，旧游飞燕能说。　　闻道绮陌东头，行人曾见，帘底纤纤月。旧恨春江流不尽，新恨云山千叠。料

得明朝，尊前重见，镜里花难折。也应惊问，近来多少华发。　**大雅集**

摸鱼儿 淳熙己亥，自湖北漕移湖南，同官王正之置酒小山亭赋。

更能消、几番风雨，匆匆春又归去。惜春长怕花开早，何况落红无数。春且住，见说道、天涯芳草无归路。怨春不语。算只有殷勤，画檐蛛网，尽日惹飞絮。

长门事，准拟佳期又误，蛾眉曾有人妒。千金纵买相如赋，脉脉此情谁诉。君莫舞，君不见、玉环飞燕皆尘土。闲愁最苦。休去倚危栏，斜阳正在，烟柳断肠处。罗大经云："词意殊怨。'斜阳'、'烟柳'之句，其与'未须愁日暮，天际乍轻阴'者异矣。使在汉、唐，宁不贾种豆、种桃之祸？然闻寿皇见此词，颇不悦，终不加以罪，可谓盛德。"　**大雅集**

"更能消"三字，从千回万转中倒折出来，有力如虎。○怨而怒矣。姿态飞动，极沉郁顿挫之致。◎结得悲愤。

《词话》卷一：稼轩"更能消、几番风雨"一章，词意殊怨，然姿态飞动，极沉郁顿挫之致。起处"更能消"三字，是从千回万转后倒折出来，真是有力如虎。

金缕曲 别茂嘉十二弟

　　绿树听鹈鴂。更那堪、杜鹃声住，鹧鸪声切。啼到春归无啼处，苦恨芳菲都歇。算未抵、人间离别。马上琵琶关塞黑，更长门、翠辇辞金阙。看燕燕，送归妾。　　将军百战身名裂。向河梁、回头万里，故人长绝。易水萧萧西风冷，满座衣冠似雪。正壮士、悲歌未彻。啼鸟还知如许恨，料不啼、清泪长啼血。谁伴我，醉明月。《词选》云："茂嘉盖以得罪迁徙，故有是言。" **大雅集**

沉郁苍凉，跳跃动荡，古今无此笔力。

《词话》卷一：稼轩词，自以《贺新郎》（别茂嘉十二弟）一篇为冠，沉郁苍凉，跳跃动荡，古今无此笔力。

又 赋琵琶

　　凤尾龙香拨。自开元、霓裳曲罢，几番风月。最苦浔阳江头客，画舸亭亭待发。记出塞、黄云堆雪。马上离愁三万里，望昭阳、宫殿孤鸿没。弦解语，恨难说。　　辽阳驿使音尘绝。琐窗寒、轻拢慢捻，泪珠盈睫。推手含情还却手，一抹梁州哀彻。千古事、云飞烟

灭。贺老定场无消息，想沉香、亭北繁华歇。弹到此，为呜咽。 大雅集

发二帝之幽愤，苍茫感喟，使事虽多，却不嫌堆垛。

临江仙

金谷无烟宫树绿，嫩寒生怕春风。博山微透暖熏笼。小楼春色里，幽梦雨声中。 别浦鲤鱼何日到，锦书封恨重重。海棠花下去年逢。也应随分瘦，忍泪觅残红。 大雅集

（下阕）宛雅芊丽，稼轩亦能为此种笔路，真令人心折。[①]

蝶恋花 元日立春

谁向椒盘簪彩胜。整整韶华，争上春风鬓。往日不堪重记省，为花常抱新春恨。 春未来时先借问。晚恨开迟，早又飘零近。今岁花期消息定，只愁风雨无凭准。 大雅集

---

① 此评录入《词话》卷一。

（"今岁"二句）荣辱不定，迁谪无常，言外有多少哀怨，多少疑惧。①

菩 萨 蛮 书江西造口壁

郁孤台下清江水，中间多少行人泪。西北是长安，可怜无数山。　青山遮不住，毕竟东流去。江晚正愁余，山深闻鹧鸪。罗大经云："南渡初，金人追隆祐太后御舟，至造口，不及而还，幼安因此起兴。'鹧鸪'之句，谓恢复之事行不得也。"　**大雅集**

（下阕）慷慨生哀。

《词话》卷一：稼轩《菩萨蛮》（书江西造口壁）一章，用意用笔，洗脱温、韦殆尽，然大旨正见吻合。

破 阵 子 为陈同甫赋壮词以寄之

醉里挑灯看剑，梦回吹角连营。八百里分麾下炙，五十弦翻塞外声。沙场秋点兵。　马作的卢飞快，弓如霹雳弦惊。了却君王天下事，赢得生前身后名。可怜

---

① 此评录入《词话》卷一。

白发生。 **放歌集**

　　感激豪宕，苏、辛并峙千古。然忠爱恻怛，苏胜于辛，而淋漓悲壮、顿挫盘郁，则稼轩独步千古矣。○稼轩词魄力雄大，如惊雷怒涛，骇人耳目，天地巨观也。后惟迦陵有此笔力，而郁处不及。

踏 莎 行 中秋后二夕，带湖篆岗小酌。

　　夜月楼台，秋香院宇。笑吟吟地人来去。是谁秋到便凄凉，当年宋玉悲如许。　　随分杯盘，等闲歌舞。问他有甚堪悲处。思量却也有悲时，重阳节近多风雨。
放歌集

　　（"思量"二句）郁勃，以蕴藉出之。

又 和赵兴国知录韵

　　吾道悠悠，忧心悄悄。最无聊处秋光到。西风林外有啼鸦，夕阳山下多衰草。　　长忆商山，当年四老。尘埃也走咸阳道。为谁书到便幡然，至今此意无人晓。
放歌集

（"为谁"二句）发难奇肆。

念 奴 娇 登建康赏心亭，呈史留守致道。

我来吊古，上危楼、赢得闲愁千斛。虎踞龙盘何处是，只有兴亡满目。柳外斜阳，水边归鸟，陇上吹乔木。片帆西去，一声谁喷霜竹。　　却忆安石风流，东山岁晚，泪落哀筝曲。儿辈功名都付与，长日惟消棋局。宝镜难寻，碧云将暮，谁劝杯中绿。江头风怒，朝来破浪翻屋。　　**放歌集**

（"宝镜"五句）老辣。

金 缕 曲

柳暗凌波路。送春归、猛风暴雨，一番新绿。千里潇湘葡萄涨，人解扁舟欲去。又樯燕、留人相语。艇子飞来生尘步，唾花寒、唱我新翻句。波似箭，鸣柔橹。　　黄陵祠下山无数。听湘娥、泠泠曲罢，为谁情苦。行到东吴春已暮，江阔潮平稳渡。望金雀、觚棱细舞。前度刘郎今重到，问玄都、千树花存否。愁为倩，

么丝诉。　**放歌集**

（"听湘"二句）闲处亦不乏姿态。

沁园春 带湖新居

三径初成，鹤怨猿惊，稼轩未来。甚云山自许，平生意气；衣冠人笑，抵死尘埃。意倦须还，身闲贵早，岂为莼羹鲈鲙哉。秋江上，看惊弦雁避，骇浪船回。　东岗更葺茅斋，好都把、轩窗临水开。要小舟行钓，先应种柳；疏篱护竹，莫碍观梅。秋菊堪餐，春兰可佩，留待先生手自栽。沉吟久，怕君恩未许，此意徘徊。　**放歌集**

（"意倦"六句）抑扬顿挫。（"沉吟"三句）急流勇退之情，以温婉之笔出之，姿态愈饶。

满江红 送李正之提刑入蜀

蜀道登天，一杯送、绣衣行客。还自叹、中年多病，不堪离别。东北看惊诸葛表，西南更草相如檄。把功名、

收拾付君侯，如椽笔。　　儿女泪，君休滴。荆楚路，
吾能识。要新诗准备，庐山山色。赤壁矶头千古浪，铜
鞮陌上三更月。正梅花、万里雪深时，须相忆。　放歌集

气魄之大突过东坡，古今更无敌手。想其下笔时，早已目无余
子矣。（"要新"六句）龙吟虎啸。

《词话》卷八（刻本卷六）：稼轩《满江红》（送李正之提刑入
蜀）云："东北看誉诸葛表，西南更草相如檄。把功名、收拾付君
侯，如椽笔。"又云："赤壁矶头千古浪，铜鞮陌上三更月。正梅
花、万里雪深时，须相忆。"龙吟虎啸之中，却有多少和缓。不善
学之，狂呼叫嚣，流弊何极？

又 江行，简杨济翁、周显先。

过眼溪山，怪都是、旧时相识。还记得、梦中行遍，
江南江北。佳处径须携杖去，能消几两平生屐。笑尘劳、
三十九年非，长为客。　　吴楚地，东南坼。英雄事，
曹刘敌。被西风吹尽，了无尘迹。楼观甫成人已去，旌
旗未卷头先白。叹人生、哀乐转相寻，今犹昔。　放歌集

（"笑尘"二句）回头一击，龙蛇飞舞。（"楼观"四句）悲壮苍
凉，却不粗卤，改之、放翁辈终身求之不得也。

水调歌头 舟次扬州，和杨济翁、周显先韵。

落日塞尘起，胡马猎清秋。汉家组练十万，列槛①耸层楼。谁道投鞭飞渡，忆昔铁鸣血污，风雨佛狸愁。季子正年少，匹马黑貂裘。　　今老矣，搔白首，过扬州。倦游欲去江上，手种橘千头。二客东南名胜，万卷诗书事业，尝试与君谋。莫射南山虎，直觅富平侯。
放歌集

稼轩《水调歌头》诸阕，直是飞行绝迹，一种悲愤忼慨郁结于中，虽未能痕迹消融，却无害其为浑雅，后人未易摹仿。②

又 送郑厚卿赴衡州

寒食不少住，千骑拥春衫。衡阳石鼓城下，记我旧停骖。襟以潇湘桂岭，带以洞庭青草，紫盖屹西南。文字起骚雅，刀剑化新蚕。　　看使君，于此事，定不凡。奋髯抵几堂上，尊俎自高谈。莫信君门万里，但使民歌五袴，归诏凤皇衔。君去我谁饮，明月影成三。

---

① "槛"，底本从《词综》，《稼轩长短句》作"舰"。
② 此评录入《词话》卷一。

放歌集

（"襟以"五句）笔致疏放，而气绝遒炼。

又

四坐且勿语，听我醉中吟。池塘春草未歇，高树变鸣禽。鸿雁初飞江上，蟋蟀还来床下，时序百年心。谁要卿料理，山水有清音。　　欢多少，歌长短，酒浅深。而今已不如昔，后定不如今。闲处直须行乐，良夜更教秉烛，高会惜分阴。白发短如许，黄菊倩谁簪。

放歌集

若整若散，一片神行，非人力可到。

又 壬子三山被召，陈端仁给事饮饯席上作。

长恨复长恨，裁作短歌行。何人为我楚舞，听我楚狂声。余既滋兰九畹，又树蕙之百亩，秋菊更餐英。门外沧浪水，可以濯吾缨。　　一杯酒，问何似，身后名。人间万事，毫发常重泰山轻。悲莫悲生离别，乐莫乐新相识，儿女古今情。富贵非吾事，归与白鸥盟。

放歌集

悲愤填膺，不可遏抑。◎运用成句，纯以神行。

《词话》卷八（刻本卷六）：耆卿"忍把浮名，换了浅斟低唱"，荒谩语耳，何足为韵事？稼轩"悲莫悲生离别，乐莫乐新相识，儿女古今情。富贵非吾事，归与白鸥盟"，愤激语而不离乎正，自与耆卿迥别。然读唐人"忽见陌头杨柳色，悔教夫婿觅封侯"之句，情理两融，又婉折多矣。

又

带湖吾甚爱，千丈翠奁开。先生杖屦无事，一日走千回。凡我同盟鸥鹭，今日既盟之后，来往莫相猜。白鹤恁何处，尝试与偕来。　　破青萍，排翠藻，立苍苔。窥鱼笑汝痴计，不解举吾杯。废沼荒丘畴昔，明月清风此夜，人世几欢哀。东岸绿阴少，杨柳更须栽。

放歌集

一气舒卷，参差中寓整齐，神乎技矣。◎一结愈朴愈妙，看似不经意，然非有力如虎者不能。

《词话》卷八（刻本卷六）：稼轩词有以朴处见长，愈觉情味不

尽者。如《水调歌头》结句云："东岸绿阴少，杨柳更须栽。"信手
拈来，便成绝唱，后人亦不能学步。

洞 仙 歌

　　飞流万壑，共千岩争秀。孤负平生弄泉手。叹轻衫
衰帽，几许红尘，还自喜，濯发沧浪依旧。　　人生行
乐耳，身后虚名，何似生前一杯酒。便此地结吾庐，待
学渊明，更手种、门前五柳。且归去父老约重来，问如
此溪山，定重来否。　　**放歌集**

（"且归"三句）于萧散中见笔力。

水 龙 吟 过南涧双溪楼

　　举头西北浮云，倚天万里须长剑。人言此地，夜深
长见，斗牛光焰。我觉山高，潭空水冷，月明星淡。待
燃犀下看，凭栏却怕，风雷怒、鱼龙惨。　　峡束沧江
对起，过危楼、欲飞还敛。元龙老矣，不妨高卧，冰壶
凉簟。千古兴亡，百年悲笑，一时登览。问何人又卸，
片帆沙岸，系斜阳缆。　　**放歌集**

（上阕）雄奇兀臬，真令江山生色。

又 旅次登楼

楚天千里清秋，水随天去秋无际。遥岑远目，献愁
供恨，玉簪螺髻。落日楼头，断鸿声里，江南游子。把
吴钩看了，阑干拍遍，无人会、登临意。　　休说鲈鱼
堪脍，尽西风、季鹰归未。求田问舍，怕应羞见，刘郎
才气。可惜流年，忧愁风雨，树犹如此。倩何人唤取，
红巾翠袖，揾英雄泪。　**放歌集**

（"把吴"三句）雄劲可喜。◎一结风流悲壮。

木兰花慢 除州送花倅

老去情味减，对别酒、怯流年。况屈指中秋，十分
好月，不照人圆。无情水都不管，共西风只管送归船。
秋晚莼鲈江上，夜深儿女灯前。　　征衫，便好去朝天，
玉殿正思贤。想夜半承明，留教视草，却遣筹边。长安
故人问我，道愁肠殢酒只依然。目断秋霄落雁，醉来时
响空弦。　**放歌集**

一直说去，而语极浑成，气极团炼，总由力量大耳。

太 常 引 建康中秋夜为吕潜叔赋

一轮秋影转金波，飞镜又重磨。把酒问姮娥，被白发、欺人奈何。　　乘风好去，长安万里，直下看山河。斫去桂婆娑，人道是、清光更多。　　放歌集

以劲直胜，后人自是学不到。（"斫去"二句）用杜诗意，亦有所刺。

鹧 鸪 天 东阳道中

扑面征尘去路遥，香篝渐觉水沉消。山无重数周遭碧，花不知名分外娇。　　人历历，马萧萧，旌旗又过小红桥。愁边剩有相思句，摇断吟鞭碧玉梢。　　放歌集

信手拈来，自饶姿态。幼安小令诸篇，别有千古。

又 鹅湖归，病起作。

枕簟溪堂冷欲秋，断云依水晚来收。红莲相倚深如

怨，白鸟无言定是愁。　　书咄咄，且休休，一丘一壑
也风流。不知筋力衰多少，但觉新来懒上楼。　**放歌集**

"定是"妙。（"不知"二句）壮心不已，稼轩胸中有如许不平
之气。

又

陌上柔桑破嫩芽，东邻蚕种已生些。平冈细草鸣黄
犊，斜日寒林点暮鸦。　　山远近，路横斜，青旗沽酒
有人家。城中桃李愁风雨，春在溪头荠菜花。　**放歌集**

"城中"二语，有多少感慨！○信笔写去，格调自苍劲，意味
自深厚，有不可强而致者。放翁、改之、竹山学之，已成效颦，何
论余子？

又

山上飞泉万斛珠，悬崖千丈落鼪鼯。已通樵径行还
碍，似有人声听却无。　　闲略彴，远浮屠，溪南修竹
有茅庐。莫嫌杖履频来往，此地偏宜着老夫。　**放歌集**

又 睡起即事

水荇参差动绿波，一池蛇影噤群蛙。因风野鹤饥犹舞，积雨山栀病不花。　　名利处，战争多，门前蛮触日干戈。不知更有槐安国，梦觉南柯日未斜。　　放歌集

又 有客慨然谈功名，因追念少年时事，戏作。

壮岁旌旗拥万夫，锦襜突骑渡江初。燕兵夜娖银胡䩮，汉箭朝飞金仆姑。　　追往事，叹今吾，春风不染白髭须。却将万字平戎策，换得东家种树书。　　放歌集

（"却将"二句）衰而壮，得毋有"烈士暮年"之慨耶？[①]

《词话》卷十（刻本卷八）：放翁《蝶恋花》云："早信此生终不遇，当年悔草《长杨赋》。"情见乎词，更无一毫含蓄处。稼轩《鹧鸪天》云："却将万字平戎策，换得东家种树书。"亦即放翁之意，而气格迥乎不同，彼浅而直，此郁而厚也。

一 络 索

羞见鸳鸯孤却，倩人梳掠。一春长是为花愁，甚夜

夜、东风恶。　　　行绕翠帘珠箔，锦笺谁托。玉觞泪满
却停觞，怕酒似、郎情薄。　**放歌集**

中有所感，情致缠绵，而笔力劲直，自是稼轩词。

西　河　送钱仲耕自江西移守婺州

西江水，道是西江人泪。无情却解送行人，月明千
里。从今日日倚高楼，伤心烟树如荠。　　　会君难，别
君易，草草不如人意。十年着破绣衣苴，种成桃李。问
君可是厌承明，东方鼓吹千骑。　　　对梅花、更消一醉，
看明年、调鼎风味。老病自怜憔悴，过吾庐、定有幽人
相问，岁晚渊明归来未。　**放歌集**

起悲愤。（"对梅花"句）似豪实郁。

永　遇　乐　京口北固亭怀古

千古江山，英雄无觅，孙仲谋处。舞榭歌台，风流
总被，雨打风吹去。斜阳草树，寻常巷陌，人道寄奴曾
住。想当年、金戈铁马，气吞万里如虎。　　　元嘉草草，

封狼居胥①，赢得仓皇北顾。四十三年，望中犹记，灯火扬州路。可堪回首，佛狸祠下，一片神鸦社鼓。凭谁问、廉颇老矣，尚能饭否。　**放歌集**

　　稼轩词拉杂使事，而以浩气行之，如五都市中百宝杂陈，又如淮阴将兵多多益善，风雨纷飞，鱼龙百变，天地奇观也。岳倦翁讥其用事多，谬矣。

汉 宫 春 会稽秋风亭观雨

　　亭上秋风，记去年袅袅，曾到吾庐。山河举目虽异，风景非殊。功成者去，觉团扇、便与人疏。吹不断、斜阳依旧，茫茫禹迹都无。　　千古茂林犹在，甚风流章句，解拟相如。只今木落江冷，渺渺愁余。故人书报，莫因循、忘却莼鲈。谁念我、新凉灯火，一编太史公书。　**放歌集**

　　（上阕）风流悲壮，独有千古。

---

① "狼居胥"，底本误从《词综》作"狼居胥意"，据《稼轩长短句》改。

酒 泉 子

流水无情，潮到空城头尽白。离歌一曲怨残阳，断人肠。　　东风官柳舞雕墙，三十六宫花溅泪。春声何处说兴亡，燕双双。　　放歌集

（"三十"三句）不必叫嚣，自然雄杰，此是真力量，古今一人而已。

南 乡 子 登京口北固亭

何处望神州，满眼风光北固楼。千古兴亡多少事，悠悠，不尽长江滚滚流。　　年少万兜鍪，坐断东南战未休。天下英雄谁敌手，曹刘，生子当如孙仲谋。　　放歌集

（上阕）信手拈来，自然合拍。

瑞 鹤 仙 南涧双溪楼

片帆何太急，望一点须臾，去天咫尺。舟人好看客，似三峡风涛，嵯峨剑戟。溪南溪北，正遐想、幽人泉石。

看渔樵、指点危楼，却羡舞筵歌席。　　叹息，山林钟鼎，意倦情迁，本无欣戚。转头陈迹，飞鸟外、晚烟碧。问谁怜旧日，南楼老子，最爱月明吹笛。到而今、扑面黄尘，欲归未得。　放歌集

（上阕）笔势如涛奔云涌，不可遏抑。

玉 楼 春 用韵答叶仲洽

狂歌击碎村醪盏，欲舞还怜衫袖短。心如溪上钓矶闲，身似道旁官堠懒。　　山中有酒提壶劝，好语怜君堪鲊饭。至今有句落人间，渭水秋风黄叶满。　放歌集

昭 君 怨 豫章寄张守定叟

长记潇湘秋晚，歌舞橘州人散。走马月明中，折芙蓉。　　今日西山南浦，画栋朱帘云雨。风景不争多，奈愁何。　放歌集

（"风景"二句）悲郁。

清 平 乐 独宿博山王氏庵

绕床饥鼠，蝙蝠翻灯舞。屋上松风吹急雨，破纸窗间自语。　　平生塞北江南，归来华发苍颜。布被秋宵梦觉，眼前万里江山。　　**放歌集**

短调中笔势飞舞，辟易千人。◎结更悲壮精警。读稼轩词，胜读魏武诗也。

浪 淘 沙 山寺夜作

身世酒杯中，万事皆空。古来三五个英雄。雨打风吹何处是，汉殿秦宫。　　梦入少年丛，歌舞匆匆。老僧夜半误鸣钟。惊起西窗眠不得，卷地西风。　　**放歌集**

粗莽。○必如稼轩，乃可偶一为之，余子不能学也。◎结三语忽有所悟，不知其何所感。

青 玉 案 元夕

东风夜放花千树，更吹落、星如雨。宝马雕车香满路。凤箫声动，玉壶光转，一夜鱼龙舞。　　蛾儿雪柳

黄金缕，笑语盈盈暗香去。众里寻他千百度。蓦然回首，那人却在，灯火阑珊处。　**闲情集**

（"众里"四句）艳语亦以气行之，是稼轩本色。

西 江 月 夜行

明月别枝惊鹊，清风半夜鸣蝉。稻花香里说丰年，听取蛙声一片。　　七八个星天外，两三点雨山前。旧时茅店社林边，路转溪头忽见。　**别调集**

的是夜景。○所闻所见，信手拈来都成异采，总由笔力胜故也。

临 江 仙 再用韵送祐之弟归浮梁

钟鼎山林都是梦，人间宠辱休惊。只消闲处过平生。酒杯秋吸露，诗句夜裁冰。　　记取小窗风雨夜，对床灯火多情。问谁千里伴君行。晓山眉样翠，秋水镜般明。　**别调集**

范成大

字致能，吴郡人。绍兴中进士，累官权吏部尚书、参知政事，寻帅金陵，以病请闲，进资政殿学士，领洞霄宫，加大学士，卒，谥文穆。有《石湖集》，词一卷。

菩萨蛮 湘东驿

客行忽到湘东驿，明朝真是潇湘客。晴碧万重云，几时逢故人。　　江南如塞北，别后书难得。先自雁来稀，那堪春半时。　**别调集**

（"先自"二句）芊雅，近正中一派。

黄公度

字思①宪，莆阳人。绍兴八年进士第一，官尚书考功员外郎。有《知稼翁集》，词一卷。

《词话》卷一：黄思宪《知稼翁词》，气和音雅，得味外味。人品既高，词理亦胜。《宋六十一家词选》中，载其小令数篇，洵风雅之正声，温、韦之真脉也。

《词话》卷十（刻本卷八）：黄公度《知稼翁词》，气格高远，

---

① "思"，《宋史翼》作"师"。

语意浑厚，直合东坡、碧山为一手。所传不多，卓乎不可企及。

卜 算 子 别十一弟之官

薄宦各西东，往事随风雨。先自离歌不忍闻，又何况、春将暮。　　愁共落花多，人逐征鸿去。君向潇湘我向秦，后会知何处。子沃云："公之从弟童，士季其字也，以绍兴戊午同榜乙科及第。有和章云：'不忍更回头，别泪多于雨。肺腑相看四十秋，奚止朝朝暮暮。　　何事值花时，又是匆匆去。过了阳关更向西，总是思兄处。'"　**大雅集**

（"君向"二句）自然流出，却极沉至。

菩 萨 蛮

高楼目断南来翼，玉人依旧无消息。愁绪促眉端，不随衣带宽。　　萋萋天外草，何处春归早。无语凭阑干，竹声生暮寒。子沃云："公时在泉幕，有怀汪彦章而作。以当路多忌，故托'玉人'以见意。"　**大雅集**

知稼翁词气和音雅，得味外味。参看子沃诸案语，其妙始见。

青玉案

邻鸡不管离怀苦,又还是、催人去。回首高城音信阻。霜桥月馆,水村烟市,总是思君处。　　裛残别袖燕支雨,谩留得、愁千缕。欲倩归鸿分付与。鸿飞不住,倚阑无语,独立长天暮。子沃云:"公之初登第也,赵丞相鼎延见款密,别后以书来往。秦益公闻而憾之。及泉幕任满,始以故事召赴行在。公虽知非当路意,而迫于君命,不敢俟驾,故寓意此词。道过分水岭,复题诗云'谁知不作多时别',又题崇安驿诗云'睡美生憎晓色催',皆此意也。既而罢归,离临安有词云'湖上送残春,已负别时归约'。则公之去就,盖早定矣。"　**大雅集**

卜算子

寒透小窗纱,漏断人初醒。翡翠屏闲拾落钗,背立残缸影。　　欲去更踟蹰,离恨终难整。陇首流泉不忍闻,月落双溪冷。子沃云:"公赴召命,道遇延平,郡宴有歌妓,追诵旧事,即席赋此。"　**大雅集**

《词话》卷一:余最爱其《菩萨蛮》云("南楼目断"一阕),时公在泉幕,有怀汪彦章,以当路多忌,故托玉人以见意。又《卜算子》云,时公赴召,道过延平,有歌妓追论旧事,即席赋此。远韵深情，无穷幽怨。

好 事 近

　　湖上送残春，已负别时归约。好在故园桃李，为谁开谁落。　　　还家应是荔支天，浮蚁要人酌。莫把舞裙歌扇，便等闲抛却。子沃云："公到阙，除秘书省正字。未几，言者迎合秦益公意，腾章于上，谓公尝贻书台官，欲著私史以谤时政。盖公之在泉幕也，尝有启贺李侍御文会云：'虽莫陪宾客后尘，为大厦之贺；固将续山林野史，记朝阳之鸣。'因是罢归。将离临安，作此词。所谓'故园桃李'，盖指二侍儿也。"　大雅集

　　去就早决于胸，故无怨怼之语。

眼 儿 媚 梅调二首，和傅参议韵

　　一枝雪里冷光浮，空自许清流。如今憔悴，蛮烟瘴雨，谁肯寻搜。　　　昔年曾共孤芳醉，争插玉钗头。天涯幸有，惜花人在，杯酒相酬。子沃云："公时为高要倅，傅参议雱彦济寓居五羊，尝遗示梅词，公依韵和之。初，公被召命而西过分水岭，有诗云：'呜咽泉流万仞峰，断肠从此各西东。谁知不作多时别，依旧相逢沧海中。'及公遭谤归莆，赵丞相鼎先已

谪居潮阳, 谗者傅会其说, 谓公此诗指赵而言, 将不久复偕还中都也。秦益公愈怒, 至以岭南荒恶之地处之。此词盖以自况也。" **大雅集**

《词话》卷一: 知稼翁以与赵鼎善, 为秦桧所忌, 至窜之岭南。其《眼儿媚》(梅调和傅参议韵) 云, 情见乎词矣, 而措语未尝不忠厚。

浣 溪 沙 时在西园偶成

风送清香过短墙, 烟笼晚色近修篁。夕阳楼外角声长。　　欲去还留无限思, 轻匀淡抹不成妆。一尊相对月生凉。　**大雅集**

葛立方

字常之, 丹阳人, 胜仲子。绍兴八年进士, 官至吏部侍郎。有《归愚集》, 词一卷。

卜 算 子

裊裊水芝红, 脉脉蒹葭浦。渐渐西风澹澹烟, 几点疏疏雨。　　草草展杯觞, 对此盈盈女。叶叶红衣当酒

船，细细流霞举。　　**别调集**

连用双字，小有姿态。

张孝祥

字安国，乌江人。绍兴二十四年廷试第一，累迁中书舍人、直学士院兼都督府参赞军事，领建康留守，寻以荆南湖北路安抚使请祠，进显谟阁直学士。有《于湖集》，词一卷。

《词话》卷一：张安国词，热肠郁思，可想见其为人。刘后村则感激豪宕，其词与安国相伯仲，去稼轩虽远，正不必让刘、蒋。世人多好推刘、蒋，直以为稼轩后劲，何耶？

六州歌头

长淮望断，关塞莽然平。征尘暗，霜风劲，悄边声，黯销凝。追想当年事，殆天数，非人力，洙泗上，弦歌地，亦膻腥。隔水毡乡，落日牛羊下，区脱纵横。看名王宵猎，骑火一川明。笳鼓悲鸣，遣人惊。　　念腰间箭，匣中剑，空埃蠹，竟何成。时易失，心徒壮，岁将零，渺神京。干羽方怀远，静烽燧，且休兵。冠盖使，纷驰骛，若为情。闻道中原遗老，常南望、翠葆霓旌。

使行人到此，忠愤气填膺，有泪如倾。《朝野遗记》云："安
国在建康留守席中赋此歌阕，魏公为罢席而入。" 放歌集

起势苍莽，全篇亦淋漓尽致。○《历朝词选》自起处至"亦膻
腥"为第一段，自"隔水"至"且休兵"为第二段，自"冠盖使"
至末为第三段，于调未合。今从《六十一家词》及《词综》，分两
段为正。◎"忠愤"二字提明，太浅太显，绝无余味。或亦耸当路
之听，出于不得已耶？

《词话》卷八（刻本卷六）：张孝祥《六州歌头》一阕，淋漓痛
快，笔饱墨酣，读之令人起舞。惟"忠愤气填膺"一句，提明忠
愤，转浅转显，转无余味。或亦耸当途之听，出于不得已耶？（《朝
野遗记》云：安国在建康留守席中赋此，魏公为罢席而入。）

念 奴 娇 欲雪呈朱漕

朔风吹雨，送凄凉、天意垂垂欲雪。万里南荒云雾
满，弱水蓬莱相接。冻合龙冈，寒侵铜柱，碧海冰澌结。
凭高一笑，问君何处炎热。　　家在楚尾吴头，归期犹
未，对此惊时节。记得年时貂帽暖，铁马千群观猎。狐
兔成车，歌钟殷地，归踏层城月。持杯且醉，不须北望
凄切。　放歌集

结以纵为擒，正自悲郁。

又 洞庭

洞庭青草，近中秋、更无一点风色。玉界琼田三万顷，着我扁舟一叶。素月分辉，银河共影，表里俱澄澈。怡然心会，妙处难与君说。　　应念岭海经年，孤光自照，肝肺皆冰雪。短发萧骚襟袖冷，稳泛沧溟空阔。尽吸西江，细倾北斗，万象为宾客。扣舷一笑，不知今夕何夕。　放歌集

（"短发"七句）热肠郁思，正于闲冷处见得。

又 离思

星沙初下，望重湖远水，长云漠漠。一叶扁舟，谁念我、今日天涯飘泊。平楚南来，大江东去，处处风波恶。吴中何地，满怀俱是离索。　　长记送我行时，绿波亭上，泣透青罗薄。樯燕低飞人去后，依旧湘城帘幕。不尽山川，无穷烟浪，辜负秦楼约。渔歌声断，为君双泪倾落。　放歌集

（"樯燕"七句）雄直处亦近似稼轩。

水调歌头 闻采石战胜

雪洗虏尘静，风约楚云留。何人为写悲壮，吹角古城楼。湖海平生豪气，关塞如今风景，剪烛看吴钩。剩喜然犀处，骇浪与天浮。　　忆当年，周与谢，富春秋。小乔初嫁，香囊犹在，功业故优游。赤岸矶头落照，沘水桥边衰草，渺渺唤人愁。我欲乘风去，击楫誓中流。
放歌集

木兰花慢 送张魏公

拥貔貅万骑，聚千里、铁衣寒。正玉帐连云，油幢映日，飞箭天山。锦城起方面重，对筹壶尽日雅歌闲。休遣沙场虏骑，尚余匹马空还。　　那看，更值春残，斟绿醑、对朱颜。正宿雨催红，和风换翠，梅小香悭。牙旗渐西去也，望梁州故垒暮云闲。休使佳人敛黛，断肠低唱阳关。　　放歌集

（"牙旗"四句）前写军容之壮，此以恢复之事期之。

浣 溪 沙　荆州约马举先登城楼观塞

霜日明霄水蘸空，鸣鞘声里绣旗红。澹烟衰草有无中。　　万里中原烽火北，一尊浊酒戍楼东。酒阑挥泪向悲风。　放歌集

（下阕）情词迫烈，音节悲壮。

又

已是人间不系舟，此心元自不惊鸥。卧看骇浪与天浮。　　对月只应频举酒，临风何必更搔头。暝烟多处是神州。　放歌集

水调歌头　过岳阳楼作

湖海倦游客，江汉有归舟。西风千里，送我今夜岳阳楼。日落君山云气，春到沅湘草木，远思渺难收。徙倚阑干久，缺月挂帘钩。　　雄三楚，吞七泽，隘九州。人间好处，何处更似此楼头。欲吊沉累无所，但有渔儿樵子，哀此写离忧。回首叫虞舜，杜若满芳洲。　放歌集

（"回首"二句）发二帝之幽愤。

念奴娇

风帆更起，望一天秋色，离愁无数。明日重阳尊酒里，谁与黄花为主。别岸风烟，孤舟灯火，今夕知何处。不如江月，照伊清夜同去。　　船过采石江边，望夫山下，酹水应怀古。德曜归来虽富贵，忍弃平生荆布。默想音容，遥怜儿女，独立衡皋暮。桐乡君子，念予憔悴如许。　**别调集**

程 垓

字正伯，眉山人。有《书舟雅词》一卷。

《词话》卷八（刻本卷六）：程正伯与子瞻为中表兄弟，有《书舟雅词》一卷。余观其词，浅薄者多，高者笔意尚闲雅，去坡仙何止万里？◎竹垞谓："正伯词，有与坡仙相乱者。"余谓两人词，一洪一纤，一深一浅，如冰炭之不相入，无俟辨而可明，何虑其相乱也？

《词话》卷八（刻本卷六）：正伯词，余所赏者，惟《渔家傲》结处云："细拾残红书怨泣，流水急，不知那个传消息。"为有深婉之致。其次则《水龙吟》云："算好春长在，好花长见，元只是、人憔悴。"及《词选》所录《卜算子》一阕，尚有可观。余则一篇之中，雅郑多不分矣。

摸鱼儿

掩凄凉、黄昏庭院，角声何处呜咽。矮窗曲屋风灯冷，还是苦寒时节。凝伫切，念翠被熏笼，夜夜成虚设。倚阑愁绝。听风竹声中，犀帏影外，簌簌酿寒雪。

伤心处，却忆当年轻别，梅花满院初发。吹香弄蕊无人见，惟有暮云千叠。情未彻，又谁料而今，好梦分胡越。不堪重说。但记得当初，重门锁处，犹有夜深月。 **大雅集**

笔意闲雅。后来竹垞词与此种笔路最近，而逊此浑融。乃竹垞自以为学玉田，未免欺人太甚矣。①

渔 家 傲 彭门道中

独木小舟烟雨湿，燕儿乱点春江碧。江上青山随意觅，人寂寂，落花芳草催寒食。 　　昨夜青楼今日客，

---

① 此评录入《词话》卷八（刻本卷六）。

吹愁不得东风力。细拾残红书怨泣，流水急，不知那个传消息。 大雅集

水 龙 吟

夜来风雨匆匆，故园定是花无几。愁多怨极，等闲孤负，一年芳意。柳困桃慵，杏青梅小，对人容易。算好春长在，好花长见，元只是、人憔悴。　　回首池南旧事，恨星星、不堪重记。如今但有，看花老眼，伤时清泪。不怕逢花瘦，只愁怕、老来风味。待繁红乱处，留云借月，也须拼醉。 大雅集

（"算好"二句）愈直捷，愈凄婉。

卜 算 子

独自上层楼，楼外青山远。望到斜阳欲尽时，不见西飞燕。　　独自下层楼，楼下蛩声怨。待到黄昏月上时，依旧柔肠断。 大雅集

凤 栖 梧 客临安，连日愁霖，旅枕无寐，起作。

九月江南烟雨里。客枕凄凉，到晓浑无寐。起上小楼观海气，昏昏半约渔樵市。　　断雁西边家万里。料得秋来，笑我归无计。剑在床头书在几，未甘分付黄花泪。　　**放歌集**

（"剑在"二句）豪宕足破悲郁。

愁倚阑令

春犹浅，柳初芽，杏初花。杨柳杏花交映处，有人家。　　玉窗明暖烘霞，小屏上、水远山斜。昨夜酒多春睡重，莫惊他。　　**闲情集**

此词甚别致，不言情而情胜。

朱 熹

字元晦，一字仲晦，婺源人。第进士，仕至转运副使、崇政殿说书、焕章阁待制，致仕，赠太师，封信国公，改徽国，谥文。有《文公集》，词一卷。

水调歌头 檃括杜牧之九日齐州诗①

　　江水浸云影，鸿雁欲南飞。携壶结客何处，空翠渺烟霏。尘世难逢一笑，况有紫萸黄菊，堪插满头归。风景今朝是，身世昔人非。　　酬佳节，须酩酊，莫相违。人生如寄，何事辛苦怨斜晖。无尽今来古往，多少春花秋月，那更有危机。与问牛山客，何必泪沾衣。　放歌集

　　（"人生"二句）笔意颇近坡仙。

　　《词话》卷八（刻本卷六）：《词综》所录朱晦翁《水调歌头》、真西山《蝶恋花》，虽非高作，却不沉闷，固知不是腐儒。

真德秀

　　字景元，更景希，浦城人。第庆元进士，历官翰林学士、知制诰，赠银青光禄大夫，谥文忠，学者称西山先生。

蝶　恋　花 红梅

　　两岸月桥花半吐。红透肌香，暗把游人误。尽道武陵溪上路，不知迷入江南去。　　先自冰霜真态度。何

---

　　① 此首亦见赵长卿《惜香乐府》，此从《词综》。

事枝头，点点胭脂污。莫是东君嫌淡素，问花花又娇无语。　**别调集**

（"莫是"二句）用意着而不着，笔法自高。

杨万里

字廷秀，吉水人。绍兴中进士，历秘书监，以宝文阁待制致仕，进宝谟阁学士，赠光禄大夫，谥文节。有《诚斋集》，乐府一卷。

好 事 近

月未到诚斋，先到万花川谷。不是诚斋无月，隔一庭修竹。　　如今才是十三夜，月色已如玉。未是秋光奇绝，看十五十六。　**别调集**

（"未是"二句）冲口而出，朴直有味。

刘克庄

字潜夫，莆田人。以荫仕，淳熙中赐同进士出身，官至龙图阁直学士。有《后村别调》一卷。

潜夫感激豪宕，其词与安国相伯仲，去稼轩虽远，正不必让刘、蒋。世人多好推刘、蒋，直以为稼轩后劲，何也？

《词话》卷八（刻本卷六）：刘潜夫《满江红》云："空有髯如潘骑省，断无面见陶彭泽。便倒倾、海水浣衣尘，难湔涤。"又《沁园春》（梦方孚若）云："天下英雄，使君与操，余子何堪共酒杯。"又云："使李将军，遇高皇帝，万户侯何足道哉。"又（赠孙季蕃）云："天地无情，功名有数，千古英雄只么休。平生事，独羊昙一个，泪洒西州。"沉痛激烈，几欲敲碎唾壶。

满江红

落日登楼，谁管领、倦游在客。待唤起、沧浪渔父，隔江吹笛。看水看山身尚健，忧晴忧雨头先白。对暮云、不见美人来，遥天碧。　　山中鹤，应相忆。沙上鹭，浑相识。想石田茅屋，草深三尺。空有髯如潘骑省，断无面见陶彭泽。便倒倾、海水浣衣尘，难湔涤。　放歌集

（"空有"四句）直截痛快。

沁园春 梦方孚若

何处相逢，登宝钗楼，访铜雀台。唤厨人斫就，东

湨鲸鲕，围人呈罢，西极龙媒。天下英雄，使君与操，
余子谁堪共酒杯。车千乘，载燕南代北，剑客奇
材。　　饮酣鼻息如雷，谁信被晨鸡催唤回。叹年光过
尽，功名未立，书生老去，机会方来。使李将军，遇高
皇帝，万户侯何足道哉。推衣起，但凄凉感旧，慷慨生
哀。　**放歌集**

（“天下”三句）何等抱负！◎“书生”八字，感慨真切。

又　赠孙季蕃

岁暮天寒，一见飘然，幅巾布裘。尽侵云鸟道，跻
攀绝顶，拍天鲸浸，笑傲中流。畴昔期君，紫髯铁面，
生子当如孙仲谋。谁知道，到中年犹未，建节封
侯。　　南来万里何求，因感慨乔公成远游。怅名姬骏
马，都如昨梦，只鸡斗酒，难到新丘。天地无情，功名
有数，千古英雄只么休。平生事，独羊昙一个，泪洒西
州。　**放歌集**

（“天地”六句）沉痛激烈，敲碎唾壶。

又 寄九华叶贤良

一卷阴符，二石硬弓，百斤宝刀。更玉花骢喷，鸣鞭电抹，乌丝栏展，醉墨龙跳。牛角书生，虬须豪客，谈笑皆从折简招。依稀记，曾请缨系粤，草檄征辽。　　当年目视云霄，谁信道凄凉今折腰。怅燕然未勒，南归草草，长安不见，北望迢迢。老去胸中，有些磊块，歌罢犹须着酒浇。休休也，但帽边鬓减，镜里颜凋。　**放歌集**

（上阕）有"入门下马气如虹"之概。（"老去"六句）粗豪之甚，亦悲壮之甚。

贺　新　郎 九日

湛湛长空黑。更那堪、斜风细雨，乱山如织。老眼平生空四海，赖有高楼百尺。看浩荡、千崖秋色。白发书生神州泪，尽凄凉、不向牛山滴。追往事，去无迹。　　少时自负凌云笔，到如今、春华落尽，满怀萧瑟。常恨世人新意少，爱说南朝狂客。把破帽、年年拈出。若对黄花孤负酒，怕黄花、也笑人岑寂。鸿北去，

日西匿。　**放歌集**

（"白发"二句）悲而壮。○南宋有如此将才、如此官方、如此士气，而卒不能恢复者，谁之过耶？

玉楼春 戏呈林节推乡兄

年年跃马长安市，客舍似家家似寄。青钱换酒日无何，红烛呼卢宵不寐。　　易挑锦妇机中字，难得玉人心下事。男儿西北有神州，莫滴水西桥畔泪。　**放歌集**

忆秦娥 感旧

春醒薄，梦中毡马豪如昨。豪如昨，月明横笛，晓寒吹角。　　古来成败难描摸，而今却悔当时错。当时错，铁衣犹在，不堪重着。　**放歌集**

（"当时"三句）悲愤。

又

梅谢了，塞垣解冻鸿归早。鸿归早，凭伊问讯，大

梁遗老。　　浙河西面边声悄，淮河北去炊烟少。炊烟少，宣和宫殿，冷烟衰草。　　**放歌集**

清 平 乐 赠维扬陈师文参议家舞姬

宫腰束素，只怕能轻举。好筑避风台护取，莫遣惊鸿飞去。　　一团香玉温柔，笑䶙俱有风流。贪与萧郎眉语，不知舞错伊州。　　**闲情集**

（"贪与"二句）亦复谁能遣此？

长 相 思

朝有时，暮有时，潮水犹知日两回。人生长别离。　　来有时，去有时，燕子犹知社后归。君行无定期。　　**别调集**

上下两排，颇见别致，较叔原一阕亦不多让。

甄龙友

字云卿，永嘉人。绍兴中进士，官国子监簿。

霜天晓角 题赤壁

峨眉仙客，四海文章伯。来向东坡游戏，人间世、着不得。　　去国谁爱惜，在天何处觅。但见樽前人唱，前赤壁、后赤壁。　放歌集

重其人，悲其遇，寥寥数语，可括坡老一生。

俞国宝

"俞"，一作"于"，临川人。淳熙间太学生。有《醒庵遗珠集》。

风入松 题酒肆

一春长费买花钱，日日醉湖边。玉骢惯识西湖路，骄嘶过、沽酒楼前。红杏香中歌舞，绿杨影里秋千。　　暖风十里丽人天，花压鬓云偏。画船载得春归去，余情付、湖水湖烟。明日重扶残醉，来寻陌上花钿。　闲情集

（"画船"四句）余波绮丽。

杜 旃

字伯高，号桥斋，金华人。吕成公门下士，与弟四人并有名誉。

《词话》卷八（刻本卷六）：杜伯高词，气魄绝大，音调又极谐。所传不多，然在南宋，可以自成一队。陈同甫云："伯高奔风逸足，而鸣以和鸾。"评论甚当。

酹 江 月 石头城

江山如此，是天开万古，东南王气。一自髯孙横短策，坐使英雄鹊起。玉树声销，金莲影散，多少伤心事。千年辽鹤，并疑城郭非是。　　当日万骊云屯，潮生潮落处，石头孤峙。人笑褚渊今齿冷，只有袁公不死。斜日荒烟，神州何在，欲堕新亭泪。元龙老矣，世间何限余子。　**放歌集**

议论纵横，魄力雄大，此是何等气概！

摸 鱼 儿 湖上

放扁舟、万山环处，平铺碧浪千顷。仙人怜我征尘久，借与梦游清枕。风乍静，望两岸、群峰倒浸玻璃影。

楼台相映。更日薄烟轻，荷花似醉，飞鸟堕寒镜。
中都内，罗绮千街万井，天教此地幽胜。仇池仙伯今何
在，堤柳几眠还醒。君试问，问此意、只今更有何人领。
功名未竟。待学取鸱夷，仍携西子，来动五湖兴。　放
歌集

（上阕）调高响逸，绝尘而奔。◎一结应上"仙人"二语。

刘　儗

一云名仙抡，字叔儗，庐陵人。有《招山集》。

念奴娇　送张明之赴京西幕

艅艎东下，望西江千里，苍茫烟水。试问襄州何处
是，雉堞连云天际。叔子残碑，卧龙陈迹，遗恨斜阳里。
后来人物，如君瑰伟能几。　　其肯为我来耶，河阳下
士，正是强人意。勿谓时平无事也，便以言兵为讳。眼
底山河，楼头鼓角，都是英雄泪。功名机会，要须闲暇
先备。　放歌集

（"勿谓"二句）词严义正，慷慨激昂。

江 神 子

东风吹梦落巫山，整云鬟，却霜纨。雪貌冰肤、曾
共控双鸾。吹罢玉箫香雾湿，残月坠，乱峰寒。　　解
珰回首忆前欢，见无缘，恨无端。憔悴萧郎、赢得带围
宽。红叶不传天上信，空流水，到人间。　闲情集

（"红叶"三句）自然合拍。

一 剪 梅

唱到阳关第四声，香带轻分，罗带轻分。杏花时节
雨纷纷，山绕孤村，水绕孤村。　　更没心情共酒樽，
春衫香满，空有啼痕。一般离思两销魂，马上黄昏，楼
上黄昏。　闲情集

（"一般"三句）两面都到。

王千秋

字锡老，东平人。有《审斋词》一卷。

谒 金 门 诸公要予出郊

春漠漠，何处养花张幕。佩冷香残天一角，忍看罗袖薄。　　两两鸳鸯难学，六六锦鳞空托。趁有余妍须细酌，东风情性恶。　**大雅集**

刺时之言，自明其不仕也。

陆 游

字务观，山阴人。以荫补登仕郎，隆兴初，赐进士出身，范成大帅蜀，为参议官。人讥其颓放，因自号放翁。嘉泰初，诏同修国史，升宝章阁待制。有《剑南集》，词二卷。

辛、陆并称豪放，然陆之视辛，奚啻瓦缶之竞黄钟也？择其遒劲者数章，尚可觇其抱负，去稼轩则万里矣。

《词话》卷一：放翁词，亦为当时所推重，几欲与稼轩颉颃。然粗而不精，枝而不理，去稼轩甚远。大抵稼轩一体，后人不易学步，无稼轩才力，无稼轩胸襟，又不处稼轩境地，欲于粗莽中见沉郁，其可得乎？

《词话》卷九（刻本卷七）：陆务观《风流子》云："佳人多命薄，初心慕、德耀嫁梁鸿。记绿窗睡起，静吟闲咏，句翻离合，格变玲珑。更乘兴、素纨留戏墨，纤玉抚孤桐。蟾滴夜寒，水浮微

冻,凤笺春丽,花砑轻红。 人生谁能料,堪悲处、身落柳陌花
丛。翻羡画堂鹦鹉,深闲金笼。向宝镜鸾钗,临妆常晚,绣茵牙
版,催舞还慵。肠断市桥月笛,灯院霜钟。"盖放翁伤其妻作也。
词不必高,而情极哀怨。选本皆不登此篇,惟《阳春白雪》集
载之。

鹊 桥 仙 夜闻杜鹃

茅檐人静,蓬窗灯暗,春晚连江风雨。林莺巢燕总
无声,但月夜、常啼杜宇。 催成清泪,惊残孤梦,
又拣深枝飞去。故山犹自不堪听,况半世、飘然羁旅。
大雅集

("催成"三句)寓意。

《词话》卷一:放翁词,惟《鹊桥仙》(夜闻杜鹃)一章,借物
寓言,较他作为合乎古。然以东坡《卜算子》(雁)较之,相去殆
不可道里计矣。

采 桑 子

宝钗楼上妆梳晚,懒上秋千,闲拨沉烟,金缕衣宽
睡髻偏。 鳞鸿不寄辽东信,又是经年,弹泪花前,

愁入春风十四弦。　**大雅集**

放翁词病在一泻无余，似此婉雅闲丽，不可多得也。

青 玉 案 与朱景参会北岭

西风挟雨声翻浪，恰洗尽、黄茅瘴。老惯人间齐得丧。千岩高卧，五湖归棹，替却凌烟像。　故人小驻平戎帐，白羽腰间气何壮。我老渔樵君将相。小槽红酒，晚香丹荔，记取蛮江上。　**放歌集**

（"小槽"三句）爽朗。

好 事 近

华表又千年，谁记驾云孤鹤。回首旧曾游处，但山川城郭。　纷纷车马满人间，尘土污芒屩。且访葛仙丹井，看岩花开落。　**放歌集**

鹧 鸪 天

家住东吴近帝乡，平生豪举少年场。十千沽酒青楼

上，百万呼卢锦瑟傍。　　身易老，恨难忘，尊前赢得是凄凉。君归为报京华旧，一事无成两鬓霜。 放歌集

（"君归"二句）未尝不轩爽，而气魄苦不大，益叹稼轩天人，不可及也。

蝶恋花

桐叶晨飘蛩夜语。旅思秋光，黯黯长安路。忽记横戈盘马处，散关清渭应如故。　　江海轻舟今已具。一卷兵书，叹息无人付。早信此生终不遇，当年悔草长杨赋。 放歌集

渔家傲 寄仲高

东望山阴何处是，往来一万三千里。写得家书空满纸，流清泪，书回已是明年事。　　寄语红桥桥下水，扁舟何日寻兄弟。行遍天涯真老矣，愁无寐，鬓丝几缕茶烟里。 放歌集

轩豁是放翁本色。

真珠帘

山村水馆参差路，感羁游、正似残春风絮。掠地穿帘，知是竟归何处。镜里新霜空自悯，问几时、鸾台鳌署。迟暮，谩凭高怀远，书空独语。　　自古，儒冠多误，悔当年、早不扁舟归去。醉下白蘋洲，看夕阳鸥鹭。莼菜鲈鱼都弃了，只换得、青衫尘土。休顾，早收身江上，一蓑烟雨。　**放歌集**

（上阕）怀乡恋阙，有杜陵之忠爱，惜少稼轩之魄力耳。（"醉下"七句）数语于放浪中见沉郁，自是高境。

鹊桥仙

华灯纵博，雕鞍驰射，谁记当年豪举。酒徒一半取[①]封侯，独去作、江边渔父。　　轻舟八尺，低篷三扇，占断蘋洲烟雨。镜湖元自属闲人，又何必、官家赐与。
别调集

（"酒徒"二句）悲壮语，亦是安分语。

---

① "取"，底本误作"去"，据《渭南文集》《词综》改。

白雨斋词选卷七

宋词五

姜　夔

字尧章，鄱阳人，流寓吴兴。有《白石词》五卷。

白石词清虚骚雅，前无古人，后无来者，真词中之圣也。

《词话》卷二：姜尧章词，清虚骚雅，每于伊郁中饶蕴藉，清真之劲敌，南宋一大家也。梦窗、玉田诸人，未易接武。◎白石词，以清虚为体，而时有阴冷处，格调最高。沈伯时讥其生硬，不知白石者也。黄叔旸叹为美成所不及，亦漫为可否者也。惟赵子固云"白石词家之申韩也"，真刺骨语。◎南渡以后，国势日非。白石目击心伤，多于词中寄其感慨。不独《暗香》《疏影》二章，发二帝之幽愤、伤在位之无人也。特其感慨全在虚处，无迹象可寻，人自不察耳。

《词话》卷二：美成、白石，各有至处，不必过为轩轾。顿挫之妙，理法之精，千古词宗，自属美成。而气体之超妙，则白石独有千古，美成亦不能至。◎美成词，于浑灏流转中，下字用意，皆有法度。白石则如白云在空，随风变灭。所谓各有独至处。

《词话》卷二：感慨时事，发为诗歌，便已力据上游。特不宜说破，只可用比兴体，即比兴中亦须含蓄不露，斯为沉郁，斯为忠厚。若王子文之《西河》，曹西士之和作，陈经国之《沁园春》，方巨山之《满江红》《水调歌头》，李秋田之《贺新凉》等类，慷慨发越，终病浅显。南宋词人，感时伤事，缠绵温厚者，无过碧山，次则白石。白石郁处不及碧山，而清虚过之。

《词话》卷十（刻本卷八）：汪玉峰森之序《词综》云："言情者或失之俚，使事者或失之伉。鄱阳姜夔出，句琢字炼，（此四字甚浅陋，不知本原之言。）归于醇雅。于是史达祖、高观国羽翼之，张辑、吴文英师之于前，赵以夫、蒋捷、周密、陈允衡、王沂孙、张炎、张翥效之于后。譬之于乐，舞箾至于九变，而词之能事毕矣。"此论盖阿附竹垞之意，而不知词中源流正变也。窃谓白石一家，如闲云野鹤，超然物外，未易学步。竹屋所造之境，不见高妙，乌能为之羽翼？至梅溪则全祖清真，与白石分道扬镳，判然两途。东泽得诗法于白石，却有似处，词则取径狭小，去白石甚远。梦窗才情横逸，斟酌于周、秦、姜、史之外，自树一帜，亦不专师白石也。《虚斋乐府》，较之小山、淮海，则嫌平浅，方之美成、梅溪，则嫌优坠，似郁不纡，亦是一病，绝非取径于白石。竹山则全袭辛、刘之貌，而益以疏快，直率无味，与白石尤属歧途。草窗、西麓两家，则皆以清真为宗，而草窗得其姿态，西麓得其意趣。草窗间有与白石相似处，而亦十难获一。碧山则源出《风》《骚》，兼采众美，托体最高，与白石亦最异。至玉田乃全祖白石，面目虽变，托根有归，可为白石羽翼。仲举则规模于南宋诸家，而意味渐失，亦非专师白石。总之，谓白石拔帜于周、秦之外，与之各有千古则可，谓南宋名家以迄仲举，皆取法于白石，则吾不谓然也。

一萼红 人日登长沙定王台

古城阴，有官梅几许，红萼未宜簪。池面冰胶，墙腰雪老，云意还又沉沉。翠藤共、闲穿径竹，渐笑语、惊起卧沙禽。野老林泉，故王台榭，呼唤登临。　　南去北来何事，荡湘云楚水，目极伤心。朱户粘鸡，金盘簇燕，空叹时序侵寻。记曾共、西楼雅集，想垂柳、还袅万丝金。待得归鞍到时，只怕春深。　大雅集

（"野老"三句）只三语，胜人吊古千百言。

探春慢 过雪溪别郑次皋诸君

衰草愁烟，乱鸦送目，飞沙回旋平野。拂雪金鞭，欺寒茸帽，还记章台走马。谁念飘零久，谩赢得、幽怀难写。故人青盼相逢，小窗闲共情话。　　长恨离多会少，重访问竹西，珠泪盈把。雁碛沙平，渔汀人散，老去不堪游冶。无奈苕溪月，又唤我、扁舟东下。甚日归

来，梅花零乱春夜。　**大雅集**

（"衰草"六句）一幅岁暮旅行画图。（"无奈"四句）词意超妙，正如野鹤闲云，去来无迹。

《词话》卷二：白石词，如"无奈苕溪月，又唤我、扁舟东下"，又"冷香飞上诗句"，又"高柳垂阴，老鱼吹浪，留我花间住"等语，是开玉田一派。在白石集中，只算隽句，尚非复高之境。

扬 州 慢 淳熙丙申至日过扬州

　　淮左名都，竹西佳处，解鞍少驻初程。过春风十里，尽荠麦青青。自胡马、窥江去后，废池乔木，犹厌言兵。渐黄昏、清角吹寒，都在空城。　　杜郎俊赏，算如今、重到须惊。纵豆蔻词工，青楼梦好，难赋深情。二十四桥仍在，波心荡、冷月无声。念桥边、红药年年，知为谁生。　**大雅集**

　　起数语意不深而措词妙，愈味愈出。◎"自胡马窥江"数语，写兵燹后情景逼真，他人累千百言，总无此韵味。○"犹厌言兵"四字沉痛，包括无限伤乱语。

《词话》卷二：白石《扬州慢》（淳熙丙申至日过扬州）云：
"自胡马、窥江去后，废池乔木，犹厌言兵。渐黄昏、清角吹寒，
都在空城。"数语写兵燹后情景逼真。"犹厌言兵"四字，包括无限
伤乱语，他人累千百言，亦无此韵味。

点 绛 唇 丁未冬过吴淞作

　　燕雁无心，太湖西畔随云去。数峰清苦，商略黄昏
雨。　　　第四桥边，拟共天随住。今何许，凭栏怀古，
残柳参差舞。　　大雅集

　　字字清虚，无一笔犯实。只摹叹眼前景物，而令读者吊古伤
今，不能自止，真绝调也。○"今何许"三字提唱，"凭阑怀古"
下只以"残柳"五字咏叹了之，神韵无尽。

　　《词话》卷二：白石长调之妙，冠绝南宋，短章亦有不可及者。
如《点绛唇》（丁未过吴淞作）一阕，通首只写眼前景物，至结处
云："今何许，凭栏怀古，残柳参差舞。"感时伤事，只用"今何
许"三字提唱。"凭栏怀古"下，仅以"残柳"五字，咏叹了之，
无穷哀感，都在虚处，令读者吊古伤今，不能自止，泂推绝调。

又

　　金谷人归，绿杨低扫吹笙道。数声啼鸟，也学相思

调。　　　月落潮生，掇送刘郎老。淮南好，甚时重到，陌上生春草。　**大雅集**

暗　香 石湖咏梅

旧时月色，算几番照我，梅边吹笛。唤起玉人，不管清寒与攀摘。何逊而今渐老，都忘却、春风词笔。但怪得、竹外疏花，香冷入瑶席。　　　江国，正寂寂。叹寄与路遥，夜雪初积。翠尊易泣，红萼无言耿相忆。长记曾携手处，千树压、西湖寒碧。又片片、吹尽也，几时见得。张叔夏云："《暗香》《疏影》二曲，前无古人，后无来者，真为绝唱。"　《词选》云："题曰'石湖咏梅'，此为石湖作也。时石湖盖有隐遁之志，故作此二词以沮之。白石《石湖仙》云：'须信石湖仙，似鸱夷、飘然引去。'末云：'闻好语，明年定在槐府。'此与同意。"　又云："首章言己尝有用世之志，今老无能，但望之石湖也。"　**大雅集**

二章脱尽恒蹊，永为千年绝调。

疏　影 前题

苔枝缀玉，有翠禽小小，枝上同宿。客里相逢，篱角黄昏，无言自倚修竹。昭君不惯胡沙远，但暗忆、江南江北。想佩环、月下归来，化作此花幽独。　　犹记深宫旧事，那人正睡里，飞近蛾绿。莫似春风，不管盈盈，早与安排金屋。还教一片随波去，又却怨、玉龙哀曲。等恁时、重觅幽香，已入小窗横幅。《词选》云："此章更以二帝之愤发之，故有'昭君'之句。"　大雅集

上章已极精妙，此更运用故事，设色煊染，而一往情深，了无痕迹。既清虚，又腴炼，直是压遍千古。

长亭怨慢

渐吹尽、枝头香絮，是处人家，绿深门户。远浦萦回，暮帆零乱向何许。阅人多矣，谁得似、长亭树。树若有情时，不会得、青青如此。　　日暮，望高城不见，只见乱山无数。韦郎去也，怎忘得、玉环分付。第一是、早早归来，怕红萼、无人为主。算只有并刀，难剪离愁千缕。　大雅集

（"阅人"四句）哀怨无端，无中生有。海枯石烂之情。（"韦郎"四句）缠绵沉着。

《词话》卷十（刻本卷八）：白石《长亭怨慢》云："阅人多矣，谁得似、长亭树。树若有情时，不会得、青青如此。"白石诸词，惟此数语最沉痛迫烈。此外如"最可惜、一片江山，总付与啼鴂。"又"文章信美知何用，漫赢得、天涯羁旅。"皆无此沉至。

齐 天 乐 蟋蟀

庾郎先自吟愁赋，凄凄更闻私语。露湿铜铺，苔侵石井，都是曾听伊处。哀音似诉，正思妇无眠，起寻机杼。曲曲屏山，夜凉独自甚情绪。　　西窗又吹暗雨，为谁频断续，相和砧杵。候馆吟秋，离宫吊月，别有伤心无数。幽诗谩与，笑篱落呼灯，世间儿女。写入琴丝，一声声更苦。张叔夏云："全章精粹，所咏了然在目，且不留滞于物。"　大雅集

此词精绝。一直说去，其中自有顿挫起伏，正如大江无风，波涛自涌，前无古，后无今。◎"篱落"二句，平常意一经点缀便觉神味渊永，其妙真令人不可思议。

《词话》卷二：白石《齐天乐》一阕，全篇皆写怨情。独后半云："笑篱落呼灯，世间儿女。"以无知儿女之乐，反衬出有心人之苦，最为入妙。用笔亦别有神味，难以言传。

湘 月 即《念奴娇》之鬲指声也。

五湖旧约，问经年底事，长负清景。暝入西山，渐唤我、一叶夷犹乘兴。倦网都收，归禽时度，月上汀州迥。中流容与，画桡不点明镜。　　谁解唤起湘灵，烟鬟雾鬓，理哀弦清听。玉麈谈玄，叹坐客、多少风流名胜。暗柳萧萧，飞星冉冉，夜久知秋冷。鲈鱼应好，旧家乐事谁省。　**大雅集**

《词话》卷二：白石《湘月》云："暗柳萧萧，飞星冉冉，夜久知秋冷。"写夜景高绝。点缀之工，意味之永，他手亦不能到。

念 奴 娇 荷花

闹红一舸，记年时、常与鸳鸯为侣。三十六陂人未到，水佩风裳无数。翠叶吹凉，玉容消酒，更洒菰蒲雨。嫣然摇动，冷香飞上诗句。　　日暮，青盖亭亭，情人不见，争忍凌波去。只恐舞衣寒易落，愁入西风南浦。高柳垂阴，老鱼吹浪，留我花间住。田田多少，几回沙际归路。　**大雅集**

（"冷香"句）好句欲仙。（"只恐"五句）炼意炼词，归于纯雅。

淡　黄　柳 客合肥

空城晓角，吹入垂杨陌。马上单衣寒恻恻。看尽鹅黄嫩绿，都是江南旧相识。　　正岑寂，明朝又寒食。强携酒，小桥宅。怕梨花落尽成秋色。燕燕归来，问春何在，惟有池塘自碧。　**大雅集**

琵　琶　仙 吴兴

双桨来时，有人似、旧曲桃根桃叶。歌扇轻约飞花，蛾眉正奇绝。春渐远、汀洲自绿，更添了、几声啼鴂。十里扬州，三生杜牧，前事休说。　　又还是、宫烛分烟，奈愁里、匆匆换时节。都把一襟芳思，与空阶榆荚。千万缕、藏鸦细柳，为玉尊、起舞回雪。想见西出阳关，故人初别。张叔夏云："情景交炼，得言外意。"又云："白石《疏影》《暗香》《扬州慢》《一萼红》《琵琶仙》《淡黄柳》等曲，不惟清虚，且又骚雅，读之使人神观飞越。"　**大雅集**

似周、秦笔墨，而气格俊上。◎"前事休说"四字咽住，藏得许多情事在内。

翠 楼 吟 武昌安远楼成

月冷龙沙，尘清虎落，今年汉酺初赐。新翻胡部曲，听毡幕、元戎歌吹。层楼高峙，看槛曲萦红，檐牙飞翠。人姝丽，粉香吹下，夜寒风细。　　此地，宜有神仙，拥素云黄鹤，与君游戏。玉梯凝望久，叹芳草、萋萋千里。天涯情味，仗酒祓清愁，花消英气。西山外，晚来还卷，一帘秋霁。　大雅集

起便警策。（"此地"九句）一纵一操，笔如游龙。

《词话》卷二：白石《翠楼吟》（武昌安远楼成）后半阕云（录"此地"九句），一纵一操，笔如游龙，意味深厚，是白石最高之作。此词应有所刺，特不敢穿凿求之。

霓裳中序第一 留长沙

亭皋正望极，乱落红莲归未得。多病却无气力，况纨扇渐疏，罗衣初索。流光过隙，叹杏梁、双燕如客。人何在，一帘淡月，仿佛照颜色。　　幽寂，乱蛩吟壁，动庾信、清愁似织。沉思年少浪迹，笛里关山，柳下坊陌。坠红无信息，漫暗水、涓涓溜碧。漂零久，而今何

意，醉卧酒垆侧。 **大雅集**

骨韵俱古。

法曲献仙音 张彦远官舍

虚阁笼寒，小帘通月，暮色偏宜高处。树隔离宫，水平驰道，湖山尽入樽俎。奈楚客、淹留久，砧声带愁去。 屡回顾，过秋风、未成归计，谁念我、重见冷枫红舞。唤起淡妆人，问逋仙、今在何许。象笔鸾笺，甚而今、不道秀句。怕平生幽恨，化作沙边烟雨。 **大雅集**

白石词有以一二虚字唱叹，韵味俱出者，虽非最上乘，亦是灵境。篇中如"奈"字、"屡"字，及"谁念我"、"甚而今"、"怕平生"等字，俱极有意思，他可类推。

石 湖 仙 寄石湖处士

松江烟浦，是千古三高，游衍佳处。须信石湖仙，似鸱夷、翩然引去。浮云安在，我自爱、绿香红妩。容与，看世间、几度今古。 卢沟旧曾驻马，为黄花、

闲吟秀句。见说胡儿，也学纶巾欹羽。玉友金蕉，玉人金缕，缓移筝柱。闻好语，明年定在槐府。　　**大雅集**

（"须信"六句）言外有多少婉惜。◎"金"、"玉"字对举，未免纤俗。

《词话》卷二：白石《石湖仙》一阕，自是有感而作，词亦超妙入神，惟"玉友金蕉，玉人金缕"八字，鄙俚纤俗，与通篇不类。正如贤人高士中，着一伧父，愈觉俗不可耐。

玲珑四犯 越中岁暮

叠鼓夜寒，垂灯春浅，匆匆时事如许。倦游欢意少，俯仰悲今古。江淹又吟恨赋，记当时、送君南浦。万里乾坤，百年身世，惟有此情苦。　　扬州柳垂官路，有轻盈换马，端正窥户。酒醒明月下，梦逐潮声去。文章信美知何用，谩赢得、天涯羁旅。教说与，春来要、寻花伴侣。　　**大雅集**

音调苍凉。白石诸阕，惟此篇词最激，意亦最显。盖亦身世之感，有情不容已者。

惜 红 衣 吴兴荷花

枕簟邀凉，琴书换日，睡余无力。细洒冰泉，并刀破甘碧。墙头唤酒，谁问讯、城南诗客。岑寂，高树晚蝉，说西风消息。　　虹梁水陌，鱼浪吹香，红衣半狼籍。维舟试望，故国渺天北。可惜渚边沙外，不共美人游历。问甚时重赋，三十六陂秋色。　大雅集

清 波 引 梅

冷云迷浦，倩谁唤、玉妃起舞。岁华如许，野梅弄眉妩。屐齿印苍藓，渐为寻花来去。自随秋雁南来，望江国、渺何处。　　新诗谩与，好风景、长是暗度。故人知否，抱幽恨难语。何时共渔艇，莫负沧浪烟雨。况有清夜啼猿，怨人良苦。　大雅集

（"自随"二句）白石诸词，乡心最切，身世之感当于言外领会。

水 龙 吟 黄庆长夜泛鉴湖，有怀归之曲，课予和之。

夜深客子移舟处，两两沙禽惊起。红衣入桨，青灯

摇浪，微凉意思。把酒临风，不思归去，有如此水。况
茂陵游倦，长干望久，芳心事、箫声里。　　屈指归期
尚未，鹊南飞、有人应喜。画阑桂子，留香小待，提携
影底。我已情多，十年幽梦，略曾如此。甚谢郎、也恨
飘零，解道月明千里。　大雅集

秋 宵 吟

古帘空，坠月皎。坐久西窗人悄。蛩吟苦、渐漏永
丁丁，箭壶催晓。　　引凉飔，动翠葆。露脚斜飞云表。
因嗟念、似去国情怀，暮帆烟草。　　带眼消磨，为近
日、愁多顿老。卫娘何在，宋玉归来，两地暗萦绕。摇
落江枫早，嫩约无凭，幽梦又杳。但盈盈、泪洒单衣，
今夕何夕恨未了。　大雅集

八　归　湖中送胡德华

芳莲坠粉，疏桐吹绿，庭院暗雨乍歇。无端抱影销
魂处，还见筱墙萤暗，藓阶蛩切。送客重寻西去路，问
水面、琵琶谁拨。最可惜、一片江山，总付与啼
鴂。　　长恨相从未款，而今何事，又对西风离别。渚

寒烟淡，棹移人远，缥缈行舟如叶。想文君望久，倚竹愁生步罗袜。归来后、翠尊双饮，下了珠帘，玲珑闲看月。　**大雅集**

（"最可"二句）气骨雄苍，词意哀婉。

解 连 环

玉鞍重倚，却沉吟未上，又萦离思。为大乔、能拨春风，小乔妙携筝，雁啼秋水。柳怯云松，更何必、十分梳洗。道郎携羽扇，那日隔帘，半面曾记。　　西窗夜凉雨霁，叹幽欢未足，何事轻弃。问后约、空指蔷薇，算如此溪山，甚时重至。水驿灯昏，又见在、曲屏近底。念惟有、夜来皓月，照伊自睡。　**闲情集**

写离别情事，妙在起四字已将题说完，却以"沉吟"二字起下，以"为"字为一篇总领，申明所以沉吟之故，用笔矫变莫测。○"柳怯云松"四字精艳，左与言"滴粉搓酥"不足道矣。

少 年 游 戏平甫

双螺未合，双蛾先敛，家在碧云西。别母情怀，随

郎滋味，桃叶渡江时。　　扁舟载了匆匆去，今夜泊前溪。杨柳津头，梨花墙外，心事两人知。　**闲情集**

（"别母"三句）绮语自白石出之，亦自闲雅，具有仙笔。

《词话》卷十（刻本卷八）："别母情怀，随郎滋味，桃叶渡江时。"白石《少年游》戏平甫词也。"随郎滋味"四字，似不经心，而别有姿态。盖全以神味胜，不在字句之间寻痕迹也。

百 宜 娇 戏仲远

看垂杨连苑，杜若吹沙，愁损未归眼。信马青楼去，重帘下、娉婷人妙飞燕。翠尊共款，听艳歌、郎意先感。便携手、月地云阶里，爱良夜微暖。　　无限风流疏散，有暗藏弓履，偷寄香翰。明日闻津鼓，湘江上、催人还解春缆。乱红万点，怅断魂、烟水遥远。又争似相携，乘一舸、镇长见。《耆旧续闻》："姜尧章尝寓吴兴张仲远家。仲远屡出外，其室人知书，宾客通问，必先窥来札，性颇妒。尧章戏作《百宜娇》以遗仲远云云。仲远归，竟莫能辨，则受其指爪损面，至不能出外云。"　**闲情集**

（"翠尊"二句）言情微至。

隔溪梅令 探梅

　　好花不与殢香人，浪郴郴。又恐春风归去、绿成阴，玉钿何处寻。　　木兰双桨梦中云，水横陈。谩向孤山山下、觅盈盈，翠禽啼一春。　　**别调集**

　　（"又恐"二句）节短音长，酝酿可喜。

忆 王 孙 番阳彭氏小楼作

　　冷红叶叶下塘秋，长与行云共一舟。零落江南不自由，两绸缪，料得吟鸾夜夜愁。　　**别调集**

蓦 山 溪 题钱氏溪月

　　与鸥为客，绿野留吟屐。两行柳垂阴，是当日、仙翁手植。一亭寂寞，烟外带愁横，荷冉冉，展凉云，横卧虹千尺。　　才因老尽，秀句君休觅。万绿正迷人，更愁入、山阳夜笛。百年心事，惟有玉阑知，吟未了，放船回，月下空相忆。　　**别调集**

（"万绿"二句）高朗。

陈 亮

字同甫，永康人。淳熙间诣阙上书，孝宗欲官之，亟渡江归。至光宗策进士，擢第一，授金书建康府判官，未至官而卒。端平初，谥文毅。有《龙川集》，词一卷。

《词话》卷一：陈同甫豪气纵横，稼轩几为所挫。而《龙川词》一卷，合者寥寥，则去稼轩远矣。

水 龙 吟

闹花深处层楼，画帘半卷东风软。春归翠陌，平沙草嫩，垂杨清浅。迟日催花，淡云阁雨，轻寒轻暖。恨芳菲世界，游人未赏，都付与、莺和燕。　　寂寞凭高望远，向南楼、一声归雁。金钗斗草，青丝勒马，风流云散。罗绶分香，翠绡封泪，几多幽怨。正销魂又是，疏烟淡月，子规声断。　　大雅集

（"罗绶"三句）凄艳。

水调歌头 送章德茂大卿使虏

　　不见南师久，谩说北群空。当场只手，毕竟还我万夫雄。自笑堂堂汉使，得似洋洋河水，依旧只流东。且复穹庐拜，会向藁街逢。　　尧之都，舜之壤，禹之封。于中应有，一个半个耻臣戎。万里腥膻如许，千古英灵安在，磅礴几时通。胡运何须问，赫日自当中。　　**放歌集**

　　（"尧之"五句）精警奇肆，剑拔弩张。

　　《词话》卷一：同甫《水调歌头》云："尧之都，舜之壤，禹之封。于中应有，一个半个耻臣戎。"精警奇肆，几于握拳透爪，可作中兴露布读，就词论则非高调。

刘　过

　　字改之，襄阳人，一云太和人。有《龙洲词》一卷。

　　改之、竹山皆学稼轩，但仅得稼轩糟粕，既不沉郁，又多支蔓。词之衰，刘、蒋为之也。竹山稍质实，改之才气较胜，合者未始不可寄稼轩庑下。

　　《词话》卷一：刘改之、蒋竹山，皆学稼轩者。然仅得稼轩糟粕，既不沉郁，又多支蔓。词之衰，刘、蒋为之也。板桥论词云：

"少年学秦、柳，中年学苏、辛，老年学刘、蒋。"真是盲人道黑白，令我捧腹不禁。

六州歌头 吊武穆鄂王忠烈庙

中兴诸将，谁是万人英。身草莽，人虽死，气填膺，尚如生。年少起河北，剑三尺，弓两石，定襄汉，开虢洛，洗洞庭。北望帝京，狡兔依然在，良犬先烹。过旧时营垒，荆鄂有遗民，忆故将军，泪如倾。　　说当年事，知恨苦，不奉诏，伪耶真。臣有罪，陛下圣，可鉴临，一片心。万古分茅土，终不到，旧奸臣。人世犹，白日照，忽开明。衮佩冕圭百拜，九原下、荣感君恩。看年年三月，满地野花春，卤簿迎神。　　放歌集

沁园春 张路分秋阅作

万马不嘶，一声寒角，令行柳营。见秋原如掌，枪刀突出，星驰铁骑，阵势纵横。人在油幢，我韬总制，羽扇从容裘带轻。君知否，是山西将种，曾系诗名。　　龙蛇纸上飞腾，看落笔四檐风雨惊。便尘沙出塞，封侯万里，印金如斗，未惬平生。拂拭腰间，吹毛

剑在，不斩楼兰心不平。归来晚，听随车鼓吹，也带边声。　　放歌集

结得劲健，笔意亦佳。

八声甘州 送湖北招抚吴猎

问紫岩去后汉公卿，不知几貂蝉。谁能借留侯箸，着祖生鞭。依旧尘沙万里，河洛染腥膻。谁识道山客，衣钵曾传。　　共记玉堂对策，欲先明大义，次第筹边。况重湖八桂，袖手已多年。望中原、驰驱去也，拥十州、牙纛正翩翩。春风早，看东南王气，飞绕星躔。　　放歌集

（"共记"三句）腐语无味。（"春风"三句）雄丽。

贺 新 郎 赠乡人朱唐卿

多病刘郎瘦。最伤心、天寒岁晚，客他乡久。大舸翩翩何许至，元是高阳旧友。便一笑、相欢携手。与问武昌城下月，又何如、扬子江头柳。追往事，两眉皱。　　烛花自剪明如昼。唤青娥、小红楼上，殷勤劝

酒。昵昵琵琶恩怨语，春笋轻笼翠袖。看舞彻、金钗微溜。若见故乡吾父老，道长安、市上强如旧。重会面，几时又。　放歌集

　　措词炼局全祖稼轩，但气魄不逮。（"若见"二句）酸心硬语，所谓"人生行乐耳，须富贵何时"。

又 西湖

　　睡觉啼莺晓。醉西湖、两峰日日，买花簪帽。去尽酒徒无人问，惟有玉山自倒。任拍手、儿童争笑。一舸乘风翩然去，避鱼龙、不见波声悄。歌韵远，唤苏小。　　神仙路远蓬莱岛。紫云深、参差禁树，有烟花绕。人世红尘西障日，百计不如归好。付乐事、与他年少。费尽柳金梨雪句，问沉香、亭北何时召。心未愜，鬓先老。　放歌集

唐多令 重过武昌

　　芦叶满汀洲，寒沙带浅流。二十年、重过南楼。柳下系船犹未稳，能几日、又中秋。　　黄鹤断矶头，故

人曾到不。旧江山、浑是新愁。欲买桂花同载酒，终不似、少年游。 **放歌集**

（"旧江"三句）词意凄感，而句调浑成，似此亦几升稼轩之堂矣。

水调歌头

春事能几许，密叶着青梅。日高花困，海棠风暖想都开。不惜春衣典尽，只怕春光归去，片片点苍苔。能得几时好，追赏莫徘徊。 雨飘红，风换翠，苦相催。人生行乐，且须痛饮莫辞杯。坐则高谈风月，醉则恣眠芳草，醒后亦佳哉。湖上新亭好，何事不曾来。 **放歌集**

贺 新 郎 去年秋，余试牒四明，赋赠老娼，至今天下与禁中皆歌之。江西人来，以为邓南秀词，非也。

老去相如倦。向文君、说似而今，怎生消遣。衣袂京尘曾染处，空有香红尚软。料彼此、魂消肠断。一枕新凉眠客舍，听梧桐、疏雨秋风颤。灯晕冷，记初见。 楼低不放珠帘卷。晚妆残、翠蛾狼籍，泪痕流脸。人道愁来须瀙酒，无奈愁深酒浅。但托意、焦琴纨扇。莫鼓琵琶江上曲，怕荻花、枫叶俱凄怨。云万叠，寸心远。 **闲情集**

亦只从"同是天涯沦落人"化出，而波澜转折，悲感无端，改之艳词中最雅者。

沁 园 春 美人足

洛浦凌波，为谁微步，轻生暗尘。记踏花芳径，乱红不损，步苔幽砌，嫩绿无痕。衬玉罗悭，销金样窄，载不起盈盈一段春。嬉游倦，笑教人款捻，微褪些跟。　　有时自度歌匀，悄不觉、微尖点拍频。忆金莲移换，文鸳得侣，绣茵催衮，舞凤轻分。懊恨深遮，牵情半露，出没风前烟缕裙。知何似，似一钩新月，浅碧笼云。 **闲情集**

《沁园春》二阕，去古已远，丽而淫矣。然风流顽艳，如揽嫱、施之袪，亦不能尽弃也。○此调自刘龙洲作俑，后来瞿宗吉、马浩澜辈，愈衍愈多，愈趋愈下矣。

《词话》卷一：改之全学稼轩皮毛，不则即为《沁园春》等调，淫词亵语，污秽词坛，即以艳体论，亦是下品。盖叫嚣、淫冶，两失之矣。

又 美人指甲

销薄春冰，碾轻寒玉，渐长渐弯。见凤鞋泥污，偎人强剔，龙涎香断，拨火轻翻。学抚瑶琴，时时欲剪，更掬水鱼鳞波底寒。纤柔处，试摘花香满，镂枣成斑。　时将粉泪偷弹，记缩玉、曾教柳傅看。算恩情相着，搔便玉体，归期暗诉，划遍阑干。每到相思，沉吟静处，斜倚朱唇皓齿间。风流甚，把仙郎暗掐，莫放春闲。　闲情集

（"渐长"句）两"渐"字妙。○只四字，姿态甚饶。（"算恩"四句）低回宛转。

《词话》卷九（刻本卷七）：刘改之"咏美人指甲"、"美人足"《沁园春》两篇，玉田《词源》录附姜、史咏物之后，谓："两词亦工丽，但不可与前作同日语。"余谓宋人咏物佳篇极多，何必录此两词，有污大雅？此《词源》之小疵，不得以玉田所赏而讳其失。

《词话》卷十（刻本卷八）：刘龙洲《沁园春》，为词中最下品。元人沈景高有"和刘龙洲指甲"一篇，句句扭捏，又不及改之远甚。而俞焯云："景高旧家子也，余见此词纤丽可爱，因定交焉。"

当时赏识如此，何怪元词之不振也！

醉 太 平

　　情高意真，眉长鬓青。小楼明月调筝，写春风数声。　　思君忆君，魂牵梦萦。翠销香暖云屏，更那堪酒醒。　　**闲情集**

　　重叠以尽其致。

杨　炎

　　号止济翁，[①] 庐陵人。有《西樵语业》一卷。

水调歌头

　　把酒对斜日，无语问西风。胭脂何事，都做颜色染芙蓉。放眼暮江千顷，中有离愁万斛，无处落征鸿。天在阑干角，人倚醉醒中。　　千万里，江南北，浙西东。吾生如寄，尚想三径菊花丛。谁是中州豪杰，借我五湖

---

　　① 作者名号，盖依《词综》据汲古阁本《西樵语业》。厉鹗《宋诗纪事》考证，当作"杨炎正，字济翁"。

舟楫，去作钓鱼翁。故国且回首，此意莫匆匆。　放歌集

　　（"放眼"五句）悲壮而沉郁。（"谁是"五句）忽纵忽擒，摆脱一切。

张　辑

字宗瑞，鄱阳人。有《东泽绮语债》二卷。

　　"绮语债"，命名恶劣。

钓 船 笛 寓〔好事近〕

　　载酒岳阳楼，秋入洞庭深碧。极目水天无际，正白蘋风急。　　月明不见宿鸥惊，醉把玉栏拍。谁谓百年心事，恰钓船横笛。　大雅集

　　（"谁谓"二句）一片热中，却不染湖海习气，是之谓雅正。

碧 云 深 寓〔忆秦娥〕

　　风凄凄，井栏络纬惊秋啼。惊秋啼，凉侵好梦，月

正楼西。　　卷帘望月知心谁，关河空隔长相思。长相思，碧云暮合，有美人兮。　**大雅集**

（"碧云"二句）神行官止，合拍无痕。

山 渐 青 寓〔长相思〕

山无情，水无情。杨柳飞花春雨晴，征衫长短亭。　　拟行行，重行行。行到江南第几程，江南山渐青。　**别调集**

（"行到"二句）音节拍合，有行云流水之致。

垂 杨 碧 寓〔谒金门〕

花半湿，睡起一窗晴色。千里江南真咫尺，醉中归梦直。　　前度兰舟送客，双鲤沉沉消息。楼外垂杨如此碧，问春来几日。　**别调集**

"直"字奇绝、警绝。◎"如此"二字，有多少婉惜！

阑干万里心 寓〔忆王孙〕

小楼柳色未春深，湘月牵情入苦吟。翠袖风前冷不禁，怕登临，几曲阑干万里心。 **别调集**

黄 机

字几仲，一云字几叔，东阳人。有《竹斋诗余》一卷。

木兰花慢 次岳总干韵

叹镜中白发，元不向、酒边栽。奈诗习未除，客愁易感，剩要安排。浮名任他有命，怕青山、颇怪不归来。出屋长松招鹤，绕渠流水行杯。 浪驱羸马踏江淮，幽梦苦相催。甚狭路嵚崎，雄心突兀，谁忍徘徊。此事正烦公等，笑曹刘、只合作舆台。我自人间屈曲，青云有眼休回。 **放歌集**

结言少年壮志，今老无能，恢复之业，惟望之总干也。

虞 美 人

十年不作湖湘客，亭堠催行色。浅山荒草记当时，

筱竹篱边羸马向人嘶。　　书生万字平戎策，苦泪风前
滴。莫辞衫袖障征尘，自古英雄之楚又之秦。　放歌集

（下阕）壮语而不激烈。

丑 奴 儿

绮窗拨断琵琶索，一一相思，一一相思，无限柔情
说似谁。　　银钩欲写回文曲，泪满乌丝，泪满乌丝，
薄幸知他知不知。　别调集

两排后段起句皆承前段顿句，亦甚别致。◎连用三"知"字，
趣甚，两面俱有，虚实兼到。

刘光祖

字德修，简州人。登进士第，庆元初官侍御史，改司农少卿，迁
起居郎，终显谟阁直学士，提举嵩山崇福宫，卒，谥文节。有《鹤林
词》一卷。

醉 落 魄

春风开者，一时还共春风谢。柳条送我今槐夏，不

饮香醪，孤负人生也。　　曲塘泉细幽琴写，胡床滑簟应无价。日迟睡起疏帘挂，何不归欤，花竹秀而野。　**别调集**

此词一味洒脱，遣词命意，俱极超忽可喜。

郑　域

字中卿，号松窗，三山人。庆元中奉使至金，著《燕谷剽闻》。

念 奴 娇　戊午生日作

嗟来咄去，被天公、把做小儿调戏。蹀雪龙庭归未久，还促炎州行李。不半年间，北胡南越，一万三千里。征衫着破，着衫人可知矣。　　休问海角天涯，黄蕉丹荔，白水供甘旨。泛绿依红无个事，时舞斑衣而已。救蚁藤桥，养鱼盆沼，是亦经纶耳。伊周安在，且须学老莱子。　**放歌集**

（"不半"五句）以文为词，纵笔为直干。（"救蚁"五句）平常事，写得眉飞色舞。

毛 开

字平仲，信安人。仕止州倅。有《樵隐词》一卷。

满 江 红

泼火初收，秋千外、轻烟漠漠。春渐远、绿杨芳草，
燕飞池阁。已着单衣寒食后，夜来还是东风恶。对空山、
寂寂杜鹃啼，梨花落。　　伤别恨，闲情作。十载事，
惊如昨。向花前月下，共谁行乐。飞盖低迷南苑路，湔
裙怅望东城约。但老来、憔悴惜春心，年年觉。　　**别调集**

（"已着"二句）亦只是以词胜，而说来字字动人。◎后半阕更
情词兼胜。

王 爚

一作瀹，字子文，号潜斋，金华人。以父介荫补官，嘉定十二年
进士第，宝祐初拜端明殿学士，佥书枢密院事，封吴郡侯，卒，赠七
官，位特进。

西 河

天下事，问天怎忍如此。陵图谁把献君王，结愁未

已。少豪气概总成尘，空余白骨黄苇。　　千古恨，吾老矣。东游曾吊淮水。绣春台上一回登，一回揾泪。醉归抚剑倚西风，江涛犹壮人意。　　只今袖手野色里，望长淮、犹二千里，纵有英心谁寄。近新来、又报烽烟起，绝域张骞归来未。　**放歌集**

此篇合下文恭和作，忠愤之气溢于言表，千载下犹觉生气凛凛。

曹 豳

字西士，号东畂，瑞安人。嘉泰二年进士第，累官左司谏，以论事忤旨，迁起居郎，进礼部侍郎，以宝章阁待制致仕，谥文恭。

西 河 和王潜斋韵

今日事，何人弄得如此。漫漫白骨蔽川原，恨何日已。关河万里寂无烟，月明空照芦苇。　　谩哀痛，无及矣。无情莫问江水。西风落日惨新亭，几人堕泪。战和何者是良筹，扶危但看天意。　　只今寂寞薮泽里，岂无人、高卧闾里，试问安危谁寄。定相将、有诏催公起，须信前书言犹未。　**放歌集**

淋漓悲壮，字字从血性流出，与上章并垂不朽。

陆　淞

字子逸，会稽人，左丞佃之孙，《耆旧续闻》称为陆辰州。

瑞 鹤 仙

脸霞红印枕。睡起来、冠儿犹是不整。屏间麝煤冷，但眉山压翠，泪珠弹粉。堂深昼永，燕交飞、风帘露井。怅无人、与说相思，近日带围宽尽。　　重省，残灯朱幌，淡月疏窗，那时风景。阳台路迥，云雨梦、便无准。待归来、先指花梢教看，却把心期细问。问因循、过了青春，怎生意稳。张叔夏云："景中带情，屏去浮艳。"　《词选》云："刺时之言。"　大雅集

卢祖皋

字申之，永嘉人，一云邛州人。庆元中登第，嘉定中为军器少监。有《蒲江集》，词一卷。

宴 清 都 初春

春讯飞琼管，风日薄，度墙啼鸟声乱。江城次第，

笙歌翠合，绮罗香暖。溶溶涧绿冰泮，醉梦里、年华暗换。料黛眉、重锁隋堤，芳心还动梁苑。　　新来雁阔云音，鸾分鉴影，无计重见。啼春细雨，笼愁淡月，恁时庭院。离肠未语先断，算犹有、凭高望眼。更那堪、芳草连天，飞梅弄晚。　**大雅集**

（"啼春"七句）此词绝幽怨，神似梅溪高境。

贺新郎　彭傅师于三高祠前作钓雪亭，赵子野邀余赋之。

挽住风前柳。问鸥夷、当日扁舟，近曾来否。月落潮生无限事，零落茶烟未久。谩留得、莼鲈依旧。可是功名从来误，抚荒祠、谁继风流后。今古恨，一搔首。　　江涵雁影梅花瘦，四无尘、雪飞云起"起"，《词综》作"冻"，夜窗如昼。万里乾坤清绝处，付与渔翁钓叟。又恰是、题诗时候。猛拍阑干呼鸥鹭，道他年、我亦垂纶手。飞过我，共樽酒。　**放歌集**

起笔潇洒，亦突兀。◎"猛拍"妙，有神境，有悟境。

高观国

字宾王，山阴人。有《竹屋痴语》一卷。

《词话》卷二：竹屋词，最隽快，然亦有含蓄处，抗行梅溪则不可，要非竹山所及。◎陈唐卿云："竹屋、梅溪词，要是不经人道语，其妙处少游、美成亦未及也。"此论殊谬。夫梅溪求为少游、美成而不足者，竹屋则去之愈远，乌得谓周、秦所不及？且作词只论是非，何论人道与不道？若不观全体，不究本原，徒取一二聪明新巧语，遂叹为少游、美成所不能及，是亦妄人也已矣。

菩 萨 蛮

春风吹绿湖边草，春光依旧湖边道。玉勒锦障泥，少年游冶时。　　烟明花似绣，且醉旗亭酒。斜日照花西，归鸦花外啼。　**大雅集**

（上阕）感时伤事，不着力而自胜。（"斜日"二句）结用比意。

《词话》卷二：竹屋"春风吹绿湖边草"一章，纯用比意，为集中最纯正最深婉之作。他如《贺新郎》（梅）之"开遍西湖春意烂，算群花、正作江山梦。吟思怯、暮云重。"此类不过聪俊语耳，无关大雅。

齐 天 乐

　　碧云阙处无多雨，愁与去帆俱远。倒苇沙闲，枯兰溆冷，寥落寒江秋晚。楼阴纵览，正魂怯清吟，病多消黯。怕泛西风，袖罗香自去年减。　　风流江左久客，旧游得意处，朱帘曾卷。载酒春情，吹箫夜约，犹忆玉娇香软。尘楼故苑，叹璧月空檐，梦云飞观。送绝征鸿，楚峰烟数点。　　**大雅集**

（"叹璧"二句）铸语精炼。

贺 新 郎 梅

　　月冷霜袍拥。见一枝、年华又晚，粉愁香冻。云隔溪桥人不度，的烁春心未纵。清影怕、寒波摇动。更没纤毫尘俗态，倚高情、预得东风宠。沉冻蝶，挂么凤。　　一杯正要吴姬捧。想见那、柔酥弄白，暗香偷送。回首罗浮今在否，寂寞烟迷翠垄。又争奈、桓伊三弄。开遍西湖春意烂，算群花、正作江山梦。吟思怯，暮云重。　　**大雅集**

白石《暗香》《疏影》已成绝调，除碧山外，后人无能为继。此作于旁面取势，思深意远，亦可谓工于煊染矣。但冲厚之味不及白石、碧山远甚。○"想见那"三字粗。（"算群"三句）姿态横生，目无余子。

玉 楼 春 忆旧

春烟澹澹生春水，曾记芳洲兰棹舣。岸花香到舞衣边，汀草色分歌扇底。　　棹沉云去情千里，愁压双鸳飞不起。十年春事十年心，怕说溅裙当日事。　闲情集

"双鸳"七字凄警。◎结二语不说破，情味最永。

卜 算 子

屈指数春来，弹指惊春去。檐外蛛丝网落花，也要留春住。　　几日喜春晴，几夜愁春雨。十二雕窗六曲屏，题遍伤春句。　别调集

（"檐外"二句）无情处都写出情来，自非有情人不能。

金人捧露盘

楚宫闲，金成屋，玉为栏。断云梦、容易惊残。骊歌几叠，至今愁思怯阳关。清音恨阻，抱哀筝、知为谁弹。　　年华晚，月华冷，霜华重，鬓华斑。也须念、闲损雕鞍。斜缄小字，锦江三十六鳞寒。此情天阔，正梅信、笛里关山。　**别调集**

"寒"字警。◎结笔高远。

永 遇 乐 次韵吊青楼

浅晕修蛾，脆痕红粉，犹记窥户。香断奁空，尘生砌冷，谁唤青鸾舞。春风花信，秋宵月约，历历此心曾许。衔芳恨、千年怨结，玉骨未应成土。　　木兰艇子，莫愁何在，漫系寒江烟树。事逐云沉，情随佩冷，短梦分今古。一杯遥夜，孤光难晓，多少碎人肠处。空凄黯、西风细雨，尽吹泪去。　**别调集**

（"衔芳"二句）精警。

史达祖

字邦卿，汴人。有《梅溪词》二卷。

《词话》卷二：竹屋、梅溪并称，竹屋不及梅溪远矣。梅溪全祖清真，高者几于具体而微。论其骨韵，犹出梦窗之右。◎彭骏孙云："南宋词人，如白石、梅溪、竹屋、梦窗、竹山诸家之中，当以史邦卿为第一。昔人称其'分镳清真，平睨方回，纷纷三变行辈，不足比数'，非虚言也。"此论推扬太过，不当其实。三变行辈，信不足数，然同时如东坡、少游，岂梅溪所能压倒？至以竹屋、竹山与之并列，是又浅视梅溪。大约南宋词人，自以白石、碧山为冠，梅溪次之，梦窗、玉田又次之，西麓又次之，草窗又次之，竹屋又次之，竹山虽不论可也。然则梅溪虽佳，亦何能超越白石，而与清真抗哉？

《词话》卷七（刻本卷五）：诗词原可观人品，而亦不尽然。诗中之谢灵运、杨武人，人品皆不足取，而诗品甚高。尤可怪者，陈伯玉扫陈、隋之习，首复古之功，其诗雄深苍莽中，一归于纯正。就其诗以论人品，应有可以表见者，而谄事武后，腾笑千古。词中如刘改之辈，词本卑鄙，虽负一时重名，然观其词，即可知其人之不足取。独怪史梅溪之沉郁顿挫，温厚缠绵，似其人气节文章，可以并传不朽。而乃甘作权相堂吏，致与耿柽、董如璧辈并送大理，身败名裂，其才虽佳，其人无足称矣。梅溪姓氏不见录于文苑中，职是之故。视陈西麓之不肯仕元，当时有海上盗魁之目，宁不愧死？

绮 罗 香 春雨

做冷欺花，将烟困柳，千里偷催春暮。尽日冥迷，愁里欲飞还住。惊粉重、蝶宿西园，喜泥润、燕归南浦。最妨他、佳约风流，钿车不到杜陵路。　　沉沉江上望极，还被春潮晚急，难寻官渡。隐约遥峰，和泪谢娘眉妩。临断岸、新绿生时，是落红、带愁流处。记当日、门掩梨花，剪灯深夜语。　大雅集

（"临断"四句）凄警特绝。

双 双 燕

过春社了，度帘幕中间，去年尘冷。差池欲住，试入旧巢相并。还相雕梁藻井，又软语、商量不定。翩然快拂花梢，翠尾分开红影。　　芳径，芹泥雨润，爱贴地争飞，竞夸轻俊。红楼归晚，看足柳昏花暝。应是栖香正稳，便忘了、天涯芳信。愁损翠黛双蛾，日日画栏独凭。　大雅集

蝶 恋 花

二月东风吹客袂。苏小门前，杨柳如腰细。胡蝶识
人游冶地，旧曾来处花开未。　　几夜湖山生梦寐。萍
泊寻芳，只怕春寒里。今岁清明逢上巳，相思先到溅裙
水。　**大雅集**

起七字淡而弥永。（"今岁"二句）情余言外。

临 江 仙

倦客如今老矣，旧游可奈春何。几曾湖上不经过。
看花南陌醉，驻马翠楼歌。　　远眼愁随芳草，湘裙忆
着春罗。枉教装得旧时多。向来箫鼓地，曾见柳婆娑。
大雅集

（"枉教"三句）直是唐人绝妙乐府。

《词话》卷二：梅溪词，又《临江仙》结句云（"枉教"三句），
慷慨生哀，极悲极郁。较"临断岸、新绿生时，是落红、带愁流
处"之句，尤为沉至。此种境界，却是梅溪独绝处。

东风第一枝 立春

草脚愁回，花心梦醒，鞭香拂散牛土。旧歌空忆珠
帘，彩笔倦题绣户。粘鸡贴燕，想占断、东风来处。暗
惹起、一掬相思，乱藏翠盘红缕。　　今夜觅、梦池秀
句，明日动、探花芳绪。寄声沽酒人家，款约嬉游伴侣。
怜他梅柳，怎忍后、天街酥雨。待过了、一月灯期，日
日醉扶归去。张叔夏云：不独措词精粹，又且见时节风物之
感。　**大雅集**

精妙处直与清真、白石并驱。○白石、梅溪皆祖清真，白石化
矣，梅溪或稍逊焉，然高者亦未尝不化，如此篇是也。

《词话》卷二：梅溪《东风第一枝》（立春），精妙处竟是清真
高境。张玉田云："不独措词精粹，又且见时节风物之感。"乃深知
梅溪者。余尝谓白石、梅溪皆祖清真，白石化矣，梅溪或稍逊焉。
然高者亦未尝不化，如此篇是也。

湘 江 静

暮草堆青云浸浦，记匆匆、倦篙曾住。渔榔四起，
沙鸥未落，怕愁沾诗句。碧袖一声歌，石城怨、西风随

去。沧波荡晚，菰蒲弄秋，还重到、断魂处。　　酒易醒，思正苦。想空山、桂香悬树。三年梦冷，孤吟意短，屡烟钟津鼓。屐齿厌登临，移灯后、几番凉雨。潘郎渐老，风流顿减，闲居未赋。　大雅集

（"碧袖"五句）凄凉幽怨。

《词话》卷二：梅溪词，如"碧袖一声歌，石城怨、西风随去。沧波荡晚，菰蒲弄秋，还重到、断魂处。"沉郁之至。又"三年梦冷，孤吟意短，屡烟钟津鼓。屐齿厌登临，移灯后、几番凉雨。"亦居然美成复生。较"临断岸、新绿生时，是落红、带愁流处"之句，尤为沉至。此种境界，却是梅溪独绝处。

浪　淘　沙

醉月小红楼，锦瑟筌篌。夜来风雨晓来收。几点落花饶柳絮，同为春愁。　　寄信问晴鸥，谁在芳洲。绿波迎处有兰舟。独对旧时携手地，情思悠悠。　大雅集

齐 天 乐 秋兴

阑干只在鸥飞处，年年怕吟秋兴。断浦沉云，空山

挂雨，中有诗愁千顷。波声未定，望舟尾拖凉，渡头笼暝。正好登临，有人歌罢翠帘冷。　　悠然魂堕故里，奈闲情未了，还被吹醒。拜月虚檐，听蛩坏砌，谁复能怜娇俊。忧心耿耿，寄桐叶芳题，冷枫新咏。莫遣秋声，树头喧夜永。　**大雅集**

情景兼到，乐笑翁高境颇近此种。

又　湖上即席分韵得"羽"字

鸳鸯拂破蘋花影，低低趁凉飞去。画里移舟，诗边就梦，叶叶碧云分雨。芳游自许，过柳外闲波，水花平渚。见说西风，为人吹恨上瑶树。　　阑干斜照未满，杏墙应望断，春翠偷聚。浅约揉香，深盟捣月，谁是窗间青羽。孤筝雁柱，问因甚参差，暂成离阻。夜色空庭，待归听俊语。　**大雅集**

炼字炼句，昔人谓梅溪词融情景于一家，会句意于两得，信不诬也。

又 中秋宿真定驿

西风来劝凉云去，天东放开金镜。照野霜凝，入河桂湿，一一冰壶相映。殊方路永，更分破秋光，尽成悲境。有客踌躇，古庭空自吊孤影。　　江南朋旧在许，也怜天际远，诗思谁领。梦断刀头，书开蛮尾，别有相思随定。忧心耿耿，对风鹊残枝，露蛩荒井。斟酌姮娥，九秋宫殿冷。　大雅集

（"更分"四句）寄恨甚远。

玉 蝴 蝶

晚雨未摧宫树，可怜闲叶，犹抱凉蝉。短景归秋，吟思又接愁边。漏初长、梦魂难禁，人渐老、风月俱寒。想幽欢，土花庭甃，虫网阑干。　　无端，啼蚕搅夜，恨随团扇，苦近秋莲。一笛当楼，谢娘悬泪立风前。故园晚、强留诗酒，新雁远、不致寒暄。隔苍烟，楚香罗袖，谁伴婵娟。　大雅集

（"一笛"二句）幽怨似少游，清切如美成，合而化矣。①

万 年 欢

　　两袖梅风，谢桥边、岸痕犹带阴雪。过了匆匆灯市，草根青发。燕子春愁未醒，误几处、芳音辽绝。烟溪上、采绿人归，定应愁沁花骨。　　　非干厚情易歇，奈燕台句老，难道离别。小径吹衣，曾记故里风物。多少惊心旧事，第一是、侵阶罗袜。如今但、柳发晞春，夜来和露梳月。　　**大雅集**

风 流 子

　　红楼横落日，萧郎去、几度碧云飞。记窗眼递香，玉台妆罢，马蹄敲月，沙路人归。如今但、一莺通信息，双燕说相思。入耳旧歌，怕听金缕，断肠新句，羞染乌丝。　　　相逢南溪上，桃花嫩娇样，浅淡罗衣。恰是怨深腮赤，愁重声迟。怅东风巷陌，草迷春恨，软尘庭户，花误幽期。多少寄来芳字，都待还伊。　　**闲情集**

---

① 此评录入《词话》卷二。

（"红楼"二句）起势超忽。◎"怨深腮赤"八字，简约，亦静细。

钗 头 凤 寒食饮绿亭

春愁远，春梦乱。凤钗一股轻尘满。江烟白，江波碧。柳户清明，燕帘寒食。忆，忆，忆。　　莺声暖，箫声短。落花不许春拘管。新相识，休相失。翠陌吹衣，画桥横笛。得，得，得。　**闲情集**

西 江 月 闺思

西月淡窥楼角，东风暗落檐牙。一灯初见影窗纱，又是重帘不下。　　幽思屡随芳草，闲愁多似杨花。杨花芳草遍天涯，绣被春寒夜夜。　**闲情集**

临 江 仙

愁与西风应有约，年年同赴清秋。旧游帘幕记扬州。一灯人着梦，双雁月当楼。　　罗带鸳鸯尘暗淡，更须整顿风流。天涯万一见温柔。瘦因缘此瘦，羞亦为郎

羞。　闲情集

"一灯"二句警炼。◎后半多俚词。

临 江 仙

草脚青回细腻，柳梢绿转苗条。旧游重到合魂消。
棹横春水渡，人凭赤栏桥。　　归梦有时曾见，新愁未
肯相饶。酒香红被夜迢迢。莫教无用月，来照可怜宵。
别调集

（"莫教"二句）凄婉沉至。

瑞 鹤 仙

杏烟娇湿鬓，过杜若汀洲，楚衣香润。回头翠楼近，
指鸳鸯沙上，暗藏春恨。归鞭隐隐，便不念、芳盟未稳。
自箫声、吹落云东，再数故园花信。　　谁问，听歌窗
罅，倚月阑边，旧家轻俊。芳心一寸，相思后，总灰尽。
奈春风多事，吹花摇柳，也把幽情暗引。对南溪、桃萼
翻红，又成瘦损。　别调集

汪　莘

字叔耕，休宁人。嘉定间下诏求言，扣阍三上书，不报，为杨慈湖、朱晦庵、真西山诸公所叹服。后筑室柳溪，自号方壶居士。有《方壶存稿》，词二卷。

乳　燕　飞　感秋，采《楚词》，赋此。

去郢频回首。正横江、苏桄容与，兰旌悠久。怅望龙门都不见，似把长楸辜负。念往日、佳人为偶。独向芳洲相思处，采蘋花、杜若空盈手。乘赤豹，谁来后。　　云中眼界穷高厚。览山川、冀州还在，陶唐何有。木叶纷纷秋风晚，缥缈潇湘左右。见帝子、冰魂相守。应记挥弦相对日，酹一杯、太乙东皇酒。问此意，君知否。　别调集

（"独向"四句）身世之感，驱遣《骚》语出之，冷艳幽香，别饶精彩。

杏　花　天

美人家在江南住，每惆怅、江南日暮。白蘋洲畔花无数，还忆潇湘风度。　　幸自是、断肠无处，怎强作、

莺声燕语。东风占断秦筝柱，也逐落花归去。　　**别调集**

（"东风"二句）幽怨。

玉 楼 春 赠别孟仓使

　　一片江南春色晚，牡丹花谢莺声懒。问君离恨几多长，芳草连天犹觉短。　　昨夜溪头新溜满，樽前自起喷龙管。明朝飞棹下钱塘，心共白蘋香不断。　　**别调集**

（"问君"二句）悲郁见于言外，用笔则颇近小晏。

吴 潜

字毅夫，宁国人。嘉定十年进士第一，淳祐中参知政事，拜右丞相，兼枢密使，进左丞相，封庆国公，改封许国公，景定初安置循州，卒，赠少师。有《履斋诗余》三卷。

满 江 红 滕王阁

　　万里西风，吹我上、滕王高阁。正槛外、楚山云涨，楚江涛作。何处征帆林杪去，有时野鸟沙边落。近帘钩、暮雨掩空来，今犹昨。　　秋渐紧，添离索。天正远，

伤飘泊。叹十年心事，休休莫莫。岁月无多人易老，乾坤虽大愁难着。向黄昏、断送客魂消，城头角。　　放歌集

（"乾坤"句）警快语，然近于廓矣，不可不防其渐。

陈经国

嘉禧、淳祐间人。① 有《龟峰词》一卷。

沁园春 丁酉岁感事

谁使神州，百年陆沉，青毡未还。怅晨星残月，北州豪杰，西风斜日，东帝江山。刘表坐谈，深源轻进，机会失之弹指间。伤心事，是年年冰合，在在风寒。　　说和说战都难，算未必江沱堪晏安。叹封侯心在，鳣鲸失水，平戎策就，虎豹当关。渠自无谋，事犹可做，更剔残灯抽剑看。麒麟阁，岂中兴人物，不尽儒冠。　　放歌集

（"谁使"十句）议论纵横。（"渠自"三句）胆大心雄，读之起舞。

---

① 陈经国，据《词综》，一名人杰。

又 送陈起莘归长乐

过了梅花，纵有春风，不如早还。正燕泥日暖，草绵别路，莺朝烟淡，柳拂征鞍。黎岭天高，建溪雷吼，归好不知行路难。龟山下，渐杨梅初熟，卢橘犹酸。　　名场老我间关，分岁晚诛茅湖上山。叹龙舒君去，尚留破砚，鱼轩人老，长把连环。镜影霜侵，衣痕尘暗，赢得狂名传世间。君归日，见家林旧竹，为报平安。　　**放歌集**

（"过了"三句）笔意超脱，味在言外。

方　岳

字巨山，祁门人。理宗朝两为文学掌故，官中秘书，出守袁州。有《秋崖先生小稿》。

满江红 九日冶城楼

且问黄花，陶令后、几番重九。应解笑、秋崖人老，不堪诗酒。宇宙一舟吾倦矣，山河两戒君知否。倚西风、无奈剑花寒，虬龙吼。　　江欲醋，谈天口。秋何负，

持螯手。尽石麟芜没，断烟衰柳。故国山围青玉案，何人印佩黄金斗。倘只消、江左管夷吾，终须有。　放歌集

（"且问"二句）"且问"二字于题前顿跌作一缓笔，议论在后，松一步，正是紧一步。（"故国"四句）大言炎炎。

水调歌头 平山堂用东坡韵

秋雨一何碧，山色倚晴空。江南江北愁思，分付酒螺红。芦叶篷舟千里，菰菜莼羹一梦，无语寄归鸿。醉眼渺河洛，遗恨夕阳中。　蘋洲外，山欲暝，敛眉峰。人间俯仰陈迹，叹息两仙翁。不见当时杨柳，只是从前烟雨，磨灭几英雄。天地一孤啸，匹马又西风。　放歌集

又 九日多景楼用吴侍郎韵

醉我一壶玉，了此十分秋。江涛还比当日，击楫渡中流。问讯重阳烟雨，俯仰人间今古，此意渺沧洲。天地几今夕，举白与君浮。　旧黄花，新白发，笑重游。满船明月犹在，何日大刀头。谁跨扬州鹤去，已怨故山猿老，借箸欲前筹。莫倚阑干北，天际是神州。

放歌集

跌宕生姿。

张　榘

字方叔，润州人。有《芸窗词》一卷。

贺 新 凉　送刘澄斋制干归京口

匹马钟山路。怅年来、只解邮亭，送人归去。季子
貂裘尘渐满，犹是区区羁旅。谩空有、剑峰如故。髀肉
未消仪舌在，向樽前、莫洒英雄泪。鞭未动，酒频
举。　　　西风乱叶长安树。叹离离、荒宫废苑，几番禾
黍。云栈萦纡今平步，休说襄淮乐土。但衮衮、江涛东
注。世上岂无高卧者，奈草庐、烟锁无人顾。笺此恨，
付金缕。　　**放歌集**

后半纵横跌宕，感慨不尽。

尹　焕

字惟晓，山阴人。官左司。有《梅津集》。

唐 多 令 吴兴席上

蘋末转清商，溪声供夕凉。缓传杯、催唤红妆。斜
绾乌云新浴罢，裙拂地、水沉香。　　歌短旧情长，重
来惊鬓霜。怅绿阴、青子成双。说着前欢伴不记，飏莲
子、打鸳鸯。周公谨云："可与杜牧之寻芳较晚为偶。"　**闲情集**

（"说着"二句）情态可想。

黄 升

一作昊，字叔旸，号玉林。有《散花庵词》一卷。

酹 江 月

西风解事，为人间、洗尽三更烦暑。一枕新凉宜客
梦，飞入藕花深处。冰雪襟怀，琉璃世界，夜气清如许。
划然长啸，起来秋满庭户。　　应笑楚客才高，兰成愁
悴，遗恨传千古。作赋吟诗空自好，不直一杯秋露。淡
月阑干，微云河汉，耿耿天催曙。此情谁会，梧桐叶上
疏雨。　**放歌集**

（"作赋"二句）"虚名竟何益"，同此感慨。

醉江月　题玉林

玉林何有，有一弯莲沼，数间茅宇。断堑疏篱聊补苴，那得粉墙朱户。禾黍西风，鸡豚晓日，活脱田家趣。客来茶罢，自挑野菜同煮。　　多少甲第连云，十眉环座，人醉黄金坞。回首邯郸春梦破，零落珠歌翠舞。得似衰翁，萧然陋巷，长作溪山主。紫芝可采，更寻岩谷深处。　别调集

"那得"六字，用意似高实陋，琢句尤俗。◎"甲第"数语，不肯不说破，未免索然无味，何如并隐之为妙？

文及翁

字时学，号本心，绵州人。历官参知政事。

贺新凉　游西湖有感

一勺西湖水。渡江来、百年歌舞，百年酣醉。回首洛阳花石尽，烟渺黍离之地。更不复、新亭堕泪。簌乐

红妆摇画舫，问中流、击楫何人是。千古恨，几时洗。　　余生自负澄清志。更有谁、磻溪未遇，傅岩未起。国事如今谁倚仗，衣带一江而已。便都道、江神堪恃。借问孤山林处士，但掉头、笑指梅花蕊。天下事①，可知矣。　放歌集

（"借问"四句）南宋君臣晏安，不亡何待？不敢明言，故托词和靖，非讥和靖也。

李芸子

字耘叟，号芳州。昭武人。

木兰花慢

占西风早处，一番雨，一番秋。记故国斜阳，去年今日，落叶林幽。悲歌几回激烈，寄疏狂、酒令与诗筹。遗恨清商易改，多情紫燕难留。　　嗟休，触绪茧丝抽，旧事续何由。奈予怀渺渺，羁愁郁郁，归梦悠悠。生平不如老杜，便如他、飘泊也风流。寄语庭柯径菊，甚时

---

① "事"，底本作"士"，据《词综》改。

得棹孤舟。 **放歌集**

（"生平"二句）郁思豪情，真乃善师古人。

袁去华

字宣卿，豫章人。有《袁宣卿词》一卷。

谒 金 门

春索莫，楼上晚来风恶。午醉初醒罗袖薄，护寒添翠幕。　　愁里花时过却，闲处泪珠偷落。憔悴只羞人问着，镜中还自觉。 **闲情集**

（"憔悴"二句）所谓自己酸辛自己知。

楼 盘

字考甫，号曲涧。

霜天晓角 梅

月淡风轻，黄昏未是清。吟到十分清处，也不啻、

二三更。　　晓钟天未明，晓霜人未行。只有城头残角，说得尽、我平生。　**别调集**

考甫咏梅两章，朴直简老，颇有别致。

又

剪雪裁冰，有人嫌太清。又有人嫌太瘦，都不是、我知音。　　谁是我知音，孤山人姓林。一自西湖别后，辜负我、到如今。　**别调集**

白雨齋詞選

〔清〕陈廷焯 编选　钟锦 校订

二

白雨斋词选卷八

宋词六

吴文英

字君特，四明人。从吴毅夫游。有《梦窗甲乙丙丁稿》四卷。

梦窗词能于超逸中见沉郁，不及碧山、梅溪之厚，而才气较胜。皋文以梦窗与耆卿、山谷、改之辈同列，一偏之见，非公论也。

《词话》卷二：梦窗在南宋，自推大家，惟千古论梦窗者，多失之诬。尹惟晓云："求词于吾宋，前有清真，后有梦窗，此非予之言，四海之公言也。"为此论者，不知置东坡、少游、方回、白石等于何地？沈伯时云："梦窗深得清真之妙，但用事下语太晦处，人不易知。"其实梦窗才情超逸，何尝沉晦？梦窗长处，正在超逸之中，见沉郁之意，所以异于刘、蒋辈，乌得转以此为梦窗病？至张叔夏云："吴梦窗如七宝楼台，眩人眼目，拆碎下来，不成片段。"此论亦余所未解。窃谓七宝楼台，拆碎不成片段，以诗而论，如太白"牛渚西江夜"一篇，却合此境，词惟东坡《水调歌头》近之。若梦窗词，合观通篇，固多警策，即分摘数语，亦自入妙，何尝不成片段耶？总之梦窗之妙，在超逸中见沉郁，不及碧山、梅溪之厚，而才气较胜。

《词话》卷二：梦窗精于造句，超逸处则仙骨珊珊，洗脱凡艳，幽索处则孤怀耿耿，别缔古欢。如《高阳台》（落梅）云："宫粉雕痕，仙云堕影，无人野水荒湾。古石埋香，金沙锁骨连环。南楼不恨吹横笛，恨晓风、千里关山。半飘零，庭上黄昏，月冷阑干。"又云："细雨归鸿，孤山无限春寒。"《瑞鹤仙》云："怨柳凄花，似曾相识。西风破屐，林下路，水边石。"《祝英台近》（除夜立春）云："剪红情，裁绿意，花信上钗股。残日东风，不放岁华去。"又（春日客龟溪游废园）云："绿暗长亭，归梦趁风絮。"《水龙吟》（惠山泉）云："艳阳不到青山，淡烟冷翠成秋苑。"《满江红》（淀山湖）云："对两蛾犹锁，怨绿烟中。秋色未教飞尽雁，夕阳长是坠疏钟。"《点绛唇》（试灯夜初晴）云："情如水，小楼熏被，春梦笙歌里。"又云："征衫贮，旧寒一缕，泪湿风帘絮。"《莺啼序》云："暝堤空，轻把斜阳，总还鸥鹭。"《八声甘州》（游灵岩）云："箭径酸风射眼，腻水染花腥。"又云："连呼酒，上琴台去，秋与云平。"俱能超妙入神。

《词话》卷二：张皋文《词选》，独不收梦窗词。以苏、辛为正声，却有巨识，而以梦窗与耆卿、山谷、改之辈同列，不知梦窗者也。至董氏《续词选》，只取梦窗《唐多令》《忆旧游》两篇，此二篇绝非梦窗高诣，《唐多令》一篇，几于油腔滑调，在梦窗集中，最属下乘。《续选》独取此两篇，岂故收其下者，以实皋文之言耶？（董毅为皋文外孙。）谬矣！

《词话》卷三：昔人谓："梦窗之密，玉田之疏，必兼之乃工。"就形骸而论，竹垞似能兼之矣。然余则云：梦窗疏处，高过玉田，而密处不及。与古人之言正相反，书之以俟识者。

偲 寻 芳 饯周纠定夫

暮帆挂雨，冰岸飞梅，春思零乱。送客将归，偏是故宫离苑。醉酒曾同凉月舞，寻芳还隔红尘面。去难留，怅芙蓉路窄，绿杨天远。　　便系马、莺边清晓，烟草晴花，沙润香软。烂锦年华，谁念故人游倦。寒食相思堤上路，行云应在孤山畔。寄新吟，莫空回、五湖春雁。　**大雅集**

神味宛然。○自然流出，有行云流水之乐，词境到此，真非易易。

祝英台近 除夜立春

剪红情，裁绿意，花信上钗股。残日东风，不放岁华去。有人添烛西窗，不眠侵晓，笑声转、新年莺语。　　旧樽俎，玉纤曾擘黄柑，柔香系幽素。归梦湖

边，还迷镜中路。可怜千点吴霜，寒销不尽，又相对、落梅如雨。　大雅集

（"剪红"五句）梦窗词不必以绮丽见长，然其一二绮丽处，正不可及。

又　春日客龟溪，游废园。

采幽香，巡古苑，竹冷翠微路。斗草溪根，沙印小莲步。自怜两鬓清霜，一年寒食，又身在、云山深处。　　昼闲度，因甚天也悭春，轻阴便成雨。绿暗长亭，归梦趁风絮。有情花影阑干，莺声门径，解留我、霎时凝伫。　大雅集

水 龙 吟　惠山泉

艳阳不到青山，淡烟冷翠成秋苑。吴娃点黛，江妃拥髻，空濛遮断。树密藏溪，草深迷市，峭云一片。二十年旧梦，轻鸥素约，霜丝乱、朱颜变。　　龙吻春霏玉溅，煮银瓶、羊肠车转。临泉照影，清寒沁骨，客尘都浣。鸿渐重来，夜深华表，露零鹤怨。把闲愁换与，

楼前晚色，棹沧波远。　**大雅集**

（"临泉"九句）点染处不留滞于物。

八声甘州　陪庚①幕诸公游灵岩

渺空烟四远，是何年、青天坠长星。幻苍崖云树，名娃金屋，残霸宫城。箭径酸风射眼，腻水染花腥。时靸双鸳响，廊叶秋声。　　宫里吴王沉醉，倩五湖倦客，独钓醒醒。问苍波无语，华发奈山青。水涵空、阑凭高处，送乱鸦、斜日落渔汀。连呼酒，上琴台去，秋与云平。　**大雅集**

"箭径"六字承"残霸"句，"腻水"五字承"名娃"句。○此词气骨甚遒。

忆 旧 游　别黄澹翁

送人犹未苦，苦送春、随人去天涯。片红都飞尽，

───────────

① "庚"，《梦窗词集》作"庾"。

阴阴^①润绿，暗里啼鸦。赋情顿雪双鬓，飞梦逐尘沙。叹病渴凄凉，分香瘦减，两地看花。　　西湖断桥路，想系马垂杨，依旧敧斜。葵麦迷烟处，问离巢孤燕，飞过谁家。故人为写深怨，空壁扫秋蛇。但醉上吴台，残阳草色归思赊。　**大雅集**

（"送人"二句）平常意一折便深。

高　阳　台　丰乐楼

　　修竹凝妆，垂杨驻马，凭阑^②浅画成图。山色谁题，楼前有雁斜书。东风紧送斜阳下，弄旧寒、晚酒醒余。自销凝，能几花前，顿老相如。　　伤春不在高楼上，在灯前敧枕，雨外熏炉。怕舣游船，临流可奈清癯。飞红若到西湖底，搅翠澜、总是愁鱼。莫重来，吹尽香绵，泪满平芜。　**大雅集**

（"飞红"二句）奇思幽想。

---

① "阴阴"，《梦窗词集》作"正阴阴"。
② "阑"，底本作"画"，据《梦窗词集》《词综》改。

又 落梅

宫粉雕痕，仙云堕影，无人野水荒湾。古石埋香，金沙锁骨连环。南楼不恨吹横笛，恨晓风、千里关山。半飘零，庭上黄昏，月冷阑干。　　寿阳宫里愁鸾镜，[①]问谁调玉髓，暗补香瘢。细雨归鸿，孤山无限春寒。离魂难倩招清些，梦缟衣、解佩溪边。最愁人，啼鸟晴明，叶底清圆。　**大雅集**

（上阕）中有怨情，当与中仙咏物诸篇参看。

《词话》卷二：梦窗《高阳台》（落梅）一篇，既幽怨，又清虚，几欲突过中仙咏物诸篇，是集中最高之作，《词选》何以不录？

瑞 鹤 仙

泪荷抛碎璧，正漏云筛雨，斜捎窗隙。林声怨秋色，对小山不迭，寸眉愁碧。凉欺岸帻，暮砧催、银屏剪尺。最无聊、燕去堂空，旧幕暗尘罗额。　　行客，西园有分，断柳凄花，似曾相识。西风破屐，林下路，水边石。

---

① "寿阳宫里愁鸾镜"，《梦窗词集》作"寿阳空理愁鸾"。

念寒蛩残梦，归鸿心事，那听江村夜笛。看雪飞、蘋底芦梢，未如鬓白。　**大雅集**

（"断柳"五句）笔致幽冷。

满 江 红 淀山湖

　云气楼台，分一派、沧浪翠蓬。开小景、玉盆寒浸，巧石盘松。风送流花时过岸，浪摇晴练欲飞空。算鲛宫、只隔一红尘，无路通。　　神女惊，凌晓风。明月低，响丁东。对两蛾犹锁，怨绿烟中。秋色未教飞尽雁，夕阳长是坠疏钟。又一声、欸乃过前岩，移钓篷。　**大雅集**

平调《满江红》而魄力不减，既精炼，又清虚。

西子妆慢 湖上清明薄游

　流水曲尘，艳阳酷酒，画舸游情如雾。笑拈芳草不知名，乍凌波、断桥西堍。垂杨漫舞，总不解、将春系住。燕归来，问彩绳纤手，如今何许。　　欢盟误，一箭流光，又趁寒食去。不堪衰鬓着飞花，傍绿阴、冷烟

深树。玄都秀句，记前度、刘郎曾赋。最伤心，一片孤山细雨。　**大雅集**

齐 天 乐 与冯深居登禹陵

三千年事残鸦外，无言倦凭秋树。逝水移川，高陵变谷，那识当时神禹。幽云怪雨，恨萍湿空梁，夜深飞去。雁起青天，数行书似旧藏处。　　寂寥西窗坐久，故人悭会遇，同剪灯语。败藓残碑，零圭断璧，重拂人间尘土。霜红罢舞，谩山色青青，雾朝烟暮。岸锁①春船，画桥翻赛鼓。　**大雅集**

（上阕）凭吊苍茫，感慨无限。◎结足禹陵。

新雁过妆楼 秋感

梦醒芙蓉，风帘近、浑疑佩玉丁东。翠微流水，都是惜别行踪。宋玉秋花相比瘦，赋情更苦似秋浓。小黄昏，绀云暮合，不见征鸿。　　宜城当时放客，认燕泥

---

① "锁"，底本作"数"，据《梦窗词集》《词综》改。

旧迹，返照楼空。夜阑心事，灯外败壁残蛩。江寒夜枫
怨落，怕流作、题情肠断红。行云远，料淡蛾人在，秋
月香中。　**大雅集**

点 绛 唇

时霎清明，载花不过西园路。嫩阴绿树，正是春留
处。　　　燕子重来，往事东流去。征衫贮，旧寒一缕，
泪湿风帘絮。　**大雅集**

（下阕）笔意逼近美成。

桃源忆故人

越山青断西陵浦，一岸密阴疏雨。潮带旧愁生暮，
曾折垂杨处。　　　桃根桃叶当时渡，呜咽风前柔橹。燕
子不留春住，空寄离樯语。　**大雅集**

金 缕 曲　陪履斋先生沧浪看梅

乔木生云气。访中兴、英雄陈迹，暗追前事。战舰

东风慳借便，梦断神州故里。旋小筑、吴宫闲地。华表
月明归夜鹤，问当时、花竹今如此。枝上露，溅清
泪。　　　遨头小簇行春队。步苍苔、寻幽别坞，看梅开
未。重唱梅边新度曲，催发寒梢冻蕊。此心与、东君同
意。后不如今今非昔，两无言、相对沧浪水。怀此恨，
寄残醉。　**大雅集**

起五字神来。（"此心"五句）激烈语偏写得温婉，若文及翁之
"借问孤山林处士，但掉头、笑指梅花蕊。天下事，可知矣"，不免
有张眉努目之态。

《词话》卷二：梦窗《金缕曲》（陪履斋先生沧浪看梅）云：
"华表月明归夜鹤，问当时、花竹今如此。枝上露，溅清泪。"后叠
云："此心与、东君同意。后不如今今非昔，两无言、相对沧浪水。
怀此恨，寄残醉。"感慨身世，激烈语偏说得温婉，境地最高。若
文及翁之"借问孤山林处士，但掉头、笑指梅花蕊。天下事，可知
矣"，不免有张眉努目之态。

齐 天 乐 齐云楼

凌朝一片阳台影，飞来太空不去。栋与参横，帘钩
斗曲，西北城高几许。天声似语，便阊阖轻排，虹河平

溯。问几阴晴，霸吴平地漫今古。　　西山横黛瞰碧，
眼明应不到，烟际沉鹭。卧笛长吟，层霾乍裂，寒月溟
濛千树。凭虚醉舞，梦凝白阑干，化为飞雾。净洗青红，
骤飞沧海雨。　放歌集

（“卧笛”八句）状难状之景，极烟云变幻之奇。

庆 春 泽 过种山，即越文种墓。

帆落回潮，人归故国，山椒感慨重游。弓折霜寒，
机心已堕沙鸥。灯前宝剑清风断，正五湖、雨笠扁舟。
最无情，岩上闲花，腥染春愁。　　当时白石苍松路，
解勒回玉辇，雾掩山羞。木客歌阑，青春一梦荒丘。年
年古苑西风到，雁怨啼、绿水蒹秋。莫登临，几树残烟，
西北高楼。　放歌集

齐 天 乐 别情

烟波桃叶西陵路，十年断魂潮尾。古柳重攀，轻沤
骤别，陈迹危亭独倚。凉飔乍起，渺烟碛飞帆，暮山横
翠。但有江花，共临秋镜照憔悴。　　华堂烛暗送客，

眼波回盼处，芳艳流水。素骨凝冰，柔葱蘸雪，犹忆分瓜深意。清尊未洗，梦不湿行云，谩沾残泪。可惜秋宵，乱蛩疏雨里。　闲情集

遣词大雅，一洗绮罗香泽之态。

浣溪沙 春情

门隔花深梦旧游，夕阳无语燕归愁。玉纤香动小帘钩。　　落絮无声春堕泪，行云有影月含羞。东风临夜冷于秋。　闲情集

（下阕）字字凄警。

生查子 稽山对雪有感

暮云千万重，寒梦家乡远。愁见越溪娘，镜里梅花面。　　醉情啼枕冰，往事分钗燕。三月灞陵桥，心剪东风乱。　闲情集

蝶 恋 花 题华山女道士扇

北斗秋横云鬓影。莺羽衣轻，腰减青丝剩。一曲游仙闻玉磬，月华深处人初定。　　十二阑干和笑凭。风露生寒，人在莲花顶。睡重不知残酒醒，层城几度啼鸦暝。　**闲情集**

语带仙气，吐弃一切凡艳，惟"腰减"五字病俗，在全篇中不称。

《词话》卷二：梦窗题华山女道士扇（调〔蝶恋花〕）云："腰减青丝剩。"俗字俗句。

醉 落 魄 题藕花洲尼扇

春温红玉，纤衣学剪娇鸦绿。夜香烧短银屏烛。偷掷金钱，重把寸心卜。　　翠深不碍鸳鸯宿，采菱谁记当时曲。青山南畔红云北。一叶波心，明灭淡妆束。　**闲情集**

（"青山"三句）别饶仙艳，未许俗人问津。

《词话》卷二：梦窗题藕花洲尼扇（调〔醉落魄〕）云："夜香

烧短银屏烛。偷掷金钱，重把寸心卜。"此三句亦平常浅熟，意虽
非恶劣，究属疲庸，不谓梦窗蹈之。

思 佳 客 赋半面女髑髅

　　钗燕笼云睡起时，隔墙折得杏花枝。青春半面妆如
画，细雨三更花欲飞。　　轻爱别，旧相知，断肠青冢
几斜晖。乱红一任风吹起，结习空时不点衣。　　**闲情集**

　　（"细雨"据）凄丽奇警，从何处得来？

　　《词话》卷二：梦窗赋女髑髅（调〔思佳客〕）云，又题华山
女道士扇（调〔蝶恋花〕）云，又题藕花洲尼扇（调〔醉落魄〕）
云，此类命题，皆不大雅。金应珪抉词中三蔽，似此亦在俚词之
列，故为皋文所不取。然用意造句，仙思鬼境，两穷其妙。余录入
《闲情集》中，不忍没古人之美也。

点 绛 唇 试灯夜初晴

　　卷尽愁云，素娥临夜新梳洗。暗尘不起，酥润凌波
地。　　辇路重来，仿佛灯前事。情如水，小楼熏被，
春梦笙歌里。　　**别调集**

（"情如"三句）艳语不落俗套。

好事近 僧房听琴

琴冷石床云，海上偷传新曲。弹指一帘风雨，碎芭蕉寒绿。　　冰泉轻泻翠筒香，林果荐红玉。早是一分秋意，到临窗修竹。　别调集

又

飞露泻银床，叶叶怨梧啼碧。蕲竹粉莲香汗，是秋来陈迹。　　藕丝空缆宿湖船，梦阔水云窄。还系鸳鸯不住，老红香月白。　别调集

"梦阔"五字奇警。

浪淘沙 越中杨梅

绿树越溪湾，雨过云殷。西陵人去暮潮还。铅泪结成红粟颗，封寄长安。　　别味带生酸，愁忆眉山。小楼灯外楝花寒。衫袖醉痕花唾在，犹染微丹。　别调集

（"铅泪"二句）哀怨沉着，其有感于南渡耶?

唐多令

何处合成愁，离人心上秋。纵芭蕉、不雨也飕飕。都道晚凉天气好，有明月、怕登楼。　　年事梦中休，花空烟水流。燕辞归、客尚淹留。垂柳不萦裙带住，谩长是、系行舟。张叔夏云："此词疏快，不质实。"
别调集

（上阕）语浅情长，不第以疏快见长也。

青玉案

短亭芳草长亭柳，记桃叶、烟江口。今日江村重载酒。残杯不到，乱红青冢，满地闲春绣。　　翠阴曾摘梅枝嗅，还忆秋千玉葱手。红索倦将春去后。蔷薇花落，故园蝴蝶，粉薄残香瘦。　**别调集**

笔意爽朗。

又

新腔一唱双金斗，正霜落、分甘手。已是红窗人倦绣。春词裁烛，夜香温被，怕减银壶漏。　　吴天雁晓云飞后，百感情怀顿疏酒。彩扇何时翻翠袖。歌边拚取，醉魂和梦，化作梅边瘦。　**别调集**

（"吴天"句）接笔好。

玉漏迟①

絮花寒食路，晴丝罥日，绿阴吹雾。客帽欺风，愁满画船烟浦。彩柱秋千散后，怅尘锁、燕帘莺户。从闲阻，梦云无准，鬓霜如许。　　夜久绣阁藏娇，记掩扇传歌，剪灯留语。月约星期，细把花须频数。弹指一襟怨恨，漫空倩、啼鹃声诉。深院宇，黄昏杏花微雨。　**别调集**

（"彩柱"五句）遣词雅丽，用意窈曲，似梅溪手笔。

---

① 此首《绝妙好词》作楼采词，《阳春白雪》作赵闻礼词。此从《宋七家词选》。

尾 犯 中秋

绀海掣微云，金井暮凉，梧韵风息。何处楼高，想清光先得。江妃冷、冰绡乍洗，素娥欢、菱花再拭。影留人去，忍向夜深，帘户照陈迹。　　竹房苔径小，对日暮、数尽烟碧。露蓼香轻，记年时相识。二十五、声声秋点，梦不认、屏山路窄。醉魂悠飏，满地桂阴无人惜。　**别调集**

（"二十"二句）亦绮丽，亦超脱，此梦窗本色。彼讥梦窗以组织为工者，不知梦窗者也。

绛 都 春 为李筼房量珠贺

情粘舞线，怅驻马瀟桥，天寒人远。旋剪露痕，移得春娇栽琼苑。流莺长语烟中怨，恨三月、飞花零乱。艳阳归后，红藏翠掩，小坊幽院。　　谁见，新腔按彻，背灯暗、共倚筠屏葱蒨。绣被梦轻，金屋妆深沉香换。梅花重洗春风面，正溪上、参横月转。并禽飞上金沙，瑞香雾暖。　**别调集**

（"流莺"二句）雅丽中时有灵气往来。

木兰花慢 游虎丘

紫骝嘶冻草，晓云锁、岫眉颦。正蕙雪初消，松腰
玉瘦，憔悴真真。轻蔾渐穿险磴，步荒苔、犹认瘗花痕。
千古凄凉旧恨，半丘残日孤云。　　开尊，重吊吴魂，
岚翠冷、洗微醺。问几曾夜宿，月明起看，剑水星纹。
登临总成去客，更软红、先有探芳人。回首沧波故苑，
落梅烟雨黄昏。　　**别调集**

（"步荒"三句）景中带情，词意两胜。

莺　啼　序

残寒正欺病酒，掩沉香绣户。燕来晚、飞入西城，
似说春事迟暮。画船载、清明过却，晴烟冉冉吴宫树。
念羁情游荡，随风化为轻絮。　　十载西湖，傍柳系马，
趁娇尘软雾。溯洄渐、招入仙溪，锦儿偷寄幽素。倚银
屏、春宽梦窄，断红湿、歌纨金缕。暝堤空，轻把斜阳，
总还鸥鹭。　　幽兰旋老，杜若还生，水乡尚寄旅。别

后访、六桥无信，事往花萎，瘗玉埋香，几番风雨。长波妒盼，遥山羞黛，渔灯分影春江宿，记当时、短楫桃根渡。青楼仿佛，临分败壁题诗，泪墨惨淡尘土。

危亭望极，草色天涯，叹鬓侵半苎。暗点检、离痕欢唾，尚染鲛绡，蝉凤迷归，破鸾慵舞。殷勤待写，书中长恨，蓝霞辽海沉过雁，谩相思、弹入哀筝柱。伤心千里江南，怨曲重招，断魂在否。　**别调集**

此调颇不易合拍，《词律》详言之矣。兹篇操纵自如，全体精粹，空绝古今。（二阕）追叙旧欢。◎"轻把斜阳"二句，束上起下，琢句警炼。（三阕）此折序别离后事，极淋漓惨淡之致。（四阕）末段抚今追昔，悼叹无穷。（"伤心"三句）按：《招魂》乃屈原作，非宋玉作。结句"魂兮归来哀江南"，言魂归哀江之南也。哀江在今长沙湘阴县，有大哀、小哀二洲。后人误解，以为江南之地可哀，谬矣。沿用已久，习为故，然不可不辨。

蒋　捷

字胜欲，义兴人。有《竹山词》一卷。

竹山在南宋亦树一帜，然好作质实语，而力量不足。合者不过改之之匹，不能得稼轩仿佛也。

《词话》卷一：竹山词，外强中干，细看来尚不及改之。竹垞《词综》推为南宋一家，且谓其源出白石，欺人之论，吾未敢信。

《词话》卷七（刻本卷五）：蒋竹山，至元、大德间，臧、陆辈交荐其才，卒不肯起。词不必足法，人品却高绝。

贺 新 郎

渺渺啼鸦了。亘鱼天、寒生峭屿，五湖秋晓。竹几一灯人做梦，嘶马谁行古道。起搔首、窥星多少。月有微黄篱无影，挂牵牛、数朵青花小。秋太淡，添红枣。　　愁痕倚赖西风扫。被西风、翻催鬓鬒，与秋俱老。旧院隔霜帘不卷，金粉屏边醉倒。计无此、中年怀抱。万里江南吹箫恨，恨参差、白雁横天杪。烟未敛，楚山杳。**放歌集**

"嘶马"六字，似接不接。"挂牵牛"三句与通首词意不融洽，所谓外强中干也。

《词话》卷一：竹山词多不接处。如《贺新郎》云"竹几一灯人做梦"，可称警句，下接云"嘶马谁行古道"，合上下文观之，不解所谓。即云托诸梦境，无源可寻，亦似接不接。下云"起搔首、窥星多少"，盖言梦醒，下云"月有微黄篱无影"，又是警句，下接云"挂牵牛、数朵青花小。秋太淡、添红枣。"此三句无味之极，与通首词意，均不融洽，所谓外强中干也。古人脱接处，不接而接也，竹山不接处，乃真不接也。大抵刘、蒋之词，未尝无笔力，而理法气度，全不讲究，是板桥、心余辈所祖，乃词中左道。有志复古者，当别有会心也。

又

梦冷黄金屋。叹秦筝、斜鸿阵里，素弦尘扑。化作娇莺飞归去，犹认窗纱旧绿。正过雨、荆桃如菽。此恨难平君知否，似琼台、涌起弹棋局。消瘦影，嫌明烛。　　鸳楼碎泻东西玉。问芳踪、何时再展，翠钗难卜。待把宫眉横云样，描上生绡画幅。怕不是、新来妆束。彩扇红牙今都在，恨无人、解听开元曲。空掩袖，倚寒竹。　**放歌集**

（"此恨"二句）磊落英多。（"怕不"五句）曲高和寡，古今同慨。

《词话》卷十（刻本卷八）：蒋竹山《贺新郎》云，似此亦磊落可喜，竹山集中，便算最高之作。乃秀水必谓其效法白石，何异痴人说梦耶？

女 冠 子 竞渡

电旗飞舞，双双还又争渡。湘漓云外，独醒何在，
翠药红蘅，芳菲如故。深衷全未语，不似素车白马，
卷潮起怒。但悄然、千载旧迹，时有闲人吊古。
生平惯受椒兰苦，甚魄沉寒浪，更被馋蛟妒。结琼纫
璐，料贝阙隐隐，骑鲸烟雾。楚妃花倚暮，玉箫吹
了，溯陂同步。待月明洲渚，小留旌节，朗吟骚赋。
放歌集

瑞 鹤 仙 红叶

缟霜霏霁雪。渐翠波凉痕，猩浮寒血。山窗梦凄切，
短吟筇犹倚，莺边新樾。花魂未歇，似追惜、芳消艳减。
挽西风、再入柔柯，误染绀云成缬。　　休说，深题锦
翰，浅泛琼漪，暗春曾泄。情条万结，依然是，未愁绝。
最怜他，南苑空阶堆遍，人隔仙蓬怨别。锁芙蓉、小殿
秋深，碎虫诉月。　放歌集

（"缟霜"三句）造语奇丽。

满 江 红

秋本无愁，奈客里、秋偏岑寂。身老大、忏敲秦缶，
懒移陶瓽。万误曾因疏处起，一闲且向贫中觅。笑新来、
多事是征鸿，声嘹呖。　　双户掩，孤灯剔。书束架，
琴悬壁。笑人间无此，小窗幽阒。浪远微听菰叶响，雨
残细数梧梢滴。正依稀、梦到故人家，谁横笛。　**放歌集**

（"万误"二句）阅历语。◎"浪远"二句极静细，不是阒寂中
如何辨得？

《词话》卷八（刻本卷六）："浪远微听菰叶响，雨残细数梧梢
滴。"竹山《满江红》语也。上有"小窗幽阒"之句，此二语不是
阒寂中，如何辨得？竹山词多粗，惟此二语最细。

《词话》卷九（刻本卷七）：竹山词云："万误曾因疏处起，一
闲且向贫中觅。"自是阅历语，而词笔甚隽。鲁斋"书怀"词云：
"万事岂容忙里做，一安惟自闲中得。"效颦无谓。

虞 美 人 听雨

少年听雨歌楼上，红烛昏罗帐。壮年听雨客舟中，
江阔云低断雁叫西风。　　而今听雨僧庐下，鬓已星星
也。悲欢离合总无情，一任阶前点滴到天明。　**放歌集**

柳 梢 青 游女

　　学唱新腔，秋千梁上，钗股敲双。柳雨花风，翠松裙褶，红腻鞋帮。　　归来门掩银钉，淡月里、疏钟渐撞。娇欲人扶，醉嫌人问，斜倚楼窗。　**闲情集**

　　（上阕）丽语不免于俗。

一 剪 梅

　　小巧楼台眼界宽。朝卷帘看，暮卷帘看。故乡一望一心酸。云又迷漫，水又迷漫。　　天不教人客梦安。昨夜春寒，今夜春寒。梨花月底两眉攒。敲遍阑干，拍遍阑干。　**别调集**

　　竹山《一剪梅》词，"敲"与"拍"无甚分别，然其妙正在无甚分别，乃见愁人情况。必如此，乃可以不分别为工，否则差以毫厘、谬以千里。

声 声 慢 秋声

　　黄花深巷，红叶低窗，凄凉一片秋声。豆雨声来，中间夹带风声。疏疏二十五点，丽谯门、不锁更声。故人远，问谁摇玉佩，檐底铃声。　　彩角声吹月堕，渐连营马动，四起笳声。闪烁邻灯，灯前尚有砧声。知他诉愁到晓，碎哝哝、多少蛩声。诉未了，把一半、分与雁声。　　**别调集**

结得不尽，并能使通篇震动。

陈允平

字君衡，号西麓，明州人。有《日湖渔唱》二卷。

《词话》卷二：西麓亦是取法清真，集中和美成者，十有二三，想见服膺之意。特面目全别，此所谓脱胎法。◎西麓词在中仙、梦窗之间。沉郁不及碧山，而时有清超处；超逸不及梦窗，而婉雅犹过之。

《词话》卷二：西麓《绮罗香》（秋雨）云："滴入愁心，秋似玉楼人瘦。烟槛外、催落梧桐，带西风、乱捎鸳瓦。"字字锤炼，却极和雅。又《酹江月》云："隔岸人家砧杵急，微寒先到帘钩。"又《玉楼春》云："斜阳一片水边楼，红叶满天江上路。"又《蝶恋花》（柳）云："寂寞情怀如中酒，攀条恨结东风手。"又云："怅望章台愁转首，画栏十二东风旧。"俱耐人玩味。

八宝妆

望远秋平，初过雨、微茫水满烟汀。乱蒺疏柳，犹带数点残萤。待月重楼谁共倚，信鸿断续两三声。夜如何，顿凉骤觉，纨扇无情。　　还思骖鸾素约，念凤箫雁瑟，取次尘生。旧日潘郎，双鬓半已星星。琴心锦意暗懒，又争奈、西风吹恨醒。屏山冷，怕梦魂飞度，蓝桥不成。　**大雅集**

"琴心"二句，其有感于为制置司参议官时乎？然不肯仕元之意已决于此矣，正不必作激烈语。①

《词话》卷二：西麓《八宝妆》起句云："望远秋平。"起四字便耐人思，却似《日湖渔唱》词境，用作西麓全集赞语，亦无不可。

绮罗香　秋雨

雁宇苍寒，虫疏翠冷，又是凄凉时候。小揭珠帘，衣润唾花罗绉。洗晓鹭、独立衰荷，溯归燕、尚栖残柳。想黄华，羞涩东篱，断无新句到重九。　　孤棠清梦易

---

① 此评录入《词话》卷二。

觉，肠断唐宫旧曲，声迷官漏。滴入愁心，秋似玉楼人
瘦。烟槛外、催落梧桐，带西风、乱捎鸳甓。记画帘，
灯影沉沉，共栽春夜韭。　**大雅集**

（"滴入"四句）字字锤炼，却极醇雅，是西麓本色。

酹　江　月　赋水仙

汉江露冷，是谁将瑶瑟，弹向云中。一曲清泠声渐
杳，月高人在珠宫。晕额黄轻，涂腮粉艳，罗带织青葱。
天香吹散，佩环犹自丁东。　　回首杜若汀洲，金钿玉
镜，何日得相逢。独立飘飘烟浪远，罗袜羞溅春红。渺
渺予怀，迢迢良夜，三十六陂风。九疑何处，断魂飞度
千峰。　**大雅集**

张叔夏云："词欲雅而正。近时陈西麓所作，平正亦有佳者。"
夫平正则难佳，平正而有佳者，乃真佳也。三复西麓词，一切流荡
忘反之失，不化而化矣。

《词话》卷二：陈西麓词，和平婉雅，词中正轨。张叔夏云：
"词欲雅而正，志之所之，一为物所役，则失其雅正之音。近代陈
西麓所作，平正亦有佳者。"夫平正则难见其佳，平正而有佳者，

乃真佳也。求之于诗,《十九首》后,其惟陶渊明乎?词惟西麓近之。有志于古者,三复西麓词,一切流荡忘反之失,不化而化矣。

又

霁空虹雨,傍啼螀莎草,宿鹭汀洲。隔岸人家砧杵急,微寒先到帘钩。步幄尘高,征衫酒润,谁暖玉香篝。风灯微暗,夜长频换更筹。　　应是雁柱调筝,鸳梭织锦,付与两眉愁。不似樽前今夜月,几度同上南楼。红叶无情,黄花有恨,辜负十分秋。归心如醉,梦魂飞趁东流。　**大雅集**

探　春　苏堤春晓

上苑乌啼,中洲鹭起,疏钟才度云窈。篆冷香篝,灯微尘幌,残梦犹吟芳草。搔首卷帘看,认何处、六桥烟柳。翠桡才舣西泠,趁取过湖人少。　　掠水风花缭绕,还暗忆年时,旗亭歌酒。隐约春声,钿车宝勒,次第凤城开了。惟有踏青心,纵早起、不嫌寒峭。画栏闲立,东风旧红谁扫。　**大雅集**

（"搔首"二句）忧时之心，溢于言表。

秋　霁 平湖秋月

千顷玻璃，送远目斜阳，渐下林阒。题叶人归，采
菱舟散，望中水天一色。碾空桂魄，玉绳低转云无迹。
有素鸥，闲伴夜深，呼棹过环碧。　　相思万里，顿隔
婵媛，几回瑶台，同驻鸳翼。对西风、凭谁问取，人间
那得有今夕，应笑广寒宫殿窄。露冷烟澹，还看数点残
星，两行新雁，倚楼横笛。　大雅集

（"对西"七句）慷慨生哀，时政之失，隐然言外。

百　字　令 断桥残雪

凝云沍晓，正蘩花才积，荻絮初残。华表翩跹何处
鹤，爱吟人在孤山。冻解苔铺，冰融沙凳，谁凭玉勾阑。
茸衫毡帽，冷香吹上吟鞭。　　将次柳际琼消，梅边粉
瘦，添做十分寒。闲踏轻澌来荐菊，半潭新涨微澜。水
北峰峦，城阴楼观，留向月中看。巇云深处，好风飞下
晴湍。　大雅集

（"冷香"句）幽秀而清超，颇近白石。

蓦 山 溪 花港观鱼

春波浮渌，小隐桃溪路。烟雨正林塘，翠不碍、锦鳞来去。芹香藻腻，偏爱鲤花肥，檐影下，柳阴中，逐浪吹萍絮。　　宫沟泉滑，怕有题红句。钩饵已忘机，都付与、人间儿女。濠梁兴在，鸥鹭笑人痴，三湘梦，五湖心，云水苍茫处。　大雅集

（"三湘"三句）通篇就本位写，一结推开说，先生其有遗世之心乎？○一片忧时伤乱之意，诸词作于景定癸亥岁，阅十余年，宋亡矣。

齐 天 乐 南屏晚钟

赤栏桥畔斜阳外，临江暮山凝紫。戏鼓才停，渔榔乍歇，一片芙蓉秋水。余霞散绮，正银钥停关，画桡催舣。鱼板敲残，数声初入万松里。　　坡翁诗梦未老，翠微楼上月，曾共谁倚。御苑烟花，宫斜露草，几度西风弹指。黄昏尽也，有眠月闲僧，醉香游子。鹫岭猿啼，

唤人吟思起。 **大雅集**

（"御苑"三句）凄婉处雅近中仙，下视草窗《木兰花慢》十阕，直不足比数矣。

《词话》卷二：西麓西湖十咏，多感时之语，时时寄托，忠厚和平，真可亚于中仙，下视草窗十阕，直不足比数矣。如《探春》（苏堤春晓）云："搔首卷帘看，认何处、六桥烟柳。"《秋霁》（平湖秋月）云："对西风、凭谁问取，人间那得有今夕，应笑广寒宫殿窄。露冷烟澹，还看数点残星，两行新雁，倚楼横笛。"《扫花游》（雷峰夕照）云："可惜流年，付与朝钟暮鼓。"《蓦山溪》（花港观鱼）云："官沟泉滑，怕有题红句。钩饵已忘机，都付与、人间儿女。濠梁兴在，鸥鹭笑人痴，三湘梦，五湖心，云水苍茫处。"《齐天乐》（南屏晚钟）云："御苑烟花，宫斜露草，几度西风弹指。"似此之类，皆令人思，读之既久，其味弥长。诸词作于景定癸亥岁，阅十余年宋亡矣。"三湘梦"三句推开说，先生其有遗世之心乎？

《词话》卷九（刻本卷七）：题咏西湖十景，惟陈西麓感时伤事，得风人之正。草窗《木兰花慢》十阕，泛写景物，了无深义。张成子《应天长》十章，才气不逮草窗，而时有与西麓暗合处。如"苏堤春晓"云："草色旧迎雕辇，蒙茸暗香陌。""曲院荷风"云："田田处，成暗绿。正万羽、背风斜矗。乱鸥去，不信双鸳，午睡犹熟。""花港观鱼"云："禹浪未成头角，吞舟胆犹怯。湖山外，

江海匜。怕自有、暗泉流接。楚天远，尺素无期，枉误停楫。"下
云："濠梁兴，归未惬。记旧伴、袖携留摺。指鱼水，总是心期，
休怨三叠。""南屏晚钟"云："欢娱地，空浪迹。漫记省、五更闻
得。""柳浪闻莺"云："昆明事，休更说。费梦绕、建章宫阙。"
"两峰插云"云："唤醒睡龙苍角，盘空壮商翼。西湖路，成倦客。
待倩写、素缣千尺。"此类皆有亡国之感，不及西麓之深厚，固胜
似草窗作。赵闻礼录入《阳春白雪》集中，未为无见。

玉 楼 春

　　柳丝挽得秋光住，肠断骚亭离别处。斜阳一片水边
楼，红叶满天江上路。　　来鸿去雁知何数，欲问归期
朝复暮。晚风庭院倚阑干，两岸芦花飞雪絮。　**大雅集**

（"斜阳"二句）画稿。

蝶 恋 花 柳○四首录二

　　谢了梨花寒食后。剪剪轻寒，晓色侵书牖。寂寞情
怀如中酒，攀条恨结东风手。　　浅黛娇黄春色透。薄
雾轻烟，远映苏堤秀。目断章台愁举首，故人应是青青
旧。　**大雅集**

（"寂寞"二句）寓意微婉，耐人玩味。

又

落尽樱桃春去后。舞絮飞绵，扑簌穿帘牖。惜别情
怀愁对酒，翠条折赠劳纤手。　　绣幕深沉寒尚透。雨
雨晴晴，装点西湖秀。怅望章台愁转首，画阑十二东风
旧。　大雅集

清 平 乐

凤城春浅，寒压花梢颤。有约不来梁上燕，十二绣
帘空卷。　　去年共倚秋千，今年独倚阑干。误了海棠
时候，不成直待花残。　别调集

（"有约"二句）雅近元献。（"误了"二句）怨语出以婉曲之
笔，斯谓雅正。

明 月 引 和白云赵宗簿

雨余芳草碧萧萧，暗春潮，荡双桡。紫凤青鸾，旧

梦带文箫。绰约佩环风不定，云欲堕，六铢香，天外
飘。　　相思为谁兰恨销，渺湘魂，无处招。素纨犹在，
真真意、还倩谁描。舞镜空悬，羞对月明宵。镜里心心
心里月①，君去矣，旧东风，新画桥。　　别调集

骚情雅意，起七字便自精神。（"镜里"五句）曲折婉至。

一　落　索

欲寄相思愁苦，倩流红去。泪花写不断离怀，都化
作、无情雨。　　渺渺暮云江树，溪烟横素。六桥飞絮
夕阳西，总都是、春归处。　　别调集

（"泪花"二句）凄警。

唐　多　令

休去采芙蓉，秋江烟水空。带斜阳、一片征鸿。欲
顿闲愁无顿处，都着在、两眉峰。　　心事寄题红，画
桥流水东。断肠人、无奈秋浓。回首层楼归去懒，早新

---

　　①　"镜里心心心里月"，底本原作"镜里心心里月"，据《日湖渔唱》改。

月、挂梧桐。　　**别调集**

（"休去"三句）疏快中情致绵邈。

瑞 鹤 仙

燕归帘半卷，正漏约琼签，笙调玉管。蛾眉画来浅，甚春衫懒试，夜灯慵剪。香温梦暖，诉芳心、芭蕉未展。渺双波、望极空江，二十四桥凭遍。　　葱蒨，银屏彩凤，雾帐金蝉，旧家坊院。烟花弄晚，芳草恨，断魂远。对东风无语，绿阴深处，时见飞红数片。算多情、尚有黄鹂，向人睍睆。　　**别调集**

（"烟花"八句）幽情苦意，可与碧山词并读。

周 密

字公谨，济南人，侨居吴兴，自号弁阳啸翁，又号萧斋。有《草窗词》二卷，一名《蘋洲渔笛谱》。

草窗词刻意学清真，句法字法，居然逼似，惟气体终觉不逮。其高者可步武梅溪，次亦平视竹屋。

《词话》卷二：周公谨词，刻意学清真，句法字法，居然合拍。惟气体究去清真已远，其高者可步武梅溪，次亦平视竹屋。

《词话》卷二：草窗、西麓、碧山、玉田，同时并出，人品亦不甚相远。四家之词，沉郁至碧山止矣。而玉田之超逸，西麓之澹雅，亦各出其长以争胜，要皆以忠厚为主，故足感发人之性情。草窗虽工词，而感寓不及三家之正。本原一薄，结构虽工，终非正声也。◎当时草窗盛负词名，玉田次之，碧山、西麓，名则不逮，即后世知之者，亦不过数人。然千载下自有定论。一时得失，何足重轻？◎公谨《木兰花慢》（西湖十景）十章，不过无谓游词耳，《蓉塘诗话》独赏之，何也？

《词话》卷二：草窗《绝妙好词》之选，并不能强人意，当是局于一时闻见，即行采入，未窥各人全豹耳。不得以草窗所辑，一概尊之。（纪文达立论，好是古非今，《绝妙好词》一编，叹为篇篇皆善，未免以耳代目。且如殷璠所选《河岳英灵集》，以唐人选唐诗，而庸陋谬妄，不可言状，文达亦赏之，尤属不解。）

法曲献仙音 吊雪香亭梅

松雪飘寒，岭云吹冻，红破数枝春浅。衬舞台荒，浣妆池冷，凄凉市朝轻换。叹花与人凋谢，依依岁华晚。　　共凄黯，问东风、几番吹梦，应惯识当年，翠屏金辇。一片古今愁，但废绿、平烟空远。无语消魂，对斜

阳、衰草泪满。又西泠残笛，低送数声春怨。　　**大雅集**

（"一片"六句）即杜诗"回首可怜歌舞地"意，以词发之，更觉凄婉。①

探 芳 信 西泠春感

步晴昼，向水院维舟，津亭唤酒。叹刘郎重到，依依漫怀旧。东风空结丁香怨，花与人俱瘦。甚凄凉，暗草沿池，湿苔侵甃。　　桥外晚风骤，正香雪随波，浅烟迷岫。废苑尘梁，如今燕来否。翠云零落空堤冷，往事休回首。最销魂，一片斜阳恋柳。　　**大雅集**

（"废苑"二句）点缀"空梁落燕泥"句，更饶姿态。

徵 招 九日有怀杨守斋

江蓠摇落江枫冷，霜空雁程初到。万景正悲秋，奈曲终人杳。登临嗟老矣，问古今、清愁多少。一梦东园，十年心事，恍然惊觉。　　肠断，紫霞深，知音远、寂

---

① 此评录入《词话》卷二。

寂怨琴凄调。短发已无多，怕西风吹帽。黄花空自好，问谁识、对花怀抱。楚山远，九辨难招，更晚烟残照。
大雅集

骨韵苍凉，调和音雅，在梅溪、竹屋之间。

水 龙 吟 白莲

素鸾飞下青冥，舞衣半惹凉云碎。蓝田种玉，绿房迎晓，一奁秋意。擎露盘深，忆君凉夜，暗倾铅水。想鸳鸯正结，梨云好梦，西风冷、还惊起。　　应是飞琼仙会，倚凉飙、碧簪斜坠。轻妆斗白，明珰照影，红衣羞避。霁月三更，粉香千点，静闻十里。听湘弦奏彻，冰绡偷剪，聚相思泪。　**大雅集**

（"擎露"六句）镂月裁云，词意兼胜。

《词话》卷二：公谨《水龙吟》（白莲）云（"擎露"六句），词意兼胜，似此亦居然碧山矣。

疏 影 梅影

冰条冻叶，又横斜照水，一花初发。素壁秋屏，招得芳魂，仿佛玉容明灭。疏疏满地珊瑚冷，全误却、扑花幽蝶。甚美人、忽到窗前，镜里好春难折。　　闲想孤山旧事，浸清漪倒映，千树残雪。暗里东风，可惯无情，搅碎一帘香月。轻妆谁写崔徽面，认隐约、烟绡重叠。记梦回、纸帐残灯，瘦倚数枝清绝。　**大雅集**

（"暗里"五句）思深意远。

扫 花 游 九日怀归

江蓠怨碧，早过了霜花，锦空洲渚。孤螿自语，正长安乱叶，万家砧杵。尘染秋衣，谁念西风倦旅。恨无据，怅望极归舟，天际烟树。　　心事曾细数，怕水叶沉红，梦云离去。情丝恨缕，倩回纹为织，那时愁句。雁字无多，写得相思几许。暗凝伫，近重阳、满城风雨。　**大雅集**

高 阳 台 寄越中诸友

小雨分江，残寒迷浦，春容浅入蒹葭。雪霁空城，燕归何处人家。梦魂欲渡苍茫去，怕梦轻、还被愁遮。

感流年，夜汐东还，冷照西斜。　　凄凄望极王孙草，认云中烟树，鸥外春沙。白发青山，可怜相对苍华。归鸿自趁潮回去，笑倦游、犹是天涯。问东风，先到垂杨，后到梅花。　**大雅集**

（"白发"七句）幽怨得碧山意趣，但厚意不及。

甘　州 灯夕书寄二隐

渐萋萋芳草绿江南，轻晖弄春容。记少年游处，箫声巷陌，灯影帘栊。月暖烘炉戏鼓，十里步香红。欹枕听新雨，往事朦胧。　　还是江春①梦晓，怕等闲愁见，雁影西东。喜故人好在，水驿寄诗筒。数芳程、渐催花信，送归帆、知第几番风。空吟想，梅花千树，人在山中。　**大雅集**

（"空吟"三句）笔意高迈，可与玉田相鼓吹。

----

① "江春"，底本作"江南春"，据《草窗词》《词综》改。

瑶　花 琼花

朱钿宝玦，天上飞琼，比人间春别。江南江北，曾未见、谩拟梨云梅雪。淮山春晚，问谁识、芳心高洁。消几番、花落花开，老了玉关豪杰。　　金壶剪送琼枝，看一骑红尘，香度瑶阙。韶华正好，应自喜、初识长安蜂蝶。杜郎老矣，想旧事、花须能说。记少年、一梦扬州，二十四桥明月。　大雅集

（"淮山"四句）感慨苍茫，不落咏物小家数，亦中仙流亚也。（"杜郎"四句）切合大雅，文生于情。

谒 金 门

花不定，燕尾剪开红影。几点落英蜂翅趁，日迟帘幕静。　　试把翠蛾轻晕，愁薄宝台鸾镜。屈指一春将次尽，归期犹未稳。　大雅集

（"屈指"二句）怨语深婉。

好 事 近

　　轻剪楚台云，玉影半分秋月。一晌凄凉无语，对残花么蝶。　　碧天愁雁不成书，郎意似秋叶。闲展鸳绡残谱，卷泪花双叠。　大雅集

（"轻剪"二句）清丽。

声 声 慢 送王圣与次韵

　　琼壶歌月，白发簪花，十年一梦扬州。恨入琵琶，小怜重见湾头。尊前漫题金缕，奈芳情、已逐东流。还送远，甚长安乱叶，都是闲愁。　　次第重阳近也，看黄花绿酒，只合迟留。脆柳无情，不堪重系行舟。百年正消几别，对西风、休赋登楼。怎去得，怕凄凉时节，团扇悲秋。　大雅集

（"脆柳"二句）幽情苦意。

一 萼 红 登蓬莱阁有感

　　步深幽，正云黄天淡，雪意未全休。鉴曲寒沙，茂

林烟草，俯仰今古悠悠。岁华晚、飘零渐远，谁念我、同载五湖舟。磴古松斜，厓阴苔老，一片清愁。　　回首天涯归梦，几魂飞西浦，泪洒东州。故国山川，故园心眼，还似王粲登楼。最负他、秦鬟妆镜，好江山、何事此时游。为唤狂吟老监，共赋销忧。　**大雅集**

苍茫感慨，情见乎词。虽使清真、白石为之，亦无以过，当为草窗集中压卷。（下阕）悲愤。

《词话》卷二：公谨《一萼红》（登蓬莱阁有感）一阕，苍茫感慨，情见乎词，当为草窗集中压卷。虽使美成、白石为之，亦无以过，惜不多觏耳。词云。

谒 金 门 吴山观涛

天水碧，染就一江秋色。鳌戴雪山龙起蛰，快风吹海立。　　数点烟鬟青滴，一杼霞绡红湿。白鸟明边帆影直，隔江闻夜笛。　**别调集**

前半雄肆，后半淡远。山川景物，包括在寥寥数语中。

南 楼 令 秋夜次陈君衡韵

桂影满空庭，秋宵正五更。一声声、都是销凝。新雁旧蛩相应和，禁不过、冷清清。　　酒与梦俱醒，病因愁做成。展红绡、犹有余馨。暗想芙蓉城下路，花可可、雾冥冥。　别调集

浣 溪 沙

浅色初裁试暖衣，画帘斜日看花飞。柳摇蛾绿妒春眉。　　象局懒拈双陆子，宝弦愁按十三徽。试凭新燕问归期。　别调集

"双陆"、"十三"，借对甚巧。◎结句婉至。

珍 珠 帘 琉璃帘

宝阶斜转春宵飔，云屏敞、霞卷东风新霁。光照万星寒，曳冷云垂地。暗忆连昌游冶事，照炫转、荧煌珠翠。难比，是鲛人织就，冰绡清泪。　　犹记梦入瑶台，正玲珑透月，琼扉十二。细缕逗浓香，接翠蓬云气。缟

夜梨花生暖白，浸潋滟、一池春水。乘醉，恍归时人在，明河影里。　**别调集**

（"光照"二句）造语精采，其不及中仙者，词胜而意不深厚也。

赵希迈

字瑞行，号西里。

满江红

三十年前，爱买剑、买书买画。凡几度、诗坛争敌，酒兵争霸。春色秋光如可买，钱悭也不曾论价。任粗豪、争肯放头低，诸公下。　　今老大，空嗟讶。思往事，还惊诧。是和非未说，此心先怕。万事全将飞雪看，一闲且问苍天借。乐余龄、泉石在膏肓，吾非诈。　**放歌集**

粗豪中有劲直之气，词品不必高，而笔趣甚足。

《词话》卷八（刻本卷六）：赵瑞行《满江红》云，粗豪中有劲直之气，袭稼轩皮毛，亦蒋竹山流亚，宋词之最低者。（周公谨《浩然斋雅谈》内载此词。）然词品虽不高，而笔趣尚足，不过恶劣。至陆种园《满江红》（赠王正子）云："同是客，君尤苦。两人恨，凭谁诉。看囊中罄矣，酒钱何处。吾辈无端寒至此，富儿何物肥如许。脱敝裘、付与酒家娘，摇头去。"暴言竭辞，何无含蓄至此？板桥幼从种园学词，故笔墨亦与之化。

李 演

字广翁，号秋田，一作秋堂。

贺 新 凉

笛叫东风起。弄尊前、杨花小扇，燕毛初紫。万点淮峰孤角外，惊下斜阳似绮。又婉娩、一番春意。歌舞相缪愁自猛，卷长波、一洗空人世。闲热我，醉时耳。　　绿芜冷叶瓜洲市。最怜予、洞箫声尽，阑干独倚。落落东南墙一角，谁护山河万里。问人在、玉关归未。老矣青山灯火客，抚佳期、漫洒新亭泪。歌哽咽，事如水。《浩然斋雅谈》："淳祐间，丹阳太守重修多景楼，高宴落成，一时席上皆湖海名流。酒余，主人命妓持红笺征诸客词，秋田词先成，众人惊赏，为之阁笔。"　　放歌集

（"落落"七句）淋漓悲壮。此何时也，而修名胜、侈声妓以为乐乎？想太守对之应有惭色。

翁孟寅

字宾旸，号五峰。

摸 鱼 儿

卷西风、方肥塞草，带钩何事东去。月明万里关河
梦，吴楚几番风雨。江上路，二十载、头颅凋落今如许。
凉生弄麈。叹江左夷吾，隆中诸葛，谈笑已尘土。

寒汀外，还见来时鸥鹭，重来应是春暮。轻裘岘首陪登
眺，马上落花飞絮。拚醉舞，谁解道、断肠贺老江南句。
沙津少驻。举目送飞鸿，幅巾老子，楼上正凝伫。《浩然
斋雅谈》："宾旸尝游维扬，时贾师宪开帷闻，甚前席之。其归，
又置酒以饯，宾旸即席赋词云云。师宪大喜，举席间饮器凡数十
万，悉以赠之。" 放歌集

（"江上"二句）壮浪纵恣。（"拚醉"二句）精壮顿挫。

张 枢

字斗南，号窗云，又号寄闲①，循王五世孙。

———————————

① "闲"，底本作"门"，据《词综》改。

清 平 乐

凤楼人独，飞尽罗心烛。梦绕屏山三十六，依约水西云北。　　晓奁懒试脂铅，一绹鸾髻微偏。留得宿妆眉在，要教知道孤眠。　**闲情集**

（"留得"二句）苦心密意。

木兰花慢

歌尘凝燕垒，又软语、在雕梁。记剪烛调弦，翻香校谱，学品伊凉。屏山梦云正暖，放东风、卷雨入巫阳。金冷红绦孔雀，翠闲彩结鸳鸯。　　银缸，焰冷小兰房，夜悄怯更长。待采叶题诗，含情赠远，烟水茫茫。春妍尚如旧否，料啼痕、暗里浥红妆。须觅流莺寄语，为谁老却刘郎。　**闲情集**

（"屏山"二句）丽句却是雅调。

周　容

字子宽，四明人。

小 重 山

谢了梅花恨不禁，小楼羞独倚、暮云平。夕阳微放柳梢明，东风冷、眉岫翠寒生。　　无限远山青，重重遮不断、旧离情。伤春还上去年心，怎禁得、时节又烧灯。　**闲情集**

此词精绝，只写眼前景物，而愁恨连绵不解，直令读者神迷所往。

石孝友

字次仲。有《金谷遗音》一卷。

南 歌 子

乱絮飘晴雪，残花绣地衣。西园歌舞骤然稀，只有多情蝴蝶作团飞。　　旧事深琴怨，新愁减带围。倚楼凝望更依依，怕见一天风雨卷春归。　**别调集**

"骤然"二字逼人。（"西园"二句）警炼语，却极悲郁。

又

春浅梅红小，山寒岚翠薄。斜风吹雨入帘幕，梦觉南楼呜咽数声角。 歌酒工夫懒，别离情绪恶。舞衫宽尽不堪着，若比那回相见更消削。 **别调集**

（"斜风"二句）笔力老横，别具姿态。

浣溪沙

宿醉离愁慢髻鬟韩偓，绿残红豆忆前欢叔原。锦江春水寄书难叔原。 红袖时笼金鸭暖少游，小楼吹彻玉笙寒李璟。为谁和泪倚阑干李煜。 **别调集**

白雨斋词选卷九

宋词七

王沂孙

字圣与，号碧山，又号中仙，会稽人。有《碧山乐府》二卷，一名《花外集》。

王碧山词，品最高，味最厚，意境最深，力量最沉。感时伤世之言，而出以缠绵忠爱，诗中之曹子建、杜子美也。词人有此，庶几无憾。[①]

《词话》卷二：看来碧山为词，只是忠爱之忱，发于不容已，并无刻意争奇之意，而人自莫及，此其所以为高。◎碧山词，观其全体，固自高绝，即于一字一句间求之，亦无不工雅。"琼枝寸寸玉，旒檀片片香"，吾于词见碧山矣，于诗则未有所遇也。

《词话》卷二：《词选》云："碧山咏物诸篇，并有君国之忧。"自是确论。读碧山词者，不得不兼时势言之，亦是定理。或谓不宜附会穿凿，此特老生常谈，知其一不知其二。古人诗词，有不容穿凿者，有必须考镜者，明眼人自能辨之。否则徒为大言欺人，彼方

---

① 此评录入《词话》卷二，"力量最沉"作"力量最重"。

自谓识超，吾直笑其未解。◎碧山咏物诸篇，固是君国之忧，时时寄托，却无一笔犯复，字字贴切故也。就题论题，亦觉踌躇满志。

《词话》卷二：词法之密，无过清真。词格之高，无过白石。词味之厚，无过碧山。词坛三绝也。◎诗有诗品，词有词品。碧山词，性情和厚，学力精深，怨慕幽思，本诸忠厚，而运以顿挫之姿、沉郁之笔，论其词品，已臻绝顶，古今不可无一，不能有二。

《词话》卷八（刻本卷六）：周、秦词以理法胜，姜、张词以骨韵胜，碧山词以意境胜。要皆负绝世才，而又以沉郁出之，所以卓绝千古也。至陈、朱，则全以才气胜矣。

《词话》卷二：少陵每饭不忘君国，碧山亦然。然两人负质不同，所处时势又不同。少陵负沉雄博大之才，正值唐室中兴之际，故其为诗也悲以壮。碧山以和平中正之音，却值宋室败亡之后，故其为词也哀以思。推而至于《国风》《离骚》则一也。◎词有碧山，而词乃尊，否则以为诗之余事，游戏之为耳。必读碧山词，乃知词所以补诗之阙，非诗之余也。

《词话》卷二：读碧山词，须息心静气，沉吟数过，其味乃出。心粗气浮者，必不许读碧山词。◎草窗与碧山相交最久，然《绝妙好词》中所选碧山诸篇，大半皆碧山次乘，转有负于碧山。

《词话》卷八（刻本卷六）：碧山词，何尝不沉着痛快？而无处不郁，无处不厚。反复吟咏数十过，有不知涕之何从者。粗心人读之，戛釜撞瓮，何由识其真哉？

《词话》卷八（刻本卷六）：《黍离》《麦秀》之悲，暗说则深，明说则浅。曾纯甫词，（黄叔旸云：纯甫东都故老，词多感慨，如

《金人捧露盘》《忆秦娥》等曲，凄然有《黍离》之感。）如"雕阑玉砌，空余三十六离宫。"又云："繁华一瞬，不堪思忆。"又云："丛台歌舞无消息，金樽玉管空陈迹。"词极感慨，但说得太显，终病浅薄。碧山咏物诸篇，所以不可及。

《词话》卷九（刻本卷七）：咏物词至王碧山，可谓空绝古今，然亦身世之感使然，后人不能强求也。竹垞《茶烟阁体物集》二卷，纵极工致，终无关于《风》《雅》。

《词话》卷十（刻本卷八）：玉田《乐府指迷》云："诗难于咏物，词为尤难。体认稍真，则拘而不畅；摹写差远，则晦而不明。要须收纵联密，用事合题，一段意思，全在结尾，斯为绝妙。"此论亦确当。然如碧山咏物诸篇，则大矣化矣，又不仅在结尾寓意也。

《词话》卷十（刻本卷八）：赵以夫《龙山会》（九日）云："西北最关情，漫遥指、东徐南楚。黯销魂，斜阳冉冉，雁声悲苦。"感时之作，但说得太显，不耐寻味，金氏所谓鄙词也。感时伤事者，必熟读碧山词，而后可以作不平鸣。

《词话》卷十（刻本卷八）：无论诗古文词，推到极处，总以一诚为主。杜诗、韩文，所以大过人者在此。求之于词，其惟碧山乎？然自宋迄今，鲜有知者，知碧山者惟蒿庵，即皋文尚非碧山真知己也，知音不亦难哉！（此条以诚字立论，明乎此，则无聊之酬应与无病之呻吟皆可不作矣，惜不得起蒿庵一证之。）◎碧山有大段不可及处，在恳挚中寓温雅。蒿庵有大段不可及处，在怨悱中寓忠厚。而出以沉郁顿挫则一也，皆古今绝特之诣。

天　香　龙涎香

　　孤峤蟠烟，层涛蜕月，骊宫夜采铅水。讯远槎风，梦深薇露，化作断魂心字。红瓷候火，还乍识、冰环玉指。一缕萦帘翠影，依稀海天云气。　　几回殢娇半醉，剪春灯、夜寒花碎。更好故溪飞雪，小窗深闭。荀令如今顿老，总忘却、尊前旧风味。谩惜余熏，空篝素被。

词选云："碧山咏物诸篇，并有君国之忧。"庄希祖云："此词应为谢太后作，前半所指多海外事。"　**大雅集**

　　"荀令"二语必有所兴，但不知其何所指。

　　《词话》卷二：碧山《天香》（龙涎香）一阕，庄希祖云："此词应为谢太后作，前半所指多海外事。"此论正合余意。惟后叠云："荀令如今渐老，总忘却、尊前旧风味。"必有所兴，但不知其何所指。读者各以意会可也。

南　浦　春水

　　柳下碧粼粼，认曲尘乍生，色嫩如染。清溜满银塘，东风细、参差縠纹初遍。别君南浦，翠眉曾照波痕浅。再来涨绿迷旧处，添却残红几片。　　蒲萄过雨新痕，正拍拍轻鸥，翩翩小燕。帘影蘸楼阴，芳流去、应有泪珠千点。沧浪一舸，断魂重唱蘋花怨。采香幽径鸳鸯睡，谁道湔裙人远。　**大雅集**

寄慨处清丽纤徐，斯为雅正。[①] 玉田以"春水"一篇得名，用冠词集之首，以中仙此篇较之，毕竟何如？○南宋词家，白石、碧山，纯乎纯者也。梅溪、梦窗、玉田辈，大纯而小疵，能雅不能虚，能清不能厚也。[②]

无　闷 雪意

阴积龙荒，寒度雁门，西北高楼独倚。怅短景无多，乱山如此。欲唤飞琼起舞，怕搅碎、纷纷银河水。冻云一片，藏花护玉，未教轻坠。　　　清致，悄无似。有照水南枝，已换春意。误几度凭栏，莫愁凝睇。应是梨花梦好，未肯放、东风来人世。待翠管、吹破苍茫，看取玉壶天地。　**大雅集**

无限怨情，出以浑厚之笔，令人揽撷不尽。○"南枝"句中含

---

① 此评录入《词话》卷二，前引"帘影"四句。
② 此评自"南宋词家"起，录入《词话》卷二。

讥刺，当指文溪、松雪辈。

《词话》卷二：碧山《无闷》（雪意）后半阕云，无限怨情，出以浑厚之笔。惟"南枝"句中含讥刺，当指文溪、松雪辈。

眉 妩 新月

渐新痕悬柳，淡彩穿花，依约破初暝。便有团圆意，深深拜，相逢谁在香径。画眉未稳，料素娥、犹带离恨。最堪爱、一曲银钩小，宝帘挂秋冷。　　千古盈亏休问，叹谩磨玉斧，难补金镜。太液池犹在，凄凉处、何人重赋清景。故山夜永，试待他、窥户端正。看云外山河，还老桂花旧影。《词选》云："此喜君有恢复之志，而惜无贤臣也。"　**大雅集**

"渐"字、"便有"字，却是新月，寓意微而多讽。◎后半忽用纵笔，却又是虚笔，寄慨无端，别有天地，极龙跳虎卧之奇，海涵地负之观。

《词话》卷二：碧山《眉妩》《高阳台》《庆清朝》三篇，古今绝构，《词选》取之，确有特识。（录《眉妩》全首、《高阳台》《庆清朝》下阕，并《词选》评语。）右上三章，一片热肠，无穷哀感，小雅怨诽不乱，诸词有焉。以视白石之《暗香》《疏影》，亦有过之无不及。词至是，乃蔑以加矣。

庆 宫 春 水仙

明玉擎金，纤罗飘带，为君起舞回雪。柔影参差，幽芳零乱，翠围腰瘦一捻。岁华相误，记前度、湘皋怨别。哀弦重听，都是凄凉，未须弹彻。　　国香到此谁怜，烟冷沙昏，顿成愁绝。花恼难禁，酒消欲尽，门外冰澌初结。试招仙魄，怕今夜、瑶簪冻折。携盘独出，空想咸阳，故宫落月。　大雅集

（"国香"三句）凄凉哀怨，其为王清惠作乎？[①]

水 龙 吟 牡丹

晓寒慵揭珠帘，牡丹院落花开未。玉阑干畔，柳丝一把，和风半倚。国色微酣，天香乍染，扶春不起。自真妃舞罢，谪仙赋后，繁华梦、如流水。　　池馆家家芳事，记当时、买栽无地。争如一朵，幽人独对，水边

---

① 此评录入《词话》卷二，前引"岁华"五句、"国香"三句、"试招"五句。

竹际。把酒花前，剩拚醉了，醒来还醉。怕洛中、春色匆匆，又入杜鹃声里。　**大雅集**

（"扶春"四句）以清虚之笔，摹富艳之题，感慨沉至。（"怕洛"二句）一往哀怨。

《词话》卷二：碧山《水龙吟》诸篇，感慨沉至。咏牡丹云："自真妃舞罢，谪仙赋后，繁华梦、如流水。"咏海棠云："叹黄州一梦，燕宫绝笔，无人解、看花意。"感寓中出以骚雅之笔，入人自深。咏白莲云："太液荒寒，海山依约，断魂何许。"又云："三十六陂烟雨，旧凄凉、向谁堪诉。如今漫说，仙姿自洁，芳心更苦。"写出幽贞，意者亦指清惠乎？咏落叶云："渭水风生，洞庭波起，几番秋杪。想重崖半没，千峰尽出，山中路、无人到。"笔意幽冷，寒芒刺骨，其有慨于崖山乎？

又 海棠

世间无此娉婷，玉环未破东风睡。将开半敛，似红还白，余花怎比。偏占年华，禁烟才过，夹衣初试。叹黄州一梦，燕宫绝笔，无人解、看花意。　　犹记花阴同醉，小阑干、月高人起。千枝媚色，一庭芳景，清寒似水。银烛延娇，绿房留艳，夜深花底。怕明朝、小雨濛濛，便化作、燕支泪。　**大雅集**

碧山咏物诸篇，固是君国之感时时寄托，却无一笔犯复，字字贴切故也。就题论题，亦觉踌躇满志。○清真、白石间有疵累语，至碧山乃一归纯正，善学者首当服膺勿失。

又 白莲

翠云遥拥环妃，夜深按彻霓裳舞。铅华净洗，娟娟出浴，盈盈解语。太液荒寒，海山依约，断魂何许。甚人间别有，冰肌雪艳，娇无那、频相顾。　　三十六陂烟雨，旧凄凉、向谁堪诉。如今漫说，仙姿自洁，芳心更苦。罗袜初停，玉珰还解，早凌波去。试乘风一叶，重来月底，与修花谱。　**大雅集**

（"三十"五句）写出幽贞，意者亦指清惠乎？

又 落叶

晓霜初着青林，望中故国凄凉早。萧萧渐积，纷纷犹坠，门荒径悄。渭水风生，洞庭波起，几番秋杪。想重崖半没，千峰尽出，山中路、无人到。　　前度题红杳杳，溯宫沟、暗流空绕。啼螀未歇，飞鸿欲过，此时

怀抱。乱影翻窗，碎声敲砌，愁人多少。望吾庐甚处，只应今夜，满庭谁扫。　**大雅集**

（"渭水"六句）笔意幽冷，寒芒刺骨，其有慨于厓山乎？◎结得寂寞。

齐 天 乐 萤

碧痕初化池塘草，荧荧野光相趁。扇薄星流，盘明露滴，零落秋原飞磷。练裳暗近，记穿柳生凉，度荷分暝。误我残编，翠囊空叹梦无准。　　楼阴时过数点，倚栏人未睡，曾赋幽恨。汉苑飘苔，秦陵坠叶，千古凄凉不尽。何人为省，但隔水余辉，傍林残影。已觉萧疏，更堪秋夜永。　**大雅集**

（"记穿"二句）雅炼。（"汉苑"三句）感慨苍茫，深人无浅语。◎"隔水"二语，意者其指帝昺乎？

《词话》卷二：碧山《齐天乐》诸阕，哀怨无穷，都归忠厚，是词中最上乘。咏萤云："汉苑飘苔，秦陵坠叶，千古凄凉不尽。何人为省，但隔水余辉，傍林残影。"咏叹苍茫，深人无浅语。"隔水"二句，意者其指帝昺乎？

又 蝉

绿槐千树西窗悄，厌厌昼眠惊睡。饮露身轻，吟风翅薄，半剪冰笺谁寄。凄凉倦耳，谩重拂琴丝，怕寻冠珥。短梦深宫，向人犹自诉憔悴。　　残红收尽过雨，晚来频断续，都是秋意。病叶难留，纤柯易老，空忆斜阳身世。窗明月碎，甚已绝余音，尚遗枯蜕。鬓影参差，断魂清镜里。　**大雅集**

（"短梦"二句）言中有物，其指全太后祝发为尼事乎？

《词话》卷二：咏蝉首章云（"短梦"二句），言中有物，其指全太后祝发为尼事乎？后叠云（"病叶"八句），意境虽深，然所指却了然在目。

又 前题

一襟余恨宫魂断，年年翠阴庭树。乍咽凉柯，还移暗叶，重把离愁深诉。西窗过雨，怪瑶佩流空，玉筝调柱。镜暗妆残，为谁娇鬓尚如许。　　铜仙铅泪如洗，叹移盘去远，难贮零露。病翼惊秋，枯形阅世，消得斜阳几度。余音更苦，甚独抱清商，顿成凄楚。谩想熏风，

柳丝千万缕。　**大雅集**

　　合上章观之，此当指清惠改装女冠。◎"余音"数语，想有感于"太液芙蓉"一阕乎？

　　《词话》卷二：咏蝉次章起句云："一襟余恨官魂断。"下云："镜暗妆残，为谁娇鬓尚如许？"合上章观之，此当指王昭仪改装女冠。后叠云（"铜仙"九句），字字凄断，却浑雅不激烈。"余音"数语，或有感于"太液芙蓉"一阕乎？

又　赠秋崖道人西归

　　冷烟残水山阴道，家家拥门黄叶。故里鱼肥，初寒雁落，孤艇将归时节。江南恨切，问还与何人，共歌新阕。换尽秋芳，想渠西子更愁绝。　　当时无限旧事，叹繁华似梦，如今休说。短褐临流，幽怀倚石，山色重逢都别。江云冻结，算只有梅花，尚堪攀折。寄取相思，一枝和夜雪。　**大雅集**

　　起语令人魂消。（"短褐"三句）《黍离》《麦秀》之悲，"国破山河在"犹浅语也。○"山色"六字，凄绝警绝。

　　《词话》卷二：碧山赠秋崖道人西归（调〔齐天乐〕）云："冷

烟残水山阴道，家家拥门黄叶。"一起令人魂销。又云："换尽秋芳，想渠西子更愁绝。"亦不堪多诵。后叠云："短褐临流，幽怀倚石，山色重逢都别。"《黍离》《麦秀》之悲。"山色"六字，凄绝警绝。觉"国破山河在"犹浅语也。下云："江云冻折，算只有梅花，尚堪攀折。"此亦必有所指，骨韵高绝。玉田感伤处，亦自雅正，总不及碧山之厚。

八 六 子

洗芳林，几番风雨，匆匆老尽春禽。渐薄润侵衣不断，嫩凉随扇初生，晚窗自吟。　　沉沉，幽径芳寻。晻霭苔香帘静，萧疏竹影庭深。谩淡却蛾眉，晨妆慵扫，宝钗虫散，绣衾鸾破，当时暗水和云泛酒，空山留月听琴。料如今，门前数重翠阴。　**大雅集**

（"谩淡"八句）宛雅幽怨。

《词话》卷二：碧山《八六子》云（"谩淡"八句），宛雅幽怨，殊耐人思。

法曲献仙音 聚景亭梅，次草窗韵。

层绿峨峨，纤琼皎皎，倒压波痕清浅。过眼年华，

动人幽意，相逢几番春换。记唤酒、寻芳处，盈盈褪妆
晚。　　已悲婉，况凄凉、近来离思，应忘却、明月夜
深归辇。荏苒一枝春，恨东风、人似天远。纵有残花①，
洒征衣、铅泪都满。但殷勤折取，自遣一襟幽怨。　　**大
雅集**

　　高似孙《过聚景园》诗云："翠华不向苑中来，可是年年惜露
台。水际春风寒漠漠，官梅却作野梅开。"可谓凄怨。读碧山此词，
更觉哀婉。

　　《词话》卷二："翠华不向苑中来，可是年年惜露台。水际春
风寒漠漠，官梅却作野梅开。"高似孙《过聚景园》诗也，可谓
凄怨。碧山《法曲献仙音》（聚景亭梅次草窗韵）云，较高诗更
觉凄婉。

扫 花 游 绿阴

　　小庭荫碧，遇骤雨疏风，剩红如扫。翠交径小，问
攀条弄蕊，有谁重到。谩说青青，比似花时更好。怎知
道，自一别汉南，遗恨多少。　　清昼人悄悄，任密护
帘寒，暗迷窗晓。旧盟误了，又新枝嫩子，总随春老。

———————————

　　① "残花"，底本作"残花酒"，据《花外集》《宋七家词选》改。

渐隔相思，极目长亭路杳。揽怀抱，听蒙茸、数声啼鸟。　　**大雅集**

（"旧盟"三句）寄托深婉。

又 秋声

商飙乍发，渐淅淅初闻，萧萧还住。顿惊倦旅，背青灯吊影，起吟愁赋。断续无凭，试立荒庭听取。在何许，但落叶满阶，惟有高树。　　迢递归梦阻，正老耳难禁，病怀凄楚。故山院宇，想边鸿孤唳，砌蛩私语。数点相和，更着芭蕉细雨。避无处，这闲愁、夜深尤苦。　　**大雅集**

前半隐括永叔《秋声赋》，后半则自写身世飘零之感。

长亭怨慢 重过中庵故园

泛孤艇、东皋过遍，尚记当时，绿阴庭院。屐齿莓阶，酒痕罗袖事何限。欲寻前迹，空惆怅、成秋苑。自约赏花人，别后总、风流云散。　　水远，问水流何处，

却是乱山尤远。天涯梦短，想忘了、绮疏吟伴。望不尽、
冉冉斜阳，抚乔木、年华将晚。但数点红英，犹识西园
凄婉。　**大雅集**

（"天涯"四句）感慨系之。

庆 清 朝 榴花

玉局歌残，金陵句绝，年年负却熏风。西邻窈窕，
独怜入户飞红。前度绿阴载酒，枝头色比似裙同。何须
拟，蜡珠作蒂，湘彩成丛。　　谁在旧家殿阁，自太真
仙去，扫地春空。朱旛护取，如今应误花工。颠倒绛英
满径，想无车马到山中。西风后，尚余数点，还胜春浓。
《词选》云："此言乱世尚有人才，惜世不用也。不知其何所
指。"　**大雅集**

低回婉转，姿态横生。《小雅》怨诽不乱，此词有焉。○美成、
少游，词坛领袖也，所可议者，时有俚语耳。白石亦间有此病。故
大雅一席，终让碧山。

《词话》卷二：少游、美成，词坛领袖也。所可议者，好作艳
语，不免于俚耳。故大雅一席，终让碧山。◎白石词，雅矣，正

矣，沉郁顿挫矣。然以碧山较之，觉白石犹有未能免俗处。

高 阳 台

残雪庭除，轻寒帘影，霏霏玉管春葭。小帖金泥，
不知春是谁家。相思一夜窗前梦，奈个人、水隔天遮。
但凄然，满树幽香，满地横斜。　　江南自是离愁苦，
况游骢古道，归雁平沙。怎得银笺，殷勤与说年华。如
今处处生芳草，纵凭高、不见天涯。更消他，几度东风，
几度飞花。《词选》云："此伤君臣晏安，不思国耻，天下将亡
也。"又云："此题应是'梅花'。"　**大雅集**

无限哀怨，一片热肠，反复低回，不能自已，以视白石之《暗
香》《疏影》，亦有过之无不及。词至是，乃蔑以加矣。○词有碧
山，而词乃尊，以其品高也。古今不可无一，不能有二。○词法莫
密于清真，词理莫深于少游，词笔莫超于白石，词品莫高于碧山，
皆圣于词者。

《词话》卷二：词法莫密于清真，词理莫深于少游，词笔莫超
于白石，词品莫高于碧山，皆圣于词者。而少游时有俚语，清真、
白石，间亦不免，至碧山乃一归雅正。后之为词者，首当服膺勿
失，一切游词滥语，自无从犯其笔端。

又 西麓陈君衡远游未还，周公谨
有怀人之赋，倚歌和之。

驼褐轻装，狨鞯小队，冰河夜渡流澌。朔雪平沙，
飞花乱拂蛾眉。琵琶已是凄凉调，更赋情、不比当时。
想如今，人在龙庭，初劝金卮。　　一枝芳信应难寄，
向山边水际①，独抱相思。江雁孤回，天涯人自归迟。归
来依旧秦淮碧，问此愁、还有谁知。对东风，空似垂杨，
零乱千丝。　**大雅集**

上半叙远游未还，是悬揣之词；下半言归来情事，是逆料
之词。

又

残萼梅酸，新沟水绿，初晴节序暄妍。独立雕阑，
谁怜枉度华年。朝朝准拟清明近，料燕翎、须寄银笺。
又争知，一字相思，不到吟边。　　双蛾懒扫青鸾冷，
任花阴寂寂，掩户闲眠。屡卜佳期，无凭却恨金钱。何
人寄与天涯信，趁东风、急整归船。纵飘零，满院杨花，

---

① "山边水际"，底本作"水边山际"，据《花外集》《词综》改。

犹是春前。　**大雅集**

（"屡卜"七句）幽情苦绪，耐人寻味。

《词话》卷二：碧山《高阳台》云（"屡卜"七句），幽情苦绪，味之弥永。

三 姝 媚 次周公谨故京送别韵

兰缸花半绽，正西窗凄凄，断萤新雁。别久逢稀，谩相看华发，共成销黯。总是飘零，更休赋、梨花秋苑。何况如今，离思难禁，俊才都减。　　今夜山高江浅，又月落帆空，酒醒人远。彩袖乌丝，解愁人惟有，断歌幽婉。一信东风，再约看、红腮青眼。只恐扁舟西去，蘋花弄晚。　**大雅集**

（"总是"五句）中有幽怨，涉笔便深。

琐 窗 寒

趁酒梨花，催诗柳絮，一窗春怨。疏疏过雨，洗尽满阶芳片。数东风、二十四番，几番误了西园宴。认小帘朱户，不如飞去，旧巢双燕。　　曾见，双蛾浅，自别后多应，黛痕不展。扑蝶花阴，怕看题诗团扇。试凭他、流水寄情，溯红不到春更远。但无聊、病酒厌厌，夜月荼蘼院。　大雅集

（"数东"五句）此词绝似陈西麓，但骨韵过之。（"试凭"四句）低徊宕往。

花　犯　苔梅

古婵娟，苍鬖素靥，盈盈瞰流水。断魂十里，叹绀缕飘零，难系离思。故山岁晚谁堪寄，琅玕聊自倚。漫记我、绿蓑冲雪，孤舟寒浪里。　　三花两花破蒙茸，依依似有恨，明珠轻委。云卧稳，蓝衣正、护春憔悴。罗浮梦、半蟾挂晓，么凤冷、山中人乍起。又唤取、玉奴归去，余香空翠被。　大雅集

（"三花"七句）幽索得屈、宋遗意。[①]

---

① 此评录入《词话》卷二，"幽索"作"笔意幽索"。

青房并蒂莲

醉凝眸，是楚天秋晓，湘岸云收。草绿兰红，浅浅小汀洲。芰荷香里鸳鸯浦，恨菱歌、惊起眠鸥。望去帆，一片孤光，棹声伊轧橹声柔。　　愁窥汴堤翠柳，曾舞送当时，锦缆龙舟。拥倾国、纤腰皓齿，笑倚迷楼。空令五湖夜月，也羞照、三十六宫秋。正朗吟，不觉回桡，水花枫叶两悠悠。　大雅集

结七字淡而有味。

绮 罗 香

屋角疏星，庭阴暗水，犹记藏鸦新树。试折梨花，行入小栏深处。听粉片、簌簌飘阶，有人在、夜窗无语。料如今，门掩孤灯，画屏尘满断肠句。　　佳期浑似逝水，还见梧桐几叶，轻敲朱户。一片秋声，应做两边愁绪。江路远、归雁无凭，写绣笺、倩谁将去。漫无聊，犹掩芳尊，醉听深夜雨。　大雅集

（"一片"四句）精警。

又 红叶

玉杵余丹，金刀剩彩，重染吴江孤树。几点朱铅，几度怨啼秋暮。惊旧梦、绿鬟轻凋，诉新恨、绛唇微注。最堪怜，同拂新霜，绣蓉一镜晚妆妒。　　千林摇落渐少，何事西风老色，争妍如许。二月残花，空误小车山路。重认取、流水荒沟，怕犹有、寄情芳语。但凄凉，秋苑斜阳，冷枝留醉舞。　大雅集

（"千林"七句）此词亦有所刺。（"但凄"三句）结亦有所寓。

望　梅

画栏人寂，喜轻盈照水，犯寒先坼。袅数枝、云缕鲛绡，露浅浅涂黄，汉宫娇额。剪玉裁冰，已占断、江南春色。恨风前素艳，雪里暗香，偶成抛掷。　　如今眼穿故国，待拈花弄蕊，时话思忆。想陇头、依约飘零，甚千里芳心，杳无消息。粉怯珠愁，又只恐、吹残羌笛。正斜飞、半窗晓月，梦回陇驿。　大雅集

（"剪玉"五句）寄慨往事。（下阕）惓惓故国，忠爱之心油然感人，作少陵诗读可也。①

一 萼 红　丙午春赤城山中题梅花卷

玉婵娟，甚春余雪尽，犹未跨青鸾。疏萼无香，柔条独秀，应恨流落人间。记曾照、黄昏淡月，渐瘦影、移上小阑干。一点清魂，半枝寒色，芳意班班。　　重省嫩寒清晓，过断桥流水，问讯孤山。冰骨微销，尘衣不浣，相见还误轻攀。未须讶、东南倦客，掩铅泪、看了又重看。故国吴天树老，雨过风残。　　大雅集

（下阕）身世之感，君国之恨，一一如见。②

又　石屋探梅

思飘飘，拥仙姝独步，明月照苍翘。花候犹迟，庭阴不扫，门掩山意萧条。抱芳恨、佳人分薄，似未许、芳魄化春娇。雨涩风悭，雾轻波细，湘梦迢迢。　　谁

---

① 此评录入《词话》卷二，"寄慨往事"后有"必有所指"。
② 此评录入《词话》卷二，尚录"疏萼"三句。

伴碧樽雕俎，笑琼肌皎皎，绿鬓萧萧。青凤啼空，玉龙舞夜，遥睇河汉光摇。未须赋、疏香淡影，且同倚、枯藓听吹箫。听久余音欲绝，寒透鲛绡。　**大雅集**

（"似未许"句）托志孤高。

疏　影 梅影

　　琼妃卧月，任素裳瘦损，罗带重结。石径春寒，碧藓参差，相思曾步芳靥。离魂分破东风恨，又梦入、水孤云阔。算如今、也厌娉婷，带了一痕残雪。　　犹记冰奁半掩，冻枝画未就，归棹轻折。几度黄昏，忽到窗前，重想故人初别。苍虬欲卷涟漪去，漫蜕却、连环香骨。早又是、翠荫蒙茸，不似一枝清绝。　**大雅集**

　　碧山咏梅之作最多，篇篇皆有寓意，出入《风》《骚》，高不可及。

　　《词话》卷二：碧山《疏影》（梅）云（"篱根"二句、下阕），幽情苦绪，味之弥永。

更 漏 子

日衔山，山带雪，笛弄晚风残月。湘梦断，楚魂迷，金河秋雁飞。　　别离心，思忆泪，锦带已伤憔悴。蛩韵急，杵声寒，征衣不用宽。　大雅集

醉 落 魄

小窗银烛，轻鬟半拥钗横玉。数声春调清真曲，拂拂朱帘，残影乱红扑。　　垂杨学画蛾眉绿，年年芳草迷金谷。如今休把佳期卜，一掬春情，斜月杏花屋。　大雅集

（"如今"三句）宛丽中见幽怨。

《词话》卷九（刻本卷七）：碧山《醉落魄》云（下阕），婉丽中见幽怨，殆亦借题言志耶？

踏 莎 行　题草窗诗卷

白石飞仙，紫霞凄调。断歌人听知音少。几番幽梦欲回时，旧家池馆生青草。　　风月交游，山川怀抱。

凭谁说与春知道。空留离恨满江南，相思一夜蘋花老。
大雅集

声声慢

啼螀门静，落叶阶深，秋声又入吾庐。一枕新凉，西窗晚雨疏疏。旧香旧色换却，但满川、残柳荒蒲。茂陵远，任岁华冉冉，老尽相如。　　昨夜西风初起，想莼边呼棹，桔后思书。短景凄然，残歌空扣铜壶。当时送行共约，雁归时、人赋归欤。雁归也，问人归、如雁也无。　**大雅集**

此篇以疏淡之笔，状凄恻之情，绝有姿态。

摸鱼子

洗芳林、夜来风雨，匆匆还送春去。方才送得春归了，那又送君南浦。君听取，怕此际、春归也过吴中路。君行到处。便快折河边，千条翠柳，为我系春住。
春还住，休索吟春伴侣，残花今已尘土。姑苏台下烟波远，西子近来何许。能换否，又只恐、残春到了无凭据。

烦君妙语，更为我且将春，连花带柳，写入翠笺句。　大
雅集

中仙词惟此篇最疏快，风骨稍低，情词却妙。①

又　莼

　　玉帘寒、翠丝微断，浮空清影零碎。碧芽也抱春洲
怨，双卷小缄芳字。还又似，系罗带相思，几点青钿缀。
吴中旧事，怅酪乳争奇，鲈鱼漫好，谁与共秋醉。
江湖兴，昨夜西风又起，年年轻误归计。如今不怕归无
准，却怕故人千里。何况是，正落日垂虹，怎赋登临意。
沧浪梦里，纵一舸重游，孤怀暗老，余恨渺烟水。　大
雅集

（"江湖"五句）疏淡中见沉着，笔意自高。

《词话》卷九（刻本卷七）：碧山咏莼云："碧芽也抱春洲怨，
双卷小缄芳字。"下云："江湖兴，昨夜西风又起。年年轻误归计。
如今不怕归无准，却怕故人千里。"玉田《长亭怨》云："故人何
许，浑忘了、江南旧雨。"下云："如今又、京国寻春，定应被、薇

① 此评录入《词话》卷二，"中仙词"作"《花外集》中"。

花留住。"自甘终隐，而亦不愿其友之枉道徇人，同一用意忠厚。

如 梦 令

妾似春蚕抽缕，君似筝弦移柱。无语结同心，满地落花飞絮。归去，归去，遥指乱云遮处。　**别调集**

（"无语"二句）意有所兴，总不作一浅语。

金 盏 子

雨叶吟蝉，露草流萤，岁华将晚。对静夜无眠，稀星散、时度绛河清浅。甚处画角凄凉，引轻寒催燕。西楼外，斜月未沉，风急雁行吹断。　　此际怎消遣，要相见、除非待梦见。盈盈洞房泪眼，看人似、冷落过秋纨扇。痛惜小院桐阴，空啼鸦零乱。厌厌地，终日为伊，香愁粉怨。　**别调集**

碧山此调，与梅溪、梦窗、竹山所作互异，上半阕少一字，下半阕少两字。"风急"当句绝，而文气不顺，姑以"沉"字句绝。红友未见此词，《词律》中失证矣。

锁 窗 寒

出谷莺迟，踏沙雁少，孅阴庭宇。东风似水，尚掩沉香双户。怅莓阶、雪痕乍铺，那回已趁飞梅去。奈柳边占得，一庭新暝，又还留住。 前度，西园路，记半袖争持，斗娇眉妩。琼肌暗怯，醉立千红深处。问如今、山馆水村，共谁翠幄熏蕙炷。最难禁、向晚凄凉，化作梨花雨。 **别调集**

（"琼肌"二句）警动。

一 萼 红 红梅

剪丹云，怕江皋路冷，千叠护清芬。弹泪绡单，凝妆枕重，惊认消瘦冰魂。为谁趁、东风换色，任绛雪、飞满绿罗裙。吴苑双身，蜀城高髻，忽到柴门。 欲寄故人千里，恨燕脂太薄，寂寞春痕。玉管难留，金尊易泣，几度残醉纷纷。漫重记、罗浮梦觉，步芳影、如宿杏华村。一树珊瑚淡月，独照黄昏。 **别调集**

（"欲寄"六句）深人无浅语。◎结寓意高远。

扫 花 游 绿阴

满庭嫩碧，渐密叶迷窗，乱枝交路。断红甚处，但匆匆换得，翠痕无数。暗影沉沉，静锁清和院宇。试凝伫，怕一点旧香，犹在高树。　　浓阴知几许，且拂簟清眠，引筇闲步。杜郎老去，算寻芳较晚，倦怀难赋。纵胜花时，到了愁风怨雨。短亭暮，漫青青、怎遮春去。　　**别调集**

（"试凝"三句）托体高远。

张　炎

字叔夏，循王俊裔，居临安，自号乐笑翁。有《玉田词》三卷，郑思肖为之序。

玉田词感时伤事，与碧山同一机轴，沉厚微逊碧山，其高者颇有姜白石意趣。

《词话》卷二：张玉田词，如并剪哀梨，爽豁心目，故诵之者多，至谓可与白石老仙相鼓吹。（仇仁近语。）惟精警处多，沉厚处少，自是雅音，尚非白石之匹。◎玉田词感伤时事，与碧山同一机轴，只是沉厚不及碧山。◎碧山、玉田，多感时之语，本原相同，而用笔互异。碧山沉郁处多，超脱处少，玉田反是。终以沉郁为胜。◎两宋词人，玉田多所议论，其所自著，亦可收南宋之终，沉厚微逊碧山，其高者颇有姜白石意趣，后遂鲜有知音矣。

《词话》卷二：玉田工于造句，每令人拍案叫绝。如《忆旧游》（大都长春宫）云："古台半压琪树，引袖拂寒星。"结云："鹤衣散影都是云。"《壶中天》（夜渡古黄河）云："扣舷歌断，海蟾飞上孤白。"《渡江云》（山阴久客寄王菊存）云："山空天入海，倚楼望极，风急暮潮初。"《湘月》（山阴道中）云："疏风迎面，湿衣原是空翠。"《清平乐》云："只有一枝梧叶，不知多少秋声。"《甘州》（饯沈尧道并寄赵学舟）云："短梦依然江表，老泪洒西州。一字无题处，落叶都愁。"后叠云："折芦花赠远，零落一身秋。"又前调（饯草窗西归）云："料瘦筇归后，闲锁北山云。"《台城路》（为湖天赋）云："夜气浮山，晴晖荡目，无寻秋处。"又前调（寄太白山人陈又新）云："虚沙动月，叹千里悲歌，唾壶敲缺。"后叠云："回潮似咽，送一点愁心，故人天末。江影沉沉，夜凉鸥梦阔。"《长亭怨》（饯菊泉）云："记横笛、玉关高处，万叠沙寒，雪深无路。"《西子妆》（江上）云："杨花点点是春心，替风前、万花吹泪。"结云："漫依依，愁落鹃声万里。"又《忆旧游》（寄友）云："一叶江心冷，望美人不见，隔浦难招。认得旧时鸥鹭，重过月明桥。"又前调（登蓬莱阁）云："海日生残夜，看卧龙和梦，飞入秋冥。还听水声东去，山冷不生云。"此类皆精警无匹，然不及碧山处正在此。盖碧山已几于浑化，并无惊奇可喜之句令人叹赏，所以为高，所以为大。

南　浦 春水

波暖绿粼粼，燕飞来、好是苏堤才晓。鱼没浪痕圆，
流红去、翻笑东风难扫。荒桥断浦，柳阴撑出扁舟小。
回首池塘青欲遍，绝似梦中芳草。　　和云流出空山，
甚年年净洗，花香不了。新绿乍生时，孤村路、犹忆那
回曾到。余情渺渺，茂林觞咏如今悄。前度刘郎从去后，
溪上碧桃多少。　　**大雅集**

玉田以此词得名，用冠集首。然此词虽佳，尚非玉田压卷，知
音者审之。〇后半有所指而言，自觉深情绵邈。

《词话》卷二：玉田以"春水"一词得名，用冠词集之首。此
词深情绵邈，意余于言，自是佳作。然尚非乐笑翁压卷，知音者
审之。

忆旧游 大都长春宫，即旧之太极宫也。

看方壶拥翠，太极垂光，积雪初晴。闾阖开黄道，
正绿章封事，飞上层青。古台半压琪树，引袖拂寒星。
见玉冷闲波，金明邃宇，人住深清。　　幽寻，自来去，
对华表千年，天籁无声。别有长生路，看花开花落，何

处无春。露台深锁丹气，隔水唤青禽。尚记得归时，鹤衣散影都是云。　**大雅集**

（"古台"二句）直是仙笔。（下阕）古艳幽香，别饶感喟。

又 新朋故侣，诗酒迟留，吴山苍苍，
渺渺兮余怀也。寄沈尧道诸公。

记开帘送酒，隔水悬灯，款语梅边。未了清游兴，
又飘然独去，何处山川。淡风暗收榆荚，吹下沈郎钱。
叹客里光阴，消磨艳冶，都在尊前。　　留连，殢人处，
是镜曲窥莺，兰沼围泉。醉拂珊瑚树，写百年幽恨，分
付吟笺。故乡几回飞梦，江雨夜凉船。纵忘却归期，千
山未必无杜鹃。　**大雅集**

又 寄友

记琼筵卜夜，锦槛移春，同恼莺娇。暗水流花径，
正无风院落，银烛迟销。闹枝浅压鬓鬟，香脸泛红潮。
甚如此游情，还将乐事，轻趁冰消。　　飘零又成梦，
但长歌袅袅，柳色迢迢。一叶江心冷，望美人不见，隔

浦难招。旧时认得鸥鹭，重过月明桥。溯万里天风，清声漫忆何处箫。　**大雅集**

（"一叶"五句）措语超脱而幽秀。

又 登蓬莱阁

问蓬莱何处，风月依然，万里江清。休说神仙事，便神仙纵有，即是闲人。笑我几番醒醉，石磴扫松阴。任狂客难招，采芳谁赠，且自微吟。　　俯仰成陈迹，叹百年谁在，阑槛孤凭。海日生残夜，看卧龙和梦，飞入秋冥。还听水声东去，山冷不生云。正目极空寒，萧萧汉柏愁茂陵。　**大雅集**

后阕愈唱愈高，是玉田真面目。

壶中天 夜渡古黄河，与沈尧道、曾子敬同赋。

扬舲万里，笑当年底事，中分南北。须信平生无梦到，却向而今游历。老柳官河，斜阳古道，风定波犹直。野人惊问，泛槎何处狂客。　　迎面落叶萧萧，水流沙

共远，都无行迹。衰草凄迷秋更绿，惟有闲鸥独立。浪挟天浮，山邀云去，银浦横空碧。扣舷歌断，海蟾飞上孤白。　**大雅集**

（"扬舲"三句）豪情壮采，如太原公子褐裘而来。◎《词综》作"落叶"。《词选》作"绿叶"，误。"绿"字与"萧萧"字不联属，亦犯下"秋更绿"字。○结句，眼前景写得奇警。

湘　月　余载书往来山阴道中，每以事夺，不能尽兴。戊子冬晚，与徐平野、王中仙曳舟溪上，天空水寒，古意萧飒。中仙有词雅丽，平野作《晋雪图》，亦清逸可观。余述此调。

行行且止，把乾坤收入，篷窗深里。星散白鸥三四点，数笔横塘秋意。岸嘴冲波，篱根受叶，野径通村市。疏风迎面，湿衣原是空翠。　　堪叹敲雪门荒，争棋墅冷，苦竹鸣山鬼。纵使如今犹有晋，无复清游如此。落日沙黄，远天云淡，弄影芦花外。几时归去，剪取一半烟水。　**大雅集**

胸襟高旷，气象超逸，可与白石把臂入林。

高阳台 西湖春感

接叶巢莺，平波卷絮，断桥斜日归船。能几番游，看花又是明年。东风且伴蔷薇住，到蔷薇、春已堪怜。更凄然，万绿西泠，一抹荒烟。　　当年燕子知何处，但苔深韦曲，草暗斜川。见说新愁，如今也到鸥边。无心再续笙歌梦，掩重门、浅醉闲眠。莫开帘，怕见飞花，怕听啼鹃。　**大雅集**

凄凉幽怨，郁之至，厚之至，似此真不减王碧山矣。

《词话》卷二：玉田《高阳台》（西湖春感）一章，凄凉幽怨，郁之至，厚之至，与碧山如出一手，乐笑翁集中，亦不多觏。词云。

浪淘沙 作墨水仙寄张伯雨

香雾湿云鬟，蕊佩珊珊。酒醒微步晚波寒。金鼎尚存丹已化，雪冷虚坛。　　游冶未知还，鹤怨空山。潇湘无梦绕丛兰。碧海茫茫归不去，却在人间。　**大雅集**

（"金鼎"二句）词意凄怨，幽冷刺骨。

清 平 乐

候蛩凄断，人语西风岸。月落沙平江似练，望尽芦花无雁。　　暗教愁损兰成，可怜夜夜关情。只有一枝梧叶，不知多少秋声。　**大雅集**

《绝妙好词笺》注作赠陆辅之家妓卿卿作。后二句云："可怜瘦损兰成，多情应为卿卿。"殊病俚浅。兹从戈选《七家词》本。

渡 江 云　山阴久客，一再逢春。回忆西湖，渺然愁思。王菊存问予近作，书以寄之。

山空天入海，倚楼望极，风急暮潮初。一帘鸠外雨，几处闲田，隔水动春锄。新烟禁柳，想如今、绿到西湖。犹记得、当年深隐，门掩两三株。　　愁余，荒洲古溆，断梗疏萍，更漂流何处。空自觉、围羞带减，影怯灯孤。长疑即见桃花面，甚近来、翻致无书。书纵远，如何梦也都无。　**大雅集**

（"山空"三句）笔力雄苍。（"长疑"四句）一层紧一层，情词凄侧。

渡江云 次赵元父韵

锦香缭绕地，深灯挂壁，帘影浪花斜。酒船归去后，转首河桥，那处认纹纱。重盟镜约，还记得、前度秦嘉。惟只有、叶题堪寄，流不到天涯。　　惊嗟，十年心事，几曲阑干，想萧娘声价。闲过了、黄昏时候，疏柳啼鸦。浦潮夜涌平沙白，问断鸿、知落谁家。书又远，空江片月芦花。　大雅集

（"浦潮"四句）落落清超。

迈陂塘

爱吾庐、傍湖千顷，苍茫一片清润。晴岚暖翠融融处，花影倒窥天镜。沙浦迥，看野水涵波，隔柳横孤艇。眠鸥未醒。甚占得莼乡，都无人见，斜照起春暝。
休重省，莫问山中秦晋，桃源今度难认。林间却是长生路，一笑原非捷径。深更静，待散发吹箫，鹤背天风冷。凭高露饮。正碧落尘空，光摇半壁，月在万松顶。　大雅集

（"休重"五句）亦凄婉，亦超逸，圆美流转，脱手如丸。（"深更"七句）飘飘有凌云之志，"振衣千仞冈"无此超远。

《词话》卷二：玉田《迈陂塘》后半阕云，沉郁以清超出之，飘飘有凌云之意，冲厚虽不及碧山，然自出草窗、西麓上。

甘　州　饯草①窗西归

记天风飞佩紫霞边，顾曲万花深。怪相如游倦，杜陵愁老，还叹飘零。短梦恍然今昔，故国十年心。回首三三径，松竹成阴。　　不恨片帆南浦，只恨剪灯听雨，谁伴孤吟。料瘦筇归后，闲锁北山云。是几番、柳边行色，是几番、同醉古园林。烟波远，笔床茶灶，何处逢君。　　**大雅集**

（"料瘦"二句）精炼。○玉田警句极多，不可枚举，然不及碧山处正在此。盖碧山几于浑化，并无警奇可喜之句令人悦目，所以为高，所以为大。

又　和袁静春入杭韵

听江湖夜雨十年灯，孤影向中洲。对荒凉茂苑，吟

---

①　"草"，底本作"梦"，据《绝妙好词》改。

情渺渺，心事悠悠。见说寒梅犹在，无处认西楼。招取
楼边月，同载扁舟。　　明日琴书何处，正风前坠叶，
草外闲鸥。甚消磨不尽，惟有古今愁。总休问、西湖南
浦，渐春来、烟水接天流。清游好，醉招黄鹤，一啸高
秋。　**大雅集**

又　庚寅岁，沈尧道同余北归，各处杭、越。逾岁，尧道
　　来问寂寞，语笑数日，又复别去，赋此，并寄赵学舟。

记玉关踏雪事清游，寒气敝貂裘。傍枯林古道，长
河饮马，此意悠悠。短梦依然江表，老泪洒西州。一字
无题处，落叶都愁。　　载取白云归去，问谁留楚佩，
弄影中洲。折芦花赠远，零落一身秋。向寻常、野桥流
水，待招来、不是旧沙鸥。空怀感，有斜阳处，却怕登
楼。　**大雅集**

（“短梦”四句）苍凉怨壮，盛唐人悲歌之诗不是过也。◎“折
芦花”十字警绝。

台 城 路　送周方山之吴

朗吟未了西湖酒，惊心又歌南浦。折柳官桥，呼船

野渡，还听垂虹风雨。漂流最苦，况如此江山，恁时情绪。怕有鸱夷，笑人何事载诗去。　　荒台只今在否，登临休望远，都是愁处。暗草埋沙，明波洗月，谁念天涯羁旅。荷阴未暑，快料理归程，再盟鸥鹭。只恐空山，近来无杜宇。　　**大雅集**

字字洗炼而无斧凿痕，此白石之妙也。

又　为湖天赋

扁舟忽过芦花浦，闲情便随鸥去。水国吹箫，虹桥问月，西子如今何许。危栏漫抚，正独立苍茫，半空飞露。倒影虚明，洞庭波映广寒府。　　鱼龙吹浪自舞，划然凌万顷，如听风雨。夜气浮山，晴晖荡目，一色无寻秋处。鸥凫自语，尚记得当时，散人来否。胜景平分，此心游太古。　　**大雅集**

满眼是秋，却云"无寻秋处"，警绝，奇绝。○《词综》脱去"一色"二字，兹从戈选《七家词》本。然去此二字，似更精警，惜于调不合。

又 寄太白山人陈文卿

薛涛笺上相思字，重开又还重摺。太白秋声，东瀛柳色，一缕离痕难折。虚沙动月，叹千里悲歌，唾壶敲缺。却说巴山，此时怀抱那时节。　　寒香深处话别，病来浑瘦损，懒赋情切。笑里吟春，吟边慨古，多少英游消歇。回潮似咽，送一点愁心，故人天末。江影沉沉，夜凉鸥梦阔。　**大雅集**

（"笑里"八句）疏狂闲雅，真可与白石老仙相鼓吹。◎"阔"字有精神。

又 庚辰秋九月之北，遇汪菊坡，一见若惊，相对如梦，回忆旧游，已十八年矣。

十年前事翻疑梦，重逢可怜俱老。水国春空，山城岁晚，无语相看一笑。荷衣换了，任京洛尘沙，冷凝风帽。见说吟情，近来不到谢池草。　　欢游曾步翠窈，乱红迷紫曲，芳意今少。舞扇招香，歌桡唤玉，犹忆钱塘苏小。无端暗恼，又几度流连，燕昏莺晓。回首妆楼，甚时重去好。　**大雅集**

起语魂消。

水 龙 吟 白莲

　　仙人掌上芙蓉，娟娟犹滴金盘露。轻妆照水，纤裳
玉立，飘飘似舞。几度销凝，满湖烟月，一汀鸥鹭。记
小舟清夜，波明香远，浑不见、花开处。　　应是浣纱
人妒，褪红衣、被谁轻误。闲情淡雅，冶容清润，凭娇
待语。隔浦相逢，偶然倾盖，似传心素。怕湘皋佩解，
绿云十里，卷西风去。　**大雅集**

绮 罗 香 红叶

　　万里飞霜，千山落木，寒艳不招春妒。枫冷吴江，
独客又吟愁句。正船舣、流水孤村，似花绕、斜阳芳树。
甚荒沟、一片凄凉，载情不去载愁去。　　长安谁问倦
旅，羞见衰颜借酒，飘零如许。谩倚新妆，不入洛阳花
谱。为回风、起舞樽前，尽化作、断霞千缕。记阴阴、
绿遍江南，夜窗听暗雨。　**大雅集**

　　（"甚荒"二句）情词兼工，颇近淮海。

徵　招　听袁伯长琴

秋声吹碎江南树，石床自听流水。别鹤夜归来，引悲风千里。余音犹在耳，有谁识、醉翁深意。去国情怀，草枯沙远，尚鸣山鬼。　　客里，可消忧，人间世、寥寥几年无此。杏老古坛荒，把凄凉空指。心尘聊更洗，傍何处、竹边松底。共良夜、白月娟娟，领一天清气。

大雅集

扫 花 游　赋高疏寮东墅园

烟霞万壑，记曲径幽寻，霁痕初晓。绿窗窈窕，看垂花凳石，就泉通沼。几日不来，一片苍云未扫。自长啸，怅乔木荒凉，都是残照。　　碧天秋浩渺，听虚籁泠泠，飞下孤峭。山空翠老，步仙风怕有，采芝人到。野色闲门，芳草不除更好。境深悄，比斜川、又清多少。　**大雅集**

（"几日"五句）风骨高骞，文采疏朗，直入白石之室矣。

声声慢 寄叶书隐

百花洲畔，十里湖边，沙鸥未许盟寒。旧隐琴书，犹记渭水长安。苍云数千万叠，却依然、一笑人间。似梦里，对清尊白发，秉烛更阑。　　渺渺烟波无际，唤扁舟欲去，且与凭栏。此别何如，能消几度阳关。江南又听夜雨，怕梅花、零落孤山。归最好，甚闲人、犹自未闲。　**大雅集**

（"渺渺"三句）哀感无尽，雅近中仙。

三姝媚 送舒亦山

苍潭枯海树，正雪窦高寒，水声东去。古意萧闲，问结庐人远，白云谁侣。贺监犹存，还散迹、千岩风露。抱瑟空游，都是凄凉，此愁谁语。　　莫趁江湖鸥鹭，怕太乙炉烟，暗消铅虎。投老心情，判归来何事，共成羁旅。布袜青鞋，休误入、桃源深处。待得重逢，却说巴山夜雨。　**大雅集**

（"莫趁"三句、"布袜"二句）语带箴规，耐人寻味，便似中仙最高之作。

《词话》卷二：玉田《三姝媚》（送舒亦山）云："贺监犹存，还散迹、千岩风露。"君国恨，离别感，言外自见。又云："莫趁江湖鸥鹭，怕太乙炉烟，暗销铅虎"。又云："布袜青鞋，休误入、桃源深处。"语带箴规，耐人寻味，便似中仙最高之作。大抵读玉田词者，贵取其沉郁处，徒赏其一字一句之工，遂惊叹欲绝，转失玉田矣。

琐 窗 寒 王碧山，又号中仙，越人也。其诗清峭，其词闲雅，有姜白石意趣，今绝响矣。余悼之。

断碧分山，空帘剩月，故人天外。香留酒滞，蝴蝶一生花里。想如今、愁魂正远，夜台梦语秋声碎。自中仙去后，词笺赋笔，便无清致。　　都是，凄凉意，怅玉筍埋云，锦衣归去。形容憔悴，料应也、孤吟山鬼。那知人、是弹折素琴，黄金铸出相思泪。但柳枝、门掩清阴，候蛩愁暗苇。　**大雅集**

（"断碧"五句）措语琢炼。（"想如"五句）无限痛惜。（"料应"三句）字字从性情流出，不独铸语之工。

长亭怨 辛卯岁，会菊泉于蓟北，逾八年，会于甬东，未几别去，将复之北，作此以饯。

记横笛、玉关高处，万叠沙寒，雪深无路。敝却貂裘，远游归后共谁语。故人何许，浑忘了、江南旧雨。不拟重逢，应笑我、飘零如羽。　　同去，钓珊瑚海树，底事便成行旅。烟迷断浦，更几点、恋人飞絮。如今又、京国寻春，定应被、蔷花留住。且莫把孤愁，说与当时歌舞。　**大雅集**

（"记横"三句）叙蓟北一层，来势苍莽。（下阕）微而多讽，结二语自明其不仕之志。

《词话》卷二：玉田《长亭怨》（饯菊泉）后半阕云，时菊泉将复之蓟北，数语微而多讽，结二语自明其不仕之志，似此亦不让碧山。

又 旧居有感

望花外、小桥流水，门巷惜惜，玉箫声绝。鹤去台空，佩环何处弄明月。十年前事，愁千折、心情顿别。露粉风香，谁为主、都成消歇。　　凄咽，晓窗分袂处，同把带鸳亲结。江空岁晚，便忘了、尊前曾说。恨西风、

不庇寒蝉，便扫尽、一林残叶。谢他杨柳多情，还有绿
阴时节。　**大雅集**

西　子　妆　吴梦窗自制此曲，余喜其声调娴雅，久欲效
而未能。甲午春，寓罗江，与罗景良野游江上，绿阴芳
草，景况离离，因填此词。惜旧谱零落，不能倚声歌也。

白浪摇天，清阴涨地，一片野情幽意。杨花点点是
春心，替风前、万花吹泪。残山剩水，有谁识、朝来清
气。自沉吟，甚流光轻掷，繁华如此。　　斜阳外，隐
约孤村，隔坞闲门闭。渔舟何似莫归来，想桃源、路通
人世。危栏静倚，千年事、都消一醉。谩依依，愁落鹃
声万里。　**大雅集**

（"白浪"七句）景物苍茫，出以雄秀之笔，固自不减梦
窗。○"残山剩水"，《词综》作"遥岑寸碧"，"谁识"作"谁看"，"轻
掷"作"轻把"，兹并从戈选本。

春从天上来　己亥春，复回西湖，饮静
传董高士楼，作此解以写我忧。

海上回槎，认旧时鸥鹭，犹恋蒹葭。影散香消，水

流云在，疏树十里寒沙。难问钱唐苏小，都不见、擘竹分茶。更堪嗟，是荻花江上，谁弄琵琶。　　烟霞，自延晚照，尽换了西林，窈窕纹纱。蝴蝶飞来，不知是梦，犹疑春在邻家。一搴幽怀难写，春何处、春已天涯。减繁华，是山中杜宇，不是杨花。　**大雅集**

后半极沉郁。○读玉田词者，贵取其沉郁处，徒赏其一字一句之工，遂惊叹欲绝，转失玉田矣。

疏　影　余于庚寅岁北归，与西湖诸友夜酌，因有感于旧游，寄周草窗。

柳黄未结，放嫩晴消尽，断桥残雪。隔水人家，浑是花阴，曾醉好春时节。轻车几度西泠晓，想如今、燕莺犹说。纵艳游、得似当年，早是旧情都别。　　重到翻疑梦醒，弄泉试照影，惊见华发。却笑归来，石老云荒，身世飘然一叶。闭门约住青山色，自容与、吟窗清绝。怕夜寒、吹到梅花，休卷半帘明月。　**大雅集**

（"重到"三句）今昔之感，十分沉至。

又 梅影

　　黄昏片月，映碎阴满地，还更清绝。枝北枝南，疑有疑无，几度背灯难折。依稀倩女离魂处，缓步出、前村时节。看夜深、竹外横斜，应妒过云明灭。　　窥镜蛾眉淡扫，为容不在貌，独抱孤洁。莫是花光，描取春痕，不怕丽谯吹彻。还惊海上燃犀去，照水底、珊瑚疑活。做弄得、酒醒天寒，空对一庭香雪。　　**大雅集**

　　（"还惊"二句）姿态横生。

长 相 思 赠别笑倩

　　去来心，短长亭。只隔中间一片云，不知何处寻。　　闷还颦，恨还嗔。同是天涯流落人，此情烟水深。　　**闲情集**

虞 美 人 余昔赋柳儿词，今有杜牧重来之叹。刘梦得
诗云："春尽絮飞留不住，随风好去落谁家。"作忆柳曲。

　　修眉刷翠春痕聚，难剪愁来处。断丝无力绾韶华，

也学落红流水到天涯。 那回错认章台下，却是阳
关也。待将新恨趁杨花，不识相思一点在谁家。 **闲
情集**

（下阕）情事宛转达出。

临 江 仙 甲寅秋寓吴，作墨水仙，为处梅吟边清玩。

翦翦春冰生万壑，和春带出芳丛。谁分弱水洗尘红。
低徊金盏落，约略玉玲珑。 昨夜洞庭云一片，朗吟
飞过天风。戏将瑶草散虚空。灵根何处觅，只在此山
中。 **别调集**

笔笔超脱。

祝英台近 寄陈直卿

路重寻，门半掩，苔老旧时树。采药云深，童子更
无语。怪我流水迢遥，湖天日暮，想只在、芦花深
处。 漫延伫，姓名题上芭蕉，凉夜未风雨。赋了秋
声，还赋断肠句。几回独立长桥，扁舟欲唤，待招取、

白鸥归去。　**别调集**

点缀唐诗，用笔清超，无些子尘俗气。

探　芳　信 西湖春感寄草窗

　　坐清昼，正冶思萦花，余醒倦酒。甚探芳人老，芳心尚如旧。销魂忍说铜驼事，不是因春瘦。向西园、竹扫颓垣，蔓罗荒瓮。　　风雨夜来骤，叹歌冷莺帘，恨凝蛾岫。愁到今年，多似去年否。赋情懒听山阳笛，目极空搔首。我何堪，老却江潭汉柳。　**别调集**

（"愁到"六句）以退让见高旷，襟怀自加人数等。

潇　潇　雨 泛江有怀袁通父、唐月心

　　空山弹古瑟，掬长流、洗耳复谁听。倚阑干不语，江潭树老，风挟波鸣。愁里不须啼鴂，花落石床平。岁月鸥前梦，耿耿离情。　　记得相逢竹外，看词源倒泻，一雪尘缨。笑匆匆呼酒，飞雨夜舟行。又天涯、飘零如此，掩闲门、得似晋人清。相思恨、趁杨花去，错到长

亭。　　**别调集**

（"相思"二句）哀怨沉痛，故国之思，溢于言外。

月 下 笛 孤游万竹山中，闲门落叶，愁思黯然，
因动黍离之感。时寓甬东积翠山舍。

万里孤云，清游渐远，故人何处。寒窗梦里，曾记
经行旧时路。连昌约略无多柳，第一是、难听夜雨。漫
惊回凄悄，相看烛影，拥衾谁语。　　　张绪，归何暮，
半零落依依，断桥鸥鹭。天涯倦旅，此时心事良苦。只
愁重洒西洲泪，问杜曲、人家在否。恐翠袖，正天寒，
犹倚梅花那树。　　**别调集**

（"只愁"五句）骨韵俱高，词意兼胜，白石老仙之后劲也。

翁元龙

字时可，号处静。

江 城 子

一年箫鼓又疏钟，爱东风，恨东风。吹落灯花、移

在杏梢红。玉屑翠钿无半点，空湿透，绣罗弓。 燕
魂莺梦渐惺忪，月帘栊，影迷濛。催趁年华、都在艳歌
中。明日柳边春意思，便不与，夜来同。 闲情集

词胜，骨韵亦胜。草窗称时可与梦窗为亲伯仲，作词各有所
长，今观此词，固可亚于梦窗。

西江月 立春

画阁换粘春帖，宝筝抛学银钩。东风轻滑玉钗流，
织就燕纹莺绣。 隔帐灯花微笑，倚窗云叶低收。双
鸳刺罢底尖头，剔雪闲寻豆蔻。 闲情集

（"隔帐"二句）精秀。

朝中措 茉莉

花情偏与夜相投，心事鬓边羞。熏醒半妆凉梦，能
消几个开头。 风轮慢卷，冰壶低架，香雾飕飕。更
着月华相恼，木犀淡了中秋。 闲情集

（"熏醒"二句）笔致甚别。

王武子

一作子武。《文献通考·经籍志》：有词一卷。

玉 楼 春 闻笛

红楼十二春寒侧，楼角何人吹玉笛。天津桥上旧曾听，三十六宫秋草碧。　　昭华人去无消息，江上青山空晚色。一声落尽短亭花，无数行人归未得。　**大雅集**

（"三十"句）故国之悲。

黄孝迈

字德文，号雪舟。

湘春夜月

近清明，翠禽枝上销魂。可惜一片清歌，都付与黄昏。欲共柳花低诉，怕柳花轻薄，不解伤春。奈楚乡旅宿，柔情别绪，谁与温存。　　空尊夜泣，青山不语，残月当门。翠玉楼前，惟是有、一波湘水，摇荡湘云。天长梦短，问甚时、重见桃根。这次第，算人间没个、并刀剪断，心上愁痕。　　**大雅集**

（"近清"七句）芊绵凄咽，起数语便觉牢愁满纸。

白雨斋词选卷十

宋词八

文天祥

字宋瑞,又字履善,吉水人。举进士第一,历官右丞,^① 兼枢密使,加少保、信国公。为元兵所执,留燕三年,不屈,死柴市。有《文山集》。

大江东去 驿中言别友人

水天空阔,恨东风不借,世间^②英物。蜀鸟吴花残照里,忍见荒城颓壁。铜雀春情,金人秋泪,此恨凭谁雪。堂堂剑气,斗牛空认奇杰。　　那信江海余生,南行万里,送扁舟齐发。正为鸥盟留醉眼,细看涛生云灭。睨柱吞嬴,回旗走懿,千古冲冠发。伴人无寐,秦淮应是孤月。　放歌集

---

① "历官右丞",底本作"历军官右丞",据《宋史》改。
② "间",底本作"门",据《文山先生全集指南后录》《词综》改。

（"铜雀"五句）悲壮雄丽，并无叫嚣气息。

邓　剡

字光荐，庐陵人。宋亡后以节行称。有《中斋集》。

满　江　红　和王昭仪题驿壁词

王母仙桃，亲曾醉、九重春色。谁信道、鹿衔花去，浪翻鳌阙。眉锁姮娥山宛转，鬓梳坠马云欹侧。恨风沙、吹透汉宫衣，余香歇。　　霓裳散，庭花灭。昭阳燕，应难说。想春深铜雀，梦残啼血。空有琵琶传出塞，更无环佩鸣归月。又争知、有客夜悲歌，壶敲缺。　　放歌集

（"想春"六句）情文根于血性，笔力亦与原作相抗。

汪元量

字大有，号水云，钱塘人。以善琴事谢后、王昭仪。宋亡，随三宫留燕，后为黄冠师南归。有《湖山类藁》，多纪国亡北徙事。

莺　啼　序　重过金陵

金陵故都最好，有朱楼迢递。嗟倦客、又此凭高，

槛外已少佳致。更落尽梨花，飞尽杨花，春也成憔悴。问青山、三国英雄，六朝奇伟。　　麦甸葵丘，荒台败垒，鹿豕衔枯荠。正潮打孤城，寂寞斜阳影里。听楼头、哀笳怨角，未把酒、愁心先醉。渐夜深，月满秦淮，烟笼寒水。　　凄凄惨惨，冷冷清清，灯火渡头市。慨商女、不知兴废，隔江犹唱庭花，余音霭霭。伤心千古，泪痕如洗。乌衣巷口青芜路，想依稀、王谢旧邻里。临春结绮，可怜红粉成灰，萧索白杨风起。　　因思畴昔，铁索千寻，谩沉江底。挥羽扇、障西尘，便好角巾私第。清谈到底成何事，回首新亭，风景今如此。楚囚对泣何时已，叹人间、今古真儿戏。东风岁岁还来，吹入钟山，几重苍翠。　　放歌集

（"清谈"八句）大声疾呼，风号雨泣。

长 相 思 越上寄雪江

吴山深，越山深。空谷佳人金玉音，有谁知此心。　　夜沉沉，漏沉沉。闲却梅花一曲琴，月高松竹林。　　别调集

王鼎翁

字炎午，安福人①。上舍生。有《梅边集》。

沁 园 春

又是年时，杏红欲吐，柳绿初芽。奈寻春步远，马嘶湖曲，卖花声过，人唱窗纱。暖日晴烟，轻衣罗扇，看遍王孙七宝车。谁知道，十年魂梦，风雨天涯。

休休何必伤嗟，谩赢得、青青两鬓华。且不知门外，桃花何代，不知江左，燕子谁家。世事无情，天公有意，岁岁东风岁岁花。拚一笑，且醒来杯酒，醉后杯茶。　放歌集

（"且不"七句）故国之思，触目皆泪。观炎午上文山书，具见大节，真不愧信国弟子。

莫 仑

字若山。

———————————

① "人"，底本作"生"，据《词综》改。

摸 鱼 儿

听春教、燕颦莺诉,朝朝花困风雨。六桥忘却清明后,碧尽柳丝千缕。蜂蝶侣,正闲觅、闲花闲草闲歌舞。最怜西子,尚薄薄云情,盈盈波泪,点点旧眉妩。流红记,空泛秋宫怨句,才人何处娇妒。落红无限随风絮,诗恨有谁曾遇。堪恨处,恨二十四番,花信催花去。东君暗苦,更多嘱多情,多愁杜宇,多诉断肠语。   **别调集**

此词以叠字、双字见长,亦有佳致。

李彭老

字周隐,号笤房。与其弟秋厓号龟溪二隐。①

木兰花慢 送客

折秦淮露柳,带明月、倚归船。看佩玉纫兰,囊诗贮锦,江满吴天。吟边,唤回梦蝶,想故山、薇长已多年。草得梅花赋了,棹歌远和离舷。   风弦,尽入吟

---

① 据《绝妙好词》,李彭老,字商隐。其弟莱老,字周隐。

篇，伤倦客、对秋莲。过旧经行处，渔乡水驿，一路闻
蝉。留连，谩听燕语，便江湖、夜雨隔灯前。潮返浔阳
暗水，雁来好寄瑶笺。　　大雅集

此词绝有感慨。《绝妙词选》中失载，见公谨《浩然斋
雅谈》。①

清 平 乐

合欢扇子，扑蝶花阴里。半醉海棠扶半起，淡日秋
千闲倚。　　宝筝弹向谁听，一春能几番晴。帐底柳绵
吹满，不教好梦分明。　　闲情集

（"帐底"二句）有飞卿遗意。

章 台 月

露轻风细，中庭夜色凉如水。荷香柳影成秋意。萤
冷无光，凉入树声碎。　　玉箫金缕西楼醉，长吟短舞
花阴地。素娥应笑人憔悴。漏歇帘空，低照半床睡。　　闲

---

① 此评录入《词话》卷二，并录"吟边"三句、"留连"三句。

情集

（"莹冷"二句）炼句。（"素娥"三句）情词并妙，笔意亦近方回。

青 玉 案

楚峰十二阳台路，算只有、飞红去。玉合香囊曾暗度。榴裙翻酒，杏帘吹粉，不识愁来处。　　燕忙莺懒青春暮，蕙带空留断肠句。草色天涯情几许。荼蘼开尽，旧家池馆，门掩风和雨。　闲情集

（"荼蘼"三句）词以雅正为贵，情为物役，则失其雅正之音。似此颇近西麓手笔。

李莱老

字秋厓，号遁翁，① 彭老弟。

点 绛 唇

绿染春波，袖罗金缕双鸂鶒。小桃匀碧，香衬蝉云

———

① 据《绝妙好词》，李莱老，字周隐，号秋崖。

湿。　　　舞带歌钿，闲傍秋千立。情何极，燕莺尘迹，芳草斜阳笛。　　**闲情集**

（"情何"三句）语亦雅秀。

陈逢辰

字振祖，号存熙。

乌 夜 啼

月痕未到朱扉，送郎时。暗里一汪儿泪、没人知。　　　揾不住，收不聚，被风吹。吹作一天愁雨、损花枝。　　**别调集**

赵闻礼

字立之，号约月。有《约月集》。"约"，一作"钓"。

踏 莎 行

照眼菱花，剪情蒚叶。梦云吹散无踪迹。听郎言语识郎心，当时一点谁消得。　　　柳暗花明，萤飞月黑。

临窗滴泪研残墨。合欢带上旧题诗，如今化作相思碧。
闲情集

周公谨《浩然斋雅谈》谓《约月集》中"大半皆楼君亮、施仲山所作，此词安知非他人者?"（"合欢"二句）沉痛。

德祐太学生①

百 字 令 德祐乙亥

半堤花雨，对芳辰消遣，无奈情绪。春色尚堪描画在，万紫千红尘土。鹃促归期，莺收佞舌，燕作留人语。绕栏红药，韶华留此孤主。　　真个恨杀东风，几番过了，不似今番苦。乐事赏心磨灭尽，忽见飞书传羽。湖水湖烟，峰南峰北，总是堪伤处。新塘杨柳，小腰犹自歌舞。见《湖海新闻》。三、四谓众宫女行，五谓朝士去，六谓台官默，七指太学上书，八、九只陈宜中。"东风"谓贾似道，"飞书传羽"谓北军至也，"新塘杨柳"谓贾妾。　　**大雅集**

权臣当国，不得志者隐于下位，不敢明斥其非，托为诗词，长

---

① 德祐太学生，褚姓。

歌当哭，哀之深，怨之至也。◎"几番过了"，应是指贾以上秦、韩、史、丁诸人。盖诸人皆可恨，贾尤可恨，故曰"不似今番苦"也。

祝英台近 德祐乙亥

倚危栏，愁日暮，蓦蓦甚情绪。稚柳娇黄，全未禁风雨。春江万里云涛，扁舟飞渡，那更听、塞鸿无数。　　叹离阻，有恨流落天涯，谁念泣孤旅。满目风尘，冉冉如飞雾。是何人惹愁来，那人何处，怎知道、愁来不去。"稚柳"谓幼君，"娇黄"谓太后，"扁舟飞渡"谓北军至，"塞鸿"指流民也，"人惹愁来"谓贾出，"那人何处"谓贾去。"愁来不去"，谓贾虽去而祸已不可遏矣。[①]　　**大雅集**

（"是何"三句）大声疾呼，千年泪下。

无名氏

眉 峰 碧

蹙破眉峰碧，纤手还重执。镇日相看未足时，忍便

---

① 此段并据《词综》，而"愁来不去"以下，底本置于眉评中，疑误写，移置此。

使、鸳鸯只。　　薄暮投村驿，风雨愁通夕。窗外芭蕉窗里人，分叶上、心头滴。《玉照新志》："裕陵亲书其后：'此词甚佳，不知何人所作。'"　**大雅集**

　　一本作"分明叶上心头滴"，增一"明"字，不独于调不合，且使"分"字精神全失，并"叶上"二字亦属赘疣矣。

生 查 子

　　闲倚曲屏风，试写相思字。不道极多情，却是浑无思。　　笑近短墙阴，抛个青梅子。苔上印钩弯，邂逅难忘此。　**闲情集**

　　屏去浮艳，纯用白描，往复缠绵，情味无尽。

踏 莎 行①

　　碧藓回廊，绿杨深院。花期夜入帘犹卷。照人无奈月华明，潜身却恨花阴浅。　　密约难凭，幽欢未展。看看滴尽铜壶箭。阑干敲遍不应人，分明烛下闻刀剪。

―――――――――

　　① 此词又见欧阳修《醉翁琴趣外篇》。此从《词综》。

闲情集

为元人诸曲借径。

玉珑璁

城南路，桥南树，玉钩帘卷香横雾。新相识，旧相识，浅颦低笑，嫩红轻碧。惜，惜，惜。　　刘郎去，阮郎住，为云为雨朝还暮。心相忆，空相忆，露荷心性，柳花踪迹。得，得，得。《能改斋漫录》："近有士人，尝于钱塘江涨桥为狭斜之游，作此词。其后，朝廷复收河南，士人陷而不返。其友作诗寄之，且附以龙涎香，诗云：'江涨桥边花发时，故人曾共着征衣。请君莫唱桥南曲，花已飘零人不归。'士人在河南得诗，酬之云：'认得吴家心字香，玉窗春梦紫罗囊。余熏未歇人何许，洗破征衣更断肠。'"　**闲情集**

（"心相"七句）笔意生动。

九 张 机　见《乐府雅词》①

一张机，采桑陌上试春衣。风晴日暖慵无力，桃花

---

① "《乐府雅词》"，底本作"《乐府雅调》"，据《词综》改。

枝上，啼莺言语，不肯放人归。　　**大雅集**

《九张机》字字芊雅，凄婉欲绝，绝妙古乐府也。《词综》删存七首，今就两篇摘录十一首，不啻窥全豹矣。

《词话》卷七（刻本卷五）：宋无名氏《九张机》，自是逐臣弃妇之词，凄婉绵丽，绝妙古乐府也。《词综》删存七首。余《大雅集》中，就《乐府雅词》两篇，摘录十一首，精粹已尽，不啻窥全豹矣。如云（录十一首）。

又

两张机，月明人静漏声稀。千丝万缕相萦系，织成一段，回纹锦字，将去寄呈伊。　　**大雅集**

又

三张机，吴蚕已老燕雏飞。东风宴罢长洲苑，轻绡催趁，馆娃宫女，要换舞时衣。　　**大雅集**

（"东风"四句）刺在言外。①

---

①　此评录入《词话》卷七（刻本卷五）。

又

四张机，鸳鸯织就欲双飞。可怜未老头先白，春波碧草，晓寒深处，相对浴红衣。　大雅集

言外有无穷凄感，词之可以怨者。

又

五张机，横纹织就沈郎诗。中心一句无人会，不言愁恨，不言憔悴，只恁寄相思。　大雅集

（"中心"四句）低回宛转，意殊忠厚。

《词话》卷七（刻本卷五）：意殊忠厚。

又

六张机，雕花铺锦半离披。兰房别有留春计，炉添小篆，日长一线，相对绣工迟。　大雅集

（"兰房"四句）宛雅流丽，浅处亦耐人思。

又

七张机，春蚕吐尽一生丝。莫教容易裁罗绮，无端剪破，仙鸾彩凤，分作两边衣。　大雅集

苦心密意，不忍卒读。① ○词至《九张机》，高处不减《风》《骚》，次亦《子夜》怨歌之匹，千年绝调也。②

又

八张机，回纹知是阿谁诗。织成一片凄凉意，行行读遍，厌厌无语，不忍更寻思。　大雅集

（"织成"四句）凄断。

又

九张机，双花双叶又双枝。薄情自古多离别，从头到底，将心萦系，穿过一条丝。　大雅集

---

① 此评录入《词话》卷七（刻本卷五）。
② 此评录入《词话》卷七（刻本卷五），后添"皋文《词选》独遗之，亦不可解"。

"双花"七字，何等亲切。"从头"三句，更慎重，可以观，可以怨。①

又

轻丝，象床玉手出新奇。千花万草光凝碧，裁缝衣着，春天歌舞，飞蝶语黄鹂。　**大雅集**

（"千花"四句）欢乐语中含凄感。②

又

春衣，素丝染就已堪悲。尘昏汗污无颜色，应同秋扇，从兹永弃，无复奉君时。　**大雅集**

摇落堪悲，我读之于邑累日。○此章最沉痛，千古孤臣孽子、劳人思妇读之，皆当一齐泪下。○似为贬节者言之，观次句可见，以下言何况又加以尘汗也。凄凉怨慕，不堪再诵。○《九张机》全是寄怨之作，其缘起云："《醉留客》者，乐府之旧名。《九张机》

---

① 此评录入《词话》卷七（刻本卷五）。
② 此评录入《词话》卷七（刻本卷五）。

者，才子之新调。凭戛玉之清歌，写掷梭之春怨。章章寄恨，句句言情。"诗云："一掷梭心一缕丝，连连织就九张机。从来巧思知多少，苦恨春风久不归。"可知其寄意矣。① ○《九张机》纯是《骚》《雅》变相，词至是，已臻绝顶，虽美成、白石亦不能为也。○《九张机》自是逐臣弃妇之词，悲怨无端，令人魂断。

《词话》卷七（刻本卷五）：此章最沉痛，似为贬节者言之，观次句可见，以下言何况又加以尘汗也。凄凉怨慕，千古孤臣孽子、劳人思妇读之，皆当一齐泪下。◎《九张机》，纯自《小雅》《离骚》变出。词至是，已臻绝顶，虽美成、白石亦不能为。

杨柳枝 见《乐府雅词》②

簌簌花飞一雨残，乍衣单。屏风数幅画江山，水云闲。　　别易会难无计那，泪潸潸。夕阳楼上凭阑干，望长安。　**别调集**

（"夕阳"二句）"回首夕阳红尽处，应是长安"，张词以沉着胜，此词以宛雅胜。

---

① 此评 "《九张机》全是寄怨之作" 以下录入《词话》卷七（刻本卷五）。
② "《乐府雅词》"，底本作 "《乐府雅调》"，据《词综》改。

鹧 鸪 天 上元　见《芦浦笔记》

宣德楼前雪未融，贺正人见彩山红。九衢照影纷纷月，万井吹香细细风。　　复道远，暗相通，平阳主第五王宫。凤箫声里春寒浅，不到珠帘第二重。刘兴伯云："《上元词》十五首，备述宣、政之盛，非想象者所能道，当与《梦华录》并行也。"　　**大雅集**

结二语隐含讽意，得风人之正。[1]

鹧 鸪 天 [2]

镇日无心扫黛眉，临行愁见理征衣。樽前只恐伤郎意，阁泪汪汪不敢垂。　　停宝马，捧瑶卮，相斟相劝忍分离。不如饮待奴先醉，图得不知郎去时。　　**闲情集**

深情入骨，"天雨粟，鬼夜哭"矣。○语不深而情深，千古离别之词，以此为最。

《词话》卷八（刻本卷六）：宋无名氏《鹧鸪天》云（"不如"

---

① 此评盖因书眉无处书写，系在"刘兴伯云"后，实眉评也。
② 此词亦见《词林万选》，作夏竦词，未知是否。此从《清绮轩词选》。

二句），语不必深，而情到至处，亦绝调也。惟措词近曲，终欠大雅。

绿 意 荷叶 见《乐府雅词》①。戈选作

玉田词，兹从《词综》作无名氏。

碧圆自洁，向浅洲远浦，亭亭清绝。犹有遗簪，不展秋心，能卷几多炎热。鸳鸯密语同倾盖，且莫与、浣纱人说。怨歌忽断花风，碎却翠云千叠。　　回首当年汉舞，怕飞去谩绉，留仙裙褶。恋恋青衫，犹染枯香，还笑鬓丝飘雪。盘心清露如铅水，又一夜、西风听折。喜净看、匹练秋光，倒泻半湖明月。《词选》云："此伤君子负枉而死，盖似李纲、赵鼎之流。'回首当年汉舞'云者，言其自结主知，不肯远引。结语喜其身已死而心得白也。"　**大雅集**

念 奴 娇 题项羽庙②

鲍鱼腥断，楚将军、鞭虎驱龙而起。空费咸阳三月火，铸就金刀神器。垓下兵稀，阴陵道狭，月暗云如垒。

---

① "《乐府雅词》"，底本作"《乐府雅调》"，据《词综》改。
② 此实黎廷瑞词，见《芳洲集》。此从《词综》。

楚歌喧唱，山川都姓刘矣。　　悲泣唤醒虞姬，为伊死别，血刃飞花碎。霸业销沉雏不逝，气尽乌江江水。古庙颓垣，斜阳红树，遗恨鸦声里。兴亡休问，高陵秋草空翠。　**放歌集**

龙吟虎啸，劲气直前。◎结得悲壮。

《词话》卷八（刻本卷六）：宋无名氏题项羽庙《念奴娇》一阕，魄力雄大，劲气直前，更不作一浑厚语，开其年、板桥一派。此学稼轩而有流弊者，稼轩不任其咎也。

《词话》卷十（刻本卷八）：宋无名氏题项羽庙（调《念奴娇》）云，劲气直前，不留余地，此宜兴之祖也。

点　绛　唇①

蹴罢秋千，起来整顿纤纤手。露浓花瘦，薄汗轻衣透。　　见客入来，袜刬金钗溜。和羞走，倚门回首，却把青梅嗅。　**闲情集**

（下阕）情态如画，微伤庄雅。

———————

① 此词亦见《词林万选》，作李清照词。亦见杨金本《草堂诗余》，作苏轼词。亦见《词的》，作周邦彦词。此从《清绮轩词选》。

乌 夜 啼 见《天机余锦》

都无一点残红，夜来风。底事东君归去、太匆
匆。　　桃花醉，梨花泪，总成空。断送一年春在、绿
阴中。　**别调集**

情词凄艳，后主嗣响。○一作五代词。

又 见《古今词话》

一弯月挂危楼，似藏钩。醉里不知黄叶、报新
秋。　　征鸿断，归云乱，远峰愁。愁见绿杨凝恨、在
江头。　**别调集**

是用后主原韵，措语自佳，意味稍薄，正坐情未到极处耳。

秦 楼 月 题蓬莱阁

烟漠漠，海天摇荡蓬莱阁。蓬莱阁，朱甍碧瓦，半
侵寥廓。　　三山谩有长生药，茫茫云海风涛恶。风涛
恶，仙槎不见，暮沙潮落。　**别调集**

（下阕）为秦皇、汉武猛下一针。

又

秋寂寂，碧纱窗外人横笛。人横笛，天津桥上，旧曾听得。　　宫妆玉指无人识，龙吟水底声初息。声初息，月明江岸，数峰凝碧。　**别调集**

西江月　见《翰墨》

记得洛阳话别，十年社燕秋鸿。今朝相遇暮云东，对坐旗亭说梦。　　破帽手遮斜日，练衣袖卷寒风。芦花江上两衰翁，消得几番相送。　**放歌集**

（上阕）水逝云卷。

琴调相思引

胆样瓶儿几点春，剪来犹带水云痕。且移孤冷，相伴最深樽。　　每为惜花无晓夜，教人甚处不销魂。为君惆怅，何独是黄昏。　**闲情集**

（"为君"二句）宛约得唐五代遗意。

眼 儿 媚①

萧萧江上荻花秋，做弄许多愁。半竿落日，两行新雁，一叶扁舟。　惜分长怕春先去，直待醉时休。今宵眼底，明朝心上，后日眉头。　闲情集

（"今宵"三句）紧峭。

谒 金 门 见《天机余锦》②

山无数，遮断故人何处。见说兰舟独系住，溪边红叶树。　忆着前时欢遇，惹起今番愁绪。怎得西风吹泪去，阳台为暮雨。　闲情集

（"怎得"二句）痴情奇想，用笔亦精警。

---

①　此词亦见张孝祥《于湖先生长短句》，亦见《阳春白雪》作贺铸词。此从《词综》。

②　底本无出处，据《云韶集》补。

风 光 好① 见《天机余锦》

柳阴阴，水沉沉。风约双凫立不禁，碧波心。
孤村桥断人迷路，舟横渡。旋买村醪浅浅斟，更微吟。
别调集

（"旋买"二句）旅情如画，口头语便成绝妙好辞。

调笑集句 巫山　见《乐府雅词》②

巫山高高十二峰，云想衣裳花想容。欲往从之不惮远，丹峰碧障深重重。
楼阁玲珑五云起，美人娟娟隔秋水。江天一望楚天长，满怀明月人千里。

千里，楚江水，明月楼高愁独倚。井梧宫殿生秋意，
望断巫山十二。雪肌花貌参差是，朱阁五云仙子。　**大雅集**

谒 金 门 见《浩然斋雅谈》

休只坐，也去看花则个。明日满庭红欲堕，花还愁
似我。　　索性痴眠一和，凭个梦儿好做。杜宇不知春

---

① 亦见欧良《抚掌词》，然劳权考证，彼集仅为欧良编集。
② "《乐府雅词》"，底本作"《乐府雅调》"，据《词综》改。

已过，枝头声越大。　闲情集

（下阕）一味朴直，似粗实精，此境不易到，亦不必学也。

小 重 山 见《浩然斋雅谈》

鼓报黄昏禽影歇。单衣犹未试、觉寒怯。尘生锦瑟可曾阅。人去也、闲过好时节。　　对景复愁绝，东风吹不散、鬓边雪。些儿心事对谁说。眠不得、一枕杏花月。　闲情集

（"东风"三句）神在个中，情余言外。

僧　挥

字仲殊。安州①进士，姓张氏，弃家为僧，居杭州吴山宝月寺。有词七卷。

玉 楼 春 芭蕉

飞香漠漠帘帷暖，一线水沉烟未断。红楼西畔小阑

---

① "安州"，底本作"安川"，据《词综》改。

干，尽日倚栏人已远。　　黄梅雨过芭蕉晚，凤尾翠摇双叶短。旧年颜色旧年心，留到如今春不管。　**别调集**

（"旧年"二句）情词哀艳，逼近小山。

上清蔡真人

法驾导引

　　阑干曲，阑干曲，红飐绣帘旌。花嫩不禁纤手捻，被风吹去意还惊。眉恨蹙山青。《夷坚志》云："陈东靖康间尝饮于京师酒楼，有妓倚栏歌此词，音调清越，东不觉倾听。其后有'铿铁板，闲引步虚声。尘世无人知此曲，却骑黄鹤上瑶京。风冷月华清'五句，问何人所制，曰：'上清蔡真人词也。'"　**别调集**

语极清丽，飘飘有仙气。

葛长庚

　　自号白玉蟾，闽人也，一云琼州人，居武夷。嘉定中，诏征赴阙，馆太乙宫，封紫清明道真人。有《海琼集》，词二卷。

《词话》卷八（刻本卷六）：两宋词家，各有独至处，流派虽分，本原则一。惟方外之葛长庚，闺中之李易安，别于周、秦、姜、史、苏、辛外，独树一帜，而亦无害其为佳，可谓难矣。然毕竟不及诸贤之深厚，终是托根浅也。

水调歌头

江上春山远，山下暮云长。相留相送，时见双燕语风樯。满目飞花万点，回首故人千里，把酒沃愁肠。回雁峰前路，烟树正苍苍。　　漏声残，灯焰短，马蹄香。浮云飞絮，一身将影向潇湘。多少风前月下，迤逦天涯海角，魂梦亦凄凉。又是春将暮，无语对斜阳。　　**大雅集**

起十字有十层。

《词话》卷八（刻本卷六）：葛长庚词，风流凄楚，一片热肠，无方外习气。余尤爱其《水调歌头》云（"江上"二句、下阕）。

酹江月　武昌怀古

汉江北泻，下长淮、洗尽胸中今古。楼橹横波征雁远，谁见鱼龙夜舞。鹦鹉洲云，凤凰池月，付与沙头鹭。

功名何处，年年惟见春絮。　　非不豪似周瑜，壮如黄
祖，亦逐秋风度。野草闲花无限数，渺在西山南浦。黄
鹤楼人，赤乌年事，江汉亭前路。浮萍无据，水天几度
朝暮。　**别调集**

（"非不"三句）真人词一片热肠，不作闲散语，转见其高。

《词话》卷二：葛长庚词，一片热肠，不作闲散语，转见其高。
其《贺新郎》诸阕，意极缠绵，语极俊爽，可以步武稼轩，远出竹
山之右。

摸 鱼 儿

问沧江、旧盟鸥鹭，年来景物谁主。悠悠客鬓知何
事，吹满西风尘土。浑未悟，谩自许功名，谈笑侯千户。
春衫戏舞，怕三径都荒，一犁未把，猿鹤笑君误。
君且住，未必心期尽负，江山秋事如许。月明风静萍花
路，欹枕试听鸣橹。还又去，道唤取陶泓，要草归来赋。
相思最苦，是野水连天，渔榔四起，蓑笠占烟雨。　**别
调集**

（"浑未"七句）风流酸楚中，极清俊之致，出黄叔旸辈右矣。

霜天晓角 绿净堂

五羊安在，城市何曾改。十万人家阛阓，东亦海、西亦海。　　岁岁，蒲涧会，地接蓬莱界。老树知他一剑，千山外、万山外。　**别调集**

（上阕）笔力雄苍。

贺 新 郎

且尽杯中酒。问平生、湖海心期，更如君否。渭树江云多少恨，离合古今非偶。更风雨、十常八九。长铗歌弹明月堕，对萧萧、客鬓闲携手。还怕折，渡头柳。　　小楼夜久微凉透，倚危栏、一池倒影，半空星斗。此会明年知何处，蘋末秋风未久。谩输与、鹭朋鸥友。已办扁舟松江去，与鲈鱼、莼菜论交旧。应念此，重回首。　**别调集**

真人《贺新郎》诸阕，大率多送别之作，情极真，语极俊，既缠绵又沉着，在宋人中亚于稼轩，高于竹山。

又 送赵帅之江州

倏又西风起。这一年、光景早过，三分之二。燕去
鸿来何日了，多少世间心事。待则甚、功成名遂。枫叶
荻花动凉思，又寻思、江上琵琶泪。还感慨，劳梦
寐。　　愁来长是朝朝醉，划地成、宋玉伤感，三闾憔
悴。况是凄凉寸心碎，目断水苍山翠。更送客、长亭分
袂。阁皂山前梧桐雨，起风樯、露舶无穷意。君此去，
趁秋霁。　**别调集**

（"枫叶"四句）一波三折。（"阁皂"四句）苍凉悲壮，情味
无穷。

又 肇庆府送谈金华、张月窗

谓是无情者。又如何、临岐欲别，泪珠如洒。此去
兰舟双桨急，两岸秋山似画。况已是、芙蓉开也。小立
西风杨柳岸，觉衣单、略说些些话。重把我，袖儿
把。　　小词做了和愁写，送将归、要相思处，月明今
夜。客里不堪仍送客，平昔交游亦寡。况惨惨、苍梧之
野。未可凄凉休哽咽，更明朝、后日才方卸。情默默，

斜阳下。　**别调集**

真人词最工发端。○此篇低徊反复，情至，文亦至，绝唱也。

乩　仙

忆 少 年

凄凉天气，凄凉院落，凄凉时候。孤鸿叫斜月，伴寒灯残漏。　落尽梧桐秋影瘦，菱鉴古、画眉难就。重阳又近也，对黄花依旧。　**别调集**

"依旧"二字，倒用甚隽。

舒　氏

王齐叟彦龄之妻。

点 绛 唇

独自临池，闷来强把阑干凭。旧愁新恨，耗却年时兴。　鹭散鱼潜，烟敛风初定。波心静，照人如镜，少个年时影。《夷坚支志》云："彦龄，元祐中枢密彦霖弟也，善为词曲，妻舒亦工篇翰。而妇翁本出武列，彦龄颇失礼于翁，翁怒，邀其女归，竟至离绝。女在父家，偶独行池上，怀其夫，乃作此词。" **别调集**

两"年时"字，一自写，一写赵，两两对照，不胜凄感。何物老伧，忍令佳偶离绝耶?

魏夫人

丞相曾子宣之室。

《词话》卷二：朱晦庵谓宋代妇人能文者，惟魏夫人及李易安二人而已。魏夫人词笔，颇有超迈处，虽非易安之敌，然亦未易才也。

点 绛 唇

波上清风，画船明月人归后。渐消残酒，独自凭栏久。 聚散匆匆，此恨年年有。重回首，淡烟疏柳，隐隐芜城漏。 **别调集**

（"重回"三句）情景兼到，颇有周、柳笔意。

好 事 近

雨后晓寒轻，花外晓莺啼歇。愁听隔溪残漏，正一声凄咽。　　不堪西望去程赊，离肠万回结。不似海棠花下，按凉州时节。　**别调集**

（"不似"二句）笔意超迈，朱晦庵谓宋代妇人能文者，惟魏夫人及李易安二人而已。

减字木兰花

落花飞絮，杳杳天涯人甚处。欲寄相思，春尽衡阳雁渐稀。　　离肠泪眼，肠断泪痕流不断。明月西楼，一曲栏干一倍愁。　**别调集**

李清照

字易安，格非之女，嫁赵明诚。有《漱玉集》一卷。

《词话》卷二：李易安词，独辟门径，居然可观，其源自从淮海、大晟来，而铸语则多生造，妇人有此，可谓奇矣。

《词话》卷八（刻本卷六）：葛长庚词，脱尽方外气。李易安词，却未能脱尽闺阁气。然以两家较之，仍是易安为胜。

《词话》卷八（刻本卷六）：宋闺秀词，自以易安为冠。朱子以魏夫人与之并称，魏夫人只堪出朱淑真之右，去易安尚远。

武 陵 春

　　风住尘香花已尽，日晚倦梳头。物是①人非事事休，欲语泪先流。　　闻说双溪春尚好，也拟泛轻舟。只恐双溪舴艋舟，载不动、许多愁。　　**大雅集**

　　又凄婉，又劲直。○观此益信易安无再适张汝舟②事，即风人"岂不尔思"、"畏人之多言"意也。

　　《词话》卷二：易安《武陵春》后半阕云，又凄婉，又劲直。观此益信易安无再适张汝舟事，即风人"岂不尔思"、"畏人之多言"意也。投綦公一启，后人伪撰以诬易安耳。

声 声 慢

　　寻寻觅觅，冷冷清清，凄凄惨惨戚戚。乍暖还寒时候，最难将息。三杯两盏淡酒，怎敌他、晚来风急。雁

---

① "物是"，底本作"物事"，据《漱玉词》《词综》改。
② "张汝舟"，底本作"赵汝舟"，据《苕溪渔隐丛话》前集改。

过也，正伤心、却是旧时相识。 满地黄花堆积，憔悴损、如今有谁堪摘。守着窗儿，独自怎生得黑。梧桐更兼细雨，到黄昏、点点滴滴。这次第，怎一个、愁字了得。张正夫云："此乃公孙大娘舞剑手，本朝非无能词之士，未曾有一下十四叠字者。后叠又云'到黄昏、点点滴滴'，又使叠字，俱无斧凿痕。'怎生得黑'，'黑'字不许第二人押。妇人有此奇笔，殆间气也。" **大雅集**

造句甚奇，并非高调，后人效颦叠字，又增其半，丑态百出矣。◎后半阕愈唱愈妙，结句亦峭甚。

《词话》卷二：易安《声声慢》一阕，连下十四叠字，张正夫叹为公孙大娘舞剑手，且谓本朝非无能词之士，未曾有一下十四叠字者。然此不过奇笔耳，并非高调，张氏赏之，所见亦浅。又"宠柳娇花"之句，黄叔旸叹为前此未有能道之者，此语殊病纤巧，黄氏赏之亦谬。宋人论词，且多左道，何怪后世纷纷哉！

《词话》卷九（刻本卷七）：易安《声声慢》词，张正夫云："此乃公孙大娘舞剑手，本朝非无能词之士，未曾有一下十四叠字者。后叠又云：'到黄昏、点点滴滴'，又使叠字，俱无斧凿痕。'怎生得黑'，'黑'字不许第二人押。妇人有此词笔，殆间气也。"此论甚陋。十四叠字，不过造语奇隽耳，词境深浅，殊不在此。执是以论词，不免魔障。

卖花声

帘外五更风，吹梦无踪。画楼重上与谁同。记得玉钗斜拨火，宝篆成空。　　回首紫金峰，雨润烟浓。一江春浪醉醒中。留得罗襟前日泪，弹与征鸿。　　**大雅集**

（上阕）凄艳不忍卒读，其为德父作乎？①

凤凰台上忆吹箫

香冷金猊，被翻红浪，起来慵自梳头。任宝奁尘满，日上帘钩。生怕离怀别苦，多少事、欲说还休。新来瘦，非干病酒，不是悲秋。　　休休，这回去也，千万遍阳关，也则难留。念武陵人远，烟锁秦楼。惟有楼前流水，应念我、终日凝眸。凝眸处，从今又添，一段新愁。　　**别调集**

（上阕）凄艳不减耆卿，而骚情雅意过之。（"惟有"五句）曲折尽致。

---

① 此评录入《词话》卷二，并录"记得"二句、"一江"三句。

壶中天慢

萧条庭院,又斜风细雨,重门须闭。宠柳娇花寒食近,种种恼人天气。险韵诗成,扶头酒醒,别是闲滋味。征鸿过尽,万千心事难寄。　　楼上几日春寒,帘垂四面,玉阑干慵倚。被冷香消新梦觉,不许愁人不起。清露晨流,新桐初引,多少游春意。日高烟敛,更看今日晴未。黄叔旸云:"世称易安'绿肥红瘦'为佳句,余谓'宠柳娇花'语亦甚奇俊,前此未有能道之者。"　**别调集**

("宠柳"七句)宛转凄凉,情余言外。

一　剪　梅

红藕香残玉簟秋,轻解罗裳,独上兰舟。云中谁寄锦书来,雁字回时,月满西楼。　　花自飘零水自流,一种相思,两处闲愁。此情无计可消除,才下眉头,却上心头。　**别调集**

起七字秀绝,真不食人间烟火者。("才下"二句)凄婉。

《词话》卷二:易安佳句,如《一剪梅》起七字云:"红藕香残玉簟秋。"精秀特绝，真不食人间烟火者。

醉 花 阴 九日

薄雾浓云愁永昼，瑞脑销金兽。佳节又重阳，玉枕纱厨，半夜凉初透。　东篱把酒黄昏后，有暗香盈袖。莫道不销魂，帘卷西风，人似黄花瘦。　　**别调集**

（"莫道"三句）深情苦调，元人词曲往往宗之。

如 梦 令

昨夜雨疏风骤，浓睡不消残酒。试问卷帘人，却道海棠依旧。知否，知否，应是绿肥红瘦。　　**别调集**

一片伤心，缠绵凄咽，世徒赏其"绿肥红瘦"一语，犹是皮相。

渔 家 傲

天接云涛连晓雾，星河欲转千帆舞。仿佛梦魂归帝

所，闻天语，殷勤问我归何处。　　我报路长嗟日暮，学诗谩有惊人句。九万里风鹏正举，风休住，蓬舟吹取三山去。　别调集

（"九万"三句）有出世之想，笔意矫①变，此亦无改适事一证也。

浣 溪 沙

小院闲窗春色深，重帘未卷影沉沉。倚楼无语理瑶琴。　　远岫出山催薄暮，细风吹雨弄轻阴。梨花欲谢恐难禁。　别调集

（"梨花"句）中有怨情，意味自永。

又

淡荡春光寒食天，玉炉沉水袅残烟。梦回山枕隐花钿。　　海燕未来人斗草，江梅已过柳生绵。黄昏疏雨湿秋千。　别调集

---

① "矫"，底本原作"娇"，径改。

又

楼上晴天碧四垂，楼前芳草接天涯。劝君莫上最高梯。　　新笋已成堂下竹，落花都入燕巢泥。忍听林表杜鹃啼。　**别调集**

（下阕）凄凉怨慕，言为心声。

又①

髻子伤春懒更梳，晚风庭院落梅初。淡云来往月疏疏。　　玉鸭熏炉闲瑞脑，朱樱斗帐掩流苏。通犀还解辟寒无。　**别调集**

（"淡云"句）清丽，出"朦胧淡月云来去"之右。◎结句沉着。

好 事 近

风定落花深，帘外拥红堆雪。长记海棠开后，正伤春时节。　　酒阑歌罢玉樽空，青缸暗明灭。魂梦不堪

---

① 亦见周邦彦《片玉集》，此从《词综》。

幽怨，更一声啼鴂。　**别调集**

《乐府雅词①》作"正是伤春时节"，"是"字衍，当删。

朱淑真

钱塘人。有《断肠集》，词一卷。

《词话》卷二：朱淑真词，才力不逮易安，然规模唐、五代，不失分寸。如"年年玉镜台"及"春已半"等篇，殊不让和凝、李珣辈。惟骨韵不高，可称小品。

蝶恋花 送春

　　楼外垂杨千万缕。欲系青春，少住春还去。犹自风前飘柳絮，随春且看归何处。　　满目山川闻杜宇。便做无情，莫也愁人意。把酒送春春不语，黄昏却下潇潇雨。　**大雅集**

谒金门

　　春已半，触目此情无限。十二阑干闲倚遍，愁来天

---

① "乐府雅词"，底本作"乐府雅调"，径改。

不管。　　好是风和日暖，输与莺莺燕燕。满院落花帘
不卷，断肠芳草远。　　**大雅集**

（"满院"二句）凄婉得五代人神髓。

生 查 子

　　年年玉镜台，梅蕊宫妆困。今岁未还家，怕见江南
信。　　酒从别后疏，泪向愁中尽。遥想楚云深，人远
天涯近。　　**大雅集**

　　宋妇人能词者，自以易安为冠。淑真才力稍逊，然规模唐、五
代，不失分寸，转为词中正声。

生 查 子 元夕

　　去年元夜时，花市灯如昼。月上柳梢头，人约黄昏
后。　　今年元夕时，月与灯依旧。不见去年人，泪湿
春衫袖。　　**闲情集**

　　此词一云欧阳公作，渔洋辨之于前，云伯辨之于后，俱有挽扶

风教之心。然淑真本非佚女，不得以一词短之。

郑文妻孙氏

忆 秦 娥 《绝妙》作李婴

花深深，一钩罗袜行花阴。行花阴，闲将柳带，试结同心。　　日边消息空沉沉，画眉楼上愁登临。愁登临，海棠开后，望到如今。《古杭杂记》云："文，秀州人，太学服膺斋上舍。孙氏寄以词，一时传播，酒楼妓馆皆歌之。"
大雅集

（上阕）丽而有则。

陆游妾

生 查 子

只知眉上愁，不识愁来路。窗外有芭蕉，阵阵黄昏雨。　　晓起理残妆，整顿教愁去。不合画春山，依旧留愁住。陆游之蜀，宿一驿中，见题壁诗，询之，则驿中女也，

遂纳为妾。半载，夫人逐之，妾赋词而别。　　闲情集

（"不合"二句）怨深情至，独怪放翁不能庇一妾，何也？

《词话》卷八（刻本卷六）："山盟虽在，锦书难托。莫。莫。莫。"
放翁伤其妻之作也。（放翁妻唐氏，改适赵士程。）"不合画春山，依旧
留愁住。"放翁妾别放翁词也。前则迫于其母而出其妻，后又迫于后妻
而不能庇一妾，何所遭之不偶也？至两词皆不免于怨，而情自可哀。

王清惠

宋昭仪，入元为女道士，号冲华。

满江红 题驿壁

太液芙蓉，浑不是、旧时颜色。曾记得、承恩雨露，
玉楼金阙。名播兰簪妃后里，晕潮莲脸君王侧。忽一朝、
鼙鼓揭天来，繁华歇。　　龙虎散，风云灭。千古恨，
凭谁说。对山河百二，泪沾襟血。驿馆夜惊尘土梦，宫
车晓碾关山月。愿嫦娥、相顾肯从容，随圆缺。　　放歌集

凄凉怨慕，和者虽多，无出其右。○《东园友闻》谓此词或传
昭仪下张璚英所赋，然当时诸公和作俱属昭仪，谅不误也。

徐君宝妻

岳州人。被掠至杭，其主者数欲犯之，辄以计脱。主者强焉，告曰："俟祭先夫，然后为君妇。"主者许诺。乃焚香再拜，题词壁上，遂投池中死。

满 庭 芳 题壁

汉上繁华，江南人物，尚遗宣政风流。绿窗朱户，十里烂银钩。一旦刀兵齐举，旌旗拥、百万貔貅。长驱入，歌楼舞榭，风卷落花愁。　　清平三百载，典章人物，扫地都休。幸此身未北，犹客南州。破鉴徐郎何在，空惆怅、相见无由。从今后，断魂千里，夜夜岳阳楼。　　**别调集**

上半言往日繁华销归一梦，深责在位诸臣不能匡复，酿成祸乱。下半言典章虽失，大义自在，今日有死而已。词严义正，凛凛有生气。

萧淑兰

菩 萨 蛮

有情潮落西陵浦，无情人向西陵去。去也不教知，怕人留恋伊。　　忆了千千万，恨了千千万。毕竟忆时

多，恨时无奈何。 **闲情集**

（"毕竟"二句）忆是真忆，恨非真恨，用意忠厚，益知"待雁却回时，也无书寄伊"之薄矣。

蜀中妓

市 桥 柳 送行

欲寄意、浑无所有，折尽市桥官柳。看君着上春衫，又相将、放船楚江口。　　后会不知何日又，是男儿、休要镇长相守。苟富贵、无相忘，若相忘、有如此酒。**周公谨云："词亦可喜。" 别调集**

（"苟富"二句）运笔轻隽，用成语有弹丸脱手之妙，宜为草窗所赏。

吴城小龙女

江 亭 怨

帘卷曲栏独倚，山展暮天无际。泪眼不曾晴，家在吴头楚尾。　　　数点雪花乱委，扑漉沙鸥惊起。诗句欲成时，没入苍烟丛里。《冷斋夜话》云："黄鲁直登荆州亭，柱间有此词，夜梦一女子云：'有感而作。'鲁直惊悟曰：'此必吴城小龙女也。'"　　**别调集**

次句雄秀。◎"不曾晴"三字新警。◎结笔苍茫无际。

白雨斋词选卷十一

金　词

耶律楚材

字晋卿，辽东丹王后。入元，累官中书省①，赠太师，封广宁王，谥文正。有《湛然居士集》。

鹧　鸪　天　题七真洞

花界倾颓事已迁，浩歌遥望意茫然。江山王气空千劫，桃李春风又一年。　　横翠幰，架寒烟，野花平碧怨啼鹃。不知何限人间梦，并触沉思到酒边。　别调集

（"江山"二句）语亦雄秀，是宋元人七律之佳者。

蔡松年

字伯坚，从父靖除真定府判官，遂为真定人。累官吏部尚书，参

---

① "中书省"，据《词综》，《元史》作"中书令"。

知政事，迁尚书左丞，封邻国公，进拜右丞相，加仪同三司，后又封卫国公，卒，加封吴国公，谥文简。有《萧闲公集》六卷。

浣 溪 沙

溪雨空蒙洒面凉，暮春初见柳梢黄。绿阴空忆送春忙。　　芍药弄香红扑暖，荼蘼趁雪翠绡长。梦为蝴蝶亦还乡。　**别调集**

（"梦为"句）凄丽。

吴　激

字彦高，建州人。宋宰相栻之子，米芾之婿。使金，留不遣，官翰林待制。皇统初，出知深州，卒。有《东山集》，词一卷。时彦高与伯坚才誉并推，号"吴蔡体"。

《词话》卷三：金代词人，自以吴彦高为冠，能于感慨中饶伊郁，不独组织之工也。同时尚吴蔡体，然伯坚非彦高匹。

春从天上来 感旧　自序云："会宁府遇老姬，善鼓瑟，自言梨园旧籍，因感赋此。"

海角飘零，叹汉苑秦宫，坠露飞萤。梦回天上，金屋银屏,歌吹竞举青冥。问当时遗谱,有绝艺、鼓瑟湘灵。促哀弹,似林莺呖呖,山溜泠泠。　梨园太平乐府,醉几度春风,鬓发星星。舞彻中原,尘飞沧海,风雪万里龙庭。写胡笳幽怨,人憔悴、不似丹青。酒微醒,对一轩凉月,灯火青荧。**黄叔旸云:"三山郑中卿从张贵谟北使时,闻彼中有歌此调者。"元遗山云:"曾见王防御公玉说此词皆用琵琶故实,引据甚明,惜不能记忆。"** 大雅集

("梨园"八句) 故君之思,恻然动人。

人 月 圆 宴张侍御家有感

南朝千古伤心地,还唱后庭花。旧时王谢,堂前燕子,飞入人家。　恍然在遇,天姿胜雪,宫鬓堆鸦。江州司马,青衫泪湿,同是天涯。**洪景庐云:"先公在燕山,赴北人张总侍御家集,出侍儿佐酒,中有一人,意状摧抑可怜,叩其故,乃宣和殿小宫姬也。坐客翰林直学士吴激作词纪之,闻者挥涕。"　《中州乐府》云:"彦高赋此时,宇文叔通亦赋《念奴娇》,先成而颇近鄙俚,及见彦高作,茫然自失。是后人有求作乐府者,叔通即批云:'吴郎近以乐府名天下,可往求之。'"** 大雅集

感激动宕,不落小家数。

《词话》卷三：陶九成云："近世所谓大曲，苏小小《蝶恋花》、苏东坡《念奴娇》、晏叔原《鹧鸪天》、柳耆卿《雨零铃》、辛稼轩《摸鱼子》、吴彦高《春草碧》、蔡伯坚《石州慢》、张子野《天仙子》、朱淑真《生查子》、邓千江《望海潮》。"按：其中惟稼轩《摸鱼子》一篇为古今杰作，叔原《鹧鸪天》为艳体中极致，余亦泛泛，不知当时何以并重如此？余独爱彦高《人月圆》（宴张侍御家有感）云，感激豪宕，不落小家数。洪景卢云："先公在燕山，赴北人张总侍御家集，出侍儿佐酒，中有一人，意状摧抑可怜，扣其故，乃宣和殿小宫姬也。坐客翰林直学士吴激，作词记之，闻者挥涕。"（《中州乐府》云："彦高赋此时，宇文叔通亦赋《念奴娇》，先成而颇近鄙俚。及见彦高作，茫然自失。是后人有求作乐府者，叔通即批云'吴郎近以乐府名天下，可往求之'。"）

刘仲尹

字致君，盖州人。正隆中进士，以潞州节度副使召为都水监丞。有《龙山集》。

浣 溪 沙 春情

绣馆人人倦踏青，粉垣深处簸钱声。卖花门外绿阴清。　　帘幕风柔飞燕燕，池塘花暖语莺莺。有谁知道一春情。　闲情集

（上阕）婉丽不减陈子高。

琴调相思引

蚕欲眠时日已曛，柔桑叶大绿团云。罗敷犹小，陌上看行人。　　翠实低条梅弄色，轻花吹垄麦初匀。鸣鸠声里，过尽太平村。　**闲情集**

天然情态。◎下半阕一味敷衍，了无意味。

王特起

字正之，嶧县人。擢第，为沁源令，后为司监。

梅 花 引

山之麓，河之曲，一湾秀色盘虚谷。水溶溶，雨濛濛，有人行李萧萧落叶中。　　人家篱落炊烟湿，天外云峰迷淡碧。野云昏，失前村，溪桥路滑平沙没旧痕。
别调集

（"有人"句）一幅暮秋旅行画图。

高 宪

字仲常，辽东人，王庭筠之甥。泰和三年登第，仕博州防御判官。

贫 也 乐

城下路，凄风露，今人犁田昔人墓。岸头沙，带蒹
葭，漫漫昔时流水今人家。　　黄埃赤日长安道，倦客
无浆马无草。开函关，闭函关，千古如何不见一人闲。
放歌集

（上阕）沧海桑田，令人猛省，句法亦颇近古乐府。

《词话》卷八（刻本卷六）：金高仲常《贫也乐》云，（按赵闻
礼辑《阳春白雪》集载此词，乃贺方回《小梅花》前半阕也，兹从
《词综》本。）章法句法，不古不今，亦不类乐府，词中别调也。

党怀英

字世杰，其先冯翊人，后居泰安，宋太尉进十一代孙。举进士，
官翰林学士承旨，卒，谥文献。有《竹溪集》。

感 皇 恩

一叶下梧桐，新凉风露。喜鹊桥成渺云步。旧家机

杼，巧织紫绡如雾。新愁还织就，无重数。　　天上何年，人间朝暮。回首星津又空渡。盈盈别泪，散作半空疏雨。离魂都付与，秋将去。　**别调集**

（"**盈盈**"四句）精警特绝。

折元礼

官治中。

望 海 潮　从军舟中作

　地雄河岳，疆分韩晋，潼关高压秦头。山倚断霞，江吞绝壁，野烟萦带沧洲。虎旆拥貔貅，看阵云截岸，霜气横秋。千雉严城，五更残角月如钩。　　西风晓入貂裘，恨儒冠误我，却羡兜牟。六郡少年，三关老将，贺兰烽火新收。天外岳莲楼，想断云横晓，谁识归舟。剩着黄金换酒，羯鼓醉凉州。　**放歌集**

刘　著

　字鹏南，皖城人。宣、政末登进士第，仕金，官翰林修撰，出守武遂，终忻州刺史。

鹧 鸪 天

雪照山城玉指寒，一声羌管怨楼间。江南几度梅花发，人在天涯鬓已斑。　　星点点，月团团，倒流河汉入杯盘。翰林风月三千首，寄与吴姬忍泪看。

（"翰林"二句）风流酸楚。

段成己

字诚之，克己弟。进士，主宜阳簿，入元不仕。有《菊轩乐府》一卷。

满 江 红　新春用遁庵韵

料峭东风，吹醉面、向人如旧。凝伫立、野禽声里，无言搔首。庭下梅花开尽也，春痕已到江边柳。待人间、事了觅清欢，声名朽。　　菟裘计，何时有。林①下约，床头酒。怕流年不觉，鬓边还透。往事不堪重记省，旧愁未断新愁又。把春光、分付少年场，从今后。　　放歌集

---

① "林"，底本作"休"，据《菊轩乐府》《词综》改。

脱胎晁无咎作，情致亦复不浅。（"把春"二句）倒装句法
亦隽。

李俊民

字用章，泽州人。承安五年进士第一，应奉翰林文字，罢归不出。
金亡，元世祖欲官之，不可，卒，赐谥庄靖先生。有《庄靖集》，
词附。

摸鱼儿 送侄谦甫出山

这光景、能销几度，大都数十寒暑。结庐人在山深
处，万壑千岩风雨。朝复暮，甚不管、堂堂背我青春去。
高情自许，似野鹤孤云，江鸥远水，此兴有谁阻。
功名事，休叹儒冠多误，韩颠彭蹶无数。一溪隔断桃源
路，只有人家鸡黍。歌复①舞，更不住、醉中时出烟霞
语。暂来樵斧，贪看两争棋，人间不道，俯仰成今古。

放歌集

（"这光"二句）朴直好。（"歌复"二句）姿态甚饶，要从感愤
中得来。

___

① "复"，《庄靖先生乐府》《词综》作"且"。

元好问

字裕之，秀容人。兴定五年进士，历官左司都事，转行尚书省左司员外郎。金亡，不仕。有《遗山集》。

《词话》卷三：金词于彦高外，不得不推遗山。遗山词，刻意争奇求胜，亦有可观。然纵横超逸，既不能为苏、辛，骚雅清虚，复不能为姜、史，于此道可称别调，非正声也。

石州慢 赴召史馆，与德新丈别去
岳祠西新店，明日以此寄之。

击筑行歌，按马赋诗，年少豪举。从渠里社浮沉，枉笑人间儿女。生平王粲，而今憔悴登楼，江山信美非吾土。天地一飞鸿，渺翩翩何许。　　羁旅。山中父老相逢，应念此行良苦。几为虚名，误却东家鸡黍。漫漫长路，萧萧两鬓黄尘，骑驴漫与行人语。诗句欲成时，满西山风雨。　大雅集

清平乐

离肠宛转，瘦觉妆痕浅。飞去飞来双乳燕，消息知郎近远。　　楼前小雨珊珊，海棠帘幕轻寒。杜宇一声

春去，树头无数青山。　**大雅集**

（上阕）婉约，近五代手笔。

水调歌头 赋德新王丈①玉溪，溪在
嵩前费庄，两山绝胜处也。

空濛玉华晓，潇洒石淙秋。嵩高大有佳处，元在玉
溪头。翠壁丹崖千丈，古木寒藤两岸，村落带林丘。今
日好风色，可以放吾舟。　　百年来，算惟有，此翁
游。山川邂逅佳客，猿鸟亦相留。父老鸡豚乡社，儿女
篮舆竹几，来往亦风流。万事已华发，吾道付沧州。
放歌集

（"万事"二句）高雅。

玉漏迟 有怀浙江别业

浙江归路杳，西南却羡，投林高鸟。升斗微官，世
累苦相萦绕。不如麒麟画里，又不与、巢由同调。时自

---

　① "丈"，底本作"又"，据《遗山乐府》《词综》改。

笑，虚名负我，半生吟啸。　　扰扰，马足车尘，被岁月无情，暗消年少。钟鼎山林，一事几时曾了。四壁秋虫夜语，更一点、残灯斜照。清镜晓，白发又添多少。

放歌集

（"不如"五句）笔致俊快。◎"钟鼎"二句，与上"麒麟"二语意复。

洞 仙 歌

黄尘鬓发，六月长安道。羞向清溪照枯槁。似山中远志，谩出山来，成个甚，只是人间小草。　　升平十二策，丞相封侯，说与高人应笑倒。对清风明月，展放眉头，长恁地、大醉高歌也好。待都把功名付时流，只求个天公，放教空老。　　**放歌集**

既不迫烈，又不纤巧，自嘲自叹，犹有诗人遗意。○"升平"三句粗。（"待都"三句）大踏步便出去，颇似坡仙笔路。

临 江 仙 自洛阳往孟津道中作

今古北邙山下路，黄尘老尽英雄。人生长恨水长东。

幽怀谁共语，远目送归鸿。　　盖世功名将底用，从前错怨天公。浩歌一曲酒千钟。男儿行处是，未要论穷通。　**放歌集**

（"男儿"二句）壮浪语正自沉郁。

又 寄德新丈

自笑此身无定在，北州又复南州。买田何日遂归休。向来凡落落，此去亦悠悠。　　赤日黄尘三百里，嵩丘几度登楼。故人多在玉溪头。清泉明月晓，高树乱蝉秋。　**放歌集**

（"向来"二句）亦是前篇结意，更觉洒落有致。

又 内乡北山

夏馆秋林山水窟，家家林影湖光。三年闲为一官忙。簿书愁里过，笋蕨梦中香。　　父老书来招我隐，临流已盖茅堂。白头兄弟共论量。山田寻二顷，他日作桐乡。　**放歌集**

多少感慨，溢于言外。遗山一片热肠，郁郁勃勃，岂真慕隐士哉？

鹧 鸪 天 隆德故宫，同希颜、钦叔、知几诸人赋。

临锦堂前春水波，兰皋亭下落梅多。三山宫阙空银海，万里风埃暗绮罗。　　云子酒，雪儿歌，留连风月共婆娑。人间更有伤心处，奈得刘伶醉后何。　　放歌集

（"三山"二句）苍茫雄肆，竟似稼轩手笔。

又

华表归来老令威，头皮留在姓名非。旧时逆旅黄粱饭，今日田家白板扉。　　沽酒市，钓鱼矶，爱闲直与世相违。墓头不要征西字，元是中原一布衣。　　放歌集

（上阕）此似刘、蒋。（下阕）此又近于稼轩，以力量大而不病其粗也。

满 江 红

一枕余醒，厌厌共、相思无力。人语定、小窗风雨，

幕寒岑寂。绣被留欢香未减，锦书封泪红犹湿。问寸肠、能着几多愁，朝还夕。　　春草远，春江碧。云黯淡，花狼藉。更柳绵闲飏，柳丝难织。入梦终疑神女赋，写情除有文通笔。恨伯劳、东去燕西飞，空相忆。　**闲情集**

（"绣被"四句）凄丽芊雅，叔原遗响。

江 神 子 梦德新丈因及钦叔旧游

河山亭上酒如川，玉堂仙，重留连。犹恨春风、桃李负芳年。燕语莺啼花落处，歌扇后，舞衫前。　　旧游风月梦相牵，路三千，去无缘。灭没飞鸿、一线入秋烟。白发故人今健否，西北望，一潸然。　**别调集**

（"灭没"句）玉田称遗山精于炼句，当指此种。

迈 陂 塘 太和五年乙丑岁，试赴并州，道逢捕雁者云："今日获一雁，杀之矣，其脱网者悲鸣不能去，竟自投于地而死。"予因买得之，葬之汾水之上，累石为识，号曰"雁丘"，并作《雁丘词》。

问世间、情是何物，直教生死相许。天南地北双飞客，老翅几回寒暑。欢乐趣，离别苦，就中更有痴儿女。
君应有语，渺万里层云，千山暮雪，只影向谁去。
横汾路，寂寞当年箫鼓，荒烟依旧平楚。招魂楚些何嗟
及，山鬼暗啼风雨。天也妒，未信与，莺儿燕子俱黄土。
千秋万古，为留待骚人，狂歌痛饮，来访雁丘处。　**别
调集**

　　（"欢乐"三句）大千世界，一情场也。（"天也"三句）"悲风
为我从天来"。

邓千江

临洮人。

望 海 潮　献张六太尉

　　云雷天堑，金汤地险，名藩自古皋兰。营屯绣错，
山形米聚，襟喉百二秦关。鏖战血犹殷，见阵云冷落，
时有雕盘。静塞楼头晓月，依旧玉弓弯。　　看看，定
远西还，有元戎阃令，上将登坛。区脱昼空，兜铃夕解，
甘泉又报平安。吹笛虎牙间，且宴陪珠履，歌按云鬟。
招取英灵毅魄，长绕贺兰山。陶九成云："近世所谓大曲，苏

小小《蝶恋花》、苏东坡《念奴娇》、晏叔原《鹧鸪天》、柳耆卿《雨淋铃》、辛稼轩《摸鱼子》、吴彦高《春草碧》、蔡伯坚《石州慢》、张子野《天仙子》、朱淑真《生查子》、邓千江《望海潮》。" 放歌集

瑰玮雄肆,宜为世所重。◎一结淋漓悲壮。

元　词

词至于元，力衰气靡，周、秦、姜、史之风不可复见矣。

《词话》卷三：元代尚曲，曲愈工而词愈晦，周、秦、姜、史之风不可复见矣。

张弘范

字仲畴，定兴人。官至镇国上将军、江东道宣慰使，赠银青荣禄大夫、平章政事，谥武略，加赠太师、开府仪同三司、上柱国、齐国公，改谥忠武，延祐中追封淮阳王，更谥献武。

临江仙 忆旧

千古武陵溪上路，桃花流水潺潺。可怜仙侣剩浓欢。黄鹂惊梦破，青鸟唤春还。　　回首旧游浑不见，苍烟一片荒山。玉人何处倚阑干。紫箫明月底，翠袖暮云寒。　**闲情集**

清词丽句，不减永叔、小山诸贤。从古大英雄必非无情者，吾于仲畴益信。①

刘敏中

章丘人。至元中为监察御史，累迁翰林学士承旨。卒，谥文简。有《中斋集》。

点绛唇 寄程雪楼

短梦惊回，北窗一阵芭蕉雨。雨声还住，斜日明高树。　　起望行云，送雨前山去。山如雾，断虹犹怒，直入山深处。　　放歌集

写骤雨后景色雄肆。

李 冶

字仁卿，栾城人。金进士，辟知钧州事，城溃，微服北渡，流落忻、崞间，世祖闻其贤，召之，未仕，晚家封龙山下，至元初，再以学士召，就职期月，以老病辞去。有《敬斋集》。

---

① 此评录入《词话》卷十（刻本卷七），"永叔、小山"作"晏、欧"。

迈陂塘 和元遗山雁丘

雁双双、正飞汾水，回头生死殊路。天长地久相思
债，何似眼前俱去。摧劲羽，倘万一、幽冥却有重逢处。
诗翁感遇，把江北江南，风嘹月唳，并付一丘土。

仍为汝，小草幽兰丽句，声声字字酸楚。拍江秋影今何
在，宰木欲迷堤树。霜魂苦，算犹胜、王嫱青冢真娘墓。
凭谁说与，对鸟道长空，龙艘古渡，马耳泪如雨。　**别
调集**

起四语平率，"何似"句亦未能清醒。（"催劲"二句）深情苦
调，笔力亦透过数层。（"霜魂"二句）设色亦工。

王　恽

字仲谋，汲县人。官至翰林学士、嘉议大夫，累进中奉大夫，赠
翰林学士承旨、资善大夫，追封太原郡公，谥文定。有《秋涧集》，词
四卷。

点绛唇 送董秀才西上

杨柳青青，玉门关外三千里。秦山渭水，未是销魂
地。　　坦卧东床，恐减风云气。功名际，愿君着意，

莫揾春闺泪。　放歌集

赵孟頫

　　字子昂，宋太祖子秦王德芳之后，四世祖伯圭赐第湖州，遂为湖州人。宋末为真州司户参军，至元中，以程钜夫荐入见，授兵部郎中，累官翰林学士承旨、荣禄大夫。卒，追封魏国公，谥文敏。有《松雪词》一卷。

浪 淘 沙

　　今古几齐州，华屋山丘。杖藜徐步立芳洲。无主桃花开又落，空使人愁。　　沙上往来舟，万事悠悠。春风曾见昔人游。惟有石桥桥下水，依旧东流。　　大雅集

蝶 恋 花①

　　侬是江南游冶子。乌帽青鞋，行乐东风里。落尽杨花春满地，萋萋芳草愁千里。　　扶上兰舟人欲醉。日暮青山，相映双蛾翠。万顷湖光歌扇底，一声吹下相思泪。　　闲情集　别调集

――――――――――――

　　①　此词重出，《闲情集》《别调集》俱有。

（"落尽"二句）凄凉哀怨，艳词中亦寓忧患之思。　**闲情集**

（"落尽"二句）凄凉哀怨，情不自已。　**别调集**

虞 美 人 浙江舟中作

潮生潮落何时了，断送行人老。消沉万古意无穷，尽在长空澹澹鸟飞中。　海门几点青山小，望极烟波渺。何当驾我以长风，便欲乘桴浮到日华东。　**别调集**

（"尽在"句）哀怨之情，溢于言表，责其人，亦悲其遇也。

浣 溪 沙 李叔固丞相会间赠歌者贵贵

满捧金卮低唱词，樽前再拜索新诗。老夫惭愧鬓成丝。　罗袖染将修竹翠，粉香须上小梅枝。相逢不似少年时。　**别调集**

（"相逢"句）一声河满。

刘 因

字梦吉，容城人。至元中征授承德郎、右赞善大夫，以母疾归，寻以集贤学士、嘉议大夫征，固辞，卒，赠翰林学士、资善大夫、护军，追封容城郡公，谥文靖。有《静修集》，词一卷。

木 兰 花

未开常探花开未，又恐才开风雨至。花开风雨不相妨，为甚不来花下醉。　　今年休作明年计，明日已非今日事。春风欲劝坐中人，一片落红当眼坠。　**别调集**

（下阕）即"人生行乐耳"意，而语更危悚。

彭元逊

字巽吾，庐陵人。

《词话》卷九（刻本卷七）：元《草堂诗余》录彭元逊词最多，其警句如《临江仙》云："自结床头麈尾，角巾坐枕孤松。片云承日过山东。起听荷叶雨，行受豆花风。"《蝶恋花》云："无复卷帘知客意，杨花更欲因风起。"语爽朗而意深远，在元代定推作手。

解 佩 环　寻梅不见

江空不渡，恨蘼芜杜若，零落无数。远道荒寒，婉

娩流年，望望美人迟暮。风烟雨雪阴晴晚，更何须、春
风千树。尽孤城、落木萧萧，日夜江声流去。　　　日宴
山深闻笛，恐他年流落，与子同赋。事阔心违，交淡媒
劳，蔓草沾衣多露。汀洲窈窕余醒寐，遗佩环浮沉澧浦。
有白鸥、淡月微波，寄语逍遥容与。　**别调集**

（"事阔"三句）忧深思远。

《词话》卷九（刻本卷七）：元人彭元逊《解佩环》（寻梅不见）
云，忧深思远，于两宋外又辟一境，而本原正见相合。出自元人手
笔，尤为难得。

罗志仁

号壶秋，涂川人。

金人捧露盘 钱唐怀古

湿苔青，妖血碧，坏垣红。怕精灵、来往相逢。荒
烟瓦砾，宝钗零乱隐鸾龙。吴峰越巘，翠屏锁、若为谁
容。　　　浮屠换，朝阳殿，僧磬改，景阳钟。兴亡事、
泪老金铜。骊山废尽，更无宫女说玄宗。海涛落月，鱼
声起、满眼秋风。　**放歌集**

感慨亡宋，无一字不奇警，如闪青磷，如涌碧血，如啼豕人，如睒木魅，真奇笔也。

李 琳

号梅溪，长沙人。

木兰花慢 汴京

蕊珠仙驭远，横羽葆、簇蜿旌。甚鸾月流辉，凤云布彩，翠绕蓬瀛。舞衣怯、环佩冷，问梨园、几度沸歌声。梦里芝田八骏，禁中花漏三更。　　繁华一瞬化飞尘，辇路劫灰平。怅碧灭烟绡，红凋露粉，寂寞秋城。兴亡事、空陈迹，只青山、淡淡夕阳晴。未向沙鸥说得，柳风吹上旗亭。 **别调集**

（下阕）水逝云卷，感慨无限。

刘景翔

号溪山，安成人。

如 梦 令

　　独立荷汀烟暮，一霎锦云香雨。似为我无情，惊起鸳鸯飞去。飞去，飞去，却在绿杨深处。　闲情集

　　"似为我无情"五字妙甚。（"却在"句）欲去仍留，结意不尽。

吴元可

字山庭，吉安人。

采 桑 子

　　江南二月春深浅，芳草青时，燕子来迟，剪剪轻寒不满衣。　　清宵欲寐还无寐，顾影颦眉，整带心思，一样东风两样吹。　闲情集

　　（"一样"句）轻隽语，自是元人手笔。

　　《词话》卷八（刻本卷六）：吴元可《采桑子》："一样东风两样吹。"轻浅语，自是元人手笔。国朝陈玉璂之"欲骂东风误向西"，愈趋愈下矣。

萧允之

号竹屋。

点 绛 唇

花径相逢，眼期心诺情如昨。怕人疑着，佯弄秋千索。　　知有而今，何似当初莫。愁难托，雨铃风铎，梦断灯花落。　闲情集

刘天迪

字云闲，西昌人。

蝶 恋 花

一剪晴波娇欲溜。绿怨红愁，长为春风瘦。舞罢金杯眉黛皱，背人倦倚晴窗绣。　　脸晕潮生微带酒。催唱新词，不应频摇手。闲抱琵琶调未就，羞郎还又垂红袖。　闲情集

（"背人"句、下阕）一时情态，曲曲传出。

曾允元

字舜卿，号鸥江，太和人。

谒 金 门①

山街日，泪洒西风独立。一叶扁舟流水急，转头无处觅。　　去则而今已去，忆则如何不忆。明日到家应记得，寄书回雁翼。　**别调集**

（上阕）笔力自胜。

点 绛 唇

一夜东风，枕边吹散愁多少。数声啼鸟，梦转纱窗晓。　　来是春初，去是春将老。长亭道，一般芳草，只有归时好。　**别调集**

王从叔

号山樵，庐陵人。

---

① 此词《花草粹编》作曾揆词，此从《词综》。

昭 君 怨

门外春风几度，马上行人何处。休更卷珠帘，草连天。　　立尽海棠花月，飞到荼蘼香雪。莫恨梦难成，梦无凭。　　大雅集

节短音长，小令隽品。

阮 郎 归 忆别

风中柳絮水中萍，聚散两无情。斜阳路上短长亭，今朝第几程。　　何限事，可怜生，能消几度春。别时言语总伤心，何曾一字真。　　闲情集

（"斜阳"二句）景中带情，屏去浮艳。（"别时"二句）凄情苦语，耆卿《夜半乐》云"叹后约丁宁竟何据"，亦此意也。

赵　雍

字仲穆，文敏之子。官待制。

浣 溪 沙

　　杨柳楼台锁翠烟，杨花帘幕扑香绵。佳人何处隔江山。　　芳草已生千里恨，玉笙吹彻五更寒。夜深和泪倚阑干。　　**闲情集**

虞　集

　　字伯生，号邵庵，宋相允文五世孙，家崇仁。以荐授大都路儒学教授，累官翰林直学士兼国子祭酒，天历中除奎章阁侍书学士，卒，赠江西行省①中书省参知政事，封仁寿郡公，谥文靖。有《道园集》。

　　道园词骨颇高，似出仲举之右，惜规模未定，不能接武南宋诸家也。

　　《词话》卷三：虞道园词笔颇健，似出仲举之右，然所作寥寥，规模未定，不能接武南宋诸家。惟"报道先生归也，杏花春雨江南"二语，却有自然风韵。

苏 武 慢 和冯尊师

　　放棹沧浪，落霞残照，聊倚岸回山转。乘雁双凫，

---

　　①　"省"，《元史》无。

断芦漂苇，身在画图秋晚。雨送滩声，风摇烛影，深夜
尚披吟卷。算离情、何必天涯，咫尺路遥人远。　　空
自笑、洛下书生，襄阳耆旧，梦底几时曾见。老矣浮丘，
赋诗明月，千仞碧天长剑。雪霁琼楼，春生瑶席，容我
故山高宴。待鸡鸣、日出罗浮，飞度海波清浅。　**别调集**

又

忆昔东坡，夜游赤壁，孤鹤掠舟西过。英雄消尽，
身世茫然，月小水寒星大。何似渔翁，不知今古，醉傍
蓼花燃火。梦相逢、羽服翩跹，未必此时非我。　　谁
解道、岁晚江空，风帆目力，横槊赋诗江左。清露衣裳，
晚风洲渚，多少短歌些些。玉宇高寒，故人何处，渺渺
予怀无那。叹乘桴、浮海飘然，从我未知谁可。　**别调集**

（"梦相"二句）幻想。（"叹乘"二句）道园老子胸襟，此词约
略可见。

风入松 寄柯敬仲

画堂红袖倚清酣，华发不胜簪。几回晚直金銮殿，

东风软、花里停骖。书诏许传宫烛，轻罗初试朝衫。 御沟冰泮水接蓝，飞燕语呢喃。重重帘幕寒犹在，凭谁寄、银字泥缄。报道先生归也，杏花春雨江南。 **别调集**

（"报道"二句）天然神韵。

宋　褧

字显夫，宛平人。泰定中进士，累官翰林直学士，赠国子祭酒、轻车都尉、范阳郡侯，谥文清。有《燕石集》，词一卷。

浣　溪　沙 昆山州城西小寺

落日吴江驻画桡，招提佳处暂消遥。海风吹面酒全消。 曲沼芙蓉秋的的，小山丛桂晚萧萧。几时容我夜吹箫。 **大雅集**

萨都剌

字天锡，雁门人。登泰定进士，官京口录事，终河北廉访司经历。有《雁门集》。

满江红 金陵怀古

六代豪华，春去也、更无消息。空怅望、山川形胜，已非畴昔。王谢堂前双燕子，乌衣巷口曾相识。听夜深、寂寞打孤城，春潮急。　　思往事，愁如织。怀故国，空陈迹。但荒烟衰草，乱鸦斜日。玉树歌残秋露冷，胭脂井坏寒螀泣。到如今、只有蒋山青，秦淮碧。　　**放歌集**

（"玉树"二句）凄艳。

百 字 令 登石头城

石头城上，望天低吴楚，眼空无物。指点六朝形胜地，惟有青山如壁。蔽日旌旗，连云樯橹，白骨纷如雪。一江南北，消磨多少豪杰。　　寂寞避暑离宫，东风辇路，芳草年年发。落日无人松径里，鬼火高低明灭。歌舞尊前，繁华镜里，暗换青青发。伤心千古，秦淮一片明月。　　**放歌集**

（上阕）天锡最长于吊古，古诗亦然，不独工倚声也。（"东风"二句）语意凄恻。

酹 江 月 过淮阴

短衣瘦马，望楚天空阔，碧云林杪。野水孤城斜日里，犹忆那回曾到。古木鸦啼，纸灰风起，飞入淮阴庙。椎牛酾酒，英雄千古谁吊。　　何处漂母荒坟，清明落日，肠断王孙草。鸟尽弓藏成底事，百事不如归好。半夜钟声，五更鸡唱，南北行人老。道傍杨柳，青青春又来了。　放歌集

（"清明"二句）措语凄警。（"半夜"五句）是"过"字神理，相题行文，不然竟似淮阴吊古题矣。

木兰花慢 彭城怀古

古徐州形胜，消磨尽、几英雄。想铁甲重瞳，乌骓汗血，玉帐连空。楚歌八千兵散，料梦魂、应不到江东。空有黄河如带，乱山回合云龙。　　汉家陵阙起秋风，禾黍满关中。更戏马台荒，画眉人远，燕子楼空。人生百年寄耳，且开怀、一饮尽千钟。回首荒城斜日，倚阑目送飞鸿。　放歌集

声调高朗，直逼幼安。（"人生"四句）一笔撇开，兔起鹘落。

张　翥

字仲举，晋宁人。至正初，以荐为国子助教，累官河南行省平章政事兼翰林学士。有《蜕岩乐府》三卷。

元词日就衰靡，愈趋愈下。张仲举规模姜、史，为一代正声，高者在草窗、西麓之间，而真气稍逊。○仲举词树骨甚高，寓意亦远，元词之不亡者，赖有仲举耳。然欲求一篇如梅溪、碧山之沉厚，则不可得矣。[1]

摸鱼儿　春日西湖泛舟

涨西湖、半篙新雨，曲尘波外风软。兰舟同上鸳鸯浦，天气嫩寒轻暖。帘半卷，度一缕歌云，不碍桃花扇。莺娇燕婉，任狂客无肠，王孙有恨，莫放酒杯浅。
垂杨岸，何处红亭翠馆。如今游兴全懒。山容水态依然好，惟有绮罗云散。君不见，歌舞地、青芜满目成秋苑。斜阳又晚，正落絮飞花，将春欲去，目送水天远。　大雅集

---

① 此评录入《词话》卷三。

又 题熊伯宣藏梅花卷子

记西湖、水边曾见，查牙老树如此。冰痕冷沁苔枝
雪，的历数花才试。天也似，爱玉质清高，不入闲红紫。
孤山处士，谩赋得招魂，烟荒水暗，寂寞抱香死。

春风笔，休忆深宫旧事，添人多恨多思。墨池雪岭三生
梦，唤起缟衣仙子。仍独自，伴瘦影、黄昏和月窥窗纸。
声声字字，写不尽江南，闲愁万斛，诉与绿衣使。　**大雅集**

笔意超脱，托体亦不卑，元代断推巨擘。◎"添人"六字庸弱。

解 连 环 留别临川诸友

夜来风色，叹青灯素被，早寒欺客。想寂寞、人在
帘栊，望塞雁欲来，又催刀尺。秋满关河，更谁倚、夕
阳横笛。记题花赋月，此地与君，几度游历。　　　江头
楚枫渐赤，对愁樽饮泪，难问消息。趁一舸、千里东归，
渺天末乱山，水边孤驿。惋晚年华，怅回首、雨南云北。
算今古、此情此恨，甚时尽得。　**大雅集**

（"秋满"二句）婉雅凄怨，可与草窗颉颃。

绮罗香 雨中舟次洹上

燕子梁深，秋千院冷，半湿垂杨烟缕。怯试春衫，长恨踏青期阻。梅子后、余润留寒，藕花外、嫩凉销暑。渐惊他、秋老梧桐，萧萧金井断蛩暮。　　熏篝须待被暖，催雪新词未稳，重寻笙谱。水阁云窗，总是惯曾经处。曾信有、客里关河，又怎禁、夜深风雨。一声声、滴在疏篷，做成情味苦。**大雅集**

（"水阁"四句）刻意为白石，冲味微减，姿态却饶。①

水龙吟 广陵送客次郑兰玉赋蓼花韵

芙蓉老去妆残，露华滴尽珠盘泪。水天潇洒，秋容冷淡，凭谁点缀。瘦苇黄边，疏蘋白外，满汀烟毵。把余妍分与，西风染就，犹堪爱、红芳媚。　　几度临流送远，向花前、偏惊客意。船窗雨后，数枝低入，香零粉碎。不见当年，秦淮花月，竹西歌吹。但此时此处，丛丛满眼，伴离人醉。**大雅集**

---

① 此评录入《词话》卷三。

"黄边"、"白外"四字亦新奇。◎"船窗"数语，画所不到。
○系以感慨，意境便厚。

《词话》卷三：仲举《水龙吟》（蓼花）云："瘦苇黄边，疏蘋
白外，满汀烟毯。""黄边"、"白外"四字亦新奇。又云："船窗雨
后，数枝低入，香零粉碎。不见当年，秦淮花月，竹西歌吹。"系
以感慨，意境便厚。"船窗"数语，亦是画所不到。但看来已是元
词，去宋人已远。

多　丽　西湖泛舟夕归，施成大席上以
"晚山青"为起句，各赋一词。

晚山青，一川云树冥冥。正参差、烟凝紫翠，斜阳
画出南屏。馆娃归、吴台游鹿，铜仙去、汉苑飞萤。怀
古情多，凭高望极，且将尊酒慰飘零。自湖上、爱梅仙
远，鹤梦几时醒。空留得、六桥疏柳，孤屿危亭。
待苏堤、歌声散尽，更须携妓西泠。藕花深、雨凉翡翠，
菰蒲软、风弄蜻蜓。澄碧生秋，闹红驻景，采菱新唱最
堪听。一片水天无际，渔火两三星。多情月、为人留照，
未过前汀。　　**别调集**

（"一片"四句）景中带情，不失宋贤矩矱。

摘 红 英

莺声寂，鸠声急，柳烟一片梨云湿。惊人困，教人恨，待到平明，海棠应尽。　　青无力，红无迹，残香剩粉那禁得。天难准，晴难稳，晚风又起，倚栏争忍。

别调集

（"天难"四句）押韵陡险。

洪希文

字汝执①，莆田人。有《续轩渠集》，词一卷。

浣 溪 沙

丈室萧条似病禅，打窗风雨罢吟笺。归心一点落灯前。　　犹有十三楼上酒，可无三百杖头钱。一年心老一年年。　**别调集**

（下阕）洒脱有致。

---

① "汝执"，《元史类编》作"汝质"。

倪 瓒

字元镇，无锡人，高尚不仕。有《清閟阁遗稿》，词一卷。

人 月 圆

伤心莫问前朝事，重上越王台。鸥鹭啼处，东风草绿，残照花开。　　怅然孤啸，青山故国，乔木苍苔。当时明月，依依素影，何处飞来。　**大雅集**

悲壮风流，独有千古，南宋诸巨手为之，亦无以过。

《词话》卷三：倪元镇《人月圆》云，风流悲壮，南宋诸巨手为之，亦无以过，词岂以时代限耶？

凭 栏 人 **赠吴国良**①

客有吴郎吹洞箫，明月沉江春雾晓。湘灵不可招，水云中环佩摇。　**别调集**

寥寥数语，妙有远神。

---

① 此曲调，《全金元词》不录，《全元散曲》录入。

顾德辉

一名阿瑛，字仲瑛，昆山人。举茂才，署会稽教谕，力辞不就，后以子恩封武略将军，钱塘县男，晚称金粟道人。有《玉山草堂集》。

青 玉 案

春寒恻恻春阴薄，整半月、春萧索。晴日朝来升屋角。树头幽鸟，对调新语，语罢双飞却。　　红入花腮青入萼，尽不爽、花期约。可恨狂风空自恶。晓来一阵，晚来一阵，难道都吹落。　**别调集**

（上阕）有劲直之气，可药元末纤弱一派。

邵亨贞

字复孺，号清溪，华亭人。有《蛾术词选》四卷。

沁 园 春 美人眉

巧斗弯环，纤凝妩媚，明妆未收。似江亭晓望，遥山拂翠，宫帘暮卷，新月横钩。扫黛嫌浓，涂铅讶浅，能画张郎不自由。伤春倦，为皱多无力，翻做娇羞。　　填来不满横秋，料着得人间多少愁。记鱼笺缄启，背人偷敛，雁钿交并，运指轻柔。有喜先占，长颦难效，柳叶轻黄今在不。双尖锁，试临鸾一展，依旧风流。　**闲情集**

"江亭"四语切合大雅，余尚不过纤小。○复孺美人目词，如"几度孜孜频送情"等句，未免贱相，故置不录。

凭 栏 人 题曹云西赠伎小画①

谁写江南一段秋，妆点钱塘苏小楼。楼中多少愁，楚山无尽头。　**别调集**

（"楼中"二句）题画如此，可谓简要。

王 行

字止仲，长洲人。有《半轩集》，词一卷。

---

① 此曲调。《全金元词》不录，《全元散曲》录入。

虞 美 人 顾氏隐居

黄花翠竹临溪处，正是幽人住。不嫌拄杖破苍苔，便道有时阴雨也须来。　　隔帘尘土纷纷起，久厌襄阳市。若能招我作西邻，从此一溪春水两家分。　别调集

（上阕）真有山林之癖。（"若能"二句）清高绝俗。

马致远

号东篱。

天 净 沙① 见《老学丛谈》

枯藤老树昏鸦，小桥流水平沙。古道凄风瘦马，夕阳西下，断肠人在天涯。　别调集

叠写景物，末句寄情。

---

① 此三首曲调。《全金元词》不录，《全元散曲》录入。

又

平沙细草斑斑，曲溪流水潺潺。塞上清秋早寒，一
声新雁，黄云红叶青山。　　别调集

又

西风塞上胡笳，月明马上琵琶。那抵昭君怨多，李
陵台下，淡烟衰草黄沙。　　别调集

意境萧飒。

王容溪

如梦令

林下一溪春水，林上数峰岚翠。中有隐居人，茅屋
数间而已。无事，无事，石上坐看云起。　　别调集

冲口而出，渐近自然。

滕　宾

字玉霄，睢阳人。官江西儒学提举，后弃家入天台为道士。

洞 仙 歌　送张宗师捧香

　　醉骑黄鹄，飞下红云岛。铁笛吹寒洞天晓。被人间识破，惹起虚名，惊宇宙，一笑天高月小。　　仙槎人去后，殿上班头，除却洪崖总年少。看天香袖里，散作东风，吹不断、海北天南都到。试容我、从容五陵间，便吹落一作"入"苍寒，一蓑烟钓。　**别调集**

　　词意超迈，笔力苍劲，元人中最铮铮者。

归 朝 欢

　　画角西风轰万鼓，犹忆元戎谈笑处。铁衣露重剑光寒，海波飞立鱼龙舞。匆匆留不住，万里玉关如掌路。空怅望，夕阳暮霭，人立渡傍渡。　　木落山空人掩户，得似旧时春色否。雁声呼彻楚天低，玉骢嘶入烟云去。无人凭说与，梅花泪老愁如雨。犹记得，颠崖如此，细向席前语。　**别调集**

（"画角"四句）调高响逸。

鹊 桥 仙

斜阳一抹，青山数点，万里澄江如练。东风吹落橹声遥，又唤起、寒云一片。　　残鸦古渡，荒鸡村店，渐觉楼头人远。桃花流水小桥东，是那个、柴门半掩。

别调集

（"东风"二句）警炼。

白雨斋词选卷十二

明　词

　　词至于明，而词亡矣。伯温、季迪已失古意，降至升庵辈，琢句炼字，枝枝叶叶为之，不可语于大雅。自马浩澜、施阆仙辈出，淫词秽语，无足置喙。明末陈人中能以秾艳之笔传凄婉之神，在明代便算高手。然视国初诸老，已难同日而语，更何论唐宋哉？〇有明三百年中，习倚声者讵乏其人？然以"沉郁顿挫"四字绳之，竟无一篇满人意者，真不可解。①

刘　基

　　字伯温，青田人。元进士，入明，以佐命功，官至御史中丞，封诚意伯。为胡惟庸毒死，正德追谥文成。有《诚意刘文成公集》二十卷，词附。

临 江 仙

　　街鼓无声春漏咽，不知残夜如何。玉绳历落耿银河。

鹊惊穿暗树，露坠滴寒莎。　　梦里相逢还共说，五湖烟水渔蓑。镜中绿发渐无多。泪如霜后叶，搣搣下庭柯。　**大雅集**

《词话》卷三：伯温《临江仙》云："镜中绿发渐无多。泪如霜后叶，搣搣下庭柯。"以开国元勋，而作此衰感语，盖已兆胡惟庸之祸矣。

水 龙 吟 感怀和东坡韵

鸡鸣风雨萧萧，侧身天地无刘表。啼鹃迸泪，落花飘恨，断魂飞绕。月暗云霄，星沉烟水，角声清袅。问登楼王粲，镜中白发，今宵又、添多少。　　极目乡关何处，渺青山、髻螺低小。几回好梦，任他归去，被渠遮了。宝瑟弦僵，玉筝指冷，冥鸿天杪。但侵阶莎草，满庭绿树，不知昏晓。　**放歌集**

慨当以慷。

如 梦 令 题画

草际斜阳红委，林表晴岚绿靡。何许一渔舟，摇动

半江秋水。风起，风起，棹入白蘋花里。　别调集

题画妙以假为真，浅浅数语，固自入神。

千 秋 岁

　　淡烟平楚，又送王孙去。花有泪，莺无语，芭蕉心一寸，杨柳丝千缕。今夜雨，定应化作相思树。　　忆昔欢游处，触目成前古。良会知何许，百杯桑落酒，三叠阳关句。情未了，月明潮上迷津渚。　别调集

（"花有"六句）凄婉芊丽。

张以宁

字志道，古田人。元末官翰林学士承旨，明初例徙南京，召为侍读学士。有《翠屏集》四卷。

明月生南浦　广州南汉王刘铱故宫，铁铸四柱犹存，周览叹息之余，夜泊三江口，梦中作一词，觉而忘之，但记二句云："千古兴亡多少恨，总付潮回去。"因檃括为此词。

　　海角亭前秋草路。榕叶风清，吹散蛮烟雾。一笑英

雄曾割据，痴儿却被潘郎误。　　宝气销沉无觅处。藓晕犹残，铁铸遗宫柱。千古兴亡知几度，海门依旧潮来去。　放歌集

高　启

字季迪，长洲人，隐吴淞江之青丘，自号青丘子。洪武初，召入纂修《元史》，授编修，擢户部侍郎，放还。为魏观作《上梁文》，连坐死。有《扣舷词》一卷。

沁园春 雁

木落时来，花发时归，年又一年。记南楼望信，夕阳帘外，西窗惊梦，夜雨灯前。写月书斜，战霜阵整，横破潇湘万里天。风吹断，见两三低去，似落筝弦。　　相呼共宿寒烟，想只在、芦花浅水边。恨呜呜戍角，忽催飞起，悠悠渔火，长照愁眠。陇塞间关，江湖冷落，莫恋遗粮犹在田。须高举，教弋人空慕，云海茫然。　大雅集

（"莫恋"四句）先生能言之，而终自不免，何也？

《词话》卷三：高季迪《沁园春》（雁）云（"陇塞"六句），托

意高远。先生能言之，而终自不免，何耶？

杨　基

字孟载，嘉州人，大父仕江左，遂家吴中。洪武初，知荥阳县，历山西按察副使。有《眉庵词》。

浣溪沙 花朝

鸾股先寻斗草钗，凤头新绣踏青鞋。衣裳宫样不须裁。　　软玉镂成鹦鹉架，泥金镌就牡丹牌。明朝相约看花来。　闲情集

此词丽极，然雅而不纤，固是作手。

刘　昺

字彦章，鄱阳人。安庆左丞，余阙待以国士。后归明太祖，授中书博士厅咨议典签。有《春雨轩词》一卷。

忆秦娥

溪头柳，青青折赠行人手。行人手，最伤心处，西

风重九。　　阳关一曲长亭酒，停鞭欲去仍回首。仍回首，少年离别，老来依旧。　**别调集**

（"最伤"二句）清爽。

聂大年

字寿卿，临川人。正统间官仁和县教谕，景泰初征入翰林。

卜算子

粉泪湿鲛绡，只恐郎情薄。梦到巫山第几重，酒醒灯花落。　　数日尚春寒，未把罗衣着。眉黛含颦为阿谁，但悔从前错。　**闲情集**

（"眉黛"二句）中有怨情，令人寻味不尽。

史　鉴

字明古，吴江人。有《西村集》八卷，词附。

临江仙 赠余浩

秋水芙蓉江上饮，怜渠无限风流。红牙低按小梁州。

淡云拖急雨，依约见江楼。　　最是采莲人似玉，相逢并着莲舟。唱歌归去水悠悠。清砧孤馆夜，明月太湖秋。　**别调集**

（"淡云"二句）诗情画景。（"清砧"二句）笔力清劲，不减青田。

祝允明

字希哲，长洲人。弘治五年举人，官应天府通判。有《怀星堂集》三十卷。

蝶 恋 花 赠妓

闹蝶窥春花性浅。未了妆梳，小颗唇朱点。玉絮吹寒飞力软，深深绣户珠帘掩。　　厮放临时仍泥恋。一把风情，错认徐娘减。略绰晕香红半片，阑干回首东风远。　**闲情集**

（"略绰"二句）雅丽足愧宗吉一流人。

边 贡

字廷实，历城人。弘治九年进士，历官南京户部尚书。有《华泉集》八卷。

蝶 恋 花 留别吴白楼

亭外潮生人欲去。为怕秋声，不近芭蕉树。芳草碧云凝望处，何时重话巴山雨。　　三板轻船频唤渡。秋水疏杨，欲折丝千缕。白雁横天江馆暮，醉中愁见吴山路。　别调集

（"为怕"四句）用笔和雅，自是诗人之词。

唐　寅

字子畏，吴县人。弘治十一年南京乡试第一，坐事被斥。有《六如词》一卷。

一 剪 梅

雨打梨花深闭门，忘了青春，误了青春。赏心乐事共谁论，花下销魂，月下销魂。　　愁聚眉峰尽日颦，千点啼痕，万点啼痕。晓看天色暮看云，行也思君，坐也思君。　闲情集

此词颇工，但"千点"、"万点"一意，分不出两层，亦小疵也。

杨 慎

字用修，新都人。正德六年，赐进士第一，授修撰。嘉靖甲申，两上议大礼疏，廷杖谪戍云南永昌卫，卒于戍所。有《升庵词》二卷。

《词话》卷三：用修小令，合者有五代人遗意，而时杂曲语，令读者短气。

转 应 曲

双燕，双燕，金屋往来长见。珠帘半卷风斜，何处衔来落花。花落，花落，日暮长门寂寞。　大雅集

用修小令，犹有五代人遗意。

转 应 曲

银烛，银烛，锦帐罗帏影独。离人无语销魂，细雨斜风掩门。门掩，门掩，数尽寒城漏点。　大雅集

如 梦 令

云影月华穿过，雨意钟声敲破。洞户卷帘时，飞透

流萤一个。孤坐，孤坐，白雪金徽谁和。　**大雅集**

凄炼。◎结二语说破反浅。

昭 君 怨

楼外东风到早，染得柳条黄了。低拂玉阑干，怯春寒。　　正是困人时候，午睡浓于中酒。好梦是谁惊，一声莺。　**闲情集**

（"好梦"二句）宛约。

浪 淘 沙

春梦似杨花，绕遍天涯。黄莺啼过绿窗纱。惊散香云飞不去，篆缕烟斜。　　油壁小香车，水渺云赊。青楼珠箔那人家。旧日罗巾今日泪，湿透韶华。　**闲情集**

此词绝沉至。明代才人，自以升庵为冠，词非专长，偶一涉猎，却有独到处。

夏　言

字公谨，贵溪人。正德十二年进士，历官吏部尚书、华盖殿大学士。谥文愍。有《桂洲近体乐府》六卷、《鸥园新曲》一卷。

浣　溪　沙 春暮

庭院沉沉白日斜，绿阴满地又飞花。岑岑春梦绕天涯。　　帘幕受风低乳燕，池塘过雨急鸣蛙。酒醒明月照窗纱。　　大雅集

（"岑岑"句）语意幽远。

文征明

初名璧，以字行，更字征仲，长洲人。以岁贡入京，授待诏。有《莆田集》。

满　江　红

漠漠轻阴，正梅子、弄黄时节。最恼是、欲晴还雨，乍寒又热。燕子梨花都过也，小楼无那伤春别。傍阑干、欲语更沉吟，终难说。　　一点点，杨花雪。一片片，榆钱荚。渐西垣日隐，晚凉清绝。池面盈盈清浅水，柳

梢淡淡黄昏月。是何人、吹彻玉参差，情凄切。　**别调集**

（"燕子"四句）芊绵宛约，得北宋遗意。

万士和

字思节，宜兴人。嘉靖二十年进士，历官礼部侍郎，谥文恭。有《赍行集》。

临 江 仙

睡里钓台相失，寻仙且上桐山。乱峰环合碧波寒。笑携黄鹤伴，来坐白云间。　二十年前游处好，趋庭犹忆红颜。而今狼籍鬓垂斑。西风衰草外，长啸下松关。　**放歌集**

（"笑携"二句）气格苍劲，不染明代陋习。

王好问

字裕卿，① 乐亭人。嘉靖二十九年进士，历官南京户部尚书。有《春照斋集》十一卷，词附。

①　好问，号西塘。眉评及之。

贺圣朝影 寄远

袅袅西风敛暝烟，日衔山。阴阴杨柳暗长川，水如天。　一别玉京成远梦，几经年。锦书千里为谁传，思依然。　**别调集**

情景兼至，赵符庚谓西塘词如秋水芙蓉，寒江映月，此篇庶乎近之。○结三字婉约。

汤显祖

字义仍，临川人。万历十一年进士，官礼部主事。有《玉茗堂词》一卷。

阮　郎　归

不经人事意相关，牡丹亭梦残。断肠春色在眉弯，倩谁临远山。　排恨叠，怯衣单，花枝红泪弹。蜀妆晴雨画来难，高唐云影间。　**闲情集**

（上阕）寄怨无端。

马　洪

字浩澜，仁和人。有《花影集》三卷。

少　年　游

弄粉调脂，梳云掠月，次第晓妆成。鹦鹉笼边，秋千墙里，半晌不闻声。　　原来却在瑶阶下，独自踏花行。笑摘朱樱，微揎翠袖，枝上打流莺。　闲情集

起四字俗。（"笑摘"三句）小有情态，不免轻薄相。

施绍莘

字子野，青浦人。有《花影词》四卷。

浪仙词格不高，然小令却间有佳者，较之马浩澜之陈言秽语，固自有别。

《词话》卷八（刻本卷六）：明代施浪仙《花影词》四卷，卑卑不足道，求其稍近于雅者，不获三五阕。同时马浩澜，亦有《花影词》三卷，陈言秽语，又出浪仙之下。而当时并负词名，即后世犹有称述之者，真不可解。

浣 溪 沙

半是花声半雨声，夜分淅沥打窗棂。薄衾单枕一人听。　　密约不明浑梦境，佳期多半待来生。凄凉情况是孤灯。　闲情集

又 月夜

如镜窥妆逗小楼，真珠帘外半痕收。倒簪花影上人头。　　品得秦筝初度曲，花前和露耍鞦韆。柳丝浓翠拂鞋钩。　闲情集

"耍"字俗恶。◎结语纤丽。

谒 金 门

春欲去，如梦一庭空絮。墙里秋千人笑语，花飞撩乱处。　　无计可留春住，只有断肠诗句。万种消魂多寄与，斜阳天外树。　闲情集

（"万种"二句）情韵既深，笔力亦健，浪仙最高之作。

葛一龙

字震父，吴县人。官云南布政司理问。

忆 王 孙

　　春风吹后满天涯，系马高楼春日斜。归梦悠扬隔柳花，不如他，一路青青直到家。　　**别调集**

　　"不如他"三字，妙妙，宋人咏草名作多矣，此词独有别致。

汤传楹

字卿谋，吴县人。诸生。有《湘中草》一卷。

鹧 鸪 天

　　一片伤心花影封，美人初出晓云宫。帘前泥落常憎燕，鬓侧花摇数避蜂。　　　钩月翠，晕潮红，倚烟欺雨咒东风。碧纱深掩喁喁处，塞北江南春梦中。　　**闲情集**

　　"鬓侧"七字，摹写活现。（"倚烟"句）贱相。（"碧纱"二句）兼晏、欧、周、秦之美。

陈子龙

字人中，一字卧子，青浦人。崇祯十年进士，官兵科给事中，进兵部侍郎，明亡，殉节。国朝谥忠裕。有《湘真阁》《江蓠槛词》二卷。

忆秦娥 杨花

春漠漠，香云吹断红文幕。红文幕，一帘残梦，任他飘泊。　　轻狂无奈东风恶，蜂黄蝶粉同零落。同零落，满池萍水，夕阳楼阁。　　**大雅集**

（"满池"二句）措语亦雅正。

山 花 子

杨柳凄迷晓雾中，杏花零落五更钟。寂寂景阳宫外月，照残红。　　蝶化彩衣金缕尽，虫衔画粉玉楼空。惟有无情双燕子，舞东风。　　**大雅集**

（上阕）凄丽近南唐二主，词意亦哀以思矣。①

---

① 此评录入《词话》卷三，并录全词。

江 城 子

一帘病枕五更钟，晓云空，卷残红。无情春色、去矣几时逢。添我千行清泪也，留不住，苦匆匆。　　楚宫吴苑草茸茸，恋芳丛，绕游蜂。料得来年、相见画屏中。人自伤心花自笑，凭燕子，骂东风。　　大雅集

（"料得"四句）绵邈凄恻。[1]

柳 梢 青

绣岭平川，汉家故垒，一抹苍烟。陌上香尘，楼前红烛，依旧金钿。　　十年梦断婵娟，回首处、离愁万千。细柳新蒲，昏鸦暮雁，芳草连天。　　放歌集

清 平 乐

绣帘花散，难与东风算。拈得金针丝又乱，尚剩檀心一半。　　几回黛蹙双蛾，斜添红缕微波。闲看燕泥欲堕，柳绵吹满轻罗。　　闲情集

---

[1]　此评录入《词话》卷三，并录词下阕。

（"拈得"二句）低回欲绝。

虞 美 人

枝头残雪余寒透，人影花阴瘦。红妆悄立暗消魂，镇日相看无语又黄昏。　　香云黯淡疏更歌，惯伴纤纤月。冰心寂寞恐难禁，早被晓风零乱又春深。　**闲情集**

（"冰心"二句）情不自禁，写来婉折入妙，不流于邪，所谓丽而有则。

浣 溪 沙

半枕轻寒泪暗流，愁时如梦梦时愁。角声初到小红楼。　　风动残灯摇绣幕，花笼微月澹帘钩。廿年旧恨上心头。　**别调集**

凄婉，是词场本色。

天 仙 子

古道棠梨寒恻恻，子规满路东风湿。留连好景为谁愁，归潮急，暮云碧，和雨和晴人不识。　　北望音书迷故国，一江春雨无消息。强将此恨问花枝，嫣红积，莺如织，侬泪未弹花泪滴。　别调集

（"留连"四句）感时之作，笔意凄警。

千 秋 岁

章台西弄，纤手曾携送。花影下，相珍重。玉鞭红锦袖，宝马青丝鞚。人去后，箫声永断秦楼凤。　　茜茗双灯捧，翡翠香云拥。金缕枕，今谁共。醉中过白日，望里悲青冢。休恨也，黄莺啼破前春梦。　别调集

（"醉中"四句）亦凄艳，亦苍莽，自是作手。

单　恂

字质生，江南华亭人。崇祯十三年进士，官麻城县知县。有《竹庵词》。

采 桑 子

画帘微雨春风暮，最苦今番，罗袖痕斑，留待归时

逐点看。　　桃花门巷无人到，蹙损蛾弯，手约云鬟，斜倚残红第几阑。　**闲情集**

　　质生平日论词，以含情绵丽者为宗，谓不失《风》《骚》、乐府遗意。其所自作，大半藻思丽句，诚如所言，但风骨太低，开后人尖巧之习。

浣 溪 沙

　　豆蔻花红满眼明，小帘贴燕雨如尘。踏青时节又因循。　　倦蝶有情随鬓鬟，远山无赖①学眉颦。冷清清地奈何春。　**闲情集**

　　结句巧小。

王彦泓

　　字次回，金坛人。官华亭县训导。有《疑雨集》，词附。

---

　　① "赖"，底本作"奈"，据《明词综》改。

满 江 红

眼角眉端，谁道是、便成抛散。怕向那、定情帘下，诉愁窗畔。几度卸妆垂手望，无端梦觉低声唤。猛思量、此际正天涯，啼珠溅。　欲寄语，加餐饭。难嘱付，凭鱼雁。隔云山牵挽，寸心如线。善病每逢春月卧，长愁多向花前叹。况如今、憔悴已难堪，何曾惯。　闲情集

次回《疑雨集》，钩魂摄魄，极尽《香奁》能事，真诗中之妖也。词附见集中，如此篇亦可谓凄丽矣。

金俊明

字孝章，吴县人。诸生。

生 查 子 北平驿秋夜

逼暝转深林，瑟瑟松涛沸。日落旅魂惊，嘶马停还未。　灯荧独夜情，剑吼清秋气。凉月照无眠，应见征人泪。　别调集

钱应金

字而介，嘉兴人。有《古处堂词》二卷。

踏 莎 行

铜雀春深，纸鸢书暖。绣床无力抛针倦。朝来不是懒看花，羞颜怕与花相见。　　粉醺啼痕，罗消裙褟。红泉脉脉流松涧。湘琴一曲美人愁，云连猿路秋连雁。　**闲情集**

（"云连"句）情景相生，绵邈无际。

于儒颖

字发仲，金坛人。

浣 溪 沙

一片心情眼底柔，倦容疏态越风流。未经惆怅不知愁。　　鸳谱怪来针线减，功夫强半为梳头。日西初见下妆楼。　**闲情集**

设色自好，通篇只衍出"倦容疏态"四字。

计南阳

字子山，江南华亭人。

花 非 花

同心花，合欢树。四更风，五更雨。画眉山上鹧鸪
啼，画眉山下郎行去。王阮亭云："可作古乐府读。" **别调集**

音调古雅，虽非词中正声，在明代自是矫矫之作。

沈 谦

字玄矜，仁和人。有《东江词》二卷。

清 平 乐 罗带

香罗曾寄，小凤盘云腻。要识春来腰更细，剩得许
多垂地。　　玉钩移孔难寻，有时捻着沉吟。踪迹可知
无定，两头都结同心。　**闲情集**

（"踪迹"二句）思路隽巧。

李明岳

字青来，嘉兴人。

阿 那 曲 舟中待友

几回闲夜停机杼，支枕蓬窗风许许。吹尽蘋香不见人，绕塘寒月鸡鹕语。　别调集

（"吹尽"二句）语带鬼气。

张大烈

字言冲，钱塘人。有《诗余类函》。

少 年 游 秋思

萧瑟秋风古渡桥，江风壮晚潮。夕阳衰柳，何堪轻折，瘦损小蛮腰。　碧云澹远澄波静，惨怨散林皋。山海情深，石尤风急，留住远征桡。　别调集

（"江风"四句）笔力雄健，词意酸楚。

商景兰

字媚生，会稽人，祁彪佳室。

捣 练 子

长相思，久离别，为谁憔悴凭谁说。卷帘贪看月明多，斜风恰打银釭灭。　别调集

（"为谁"三句）情词凄怨，有乐府遗意。

沈宜修

字宛君，吴江人，同邑叶绍袁室。

浣 溪 沙　侍女随春羞作娇憨之态，诸女咏之，余亦戏作。

袖惹飞烟绿鬓轻，翠裙拖出粉云屏。飘残柳絮未知情。　千唤懒回伴看蝶，半含娇语恰如莺。嗔人无赖恼秦筝。　闲情集

（下阕）描摹入画。

叶小纨

字蕙绸，吴江人，同邑沈永祯室。

浣 溪 沙 为侍女随春作

鬓薄金钗半鬊轻，佯羞微笑隐湘屏。嫩红染面太多
情。　　长怨曲栏看斗鸭，惯嗔南陌听啼莺。月明帘下
理瑶筝。　**闲情集**

（下阕）娇态可想。

叶纨纨

字昭齐，吴江人，叶绍袁女。有《愁言》。

浣 溪 沙

几日轻寒懒上楼，重帘低控小银钩。东风深锁一窗
幽。　　昼永香消春寂寂，梦残烛跋思悠悠。近来长自
只知愁。　**闲情集**

（"东风"句）凄婉。

叶小鸾

字琼章，吴江人，昆山张立平聘室。有《返生香》。

《词话》卷三：叶小鸾词笔哀艳，不减朱淑真，求诸明代作者，尤不易觏也。

谒　金　门

情脉脉，帘卷西风争入。漫倚危楼窥远色，晚山留落日。　　芳树重重凝碧，影浸澄波欲湿。人向暮烟深处忆，绣裙愁独立。　大雅集

（“人向”二句）造语精秀。

浣　溪　沙

曲曲阑干绕树遮，半庭花影带帘斜。又看暝色入窗纱。　　楼外远山横宝髻，天边明月伴菱花。空教芳草怨年华。　大雅集

（下阕）哀艳，求诸明代作者，尤不易觏也。

浣 溪 沙

　　红袖香浓日上初，几番无力倩风扶。绿窗时掩闷妆梳。　　一晌多慵嫌刺绣，近来聊喜学临书。鸟啼春困落花疏。　**闲情集**

　　（下阕）芊绵宛约，视《断肠集》有过之无不及也。

又

　　几日东风倚画楼，碧天清霭半空浮。韶光多半杏梢头。　　垂柳有情留夕照，飞花无计却春愁。但凭天气困人休。钮玉樵云："小鸾父仲韶，风神雅令，工六朝骈体，同沈宜人宛君偕隐汾湖，与子女刻意诗词以自娱乐。小鸾生十岁，能韵语。秋夜，仲韶命以句云'桂寒清露湿'，即对曰'枫冷乱红凋'，是时以为夭折之征。及未婚而殁，见有五彩云捧足而去，知前身为缑岭女仙，今当归月府。适有冥中比丘尼智泖传天台教，起无叶堂以收女士慧业而早亡者，小鸾从之。泖师审戒，信口答应，如'研香制就夫人字，镂雪吟成幼妇词'，凡十余联，皆晚唐名句也。泖师留之堂中，与姊昭齐薰习梵行。所存诗词，皆似不食人间烟火者。"　**闲情集**

（下阕）凄凉哀怨，所以不能永年也。

南 歌 子

　　门掩瑶琴静，窗消画卷闲。卷庭香雾绕阑干，一带淡烟红树隔楼看。　　云散青天瘦，风来翠袖寒。嫦娥眉又小檀弯，照得满阶花影只难攀。　　**别调集**

　　"云散"五字新警。

陈　氏

　　江南华亭人。有《梅龛吟》。

谒 金 门

　　春欲暮，帘外落红无数。斜倚曲栏浑不语，笑看双燕舞。　　惆怅夜来风雨，吹散满城花絮。一段夕阳留不住，马嘶芳草去。　　**别调集**

徐元端

　　字延香，江都人，范某室。有《绣闲集》。

南 乡 子①

独坐数归②期，花影重重日③影低。无计徘徊思好句，迟迟，④ 除却春愁没个题。　　闲倚画楼西，芳草青青失旧堤。犹记当时人去远⑤，依依，红杏花边罩⑥酒旗。　**别调集**

（"迟迟"二句）凄婉得易安笔意。《别调集》卷三

（"支颐"二句）脱口如生。《别调集》卷六

张红桥

闽县人。居红桥之西，因以为号，后归福清林鸿。

念 奴 娇　次韵寄子羽

凤凰山下，恨声声玉漏，今宵易歇。三叠阳关歌未

---

① 此首重出，见《别调集》卷三、卷六，分别录自《明词综》《国朝词综》。
② "归"，《别调集》卷六作"欢"。
③ "日"，《别调集》卷六作"月"。
④ "迟迟"，《别调集》卷六作"支颐"。
⑤ "远"，《明词综》、《国朝词综》、《别调集》卷六作"处"。
⑥ "罩"，《明词综》作"一"，《国朝词综》、《别调集》卷六作"飐"。

竟，城上栖乌催别。一缕情丝，两行清泪，渍透千重铁。重来休问，尊前已是愁绝。　　还忆浴罢画眉，梦回携手，踏碎花间月。谩道胸前怀豆蔻，今日总成虚设。桃叶津头，莫愁湖畔，远树云烟叠。剪灯帘幕，相思谁与[①]同说。　**闲情集**

　　红桥寄此词后，独坐小楼，感念而卒。一时倡和诸诗甚多，不独工长短句也。（"谩道"二句）凄怨。

王　微

字修微，扬州妓，自号草衣道人。

忆 秦 娥

　　多情月，偷云出照无情别。无情别，清辉无奈，暂圆常缺。　　伤心好对西湖说，湖光如梦湖流咽。湖流咽，离愁灯畔，乍明还灭。施子野云："此词不减李易安。"　**别调集**

　　起十字警绝，余亦妥贴。

---

① "谁与"，底本作"与谁"，据《明词综》改。

呼 举

字文如,江夏妓。

玉 楼 春 夜坐

一灯半灭愁无数,河畔清蟾凉印户。闲庭细草乱蛩鸣,似共离人分泣露。 玉楼遥隔湘江浦,黯黯离魂寻得去。秋钟夜半远随风,短梦惊回忘去路。 **别调集**

("闲庭"二句)凄警,胜读《秋声赋》结三语。("秋钟"二句)有仙气,亦有鬼气。

锁懋坚

西域人。

菩 萨 蛮 送春

晓钟才到春偏度,一番日永伤迟暮。谁送断肠声,黄鹂知客情。 山光青黛湿,仍带伤春泣。绿酒泻杯心,卷帘空抱琴。 **别调集**

　　（"绿酒"二句）别样凄艳。

玄妙洞天少女

　　《词统》：玄之《梦游仙》词序云："夏夜倦寝，神游异境，榜曰'玄妙洞天'。见少女独立，朗然歌《谒金门》云云。歌竟，命侍儿传语曰：'与君有缘，今时尚未至，请辞。'遂翻然而醒。"

谒 金 门 闺情

　　真堪惜，锦帐夜长虚掷。挑罢银灯情脉脉，绣花无气力。　　女伴声停刀尺，蟋蟀争吟四壁。自起卷帘窥夜色，天青星欲滴。　　**别调集**

　　（"自起"二句）真乃洞天中人语。

乩　仙

贺 新 凉

　　鼙鼓惊天地。惨昏昏、烽烟四起，九门尽启。天子无愁先下殿，忍把河山抛弃。只换得、春灯旧谜。子弟梨园今白发，认铜驼、蔓草荒烟里。寻旧苑，朱门闭。　　红桥一带伤心地，记当年、仓皇夜出，匆匆走避。姊妹传催偏促急，教把弓鞋紧系。也自觉、偷生无味。一剑龙泉渐碧血，向东风、洒尽啼鹃泪。二百载，魂如寄。《渔矶漫钞》："金陵诸生扶鸾，有两女仙降乩，自云荷珠、桂珠，所作诗词甚多，似教坊被选入宫，死乙酉之难者。"

放歌集

（"天子"三句）大声疾呼。（"一剑"四句）劲节贞心，转出卞玉京、寇白门之右。

郑婉娥

女鬼。

念 奴 娇

离离禾黍，叹江山似旧，英雄尘土。石马铜驼荆棘里，阅遍几番寒暑。剑戟灰飞，旌旗鸟散，底处寻楼橹。喑呜叱咤，只今犹说西楚。　　憔悴玉帐虞兮，灯前掩泪，双靥流红雨。凤辇羊车行不返，九曲愁肠漫苦。梅瓣凝妆，杨花翻雪，回首成终古。翠螺青黛，绛仙慵画眉妩。吴江沈韶，洪武初，登琵琶亭，月下闻歌声。明日复往，见一丽人，曰："妾伪汉婕妤郑婉娥也，死，葬于亭侧。"为沈歌《念奴娇》，曰："昨夜郎所闻也。" **放歌集**

（上阕）凄凉悲怨，笔力自高，明代词人转不及也。

王秋英

女鬼。○《词苑丛谈》："福清诸生韩梦云，嘉靖甲子过石湖山，遇一女子，自称楚人王秋英，从父德育宦闽，遇寇石湖山，投崖而死。"

潇湘逢故人慢

春光将暮，见嫩柳拖烟，娇花染雾。顷刻间风雨，把堂上深恩，闺中遗事，钻火留饧，都付却、落花飞絮。又何心、挈榼提壶，斗草踏青盈路。　　子规啼，蝴蝶舞，遍南北山头，纸钱绿醑。莫一丘黄土，叹海角飘零，湘阴凄楚。无主泉扃，也能得、有情鸡黍。画角声、吹落梅花，又带离愁归去。 **别调集**

（"无主"四句）凄怨，几令不能卒读。

白雨斋词选卷十三

清词一

《词话》卷一：明代无一工词者，差强人意，不过一陈人中而已。自国初诸公出，如五色朗畅，八音和鸣，备极一时之盛。然规模虽具，精蕴未宣，综论群公，其病有二。一则板袭南宋面目，而遗其真，谋色揣称，雅而不韵。一则专习北宋小令，务取秾艳，遂以为晏、欧复生，不知晏、欧已落下乘，取法乎下，弊将何极，况并不如晏、欧耶？反是者一陈其年，然弟得稼轩之貌，蹈扬湖海，不免叫嚣。樊榭窈然而深，悠然而远，似有可观。然亦特一丘一壑，不足语于沧海之大、泰华之高也。

《词话》卷三：国初诸老，同时杰出，几欲上掩两宋，然才力有余，沉厚不足。盖一代各有专长，宋词已成绝技，后世不能相加也。

《词话》卷三：国初多宗北宋，竹垞独取南宋，分虎、符曾佐之，而风气一变。然北宋、南宋，不可偏废。南宋白石、梅溪、梦窗、碧山、玉田辈，固是高绝，北宋如东坡、少游、方回、美成诸公，亦岂易及耶？况周、秦两家，实为南宋导其先路，数典忘祖，其谓之何？◎北宋去温、韦未远，时见古意，至南宋则变态极焉。变态既极，则能事已毕，遂令后之为词者，不得不刻意求奇，以至每况愈下，盖有由也。亦犹诗至杜陵，后来无能为继，而天地之奥，发泄既尽，古意亦从此渐微矣。

《词话》卷四：其年、竹垞，才力雄矣，而意境未厚。位存、湘云，韵味长矣，而气魄不大。词之为道，正未易言精也。

《词话》卷五（刻本卷四）：万事万理，有盛必有衰，而于极衰之时，又必有一二人焉，扶持之使不灭。词盛于宋，亡于明。国初诸老，具复古之才，惜于本原所在，未能穷究。乾、嘉以还，日就衰靡，安所底止？二张出而溯其源流，辨别真伪。至蒿庵而规模大定，而词赖以存矣。盛衰之感，殊系人思，独词也乎哉！

《词话》卷七（刻本卷五）：国初《十六家词》（孙默编），独遗竹垞，殊不可解。其中王士禄、王士禛，于词一道，并非专长，不知何以列入？又尤侗、董俞、陈世祥、黄永、陆求可、邹祗谟等词，根柢既浅，措语又不尽雅驯，尚非分虎、符曾、藕渔之匹，（二李、一严亦未入选。）亦何敢与小长芦抗哉？去取太不当人意。而纪文达公谓国初填词之家，约略具是，亦失之不检也。

《词话》卷八（刻本卷六）：宋词有不能学者，苏、辛是也。国朝词有不能学者，陈、朱是也。然苏、辛自是正声，人苦学不到耳。陈、朱则异是矣。

吴伟业

字骏公，号梅村，太仓人。崇祯四年进士，国朝官国子监祭酒，有《梅村词》二卷。

梅村词，笔力甚遒，意味亦永，界乎苏、辛之间，几可独树一帜。

《词话》卷三：吴梅村词，虽非专长，然其高处，有令人不可捉摸者，此亦身世之感使然。否则徒为"难得今宵是乍凉"等语，乃又一马浩澜耳。

如梦令

误信鹊声枝上，几度楼头西望。薄幸不归来，愁杀石城风浪。无恙，无恙，牢记别时模样。　大雅集

低回婉转，中有怨情，不当作艳词读也。

《词话》卷三：梅村《如梦令》云，低回婉转，中有怨情，不当作绮语读。

又

小阁焚香闲坐，搣搣纸窗风破。女伴有谁来，管领春愁一个。无那，无那，斜压绣衾还卧。　大雅集

（"女伴"五句）此中亦见怨情，当与上章参看。

《词话》卷三：梅村《如梦令》次章云，此中亦见怨情，当与上章参看。

临 江 仙 过嘉定感怀侯研德

苦竹编篱茅覆瓦，海田久废重耕。相逢还说廿年兵。寒潮冲战骨，野火起空城。　　门户凋残宾客在，凄凉诗酒侯生。西风又起不胜情。一篇思旧赋，故国与浮名。靳介人曰："'君房门第多迁改'，当以此词注之。"　放歌集

（"寒潮"二句）惨淡淋漓。

满 江 红 白门感旧

松栝凌寒，挂钟阜、玉龙千尺。记那日、永嘉南渡，蒋陵萧瑟。群帝翱翔骑白凤，江山缟素舻稜碧。踊麻鞋、血泪洒冰天，新亭客。　　云雾锁，台城戟。风雨送，昭丘柏。把梁园宋寝，烧残赤壁。破衲重游山寺冷，天边万点神鸦黑。羡渔翁、沽酒一篑归，扁舟笛。　放歌集

气韵沉雄，直摩稼轩之垒。

《词话》卷三：东坡词豪宕感激，忠厚缠绵，后人学之，徒形粗鲁。故东坡词不能学，亦不必学。惟梅村高者有与老坡神似处，可作此翁后劲。如《满江红》诸阕，颇为暗合。"松栝凌寒"、"满目山川"、"沽酒南徐"三篇，尤见笔意。即闲情之作，如《临江仙》（逢旧）结句云："姑苏城外月黄昏。绿窗人去住，红粉泪纵横。"哀艳而超脱，直是坡仙化境。迦陵学苏、辛，毕竟不似。

又 读史

顾盼雄姿，数马稍、当今谁比。论富贵、刀头取办，只应如此。十载诗书何所用，如吾老死沟中耳。愿君侯、誓志扫秦关，如江水。　　烽火静，淮淝垒。甲第起，长安里。尚轻他绛灌，何知程李。挥麈休谭边塞事，封侯拂袖归田里。待公卿、置酒上东门，功成矣。　**放歌集**

笔势壮浪，似赠将帅之作，而以"读史"命题，或所赠者非人，故讳之也。

又 感旧

满目山川，那一带、石城东冶。记旧日、新亭高会，人人王谢。风静旌旗瓜步垒，月明鼓吹秦淮夜。算北军、天堑隔长江，飞来也。　　暮雨急，寒潮打。苍鼠窜，宫门瓦。看鸡鸣埭下，射雕盘马。庾信哀时惟涕泪，登高却向西风洒。问开皇、将相复何人，亡陈者。　**放歌集**

一片哀怨，与"白门感旧"同意，但彼是感家国，此兼感身世。"庾信"二句，一篇之主。

又 感兴

老子平生，雅自负、交游然诺。今已矣、结茅高隐，溪云生阁。暇日好寻邻父饮，归来一枕松风觉。但拖条、藤杖笋鞋轻，湖山乐。　　也不赴，公卿约。也不慕，神仙学。任优游散诞，断云孤鹤。健饭休嗟容鬓改，此翁意气还如昨。笑风尘、劳攘少年场，安耕凿。靳介人曰："玩此词意，梅村其有忧患乎？"　**放歌集**

（"暇日"四句）牢愁寓于闲放。

又 蒜山怀古

沽酒南徐，听夜雨、江声千尺。记当年、阿童东下，佛狸深入。白面书生成底用，萧郎裙屐偏轻敌。笑风流、北府好谭兵，参军客。　　人事改，寒云白。旧垒废，神鸦集。尽沙沉浪洗，断戈残戟。落日楼船鸣铁锁，西风吹尽王侯宅。任黄芦、苦竹打荒潮，渔樵笛。　**放歌集**

此词声情悲壮，高唱入云。（"落日"四句）顿挫生姿，哀感不尽，不专为南徐写照也。

又 赠南中余澹心

绿草郊原，此少俊、风流如画。尽行乐、溪山佳处，舞亭歌榭。石子冈头闻奏伎，瓦官阁外看盘马。问后生、领袖复谁人，如卿者。　　鸡笼馆，青溪社。西园饮，东堂射。捉松枝麈尾，做些声价。赌墅好寻王武子，论书不减萧思话。听清谭、亹亹逼人来，从天

下。 放歌集

（"做些"句）此词足长澹心声价矣。

又 重阳感旧

把酒登高，望北固、崩涛中断。还记得、寄奴西伐，彭城高宴。饮至凌歊看马射，秋风落木堪传箭。叹黄花、依旧故宫非，江山换。 独酌罢，微吟倦。斜照下，东篱畔。念柴桑居士，高风谁见。佳节又逢重九日，明年此会知谁健。论人生、富贵本浮云，非吾愿。 放歌集

上半阕怀旧，后幅自慨身世，前后俱不略重阳。

木兰花慢 过济南

天清华不注，搔首望、白云齐。想尚父夷吾，雪宫柏寝，衰草长堤。松耶柏耶在否，只斜阳、七十二城西。石窌功名何处，铁笼筹算都非。 尽牛山、涕泪沾衣，极目雁行低。叹鲍叔无人，鲁连未死，憔悴南归。依然洋洋东海，看诸生、奏玉简金泥。谁问碻磝战骨，秋风

老树成围。　　**放歌集**

后半阕自写身世，不胜悔恨。此词之作，其在梅村南归时乎？

又 寿嘉定赵侍御，旧巡滇南。

仰首看皓魄，切莫放、酒杯空。记六诏飞书，百蛮驰传，万里乘骢。天南碧鸡金马，把枯棋、残局付儿童。鸡黍鹿门高隐，衣冠鹤发衰翁。　　叹干戈、满地飘蓬，落日数归鸿。喜歇浦寒潮，练塘新霁，投老从容。菊花满头须插，向东篱、狂笑醉颜红。高馆青尊红烛，故园黄叶丹枫。　　**放歌集**

（下阕）前半从滇南点染，此从嘉定着想。

又 中秋咏月

冰轮谁碾就，千尺起、啸台东。记白傅堤边，庾公楼上，几度曾逢。今宵广寒高处，问嫦娥、环佩在何峰。天上银河珠斗，人间玉露金风。　　听江皋、鹤唳横空，人影立梧桐。有宫锦袍绯，纶巾头白，铁笛仙翁。欲乘

月明飞去，过严城、下界打霜钟。醉卧三山绝顶，倒看万个长松。 **放歌集**

（"今宵"四句）句句洒落。（"欲乘"四句）胸次高旷，语亦奇警，合老坡、幼安为一手。

沁园春 观潮

八月奔涛，千尺崔嵬，眘然欲惊。似灵妃顾笑，神鱼进舞，冯夷击鼓，白马来迎。伍相鸱夷，钱王羽箭，怒气强于十万兵。峥嵘甚，讶雪山中断，银汉西倾。 孤舟铁笛风清，待万里乘槎问客星。叹鲸鲵未剪，戈船满岸，蟾蜍正吐，歌管倾城。狎浪儿童，横江士女，笑指渔翁一叶轻。谁知道，是观潮枚叟，论水庄生。 **放歌集**

前半雄肆，后半澹远，笔意历落有致。

贺新郎 病中有感

万事催华发。论龚生、天年竟夭，高名难没。吾病

难将医药治，耿耿胸中热血。待洒向、西风残月。剖却
心肝今置地，问华陀、解我肠千结。追往事，倍凄
咽。　　　故人慷慨多奇节。为当年、沉吟不断，草间偷
活。艾炙眉头瓜喷鼻，今日须难诀绝。早患苦、重来千
叠。脱屣妻孥非易事，竟一钱、不值何须说。人世事，
几完缺。　**放歌集**

此梅村绝笔也。悲感万端，自怨自艾。千载下读其词，思其
人，悲其志，固与牧斋不同，亦与芝麓辈有别。[①]

如 梦 令

烟锁画桥人病，燕子玉关归信。报道负情侬，屈指
还家春尽。休听，休听，又是海棠开近。　**闲情集**

忆远之情，淡而弥远。

生 查 子

青锁隔红墙，撇下韩嫣弹。花底玉骢嘶，立在垂杨

---

①　此评录入《词话》卷三，"悲其志"作"悲其遇"。

岸。　　纤指弄东风，飞去银筝雁。寄语画楼人，留得
春光半。　闲情集

（"留得"句）有心人语。

又

　　香暖合欢襦，花落双文枕。娇鸟出房栊，人在梧桐
井。　　小院赌红牙，输却蒲桃锦。学写贝多经，自屑
泥金粉。　闲情集

词新句丽，是有福泽人声口。

浣 溪 沙

　　断颊微红眼半醒，背人蓦地下阶行。摘花高处赌身
轻。　　细拨薰炉香缭绕，嫩涂吟纸墨欹倾。惯猜闲事
为聪明。　闲情集

（"摘花"句）何等姿态。（"惯猜"句）妖冶极矣，然传神绘
影，却不伤雅。○千古咏美人者说不到此。

又

一斛明珠孔雀罗，湘裙窣地锦文靴。红儿进酒雪儿歌。　　石黛有情新月皎，玉簪无力暖云拖。见人先唱定风波。　闲情集

（"玉簪"二句）且慰且留。结七字简妙。

丑奴儿令

低头一霎风光瘦，多大心肠，没处参详，做个生疏故试郎。　　何须抵死催侬去，后约何妨，却费商量，难得今宵是乍凉。　闲情集

（"却费"二句）未免丽而淫矣，然用笔甚婉折。

南 柯 子 竹夫人

玉骨香无汗，从教换两头。受人颠倒被人勾，只是更无肠肚便风流。　　娇小通身滑，玲珑满眼愁。有些情性欠温柔，怕的一时抛掷在深秋。　闲情集

（"有些"二句）游戏之笔。

临江仙 逢旧

落拓江湖常载酒，十年重见云英。依然绰约掌中轻。
灯前才一笑，偷解研罗裙。　　薄幸萧郎憔悴甚，此生
终负卿卿。姑苏城外月黄昏。绿窗人去住，红粉泪纵横。
靳介人曰："逸情隽上，非大苏不能。"　**闲情集**

一片身世之感，胥于言外见之，不第以丽语见长也。○"姑
苏"七字超脱。

醉 春 风

门外青骢骑，山外斜阳树。萧郎何事苦思归，去，
去，去。燕子无情，落花多恨，一天憔悴。　　私语牵
衣泪，醉眼偎人觑。今宵微雨怯春愁，住，住，住。笑
整鸳衾，重添香兽，别离还未。　**闲情集**

合下首当是妓馆之作，此首是将别而挽留之。◎"去"、"住"
两字叠用巧。

又

　　眼底桃花媚，罗袜钩人处。四肢红玉软无言，醉，醉，醉。小阁廊深，玉壶茶暖，水沉香细。　　重整兰膏腻，偷解罗襦系。知心侍女下帘钩，睡，睡，睡。皓腕频移，云鬟低拥，羞眸斜睇。　**闲情集**

　　（"皓腕"三句）极淫亵事，偏写得如许婉丽。国初诸老多工艳词，梅村其首倡也。

龚鼎孳

　　字孝升，号芝麓，合肥人。崇祯七年进士。国朝官至刑部尚书，谥端毅。有《三十二芙蓉词》一卷。

青 玉 案 虎丘

　　金阊个是迷香路，又月底，移船去。风定石坪笙管度，吴王虹剑，贞娘珠粉，儿女英雄处。　　草痕短簿荒祠暮，入望寒山夜钟句。自负多情天应许，要离年往，馆娃人去，一阵催花雨。　**别调集**

　　（"吴王"三句）直抒本事，不着议论，笔意自高。

曹　溶

字洁躬，嘉兴人。崇祯十年进士，国朝官至户部侍郎。有《静惕堂词》一卷。

满江红　钱唐观潮

浪涌蓬莱，高飞撼、宋家宫阙。谁荡激、灵胥一怒，惹冠冲发。点点征帆都卸了，海门急鼓声初发。似万群、风马骤银鞍，争超越。　　江妃笑，堆成雪。鲛人舞，圆如月。正危楼湍转，晚来愁绝。城上吴山遮不住，乱涛穿到严滩歇。是英雄、未死报仇心，秋时节。　　放歌集

沉雄悲壮，笔力千钧，永为此题绝唱。竹垞和作已非敌手，何论余子？（"城上"四句）雄文骇俗，读之起舞。

《词话》卷八（刻本卷六）：国初曹洁躬《满江红》（钱塘观潮）云（"城上"四句），沉雄悲壮，笔力千钧，读之起舞。竹垞和作已非敌手，何论余子？

十六字令

轻。认得伊家画鹢声。花边绕，蛱蝶不曾惊。

赵进美

字韫退，益都人。崇祯十三年进士。国朝官至福建按察使。

菩 萨 蛮

兽香不断红茵暖，绣筐彩线香中展。银尺隔窗声，莺啼小院晴。　　吴纨轻似雪，玉手还同洁。何处最宜时，沉吟落剪迟。　**大雅集**

（"何处"二句）与"画眉深浅入时无"同一感慨。

梁清标

字玉立，真定人。崇祯十六年进士。国朝官至保和殿大学士。有《棠邨词》二卷。

棠邨词工丽婉雅，自是福泽人语。

《词话》卷三：梁棠邨，词尚秾艳，语必和平，自是福泽人声口，然论词未为高妙。

生 查 子

兰汤浴罢时，箫局沉烟缕。偷取远山青，描作眉儿

谱。　　茉莉几时开，小摘还重①数。香汗等闲消，一阵黄昏雨。　**闲情集**

菩 萨 蛮

乱鸦啼处春风晓，流苏香暖金钩小。晴影入窗纱，街头卖杏花。　　鸳鸯初睡足，偏堕云鬟绿。拂镜试新妆，低徊问粉郎。　**闲情集**

（"拂镜"二句）宛转有情。

一 剪 梅 闺夜

宛宛冰轮上画楼，听罢更筹，薰罢衾裯。画眉人是旧风流，对面温柔，背面娇羞。　　双结灯花两意投，一晌低头，半晌回眸。玉猊烟冷睡还休，倚了香篝，褪了莲勾。　**闲情集**

精工秀丽，与梅村《醉春风》次阕异调同工，然皆不免失之纤冶。

---

①　"重"，《棠村词》《国朝词综》作"频"。

钗头凤

帘栊悄，流苏小，薰笼斜倚香还袅。欢方嫩，愁来
顿。纤腰非旧，湘裙争寸。褪，褪，褪。　　钗轻掉，
梅如笑，银釭生晕灯花爆。春将近，鸿无信。天涯人远，
金钱难问。恨，恨，恨。　**闲情集**

（"纤腰"五句）生香真色，秾丽无比。

望江南

银灯剪，杂坐漏偏迟。欲写乌丝嗔燕子，将输楸局
倩猧儿。芗泽乍闻时。　**闲情集**

宋 琬

字玉叔，号荔裳，莱阳人。顺治四年进士。官至四川按察使。有
《二乡亭词》一卷。

满 江 红 蟋蟀

试问哀蛩，缘底事、终宵呜咽。料得汝、前身多是，

臣孤子孽。青琐闼边璎珞草，碧纱窗外玲珑月。况兼他、万户捣衣声，同凄切。　　梧叶落，西风冽。莲漏滴，征鸿灭。似杜鹃春怨，年年啼血。千里黄云关塞客，三秋纨扇长门妾。背银釭、和泪共伊愁，床前说。　大雅集

（"料得"二句）沉痛语，其在系狱时作乎？（"千里"二句）哀感。

浣 溪 沙

乍暖犹寒二月天，玉楼长傍博山眠。沉香火冷少人添。　　残雪才消春鸟弄，画阑干外草芊绵。几时青得到郎边。　别调集

（"几时"句）芊雅得贺老之神。

宋征舆

字辕文，江南华亭人。顺治四年进士。官至副都御史。有《海闾香词》一卷。

忆 秦 娥 杨花

黄金陌，茫茫十里春云白。春云白，迷离满眼，江

南江北。　　来时无奈珠帘隔，去时着尽东风力。东风
力，留他如梦，送他如客。　**别调集**

（"留他"二句）语轻圆而意沉着。

毛万龄

字大千，萧山人。顺治七年拔贡生，官仁和县教谕。有《彩衣堂集》。

潇　湘　神

丛嶂迷，黄陵朝暮鹧鸪啼。神女不知何处去，行云
渺渺数峰西。　**别调集**

有古致。

曹尔堪

字子顾，嘉善人。顺治九年进士。官侍读学士。有《南溪词》
二卷。

长　相　思

溪边芦，水边梧。我唱新诗兴未孤，锦囊随小

奴。　　樽常枯，偈常遄。旧识僧徒与酒徒，年来多半疏。　　**放歌集**

（"旧识"二句）郁而不迫，西堂所谓扬湖海而不叫嚣者欤？

清 平 乐

眉痕频皱，不似东风旧。欺尽孤眠寒更透，生得腰肢原瘦。　　梨花静掩长门，寻常过几黄昏。魂向当初销尽，如何又说销魂。　　**闲情集**

（"魂向"二句）进一层说便深。

张渊懿

字砚铭，青浦人。顺治十一年举人。有《月听轩诗余》一卷。

浣 溪 沙 闺怨

春事飘零付晚风，小楼长伴一灯红。藏钩无对只猜空。　　愁绪不随烟缕断，闷怀还似月阴重。罗衣孤负两心同。　　**闲情集**

王士禛

字贻上，号阮亭，山东新城人。顺治十八年进士。官至刑部尚书，追谥文简。有《衍波词》二卷。

《词话》卷三：渔洋小令，能以风韵胜，仍是做七绝惯技耳。然自是大雅，但少沉郁顿挫之致。昔人谓渔洋词为诗掩，抑又过矣。

《词话》卷三：渔洋词含蓄有味，但不能沉厚，盖含蓄之意境浅，沉厚之根柢深也。彼力量薄者，每以含蓄为深厚，遂自谓效法北宋，亦吾所不取。

浣溪沙 出镇淮门，循小秦淮折而北，陂岸起伏多态，竹木蓊郁，清流映带，人家多因水为园亭树，溪塘幽窈而明瑟，颇尽四时之美。挐小艇循河西北行，林木尽处有桥，宛然如垂虹下饮于涧，又如丽人靓妆炫服流照明镜中，所谓红桥也。游人登平山堂，率至法海寺，舍舟而陆径，必出红桥下。桥四面皆人家荷塘，六七月间菡萏作花，香闻数里。青帘白舫，络绎如织，良谓胜游矣。援笔成小词二章。

北郭清溪一带流，红桥风物眼中秋。绿杨城郭是扬州。　　西望雷塘何处是，香魂零落使人愁。淡烟芳草旧迷楼。邹程村云："只'绿杨城郭'一句，抵多少江都赋

咏。"　**大雅集**

字字骚雅，渔洋小令之工，直逼五代北宋。○"绿杨"七字，江淮间取作画图。

又

白鸟朱荷引画桡，垂杨影里见红桥。欲寻往事已魂销。　　遥指平山山外路，断鸿无数水迢迢。新愁分付广陵潮。　**大雅集**

遣词琢句，较五代人更觉苕雅。

浣 溪 沙

柳暖花寒雨似酥，流莺和梦觉来无。东风料峭卷虾须。　　欲觉潇湘屏上路，楚山如黛少双鱼。口脂慵点镜中朱。彭羡门云："'夜闻马嘶晓无迹'，不如'流莺'句之神合。"　**闲情集**

（下阕）遣词苕雅。

又 和漱玉词

渐次红潮趁靥开，木瓜香粉印桃腮。为郎瞥见被郎猜。　　不逐晨风飘陌路，愿随明月入君怀。半床鸳梦待郎来。　**闲情集**

（"不逐"二句）词意温雅，邹程邨辈独赏其末句，何也？

应 天 长 刺绣

饯春时节深深院，睡起金衣花外啭。绣床轻，素丝软，一幅鸳鸯刚半面。　　麝烟微，螺黛浅，衣上唾绒红溅。花落日长人倦，偏髻拖残线。　**闲情集**

"偏髻"五字，寻常姿态，却是先生道得真，使无情处都有情也。

蝶 恋 花 和漱玉词

凉夜沉沉花漏冻。欹枕无眠，渐听荒鸡动。此际闲愁郎不共，月移窗蟀春寒重。　　忆共锦衾无半缝。郎

似桐花，妾似桐花凤。往事迢迢徒入梦，银筝断续连珠弄。　闲情集

此词绝雅丽，一时京师盛传，呼之为"王桐花"。

菩 萨 蛮 迷藏

玉兰花发清明近，花间小蝶粘香鬓。邀伴捉迷藏，露微花气凉。　花深防暗逻，潜向花阴躲。蝉翼惹花枝，背人扶鬓丝。　闲情集

（"蝉翼"二句）于无人处曲绘情状。

又 弹琴

玲珑嵌石红蕉叶，蕉阴宝鸭香初爇。独整素琴弹，琴清玉手寒。　声声珠作串，弹出湘君怨。今夜梦潇湘，琴心秋水长。　闲情集

（"今夜"二句）雅韵欲流。

又 秘戏

蝉纱半幅围红玉，龟纹枕畔双鬟绿。银蒜镇垂垂，含羞忍笑时。　　屏山金屈戍，女伴偷相觑。明日画堂中，须防面发红。彭美门云："仆最爱牛峤词'须作一生拚，尽君今日欢'，犹让此'忍笑含羞'四字。"　**闲情集**

（"含羞"句）尽态极妍。

望 江 南

江南好，春暮雨廉纤。鱼子天晴初出水，鼠姑风细不钩帘。底事恼江淹。　**别调集**

又

江南好，画舫听吴歌。万树垂杨青似黛，一湾春水碧于罗。懊恼是横波。　**别调集**

小令以宛约闲雅为贵，渔洋近之。

减字木兰花 杨花和弇洲韵

纱窗梦起，极目玉关人万里。斜绾千条，自古销魂是灞桥。 春阴不尽，除却残莺谁借问。陌上楼前，消得香闺几日怜。 **别调集**

（"陌上"二句）凄婉特绝，余味不尽。

偷声木兰花 春情，寄白下故人。

绿杨阴里秋千索，乳燕学飞池上阁。水涨银塘，落絮浮萍又夕阳。 方山亭下江南路，画桨凌波从此去。十四楼空，万叶千花泪眼中。 **别调集**

（下阕）凄丽而古雅，情文兼至。

凤凰台上忆吹箫 和漱玉词

镜影圆冰，钗痕却月，日光又上楼头。正罗帏梦觉，红褪缃钩。睡眼初睄未起，梦里事、寻忆难休。人不见，便须含泪，强对残秋。 悠悠，断鸿南去，便潇湘千

里，好为侬留。又斜阳声远，过尽西楼。颠倒相思难写，空望断、南浦双眸。伤心处，青山红树，万点新愁。　**别调集**

（下阕）思深意苦，几欲驾易安上之。

《词话》卷三：渔洋《偷声木兰花》（春情，寄白下故人）后半阕云，凄丽而古雅，惜不多觏。又《凤凰台上忆吹箫》（和漱玉词）云，思深意苦，几欲驾易安上之。《衍波集》中，亦仅见此篇。

丁　澎

字飞涛，仁和人。顺治十二年进士。官礼部郎中。有《扶荔词》三卷、《词变》一卷。

《词话》卷三：丁飞涛亦工为艳词，较周冰持为和雅，然亦只是做得面子好，不足为词坛重也。

捣练子

情脉脉，泪瀼瀼，半臂春寒晚更添。燕子自来春自去，梨花飞尽不开帘。　**闲情集**

（"燕子"二句）小令贵以宛约胜，此为近之。

甘 州 子

昼长人梦小红楼，横鬓枕，压春愁。绿窗花影袅烟柔，乳燕坠香篝。贪睡稳、忘却下帘钩。 **闲情集**

（"贪睡"句）言外含情。

双调南乡子

柳色半红楼，漫卷湘帘不上钩。故说日长针线懒，羞羞，偷把鸳鸯绣枕头。 约伴踏青游，飞絮流莺倍惹愁。归去小姑春未谙，啾啾，闲语窗前絮不休。 **闲情集**

（"故说"三句）慧心密意。

摊破浣溪沙

一剪鸦翎半觯肩，生憎娇小向人前。曾解东风多少恨，自今年。 爱唱新翻歌尚怯，学梳时样髻长偏。捉得蜻蜓双叠翅，背人看。 **闲情集**

"自今年"三字，含蓄不尽。（"捉得"二句）闲处生情。

踏 莎 行 村女

浅碧藏鸠，乱红吹絮。疏疏几阵吹花雨。小桥一带
种桃花，花边便是儿家住。　　　近水湘帘，几重春雾。
鹧鸪声里人何处。月明偷出浣溪沙，笑将花影同归去。
闲情集

（"小桥"二句）如画。（"月明"二句）此情此景，直以夷光作
一影子。

蝶 恋 花

嫩绿枝头莺睡稳。羞带宜男，闲却双蝉鬓。梦逐春
归和泪揾，蔷薇消得东风恨。　　　眉锁斜阳添薄晕。初
试冰绡，渐觉香肌褪。蝴蝶也知春意尽，花须乱落轻黄
粉。　　闲情集

（"蝴蝶"二句）情词凄婉，"摽梅""蔓草"之遗也。

行香子 离情

才住香车，忽过平沙。片时间、人远天涯。今宵好梦，何处寻他。但一更钟，三更雨，五更鸦。　　愁对飞花，怕见残霞。别离情、付与琵琶。断魂江上，吹落谁家。正梦儿来，灯儿晕，枕儿斜。　**闲情集**

李天馥

字湘北，永城人。顺治十五年进士。官至武英殿大学士，谥文定。有《容斋词》一卷。

乌 夜 啼 采莲

远山渐隐斜阳，渡横塘。行到绿杨深处画桡香。　　芙蕖畔，红波乱，溅罗裳。怕摘青青莲子有空房。　**闲情集**

张锡怿

字宏轩，上海人。顺治十二年进士。官泰安州知州。有《啸谷余声》一卷。

长 相 思

　　楚江秋，木兰舟。雨雨风风古渡头，行人不暂留。　　暮山稠，暮云流。一样相思两地愁，黄昏莫倚楼。　**大雅集**

邹祗谟

　　字讦士，武进人。顺治十五年进士。有《丽农词》二卷。

浣 溪 沙

　　何事连宵唱懊侬，双垂斗帐绣芙蓉。凄清晓起怨征鸿。　　水驿篷窗山驿店，夜程霜月晓程风。丁宁有限意无穷。　**别调集**

　　"水驿"二句，括得无限旅情旅景。

毛际可

　　字会侯，遂安人。顺治十五年进士。授漳德府推官，改官知县。有《浣雪词钞》二卷。

　　《词话》卷三：毛会侯《浣雪词》，刻翠裁红，务求新颖，丁飞涛之流亚也，总不免染《花间》《草堂》陋习。

苏幕遮

早春天，连雨夜。欲寄征衣，几度裁还罢。肥瘦近来无定也，前岁相偎，记妾腰微窄。　　宝针连，金斗研。短尺机头，衬上生香帕。一色缝成全没罅，只有啼痕，点点应难化。　**闲情集**

上半极昵密，下半极哀怨。

青玉案

弹筝银甲寒初卸，始觉得、孤眠乍。静里更筹都数下，司天无准，鸡人贪睡，竟把年成夜。　　梅花几日开还谢，酒泛屠苏为谁把。两地情悰全没假，昨宵书到，小姑偷看，说向人前怕。　**闲情集**

"司天无准"二语太板重。（"昨宵"三句）若隐若现，得味外味。

谒 金 门 夏闺

雏燕哢，雨过绿槐如染。小径行来莲印浅，新苔添数点。　　帘上虾须半卷，瓯内凤团初碾。瞥见回廊羞自掩，衫轻微露腕。　闲情集

清 平 乐 春愁

落花时节，和泪飘红雪。毕竟泪流无断绝，不似飞花先歇。　　春愁百计难医，天涯隔断相思。除是花长不谢，与伊同捻花枝。　闲情集

（"除是"二句）深情痴想。

孔尚任

字季重，号东塘，曲阜人，圣裔。官户部郎中。

鹧 鸪 天

院静厨寒睡起迟，秣陵人老看花时。城连晓雨枯陵树，江带春潮坏殿基。　　伤往事，写新词，客愁乡梦

乱如丝。不知烟水西村舍，燕子今年宿傍谁。 **大雅集**

哀怨无端，鹿虔扆《临江仙》一阕犹逊此凄婉。

《词话》卷八（刻本卷六）：孔季重《鹧鸪天》云，胜国之感，情文凄艳。较五代时鹿虔扆《临江仙》一阕，所谓"烟月不知人世改，夜阑还照深宫。藕花相向野塘中。暗伤亡国，清露泣香红"者，可以媲美。

张养重

字虞山，山阳人。

浣溪沙 红桥即事，同阮亭作。

狭巷朱楼认妾家，卷帘初下碧油车。东风翠袖曳轻纱。 岸上莺歌随柳弱，水边燕尾掠波斜。春江流落可怜花。 **闲情集**

曹贞吉

字升六，安邱人。顺治十七年举人。官礼部员外郎。有《珂雪词》二卷。

《词话》卷三：曹升六《珂雪词》，在国初诸老中，最为大雅。

才力不逮朱、陈，而取径较正。国朝不乏词家，《四库》独收珂雪，良有以也。

金缕曲 鸦

鸦阵来沙渚。逗轻寒、霜天一抹，晚红如缕。掠下晴窗惊帛裂，影逐断云归去。伴黄叶、萧萧乱舞。寒话空林飞且止，似商量、昨日风兼雨。声哑哑，情谁诉。　　黄云城畔知无数。趁星稀、月明三匝，一枝休妒。雁字横斜分几点，极目江村烟树。惆怅煞、落霞孤鹜。啼向碧纱堪忆远，最凄凉、织锦秦川女。空房宿，泪偷注。　大雅集

（"寒话"二句）传出题之魂魄。（"啼向"四句）点缀供奉《乌栖曲》，凄婉特绝。

玉楼春 春晚

蘼芜一剪城南路，弱絮随风乱如雨。垂鞭常到日斜时，送客每逢肠断处。　　惜惜门巷春将暮，树底蔫红愁不语。画梁燕子睡方浓，落尽香泥却飞去。　大雅集

（"画梁"二句）托意淡远。

扫 花 游 春雪用宋人韵

元宵过也，看春色蘼芜，淡烟平楚。湿云万缕，又
轻阴作晕，绵飘絮舞。一夜梅花，暗落西窗似雨。飘摇
去，试问逐风，归到何处。　　灯事才几许，记流水钿
车，画桥争路。兰房列俎，叹菙华易掷，鬓丝堆素。拥
断关山，知有离人独苦。漫凝伫，听寒城、数声谯鼓。

大雅集　别调集

此词已录入《大雅集》。（"一夜"五句）绵丽幽细，斟酌于美
成、梅溪、碧山、公谨而出之者。　　**别调集**

《词话》卷三：升六词，余最爱其《扫花游》（春雪）一篇。如
云（"一夜"五句），又云（"拥断"四句），绵雅幽细，斟酌于美
成、梅溪、碧山、公谨而出之者。

卖 花 声 秋夜

风紧纸窗鸣，秋气凄清。淡云笼月未分明。雨点疏
如残夜漏，滴到三更。　　孤枕梦难成，怕听声声。一

天黄叶雁纵横。搔首自怜霜满鬓，又唤愁生。　　别调集

（"淡云"三句）造语清朗，不减宋人。

余　怀

字无怀，莆田人。有《秋雪词》一卷。

忆秦娥

蛾眉淡，芙蓉映日秋将半。秋将半，画楼微醉，莺儿声唤。　　小桥日日娇痴惯，甚无情绪心肠乱。心肠乱，慵拈针线，抛残弦管。　　闲情集

澹心词颇轻倩，此篇尤温雅。

陆　埜

字我谋，平湖人。有《旷莽词》一卷。

相见欢

碧桃落尽前溪，杜鹃啼。不唤离人归也唤春

归。　　非干病，不关醉，是思伊。几度梦中相见又还非。　**闲情集**

（"几度"句）缠绵凄楚。

毛先舒

字稚黄，钱唐人。有《平远楼外集》一卷、《鸳情词》一卷。

汉宫春 飞来峰

何处飞来，怪玲珑剔透，如此之奇。攀援未敢直上，鸟栗猿危。芙蓉千朵，乱云头、嫋娜参差。了不信、洪荒世界，都非斧凿为之。　　拾翠佳人相问，问低穿花洞，可有灵芝。只愁被仙迷住，海变桑移。天香云外，一阵阵、吹染绉衣。终有日、飞还西竺，我当乘此而归。　**放歌集**

神来气来。○通首作势在一起一结。（"了不"二句）大笔如椽。◎"拾翠"数语，少锻炼之功。

张 潮

字山来，新安人。有《花影词》一卷。

浣 溪 沙 晓妆

日影罘罳罢晓眠，虾须帘卷嫩凉偏。工夫挤得费周
旋。　　玉腕半抬钗上衮，星眸频转镜中传。妆成应得
个人怜。　**闲情集**

（"工夫"句）句法脱胎孙孟文。

王 晫

初名棐，字丹麓，仁和人。诸生。有《峡流词》一卷。

忆 少 年

春山淡沱，春阴暧逮，春风婀娜。杨花乱吹入，正
倚床闲坐。　　检点琴书无一可，拨金炉、仅留余火。
鹦哥向人说，怪将他笼锁。　**闲情集**

（"鹦哥"二句）味在言外，此词仿佛丁飞涛。

吴　绮

字薗次，江都人。由选贡生，官湖州府知府。有《艺香词》四卷。

薗次有"把酒祝东风，种出双红豆"之句，当时呼为"红豆词人"。《艺香词》四卷，大约绮语最工，竹垞谓其绝似陈西麓，则未必然也。

《词话》卷三：吴薗次词，调和音雅，情态亦浓，词中小品也。竹垞谓其似陈西麓，亦漫为许与之论。

《词话》卷三：薗次小令，亦不能脱《草堂》窠臼，长调间作壮浪语。如《满江红》（醉吟）云："髀肉晚销燕市马，乡心秋冷扬州鹤。"又云："海上文章苏玉局，人间游戏东方朔。"薗次与迦陵结异姓昆季，似此亦颇类迦陵也。

归 自 谣 闺情

深院静，风飐落花红不定。墙东月上秋千映。
玉骢一去成孤另，愁谁证，说来但与鹦哥听。　　**闲情集**

点 绛 唇 春情

几度莺啼，垂杨绿了千千缕。玉骢人去，滴尽西窗

雨。　　瘦损菱花，金粉都无绪。相思处，无情云树，遮却多情路。　闲情集

（"无情"二句）雅丽和平。

南 歌 子 最忆

最忆愁时面，难为别后心。梦牵红袖玉楼阴，却是醒来原自挽罗衿。　　香冷鸳鸯带，寒轻翡翠衾。一生难负是知音，何况蛾眉相望到而今。　闲情集

钗 头 凤 冬闺

灯花滴，炉香熄，屏风静掩遥山碧。箫谁弄，篆长空。五更帘幕，月明霜重。冻，冻，冻。　　闲寻觅，无消息，泪痕冰惹红绵湿。愁难送，情还种。巫云昨夜，同骑双凤。梦，梦，梦。　闲情集

结三字妙，倒装文法。

花发沁园春 无题

艳极生愁，娇深成歉，恨人恨事长有。云英未嫁，
道韫无聊，岂料一时都逅。柔肠点点，怎奈取、多般禁
受。把几许、剑啸书慵，平分花憔香瘦。　　况复才华
辐辏，更笺裁涛样，字临漪手。封绡托雁，制锦凭鱼，
总是痛花伤柳。三生石老，何处可、种莲成藕。只应也、
影里人儿，梦中相见巫岫。　闲情集

（上阕）此词必有所感，红颜薄命，今古同慨。（"封绡"五句）
"天若有情天亦老"。

明月棹孤舟 江上

黄叶几枝横洒舍，摆西风、酒旗低亚。醉不成欢，
心难与问，谁是芦中人也。　　万里江声潮欲泻，似当
年、雷轰万马。两眼秋云，一身斜日，长啸佛狸祠下。
别调集

满 江 红 金山

一点青青，是娲后、补残余石。向此处、洪流独砥，

巍然千尺。纵步欲凌鹰隼背，蟠根直下蛟龙宅。问当年、留带旧风流，空陈迹。 山两岸，分南北。水一派，流今昔。把天风海月，尽教收拾。孤磬声摇残照紫，乱帆影挂秋云碧。上危楼、极目送归鸿，吹横笛。 **别调集**

（"纵步"二句）设色雄丽。

又 醉吟

海上闲云，缘底事、误来京洛。向金门索米，玉阶持橐。髀肉晚销燕市马，乡心秋冷扬州鹤。问英雄、广武近何如，浑闲却。 鸡一肋，蜗双角。空竞逐，终消索。尽浮沉诗酒，任天安着。海上文章苏玉局，人间游戏东方朔。看儿曹、得意不寻常，非吾乐。 **别调集**

（"髀肉"二句）精警似此，颇不让迦陵也。○"向"字上，余拟加"镇日"二字，较警，不必效九十一字体。

高士奇

字澹人，钱塘人，《一统志》作"平湖人"。以诸生供奉内廷，官至礼部侍郎，谥文恪。有《蔬香词》一卷、《竹窗词》一卷。

双调望江南

　　堪忆处，墙绕院西楼。红树窗前花斗锦，碧天帘外月如钩。时序又新秋。　　消瘦了，减却旧风流。闲摘珠兰供晚浴，为开茉莉更梳头。同坐看牵牛。　**闲情集**

　　（"同坐"句）不腐不纤，艳词如此却好。

丁　炜

　　字澹汝，德化人。由漳平教授，官至湖北按察使。有《紫云词》一卷。

碧 窗 梦

　　莲漏催蟾影，梨云妒蜡明。银筝低诉可怜情，不道翠帏风细有人听。　**闲情集**

佟世南

　　字梅岑，满洲□□旗人。有《东白堂词》一卷。

山 花 子

　　芳信无由觅彩鸾，人间天上见应难。瑶瑟暗萦珠泪

满，不堪弹。　　枕上彩云巫岫隔，楼头微雨杏花寒。谁在暮烟残照里，倚阑干。　**大雅集**

（"谁在"二句）风味不减秦淮海。

兰　陵　王 咏柳赠别，和周美成韵。

雨丝直，弱柳阴阴笼碧。长堤外、芳草夕阳，一派迷离暮烟色。春风到故国，惯送天涯行客。柔条短、不系玉骢，何似游丝袅千尺。　　追思旧踪迹，正翠拂珠楼，絮舞瑶席。秋千院落逢寒食，恨回首人远，梦来相觅。飞花撩乱满古驿，又争认南北。　　悲恻，恨凝积。问何处啼莺，深夜寥寂。春江渺渺情何极，奈曲里哀怨，又生羌笛。枝头清露，似伴我、泪珠滴。　**大雅集**

遣词琢句，起伏照应，居然得美成遗意。

望 江 南 闺情

闲倚槛，螺翠淡眉尖。满院落花春昼静，一窗疏雨暮寒添。不病也恹恹。　**闲情集**

谒 金 门 春感

春寂寂，人似晓风无力。露湿残花飞不得，满阶红泪滴。　　骄马未回空碛，芳草又生南陌。十二阑干和恨立，日斜山影直。　　闲情集

（"露湿"二句）凄凉哀怨，晏小山、秦淮海之流亚也。

周　纶

字鹰垂，江南华亭人。贡生，官国子监学正。有《柯斋诗余》一卷。

江 南 春

云漠漠，雨丝丝。一鞭茅店远，万里壮心违。江南江北人如织，带得穷愁信马归。　　放歌集

结语隽绝。

浣 溪 沙

懒捉琼梳倚镜前，一番春病损眉尖。见时阿母不胜

怜。　　　多恐有心争识得，娇羞红透雪腮边。东风寒峭
颤香肩。　　**闲情集**

（下阕）丽语远追孟文。

白雨齋詞選 四

〔清〕陳廷焯 編選　鐘錦 校訂

白雨斋词选卷十四

清词二

顾贞观

字华峰，号梁汾，无锡人。康熙五年举人，官国史院典籍。有《弹指词》三卷。

《词话》卷三：顾华峰词，全以情胜，是高人一着处，至其用笔，亦甚圆朗。然不悟沉郁之妙，终非上乘。

金 缕 曲 秋暮登雨花台

此恨君知否。问何年、香消南国，美人黄土。结绮新妆看未竟，莫报诸军飞渡。待领略、倾城一顾。若使金瓯常怕缺，纵繁华、千载成虚负。琼树曲，倩谁谱。　　重来庾信哀难诉，是耶非、乌衣朱雀，旧时门户。如此江山刚换得，才子几篇词赋。吊不尽、人间今古。试上雨花台上望，但寒烟、衰草秋无数。听嘹唳，雁行度。　　**放歌集**

（"此恨"三句）问得妙，妙在无端。◎"秋无数"三字警。

贺 新 郎 寄吴汉槎宁古塔，以词代书。

季子平安否。便归来、生平万事，那堪回首。行路
悠悠谁慰藉，母老家贫子幼。记不起、从前杯酒。魑魅
择人应见惯，料输他、覆雨翻云手。冰与雪，周旋
久。　　泪痕莫滴牛衣透，数天涯、依然骨肉，几家能
勾。比似红颜多薄命，更不如今还有。只绝塞、苦寒难
受。廿载包胥承一诺，盼乌头、马角终相救。置此札，
君怀袖。　放歌集

二词只如家常说话，而痛快淋漓，宛转反覆，两人心迹，一
一如见。此千秋绝调也。○悲之深，慰之至，丁宁告戒，无一字
不从肺腑流出，可以泣鬼神矣。（"廿载"四句）沉痛语，入人
自深。

《词话》卷三：华峰《贺新郎》（寄吴汉槎宁古塔，以词代书）
两阕，只如家常说话，而痛快淋漓，宛转反复，两人心迹，一一
如见。虽非正声，亦千秋绝调也。词云。二词纯以性情结撰而
成，悲之深，慰之至。丁宁告戒，无一字不从肺腑流出，可以泣
鬼神矣。

又

　　我亦飘零久。十年来、深恩负尽，死生师友。宿昔齐名非忝窃，试看杜陵消瘦。曾不减、夜郎僝僽。薄命长辞知己别，问人生、到此凄凉否。千万恨，为兄剖。　　兄生辛未我丁丑，共些时、冰霜摧折，早衰蒲柳。词赋从今须少作，留取心魂相守。但愿得、河清人寿。归日急翻行戍稿，把空名、料理传身后。言不尽，观顿首。　放歌集

　　上章寄吴，历叙其家事，此兼自慨，末仍归到吴，冀其留身后之名，且悲且慰。如此交情，令人堕泪。○二词纯以性情结撰而成，其品最工，结构之巧，犹其余事。

如梦令

　　颠倒镜鸾钗凤，纤手玉台呵冻。惜别尽俄延，也只一声珍重。如梦，如梦，传语晓寒休送。　闲情集

　　（"惜别"二句）言情必真。

归 国 遥

舒玉腕，斗草昨赢缠臂换。明日湔裙谁伴，问他伴不管。　　几叠才开罗扇，莫教题字满。空却回文一半，有人亲落款。　闲情集

（"舒玉"二句）俗态俗句。（"空却"二句）押韵甚峭。

百 字 令

冷清清地，便欢场、也只不情不绪。况是鬈丝禅榻畔，禁得几番秋雨。兰炬微沉，桃笙半叠，瘦尽炉烟缕。春深醉浅，此愁何减羁旅。　　不过絮断柔肠，乱蛩多事，切切空阶语。二十五声清漏永，浑是碎人心处。翠湿云鬟，凉侵雪腕，莫更催机杼。知他睡否，慢怜别梦无据。　别调集

（"二十"二句）凄凉哀怨，华峰本色。

钱芳标

字葆酚，江南华亭人。康熙五年举人，官中书舍人。有《湘瑟词》四卷。

忆 少 年

小屏残烛,小窗残雨,小楼残梦。铢衣已烟散,只蘅芜香重。　　锦瑟华年愁里送,便凄凉、也无人共。伤心白团扇,画秦娥箫凤。　闲情集

出入《风》《骚》,乃臻斯境。彼好为艳词者,那得如此雅丽?

《词话》卷三:钱湘瑟工为艳词,造语尤妙。如《忆少年》云(上阕),雅丽语能入幽境,意味便永。然亦仅在皮毛上求深厚,非吾所谓深厚也。

万 里 春

腮霞鬂翠,淡泞月光花气。下钿车、斗草归迟,带些些薄醉。　　爱极翻憎你,怎藏向、刺桐屏里。笑聪明、输与娃僮,早猜将人意。　闲情集

(下阕)情态逼真,妙在并未道破。

南 歌 子

添麝更衣后,挑朱对镜时。故故弄妆迟,日高牵女

伴、折花枝。　**闲情集**

（"故故"二句）琐细有情。

七 娘 子 络纬

辘轳声断珠犹滴，酒醒时、何处缲车急。轧轧当窗，凄凄向壁，窦家机畔难成匹。　疏篱几朵牵牛碧，分明是、便面黄荃笔。岁去年来，风朝露夕，鬓丝总被伊催织。　**别调集**

陈玉璂

字赓明，武进人。康熙六年进士，官中书舍人。有《耕烟词》一卷。

忆 汉 月 慵起

明月一天如水，变作五更残雨。梦魂只在枕头边，几度思量不起。　绣帘呼小婶，金兽里、衣香添未。今朝无力试新妆，且把玉台深闭。　**闲情集**

（"梦想"二句）灵警。◎结二语意浅，语亦率易。

汪懋麟

字季角，江都人。康熙六年进士，官刑部主事。有《锦瑟词》
一卷。

误 佳 期 闺怨

寒气暗侵帘幕，辜负芳春小约。庭梅开遍不归来，
直恁心情恶。　　独抱影儿眠，背看灯花落。待他重与
画眉时，细数郎轻薄。　**闲情集**

（"待他"二句）机趣自胜，然近于薄矣。

叶　燮

字星期，嘉善籍吴江人。康熙九年进士，官宝应县知县。

遐 方 怨 闺情

妆未了，日高升。菱花眉晕小，兰叶鬓云横。帘通
烟篆晓痕平，宝钗斜腻坠无声。　　春渐老，带围轻。
檐鹊频偷报，应知斗草赢。昼长无事理银筝，困人疏雨
小池亭。　**闲情集**

（上阕）绮丽是艳词本色。◎结独闲雅。

性　德

原名成德，字容若，满洲正白旗人。康熙十二年进士，官侍卫。有《饮水词》三卷。

《词话》卷三：容若《饮水词》，在国初亦推作手，较《东白堂词》（佟世南撰）似更闲雅，然意境不深厚，措词亦浅显。余所赏者，惟《临江仙》（寒柳）第一阕，及《天仙子》（渌水亭秋夜）、《酒泉子》（"谢却荼蘼"一篇）三篇耳，余俱平衍。又《菩萨蛮》云："杨柳乍如丝，故园春尽时。"亦凄婉，亦闲丽，颇似飞卿语，惜通篇不称。又《太常引》云："梦也不分明，又何必、催教梦醒。"亦颇凄警，然意境已落第二乘。

临江仙　寒柳

飞絮飞花何处是，层冰积雪催残。疏疏一树五更寒。爱他明月好，憔悴也相关。　　最是繁丝摇落后，转教人忆春山。湔裙梦断续应难。西风多少恨，吹不散眉湾。　大雅集

（"疏疏"三句）缠绵沉着，似此真可伯仲小山，颉颃永叔。

《词话》卷八（刻本卷六）：容若《饮水词》，才力不足，合者得五代人凄婉之意。余最爱其《临江仙》（寒柳）云："疏疏一树五更寒。爱他明月好，憔悴也相关。"言中有物，几令人感激涕零。容若词亦以此篇为压卷。

天 仙 子 渌水亭秋夜

梦里蘼芜青一剪，玉郎经岁音书远。暗钟明月不归来，梁上燕，轻罗扇，好风又落桃花片。　**大雅集**

不减五代人手笔。

酒 泉 子①

谢却荼蘼，一片月明如水。篆香消，犹未睡，早鸦啼。　　嫩寒无奈罗衣薄，休傍阑干角。最愁人，灯欲落，雁还飞。　**大雅集　闲情集**

情词凄婉，似韦端己手笔。　**闲情集**

---

① 此首重出，《大雅集》无评语。

浣 溪 沙 咏五更，和湘真韵。

微晕娇花湿欲流，簟纹灯影一生愁。梦回疑在远山楼。　　残月暗窥金屈戍，软风徐荡玉帘钩。待听邻女唤梳头。　**闲情集**

（"梦回"句）调和意远，似此真不愧大雅矣，古今艳词亦不多见也，惜全篇平平。

采 桑 子

谁翻乐府凄凉曲，风也萧萧，雨也萧萧，瘦尽灯花又一宵。　　不知何事萦怀抱，醒也无聊，醉也无聊，梦也何曾到谢桥。　**别调集**

（"醒也"三句）哀婉沉着。

太 常 引 自题小照

晚来风起撼花铃，人在碧山亭。愁里不堪听，那堪杂、泉声雨声。　　无凭踪迹，无聊心绪，谁说与多情。

梦也不分明，又何必、催教梦醒。　别调集

（"梦也"二句）凄切语，亦是放达语。

叶舒崇

字元礼，吴江人。康熙十五年进士，官中书舍人。有《谢斋集》。

《词话》卷三：叶元礼词，直是女儿声口。如"生小画眉分细
茧，近来绾髻学灵蛇。妆成不耐合欢花"，又"蝶粉蜂黄拚付与，
浅颦深笑总难知。教人何处忏情痴"，又"罗裙消息落花知"；又
"清波一样泪痕深"，又"此生有分是相思"等句，纤小柔媚，皆无
一毫丈夫气，宜其夭亡也。

浣 溪 沙 孤山别墅有感

仿佛清溪似若耶，底须惆怅怨天涯。青骢系处是侬
家。　　生小画眉分细茧，近来绾髻学灵蛇。妆成不耐
合欢花。　闲情集

（下阕）婀娜有致。

又

潜背红窗解佩迟，销魂尔许月明时。罗裙消息落花知。　　蝶粉蜂黄拚付与，浅颦深笑总难知。教人何处忏情痴。　**闲情集**

（"罗裙"句）"知"字复韵，当易。（"教人"句）一往情深。

又

斗帐脂香夜半侵，几番絮语梦难寻。清波一样泪痕深。　　南浦莺花新别恨，西陵松柏旧同心。一番生受到而今。　**闲情集**

起七字扭捏，亦鄙俗。（下阕）情词并茂。

沈朝初

字洪生，吴县人。康熙十八年进士，官至侍读学士。有《不遮山阁诗余》二卷。

如 梦 令

　　花里莺声歌溜，帘外海棠红瘦。寂寞倚栏杆，摘得青梅如豆。低嗅，低嗅，又是酸心时候。　闲情集

　　（"又是"句）凄警语，双关妙。

彭孙遹

　　字骏孙，号羡门，海盐人。顺治十六年进士，康熙十八年以主事召试博学鸿词第一，授编修，官至吏部侍郎。有《延露词》三卷。

　　《词话》卷三：彭羡门词，意境较厚，但不甚沉着，仍是力量未足。

　　《词话》卷三：羡门词，长调小令均有可观，而小令为胜。《忆王孙》（寒食）、《苏幕遮》（娄江寄家信）等篇，颇得北宋人遗韵。

忆 王 孙 寒食

　　梨云婀娜柳云斜，闲倚高楼数乱鸦。惆怅王孙天一涯，不归家，风雨年年葬落花。　放歌集

　　（"不归"二句）凄艳特绝。

苏幕遮 娄江寄家信

柳花风，榆荚雨。试问春光，去也何匆遽。红泪飘
零千万树，纵有黄莺，啼到无声处。　　旅颜残，归计
误。日日寻思，临别叮咛语。欲倩文鳞传尺素，娄水无
情，不肯西流去。　放歌集

（"纵有"二句）语亦沉至。

浣溪沙 闺情

翠浪生纹点曲池，春深闺阁弄妆迟。弓鞋罗袜踏青
时。　　鸦鬓轻分金缕缕，燕钗低颤玉差差。杏花春雨
细如丝。　闲情集

（"杏花"句）雅丽得北宋遗韵。

柳梢青

何事沉吟，小窗斜日，立遍春阴。翠袖天寒，青衫
人老，一样伤心。　　十年旧事重寻，回首处、山高水

深。两点眉峰，半分腰带，憔悴而今。　**闲情集**

"而今"字倒煞，与元礼《浣溪沙》同一隽妙。

生　查　子 旅夜

薄醉不成乡，转觉春寒重。鸳枕有谁同，夜夜和愁共。　　梦好恰如真，事往翻如梦。起立悄无言，残月生西弄。　**别调集**

（下阕）语甚别致。

花　心　动 早秋客思

几阵西风，凉气满、林下乍收残暑。极目江天，蹴雪惊沙，千里迢遥吴楚。殷勤谢、茱萸湾水，为侬好向秦溪去。还恐怕，关山重叠，双鱼无据。　　冉冉年光欲暮，正思归未得，含情谁语。待折疏华，寄取一枝，又远隔层城路。倚楼人听断肠声，惊秋客、到伤心处。江南梦、一曲潇潇暮雨。　**别调集**

（"殷勤"五句）发源于淮海，胎息于梅溪，有此意境。（"倚楼"三句）含情绵邈。

倪　灿

字闇公，上元人。康熙十六年举人，十八年召试博学鸿词，授检讨。有《雁园词》一卷。

浣 溪 沙　暮抵香城寺

逐水寻幽路不穷，溪声一径入空濛。疏钟遥度古城东。　　野菊背开崩石下，归云横卷乱流中。夕阳将尽佛灯红。　　别调集

（下阕）未免词胜于情，然措语自精秀。

尤　侗

字展成，号西堂，长洲人。拔贡生，康熙十八年以永平府推官，召试博学鸿词，授检讨，家居，后加侍讲。有《百末词》二卷。

《词话》卷三：西堂词曲，擅名一时，然皆不见佳。力量既薄，意境亦浅，专恃一二聪明语，以为新奇独得之秘，不值有识者一笑。◎西堂好作聪明语，害人最深。小有才者，一索而得，终身陷入苦海矣。

《词话》卷三：西堂小令最不佳，除《浣溪沙》（清明悼亡）两阕，及《菩萨蛮》（病中有感）第二阕外，合者寥寥。长调稍可，壮语工于绮语也。

《词话》卷八（刻本卷六）：尤展成云："近日词家，爱写闺襜，易流狎昵，蹈扬湖海，动涉叫嚣，二者交病。"西堂此论，可谓深中词人之弊。顾自言之而自蹈之，何耶？

更 漏 子 独夜

五更风，三点雨，并作零钟断鼓。残叶影，落花魂，凄凄来叩门。　　天涯雁，飞声乱，叫出伤心一片。倚半枕，拥孤衾，相思睡不成。　　放歌集

鬼境迷离。○字字凄断，如闻哀猿，但词品不高。

《词话》卷八（刻本卷六）：尤西堂《更漏子》云，前半直似鬼语，后半不免粗浮，殊负此调。

满 江 红 余淡心初度，和梅村韵。

对酒当歌，君休说、麒麟图画。行乐耳、柳枝竹叶，风亭月榭。满目凄凉汾水雁，半生憔悴章台马。问何如、

变姓隐吴门，吹箫者。　　兰亭禊，香山社。桐江钓，华林射。更平章花案，称量诗价。作史漫嗤牛马走，咏怀却喜渔樵话。看孟光、把盏与眉齐，皋桥下。　　**放歌集**

较梅村作更顽艳。（"作史"四句）风流蕴藉。

又　忆别阮亭仪部兼怀西樵考功湖上

我发芜城，趁竞渡、一江风涨。为寄语、池塘春草，阿连无恙。白舫已乘东冶下，青骢尚跃西泠上。问钱塘、可接广陵潮，双鱼饷。　　采莲棹，湖心漾。折柳曲，桥头唱。办十千兑酒，余杭新酿。王子正招缑岭鹤，孙登也策苏门杖。待归来、赠我两峰图，空濛状。　　**放歌集**

念 奴 娇　赠吴梅村先辈，用东坡赤壁韵。

江山如梦，叹眼前、谁是旧京人物。走马兰台行乐处，尚记纱笼题壁。橡烛衣香，少年情事，头白今成雪。杜陵野老，风流独数诗杰。　　更听法曲凄凉，四弦弹断，清泪如铅发。莫问开元天宝事，一半晓星明灭。我亦飘零，十年湖海，看雨丝风发。何时把酒，浩歌同送

明月。 　放歌集

　　故国之感，吾不知梅村见之何以为情也。

忆 王 孙 闺情

　　一春心事付眉尖，小院无人风雨纤。落尽桃花倚绣
奁，思淹淹，燕子归来不卷帘。 　闲情集

　　措语婉雅，在西堂集中尤为难得。

醉 公 子

　　何处贪杯酒，愁杀闺中妇。尚喜晚还家，刚留一盏
茶。 　　扶得和衣睡，冷却鸳鸯被。不敢骂檀郎，喃喃
咒杜康。 　闲情集

　　（"不敢"二句）语妙解颐。

　　《词话》卷三：西堂亦好为艳词，多聪明纤巧语，殊乖大雅。
"不敢骂檀郎，喃喃咒杜康"、"笑掷竹夫人，无端一面嗔"之类，
皆足令人喷饭。

醉花间

兰汤沐，湘裙束，懒把秋千蹴。侬自理秦筝，郎自歌吴曲。　　花冠一笑偏，翠袖三薰足。芙蓉帐底眠，春梦同郎续。　　闲情集

春光好

掩绣阁，镜台封，鬓云松。聊聊私语小窗中，骂春风。　　整日恹恹沉睡，侍儿问怎朦胧。却是背人偷揾泪，枕痕红。　　闲情集

（"聊聊"二句）风致颇似和凝。

菩萨蛮 夏闺

一阶芳草茸茸绿，乱飞蛱蝶无人扑。欲摘小蔷薇，嫌他辣刺衣。　　昼长停绣谱，私共双鬟语。心怯越梅酸，只将纤手挦。　　闲情集

（"欲摘"二句）写意好。

又

锦葵花底弹棋坐，一帘明月留人卧。粉汗湿红襕，倩郎摇素纨。　　云鬟胡乱挽，罗帐金钩卷。笑掷竹夫人，无端一面嗔。　**闲情集**

上章命意闲雅，此更欲出奇斗巧，姿态虽饶，终嫌鄙亵。

南乡子 席上戏赠女伶文玉

珠箔舞蛮靴，浅立氍毹宛转歌。忽换猩袍红烛艳，瞧科，锦伞将军小黛蛾。　　鬞发尚盘螺，一瓣丝鞭燕尾拖。为待情人亲解取，谁何，春草江南细马驮。　**闲情集**

（上阕）时妆淮阴侯故事，故云。（"春草"句）艳语别致。〇未字者鬓后垂瓣，解瓣则破瓜矣。

踏莎行 闺怨

独上妆楼，青山如昨。画眉彩笔春来阁。休弹红雨湿花梢，泪珠自向心头落。　　可恨东风，年年轻薄。

天涯不共人飘泊。漫将薄幸比杨花，杨花犹解穿罗幕。
闲情集

（"漫将"二句）深入一层，怨之至也。

浣 溪 沙 清明悼亡二首

陌上家家挂纸钱，东风客舍泪潸然。难携杯酒滴重泉。　　朱户几人同插柳，青山何事尚含烟。江南梦绕断肠天。　　**别调集**

（"青山"二句）声情酸楚，不堪卒读。

又

少女长安歌踏春，鸾靴翠袜已成尘。棠梨时候独沾巾。　　宫草几年堆燕冢，土花终夜照鱼灯。君王犹自望昭陵。自注："孝昭皇后忌日，驾幸沙河设祭。"　　**别调集**

（下阕）情韵并绝，如读唐诗。

菩 萨 蛮 丁巳九月病中有感八首

曲江芳草年年碧，郎君骑马胭脂色。白首苦低垂，花间扶杖归。　　逢场曾作戏，乔扮参军势。浓笑写官衔，排行无二三。　　**别调集**

八章源出温、韦，而词意不免浅显。身世兴衰之感，略见于此，第二章尤使人读之泪下。渔洋《题展成新乐府》云："南苑西风御水流，殿前无复按梁州。飘零法曲人间遍，谁付当年菊部头。"又云："猿臂丁年出塞行，灞陵醉尉莫相轻。旗亭被酒何人识，射虎将军右北平。"其年《寿悔庵六十》词云："曾经天语怜才，如今老却凌云手。"又云："长乐笙箫，连昌花竹，可堪回首。"皆当与此参看。吴蔺次太守跋云："阮生失路，浇泪无端；屈子问天，寄愁何处？水以不平而激，木因有郁而奇。情有所之，理固然矣。吾友悔庵，文高于命，宦薄于名。艳曲三章，欲醉沉香之酒；奇才两字，不分归院之灯。孤竹崖前，空随射虎；百花洲上，徒共眠鸥。刘公干高卧清漳，王仲宣哀吟荆楚。爰以沉郁之意，写为秾丽之音。此病中八首所由作也。夫生而识字，即种愁根；长解言文，原非善气。惺惺自合人奴，咄咄何堪令仆。吾侪若此，复何怪耶？子善吹箫，请命小红而按节；我为拔剑，聊浮大白以倚声。"可谓深得悔庵心者。

《词话》卷三：西堂《菩萨蛮》（丁巳九月病中有感）八章，源出温、韦，身世兴衰之感，略见于此，而词意不免浅显。如"负负欲何言，饥来难叩门"，又"浓笑写官衔，排行无二三"，又"叹息返柴庐，当门立吏胥"，又"白发影婆娑，秋风鬼病多"，又"何物返魂丹，空囊无一钱"，又"何处度余年，除非离恨天"等句，全失忠厚之旨。若暗含情事，而出以幽窈之思、浑雅之笔，便是飞卿复作。余惟爱其次章云，读之令人泪下。（此下录渔洋、其年、菌次之语，同上眉评。）

又

六宫闹扫芙蓉镜，君王偶爱飞蓬鬓。殿脚惜空同，昭阳天几重。自注："炀帝呼吴绛仙为崆峒夫人，言空同也。" 江南春雨晚，红豆新歌满。流落杜秋娘，琵琶忆上皇。 别调集

又

少年悔读高唐赋，片云片雨无寻处。欲买美人图，吴宫香粉无。 三山青鸟断，萼绿何时见。夜梦是耶非，玉钗金缕衣。 别调集

又

平生脱手千金剑，衣鹑马狗今谁盼。负负复何言，饥来难叩门。　白衣应送酒，凝望终无有。不见夜飞蝉，山妻剧可怜。　**别调集**

又

关山戎马惊鼙鼓，军书百道征徭苦。风急雁哀呼，荒田寸草无。　千家闻野哭，鬼火逃亡屋。叹息返柴庐，当门立吏胥。　**别调集**

又

短衣匹马卢龙道，冰霜千里催人老。白发影婆娑，秋风鬼病多。　苦寒还苦热，飞梦惊明灭。何物返魂丹，空囊无一钱。　**别调集**

又

白云冉冉苍梧下，晓猿夜鹤依茅舍。此地岂蓬壶，

梦游疑有无。　　一生几两屐，愿作山中客。只乏买山钱，桃源不在天。　**别调集**

又

著书自苦徒为尔，千秋万岁谁传此。前后两茫茫，三生人断肠。　　黄金空铸错，彩扇难缝络。何处度余年，除非离恨天。　**别调集**

毛奇龄

初名甡，字大可，萧山人。康熙十八年，以监生召试博学鸿词，授检讨。有《毛翰林集》，填词六卷。

《词话》卷三：西河经术湛深，而作诗却能谨守唐贤绳墨，词亦在五代、宋初之间，但造境未深，运思多巧。境不深尚可，思多巧则有伤大雅矣。

相 见 欢

倚床还绣芙蓉，对花丛。牵得丝丝柳线、翠烟笼。　　愁思远，抛金剪，唾残绒。羞杀鸳鸯衔去、一丝红。　**闲情集**

（下阕）情态秾丽。

《词话》卷三：西河《相见欢》云（下阕），《风蝶令》（斗草）云："藏得宜男临赛又踌躇。"此类极有思致，虽未至于流荡，总不免纤小。

风 蝶 令 斗草

喜摘惟红豆，难攀是白榆。百花亭外展氍毹，藏得宜男临赛又踌躇。　　绡帕销藤刺，缃襦解露珠。朦胧却把翠钿输，暗拣花枝插补鬓边虚。　闲情集

（"藏得"句）柔情密意，曲折绘出。

小 重 山

麦垅青青菜垅黄，野棠花满路、日初长。谁家女伴斗新妆，蜂来往，刺得口脂香。　　三五映垂杨，见人还却步、背方塘。小姑不解断人肠，看花落，又看浴鸳鸯。　闲情集

（"小姑"三句）一无心，一有心，从对面写。

点 绛 唇 送春

恼杀啼鹃，逢人还道春归去。留人不住，谁要留春住。　　花絮茫茫，万点愁人绪。归何处，春归无路，莫是人归路。　別调集

（"归何"三句）镕成一片，情韵特胜。

徐 釚

字电发，吴江人。康熙十八年，以监生召试博学鸿词，授检讨。有《菊庄词》一卷、《枫江渔父词》一卷。

《词话》卷三：徐电发词，当时盛负重名，至于流传海外，可谓荣矣。其规模北宋，却有似处，惟气格不高，只堪作晏、欧流亚，至周、秦深处，尚未梦见。

昭 君 怨 对镜

愁画远山镜里，难掩春波帐底。含笑复含颦，肯窥人。　　小立妆台悄悄，又被薄情偷照。羞涩却难拚，背郎看。　闲情集

（"羞涩"二句）情态逼真。

生 查 子 夏夜

晶帘乍卷时，沉水香千缕。偷弄玉箫寒，翻作新词谱。　　不寐倚桃笙，更漏频频数。冰骨自清凉，休倩芭蕉雨。　**闲情集**

遣词尚雅。

清 平 乐 春雨

梨花无语，断送春如许。因恁斜阳留不住，变做一天丝雨。　　帘前都满苔痕，魂消不等黄昏。柳眼皆含珠泪，山头错认巫云。　**闲情集**

（"柳眼"二句）触处销魂，有情人语。

凤 栖 梧 春草

廉纤丝雨春阴重。嫩草平铺，低把金鞍鞚。绿遍天

涯无半缝，怜伊岁岁和愁种。　　飞絮落花都不动。斗帐微寒，自做池塘梦。明日踏青谁与共，芳郊怕损鞋头凤。　**闲情集**

情词凄艳，北宋风流之目，信非虚誉。〇电发当时盛负词名，至为海外所宝贵，可谓荣矣。

《词话》卷三：电发《凤栖梧》（春草）云："绿遍天涯无半缝，怜伊岁岁和愁种。"语绝凄丽。然视君复、圣俞两词，已下一格，去欧公《少年游》一篇，何可以道里计？

严绳孙

字荪友，无锡人。康熙十八年，以布衣召试博学鸿词，授检讨。有《秋水词》一卷。

《词话》卷三：樊榭论词云："独有藕渔工小令，不教贺老占江南。"余观荪友词，色泽有余，措词亦闲雅，虽不能接武方回，固出电发之右。

浣 溪 沙

绿拥红遮恼暗期，慧心无处不先知。凤屏东畔独来时。　　忍待愁烟怜紫玉，敢将诗句比红儿。等闲踪迹

易猜疑。　**闲情集**

藕渔小令取法北宋，合者颇近方回。◎结句意味不尽。

又

　　陈影余香望未赊，为谁惆怅似天涯。紫兰重院谢娘家。　　生小晕眉临却月，近来书格爱簪花。麝煤茧纸映轻纱。　**闲情集**

（"生小"二句）丽而雅。

双调望江南

　　歌宛转，风日渡江多。柳带结烟留浅黛，桃花如梦送横波。一觉懒云窝。　　曾几日，轻扇掩纤罗。白发黄金双计拙，绿阴青子一春过。归去意如何。　**闲情集**

情词双绝。樊榭论词云："独有藕渔工小令，不教贺老占江南。"如此篇真不愧矣。

《词话》卷三：严苏友《双调望江南》云，情词双绝，似此真有贺老意趣。

又

临欲别,何处见回眸。一丈红墙迷玉杵,十年青鸟断银钩。往事总成愁。　　憔悴尽,花满忆春游。褰幌月华窥拥被,隔帘风影报梳头。终日并兰舟。　**闲情集**

("褰幌"二句)闲雅是词家本色。

邱象随

字季贞,山阳人。康熙十八年以贡生召试博学鸿词,授检讨,官至洗马。

浣溪沙 红桥怀古

清浅雷塘水不流,几声寒笛画城秋。红桥犹自倚扬州。　　五夜香昏残月梦,六宫花落晓风愁。多情烟树恋迷楼。　**大雅集**

(下阕)婉雅芊丽,渔洋一阕外,断推此为名作。

《词话》卷十（刻本卷八）：王阮亭《浣溪沙》（红桥怀古）云，遣词琢句，较五代人更觉苕雅。邱季贞和之云（下阕），婉雅芊丽，渔洋一阕外，断推此为佳构。然两词皆文过于质，其传诵一时者，正以文胜也。

王显祚

字湛求，曲周人。官至山西布政使。

点 绛 唇 秋千同竹垞赋

青粉墙高，是谁红索中摇曳。窄衫初试，转觉腰支细。　　冷笑江南，不省春游戏。层檐底，画裙窆地，生怕风扶起。　**闲情集**

（下阕）笔意灵动。

白雨斋词选卷十五

清词三

朱彝尊

字锡鬯，号竹垞，秀水人。康熙十八年，以布衣召试博学鸿词，授检讨。有《江湖载酒集》三卷、《静志居琴趣》一卷、《茶烟阁体物集》二卷、《蕃锦集》一卷。

竹垞、其年，在国初可称两雄，而心折秀水者尤众，至以为神明乎姜、史。本朝作者虽多，莫之能过。其实朱、陈两家皆非词中正声。其年气魄沉雄而未能深厚，竹垞措词温雅而未达渊微。求一篇如两宋诸公之沉郁顿挫，颇不易得，余不敢随声附和也。〇竹垞词疏中有密，但少沉厚之意。其自题词集云："不师秦七，不师黄九，倚新声、玉田差近。"夫秦七、黄九岂可并称？外黄九，并外秦七，所以不能深厚。即以玉田论，竹垞去之尚远。〇吾于竹垞，独取其艳体，详见《闲情集》中，若《大雅集》则不敢滥登也。

艳至竹垞，空诸古人，独抒妙蕴，其味浓，其色淡，自有绮语以来，更不得不推为绝唱也。故所选独多。

《词话》卷三：竹垞词，疏中有密，独出冠时，微少沉厚之意。其自题词集云："不师秦七，不师黄九，倚新声、玉田差近。"夫秦

七、黄九，岂可并称？师玉田不师秦七，所以不能深厚。◎不知秦七，亦何能知玉田？彼所知者，玉田之表耳。师玉田而不师其沉郁，是买椟还珠也。

《词话》卷三：吾于竹垞，独取其艳体，盖论词于两宋之后，不容过刻，节取可也。

捣 练 子

烟袅袅，雨绵绵，花外东风冷杜鹃。独上小楼人不见，断肠春色又今年。　大雅集

卖 花 声 雨花台

袁①柳白门湾，潮打城还。小长干接大长干。歌板酒旗零落尽，剩有渔竿。　　秋草六朝寒，花雨空坛。更无人处一凭栏。燕子斜阳来又去，如此江山。　大雅集

秋 霁 严子陵钓台

七里滩光，见拥树归云，石壁②衔照。渔火犹存，羊

---

① "袁"，底本作"哀"，据《曝书亭词》《国朝词综》改。
② "壁"，底本作"璧"，据《曝书亭词》《国朝词综》改。

裘未敝，只合此中垂钓。客星曾老，算来无过烟波好。
况有个、偕隐市门，仙女定娟妙。　　当此更想，去国
参军，白杨悲风，应化朱鸟。翠微深、鸱鹠飞处，半林
茅屋掩秋草。历历柁楼人影小。水远山远，君看满眼江
山，几人流涕，把莓苔扫。原注：子陵，梅福婿也。参军，谓
谢皋羽。《西台恸哭记》有"化为朱鸟兮将安居"之歌。　大雅集

玉楼春 柳

柔条曾记春前种，乍起三眠妍手弄。烟初羃历态真
浓，絮未颠狂丝尚重。　　依依别绪长亭共，旧雨残阳
空目送。一湾流水小红桥，留与断肠人作去声梦。　大
雅集

渡江云 送友

鼕鼕街鼓歇，惊沙卷雪，白日淡幽州。望疏林郭外，
剪剪酸风，霡霢响篱头。三杯两盏旗亭酒，怎把人留。
看一霎、鞭丝茸帽，驱马渡芦沟。　　离愁，万重烟树，
千叠云山，纵相思梦有。寻不到、清江古渡，黄鹤空楼。
趋庭正值桃花宴，醉春盘、尽许风流。能记忆、买田阳

美人不。 **大雅集**

"白日淡幽州"五字千古。（"纵相"三句）亦疏快，亦沉着。

疏 影 芭蕉

是谁种汝，把绿天一片，檐牙遮住。欲折翻连，乍卷还抽，有得愁心如许。秋来惯与羁人伴，惹多少、冷风凄雨。那更堪、一点疏灯，绕砌暗虫交诉。 待把蛛丝拭却，试今朝留与、个人题句。小院谁来，依旧黄昏，明月暂飞还去。罗衾梦断三更后，又一叶、一声低语。拚今番、尽剪秋阴，移种樱桃花树。 **大雅集**

（"秋来"四句）凄切雅近草窗。

又 秋柳，和李十九韵。

西风马首，有哀蝉几树，高下声骤。村外烟消，水际沙寒，斜阳似恋亭堠。丝丝缕缕纷堪数，更仿佛、叶初开候。待月中、疏影东西，思共故人携手。 摇落江潭万里，系船酒醒夜，长留京口。读曲歌残，晓露翻

鸦，萧瑟白门非旧。赤阑桥畔流云远，遮不住、短墙疏牖。话六朝、遗事凄凉，张绪近来消瘦。　大雅集

起势凄警。

长亭怨慢 雁

结多少、悲秋俦侣，特地年年，北风吹度。紫塞门孤，金河月冷恨谁诉。回江枉渚，也只恋、江南住。随意落平沙，巧排作、参差筝柱。　别浦，惯惊移莫定，应怯败荷疏雨。一绳云杪，看字字、悬针垂露。渐欹斜、无力低飘，正目送、碧罗天暮。写不了相思，又蘸凉波飞去。　大雅集

来势苍莽。○感慨身世，以凄切之情发哀婉之调，既悲凉，又忠厚，是竹垞直逼玉田之作，集中亦不多见。

《词话》卷三：竹垞《长亭怨慢》（雁）云（"结多"七句），感慨身世，以凄切之情，发哀婉之调，既悲凉，又忠厚，是竹垞直逼玉田之作，集中亦不多见。（渔洋《秋柳》诗云："相逢南雁皆愁侣，好语西乌莫夜飞。"同此哀感。一时和作，所以远不逮者，不在词语之不工，在所感之不同耳。后人更欲妄为訾议，亦弗思甚矣。○新城《秋柳》四章，纯是沧桑之感。国朝定鼎燕京，新城已

十岁矣，"相逢南雁"，实有所指也。）

解佩令 自题词集

十年磨剑，五陵结客，把平生、涕泪都飘尽。老去填词，一半是、空中传恨，几曾围、燕钗蝉鬓。　　不师秦七，不师黄九，倚新声、玉田差近。落拓江湖，且分付、歌筵红粉，料封侯、白头无分。　放歌集

"不师黄九"可也，"不师秦七"不可也。不知秦七，焉知玉田哉？袭南宋面目，而不得其本源，自以为姜、史复生，国初诸公多犯此病，竹垞其首作俑也。

满江红 吴大帝庙

玉座苔衣，拜遗像、紫髯如昨。想当日、周郎陆弟，一时声价。乞食肯从张子布，举杯但属甘兴霸。看寻常、谈笑敌曹刘，分区夏。　　南北限，长江跨。楼橹动，降旗诈。叹六朝割据，后来谁亚。原庙尚存龙虎地，春秋未辍鸡豚社。剩山围、衰草女墙空，寒潮打。　放歌集

（"乞食"二句）气象雄杰。

风 蝶 令 石城怀古

青盖三杯酒，黄旗一片帆。空余神谶断碑镌，借问横江铁锁是谁监。　　花雨高台冷，胭脂辱井缄。夕阳留与蒋山衔，犹恋风香阁畔旧松杉。　　放歌集

（"夕阳"二句）风流悲壮。

百 字 令 自题画像

菰芦深处，叹斯人枯槁，岂非穷士。剩有虚名身后策，小技文章而已。四十无闻，一丘欲卧，漂泊今如此。田园何在，白头乱发垂耳。　　空自南走羊城，西穷雁塞，更东浮淄水。一刺怀中磨灭尽，回首风尘燕市。草屩捞虾，短衣射虎，足了平生事。滔滔天下，不知知己谁是。　　放歌集

（"一刺"七句）感慨而不激烈。顾宁人自谓不如竹垞和厚，想见先生气量。

又 度居庸关

崇墉积翠，望关门一线，似悬檐溜。瘦马登临愁径滑，何况新霜时候。画鼓无声，朱旗卷尽，惟剩萧萧柳。薄寒渐甚，征袍明日添又。　谁放十万黄巾，九泥不闭，直入车箱口。十二园陵风雨暗，响遍哀鸿离兽。旧事惊心，长涂望眼，寂寞闲亭堠。当年锁钥，董龙真是鸡狗。　放歌集

（"画鼓"三句）旅行如画。◎上半写景，下段吊古，议论纵横，目无余子。

消　息 度雁门关

千里重关，凭谁踏遍，雁衔芦处。乱水滹沱，层霄冰雪，鸟道连勾注。画角吹愁，黄沙拂面，犹有行人来去。问长途、斜阳瘦马，又穿入离亭树。　猿臂将军，鸦儿节度，说尽英雄难据。窃国真王，论功醉尉，世事都如许。有限春衣，无多山店，酹酒徒成虚语。垂杨老、东风不管，雨丝烟絮。　放歌集

（"画角"五句）以吊古之笔写旅行之景，无一字不精神。（"有限"五句）笔致洒脱可喜。

水 龙 吟 谒张子房祠

当年博浪金椎，惜乎不中秦皇帝。咸阳大索，下邳亡命，全身非易。纵汉当兴，使韩仍在，肯臣刘季。算论功三杰，封留万户，都未是、平生意。　　遗庙彭城旧里，有苍苔、断碑横地。千盘驿路，满山枫叶，一湾河水。沧海人归，圯桥石杳，古墙空闭。怅萧萧白发，经过揽涕，向斜阳里。　　放歌集

（"纵汉"六句）诚如先生言，何以阻立六国后耶？余尝谓子房，汉之功臣，非韩之忠臣也。未遇黄石公以前，发于血性，成就未可限量。一遇黄石后，纯用谲诈，殊乖于正，而尤谬在荐四皓一事，则亦并不得为汉之忠臣矣。但就词论词，笔力自是高绝。

满 庭 芳 李晋王墓下作

独眼龙飞，鸦儿军至，百战真是英雄。沙陀去后，席卷定河东。多少义儿子将，千人敌、一一论功。争夸

道、生来亚子，信不愧而翁。　　前驱囊矢日，三垂冈上，置酒临风。叹绿衣天下，回首成空。冷落珠襦散尽，残碑断、不辨鱼虫。西林外，哀湍斜照，法鼓影堂中。

放歌集

（"叹绿"七句）叹息唐室终亡，无穷惋惜。温公"寇梁"之书，令人发指。

摸 鱼 子 送魏禹平还魏塘

一身藏、万人海里，姓名慵注官簿。秋深门巷堪罗雀，只共酒徒为伍。君又去，认百叠寒山，似线乡关路。冰霜最苦，盼到得江南，平波断岸，犹及冷枫舞。

竹林伴，依旧攀嵇①交吕，笛家琴调箫谱。燕台纵有寻春约，忍负镜边眉妩。君且住，算我便归迟，定不过阑暑。高荷大芋，待缚个茅亭，能来夜话，同听纸窗雨。　　**放歌集**

（"君且"三句）情文相生。

---

① "嵇"，原稿作"姬"，据《曝书亭词》《国朝词综》改。

又 题陈其年填词图

擅词场、飞扬跋扈，前身可是青兕。风烟一壑家阳
羡，最好竹山乡里。携砚几，坐罨画溪阴，袅袅珠藤翠。
人生快意，但紫笋烹泉，银筝侑酒，此外总闲事。
空中语，想出空中姝丽，图来菱角双鬟。乐章琴趣三千
调，作者古今能几。团扇底，也直得樽前，记曲呼娘子。
旗亭药市，听江北江南，歌尘到处，柳下井华水。　放
歌集

竹垞自题词集云："一半是、空中传恨，几曾围、
燕钗蝉鬓。"题其年词亦云："空中语，想出空中姝丽。"可谓推己及人。其实
朱、陈未必真空也。

木兰花慢 上元

今年风月好，正雪霁、凤城时。把鱼钥都开，钿车
溢巷，火树交枝。参差，斗蛾歌后，听笛家、齐和落梅
词。翠幌低悬景霎，红楼不闭藏蕤。　　蛾眉，帘卷再
休垂，众里被人窥。乍含羞一晌，眼波又掷，鬓影相随。
腰肢，风前转侧，却凭肩、回睇似沉思。料是金钗溜也，
不知兜上鞋儿。　闲情集

（"乍含"八句）一句一意，描写入微，画亦不能到。

金缕曲 初夏

谁在纱窗语。是梁间、双燕多愁，惜春归去。早有田田青荷叶，占断板桥西路。听半部、新添蛙鼓。小白蔫红都不见，但惜惜、门巷吹香絮。绿阴重，已如许。　　花源岂是重来误。尚依然、倚杏雕阑，笑桃朱户。隔院秋千看尽折，过了几番疏雨。知永日、簸钱何处。午梦初回人定倦，料无心、肯到闲庭宇。空搔首，独延伫。　闲情集

后半言情，前半写景，浓淡各极其致。（"知永"五句）不作艳语，去华存实，情更深，味更浓。

南楼令

春水到门长，春芜绕径香。好花枝、未隔东墙。来往花阴仙犬熟，已无意、吠刘郎。　　旧事费回肠，支机片石旁。便金梭、投也何妨。暗悔当时真个错，无一语、但形相。　闲情集

（"暗悔"二句）屏去浮艳，其情乃真。

玉 楼 春

旧游听说临邛路，垆畔烧春夸卓女。不同新寡更风流，断续巫山朝暮雨。　　遥峰眉样应如故，只有琴心难寄与。从前翻恨是相逢，刚道胜常看又去。　　闲情集

（"从前"二句）善用翻笔，情节自深。

思 佳 客

杜牧秋霜染鬓多，樽前无奈紫云何。春风淡淡三城夜，暮雨潇潇一曲歌。　　眉解语，眼横波，更看柔弱舞双靴。黄姑悔不怜须女，枉自含情盼隔河。　　闲情集

（"黄姑"二句）语意凄感。〇河鼓、黄姑，牵牛也，皆语之转，见《荆楚岁时记》。

玉 抱 肚

桥头官渡，沙头烟树。放归船、碧浪湖中，短篷同

听疏雨。恨参差朔雁，何苦又、惨淡江天叫秋暮。城隅渐近，隐隐梵鼓。临当去、重自注："去声。"分付。少别经年，相逢地、单衫伫立，知谁画眉妩。好春儿、过了都无绪，好梦儿、作自注："去声。"成都无据。限仙源、百尺红墙，翠禽小小不度，断魂难诉。　从今忆、旧事凄凉尚堪赋。但只怕你，朱颜在、也非故。水又遥、山又阻。便成都染就、笺十样，也写不尽、相思苦。　**闲情集**

（"何苦"四句）情景双写。◎后二段措语未高，情则深绝。

百 字 令 偶忆

横街南巷，记钿车小小，翠帘徐揭。绿酒分曹人散后，心事低徊潜说。莲子湖头，枇杷花下，绾就同心结。明珠未斛，朔风千里催别。　同是沦落天涯，青青柳色，争忍先攀折。红浪香温围夜玉，堕我怀中明月。暮雨空归，秋河不动，虬箭丁丁咽。十年一梦，鬓丝今已如雪。　**闲情集**

（下阕）情不必深，词却沉着，词胜，情亦胜也。

鹊 桥 仙 席上赠伎张伴月○二首录一

横汾清济，十年旧事，只恨玉鞭归暮。碧桃先自笑春风，全不待、社公新雨。　　章台稚柳，汉南移种，怜取柔条最苦。游丝无力强天斜，万一把、飞花粘住。

闲情集

（"游丝"二句）纯以笔胜。

一 剪 梅

子夜琴心调乍翻，放诞文君，多病文园。柔肠系处酒杯浓，骰子巡抛，射覆更番。　　红蜡连烧花烬繁，斜对双蛾，暗蹴双鸳。不应草草放他归，去便如期，来便空言。　　**闲情集**

（"不应"三句）较"来是空言去绝踪"更婉折。

清 平 乐

齐心耦意，下九同嬉戏。两翅蝉云梳未起，一十二三年纪。　　春愁不上眉山，日长慵倚雕阑。走近蔷薇

架底，生擒蝴蝶花间。　**闲情集**

　　自此章至《洞仙歌》十七首，皆录《静志居琴趣》一卷中者，生香真色，得未曾有，前后次序略可意会，不必穿凿求之也。

　　《词话》卷三：竹垞《江湖载酒集》洒落有致，《茶烟阁体物集》组织甚工，《蕃锦集》运用成语，别具匠心，然皆无甚大过人处。惟《静志居琴趣》一卷，尽扫陈言，独出机杼。艳词有此，匪独晏、欧所不能，即李后主、牛松卿亦未尝梦见，真古今绝构也。惜托体未为大雅。◎竹垞《静志居琴趣》一卷，生香真色，得未曾有。前后次序，略可意会，不必穿凿求之。

　　《词话》卷三（刻本无）：竹垞词如《好事近》云："中央四角百回看，三岁袖中纳。一自凌波去后，怅神光难合。"情深语至，脱尽香奁门面语。又《卜算子》云："松叶颇黎碧，劝饮春纤执。本向人前欲避嫌，禁不住、心怜惜。"柔情密意，尽态极妍。又《南楼令》云："欲话去年今日事，能几个、去年人。"较永叔"不见去年人，泪满春衫袖"之句，更曲折有味。又《南歌子》云："忍泪潜窥镜，催归懒下阶。临去不胜怀，为郎回一盼，强兜鞋。"寥寥数语，意态绝浓。又《临江仙》云"可怜新蝶梦，犹恋旧蚊帱。"亦情词双绝。又"一湾杨柳板桥西，料得灯昏独上小楼梯。"又"约指轻弪，熏香小像，都悔还伊。"又"一样霜天月仍圆，只不照，凌波步。"皆极缠绵、极恳挚语。国初诸公多好为艳词，未有如竹垞之空绝前后者，虽非正声，亦令人叹赏不置。

《词话》卷三（刻本无）：竹垞艳词，确有所指，不同泛设，其中难言之处，不得不乱以他词，故为隐语，所以味厚。合全集诗词观之，大约同舟一层，是两情相照之始，元夜一事，是彼此离合之由，故集中屡屡言之。《渔家傲》结句云："一面船窗相并倚，看渌水，当时已露千金意。"《金缕曲》云："枕上闲商略。记全家、元夜看灯，小楼帘幕。"又云："径仄春衣风渐逼，惹钗横、翠凤都惊落。三里雾，旋迷却。"欲合仍离，即《风怀》诗所谓："径思乘窘步，梯已上初桄。莫绾同心结，停斟冰齿浆。月难中夜堕，罗枉北山张"也。下云："绿叶青阴看总好，也不须、频悔当时错。且莫负，晓云约。"此词似别后重逢、追诉往事之辞，起五字是正面，结二语遥遥挽合。盖元夜时犹待字闺中，此时则已嫁经年矣。本词云："星桥路返填河鹊，算天孙、已嫁经年，夜情难度。走近合欢床上坐，谁料香含红萼。"故有"悔当时错"一语，想见儿女喁喁，一时怨怼情况。皆当与《风怀》二百韵参看。

《词话》卷三（刻本无）：竹垞艳词，纯以真气盘旋，情至者文亦至，若董文友则丽而淫矣。

四 和 香

小小春情先漏泄，爱绾同心结。唤作自注："去声。"莫愁愁不绝，须未是、愁时节。　　才学避人帘半揭，也解秋波瞥。篆缕难烧心字灭，且拜了、初三月。　　**闲情集**

合上章皆写鬌年情态。

卜 算 子

　　残梦绕屏山，小篆消香雾。镇日帘栊一片垂，燕语人无语。　　庭草已含烟，门柳将飘絮。听遍梨花昨夜风，今夜黄昏雨。　**闲情集**

　　此章致思慕之情。

忆 少 年

　　飞花时节，垂杨巷陌，东风庭院。重帘尚如昔，但窥帘人远。　　叶底歌莺梁上燕，一声声、伴人幽怨。相思了无益，悔当初相见。　**闲情集**

　　（"相思"二句）情词凄绝，较耆卿"彼此空有相怜意，未有相怜计"，更见沉痛。

渔 家 傲

　　淡墨轻衫染趁时，落花芳草步迟迟。行过石桥风渐

起，香不已，众中早被游人记。　桂火初温玉酒卮，柳阴残照桅楼移。一面船窗相并倚，看渌水，当时已露千金意。　**闲情集**

（下阕）合《曝书亭全集》诗词观之，同舟一层自是两情相照之始，故集中屡屡言之。

朝 中 措

兰桡并载出横塘，山寺踏春阳。细草弓弓袜印，微风叶叶衣香。　一湾流水，半竿斜日，同上归艎。赢得渡头人说，秋娘合配冬郎。　**闲情集**

（"一湾"三句）此亦前章之意，但彼出此归。

秦 楼 月

春眠足，画楼十二屏山六。屏山六，柔波不断，远峰难续。　庭前种尽相思木，机中织就相思曲。相思曲，看朱成碧，视丹如绿。　**闲情集**

（"看朱"二句）情思迷离。

瑶 花 午梦

日长院宇，针线慵拈，况倚阑无绪。翡帏翠幄，看尽展、忘却东风帘户。芳魂摇漾，渐听不、分明莺语。逗红蕉、叶底微凉，几点绿天疏雨。 画屏遮遍遥山，知一缕巫云，吹堕何处。愁春未醒，定化作、凤子寻香留住。相思人并，料此际、惊回最苦。亟丁宁、池上杨花，莫便枕边飞去。 **闲情集**

（"芳魂"四句）写入梦之情逼真。（"亟丁"二句）吕渭老词云："做梦杨花随去也，妆阁畔，绣床前。"无此情味。

天 仙 子

小桴若邪乘晓入，芒萝人已当风立。好春不雨但浓阴，铅水急，溪纱湿，丽草云根香暗拾。 **闲情集**

（"丽草"句）语带仙气。

又

小阁春寒烟乍禁，炉香先润鸳鸯锦。低帷才悔杀明灯，花影浸，窗棂渗，斜月一条刚到枕。　**闲情集**

（"低帷"四句）工于写景，不多着墨，情致已饶。

南 歌 子

忍泪潜窥镜，催归懒下阶。临去不胜怀，为郎回一盼、强兜鞋。　**闲情集**

寥寥数语，意态绝胜。

芙 蓉 月

蛮府辍棹时，梅熟处、日日阑风吹雨。无心好梦，早被行云勾住。难道今番是梦，梦里分明说与。留不得，翠衾凉，珠泪飘残蜜炬。　　啼鹃满山树，谢多情小鸟，劝侬归去。秋期过了，夜月寒生南浦。执手枯荷池上，宛种玉、亭东路。贪梦好，问柔魂、可曾飞度。　**闲情集**

（"无心"四句）层折入妙，极分析，正极迷离。（"贪梦"二句）当亦"甘与子同梦"矣。

眼 儿 媚

那年私语小窗边，明月未曾圆。含羞几度，已抛人远，忽近人前。　　无情最是寒江水，催送渡头船。一声归去，临行又坐，乍起翻眠。　闲情集

（"含羞"三句）梁武帝"恃爱如欲进，含羞未肯前"，即此意也。

鹊 桥 仙

辛夷花落，海棠风起，朝雨一番新过。狸奴去后绣鏊温，且伴我、日长闲坐。　　笑言也得，欠伸也得，行处丹鞋婀娜。簸钱斗草已都输，问持底、今宵偿我。闲情集

（"簸钱"二句）绝世风趣。

增字渔家傲

百蝶仙裙风易褎。藕覆低垂，浅露惊鸿爪。元夕初过寒尚峭，呼别棹，雪花点点轻帆杪。　别院羊灯收未了。高揭珠帘，特地留人照。众里偏他回避早，猜不到，罗帏昨夜曾双笑。　**闲情集**

（"众里"三句）情态入妙，可谓工于做作。

金　缕　曲

枕上闲商略。记全家、元夜看灯，小楼帘幕。暗里横梯听点屐，知是潜回香阁。险把个、玉清追着。径仄春衣风渐逼，惹钗横、翠凤都惊落。三里雾，旋迷却。　星桥路返填河鹊，算天孙、已嫁经年，夜情难度。走近合欢床上坐，谁料香含红萼。又两暑、三霜分索。绿叶青阴①看总好，也不须、频悔当时错。且莫负，晓云约。　**闲情集**

元夜一节，《风怀》二百韵中言之详矣，此篇可与参看。（下

———

① "阴"，底本作"叶"，据《曝书亭词》改。

阕）欲合仍离，即《风怀》诗所谓"月难中夜堕，罗枉北山张"也。○"已嫁经年"，犹"含红尊"，即《风怀》所谓"瓜字尚含瓤"也。○此篇似追诉之词，起五字是正面，结二语遥遥呼应。

摸 鱼 子

粉墙青、虬檐百尺，一条天色催暮。洛妃偶值无人见，相送袜尘微步。教且住，携玉手、潜行莫惹冰苔仆。芳心暗诉，认香雾鬟边，好风衣上，分付断魂语。

双栖燕，岁岁花时飞度，阿谁花底催去。十年镜里樊川雪，空袅茶烟千缕。离梦苦，浑不省、锁香金箧归何处。小池枯树，算只有当时，一丸冷月，犹照夜深路。 **闲情集**

（"教且"六句）情词俱臻绝顶，摆脱绮罗香泽之态，独饶仙艳，自非仙才不能。[①] （"离梦"六句）凄艳独绝，是从《风》《骚》、乐府来，非晏、欧、周、柳一派也。

西 江 月

傍玉何曾暑热，惜香最恨眠迟。残灯未杀影迷离，

---

① 此评录入《词话》卷三。

一点纱笼红蕊。　　小雨初过庭树，新凉渐近罗帏。殷勤临别为披衣，软语虫飞声里。　**闲情集**

（"殷勤"二句）选词独别，总非凡艳。

《词话》卷三（刻本无）：竹垞《西江月》结句云（"殷勤"二句），凄丽而幽索，总非凡艳。

城 头 月

别离偏比相逢易，众里休回避。唤坐回身，料是秋波，难制盈盈泪。　　酒阑空有相怜意，欲住愁无计。漏鼓三通，月底灯前，没个商量地。　**闲情集**

（"唤坐"三句）情生文，文生情。

南 乡 子

明日别离人，未恋今宵月似银。只愿五更风又雨，飞到暮，啼杀杜鹃催不去。　**闲情集**

（"只愿"三句）痴情人真有此想。

梦 芙 蓉

日长深院里，见微吟红豆，学书青李。鼠须散卓，曾付扫眉翠。绿纱风不起，炉烟都篆心字。密缔星期，许支机石畔，来往绛河水。　　谁料分飞万里，雾露芙蓉，恨别成秋蒂。桃蹊重到，仙犬遽迎吠。涩尘凝满砌，夕阳空自垂地。旧日回廊，剩枇杷一树，花下小门闭。

闲情集

《青李》，王羲之《十七帖》之一也。○《文房四说》："宣州诸葛高造鼠须散卓及长心笔绝佳。"此女工书，《风怀》及《洞仙歌》屡屡言之。（下阕）层节较多，不止"人面桃花"之感。

满 庭 芳

雨盖飘荷，霜枝钉菊，满庭芳草萋萋。莫愁催送，香径手重携。叠取鸳鸯绣被，屏山近、已分双栖。金簪拔，暗了了鸟，不用绕唐梯。　　低帷，听细语，五湖心事，钗卜难稽。得雾深三里，花隔千溪。只是仙源无路，添惆怅、残月荒鸡。绳河晓，黄姑织女，依旧水东西。　闲情集此章叙离而复合，暂合仍离，情致绵远。

南 楼 令

疏雨过轻尘，圆莎结翠茵。惹红襟、乳燕来频。乍暖乍寒花事了，留不住、塞垣春。　　归梦苦难真，别离情更亲。恨天涯、芳信无因。欲话去年今日事，能几个、去年人。　**闲情集**

（"欲话"二句）"不见去年人，泪满春衫袖"，无此曲折。

好 事 近

往事记山阴，风雪镜湖残腊。燕尾香缄小字，十三行封答。　　中央四角百回看，三岁袖中纳。一自凌波去后，怅神光难合。　**闲情集**

（下阕）情深语至，脱尽香奁门面语。

卜 算 子

留赠镜湖纱，浣女机中织。裁作轻衫稳称身，更染

蒲萄色。　　松叶颇黎碧，劝饮春纤执。本向人前欲避嫌，禁不住、心怜惜。　闲情集

（"本向"二句）情深入骨。○艳词有竹垞，真乃尽掩古人，独辟机杼。

浣 溪 沙

桑叶阴阴浅水湾，更无人处竹回环。飞来一片望夫山。　　劝客且留今日住，催归深悔那时还。断肠朝雨赋阳关。　闲情集

（"催归"句）言情必深。

换巢鸾凤

桐扣亭前，记春花落尽，才返吟鞭。鸭头凝练浦，鹅眼屑榆钱。兰期空约月初弦，待来不来，红桥小船。蓬山近，又风引、翠鬟不见。　　飞燕，书乍展，哽咽泪痕，犹自芳笺染。玉镜妆台，青莲砚匣，定自沉吟千遍。解道临行更开封，背人一缕香云剪。知他别后，凤

钗拢鬓深浅。　**闲情集**

（"解道"四句）情痴如许。

一 叶 落

泪眼注，临当去，此时欲住已难住。下楼复上楼，楼头风吹雨。风吹雨，草草离人语。　**闲情集**

（"下楼"四句）如读唐人短乐府。

无 闷　雨夜

密雨垂丝，细细晚风，约尽浮萍池水。乍一霎黄昏，小门深闭。作自注："去声。"弄新凉天气，怕早有、井梧飘阶砌。正楚筠、簟冷香篝，简点旧时鸳被。　　无计，才独眠，更坐起，怎说愁边滋味。翠蛾别久，远信莫致。纵有梦魂能记，寻不到、长安三千里。料此夜、一点孤灯，知他睡也不睡。　**闲情集**

（上阕）迤逦写来，清寒入骨。（"无计"三句）八字形容得尽。

（"纵有"四句）从对面想来，更深切。

点 绛 唇

万里将行，剪灯重伴西楼语。远书欲附，细把邮签数。　　风雨江头，不许离人去。离人去，断肠归路，秋草真娘墓。　闲情集

（"离人"三句）设色亦工雅。

风 蝶 令

秋雨疏偏响，秋虫夜迸啼。空床取次薄衾携，未到酒醒时候已凄凄。　　塞雁横天远，江云拥树低。一湾杨柳板桥西，料得灯昏独上小楼梯。　闲情集

（"一湾"二句）与《无闷》篇同一从对面着想，而语更雅炼。

鹊 桥 仙

青鸾有翼，飞鸿无数，消息何曾轻到。瑶琴尘满十

三徽，止记得、思归一调。　　　此时便去，梁间燕子，定笑画眉人老。天涯况是少归期，又匹马、乱山残照。

闲情集

后半阕分两层说，更凄切。

柳 梢 青

回雁书迟，烧灯时候，尚促归期。兽锦梭抛，鲛珠泪尽，也忒相思。　　　彩云天远瑶姬，便不管、人间别离。约指轻弪，薰香小像，都悔还伊。　　**闲情集**

（"约指"三句）情至词亦至，不可强求也。

留 春 令

针楼残烛，镜台剩粉，醉眠曾许。长记罗帏梦回初，响几点、催花雨。　　　别泪连丝繁主簿，剩定情诗句。一样霜天月仍圆，只不照、凌波步。　　**闲情集**

（"别泪"二句）"自伤失所欲，泪下如连丝"，休伯《定情》佳句也。运用入词，更自凄警。

祝英台近

　　紫箫停，锦瑟远，寂寞旧歌扇。萍叶空池，卧柳扫还倦。便令凤子频书，芹泥长润，招不到、别巢秋燕。　　露华泫，犹剩插髻金铃，残菊四三点。阶面青苔，不雨也生遍。纵余一缕香尘，袜罗曾印，奈都被、西风吹卷。　**闲情集**

　　（"阶面"五句）凄凉景物，不堪回首。

风 入 松

　　朝云不改旧时颜，飞下屏山。严城乍报三通鼓，何由得、遮梦重还。露叶犹闻响屟，风帘莫碍垂鬟。　簪花小字箧中看，别思回环。穿针纵有他生约，怅迢迢、路断银湾。锦瑟空成追忆，玉箫定在人间。　**闲情集**

　　（"锦瑟"二句）情到至处，每多痴想。

临 江 仙

　　昨日苦留今日住，来朝再住无因。画楼欲下几逡巡。

残灯三两焰，别泪一双人。　　料得离居多少恨，归期数遍冬春。长愁不独茧眉颦。口中生石阙，腹内转车轮。　**闲情集**

（"口中"二句）中有难言之隐。○乐府"石阙生口中，衔碑不得语"。

又

白鹭飞边舟一个，萦回几曲芳洲。晚凉重过曝衣楼。笼灯迎竹外，摇橹到沙头。　　烟水空存桃叶渡，依然兰月如钩。十年霜鬓不禁秋。可怜新蝶梦，犹恋旧蚊帱。　**闲情集**

（"可怜"二句）情词双绝。

洞 仙 歌

书床镜槛，记相连斜桷。惯见修蛾远山学。倩青腰授简，素女开图，才凝盼，一线灵犀先觉。　　新来窥宋玉，不用登墙，近在蛛丝画屏角。见了乍惊回，点展

声频，分明睹、翠帷低摺。旋手揭流苏近前看，又何处
迷藏，也般难捉。　**闲情集**

　　竹垞《洞仙歌》十七首，是指一人一事言，而历叙悲欢离合之
情也。低回宛转，情意缠绵，色取其淡，骨取其高，不用绮语，风
韵自胜，斯谓惊才绝艳。○《洞仙歌》善用折笔，浅处皆深。如
云："傍妆台见了，已慰相思，原不分，云母船窗同载。"又云：
"津亭回首，望高城天远。何况城中玉人面。"又云："周郎三爵后，
顾曲无心，争忍厌厌夜深饮。"又云："正不在相逢合欢频，许并坐
双行，也都情分。"诸如此类，一折便深，可悟用笔之妙。○《洞
仙歌》之妙，全在烘衬，正面寥寥。惟四章云："冉冉行云，明月
怀中半宵堕。"十五章云："明月重窥旧时面。"均可谓仙乎丽矣。
○《洞仙歌》每以朴处见长，最是高妙。如云："仲冬二七，算良
期须果。若再沉吟甚时可。"下云："难道又，各自抱衾闲坐。"结
云："也莫说今番，不曾真个。"又云："最难得相逢上元时，且过
了收灯，放船由恁。"又云："佳期四五，问黄昏来否。说与低帷月
明后。"又云："隔年芳信，要同衾元夕。比及归时小寒食。"又云：
"十三行小字，写与临摹，几日看来便无别。"又云："行舟已发，
又经旬调笑。不算匆匆别离了。"此类皆愈朴愈妙。艳词有竹垞，
直是化境。○《洞仙歌》有运思极隽极深者。如云："旋手揭流苏
近前看，又何处迷藏，者般难捉。"又云："若不是临风暗相思，肯
犹把留题，旧时团扇。"又云："翻唤养娘眠，底事谁知，灯一点、
尚悬红豆。"又云："随意楚台云，抱玉挨香，冰雪净、素肌新浴。

便归触帘旌侍儿醒，只认是新凉，拂檐蝙蝠。"又云："偏走向侬前道胜常，浑不似西窗，夜来曾见。"皆能发前人所未发。不必用秾丽之词，而视彼秾丽者，浅深判然矣。○《洞仙歌》有极密极昵者。如"恩深容易怨，释怨成欢，浓笑怀中露深意"，古香古艳，无些子绮罗俗态。○《洞仙歌》有凄艳入骨者。如云："起折赠黄梅镜奁边，但流睇无言，断魂谁省。"又云："同梦里，又是楝花风雨。"又云："怪十样蛮笺旧曾贻，只一纸私书，更无消息。"又云："舍旧枕珊瑚更谁知，有泪雨烘干，万千愁梦。"又云："奈飞龙骨出，束竹肠攒，月额雨，持比泪珠差少。"又云："中有锦笺书，密嘱归期，道莫忘、翠楼烟杪。枉辜负刘郎此重来，恋小洞春香，尚余细草。"又云："自化彩云飞，虫网蜗涎，又谁对、芳容播喏。尽沉水烟浓向伊熏，觊万一真真，夜深来也。"此类皆凄绝艳绝。然自是竹垞之凄艳，非棠邨、藕渔辈所能到也。① ○艳词至竹垞，扫尽绮罗香泽之态，纯以真气盘旋，情至者文亦至，前无古人，后无来者，《洞仙歌》其最上乘也。

又

谢娘春晓，借贫家螺黛。须拗花枝与伊戴。傍妆台见了，已慰相思，原不分，云母船窗同载。　　丛祠灯

---

① 此评以上见《词话》卷三（刻本无），"是指一人一事言"作"是计其始终"，"冰雪净、素肌新浴"下注"此二语却俚浅"。

火下，暗祝心期，众里分明并侬拜。尽说比肩人，目送登舻，香渐辣、晚风罗带。信柔橹呕哑拨鱼衣，分燕尾溪流，赤栏桥外。　**闲情集**

<h2 style="text-align:center">又</h2>

津亭回首，望高城天远。何况城中玉人面。数邮签万里，岭路千重，行不得，懊恼鹧鸪啼遍。　　郁孤台畔水，解送行人，三板轻船疾于箭。指点莫愁村，树下门前，怪别后、双蛾较浅。若不是临风暗相思，肯犹把留题，旧时团扇。　**闲情集**

<h2 style="text-align:center">又</h2>

仲冬二七，算良期须果。若再沉吟甚时可。况薰炉渐冷，窗烛都灰，难道又，各自抱衾闲坐。　　银湾桥已就，冉冉行云，明月怀中半宵堕。归去忒匆匆，软语丁宁，第一怕、袜罗尘涴。料消息青鸾定应知，也莫说今番，不曾真个。　**闲情集**

又

别离改月，便恹恹成病。镇日相思梦难醒。唤连船渡口，晚饭芦中，相见了，不用药炉丹鼎。　　双银莲叶盏，满贮椒花，同向灯前醉司命。昵枕未三更，兰夜如年，奈犹憾、乱鸦初景。起折赠黄梅镜奁边，但流睇无言，断魂谁省。　**闲情集**

又

东风几日，觉春寒犹甚。纤手偷携笑谁禁。对初三微月，看到团圞，铺地水，处处袜罗凉浸。　　周郎三爵后，顾曲无心，争忍厌厌夜深饮。只合并头眠，有限春宵，切莫负、暖香鸳锦。最难得相逢上元时，且过了收灯，放船由恁。　**闲情集**

又

佳期四五，问黄昏来否。说与低帷月明后。怕重门不锁，仙犬窥人，愁未稳，花影匆匆分手。　　鸡缸三两盏，力薄春醪，何事卿卿便中酒。翻唤养娘眠，底事

谁知，灯一点、尚悬红豆。恨咫尺绳河隔三桥，全不管黄姑，夜深来又。　**闲情集**

又

城头画角，报横江舻舳。催上扁舟五湖曲。怪乌尼噪罢，蟏子飞来，重携手，也算天从人欲。　红墙开窦奥，转入回廊，小小窗纱拓金屋。随意楚台云，抱玉挨香，冰雪净、素肌新浴。便归触帘旌侍儿醒，只认是新凉，拂檐蝙蝠。　**闲情集**

又

韶光最好，甚眉峰长聚。相劝乘船漾南浦。盼海棠簪后，插到荼蘼，同梦里，又是楝花风雨。　桥东芳草岸，胜乐游原，勾队争看小蛮舞。雀舫曳疏帘，蛛网浮杯，但日日、鸾箫吹度。听唱遍青春蓦山溪，待拆了歌台，放伊归去。　**闲情集**

又

三竿日出，爱调妆人近。凫藻熏炉正香润。看樱桃小注，桂叶轻描，图画里，只少耳边朱晕。　　金簪二寸短，留结殷勤，铸就偏名有谁认。便与夺鸾篦，锦髻梳成，笑犹是、少年风韵。正不在相逢合欢频，许并坐双行，也都情分。　**闲情集**

又

花糕九日，缀蛮王狮子。圆菊金铃鬓边媚。向闲房密约，三五须来，也不用，青雀先期飞至。　　恩深容易怨，释怨成欢，浓笑怀中露深意。得个五湖船，雉妇渔师，算随处、可称乡里。笑恁若将伊借人看，留市上金钱，尽赢家计。　**闲情集**

又

隔年芳信，要同衾元夕。比及归时小寒食。怅鸭头船返，桃叶江空，端可惜，误了兰期初七。　　易求无价宝，惟有佳人，绝世倾城再难①得。薄命果生成，小字亲题，认点点、泪痕犹裹。怪十样蛮笺旧曾贻，只一纸

---

① "再难"，底本作"难再"，据《曝书亭词》改。

私书，更无消息。　**闲情集**

又

蘋洲小棹，约兜娘相共。岂意钱唐片帆送。逢故人江上，一路看山，宁料我，过了恶溪灵洞。　东瓯城下泊，孤屿中流，明月秋潮夜来涌。此际最消凝，苦忆西楼，想帘底、玉钩亲控。舍旧枕珊瑚更谁知，有泪雨烘干，万千愁梦。　**闲情集**

又

萧郎归也，又烧灯时节。白马重嘶画桥雪。早青绫帐外，含笑相迎，花枝好，绣上春衫谁撷。　十三行小字，写与临摹，几日看来便无别。排闷偶题诗，玉镜台前，浑不省、窃香人窃。待和了封题寄还伊，怕密驿沉浮，见时低说。　**闲情集**

又

明湖碧浪，枉轻帆寻遍。咫尺仙源路非远。讶杜兰香去，已隔多时，又谁料，佳约三年还践。　　纤腰无一把，飞入怀中，明月重窥旧时面。归去怯孤眠，镜鹊晨开，云鬟掠、小唇徐染。偏走向侬前道胜常，浑不是^①西窗，夜来曾见。　**闲情集**

又

行舟已发，又经旬调笑。不算匆匆别离了。奈飞龙骨出，束竹肠攒，月额雨，持比泪珠差少。　　罗囊针管就，络以朱绳，淡墨疏花折枝袅。中有锦笺书，密嘱归期，道莫忘、翠楼烟杪。枉姑负刘郎此重来，恋小洞春香，尚余细草。　**闲情集**

又

崔徽风貌，信十分姚冶。八尺吴绡问谁借。悔丹青不学，杀粉调铅，呈花面，输与画工传写。　　乘闲思挂壁，分付装池，卷处香生一囊麝。自化彩云飞，虫网蜗涎，又谁对、芳容播喏。尽沉水烟浓向伊熏，觊万一

---

①　"是"，《曝书亭词》作"似"。

真真，夜深来也。　**闲情集**

此篇为十七章总结，蓝桥梦杳，遗像空留，情词双绝。○"十分"，"十"字当读作平声。《老学庵笔记》："'十'转平声，可读为谌。白乐天诗：'绿浪东西南北路，红阑三百九十桥。'"

点 绛 唇 秋千

香袂飘空，为谁一笑穿花径。有时花顶，罗袜纤纤并。　　飞去飞来，不许惊鸿定。重门静，粉墙深映，留取春风影。　**闲情集**

以下八章，录《茶烟阁体物集》一卷中者。情不必真，而传神写照，颊上添毫，得未曾有。

钗 头 凤 藏钩

华筵半，银灯灿，玉钩纤手陈青案。传言快，分曹待。暗将心事，把秋波卖。在，在，在。　　番番换，低低唤，个侬翻被人偷算。三杯外，含娇态。不应输与，笑拈衣带。再，再，再。　**闲情集**

（"在"三句）叠字妙。（"再"三句）叠字更妙，尤胜前叠。

临江仙 金指环

削就葱根待束，挂将榴火齐炎。殷勤搓粉为君拈。爱他金小小，曾近玉纤纤。　　数遍檀郎十指，带来第五犹嫌。凭教丽句续香奁。解时愁不断，约了闷翻添。

闲情集

诸篇各有机趣，较《静志居琴趣》一卷，情虽不及，趣则过之。

秦 楼 月 吹笙

凉烟翠，银河潋滟光垂地。光垂地，小楼一曲，月华如水。　　排成凤翅声初递，听残鹅管君须记。君须记，风帘卷处，那人双髻。　　**闲情集**

（"君须"三句）郑重分明，《忆秦娥》复句须知如此。

沁 园 春 掌

小小琼田，暖玉无尘，纹生细波。惯先调粉泽，两边

齐傅，未昏菱镜，一面频磨。鞋拓真纤，指离偏远，水上
溯裙着意搓。阑干拍，惹鸳鸯惊起，飞度风荷。　　樽前
一握无多，纵燕燕身轻舞则那。任青红碧绿，接成彩缕，
裁缝熨贴，研就香罗。冷露三霄，明珠几颗，除是仙人不
让他。春来病，把芳心捧罢，百遍摩挲。　**闲情集**

　　（"一面"句）押韵峭甚。（"冷露"三句）四面烘染，长袖
善舞。

又　肠

　　娓娜轻躯，能有几多，容万斛愁。惯悲衔腹内，相
看脉脉，事来心上，一样悠悠。鸟道千盘，辘轳双绠，
又类车轮转未休。萦方寸，穿锦梭暗掷，弱缕中
抽。　　柔情曲似江流，怕易割秋山懒上楼。况三朝三
暮，巴猿峡口，一声一断，杜宇枝头。百结将离，九回
犹剩，杯沃能胜酒力不。樽前曲，再休歌河满，泪落难
收。　**闲情集**

　　（"鸟道"三句）万感千愁，萦回不解。（"况三"四句）运典沉
至，无堆砌之迹。◎结凄断。○唐孟才人歌《河满子》毕，武宗命

医候之，脉尚温，而气已绝矣。事见张祜诗《孟才人叹》序，载
《全唐诗话》中。

又 背

意远态浓，珠压腰衱，冰肌最匀。盼新月堂前，殷
勤匍伏，秋千架上，推递逡巡。见客遥来，和羞却走，
翩若惊鸿望未真。踏青去，惹春游年少，目送香
尘。　催归潜理纨巾，怕汗浃轻容拭更频。忆闲中指
爪，痒须爬惯，宵分姊妹，拥便情亲。每到嗔时，抛郎
半枕，难啮猩红一点唇。堪憎甚，纵千呼万唤，未肯回
身。　闲情集

（"每到"六句）风趣绝胜，是谓艳词。

双 双 燕 别泪

问银海水，有多少层波，敛愁飘怨。含辛欲堕，转
自把人凝盼。沾向长亭早晚，定减了、轻尘一半。安排
玉箸离筵，伴我樽前肠断。　偷看，夜来枕畔，傍镜
影初干，袖痕重按。心心心上，总是别情难惯。纵遣丝

垂缕绾，穿不起、南珠盈串。裁得几幅榴裙，点点行行都满。 **闲情集**

（"问银"三句）起势苍茫，亦沉着。（"心心"六句）淋漓顿挫。

百字令 燕市逢李分虎

竹垞春雨，怅早梅未放，扁舟先发。别后闻君浮皖口，渺渺波潮天末。燕市经过，相逢一笑，逆旅征衫脱。乡园无恙，匆匆灯影中说。　　正好青兕多才，铜驼结伴，按金荃新阕。跋扈飞扬须为尔，忘却星星华发。座有能诗，高三十五，劝饮杯中物。酒阑起舞，满身都是明月。 **别调集**

情景尽"乡园"十字。

又 酬陈纬云

过江人物，数君家伯氏，辞华无敌。比岁才名惊小谢，听说尤工诗律。二陆机、云三张载、协、亢，双丁仪、廙两到溉、洽，声动长安陌。新词赠我，居然黄九秦七。　　可叹岐路西东，浮云零雨，别思同萧瑟。此日高阳逢旧侣，一半酒人非昔。碣石离鸿，香山落叶，风雪重游历。池塘梦里，试寻鬵也消息。　**别调集**

纬云为迦陵弟，此词起结皆借迦陵生色，中间誉纬云处颇见分寸。○《晋书》："二陆入洛，三张减价。"《梁书》：世祖赠溉、洽诗曰："魏世重双丁，晋朝称二陆。何如今两到，复似凌寒竹。"○《名家诗钞小传》："其年少清臞，长而于思，学士大夫皆称为'陈髯'。一时言诗古文词者必推髯，由是髯之名满天下。"

高 阳 台 吴江叶元礼少日过流虹桥，有女子在楼上见而慕之，竟至病死。气方绝，适元礼复过其门，女之母以女临终之言告叶，叶入哭，女目始瞑。友人为作传，余记以词。

桥影流虹，湖光映雪，翠帘不卷春深。一寸横波，断肠人在楼阴。游丝不系羊车住，倩何人、传语青禽。最难禁，倚遍雕阑，梦遍罗衾。　　重来已是朝云散，怅明珠佩冷，紫玉烟沉。前度桃花，依然开满江浔。钟情怕到相思路，盼长堤、草尽红心。动愁吟，碧落黄泉，两处谁寻。　**别调集**

（"前度"七句）凄警绝世。

摸鱼子 答沈融谷，即送其游皖口。

记分襟、秋河射角，相逢今已春序。草芽香径看犹浅，早有落梅无数。桃叶渡，指雁齿桥西，旧是中山墅。留君且住，唤红友传杯，青猿剪烛，伴我夜深语。

劳生事，白发萧闲未许，软尘翻又催去。钟山照眼青青在，云壑笑人何苦。携手步，那得共、春潮皖口扬舲度。沉吟归路，算二顷湖田，一丝钓艇，肯负绿蓑雨。 别调集

（"携手"二句）笔情潇洒，亦婉折有致。

又 用前韵题查韬荒词集

对层檐、沉沉春酎，惊心屡换时序。浮萍踪迹如相避，飞梦天涯难数。芳草渡，寻不到、断桥曲港龙山墅。白门此住，望塔火林梢，江楼雁底，莫共小窗语。 新词好，沈鲍同时矜许，朗吟且漫携去。别裁懊恼回肠曲，转觉良工心苦。邀笛步，试唤取、双鬟绰板樽前度。迢迢

紫路，计秋水鲈香，归期未晚，同听豆花雨。　**别调集**

又　寄龚衡圃

玉玲珑、阁前松石，经过朱夏曾抚。主人直待秋期近，金粟满庭香雨。新乐府，早和遍、蘋洲笛谱算房句。谓青士、分虎。竹坨小住，笑我若归时，留君烂醉，十日不教去。　　西堂冷，孔翠应凋锦羽，鹿麌高下腾距。红泥亭子方池外，深径共谁延伫。岁既暮，想皖口鲟鱼，又好沾犀箸。粉云风絮，定吹到山楼，丛梅冻雀，把盏旧吟处。　**别调集**

（"新乐"二句）脱口而出，有不期然而然之妙。（"粉云"四句）雅丽，兼梦窗、草窗之长。

又　赠吴天章

爱莲洋、无多行卷，才华直恁明秀。纷纷日下柴车至，逸藻吴郎希有。李十九，惯把汝诗篇，三载藏怀袖。今秋邂逅，便访我城东，凉波残月，晓度玉河柳。
交期合，不在时时握手，倾心偶共杯酒。六街听倦謇謇

鼓，颇厌征衣尘垢。残雪后，待驱马卢沟，转入孤山口。苍崖若旧①，伴翠竹黄梅，香林守岁，清兴尔能否。 **别调集**

（"李十"三句）直书所事，非有真气盘旋不能。（"残雪"三句）豪情逸致，令我神往。

又 题王咸中《石坞山房图》

最撩人、东华尘土，骑驴蹩躠还往。酒徒幸有王郎在，更喜钝翁无恙。倾宿酿，话黛色尧峰，灯下吴音两。清诗迭唱，画十里山容，茅堂石坞，隐隐露微帐。 南归好，仿佛高居仙掌，栖贫尽自萧放。解兰焚芰非吾事，只是海怀霞想。春水涨，趁三月桃花，也拟浮轻舫。拖条竹杖，约烧笋林香，焙茶风细，来问五湖长。 **别调集**

（"灯下"句）押"两"字响。（"春水"四句）意度超玄。

又 送陈云铭入楚

数才名、鹰扬河朔，新来草檄能否。萍逢踪迹何曾

---

① "旧"，《曝书亭词》《国朝词综》作"曰"。

定，只是北燕南楚。王粲赋，道四望、山川信美非吾土。
晴川密树，问底事随人，一帆夏口，又指汉阳渡。
金台畔，渐少铜驼俊侣，凭谁共按箫谱。莼鲈稻蟹乡亭
梦，卜了归期仍误。君此去，料我亦、无心更恋尘中组。
骊歌且住，便解缆今朝，登舻后日，不远直沽路。　别调集

（君此）二句亦沉着，亦潇洒。

菩 萨 蛮

夕阴秋远楼边笛，笛边楼远秋阴夕。矶断绿杨垂，
垂杨绿断矶。　　雾深疑细雨，雨细疑深雾。门掩乍黄
昏，昏黄乍掩门。　别调集

回文体最不易佳，且无韵味，故仅收竹垞此篇。

柳 梢 青　马上望琅琊山

遵海南耶，我行山路，朝儋非耶。遥望秦台，东观
出日，即此山耶。　　崖光一线云耶，青未了、松耶柏
耶。独鸟来时，连峰断处，双髻人耶。　别调集

全用"耶"字韵，妙有灵光缥缈之致。

浣 溪 沙 同柯寓匏春望集句

烟柳风丝拂岸斜雍陶，远山终日送余霞陆龟蒙。碧池新涨浴娇鸦杜牧。　　阆苑有书多附鹤李商隐，春城无处不飞花韩翃。马蹄今去入谁家张籍。　**别调集**

集句本非正格，且近小家气，然必须脱口而出，运用自如，无溪町之痕，有生动之趣，亦非易易。录竹垞词十阕，可见一斑。

《词话》卷十（刻本卷八）：石孝友《浣溪沙》集句云（已录石孝友下），集成语尚能自写其意。然如竹垞之《浣溪沙》（同柯寓匏春望集句）云，又前调（惜别集句）云，又前调（春闺集句）云，又《采桑子》（秋日度穆陵关集句）云，又《鹧鸪天》（镜湖舟中集句）云，又《玉楼春》（画图集句）云，又《瑞鹧鸪》（闺思集句）云，又《临江仙》（汾阳客感集句）云，又《渔家傲》（赠别集句）云，诸篇皆脱口而出，运用自如，无凑泊之痕，有生动之趣，出古人之右矣。◎黄石牧《香屑集》，具有化工，为诗中集句绝技，可谓专门名家矣。词则竹垞《蕃锦集》，亦极集句能事。然视石牧之集诗，不可同日语。

又 惜别集句

惜别愁窥玉女窗李白，遥知不语泪双双权德舆。绮罗分处下秋江许浑。　暮雨自归山悄悄李商隐，残灯无焰影幢幢元稹。仍斟昨夜未开缸李商隐。　**别调集**

又 春闺集句

十二层楼敞画檐杜牧，偶然楼上卷珠帘司空图。金炉檀炷冷慵添刘兼。　小院回廊春寂寂杜甫，朱栏芳草绿纤纤刘兼。年年三月病恹恹韩偓。　**别调集**

（下阕）叠用双字，映射成趣。

采 桑 子 秋日度穆陵关集句

穆陵关上秋云起郎士元，习习凉风萧颖士，于彼疏桐宋华，摵摵凄凄叶叶同吴融。　平沙渺渺行人度刘长卿，垂雨濛濛元结，此去何从宋之问，一路寒山万木中韩翃。　**别调集**

鹧 鸪 天 镜湖舟中集句

南国佳人字莫愁韦庄，步摇金翠玉搔头武元衡。平铺
风簟寻琴谱皮日休，醉折花枝作酒筹白居易。　　日巳暮
郎大家，水平流白居易，亭亭新月照行舟张祜。桃花脸薄
难藏泪韩偓，桐树心孤易感秋曹邺。　　**别调集**

（"桃花"二句）凄丽精工。

玉 楼 春 烛下美人集句

雨滋苔藓侵阶绿岑参，风动落花红簌簌元稹。爱君帘
下唱歌人白居易，初卷珠帘看不足权德舆。　　何当共剪
西窗烛李商隐，美酒一杯声一曲李颀。不知含泪怨何人皮
日休，料得也应怜宋玉李商隐。　　**别调集**

（"不知"二句）情词凄婉，全在数虚字传出。

又 画图集句

刘郎已恨蓬山远李商隐，金谷佳期重游衍骆宾王。倾

城消息隔重帘李商隐，自恨身轻不如燕孟迟。　　画图省识春风面杜甫，比目鸳鸯真可羡卢照邻。一生一代一双人骆宾王，相望相思不相见王勃。　**别调集**

（"一生"二句）工致，用成语真如己出。

瑞 鹧 鸪 别思集句

春桥南望水溶溶韦庄，半壁天台已万重许浑。心寄碧沉空婉娈刘沧，语来青鸟许从容曹唐。　　更为后会知何地杜甫，难道今生不再逢韩偓。最忆当时留宴处吕温，桐花暗淡柳惺忪元稹。　**别调集**

（"更为"二句）工巧特绝，一片神行。

临 江 仙 汾阳客感集句

无限塞鸿飞不度李益，太行山碍并州白居易。白云一片去悠悠张若虚。饥乌啼旧垒沈佺期，古木带高秋刘长卿。永夜角声悲自语杜甫，思乡望月登楼魏扶。离肠百结解无由鱼玄机。诗题青玉案高适，泪满黑貂裘李白。　**别调集**

（"白云"三句）声调高朗。（"诗题"二句）语自工整，意极悲凉，出以成语，所以为难。

渔 家 傲 赠别集句

花面鸦头十三四刘禹锡，调筝夜坐灯光里王湮。行到阶前知未睡无名氏，挥玉指闾朝隐，弦弦掩抑声声思白居易。　　会得离人无限意郑谷，杯倾别岸应须醉罗隐。曾向五湖期范蠡韦庄，几千里卢仝，如何遂得心中事刘言史。　**别调集**

解 佩 令 送赵秋谷联句

城头画鼓，马头红树，最无聊、酒边人去彝尊。听遍阳关，也未抵、者番别苦嘉善魏坤禹平。一程风、一程凉雨彝尊。　　断桥横浦，浅沙深坞，翠弯环、好山无数海宁查慎行夏重。卸了朝衫，换独速、莎衣翠①舞坤。胜东华、满靴尘土彝尊。　**别调集**

联句亦非正格，然却见力量，偶录一二，以备一体。

――――――――――

① "翠"，《曝书亭词》《国朝词综》作"醉"。

白雨斋词选卷十六

清词四

陈维崧 上

字其年，宜兴人。康熙十八年以诸生召试博学鸿词，授检讨。有《迦陵词》三十卷。

迦陵词，气魄绝大，骨力绝道，填词之富，古今无两。只是一发无余，不及稼轩之浑厚沉郁。然在国初诸老中，不得不推为大手笔。○迦陵词，沉雄俊爽，论其气魄，古今无敌手。若能加以浑厚沉郁，便可突过苏、辛，独步千古，惜哉！[①] ○迦陵直是词坛一霸，详见《放歌集》中。择其宛雅者十余阕入《大雅集》，视宋人正不多让也。

其年词魄力雄大，虎视千古，稼轩后一人而已。板桥、心余辈极力腾踔，终不能望其项背。○其年气魄可与稼轩颉颃，而沉郁浑厚则去稼轩尚远。至于著述之富，古今罕见，故所选独多。○其年词有真气魄、真力量，故涉笔便作惊雷怒涛。板桥、心余辈有意为之，正是魄力歉处。○国初词家，断以迦陵为巨擘。后人每好扬朱

[①] 此评以上录入《词话》卷四（刻本卷三）。

而抑陈，以为竹垞独得南宋真脉。呜呼！彼岂真知有南宋哉？庸耳俗目，不值一笑也。①

艳词非其年专长，然振笔写去，吐弃一切闺襜泛话，不求工而自工，才大者固无所不可也。

其年小令诸篇，俊爽有余，少温婉之致。学其年者，不必从此入门。

《词话》卷四（刻本卷三）：蹈扬湖海，一发无余，是其年短处，然其长处亦在此。盖偏至之诣，至于绝后空前，亦令人望而却步。其年亦人杰矣哉！◎迦陵词，不患不能沉，患在不能郁。不郁则不深，不深则不厚。发扬蹈厉，而无余蕴，究属粗才。

《词话》卷四（刻本卷三）：或问其年、竹垞，一时两雄，不知置之宋人中，可匹谁氏？余曰：此不可相提并论也。陈、朱才力极富，求之宋名家，亦不多觏。而论其所造，则去宋贤甚远。宋贤得其正，陈、朱得其偏。宋贤得其精，陈、朱得其粗。自词有陈、朱，而古意全失矣。◎近人慑于陈、朱之名，以为国朝冠冕。不知陈、朱不过偏至之诣，有志于古者，尚宜取法乎上。《乌丝》《载酒》，聊存之以备一体可也。乃知读书不可无才，尤不可无识。◎善为词者，贵久而愈新，不妨俟知音于千载后。陈、朱之词，佳处一览了然，不能根柢于《风》《骚》，局面虽大，规模终隘也。

《词话》卷四（刻本卷三）：闲情之作，非其年所长，然振笔写去，吐弃一切闺襜泛话，不求工而自工，才大者固无所不可也。如

---

① 此评"国初词家"以下录入《词话》卷四（刻本卷三）。

《桂殿秋》云："凝情低咏年时句，人在东风二月初。"《菩萨蛮》（弹琴）云："促柱鼓潇湘，风吹罗带长。"《蝶恋花》（促坐）云："犹自眉峰烟不定，避人盒内添宫饼。"又（跳索）云："髻丝扶定相思子。"下云："对漾红绳低复起。明月光中，乱卷潇湘水。匿笑佳人声不止，檀奴小绊花阴里。"又（围炉）云："小院绿熊铺褥厚，玉梅花下交三九。"下云："招入绣屏闲写久。斜送横波，郎莫衣单否？袖里任郎沾宝兽，雕龙手压描鸾手。"又（潜来）云："立久微闻轻叹息，春阴帘外天如墨。"《换巢鸾凤》云："飘尽杨花雨偏肥，摘来梅子春先瘦。"《石州慢》（夏闺）云："起来慵绣，将泉戏泻团荷，怜他叶嫩才如掌。珠滑不成圆，却添人闲想。"《齐天乐》（纪梦）云："回肠千缕，总些个情怀，旧时言语。"《贺新郎》（和竹逸江村遇伎之作）云："我有红绡无穷泪，弹与多情灼灼。悔则悔、当初轻诺。十载云英还未嫁，诉伤心、拨尽琵琶索。"似此皆低回哀怨，情致缠绵。惟云郎合卺词，未免俚亵。

《词话》卷八（刻本卷六）：谷人辈工于炼字耳，迦陵则精于炼句。如云："秋色冷并刀，一派酸风卷怒涛。"又："长城夜月一轮孤，沙场战马千群黑。"又："水云攃葛，阳阴杂糅，奇石成狮破空走。"又："秋生海市，红日一轮孤陷。"又："短鬓飒秋叶，僵指蠹枯枒。"又："大江边，残照里，仲宣楼。"又："曼声长啸，碧云片片都裂。"又："轻舟夜剪秋江，西风鳞甲生江面。"又："隐隐前林暝翠，暗结精蓝。"又："老松三百本，山雨响、遍张鳞甲。"又："想月明千里，战袍不夜，西风万马，杀气临边。"又："十月疏砧，一城冷雁，不许愁人不望乡。"又："我到中原，重寻旧迹，牧笛吹风起夜波。"又："一派大江流日夜，卷银涛、舞上青山髻。"造句皆精警夺目，读之可增长笔力。

《词话》卷八（刻本卷六）：或谓渔洋《分甘余话》云："胡应麟病苏、黄古诗，不为《十九首》、建安体，是欲继天马之足，作辕下驹也。"子病迦陵词不能沉郁，毋乃类是？余曰：此不可一例论也。胡氏以皮相论诗，故不足以服渔洋之心。余论词则在本原。观稼轩词，才力何尝不大，而意境亦何尝不沉郁？如谓才力大者，则不必沉郁，则是陈、王、李、杜之诗，转出苏、黄下矣，有是理哉？"

《词话》卷十（刻本卷八）：《西河词话》云："礼部某郎中无子，适其妾有身。已产女矣，丐邻园尼僧，向城东育婴堂，怀一血胎内之，遂诈言生一男。于弥月宴客，座间各赋贺词。予同官陈迦陵赋《桂枝香》曲二阕。其首阕前截云：'泛蒲未既，兰汤重试。若非释氏携来，定是宣尼抱至。'郎中疑迦陵知其事故诮之。即次阕前截云：'悬弧宅第，充闾佳气。试听户外啼声，可是人间恒器。'凡'人间'、'户外'，皆类诮词，遂大恚恨。其后凡礼部于翰林院衙门有所差择，必厚抑迦陵，竟至淹滞。始知文字之隙，原有检点所不及者，然不可不慎也。"按此二词，《迦陵集》中不载。先生以词自豪，竟以词受累，何造化之善弄人耶？

浪 淘 沙 题园次《收纶濯足图》

滟滪几千堆，溅雪轰雷。巨鳌映日挟山来。舞鬣扬

馨争趹①浪，昼夜喧豗。　　濯足碧溪隈，一笑沿洄。龙窝蛟窟莫相猜。我有珊瑚竿不用，不是无才。　**大雅集**

徵　招 送宋性存归吴门

一灯分做还乡梦，君今果然归矣。残月晓风天，暂挽君双袂。柳条今剩几，待折赠、沉吟无计。君到江南，定逢梅放，也应相寄。　　来夜白沟河，鸡声店、料尔早寒人起。谁念凤城边，有倚阑心事。暮云千万里，留我作、天涯游子。我亦有、茅屋三间，六朝斜照里。　**大雅集**

八声甘州 寄宛陵沈方邺，兼怀梅耦长。

记西风、握手秣陵隈，苦语劝君归。叹尉佗城下，小姑山口，风景全非。方邺久客西江东粤。何事年年作客，牢落寸心违。且与王章妇，对泣牛衣。　　谢尔吾言竟用，果幡然归耒，云壑烟扉。更梅郎健在，酬和未应稀。只伶仃、画溪野老，况今年烽火雁难飞。关情甚，敬亭

---

①　"趹"，底本作"拔"，据《迦陵词全集》改。

栗蜳，石白鱼肥。　**大雅集**

（"只伶"二句）合上章观之，其年其有忧患乎？

琐　窗　寒

此地当年，萧娘妆阁，绿窗幽靓。伤春情思①，正日暖人微病。捻花枝、悄近罗衣，眉峰送语烟难定。掩屏风六幅，看他细颔，安黄端正。　　那更，人别后，冷落旧妆楼，温家玉镜。无端又上，银蒜零星还剩。只从前、箫局桃笙，看来不似今朝景。便化为、玉剪重来，还认红香径。　**大雅集**

（"只从"四句）凄咽语，亦极沉至。

月 华 清　读《芙蓉斋集》，有怀宗子梅岑，
并忆广陵旧游。

漠漠闲愁，濛濛往事，胜似柳丝盈把。记解春衣，曾宿扬州城下。粉墙畔、谢女红衫，菱塘上、萧郎白马。

---

①　"思"，底本作"事"，据《迦陵词全集》《国朝词综》改。

月夜，正游船争取，绿纱窗挂。　　如今光景难寻，似晴丝偏脆，水烟终化。碧浪朱栏，愁杀隔江如画。将半帧、南国香词，做一夕、西窗闲话。吟写，被泪痕占满，银笺桃帕。　**大雅集**

后半阕淋漓飞舞极矣，而仍不失为雅正。求诸古人，惟美成有此绝技。

《词话》卷四（刻本卷三）：其年词极壮浪，所少者沉郁。余最爱其《月华清》后半阕云，淋漓飞舞中，仍不失为雅正，于宋人中逼近美成。

翠 楼 吟

小院虫虫，斜桥燕燕，怅怅触起闲事。当初妆阁影，乱织在、濛濛秋水。饼金曾费，只趁月藏钩，隔花传谜。依稀记，递香窗眼，浸娇杯底。　　憔悴，此日重来，剩榆荚漫天，苔钱铺地。心情何处写，拟写上、缭绫帕子。研来松腻，怕未便缄愁，还难盛泪。斜行字，沉吟划满，竹肌空翠。　**大雅集**

（"怕未"二句）淋漓尽致。

齐 天 乐 辽后妆楼

洗妆楼下伤情路，西风又吹人到。一绺山鬟，半梳苔发，想像新兴闹扫。塔铃声悄，说不尽当年，花明月晓。人在天边，轴帘遥闪茜裙小。　　如今顿成往事，回心深院里，也长秋草。上苑云房，官家水殿，惯是萧娘易老。红颜懊恼，与建业萧家，一般残照。惹甚闲愁，且归斟翠醥。　**大雅集**

风格俊上，同时不乏佳作，无出此右者。◎后幅壮浪纵恣，感慨苍茫，妙，仍有许多郁处，所以可贵。○结二语以离为合，妙甚！

又 重游水绘园有感

园丁不认曾游客，嗔人绕廊寻玩。红板桥倾，绿杨楼闭，谱出荒寒一段。看棋柯烂，算往事星星，酒旗歌馆。深悔重来，不来也省鬓毛换。　　风前又成浩叹，说此间萝屋，有人羁绊。恨极卖珠，缘悭捣药，赢得啼鹃频唤。扁舟故国，只皓月魂归，清江目断。今古劫灰，付日斜人散。原注："吴门吴蕊仙曾客此园，归死梁溪，故后段

及之。"　**大雅集**

一片凄感，如闻太息之声。

还京乐　送叙彝上人北游

绿杨外，瓢笠萧萧、唤渡春江尾。想此情犹恋，斋厨樱笋，山园桃李。向津楼斜倚，隔花鞭影回头指。隐隐见，四百八十，南朝烟寺。　　问师何意，将三春、锦片年光，掷与江东，野外沙际。况逢连岁关河，满斜阳、荒亭衰垒。怕他年、又红鲤无书，金鸿少使。欲倩神僧咒，为君禁住流水。　**大雅集**

（"绿杨"二句）绝妙画图。（"问师"四句）意有所郁，落笔便与众不同。

过秦楼　松陵城外，经疏香阁故址感赋。
阁系才媛叶琼章读书处。

鸟啄双环，蝶粘交网，此是阿谁门第。垫巾绕柱，背手循廊，直恁冷清清地。想为草没空园，总到春归，也无人至。只樱桃一树，有时和雨，暗垂红泪。　　料昔日、人在小楼，窗儿帘子，定比今番不似。望残屋角，立尽街心，何处玉钗声腻。惟有门前远山，还学当年，眉峰空翠。忆香词尚在，吟向东风斜倚。　**大雅集**

（"惟有"三句）景中带情，屏去浮艳。

江 南 春 和倪云林原韵

风光三月连樱笋，美人踌躇白日静。小屏空翠飐东风，不见其余见衫影。无端料峭春闺冷，忽忆青骢别乡井。长将妾泪颗红巾，愿作征夫车畔尘。　　人归迟，春去急，雨丝满院流光湿。锦书道远嗟奚及，坐守吴山一春碧。何日功成还马邑，双倚枇杷①花树立。夕阳飞絮化为萍，揽之不得徒营营。　**大雅集**

怨深思厚，是其年最高之作，几不知有周、姜，何论张、史。

《词话》卷四（刻本卷三）：迦陵词，惟《江南春》（和倪云林原韵）一章，最为和厚，全集三十卷，仅见此篇。词云，怨深思厚，深得风人之旨。

---

①　"枇杷"，底本作"琵琶"，据《迦陵词全集》改。

迈陵塘[①] 题徐电发《枫江渔父图》

问何人、生绡滑筎，皴来寂历如许。孤篷几扇西风
底，滴尽五湖疏雨。垂弱缕，尽水蔓江蒗，信意牵他住。
寄声鲂鲂，总来固欣然，去还可喜，知我者鸥鹭。

行藏事，不是如今才悟，浮名休再相误。人间多少金貂
客，输却绿蓑渔父。谁唤渡，早万木酣霜，红到销魂处。
湛湛枫树，又遥衬芦花，摇晴织暝，闹了半汀絮。　大
雅集

萧疏闲雅，似竹垞最高之作。（"谁唤"三句）造语精采。

笛　家 九日长安遣兴

秋士心情，女儿节物，恹恹愁坐，绿樽虽满何心劝。
帝京此夜，镂枣成斑，煎酥凝兽，题糕才健。麝帕纷贴，
绣旗细袅，点缀侯门宴。正新晴，恣游赏，天气不寒不
暖。　　闲算，去年九日，有人楼上，笑摘黄花，斜倚
西风，任他帘卷。今日、懒觅登高伴侣，愁望秋槐宫殿。
几度逡巡，一番追悔，且倚阑干遍。怕万一，凤城边，

---

① 调名，底本作"贺新郎"，据《迦陵词全集》改。

瞥遇南飞沙雁。 **大雅集**

前半平平写景，后半寄慨纡徐。其年入词林后，亦复郁郁不得志，凡礼部有差委，卒未能得，情见乎词矣。

醉 太 平 江口醉后作

钟山后湖，长干夜乌。齐台宋苑模糊，剩连天绿芜。　估船运租，江楼醉呼。西风流落丹徒，想刘家寄奴。　**放歌集**

其年诸短调，波澜壮阔，气象万千，是何神勇！

《词话》卷四（刻本卷三）：其年诸短调，波澜壮阔，气象万千，是何神勇！如《点绛唇》云："悲风吼，临洺驿口，黄叶中原走。"《醉太平》云："估船运租，江楼醉呼。西风流落丹徒，想刘家寄奴。"《好事近》云："别来世事一番新，只吾徒犹昨。话到英雄失路，忽凉风索索。"《清平乐》云："不见长洲苑里，年年落尽官槐。"平叙中峰峦忽起，力量最雄。板桥、心余辈，极力腾踔，终不能望其项背。

春 光 好 桐川道中作

鹁鹕叫，戍楼平，漆灯明。一路春田四月，少人

耕。　　　恶木丛中古驿，乱山缺处孤城。安得短衣看射虎，过残生。　　放歌集

点绛唇 阻风江口

浊浪堆空，暨阳城下风涛怒。冰车铁柱，隐隐轰吴楚。　　　独眺君山，且共春申语。愁如许，一杯酹汝，同看蛟龙舞。　　放歌集

又 夜宿临洺驿

晴髻离离，太行山势如蝌蚪。稗花盈亩，一寸霜皮厚。　　　赵魏燕韩，历历堪回首。悲风吼，临洺驿口，黄叶中原走。　　放歌集

又 江楼醉后与程千一

绝忆生平，蹉跎只为清狂耳。酒酣直视，奴价何如婢。　　　断壁崩崖，多少齐梁史。掀须喜，笛声夜起，灯火瓜州市。　　放歌集

好事近 夏日史蘧庵先生招饮，即用先生喜余归
自吴门过访原韵。

分手柳花天，雪向晴窗飘落。转眼葵肌初绣，又红
欹栏角。　　别来世事一番新，只吾徒犹昨。话到英雄
失路，忽凉风索索。　放歌集

（下阕）平叙中波澜自生，是为真力量。

清平乐 长至前五日适吴门，诸子有填词社初集
之举，同集余澹心秋雪斋。是夜风雨。

关山如许，不醉卿何苦。酒泼鹅黄娇似乳，领受高
斋夜雨。　　莫愁湿透芒鞋，道傍醉到须埋。不见长洲
苑里，年年落尽宫槐。　放歌集

（"不见"二句）感慨沉至，一语抵人千百。

西江月 喜见狮儿

猛兽产于绝域，骁腾来自安西。一呼百物尽披靡，
何论猘奴鹞子。　　我顾灰颓若此，儿应跳荡如斯。神

773

仙将相诟难为，万事取之以气。　放歌集

（"神仙"二句）偏论，亦是快论、至论。"大言炎炎"，我为起舞。[1]

忆 少 年 秋日登保安寺佛阁

半村红蓼，半村乌桕，半村黄叶。寺楼偏作势，欲斜穿山胁。　槛外霜枫眠正贴，被西风、陡添鳞鬣。阁中僧夜语，有猿吟相接。　放歌集

结二语令人寻味不尽。

南 乡 子 邢州道上作

秋色冷并刀，一派酸风卷怒涛。并马三河年少客，粗豪，皂栎林中醉射雕。　残酒忆荆高，燕赵悲歌事未消。忆作车声寒易水，今朝，慷慨还过豫让桥。　放歌集

---

① 此评录入《词话》卷四（刻本卷三）。

（"秋色"二句）骨力雄劲，洪钟无纤响。（下阕）不着议论，自令读者怦怦心动。

醉落魄 咏鹰

寒山几堵，风低削碎中原路。秋空一碧无今古，醉袒貂裘，略记寻呼处。　　男儿身手和谁赌，老来猛气还轩举。人间多少闲狐兔，月黑沙黄，此际偏思汝。　**放歌集**

（"人间"三句）感愤之词，声色俱厉。

《词话》卷四（刻本卷三）：其年《醉落魄》咏鹰云，声色俱厉，较杜陵"安得尔辈开其群，驱出六合枭鸾分"之句，更为激烈。

夜游宫 秋怀四首

耿耿秋情欲动，早喷入、霜桥笛孔。快倚西风作三弄。短狐悲，瘦猿愁，啼破冢。　　碧落银盘冻，照不了、秦关楚陇。无数蛩吟古砖缝。料今宵，靠屏风，无好梦。　**放歌集**

四章无一语不精锐，正如干将出匣，寒光逼人。◎短句特地精神。

《词话》卷四（刻本卷三）：其年《夜游宫》（秋怀）四章，字字精悍。如云："短狐悲，瘦猿愁，啼破冢。"又："无数蛩吟古砖缝。料今宵，靠屏风，无好梦。"又："秋气横排万马，尽屯在、长城墙下。每到三更素商泻。湿龙楼，晕鸳机，迷爵瓦。"又："箭与饥鹚竞快，侧秋脑、角鹰愁态。"又："一派明云荐爽，秋不住、碧空中响。"正如干将出匣，寒光逼人。

又

秋气横排万马，尽屯在、长城墙下。每到三更素商泻。湿龙头，晕鸳机，迷爵瓦。　　谁复怜卿者，酒醒后、槌床悲诧。使气筵前舞甘蔗。我思兮，古之人，桓子野。　　放歌集

（上阕）奇警令人色变。（"使气"四句）纵笔所之，音调无不合拍，熟于宜僚之弄丸矣。

又

箭与饥鹚竞快，侧秋脑、角鹰愁态。骏马妖姬秣燕

代。笑吴儿，困雕虫，矜细软。　　龌龊谁能耐，总一笑、浮云睚眦。独去为佣学无赖。坮桥边，有猿公，期我在。　放歌集

（"箭与"二句）字字精神。

又

一派明云荐爽，秋不住、碧空中响。如此江山徒莽苍。伯符耶，寄奴耶，嗟已往。　　十载羞厮养，辜负煞、长头大颡。思与骑奴游上党。趁秋晴，跖莲花，西岳掌。　放歌集

（"一派"二句）精警之句从何得来，令人惊喜。

感皇恩 晚凉杂忆六首

记得镇淮门，风篷竞举，都歇荷潭最深处。绿蓑乌榜，雁翅玲珑无数。嫩凉三万顷，谁先取。　　茱萸湾冷，山光寺古，玉笋频倾水天暮。酒红上面，笑拊冰肌销暑。三年浑一梦，扬州路。　放歌集

六章皆追忆旧游之作，不言感慨，而感慨亦见。◎收束大雅。

《词话》卷四（刻本卷三）：其年《感皇恩》（晚凉杂忆）六章，皆追忆旧游之作，不言感慨，而感慨亦见。首章结句云："三年浑一梦，扬州路。"四章结句云："燕丹门下客，皆安在。"收束处一则大雅，一则沉雄。

又

记趁过江船，远帆疑豆，北固喧豗怒涛吼。江山如此，消得几场诗酒。举杯遥酹取，黄公覆。　　水云繆葛，阳阴杂糅，奇石成狮破空走。竹林僧老，坐我秋林闲昼。半枝邛竹杖，如人瘦。　　放歌集

每章起三句提明所忆处，俱极生动。（"水云"三句、"半枝"二句）造语必警。

又

记在百泉山，盘涡潆洑，杂佩丛铃暗相触。涧花如雪，了了遥明山屋。苏门蒸彩翠，添银瀑。　　谁家园子，沿流嵌麓，晚饭家家爨湘竹。流连河朔，此地从无

三伏。中原生爽籁，天新沐。 **放歌集**

（"苏门"二句）设色精工。（"中原"二句）写景处亦能举其大。

又

记在玉河桥，天街无赖，被酒狂歌禁门外。蒲桃晶透，选取招凉珠赛。冷萤流殿瓦，冰初卖。　倦听太液，蝉声一派，想像宸游甚时再。飘红坠粉，凤舸经秋都坏。燕丹门下客，皆安在。 **放歌集**

（"燕丹"二句）忽然生感，气骨沉雄。

又

记在鲁蒙阴，霜枫浓淡，叠巇层崖幻苍绀。秋生海市，红日一轮孤陷。晚凉催卸驮，投关店。　云迷石匮，烟零玉检，翠羽金支半明暗。秦松西笑，华掌碧莲初染。齐州青八九，才如点。 **放歌集**

写景有声势，笔力胜人故也。

又

记在涌金门，冷云成画，落月高楼水明夜。伴狂脱帽，行到宋诸陵下。碧羊缠石藓，眠官野。　　一湖莲叶，半城樵舍，西子嫣然晚妆罢。隔江雪浪，隐隐天风樯马。狂思横万弩，迎潮射。　放歌集

（"隔江"四句）壮浪之气，合幼安为古今两雄。

解 蹀 躞 夜行荥阳道中

峡劈成皋古郡，人杂猿猱过。断崖怒走，苍龙立而卧。此乃广武山乎，噫嚱古战场哉，悲来无那。　　卸鞍坐，烟竹吹来入破，一林纤月堕。雁声不歇，砧声又换和。历历五点三更，马前渐逼荥阳，城头灯火。　放歌集

（上阕）状险绝之境，递入正面，有万千气象。（下阕）夜行如画。

侧 犯 奚苏岭先生书来讯我近况，词以奉柬。

罢官不乐，画帘暮卷空江雨。无绪，忆卷画溪头、

有人住。阶前灌莽合，屋后虬梅古。传语，问强饭，还
能著书否。　　　使君足下，别后难行路。嗟带甲满乾坤，
只有儒生误。昨已废书，行将学贾。市上屠牛，山中射
虎。　**放歌集**

（"传语"三句）申明来讯之意。◎下半答之。

洞 仙 歌 咏慈仁寺古松

摩空翠鬣，万古知难老。色作青铜雪霜饱。似杜甫
惊人，马卿慢世，二子者，可以状君兀奡。　　　托根燕
市侧，游戏支离，一笑风尘此鸿爪。任丝管喧阗，貂蝉
赫奕，更七姓、鞭丝醉袅。只西风吼处作涛声，对凤阙
龙墀，吾存吾傲。　**放歌集**

（"似杜"四句）比拟奇肆。（下阕）即物言志，矫矫不群。

鹊踏花翻 春夜听客弹琵琶作隋唐平话

雨滴梅梢，雪消蕙叶，入春难得今宵暇。倩他银甲
凄清，铁拨纵横，声声逬碎鸳鸯瓦。依稀长乐夜乌啼，

分明溢浦邻船话。　　腕下，多少孤城战马，一时都作哀湍泻。今日黑阘营空，尉迟杯冷，落叶浮清灞。百年青史不胜愁，两行银烛空如画。　　放歌集

（"腕下"三句）笔势亦如秋风飒沓。

又　健儿吹笛

十上敦煌，三过代郡，翩翩绣袷黄金勒。曾在仆射营门，塞女如花，偷谱李謩银雁笛。长城夜月一轮孤，沙场战马千群黑。　　今日，鬓点霜花谁识，故国何年归始得。几遍闲寻旧曲，才当入破，又犯龟兹急。邠阳城外遇乡人，一声红豆春衫湿。　　放歌集

似唐贤塞外诗。

法曲献仙音　咏铁马，同云臣赋。

赤兔无成，乌骓不逝，屈作小楼檐马。碎佩琮琤，丛铃戛琚，依稀客窗闲话。更鸟雀、时相触，霜欺兼雨打。　　几悲咤，想多年、战场猛气，矜蹴踏、万马一

时都哑。流落到而今，趼霜蹄、寄人篱下。潦倒余生，尽闲身、蛛丝同挂。又西风唤起，仍旧酸嘶中夜。 **放歌集**

（"几悲"三句）"是何意态雄且杰。"（"流落"四句）碎击唾壶。（"又西"二句）壮心犹在。

满 江 红 为陈九之子题扇

铁笛钿筝，还记得、白头陈九。曾消受、妓堂丝竹，毬场花酒。籍福无双丞相客，善才第一琵琶手。叹今朝、寒食草青青，人何有。　　弱息在，佳儿又。玉山皎，琼枝秀。喜门风不坠，家声依旧。生子何须李亚子，少年当学王昙首。对君家、两世湿青衫，吾衰丑。 **放歌集**

悲歌呜咽，不堪卒读。

《词话》卷四（刻本卷三）：其年《满江红》诸阕，纵笔所之，无不雄健。如（为陈九之子题扇）云："生子何须李亚子，少年当学王昙首。对君家、两世湿青衫，吾衰丑。"又（谒程昆仑）："上党地为天下脊，使君文在先秦上。"又（何端明先生筵上）："被酒我思张子布，临江不见甘兴霸。只春潮、溅雪白人头，堪悲咤。"（竹垞亦有"乞食肯从张子布，举杯但属甘兴霸"之句，气概稍逊，精警则一。）又（过邯郸道上吕仙祠示曼殊）："枕里功名鸡鹿塞，刀头富贵麒麟冢。"下云："万事关河人欲老，一生花月情偏重。算两人、今日到邯郸，宁非梦。"又（和韵）："万里秋从西极到，千年泪向南楼洒。"又（赠菌次）："开口会能求相印，吾生讵向沟中死。终不然、鬻畚华山阴，寻吾子。"又（自封丘北岸渡河至汴梁）："一派灰飞官渡火，五更霜洒中原血。"又："阅尽江山真欲舞，算来人物谁堪骂。"（东南耕）下云："一朵菊花人伏枕，半庭豆叶秋除架。"又（送叶桐初还东阿）："风吼军都山忽紫，雨收督亢天全绿。"下云："建业云山通地肺，姑苏烟水连天目。"此类皆极苍凉，亦极雄丽，真才人之笔。

又 梁溪顾梁汾舍人过访，赋此以赠，兼题其小像。

二十年前，曾见汝、宝钗楼下。春二月、铜街十里，杏衫笼马。行处偏遭娇鸟唤，看时谁让珠帘挂。只沈腰、今也不宜秋，惊堪把。　　且给个，金门假。好长就，旗亭价。记炉烟扇影，朝衣曾惹。芍药才填妃子曲，琵琶又听商船话。笑落花、和泪一般多，淋罗帕。　**放歌集**

直起老。（"只沈"二句）凄婉在一"也"字。（"芍药"四句）淋淋漓漓，文生乎情。

又 舟次润城，谒程昆仑别驾。

此地孙刘，想万马、川腾谷涨。公到日、雄关铁锁，东流无恙。上党地为天下脊，使君文在先秦上。更纵横、羽檄气偏豪，筹兵饷。　　天上月，波心漾。隔江笛，楼头唱。叹江山如此，可消官酿。侧帽高张临水宴，掀髯勇策登山杖。踞寒崖、拂藓剔残碑，猿猱状。　　**放歌集**

（"公到"四句）魄力雄劲，下语如生铁铸成。

又 何明瑞先生筵上作。○辛巳岁，先生在阳羡令幕中，拔予童子第一。

阳羡书生，记年少、剧于健马。公一顾、风鬃雾鬣，尽居其下。两院黄骢佳子弟，三条红烛乔声价。恰思量、已是廿年前，凄凉话。　　铁笛叫，南徐夜。玉山倒，西窗下。且摴蒲六博，弹筝行炙。被酒我思张子布，临江不见甘兴霸。只春潮、溅雪白人头，堪悲咤。　　**放歌集**

（"恰思"二句）一笔叫醒，龙跳虎卧。（"被酒"四句）苍茫感喟。

又 过邯郸道上吕仙祠，示曼殊。
○曼殊工演《邯郸梦》剧。

丝竹扬州，曾听汝、临川数种。明月夜、黄粱一曲，绿醅千瓮。枕里功名鸡鹿塞，刀头富贵麒麟冢。只机房、唱罢酒都寒，梁尘动。　　久已判，缘难共。经几度，愁相送。幸燕南赵北，金鞭双控。万事关河人欲老，一生花月情偏重。算两人、今日到邯郸，宁非梦。 **放歌集**

过邯郸，只于末处一点，情味无穷，正妙在不多着墨。

又 自封丘北岸渡河至汴梁

潺潺河声，捩柁处、怒涛千尺。绝壁下、鱼龙悲啸，水①波欲立。一派灰飞官渡火，五更霜洒中原血。问成皋、京索事如何，都陈迹。　　虫牢外，风萧瑟。廪延畔，沙堆积。试中流骋望，百忧横集。混混且拼流日夜，芒芒不辨天南北。但望中、似见有人烟，陈桥驿。自注："封丘，古虫牢。延津，古廪延。" **放歌集**

---

① "水"，底本作"木"，据《迦陵词全集》改。

（"一派"二句）摩天巨刃，惨淡淋漓。

又 汴京怀古十首〇夷门

坏堞崩沙，人说道、古夷门也。我到日、一番凭吊，泪同铅泻。流水空祠牛弄笛，斜阳废馆风吹瓦。买道旁、浊酒酹先生，班荆话。　　摄衣坐，神闲眼。北向到，魂悲咤。行年七十矣，翁何求者。四十斤椎真可用，三千食客都堪骂。使非公、万骑压邯郸，城几下。　　放歌集

一起便自魂销。〇汴京怀古十首，苍凉悲壮，气韵沉雄。板桥金陵十二首，高者可称后劲，心余则去此远矣。〇心余亦好作壮语，但面目可袭，力量不可强，去迦陵何可道里计也？

《词话》卷四（刻本卷三）：迦陵汴京怀古十首，措语极健，可作史传读。板桥金陵十二阕，高者可称后劲。心余则去此远矣。

又 博浪城

铅筑无成，不信道、英雄竟死。犹有客、弃家破产，东求力士。太息已看秦帝矣，悲歌只念韩亡耳。道旁观、谁道祖龙耶，妄男子。　　狙击处，悲风起。大索罢，

浮云逝。叹事虽不就，波腾海沸。嬴政关河空宿草，刘
郎宫寝成荒垒。只千年、还响子房椎，奸雄悸。　　放歌集

壮在"千年"二字。

又 广武山

汜水敖仓，是楚汉、提戈边界。想昔日、名姬骏马，
英雄梗概。荥泽波痕寒叠雪，成皋山色愁凝黛。叹从来、
竖子易成名，今安在。　　俎上肉，何无赖。鸿门斗，
真难耐。算野花断镞，几更年代。秦鹿诓为刘季死，楚
猴甘受周苛卖。笑纷纷、青史论都讹，因成败。　　放歌集

（"秦鹿"四句）议论风生。

又 吹台

太息韶华，想繁吹、凭空千尺。其中贮、邯郸歌舞，
燕齐技击。宫女也行神峡雨，词人会赋名园雪。羡天家、
爱弟本轻华，通宾客。　　梁狱具，宫车出。汉诏下，
高台圻。叹山川依旧，绮罗非昔。世事几番飞铁凤，人

生转眼悲铜狄。着青衫、半醉落霜雕,弓弦恚。　　放歌集

("世事"四句)纵笔感慨,推开说意味更永。

又　官渡

野渡盘涡,中牟界、涛翻浪走。勒马看、残山剩水,
一番回首。斜日乱碑森怪猬,危冈怒石蹲奇兽。笑中原、
从古战场多,阴风吼。　　炎刘鼎,嗟沦覆。袁曹辈,
工争斗。看金戈塞马,喧阗驰骤。浪打前朝黄叶尽,霜
封断壁青苔厚。又几行、雁影落沙洲,多于豆。　　放歌集

笔势森辣,在诸篇中尤为警策。("浪打"四句)悲而壮,有古
诗气味。

又　艮岳

宋室宣和,看艮岳、堆琼砌璐。也费过、几番锤凿,
两朝丹垩。花石纲催朱太尉,宝津楼俯京东路。晋铜驼、
洛下笑人忙,曾回顾。　　花千朵,雕阑护。峰万状,
长廊互。使神搬鬼运,无朝无暮。一自燕山亭去早,故

789

宫有梦何由作。叹此间、风物剧催人，成南渡。　　放歌集

（"一自"四句）哀猿一声。

又　金明池

曲水金塘，流不尽、汴京遗事。记当日、昆明水战，都亭百戏。相国寺前灯似昼，南薰门外天如水。恰政和、天子赵官家，多才艺。　　火仗转，星球坠。水幄卷，云房蔽。正扇分雉羽，桥排雁齿。此夜只怜明月好，当时那晓金人至。记居民、拂晓拨菰蒲，寻珠翠。　　放歌集

（"此夜"四句）何等感喟，可为后来者炯戒。

又　樊楼

北宋樊楼，缥缈见、彤窗绣柱。有多少、州桥夜市，汴河游女。一统京华饶节物，两班文武排箫鼓。又堕钗、斗起落花风，飘红雨。　　西务里，猩唇煮。南瓦内，鸾笙语。数新妆炫服，师师举举。风月不须愁变换，江山到处堪歌舞。恰西湖、甲第又连天，申王府。　　放歌集

（"又堕"二句）清丽语。（"风月"四句）淋漓大笔，慷慨激昂。

《词话》卷四（刻本卷三）：汴京诸作，论笔势之森竦，自推"官渡"一篇。而"樊楼"一章，最见作意。后四语云，悲愤之词，偏出以热闹之笔，反言以讥之也。

又 玉津园

古玉津园，斜阳照、满陂芦荻。浑不见、铜街铁市，层楼列戟。阴惨惨兮门自锁，冷清清地船谁摘。缭垣边、觅个不愁人，如何得。　　白玉沓，黄金楅。园芳乐，楼青漆。任凄风苦雨，笼窗动壁。春去鸟啼樊重里，月明花落王根宅。坏廊斜、石兽趁行人，行人吓。　　**放歌集**

（"缭垣"二句）警绝。（"春去"二句）凄艳独绝。

又 金梁桥

汴水分藩，忆帝子、金床玉册。人都美、宪王才调，孝王俦匹。椒殿丁年喧鼓吹，桂宫甲帐翻图籍。唱诚斋、乐府夜深时，筝琶急。　　蔡河涨，兰桡织。雁池汛，

龙舟疾。记牡丹时节，排当宿直。一夜黄河瓠子决，满城红袖梨花湿。痛波飘、菰米入宫墙，沉云黑。　　放歌集

（"一夜"四句）意哀婉而词藻艳。

　　　　又 丹阳贺天山寄词二阕，属和其韵。

枯树衰杨，三叹息、物犹如此。白眼看、尘埃野马，子虚亡是。四壁岂无穷可送，九天只有愁难寄。放狂歌、金铁一时鸣，吾衰矣。　　拜特进，官承旨。憧列鼎，奴衣紫。更屏间窈窕，阶前阿唯。若有人兮宁足慕，彼何为者殊堪耻。曾几回、策马乐游原，荒烟耳。　　放歌集

　　　　　　　　又

速垒糟丘，更莫惜、垆边酒价。能几日、秦关月小，汉宫花谢。万里秋从西极到，千年泪向南楼洒。妇人装、胡粉且搔头，无人者。　　风刮烛，窗多螟。雨淋壁，帘须下。涧南邻北户，诗场歌社。白昼蘧蘧身化蝶，青天梦梦尘生马。约练湖、鸦舅十分红，余来也。原注："日内将至丹阳。"　　放歌集

（"万里"二句）沉雄悲壮，较前篇更警策。（"白昼"四句）笔意超悟，悲感中别饶意味。

又 过京口复用前韵

剩垒残崖，有多少、英雄经此。也则为、风吹浪打，蘧成如是。北顾髻鬟晴欲笑，南朝君相生同寄。叹齐梁、一片好江山，都非矣。　　茶沸乳，廉泉旨。枫绣瘦，酡颜紫。倘鹤猿招我，欣然曰唯。夔纵怜蚿何所益，信偏伍哙徒增耻。踞篷舱、吹火骋雄谈，臧三耳。　　放歌集

又

瓜步船来，亟为问、淮南米价。念欲索、陶胡奴米，何如诣谢。肝胆尽从邻媪露，毫毛挤向沙场洒。叹臣精、今日已销亡，谁容者。　　栗半熟，经霜罅。豚对舞，浮波下。听寺钟隐隐，隔江莲社。快意且骑隋苑鹤，失时休使瞿塘马。怪一军、银铠海门来，潮头也。　　放歌集

（"快意"四句）热血一腔。

又 渡江后车上作，仍用前韵。

磨镜来耶，怪范叔、一寒至此。古所谓、吊丧借面，将毋同是。十载江河淮泗客，一身南北东西寄。问车中、闭置妇人乎，真穷矣。　　村酿薄，寒加旨。斜日淡，风添紫。有舆骀拉饮，从而唯唯。谒彼金张吾已过，厄于陈蔡谁之耻。任儿童、拍手笑劳人，车生耳。　放歌集

起势突兀。

又

亦复何伤，终不掩、文章光价。曾抵突、不如屈宋，何论沈谢。一曲楚声愁筑破，半生情泪如铅洒。尽腹中、容得百千人，如卿者。　　好觅个，西村蟀。竟须在，南山下。结斩蛟射虎，疏狂之社。梦里悲欢槐国蚁，世间得丧邻翁马。语前驺、叱驭且从容，余归也。　放歌集

起语承上章折入，矫变异常。○前是自悲，此复自慰，慰更甚于悲也。

又 蘭次挐舟相访，与予订布衣
昆弟之欢而去，赋此纪事。

雨覆云翻，论交道、令人冷齿。告家庙、甲为乙友，
从今日始。官笑一麾君竟罢，病惊百日余刚起。问乾坤、
弟畜灌夫谁，惟卿耳。　　嗟墨突，殊堪耻。怜范釜，
还私喜。且樵苏不爨，清谈而已。开口会能求相印，吾
生讵向沟中死。终不然、鬻卖华山阴，寻吾子。　放歌集

（"问乾"二句）自负亦甚不凡矣。（"开口"四句）无一语不
跳跃。

又 余有怀仲震词，南耕昔在南昌，亦与仲震同作老客，
遂次余韵亦成一首，斐然见示。仍叠前韵，用柬南耕，
并令仲震他日读之一轩渠也。

五老匡庐，挂冷瀑、长晴不夜。秋瑟瑟、两贤相见，
琵琶亭下。阅尽江山真欲舞，算来人物谁堪骂。倚滕王、
杰阁瞰章门，银涛泻。　　羁旅恨，乡关话。拉龚胜，
呼曹霸。尽雄心耗与，冷杯残炙。一朵菊花人伏枕，半
庭豆叶秋除架。只几年、踪迹最难忘，同游射。　放歌集

（"阅尽"二句）目空一切。

又 赠娄东周逸园，兼怀毛亦史。

舞袖成围，正衮遍、筝琶阮笛。有一客、众中索我，呼声甚急。坐上两行红粉笑，亭边一夜青衫湿。叹雄文、老将本幽燕，才相识。　　风裂烛，喧隧黑。星络角，晶荧白。倘明朝分手，后期难的。第令男儿存义气，休论世事多离别。博徒中、归及见毛公，言相忆。　　**放歌集**

（"博徒"二句）运典巧合，亦见精神。

又 秋日经信陵君祠

席帽聊萧，偶经过、信陵祠下。正满目、荒台败叶，东京客舍。九月惊风将落帽，半廊细雨时飘瓦。柏初红、偏向坏墙边，离披打。　　今古事，堪悲诧。身世恨，从牵惹。倘君而尚在，定怜余也。我讵不如毛薛辈，君宁甘与原尝亚。叹侯嬴、老泪苦无多，如铅泻。　　**放歌集**

前半阕淡淡着笔，而凄凉呜咽，已如秋商叩林，哀湍泻壑。

（下阕）情不自禁，如此吊古，可谓神交冥漠。

　　《词话》卷四（刻本卷三）：其年"秋日经信陵君祠"一阕，后半云，慨当以慷，不嫌自负，如此吊古，可谓神交冥漠。

又 送叶桐初还东阿，即次其与曹雪樵唱和原韵。

　　若且歌乎，急配以、哀丝豪竹。念来夜、故人一去，月明人独。风吼军都山忽紫，雨收督亢天全绿。笑好官、几个读书来，休耽读。　　吟复写，螭蟠幅。富与贵，蛇添足。但逢花便插，有泉须掬。建业云山通地肺，姑苏烟水连天目。算谷城、虽好不如归，眠乡曲。　放歌集

　　（"风吼"二句）险绝奇绝。（"建业"二句）雄阔壮丽，极才人之能事。

满 庭 芳 过虎牢

　　汜水东来，荥阳西去，伤心斜日哀湍。横鞭顾盼，又过虎牢关。叹息提兵血战，西风响、一片刀环。英雄泪，乱山枫叶，不待晓霜丹。　　追攀，当日事，炎精末造，遗恨灵桓。又许昌迁驾，不肯回銮。今古兴亡转换，谁相

问、剩水残山。凭高望，汉陵魏殿，一样土花斑。　　**放歌集**

（"西风"四句）声情激越，魄力沉雄。

水调歌头 被酒与客语

老子半生事，慷慨喜交游。过江王谢子弟，填巷哄华骝。曾记兽肥草浅，正值风毛雨血，大猎北冈头。日暮不归去，霜色冷吴钩。　　今老大，嗟落拓，转沉浮。畴昔博徒酒侣，一半葬荒丘。闭置车中新妇，羞缩严家饿隶，说着亦堪愁。我为若起舞，若定解此不。　　**放歌集**

行神如空，行气如虹。○其年《水调歌头》诸阕，不及稼轩之神化，而老辣处时复过之，真稼轩后劲也。

《词话》卷四（刻本卷三）：其年《水调歌头》诸阕，英姿飒爽，行气如虹，不及稼轩之神化，而老辣处时复过之，真稼轩后劲也。

又 送宋荔裳观察入都并寄蓼天司业，同顾庵、西樵赋。

酒冷天寒日，人去客愁中。数行钿蝉柱雁，祖饯出城东。衣上青天明月，马上黄河飞雪，雁背染霜红。如此作装急，磊砢想桓公。　　千斤椎，七宝辔，百石弓。从奴宾客所过，栈马啮残通。定过淮阴祠下，更到望诸墓上，怀古飒悲风。若见苏司业，言我翼成翁。　　**放歌集**

起十字警。（"定过"五句）笔力雄苍，英姿飒爽。

又　雪夜再赠季希韩

海上玉龙舞，槮作满空花。城中十万朱户，琼粉乱周遮。愁对一天飞雪，不见昨宵明月，桂影蚀金蟆。短鬐飒秋叶，僵指蠹枯枒。　　当日事，须细忆，讵忘耶。记筑球场摐笛，却手复为琶。纵不神仙将相，但遇江山风月，流落亦为佳。岂意有今日，侧帽数哀笳。　　**放歌集**

（"短鬐"二句）千锤百炼之句。◎"流落亦为佳"，已是难堪，今则并此不能矣。"岂意"五字，悲极愤极，读之如闻熊啼虎吼。

《词话》卷八（刻本卷六）：其年《水调歌头》（雪夜再赠季希韩）云："纵不神仙将相，但遇江山风月，流落亦为佳。岂意有今日，侧帽数哀笳。""流落亦为佳"已是难堪，今则并此不能矣。"岂意"五字，悲极愤极，如闻熊啼虎吼。◎稼轩词云："而今已不如昔，后定不如今。"即其年《水调歌头》之意，而意境却别。然读梦窗之"后不如今今非昔，两无言、相对沧浪水。"悲郁而和厚，又不必为稼轩矣。

又 立秋前一日述怀，柬许岂凡。

将相宁有种，竖子半成名。蚍蜉切莫撼树，听我短歌行。薄俗人奴笞骂，末路妇人醇酒，一笑万缘轻。夫子知我者，试与说生平。　　斫豪猪，炙走兔，掣长鲸。群儒龊龊可笑，我自习纵横。明发西风削草，且约博徒会猎，小趁一秋晴。须作猬毛磔，箭作饿鸱鸣。　　**放歌集**

（上阕）浩气流行。◎结而不结，不结而结，老秃可爱。

又 渡长荡湖望三茅峰

我住太湖口，四面匝烟鬟。周回蘸青缭黛，中托白银盘。且纵龙宫一耒，耕破琼田万亩，笑傲水云宽。篷背唱铜斗，沙尾辨金坛。　　雪浪吼，大鱼出，矗如山。茅家兄弟笑我，前路足风湍。君自骖鸾骖鹤，我自骑鲸跨鲤，各自不相关。挥手谢之去，吹笛弄潺湲。　　**放歌集**

（"篷背"二句）字字精炼。

又 睢阳寓馆感旧题壁

惆怅复惆怅，直视草茫茫。风摇葵子薁叶，蝼蝈上空墙。满目西州门内，转眼黄公垆畔，前事惹思量。摇膝并负手，绕柱更循廊。　　天欲黑，灯半绿，月微黄。中年哀乐，何况人又在他乡。飘去娇丝脆板，留下残香剩茗，狼籍小纱窗。拨置不足道，念此断人肠。　　**放歌集**

（"惆怅"二句）苍茫感喟，其来无端。（"天欲"五句）五句五层。◎《水调歌头》一阕，必须以古诗气魄运之，方能合拍。稼轩而外，莫与迦陵争雄矣。

又 新秋寄骧沙徐仲宣

秋色洁于雪，澄湛到帘钩。凭轩忆尔更剧，君亦念余不。记客泉亭草寺，闲弄吟篷钓笛，相与狎沙鸥。一笑别君去，四节忽如流。　　大江边，残照里，仲宣楼。烟波虾菜，料尔生计尽优游。此地孤城绝岛，长被蛟涎兔汁，炼足一天秋。横竹吹阿滥，叫醒古今愁。　　**放歌集**

（"此地"五句）精警奇辟，令人神竦。

塞 孤 宣武城外书所见

北风如箭吼，城门启，不断香车流水。侧卷绡帘拖燕尾，巫鼓唱，蛮箫赛。乌孙别、紫台人，黄鹄寡、青溪妹。粉襟儿畔，多少红泪。　　谁唱敕勒歌，诉尽消魂事，绣镴残骸攒猬。树腹崖根潜老魅，招蜀魂，呼湘鬼。鹃已叫、洛阳城，鹤未返、辽西市。总春闺、梦中夫婿。　放歌集

（"乌孙"四句、"招蜀"五句）短语精湛。

珍 珠 帘 题宋牧仲《枫香词》，次曹实庵韵。

当时红杏尚书句，宋玉今朝风赋。萤火柳棉词，斗阳阿激楚。原注："牧仲咏萤、咏絮二词，尤为绝调。"五色蛮笺螺子墨，渲染够、微云疏雨。凄苦，满歌坊粉壁，舞巾纨素。　　一曲减字偷声，听小屏风后，玉箫潜度。低啭隔林莺，碎一庭花露。鹧鸪又奏关山调，似万马、凭秋而怒。相诉，我中年以后，冰弦怕鼓。　放歌集

（"低啭"七句）感激豪宕，是迦陵本色。

闺怨无闷 醉后排闷作

长此安穷，定复不急，世事纷纷虎鼠。笑狐尽带铃，荷偏成柱。终日屋梁仰面，便著书万卷谁怜汝。休自喜、当日马中赤兔，人中吕布。　　无补，莫相疑，徒自苦。今日一钱不值，李蔡下中，曾何足数。且作盘中快舞，更单绞岑牟祢生鼓。戏问君得哀梨，定当蒸食与否。　放歌集

（"休自"二句）想见先生少年气概。（下阕）驱遣史事，抒我胸臆，所谓"读书破万卷，下笔如有神"。

渡 江 云 送叶道子之任临清首府

一鞭飞锦伞，凤城南去，红杏着花初。建牙男子事，千骑东方，送尔上头居。碧油幢卷，碾轻车、小猎平芜。风流甚、茸茸绿草，浅映绣鍪弧。　　愁予，庾郎善赋，江令工文，任凭陵今古。总输与、军中陶侃，江上周瑜。何时玉靶元戎队，劈黄獐、烂醉配酥。毛锥子、问伊直一钱无？　放歌集

（"毛锥子"句）拔剑斫地。

又 送蒋京少下第游楚，次储广期原韵。

向长安市上，仰天长啸，悔杀彩为毫。月明无赖极，又照征南，万将赤霜袍。掉头仍向潇湘去，去采离骚。算襄樊、几般往事，一半属孙曹。　　舟摇，天低滴黛，竹瘦凝斑，任崖倾峡倒。恨茫茫、一军铁甲，九派银涛。浔阳夜火黄州雪，应为我、徙倚无聊。吾衰矣、漫劳送上云霄。　**放歌集**

（"任崖"三句）声调高抗。

念 奴 娇 次夜韩楼灯火甚盛，
仍听诸君弦管，复填一阕。

红烛如山，请四筵满座，听侬挝鼓。此日天涯谋作达，事更难于缚虎。仆本恨人，公皆健卒，不醉卿何苦。金元院本，月明今夜重作。　　总是狎客南朝，佳人北里，占断芜城路。好景也知容易散，一别沉鳞羁羽。狂受人憎，醉供①人骂，老任雏姬侮。扬州灯火，明朝人定传语。　**放歌集**

---

① "供"，底本作"共"，据《迦陵词全集》改。

（"红烛"三句）高唱而入，旁若无人。◎结无味。

又 初八夜对月，饮纪伯紫处士寓。

挥杯一笑，恰举头又见，昨宵明月。如此清光兼老伴，遗恨真无毫发。莲子轻抛，蘋婆细劈，慢取橙虀切。风前倚幌，满城晓角初歇。　可惜万事蹉跎，半生偏侧，难得胸怀豁。谁把银河阶下泻，快作西山积雪。感极关河，愁深砧杵，一寸心俱折。为浑脱舞，乃公直是奇绝。　**放歌集**

迦陵八月初七至十六对月十首，每篇各极其盛，录其尤者六章。○全是写身世之感，对月意每篇略点染一二，至初七、初八等字，更不沾沾摹绘，作小家气。

又 初九夜对月，饮吴默岩太史寓斋。

中宵狂叫，忆曹公有语，明明如月。更记谪仙当日句，明镜三千白发。入洛年非，游燕才尽，幸舍歌辛切。空墙老骥，喷霜猛气难歇。　讵料宣武门前，长春寺侧，竟见秋堂豁。更借一尊桑落酒，光泛素瓷飘雪。一

805

片乡心，三更雁叫，挤把刀环折。角鹰刷羽，脱韝固是
横绝。　　放歌集

（"空墙"二句）飒飒风生。

　　　又　十三夜，大宗伯王敬哉先生招饮，是夜无月。

　　先生语我，正一生消受，帝城烟月。红烛短时横笛
叫，夜雨开元白发。霜咽遗弓，风凄内苑，画角声酸切。
原注："先生时述世祖遗事。"铜盘承露，泪如铅水不
歇。　　曾记樗杜笙箫，长杨刀箭，从猎霜林豁。父子
一时连上相，印纽银螭卧雪。别墅初成，淮沘已捷，屐
齿何曾折。谈深酒冷，鼕鼕街鼓将绝。　　放歌集

（"霜咽"三句）声情悲壮。◎一结扣题甚紧。

　　　又　十四夜对月，同王阮亭员外。

　　三更以后，碧天刚碾上，一轮圆月。娇女故园应学
母，宛转画眉梳发。古巷蛩吟，小窗雁语，触景成悲切。
南飞乌鹊，绕枝何处栖歇。　　我欲吹裂玉箫，拓残金

戟，小把愁肠豁。生不神仙兼将相，负此秋光堆雪。灯下吴钩，腰间宝玦，拉杂都摧折。明当竟去，终南闻道奇绝。　**放歌集**

（"南飞"二句）触景生情。（"灯下"五句）肮脏之气，勃不可遏。

又　十五夜，宋蓼天太史招饮，以雨不克赴。少顷月出，同纬云、鲁望两弟暨曼殊小饮寺寓。

吾生万事，沉思遍、都似今宵之月。只到圆时期便左，揉得愁成乱发。此夜西园，故人东阁，迟我情偏切。冲泥无计，车轮腹转难歇。　　少顷皓魄东升，海天一碧，世界都轩豁。燕市且须谋一醉，难得铜街泼雪。丝竹颠狂，弟兄歌叱，醉拗金鞭折。知他何处，笛声缕缕凄绝。　**放歌集**

（"吾生"二句）中有郁勃，出语便沉着。

又　十六夜对月，呈孙北海先生。

浩歌被酒，喜举头、仍见昨宵圆月。遥忆高斋歌猛虎，剑气绿人毛发。老子龙头，细书虿尾，玉试昆吾切。魂罍旧物，土花千载难歇。　　更有粉壁波涛，牙签蝌蚪，摊几供披豁。吟健左车能决肉，日榻黄州快雪。余子纷纶，是翁矍铄，有角真堪折。南楼高兴，依稀清啸将绝。　　放歌集

（"遥忆"五句）工于状物，咄咄逼人。

又　钜鹿道中作

雄关上郡，看城根削铁，土花埋镞。十月悲风如箭叫，此地曾称钜鹿。白浪轰阖，黄沙苍莽，霜蚀田夫屋。车中新妇，任嘲髀里生肉。　　太息张耳陈余，当年列颈，末路相倾覆。长笑何须论旧事，泜水依然微绿。欲倩燕姬，低弹赵瑟，一醉生平足。井陉日暮，乱鸦啼入枯木。　　放歌集

结只写景，而情自足。

又　邺中怀古

滏阳南去，望邺城、一带逼人愁思。记得群雄争割

据，健者曹家吉利。公子彩毫，佳人绣瓦，快意当如是。漳河呜咽，至今犹染红泪。　　犹忆秋夏读书，春冬射猎，泥水谯南地。转眼寒烟萦战垒，耿耿还留霸气。贺六浑来，韩擒虎去，苑树都如荠。论人成败，世间何限余子。　　**放歌集**

（"漳河"二句）情景兼写，乃深吊古之思。

又 读顾庵先生新词，兼酬赠什，即次原韵。

老颠欲裂，看盘空硬句，苍然十幅。谁拍袁绹钱绰板，洗净琵琶场屋。击物无声，杀人如草，笔扫巍毫秃。较量词品，稼轩白石山谷。　　记得戏马长杨，割鲜下杜，天笑温堪掬。玉靷角弓云外响，捎动离宫花木。银海乌飞，铜池鲸舞，月照孤臣独。江潭遗老，一声寒喷霜竹。　　**放歌集**

（"击物"五句）斩钉截铁，笔力老横。

又 寄董玉虬侍御秦中

黑窑秋夜，记临风痛饮，黯然言别。我去汴城君绣岭，一样前朝陵阙。麦积山高，木皮岭滑，度陇何须怯。汉家节使，天边铙吹不绝。　　且自掷帽狂呼，绕床大叫，卢采输谁喝。莫听渭桥呜咽水，残了秦时明月。凿空原注："音孔。"张骞，绁兵邓艾，此事真人物。骊山山下，料应红树如血。　放歌集

（"莫听"二句）一片牢骚，不必看煞。

又 读孚若长歌，即席奉赠，仍用孚若原韵。

霆轰电掣，算君才、真似怒涛千斛。百感淋漓风骤起，劈裂满堂桦烛。公醒而狂，人憎欲杀，抵鹊何须玉。春衫老泪，鲛珠瓣瓣堪掬。　　不记三十年前，灌夫使气，嗔啧惊邻屋。弹指蓬莱今又浅，短发可能长绿。诗酒前缘，莺花小劫，世事弹棋局。关山笛破，欲吹吹不成曲。　放歌集

（"霆轰"三句）飞舞而入。◎结是横空盘硬语，不是老笔颓唐。

又 丁巳仲秋广陵寓中病疟，不获为红桥、平山之游，怅
然有作。奉柬观察金长真先生，并示豹人、穆倩、孝感、
定九、鹤问、仙裳、蛟门、叔定、女受、仔园、龙眉、
爱琴、扶晨、无言诸君。

最无聊赖，又西风、吹到隋皇宫阙。明月桥边烟景
换，依旧玉箫凄咽。绿水金昏，黄花早瘦，往事凭谁说。
江山如画，恰逢愁卧时节。　　安得桓石虔来，为驱疟
鬼，原注："呼'桓石虔来'，可以断疟。"放我眉梢结。更把
杜陵奇险句，高咏子璋热血。仆病何妨，人言可憎，笑
汝挪揄物。曼声长啸，碧云片片都裂。　　**放歌集**

结警炼，亦超脱。

又 送吴岂衍归宣城，兼寄沈方邺、梅耦长。
〇岂衍工诗，善篆刻，季野先生嗣君也。

淋漓顿挫，借杜陵长句，幻成波磔。兀臬苍凉盘瘦
硬，郁若烟帆浪舶。巉削虚无，雕镌形状，万壑苍皮坼。
李潮吾衍，古惟二子堪匹。　　叹息世态婠婹，人情洓
涊，奇字谁曾识。只有敬亭山色好，镇日相看亦得。归
卧烟霞，闲逢梅沈，定问余踪迹。豪情冶兴，为言都不

如昔。　放歌集

（"豪情"二句）悲郁。

　　又　周弆山携具八关斋，同亦人、恭士、子万弟诸君
　　快饮，风雨飒至，炎燠尽解，词以纪事。

　　狂飙挟雨，恰冰车铁骑，一时砰击。倒拔南湖高十
丈，无数巨鱼人立。饱啖哀梨，横驱阵马，徙倚清凉国。
临风一笑，猬毛须卷如磔。　　记否烟雨楼头，旧游星
散，多少南和北。二十余年吾竟老，赢得暮云堆碧。只
有周郎，仍然年少，同作天涯客。无多酌我，为君起弄
长笛。　放歌集

又　游京口竹林寺

　　长江之上，看枝峰蔓壑，尽饶霸气。狮子寄奴生长
处，一片雄山莽水。怪石崩云，乱冈淋雨，下有鼋鼍睡。
层层都挟，飞而食肉之势。　　只有铁瓮城南，群山赢
秀，画出吴天翠。绝似小乔初嫁与，顾曲周郎佳婿。竹
院盘陀，松寮峭蒨，最爱林皋寺。徘徊难去，夕阳烟磬

沉未。　**放歌集**

（上阕）英思壮采，巨刃摩天，何其霸也！（"只有"句）入正面。◎前半苍莽，后半闲淡，各极其胜。◎结更淡远，却妙在收束得住。

《词话》卷四（刻本卷三）：其年《念奴娇》（游京口竹林寺）上阕云，英思壮采，何其横霸如此！

又 雪滩钓叟为松龄顾茂伦赋

翁家何在，在三高祠下，景尤奇绝。一派渔庄连蟹舍，百里水云明灭。最怕闲鸥，生憎野鸭，占了凉波阔。钓竿斜漾，珊瑚树上轻拂。　　昨夜冻合江天，糁绵舞絮，冷把龙宫掣。恼杀渭滨垂白叟，误了蘋风柳月。菰米家乡，清虚世界，万事何须说。夜寒吹火，推篷起扫残雪。　**放歌集**

此篇亦沉着，亦洒脱，亦隽快，颇近乐笑翁手笔，但深浑处不及。

又 送徐松之还松陵，兼讯豹人、九临、闻玮、电发诸子。

生平慕蔺，笑人间、竟有两相如者。解唱春城寒食句，却是此韩翃也。廿以年前，记曾与汝，烂醉皋桥下。我髯君黑，路傍红粉轻骂。　　今日髯已成丝，黟还似昔，重会荆南榭。箧里云山诗卷在，只被雨淋风打。撇笛旗亭，听钟禅院，总是凄凉话。垂虹桥畔，飘零多少同社。　**放歌集**

（"垂虹"二句）自慨，兼慨同社，其年胸中不知有多少眼泪。

又　送周求卓之任荥阳

荥阳京索，是当年刘项，旧争雄处。蛋紫蜗红缠碎碣，略辨几行秦楚。汜水重关，敖仓剩垒，苍莽空今古。西风夕照，老鸦啼上枯树。　　君到试问当初，郑虔故宅，三绝犹存否。赢得儿童和笑说，文采周郎独步。故国情亲，新凉节物，送尔驱车去。休轻百里，此间巩洛门户。　**放歌集**

结与起称，得势得体。

绕 佛 阁 寒夜登惠山草庵贯华阁

乱峰堆髻，夕景木末，残雪崖际。一派空翠，飘堂语悄，山窗落松子。小楼欲坠，斜嵌岩窦，蹲若奇鬼。暝色晴霏，氍丝禅板，浑忘在尘世。 开士暮归晚，钵向石桥深涧洗。坐客松寮，钟鸣黄叶寺。喜今夜关河，一碧千里。感伤身世，看六代江山，月华如水，是千秋、倚阑人泪。 放歌集

（“乱峰”六句）山庵幽景，画所难到。

翠 楼 吟 惠山云起楼作

万斛空青，一天冷翠，和晴飞上帘押。老松三百本，山雨响、遍张鳞甲。崖倾峰沓，有客注茶经，僧编梵夹。泉鸣邑，恰逢深涧，樵吟相答。 晚值蟾影初升，似姮娥妆镜，夜深离匣。碧云千万顷，被一点、玉纤偷揞。月明三匝，谢鹤许携瓢，猿呼荷锸。为盟歃，他年傍此，竹弓射鸭。 放歌集

（“老松”二句）雄肆。

水 龙 吟 江行望秣陵作

轻舟夜剪秋江，西风鳞甲生江面。瓦官阁下，方山亭外，惊涛雪片。一带蒋州，千寻铁锁，等闲烧断。只波间皓月，流光欲下，旧曾照、金陵县。　　何处回帆挝鼓，更玉笛、数声哀怨。回思旧事，永嘉南渡，流人何限。如此江山，几人怜惜，斜阳断岸。正江南烟水，濛濛飞尽，楚天新雁。　放歌集

（"轻舟"二句）铸语劲健，骨韵沉雄。（"只波"三句）亦有胜国之感。（"正江"三句）真有心人语，不必多着墨也。

又 己酉元夕洛阳署寓对雪

一番宛洛元宵，红灯闪得人心碎。孤身一个，闷怀万种，故乡千里。旧恨凄然，春阴搅乱，漫天搅地。想当初此夜，风前酒后，有多少、轻狂意。　　记起闲游旧事，小门边、那家殊丽。星桥将敛，香车乍碾，相逢桥背。近日飘零，半生流落，料伊知未。伴铜驼扑着，街头残雪，冷清清睡。　放歌集

（"红灯"句）凄切入骨。

又 安庆龙二为舍人光能知夙生事，自言盖凌波池中老龙也，魂梦往来，时常仿佛。又言生平每当凄风碎雨，则奋跃欲狂，一过晴霁，则吻燥神枯，怏怏不乐。睦州方进士某为作传，传最详。凌波池在西京终南山下。

　　三生石上精灵，依稀认得重来路。终南山下，凌波池畔，红泉绿树。水国前缘，绡宫闲话，冷风酸雨。记耕烟趵浪，扬鬐溅沫，夜碧落、欲悬圃。　　一自甘泉献赋，谪红尘、此间殊误。铁笛沧洲，骊珠楼馆，几回惊寤。太液鲸红，玉河蜃黑，旧游何处。正霜天万斛，西风隐隐，有银涛怒。　**放歌集**

（上阕）风驰电掣，笔端亦有龙气。

又 秋城看西溪战舰水阅

　　谺然老眼新晴，戍楼下俯秋江远。严关金鼓，西风彩帜，盈川鹅鹳。狎水黄头，凌风画鹢，银涛怒卷。笑喧阗错认，龙舟莲舸，惹士女、倾城看。　　潇碧微涵镜面，有周侯、庙临溪岸。乱离重遇，英雄何在，登城长叹。昔日波平，今朝浪骇，鱼龙蒸变。渐日斜人静，盈盈蘋蓼，弄陂塘晚。　**放歌集**

（"有周"四句）点缀不可少。◎结高雅。

又　寿尤悔庵六十，用辛稼轩寿韩南涧原韵。

曾经天语怜才，如今老却凌云手。开元鹤发，茂陵铅泪，海天非旧。长乐笙箫，连昌花竹，可堪回首。算软裘快马，呼鹰绁犬，当时事、还能否。　　摘尽瑶台星斗，水哉轩、夜明如昼。离骚一曲，清平三调，小盘珠走。汉殿唐宫，能消几度，花阴杯酒。闹筝琶腰鼓，红樱紫笋，上先生寿。　**放歌集**

哀感痛惜，西堂读之，当泣数行下矣。◎上寿意只于末三句明点，用笔自高。

白雨斋词选卷十七

清词五

陈维崧中

南　浦 秋景

戍楼孤眺，莽秋云、一片画难成。烟驿萧萧易响，错认是风声。却被泬寥商气，刮一天、疏叶舞空城。叹钓台水榭，千年剩址，菱蔓绕湖生。　　极望溪山明瑟，向枫汀、茶崦眼偏明。闻道楼船下濑，十万水犀横。寄语鱼龙休夜啸，海门月上定潮平。对碧梧红蓼，暮烟残照不胜情。　放歌集

（"烟驿"四句）秋声满纸。

瑞 鹤 仙 慈仁寺松

尔头童齿豁，又短如翁伯，小逾臧纥。年高尚存活，换一番兵马，一番宫阙。雷轰电掣，早煅就、秦铜汉铁。任喧欧、万怪揶揄，闪烁百灵恫喝。　　奇①崛，种于奚代，长自何朝，忘他始末。空余猎碣，略记汝，生年月。只新来，庙市喧阗麝踏，阑入市场豪猾。趁天风、鳞鬣狂挐，舞场回鹘。　放歌集

（"雷轰"二句）亦是千煅百炼之句。（"趁天"二句）斩伐荆棘，痛快淋漓，想见先生意气。

喜 迁 莺 排闷和云臣韵

凭高指顾，叹野水增波，故陵无树。万叠金笳，千寻铁锁，依旧大江东去。休管周郎安在，便觅桓温何处。长啸罢，怕永嘉草草，不成南渡。　　迟暮，纵有日，采药蓬莱，恐被神仙误。姚女难归，羿妻不返，岁岁乱红迷路。闷把唾壶轻击，愁对宝刀低诉。空城下，听寒潮彻夜，鱼龙声怒。　放歌集

---

① "奇"，底本作"寺"，据《迦陵词全集》改。

（"闷把"五句）抑塞磊落。

永 遇 乐 京口渡江用辛稼轩韵

如此江山，几人还记，旧争雄处。北府军兵，南徐
壁垒，浪卷前朝去。惊帆蘸水，崩涛飐雪，不为愁人少
住。叹永嘉、流人无数，神伤只有卫虎。　　临风太息，
髯奴狮子，年少功名指顾。北拒曹丕，南连刘备，霸业
开东路。而今何在，一江灯火，隐隐扬州更鼓。吾老矣，
不知京口，酒堪饮否。　放歌集

（"浪卷"四句）苍莽雄肆，笔力直与幼安相抗。

又 题惠山松石

虎踞龙僵，狮蹲象偃，人立而偻。铁干盘挐，铜根
倔强，势欲排天去。老苔秋缚，怒涛夜吼，卷尽苍茫今
古。镇支离、千围古翠，只容冷云堆絮。　　谁眠其下，
却惊石丈，横碍松根蟠处。鸟雀呼风，儿童敲火，碧汇
千钟乳。铜驼头角，石鲸鳞甲，哈等何堪信伍。看月下、
颓然二老，幻成翁妪。　放歌集

（"老苔"三句）不平之气，有触则鸣。

尉迟杯 许月度新自金陵归，以《青溪集》示我，感赋。

青溪路，记旧日、年少嬉游处。覆舟山畔人家，麾扇渡头士女。水花风片，有十万、珠帘夹烟浦。泊画船、柳下楼前，衣香暗落如雨。　　闻说近日台城，剩黄蝶漾漾，和梦飞舞。绿水青山浑似画，只添了、几行秋戍。三更后、盈盈皓月，见无数、精灵含泪语。想胭脂、井底娇魂，至今怕说擒虎。　　放歌集

（"绿水"四句）抚今吊古，悲壮凄凉。

西 河 西氿落晖

伤心事，碧云黄叶天气。漫登粉堞望溪山，戍楼闷倚。茫茫不觉百端来，暝烟暗结津市。　　银涛吼，红日坠，老枫烘得如醉。无情肯逐水东流，只贪西逝。临风太息语阳乌，长绳纵有难系。　　估樯竞矗野岸底，说胭脂、落照相似。明日大风定起，且移船泊入，前汀

芦苇。卧看新蟾衔沙尾。　**放歌集**

不结自结，却如题位。

望　海　潮　胥门城楼即伍相国祠，春日同云臣展谒有作。

鼍吰鲸吼，龙腾犀踏，胥江万叠惊涛。沿水败墙，临风坏驿，千秋尚祀人豪。英爽未全凋，正绿昏画幔，红瞅霞旍。太息承尘，我来还为拂蟏蛸。　　城楼径蠹层霄，怅苏台碧藓，相望岑峣。西子笑时，包胥哭后，霸吴入郢徒劳。飒沓响弓刀，算稽山越树，今也蓬蒿。社鼓神弦，依稀疑和市中箫。　**放歌集**

（“英爽”三句）惨淡中有精神。（“飒沓”五句）骨韵沉雄，音节高亮。

一　萼　红　访梅庐

屐初停，见乱杉深巷，门径已空幽。一派风廊，几楞钓槛，微茫人在沧洲。轩子外、苍皮怒裂，更红鱼碧鸭漾铜沟。屋小如翚，斋虚似舫，万籁飕飗。　　到便

捶琴啜茗，向水边企脚，林下科头。卿论殊佳，吾狂已
甚，世间一笑浮沤。佟尽日、谈空说鬼，早豆花棚上月
如钩。再喷数声风笛，催动新秋。　　**放歌集**

风　流　子　锡山庆云庵感旧

众山排峭壁，西风吼、乱叶打茅庵。记竹外时逢，
拈花迎叶，水边曾值，洗钵瞿昙。依稀是、乌啼幽涧北，
僧送石桥南。万壑松飙，王裴名理，半床萝月，支许清
谈。　　重经春来地，人谁在、只见霜信初酣。染就千
围枫榭，一路杉柟。叹电光石火，佛犹如此，山丘华屋，
人则何堪。隐隐前林暝翠，暗结精蓝。　　**放歌集**

（"众山"二句）起势峻嶒。（"依稀"二句）笔致幽闲，忽变面
目。（"隐隐"二句）造语精警极矣。

又　月夜感忆

冰蟾飞皓彩，今宵月、胜似昨宵圆。有一片角声，
凄清枕畔，三秋桂子，零乱樽前。人生事、千龄浑似梦，
百计且求仙。凤舞鸾歌，别来几日，琼楼玉宇，归去何

年。　　流霞须倾尽，金荷里、鲸饮并吸婵娟。遥忆庚
楼今夜，多少英贤。想月明千里，战袍不夜，西风万马，
杀气临边。我控云中黄鹤，一笑茫然。　**放歌集**

（"凤舞"四句）运用自然。

沁园春 山东刘孔集招饮广陵酒家，系故郭石公宅。

鲁国刘生，笑卖宝鞭，携上糟丘。更一时意气，徐
陵袁绍，六朝才调，绿帻红鞲。如此人生，奈何不乐，
况值离鸿叫暮秋。凭阑望，见风廊水榭，丹漆雕镂。
　　当年此地风流，记画戟门开沟水头。羡羊侃侍
儿，弯弓贴地，李波小妹，走马当楼。蔓草斜阳，空园
丝雨，争说汾阳郭细侯。还长啸，只眼中花月，谁似扬
州。　**放歌集**

（"况值"句）夹写景物，乃见凄感。

又 泊舟惠山，看六朝松并艮岳石

昔岁我来，乘白羊车，着紫鼠裘。爱支离者叟，霜

皮黛甲，玲珑者丈，雁荡龙湫。王谢家儿，宣和遗老，尔正愁时我亦愁。曾经过，看累朝兴废，百代王侯。　　别来岁月如流，叹赴壑修蛇挚不休。又风吹雨溜，几场儿戏，藤缠藓蚀，一样蜉蝣。石岂能言，树犹如此，何怪书生竟白头。重来到，吹一声铁笛，叫破孤秋。　**放歌集**

（"石岂"六句）慷慨生哀。

又　赠别芝麓先生三首，即用其题《乌丝词》韵。

四十诸生，落拓长安，公乎念之。正戟门开日，呼余惊坐，烛花灭处，目我于思。古说感恩，不如知己，卮酒为公安足辞。吾醉矣，才一声河满，泪滴珠徽。　　昨来夜雨霏霏，叹如此狂飙世所稀。恰山崩石裂，其穷已甚，狮腾象踏，此景尤奇。我赋将归，公言小住，归路银涛百丈飞。氍毹暖，趁铜街似水，赓和无题。　**放歌集**

三词情深语至，亦沉挚，亦豪宕。◎"我赋将归"二语，起下两章曲折。

又

虽则毋归，对酒当歌，终难激扬。似孔家文举，幼原了了，卫家叔宝，晚更茫茫。五剧金鞭，六街宝马，谁数吾家老子昂。公真误，叹臣今已老，发短心长。　　御沟偶过毬场，笑途辙都为若辈妨。更内家髻样，巧如马坠，小侯舞势，快作鸢翔。酒则数行，食而三叹，断尽西风烈士肠。登城望，有千群箪篥，万点牛羊。　**放歌集**

起三语，从"公言小住"生出。

又

归去来兮，竟别公归，片帆早张。看秋方欲雨，诗争人瘦，天其未老，身与名藏。禅榻吹箫，妓堂说剑，也算男儿意气场。真愁绝，却心忧似月，鬓秃成霜。　　新词填罢苍凉，更暂缓临岐入醉乡。况仆本恨人，能无刺骨，公真长者，未免沾裳。此去荆溪，旧名卷画，拟绕萧斋种白杨。从今后，莫逢人许我，宋艳班香。　**放歌集**

起三语，申"我赋将归"之句。◎情文相生，声泪俱下。龚尚书为其年厄穷时第一知己，故言之真切如此。

又 经邯郸县丛台怀古

匹马短衣，竟上丛台，慨当以慷。看谁家战垒，寒鸦落照，何年古戍①，乱草平冈。十月疏砧，一城冷雁，不许愁人不望乡。徘徊久，只登高吊古，无限苍茫。　　当年赵武灵王，正树里河流挂浊漳。更佳人跕屣，妆台对起，王孙炫服，舞袖相当。而我来游，几番历遍，不见邯郸挟瑟倡。何须问，便才人厮养，总付斜阳。　　**放歌集**

（"十月"三句）凄绝警绝。（"而我"三句）转折有力。

又 大梁署寓对雪有感

冻角无声，大旗自翻，长河怒号。正雪作花时，玉鳞狼藉，茶当乳处，珠眼萧骚。乌鹊枝寒，羝羊窖冷，一片愁成八月涛。当年事，记昆阳城下，群盗如毛。　　中原

---

① "戍"，底本作"树"，据《迦陵词全集》改。

百战人豪，经几度风吹并浪淘。叹河名官渡，袁曹安在，地连南顿，冯邓徒劳。四节飘零，两河萧瑟，且将①黄须命浊醪。吾已醉，寻市中朱亥，共鼓屠刀。　**放歌集**

（"冻角"三句）魄力雄大，气象万千。（"且将"四句）无一字不精悍。

又 三月三日尉氏道中作

登尉缭台，上三垂冈，原注："即王稽侯范睢处。"伤如之何。忆谈兵说剑，才情磊落，投秦去魏，意气嵯峨。我到中原，重寻旧迹，牧笛吹风起夜波。谁相问，纵残碑尚在，一半销磨。　　短衣此日经过，叹禊日难逢晋永和。正水边柳眼，斜窥芳岸，风前燕尾，乱剪晴莎。异国韶光，中年意味，写上乌丝感慨多。休凭吊，喜溮裙挑菜，士女娑拖。　**放歌集**

（"我到"三句）感喟苍茫，正妙在不多着墨。

《词话》卷四（刻本卷三）：其年《沁园春》诸词，亦甚雄伟。"登尉缭台"一阕，尤为感慨沉至。

---

① "将"，底本作"酺"，据《迦陵词全集》改。

又 秦对岩太史饷酒馔至，词以谢之。

雨挟泉飞，风助杉吟，调调刁刁。正梅刚破腊，檀匀脸靥，山争酿雪，粉剪翎毛。冰坼龙鳞，树洼蛇腹，苍莽空山卷怒涛。吾衰也，恰闲思说饼，狂欲哺糟。　故人相念何劳，遣银鹿持笺讯老饕。更厨娘斫鲙，几丝姜橘，索郎泻玉，满瓮蒲桃。鸡跖双持，腹腴偏劝，浮拍中山也自豪。吾醉也，向床头舞剑，席上歌骚。　**放歌集**

（"雨挟"三句）起势苍莽。（"更厨"四句）酒馔双写。

又 题徐渭文《钟山梅花图》，同云臣、南耕、京少赋。

十万琼枝，娇若银虬，翩如玉鲸。正困不胜烟，香浮南内，娇偏怯雨，影落西清。夹岸亭台，接天歌板，十四楼中乐太平。谁争赏，有珠珰贵戚，玉佩公卿。　如今潮打孤城，只商女船头月自明。叹一夜啼乌，落花有恨，五陵石马，流水无声。寻去疑无，看来似梦，一幅生绡泪写成。携此卷，伴水天闲话，江海余生。　**放歌集**

（下阕）情词兼胜，骨韵都高，合周、秦、苏、辛、姜、王为一手。

《词话》卷四（刻本卷三）：其年《沁园春》最佳者，如"题徐渭文《钟山梅花图》"后半云，情词兼胜，骨韵都高，几合苏、辛、周、姜为一手。

又 甲寅十月，余客梁溪，初五夜刚半，忽有声从空来，宕然长鸣，乍扬后沉。或曰："此鬼声也。"明日，乡人远近续至，则夜中尽然，既知城中数十万户，无一家不然。嘻，亦太异①矣！词以纪之。

叶黑枫青，纸窗碎鸣，其声寥然。似髑髅血绣，千般诉月，刍灵薜涩，百种啼烟。鸱啸辋张，猿吟凄异，崩剥前和树腹穿。亲曾听，在他乡独夜，老屋东偏。　　诘朝远近喧传，遍檐雷啾啾却复前。岂长平坑卒，尽凭越觋，东阳夜怪，群会吴天。满县彭生，一城伯有，鬼董搜神仔细编。然疑久，怕难探龟策，且问筵筌。　**放歌集**

（"岂长"四句）雄奇荒幻，真有史癖。

---

① "异"，底本作"甚"，据《迦陵词全集》改。

又 呈伯成先生和仲震原韵

耕二顷田，栽八百桑，何时始谐。只强弓硬弩，消磨岁月，素筝浊酒，开拓胸怀。白昼栖栖，青袍郁郁，世上何人管乐才。狂歌发，正半天松响，大海澜回。　　多公酷爱舆台，笑昨日于思今复来。且东篱载酒，看残黄菊，西园把袂，踏破苍苔。万事纠纷，一身偏侧，舍此吾将安适哉。吾休矣，任齿同马长，耳似龙乖。　**放歌集**

（"正半"二句）阔大语无力量运之，便粗笨可厌。稼轩、其年外，更无能作壮语者矣。

又 溉堂先生客南昌幕府，屈首经师
已逾两载，甫归广陵，词以讯之。

以磊落人，而注虫鱼，犹然讥之。况须如猬磔，缩居幕下，兴同骥渴，屈作经师。车厩三间，兔园半册，求我童蒙秭角儿。真奇事，似贩茶商妇，出塞文姬。　　墨磨盾鼻能为，乃忧楚终朝手自持。更灌婴城下，三年烽火，彭郎山后，一片旌旗。月黑灯青，樽空

梦破，想见书堂兀坐时。归来鬓，惹小蛮忙问，雪到如斯。　**放歌集**

（"以磊"三句）托一层，益见感喟。（"真奇"三句）比例奇肆。（"更灌"四句）插入写景，气象阔大，感慨益深。

又　由丹阳至京口舟中放歌

月黑庋亭，风吼练湖，雪山皑皑。正楚天欲压，樯多于荠，吴波乍染，岸碧如苔。对此苍茫，居然辽落，记否江东出霸才。斜阳恨，惹行人凭吊，商女悲哀。　丹徒客昨帆开，问刘寄奴今安在哉。奈六朝剩垒，沙淘浪洗，千寻断锁，雨蚀烟埋。下濑艨艟，横江士马，重见连云列戍排。吾衰矣，且沽京口酒，上妙高台。　**放歌集**

（"记否"句）惊人语。（"吾衰"三句）感喟中自饶眉飞色舞之致，其人胸襟可想。

又　从盱眙山顶望泗州城

立而望之，松耶柏耶，其盱眙乎。见半空楼阁，林峦掩映，从风城郭，沙涧萦纡。却顾泗洲，洼然在下，呀者成丘水一盂。中央者，界几条冷瀑，一线明珠。　　洪涛日夜归墟，有铁锁浮桥控舳舻。看奔浑樯马，神功混淼，轰隐赛鼓，天籁欢呼。十庙弓刀，百年带砺，落日平田躁野乌。堪凭吊，怅歌风亭长，泗上雄图。　**放歌集**

（"见半"四句）沙树城郭，幽深窈曲，画所难到。

又 月夜渡江

粉月一规，雪浪千条，何其皓然。正稀微吴语，佛狸城下，参差楚火，胡豆洲边。忽听江楼，谁吹横笛，今夜鱼龙讵稳眠。推篷望，见秣陵似梦，瓜步成烟。　　扬州更鼓遥传，记小杜曾游是昔年。奈迩来情事，鬓丝禅榻，当初况味，绿罸红弦。万古精灵，六朝关塞，都在蠏①矶牛渚前。吾长啸，把一杯在手，好个江天。　**放歌集**

（"见秣"二句）好句如珠。（"吾长"三句）神不外散，所以为佳。蒋心余辈，其病正在不团练。

---

①　"蠏"，底本作"蠵"，据《迦陵词全集》改。

又 咏慈仁古松，送陆莛思归钱塘

种自何年，金耶元耶，穆乎高苍。恰崩涛乱泻，熊啼罴吼，枯根直裂，虎跛龙僵。客有将归，我来树下，万斛藤萝漏夕阳。摩挲歇，笑树犹如此，时代苍茫。　青春正好还乡，只唱罢阳关易断肠。记前月挥鞭，将游梁苑，今朝分袂，竟返钱塘。世事何堪，人生难料，柿叶翻时又悼亡。归休恨，有一湖晴渌，西子新妆。　**放歌集**

（"恰崩"四句）"虎倒龙颠委榛棘，泪痕血点垂胸臆"，少陵惊人语也，此庶几近之。

贺新郎 甲辰广陵中秋小饮孙豹人溉堂归，歌示阮亭。

把酒狂歌起。正天上、琉璃万顷，月华如水。下有长江流不尽，多少残山剩垒。谁说道、英雄竟死。一听秦筝人已醉，恨月明、恰照吾衰矣。城楼点，打不止。　当年此夜吴趋里，有无数、红牙金缕，明眸皓齿。笑作镇西鸜鹆舞，眼底何知程李。讵今日、一寒至此。明月无情蝉鬓去，且五湖、归伴鱼竿耳。知我者，

阮亭子。　**放歌集**

　　迦陵《贺新郎》一调，填至一百三十余阕，每章俱极飞舞之致，可谓豪矣。兹录其精粹者数十章，精神面目，大略可见。◎题位只结句一点，妙甚。

　　《词话》卷四（刻本卷三）：其年《贺新郎》调，填至一百三十余首之多，每章俱于苍莽中见骨力，精悍之色，不可逼视。第四韵尤能振拔，如"北固外、晴江夜走"、"其上有、秦时明月"、"帘以外、秋星作作"，皆是突接，精神更觉百倍。◎《贺新郎》有洞穿七札、笔力横绝者，如："忆得危崖腾健鹘，咽秋灯、夜半歌山鬼。风乍刮，鬓成猬。"又："此意尽佳那易遂，学龙吟、屈煞床头铁。风正吼，烛花裂。"又："醉倚江楼成一笑，总输他、秤角东村子。牛背上，笛声起。"又："粗饭浊醪吾事毕，傍东篱、且了黄花债。今古恨，漫兴慨。"又："博望野花红染血，诉行藏、风里休悲咤，恐又震、昆阳瓦。"又："绣岭宫前花似血，正秦川、公子迷归路。重酌酒，尽君语。"此类皆得未曾有，真足惊心动魄。

　　　　又　乙巳端午寄友，用刘潜夫韵。

　　醉凭阑干吐。倚清狂、横陈冰簟，后堂无暑。闻说吴儿工作剧，吊屈龙舟似虎。我欲唱、公乎无渡。累自沉湘卿底急，枉教人、挝碎回帆鼓。楚江畔，苇花

舞。　　陡然块磊多如许，唤灵均、前来共语，酹君椒
醑。呵壁荒唐何必问，死累人间角黍。尚不及、伍胥涛
怒。忽发狂言惊满座，料诸公、知我心中苦。酒醒后，
重怀古。　　放歌集

　　主意在"心中苦"三字，非讥灵均也。曰"陡然块磊"，曰
"忽发狂言"，曰"酒醒后，重怀古"，可知无讥刺意。

　　又 作家书竟，题范龙仙书斋壁上芦雁图。

　　漏悄裁书罢。绕廊行、偶然瞥见，壁间古画。一派
芦花江岸上，白雁潇潇欲下。有立且、飞而鸣者。万里
重关归梦杳，拍寒汀、絮尽伤心话。捱不了，凄凉
夜。　　城头戍鼓刚三打，正四壁、人声都静，月华如
泻。再向丹青移烛认，水墨阴阴入化。恍嘹呖、枕稜窗
罅。曾在孤舟逢此景，便画图、相对心犹怕。君莫向，
高斋挂。　　放歌集

　　（"一派"三句）正面摹绘，只一二语便无微不至，余仍写身世
之感。（"再向"七句）字字阴森，绿人毛发，真乃笔端有鬼。

又 贺程昆仑生日，并送其子之任皖城。○五月十四日。

榴子红如绣。正绮席、吴盐下豉，金盘雪藕。七载南徐挥羽扇，肘后黄金似斗。北固外、晴江夜走。留取臂间长命缕，算节过、五日刚逾九。重为我，先生寿。　　迁官况在悬弧后，看他日、郡庭一望，匡庐溢口。今古量才惟一石，公也文章不朽。讵更叹、一麾出守。还拟枞阳城下过，献新词、再进当筵酒。公傥许，狂生否。　**放歌集**

"北固"七字突接，精神百倍。（"还拟"四句）顾盼生姿，题分恰好。

又 秋夜呈芝麓先生二首

掷帽悲歌发。正倚幌、孤秋独眺，凤城双阙。一片玉河桥下水，宛转玲珑如雪。其上有、秦时明月。我在京华沦落久，恨吴盐、只点愁人发。家何在，在天末。　　凭高对景心俱折，关情处、燕昭乐毅，一时人物。白雁横天如箭叫，叫尽古今豪杰。都只被、江山磨灭。明到无终山下去，拓弓弦、渴饮黄獐血。长杨赋，

竟何益。　　放歌集

　　（"其上有"句）插入吊古，极见精神。（"白雁"七句）雄劲之气，横扫千人。

又

　　俊鹘无声攫。美一代、词场老手，舍公安托。歌到阳关刚再叠，月里斜飞兔脚。帘以外、秋星作作。我得公词行且读，任侏儒、饱饭嘲臣朔。大笑绝，冠缨索。　　中朝司马麒麟阁，筹边暇、南楼爱挽，书生酬酢。半世颠狂谁念我，多少五陵轻薄。我有泪、只为公落。后夜月明知更好，问陆郎、舞态应如昨。肯为奏，军中乐。　　放歌集

　　（"帘以外"句）插入写景，与上章"秦时明月"同一精神。（"我有泪"句）知己眼泪，从血性中流出。

又　送邵兰雪归吴门仍用前韵

　　易水严装发。休回首、故人别酒，帝城高阙。九曲

黄河迎马首，森森龙宫堆雪。流不尽、天涯白月。君去故侯瓜可种，向西风、莫短冲冠发。人世事，总毫末。　　长洲鹿走苏台折，叹年少、当歌不醉，此非俊物。试到吴东门下问，可有吹箫人杰。有亦被、怒潮磨灭。来夜天街无酒伴，怕离鸿、叫得枫成血。亦归耳，住何益。　　放歌集

浩气流行。（"有亦被"句）足一句警绝。

又　席上呈芝麓先生

打鼓船将发。看水面、怒涛似屋，巨鱼如阙。一路推篷吹笛去，无数荻花摇雪。忘不了、朱门皓月。万里沙昏闻雁叫，料孤眠、白尽离人发。回首望，谢家末。原注："时纬云尚留都下。"　　西风衰柳还堪折，喜筵上、红牙银烛，他无长物。话到英雄方失志，老鹘飞来杰杰。又一半、疏星明灭。归去焚书应学剑，爱风毛、雨遍千山血。益智粽，竟何益。　　放歌集

（"话到"七句）笔力亦如怒猊俊鹘。①

　　　　　又　见南院阱熊而叹之，同吴天石赋。

　　南院花如绣。见一带、长杨虎圈，咆哮百兽。此物
儍然余猛气，攀槛时时欲吼。像铁骑、金戈驰骤。可惜
当熊人去杳，锁宫槐、冷落黄金甍。谁侍奉，金门
帚。　　烂羊都尉通侯狗，但骁雄、偏嗟失势，所遭不
偶。犹记深山腾踔日，狮子猘儿为友。追险怪、曾逾宇
宙。此日草间狐兔尽，束身归、五柞同猿狄。躇已落，
宰夫手。　放歌集

（"此日"四句）何等感慨。

　　　　　又　蘧庵先生五日有鱼酒之饷，醉后填词。

　　蒲酒浓如乳。更为我、东溪斫鲙，大鱼就脯。携酒
石榴花下醉，还选腹腴亲煮。耳热也、休提今古。只有
寒潮围故国，叹龙舟、寂寞无寻处。风乍起，瘦蛟

---

　　① 此评录入《词话》卷四（刻本卷三）。

舞。　　何须远望悲荆楚，暗想像、广陵旧事，泪多于雨。火照佛狸城下水，丞相孤军难渡。记时节、也怜重五。儿女谁知英雄恨，辟兵符、戏向钗头赌。葵影绿，小窗午。　　**放歌集**

（"蒲酒"三句）豪情壮采，"入门下马气如虹"。（"儿女"四句）笔墨又变，高下疾徐，无不中节。

又 赠苏崑生。○苏，固始人，南曲为当今第一。曾与说书叟柳敬亭同客左宁南幕下，梅村先生为赋《楚两生行》。

吴苑春如绣。笑野老、花颠酒恼，百无不有。沦落半生知己少，除却吹箫屠狗。算此外、谁欤吾友。忽听一声河满子，也非关、雨湿青衫透。是鹃血，凝罗袖。　　武昌万叠戈船吼，记当日、征帆一片，乱遮樊口。隐隐柁楼歌吹响，月下六军搔首。正乌鹊、南飞时候。今日华清风景换，剩凄凉、鹤发开元叟。我亦是，中年后。　　**放歌集**

一结笔力既高，感喟更自无尽。

又 弓冶弟万里省亲，三年旋里。于其归也，悲喜交集，词以赠之，并怀卫玉叔暨汉槎吴子。用赠苏崑生原韵。

休把平原绣。绣则绣、吾家难弟，古今稀有。万里寻亲逾鸭绿，险甚黄牛白狗。一路上、夔蚿①作友。辛苦瘦儿携弱肉，向海天、尽处孤踪透。三年内，无干袖。　　平沙列幕悲风吼，猎火照、依稀认是，云中生口。马上回身争拥抱，此刻傍人白首。辨不出、穷边节候。犹记离乡年尚少，牧羝羊、北海双双叟。长夜哭，阴山后。　**放歌集**

（"辛苦"四句）沉痛。（"马上"七句）凄凉酸楚，笔力亦自精绝。

又 冬夜不寐写怀，用稼轩、同甫倡和韵。

已矣何须说。笑乐安、彦升儿子，寒天衣葛。百结千丝穿已破，磨尽炎风腊雪。看种种、是余之发。半世琵琶知者少，枉教人、斜抱胸前月。羞再挟，玉门瑟。　　黄皮袴褶军装别，出萧关、边笳夜起，黄云四

---

① "蚿"，原稿似作"龙"，此据《迦陵词全集》。

合。直向李陵台畔望，多少如霜战骨。陇头水、助人愁
绝。此意尽佳那易遂，学龙吟、屈然床头铁。风正吼，
烛花裂。 　放歌集

（"此意"四句）一语挽题见笔力。

又　赠徐月士次友人韵

万事都成昨。剩胸中、不平郁起，峰峦确荦。我有
匣中三尺水，涩尽寒铓冷锷。夜夜听、秋城鼓角。青眼
谁人吾竟老，喜逢君、交道真堪托。忘不了，灯前
约。　　封侯自有嫖姚霍，且高歌、蹲蹲舞我，乌乌和
若。十载樊川狂客梦，赢得扬州一觉。渐衮遍、四条弦
索。绿醑黄花拼尽兴，管来年、彩笔惊河朔。休只忆，
江南乐。　放歌集

（"渐衮"三句）下语如铸，文采可到，力量不可强也。

又　伯成先生席上赠韩修龄。○韩，关中人，
圣秋舍人小阮。流浪东吴，善说平话。

月上梨花午。恰重逢、江潭旧识，喁喁尔汝。绛烛

两行浑不夜，添上三通画鼓。说不尽、残唐西楚。话到
英雄儿女恨，绿牙屏、惊醒红鹦鹉。雕笼内，泪如
雨。　　一般怀抱君尤苦，家本在、扶风盩厔，五陵佳
处。汉阙唐陵回首望，渭水无情东去。剩短蜡、声声诉
与。绣岭宫前花似血，正秦川、公子迷归路。重酌酒，
尽君语。　**放歌集**

（"话到"四句）亦悲壮，亦凄丽，寓胜国之感，情味自深。
（"绣岭"四句）哀婉沉至。

　　又　饮华商原斋头，追忆钱吉士先生。
　　先生商原妇翁，余曾执经门下。

三十年前事。记童年、章华曾作，屈平高弟。家本
宝华山下住，门映石湖荷芰。有一带、疏轩曲砌。忆得
危崖腾健鹘，咽秋灯、夜半歌山鬼。风乍刮，鬓成
猬。　　凄凉阅尽人间世，看多少、经堂书库，拆为马
肆。旧日生徒今亦老，相对贤门佳婿。更似舅、魁然无
忌。原注："是日并晤商原令嗣。"且尽君家黄菊酒，论人生、
一醉为佳耳。西州恸，成何济。　**放歌集**

（"忆得"四句）十分鸷悍，"风乍刮"六字，得未曾有。（"且尽"四句）以撇笔作收笔，只如此结便足。

又 虎丘剑池作

山腹苍皮皵。劈巉岩、一洼深黑，险于人鲊。仄嵌斜攒龟脊滑，林气水声交射。有屈曲、龙蟠其下。上构危梁凌绝巘，窈而深、凿孔行人怕。吸冷瀑，半空挂。　　坏廊欹磴哀湍泻，望参差、雕楹黛阁，晶荧入画。故国江山还在眼，添了西风战马。又殿上、夜钟将打。雨蚀残碑名姓在，醉摩崖、汝是知音者。原注："石壁上有黄姬水、唐寅题名。"相对坐，草堪藉。　　**放歌集**

（"山腹"七句）绝巘巉岩，写得陆离光怪，令人色骇。◎"窈而深"一语，虽奇肆而精神不团聚。其病在一"而"字，句便不振。◎"殿上"七字，插入精神。

又 五人之墓再用前韵

古碣穿云皵。记当年、黄门诏狱，群贤就鲊。激起金阊十万户，白梃霜戈激射。风雨骤、冷光高下。慷慨吴儿偏嗜义，便提烹、谈笑何曾怕。抉吾目，胥门挂。　　铜仙有泪如铅泻，怅千秋、唐陵汉隧，荒寒难画。此处丰碑长屹立，苔绣坟前羊马。敢轻易、霆轰电打。多少道旁卿与相，对屠沽、不愧谁人者。野香发，暗狼藉。　**放歌集**

（“抉吾”二句）千载下凛凛有生气。（“多少”四句）是叹息，不是嘲笑，警戒不少。

又 奉答蘐庵先生，仍次原韵。

炊熟黄粱否。笑乾坤、蜉蝣非天，彭篯非寿。世上英雄本无主，感激何常不有。曾要把、赵平原绣。祸首从来仓颉字，更怪他、炼石娲皇手。偏欲向，虚空镂。　　神仙将相俱难就，怅生平、舞衫歌扇，药炉茶臼。已矣无成三弄铁，长倚秋江夜吼。知我者、荆溪浮叟。戛醒半窗蕉鹿梦，谢风篁、汝是驱愁帚。休再打，唾壶口。　**放歌集**

奇思横议，不平之甚。○穷极则愤生，才人歌哭，亦足上干天和，大哉！圣人鸿博一科，消尽天下多少不平气也。

又 奉赠蘧庵先生，仍次前韵。

识得词仙否。起从前、欧苏辛陆，为先生寿。不是花颠和酒恼，豪气轩然独有。要老笔、万花齐绣。掷碎琵琶令破面，好香词、污汝诸伶手。笑余子，徒雕镂。　　秦宫汉苑描难就，蟲中原、怒涛似箭，断崖如臼。我有铜人千行泪，扑地狮儿腾吼。声撼落、桔中棋叟。鹤发鸡皮人莫笑，忆华年、曾奉西宫帚。家本住，金台口。　　**放歌集**

（"掷碎"四句）平常意写得激烈，总由胸中不平耳。

又 乙卯端午

往事思量否。记年时、天中佳节，沉吟搔首。此日伤心人渐老，谁耐离骚系肘。喜绕砌、葵榴初绣。笑看五丝缠艾虎，问汝曹、猛气凭陵久。何故缚，女儿手。　　楚天一片惊涛吼，满中流、锦袍雪舰，笳鸣鼓奏。错认兰桡争吊屈，惹起鱼龙偬然。都不见、椒浆桂酒。耋画从来无竞渡，也幸无、下濑戈船走。渔父醉，唱铜斗。　　**放歌集**

（"笑看"四句）是感慨语，非游戏语。（"也幸"三句）笔力劲甚。

　　　　又　汴京中秋月下感怀，兼忆三弟纬云、
　　　　表弟南耕，暨一二金陵省试亲友。

万斛金波泻。遍人间、云鬟玉臂，清辉狼藉。历历扶疏丹桂影，一碧乾坤欲化。人正在、汴梁客舍。可惜宋家陵阙改，烂银盘、依旧当空挂。可还似，东京夜。　　关河隔绝愁军马，忆家山、六朝佳丽，许多王谢。月到故乡应倍好，无限风亭水榭。料此际、金尊对把。已矣飘零何足恨，鼓天风、鸾背终须跨。暂且学，姮娥寡。　**放歌集**

（"已矣"四句）郁甚，又豪甚。不四年，先生由鸿博入词林矣，此词盖为之兆也。

　　　　又　闰五月五日金沙道中，次刘后村韵。

浪阔骊珠吐。傍城河、依然游冶，水嬉消暑。前月葵榴还照眼，又见龙舟斗虎。何不唱、公乎无渡。两遍

兰桡招不得，笑吴儿、枉费闲箫鼓。大鱼吼，撒波
舞。　　骚人词客应相许，叹穷途、累如怜我，分予桂
醑。不信握瑜怀瑾者，犹羡人间角黍。看万斛、天风正
怒。此地良常连海馆，料神仙、也念忠魂苦。唤江水，
卷今古。　　**放歌集**

（"大鱼"二句）语必雄肆。

又　颜鲁公八关斋碑

万劫何曾坏。裂苍皮、筋缠血裹，藓痕攒蚤。刓角
缺文铜绿渗，郜鼎牺尊儿辈。风雨急、百灵趋拜。多事
囚螭还掣虎，覆巉岩、翻恨孤亭在。何不放，腾光
怪。　　先生当日原兵解，想挥毫、握拳透爪，笔锋英
快。门枕睢阳荒战垒，断镞愁燐似海。呼南八、声情慷
慨。千古双忠遗迹并，剔残碑、洗尽纤浓态。鹰侧脑，
搅天外。　　**放歌集**

（"覆巉岩"句）"斫却月中桂，清光应更多"，亦此胸襟也。
（"鹰侧"二句）"语不惊人死不休"。

又 感事

太息人间世。记南谯、秋窗夜话，客谈新异。传说
当湖扶风马，烜奕上卿门第。叹仰药、一朝身死。红粉
成灰高楼烬，笑当年、枉费闲金翠。剩满院，斜阳
碎。　　扁舟疾下金蕉寺，又传闻、人天帝释，跏趺西
逝。多少神仙蓬岛葬，惹得铜仙流泪。昨又说、井陉奇
事。醉倚江船①成一笑，总输他、秤角东村子。牛背上，
笛声起。　放歌集

（"又传"五句）波涛乱涌，为末三语反面烘托。

又 丙辰九日

废堞经秋坏。削巉岩、下临绝涧，奔浑澎湃。俯仰
浮生身世感，满眼黄榆紫塞。笑一碧、关河无赖。多事
刘郎题糕客，便彭城、戏②马皆安在。贤豪迹，总稊
稗。　　横刀舞稍平生快，却胡为、丹阳男子，迩来殊
惫。细把茱萸簪破帽，何限楼船下濑。历历在、阑干之

---

① "船"，底本作"楼"，据《迦陵词全集》改。
② "戏"，底本作"系"，据《迦陵词全集》改。

外。粗饭浊醪吾事毕，傍东篱、且了黄花债。今古恨，
漫兴慨。 **放歌集**

（"粗饭"四句）意甚郁，而笔甚超脱。

　　　　　又 赠何生铁。○铁，小字阿黑，镇江人，
　　　　　流寓泰州。精诗画，工篆刻。

　　铁汝前来者。曷不学、雀刀龙笛，腾空而化。底事
六州都铸错，辜负阴阳炉冶。气上烛、斗牛分野。小字
又闻呼阿黑，讵王家、处仲卿其亚。休放诞，人答
骂。　　萧疏粉墨营丘画，更雕镌、渐台威斗，邺宫铜
瓦。不值一钱畴惜汝，醉倚江楼独夜。月照到、寄奴山
下。故国十年归不得，旧田园、总被寒潮打。思乡泪，
浩盈把。 **放歌集**

　　无一字不精悍，狮腾象踏，咄咄逼人。（"不值"七句）跋扈飞
扬，一味横霸，亦足雄跨一时。

　　《词话》卷四（刻本卷三）：其年"赠何生铁"（铁小字阿黑，
镇江人，流寓泰州，精诗画，工篆刻。）《贺新郎》一篇，飞扬跋
扈，不可羁缚。词云。一味横霸，亦足雄跨一时。

又 送姜西溟入都

去矣休回顾。尽疏狂、长安市上，飞扬跋扈。谁道
天涯知己少，半世人中吕布。仗彩笔、凭陵今古。伏枥
悲歌平生恨，肯车中、闭置加穷绔。君莫信，文章
误。　　杨花细糁京江渡，恰盈盈、租船吹笛，柁楼挝
鼓。屈指帝城秋更好，寄语冰轮玉兔。为我照、望诸君
墓。相约当年荆高辈，唤明驼、倒载琵琶去。葡萄酒，
色如乳。　放歌集

（"为我"五句）非壮语不能压题，其年长处在此，不及宋人处
亦在此。

又 题曹实庵《珂雪词》

满酌凉州酝。爱佳词、一编珂雪，雄深苍稳。万马
齐瘖蒲牢吼，百斛蛟螭困蠢。算蝶拍、莺簧休混。多少
词场谈文藻，向豪苏、腻柳寻蓝本。吾大笑，比蛙
黾。　　蓺残桦烛刚余寸，叹从来、虞卿坎坷，韩非孤
愤。耳热杯阑无限感，目送塞鸿归尽。又眼底、群公衮
衮。作达放颠无不可，劝临淄、且傅当筵粉。城柝沸，

夜乌紧。　　放歌集

"万马齐瘖蒲牢吼"，直是迦陵自品其词耳，吾恐升六尚谦让未
遑也。（"又眼"五句）其年胸中，不知吞几许云梦！

《词话》卷四（刻本卷三）："万马齐瘖蒲牢吼"，此迦陵题《珂
雪词》语，然直似先生自品其词，吾恐升六尚谦让未遑也。其后叠
云："耳热杯阑无限感，目送塞鸿归尽。又眼底、群公衮衮。"其年
胸中，不知吞几许云梦！下云："作达放颠无不可，劝临淄、且傅
当筵粉。城柝沸、夜乌紧。"悲极愤极，如闻其声。

《词话》卷十（刻本卷八）：其年"题珂雪词"云（"万马"七
句），夫柳诚不足重，苏则何可厚非？一概抹煞，此盖其年自道其
词，而特借珂雪一发之也。然竟是老瞒、石勒声口。

又　送三韩李若士省亲之楚。○若士尊公时为湖广提督。

秋到离亭暮。羡风前、珊鞭玉靶，翩然竟去。借问
此行何所向，笑指巴烟郢树。是乌鹊、惯南飞处。路入
南荒休骋望，有陶公、战舰空滩雨。酾热酒，浪花
舞。　　　严君坐拥貔貅旅，压江①流、一军下濑，目无黄
祖。昨夜月明亲绘士，要奏新填乐府。都不用、陈琳阮

---

① "江"，底本作"下"，据《迦陵词全集》改。

瑀。手掣红旗翻破阵，看郎君、下笔惊鹦鹉。猿臂种，气如虎。　**放歌集**

　　迦陵好作壮语，然悲者多而丽者少，惟此篇壮丽之极。

　　《词话》卷十（刻本卷八）：其年能作壮语，然悲者多而丽者少。惟"送三韩李若士省亲之楚"《金缕曲》一阕，雄阔壮丽。然在迦陵，自是屈意之作。

　　又 用辛稼轩、陈同甫倡和原韵，送王正子之襄阳，明春归广陵，并嘱其一示何生龙若。○何名铁。

　　立马和君说。到襄阳、为予先问，隆中诸葛。往日英雄潮打尽，怪然怒涛崩雪。今古恨、总多于发。再问大堤诸女伴，白铜鞮、可有闲风月。谁弹向，楚天瑟。　才逢燕市还分别，怅生平、无多知己，几番离合。此去武昌鱼不少，莫惜颜筋柳骨。要频看、郑虔三绝。一幅新词凄凉犯，嘱来春、并示何生铁。霜夜吼，烛花裂。　**放歌集**

　　一气卷舒，浑沦磅礴，望而知为迦陵词也。○两问奇绝，可谓目无一世。◎"霜"、"吼"字警。

《词话》卷四（刻本卷三）：其年"送王正子之襄阳"《贺新郎》一阕，前叠云，两问奇绝，可谓目无一世。

又　送彭直上下第还邓州，兼柬贤兄中郎。

且作平生话。尽当筵、拍张脱帽，吹箫舞蔗。身是陇西猿臂种，家世由来善射。遭几度、蓝田尉骂。迟汝三年封侯事，笑谁令、健笔兼骚雅。彼李蔡，人中下。　　临岐老泪如铅泻，趁杯阑、幡然竟去，轻弓快马。到日贤兄凭寄语，撩乱柳绵飞也。有别绪、与之成把。博望野花红染血，诉行藏、风里休悲咤。恐又震，昆阳瓦。　**放歌集**

（"博望"四句）苍莽中无一字不精警，真足惊心动魄。

又　双鱼为阎牛叟赋。○牛叟《兑阁遗徽》曰："甲申予客金陵，妻独携子女避地吴越，常手书促予归，为轻薄子启椷窃视，叹箴勉得性情之正。"

军马台城里。记当年、君留建业，妾家吴市。江左英雄今谁在，太息周郎已矣。空还剩、斜阳燕垒。一派

大江流日夜，卷银涛、舞上青山髻。烦为我，递双
鲤。　　寄书殷浩轻獴子，却翻言、旁无知者，臣开臣
闭。笔格簪花挑来觑，不是一缄红泪。也不赋、竹竿鱼
尾。昧旦鸡鸣相庄甚，笑白头、吟与盘中字。儿女态，
裙钗气。　放歌集

（"一派"四句）雄阔壮丽。

又　诸城李渭清赠我以龙须数茎，同曹舍人实庵、陆编修
义山、沈大令融谷赋。余箧中旧有虎须，故篇中及之。

猛性何曾改。记当年、玄黄血战，怒涛澎湃。一自
海风吹阵破，神物居然颓惫。冷笑煞、纷纷虫豸。失势
人豪多类此，有项王、刎死田横败。也一样，归菹
醢。　　虎须旧惯装腰带，是铜峰、猎徒脱赠，为防百
怪。长恨此生谁配尔，瑜亮相遭宁再。忍竟使、淮阴伍
哙。今日两雄都入手，便山魈、水蜮逢何害。况自有，
吾髯在。　放歌集

飞扬跋扈，与题相称。（"失势"四句）大处落墨，感慨苍茫。
◎结六字声如霹雳。

兰 陵 王 秋况

倚帘阁，爽气直通寥廓。凉瓦上、澹澹初旸，影似干将碎秋锷。捣衣声乱作，响入愁人院落。西风峭、陡把素砧，挽入霜天白翎雀。　　曲终睡还着，梦匹马长城，迤逦沙漠。浑河路黑探兵错，见都尉麤帐，贤王猎火，敌楼飒飒起雕鹗，下短草如削。　　惊觉，倍萧索。渐暮色茏葱，水烟喷薄。夜蟾早逗东墙角，照满地青桂，半街红药。可怜月底，又送到，深巷杵。　　**放歌集**

（上阕）全以骨力胜，短兵相接，精悍逼人。（中、下阕）一梦一醒，天然段落，姿态横生。◎结回应"捣衣"句并入梦之情，意味甚永。

瑞 龙 吟 送董舜民之庐山，用周美成春景原韵。

西江路，多少溢浦波涛，鞋山烟树。相传白傅当年，月明送客，青衫湿处。　　船须伫，记得南康一郡，大江门户。此中万叠匡庐，夜深毛女，缘崖笑语。　　君到试窥峭壑，萦红缭碧，狮蹲豹舞。第一为讯栖贤，可能如故。扪萝剔藓，好划纪游句。只休望、楚江赤壁，吴天瓜步。怕事随潮去，望时又惹，高人愁绪。短发搔千缕，君且坐峰头，拈花成雨。晚来拍手，白云堆絮。

放歌集

（"只休"十句）"大江无风，波浪自涌。"

西 平 乐 王谷卧疾村居，拏舟过讯，同南耕赋。

篠里东偏，俞山北舍，中有隐者茅堂。邻圃钞书，隔溪赊秫，一村风雨归庄。叹壁向霜天陡立，骨为残秋太瘦，多时晒药西轩，终朝行散南岗。我买烟舠过话，柴门下、深巷剧空苍。　　只须剪烛，无烦烹韭，欲与君言，竟上君床。君不见、石鲸跋浪，铁马呼风，今日一片关山，五更刁斗，何处乾坤少战场。且拥孺人，相携稚子，读易歌骚，把酒弹琴，强饭为佳，慎毋憔悴江乡。　　**放歌集**

（"叹壁"二句）极其警炼，胸有炉锤。（"只须"九句）纵笔所之，淋漓飞舞。

又 春夜写怀

象管慵拈，鹅笙懒炙，春困斜倚围屏。往事难追，旧愁易惹，更添夜雨淋铃。记一骑衫痕似血，半夜簟纹如水，凤凰桥上吹箫，虾蟆陵下呼鹰。几处秋千绿水，风弄影、筛碎碧潭星。　秋娘一去，酒徒何处，万水千山，有影无形。纵有日、重游洛下，再过秦川，鹤发相逢话旧，觅遍楼台，只剩寒鸦与乱萤。十载浮名，半生故国，且剩闲身，野寺山家，布袜青鞋，花前到处飘零。　**放歌集**

（"记一"四句）雄才霸气，出语便与人殊。（下阕）短句以气行之，不嫌滞累。

玉女摇仙佩 登姑苏元妙观弥罗阁

仙台岧岊，复馆飞檐，驾在莲须藕孔。刻画仙灵，雕镂龙鬼，百怪躨跜梁栱。目眩神凄恐，更闪电金泥，绡窗月涌。到鸟雀、更无声处，恍惚琼楼，寒气微中。童女守丹炉，碧柰花前，玉笙闲弄。　前度刘郎情重，笑拍阑干，何限尘埃蟻蠓。银汉茫茫，绛霄寂寂，诉与旧游鸾凤。泪洒鲛盘冻，吴宫事、只恨当初蠡种。空留下、湖山几点，苏台一带，年年花草昏如梦。东风外、绿波微动。　**放歌集**

（"到鸟"三句）境地高绝，笔妙足以达之。（"泪洒"六句）苍茫感慨，大笔淋漓。

多　丽　刘公戭吏部每为余言苏门百泉之胜，冬日行汲县
道中，遥望峰峦幽异，未及登眺，感赋一阕，并以寄刘。

　记刘子，语我苏门山好。更百泉、澄泓萧瑟，雷辊千尺银瀑。乱松崖、经声夜落，古稆溪、樵风晨嗷。寿柏瘿藤，危梯恶栈，山无不树，树无不鸟。径谽谺、数间①虎落，时响幽人铫。倏然也、指间弦歌，山前月晓。　　一自渡、桑干河水，马头恒向西笑。拟十月、寒衣手绽，来作山村荷篠。太息尘踪，难攀仙境，重来猿鹤应相诮。只望见、蒙茸幂羃，一派青难了。回头听、似有人兮，山半长啸。　**放歌集**

（"乱松"十句）叠浪层波，飞花滚雪，几令人目不暇接。◎结

----

① "间"，底本作"闻"，据《迦陵词全集》改。

亦余情不尽。

六州歌头 邗沟怀古

江东愁客，隋苑暗径行。莺语滑，游丝细，夹衣轻，正清明。追忆当年此际，楼台外，秋千畔，棠梨树，垂杨渚，玉箫声。　　一自风烟满目，伤心煞、水绿山青。看江都虽好，旧迹已飘零。憔悴兰成，意难平。念寄奴去，黄奴老，今古事，可怜生。回头望，隔江是，石头城，草纵横。楼船南下日，君王醉，未曾醒。　　宫车出，晚鸦鸣，使人惊。惟有一江春水，依稀似、旧日盈盈。想参军鲍照，欲赋不胜情，此恨曾经。　　**放歌集**

此调当分两段，于"意难平"为上半阕，余至末属下半阕，分三段者非。以原本如此，姑从之。（"看江"十五句）语短节促，韵味偏饶。

稍　遍 酒后柬丁飞涛，即次其赠施愚山韵。

大叫高歌，脱帽欢呼，头没酒杯里。记昨年，马角未曾生，几唤公为亡是。君不见，庄周漆园傲吏，洸洋玩弄人间世。又不见信陵，暮年失路，醇酒妇人而已。
为汝拔剑上崦嵫，令虎豹君门勿然疑。古人有云，虽不
得肉，亦且快意。　　君言在辽西，大鱼如阜海无际。
饥咽冬青子，雪窖人聊复尔。土炕夜偏长，烛花坌涌，
琵琶帐外连天起。更万里乡心，三更雁叫，那不愁肠如
醉。我劝君莫负赏花时，幸归矣长嘘复奚为。算人生、
亦欲豪耳。今宵饮博达旦，酒三行以后，汝为我舞，我
为若语，手作拍张言志。黄须笑挦凭红肌，论英雄、如
此足矣。　**放歌集**

　　一气盘旋，排山倒海，真霸才也。（"君不"八句）掉臂游行，
有独往独来之概。◎后幅起势更苍莽。◎万派朝宗，收束处淋漓
悲壮。

　　《词话》卷八（刻本卷六）：陈其年《稍遍》两篇，一气盘旋，
排山倒海，论其气力，几欲突过稼轩。只是雄而不浑，直而不郁，
故初读令人色变，再读令人齿冷矣。

　　《词话》卷八（刻本卷六）：其年"柬丁飞涛"一篇，起云：
"大叫高歌，脱帽欢呼，头没酒杯里。"又云："君不见，庄周漆园
傲吏，洸洋玩弄人间世。又不见信陵，暮年失路，醇酒妇人而已。"
又云："我劝君莫负赏花时，幸归矣长嘘复奚为。算人生、亦欲豪
耳。今宵饮博达旦，酒三行以后，汝为我舞，吾为若语，手作拍张
言志。黄须笑挦凭红肌，论英雄、如此足矣。"又《西平乐》（王谷

卧疾村居，拏舟过讯）云："只须剪烛，无烦烹韭，欲与君言，竟上君床。君不见、石鲸跋浪，铁马呼风，今日一片关山，五更刁斗，何处乾坤少战场。"笔力未尝不横绝，惜其一发无余。

又 读彭禹峰先生诗文全集竟，跋词卷尾，
兼示令子中郎、直上两君。

自古穰城，从来宛叶，崭绝夸形势。有千年，诸葛卧龙冈，萧萧英魂霸气。其西引武关，商於六百，昔人以战为儿戏。其南控襄樊，析郿房竹，常产畸人烈士。公也生值乱离时，好说剑谈兵射且骑。须作猖张，箭如鸱叫，言天下事。　　噫，此世何为，岩疆好以公充饵。僰爨牂牁地，鬼燐生、鼓声死。犹记靖州城，连营贼火，楚歌帐外凄然起。公左挈人头，右提酒瓮，大嚼辕门残嵒。奈缚他乌获瞳渐离，则女子佣奴尽胜之。论通侯、羊头羊胃。吾读公也全集，有刀声戛触，人声嘈囋，舞声绰绰，更杂筑声凄异。忽然牛饮酒池声，又鬼声、啾然林际。　**放歌集**

波澜壮丽，气势磅礴，虽不免蹈扬湖海，然自足雄视一时，亦犹秦、楚大国，以无道行之，亦足制胜。◎后幅大声疾呼，何其直

言不讳也！（"犹记"八句）帆纵波涌，电挚雷轰。◎"论通侯"七字束得住。（"有刀"六句）赋跋集正面，淋漓飞舞，与全篇相称。

　　《词话》卷八（刻本卷六）：其年"读彭禹峰集"一篇，后半云（"噫"十四句），亦可谓直言不忌。

白雨斋词选卷十八

清词六

陈维崧 下

桂 殿 秋 偶纪

春漠漠，雨疏疏，绮窗偷访薛涛居。凝情低咏年时句，人在东风二月初。　闲情集

长 相 思 赠别杨枝

漱金卮，阁金卮，不是樽前抵死辞，今宵是别离。　捻杨枝，问杨枝，花萼楼前踠地垂，休忘初种时。　闲情集

（上阕）愈朴直，愈婉曲，愈沉痛。（"休忘"句）言尽而意不尽。

《词话》卷九（刻本卷七）：其年《长相思》赠别杨枝云（上阕），愈朴直，愈婉曲，愈沉痛。艳词非其年所长，然此类亦见别致。

菩萨蛮 题青溪遗事画册，同邹程村、彭金粟、王阮亭、董文友同赋。○八首录六。○乍遇

流苏小揭人初起，博山烟袅屏风里。红日映帘衣，梁间玉剪飞。　　回眸惊瞥见，笑倚中门扇。准拟嫁文鸳，灯花昨夜双。 **闲情集**

（"回眸"二句）情态绝世。

又 私语

银河斜坠光如雪，碧虚浅浸天边月。月色太婵娟，行来刚并肩。　　阑干浑倚倦，小样裙花茜。风细语难闻，亭亭双璧人。 **闲情集**

（"风细"二句）虚处着笔，无中生有。

又 迷藏

后堂恰与中门近，当时日傍飞蝉髻。犹记捉迷藏，水晶庭院凉。　　侍儿前后逻，何计将他躲。匿笑颤花枝，鞋尖露一丝。　　**闲情集**

（"匿笑"二句）风致剧佳。

又 弹琴

回廊碧甃芭蕉叶，鸭炉瑞脑薰犹热。春笋抱琴弹，一行金雁寒。　　声声松宝串，弹到昭君怨。促柱鼓潇湘，风吹罗带长。　　**闲情集**

（"促柱"二句）低回哀怨，饶有古意。

又 潜窥

梨花簌簌飞红雪，狸奴夜扑氍毹月。物也解雄雌，教奴恣意窥。　　潜踪殊未惯，猛被萧郎看。羞走晕春潮，门边落翠翘。　　**闲情集**

（"物也"二句）不免俚亵。（"羞走"二句）情态逼真。

又 秘戏

桃笙小拥楼东玉，红蕤浓靬春鬖绿。宝篆镇垂垂，珊瑚钩响时。　　花阴摇屈戍，小妹潜偷觑。故意绣屏中，剔他银烛红。　**闲情集**

（"故意"二句）谑甚。

极 相 思 思梦

湿云未敛香蝉，斜欹枕屏前。分明昨夜，依稀往事，院后廊边。　　下了红帘擎翠鉴，悄不觉、笑靥微圆。濛濛脉脉，如尘似影，记也难全。　**闲情集**

（"濛濛"三句）是梦境，亦得"思"字神理。

七 娘 子 春闺

红蘽斜照人无语，圆冰对漾春无绪。陌上莺啼，梁间燕乳，梦中怕到销魂处。　　小楼春色留难住，斜桥春水流将去。三月时光，一年节序，水晶帘外廉纤雨。

闲情集

蝶 恋 花 纪艳十首○避人

刘氏三娘双姊妹。生小繁华，家住鸡鸣埭。梵字阑干花影碎，妆楼恰与春波对。　　两小后堂曾博篆。阿母帘前，此日教重会。传语翾风空至再，蝉钗只靠秋千背。　　闲情集

十章次第分明，词意俊快，正如丈夫见客，绝不蒙头盖面，龌龊之态，对此消尽。

又 促坐

帘外桐花闲弄影。不便相辞，悄语传声请。犹自眉峰烟不定，避人奁内添宫饼。　　说道今宵天色冷。且自留停，莫憾獝儿醒。珠斗斓斑斜又整，人间第一销魂景。　　闲情集

（上阕）传神妙手。

又 斗叶

犀蒜银钉红玉桶。小小帘栊，不与金堂接。斗草又
慵弹阮怯，邀郎今夜抛金叶。　　百子枝花香粉浥。郎
是桩家，好把豪犀厌。入声。小负红潮生两颊，给郎博进
惟榆荚。　**闲情集**

先安顿斗叶之地，是前一层，却以慵斗草、怯弹阮两层逼出斗
叶来，迤逦有致。

又 跳索

凉夜金街天似洗。打叠银篝，薰透吴绫被。作剧消
愁何计是，鬒丝扶定相思子。　　对漾红绳低复起。明
月光中，乱卷潇湘水。匿笑佳人声不止，檀奴小绊花阴
里。　**闲情集**

（"鬒丝"句）丽句。（"匿笑"二句）令人失笑。○此意亦未经
人道过。

又 听歌

　　栀子帘前斟鹊脑。隔着屏山，爱听银篆好。唱尽红盐人不晓，依稀记是萧郎稿。　　偷得新声三两调。悄学春莺，唇绽樱桃小。银蒜轻摇郎到了，和羞吹灭兰缸早。　**闲情集**

　　结有情态，恰好收足"听"字意。

又 迷藏

　　亚字阑干花一朵。每到花朝，春梦偏难妥。女伴相携争婀娜，迷藏小捉妆楼左。　　鬓枣微松蝉翼亸。怕有人窥，轻合黄金锁。戏罢偎人苔砌坐，日移交网花阴簸。　**闲情集**

　　"花朝"二字勿泥，看下章云"玉梅花下交三九"，此不过泛言耳。

又 围炉

　　拂晓相逢花弄口。如此天寒，何事清晨走。小院绿

熊铺褥厚，玉梅花下交三九。　　招入绣屏闲写久。斜送横波，郎莫衣单否。袖里任郎沾宝兽，雕龙手压描鸾手。　**闲情集**

（"玉梅"句）大雅。（下阕）泥人情态。

又 教箫

一带红墙刚六幅。忽听箫声，欲断还将续。知是东邻吹凤竹，邀来教弄相思曲。　　风起落花红簌簌。香唾猩绒，小印琅玕束。故说玉人吹未熟，明朝重到黄金屋。　**闲情集**

"故说"二字妙，是多情人眼中心中事。

又 中酒

年少双文能劝酒。笑折花枝，今夜为郎寿。红烛厌厌笼翠钮，饮深忘却春宵久。　　若下乌程春酿厚。却笑佳人，腰似三眠柳。明日绿纱窗外走，手摇屈戌妆成否。　**闲情集**

（"笑折"二句）绵丽有情。（"明日"二句）题后一层妙。

又 潜来

满院姊归啼恻恻。隔着中门，怅望游丝织。讯至方知娘小极，潜来小揭蜻蜓翼。　　怕响金梯行不得。半晌徘徊，才到菱花侧。立久微闻轻叹息，春阴帘外天如墨。　**闲情集**

结七字写景，着而不着，其品最高，其味最永。

又 春闺同周文夏赋

芳草萋萋人脉脉。绿遍东西，不空南和北。满院春晴无气力，海棠花下揸时刻。　　惆怅去年逢玉勒。酒市红桥，此际曾相识。往事不堪重忆得，饧箫阵阵催寒食。　**闲情集**

（"海棠"句）语意凄恻，然为轻浅佻滑者作俑。（"往事"二句）结和雅。

又

记在绣裙亲见汝。深院潜行，蓦又花间遇。缀绿粘红无定处，濛濛扑遍东园路。　　艳粉退来还几度。天若多情，休遣春光暮。拆了秋千飞却絮，成团滚过墙头去。　**闲情集**

（"拆了"二句）痛快淋漓之句。

落 灯 风 冬闺

五更一阵寒偏准，冷焰挑来才半寸。无语拨香灰，天应要糁铜街粉，怪底霜风紧。　　帘外乌龙眠不稳，城河小结冰犹嫩。江梅入旧年，掀破床头残历本，岁尽愁难尽。　**闲情集**

（"江梅"三句）不作一香泽语，而情致无限。

师 师 令 席上同云臣咏雏姬

匀红剔翠，掷星眸斜卖。春娇尚未恣玲珑，却已会、三分无赖。笑匿花丛衫影在，怨风吹罗带。　银筝研紧鸡鸣快，做孬人情态。玉船频到只推辞，道酒病、昨宵曾害。接碎红梅庭下洒，骂粉郎心坏。　**闲情集**

（"忒玲珑"、"却已会"句）达得出。

满 庭 芳 纪梦

黄入东风，绿来南内，梦中春水泠骈。个侬香粉，仿佛也曾经。还是箍钱堂上，当年事、有影无形。高楼外，珠圆莺脆，隔院已闻声。　　衷情，浑欲诉，新愁点点，旧恨星星。奈一场春梦，不甚分明。此际银灯耿耿，罗衾湿、红泪如冰。难分手，满街细雨，愁煞梦回程。　**闲情集**

（"奈一"七句）缠绵凄断。○若远若近，极恍惚之致。

水调歌头 留别阿云

真作如此别，直是可怜虫。鸳裯麝薰正暖，别思已匆匆。昨夜金尊檀板，今夜晓风残月，踪迹大飘蓬。莫以衫痕碧，偷揾脸波红。　　分手处，秋雨底，雁声中。回躯揽持重抱，宵箭怅将终。安得当归药缺，更使大刀环折，萍梗共西东。絮语未及已，帆势破晴空。
闲情集

（"真作"二句）亦缠绵，亦突兀，言尽而意无穷。◎"回躯"六字，似亵而实古雅，固知不可无书，不可无笔。◎结写分手匆遽之情，咄咄逼人。

扬 州 慢 送蘧庵先生之广陵，并示宗定九，孙无言，汪蛟门、舟次诸子。

十里珠帘，半城画艇，百年花月维扬。有君家丞相，梅岭旧祠堂。每年到、清明赛社，倾城士女，愁弄丝簧。只无情、堤柳舞腰，还斗宫妆。　　扁舟上冢，听邻船、重话兴亡。奈石马嘶风，银蚕吊月，往迹全荒。我亦当年薄幸，曾吹过、一帽红香。问桃花、认否风前，前度刘郎。　**闲情集**

（"奈石"七句）感慨无限。

琐 窗 寒 本意闺情

蛮字墙儿，冰纹楄子，谢娘三径。乌龙怕睡，吠煞翠梧桐影。蔚蓝天、一派雁程，年年耽误萧关信。又栖鸦闲过，谁家玉笛，叫西楼暝。　　愁听，商飙劲，便黑了一灯，唤人谁应。银鸭娇憨，还泥薰笼偎并。卸蜜簪、划月阑干，峭寒陡觉秋夜丙。伴黄花、且熨红绵，冬釭应倍冷。　**闲情集**

（"蔚蓝"五句）景中带情，吐弃浮艳。（"卸蜜"二句）措辞精雅，兼贺、周、高、史之长。

换巢鸾凤 春感

月暖丝柔，正花枝景霁，鸟语钩辀。斜桥云似粉，合涧水如油。临风却忆少年游，闲踪迹遍，旗亭酒楼。如今也，只浅淡、眉痕相斗。　　知否，人感旧，满砌蘼芜，糁绿窗清昼。记得年时，暗曾经处，深巷红栏弱柳。飘尽杨花雨偏肥，摘来梅子春先瘦。怅风光，更消人、几遍回首。　**闲情集**

（"飘尽"二句）句法、字法，总非凡艳。

齐 天 乐 暮春风雨

小楼昨夜东风到，吹落满园空翠。时有茶烟，绝无人影，好个他乡天气。凄凉欲死，见燕剪平芜，柳拖春水。暗省从前，如尘似梦最难记。　　当年曲院寒食，饧香花更暖，许多情事。金斗犹温，玉钗还响，已送愁人到此。也思宽慰，奈把酒听歌，几番不是。暮雨潇潇，记吴娘曲子。　**闲情集**

（"时有"三句）写景凄凉。（"也思"三句）意郁而语达。

又 骥沙旅店纪梦

坐来冷店思量遍，昨梦太无头绪。灯影青荧，被痕红皱，说也惹人凄楚。回肠千缕，总些个情怀，旧时言语。枕畔匆匆，三更人到消魂处。　　那人还未憔悴，松儿犹合数，帕儿亲与。燕子惜惜，柳花拍拍，多分池台易主。黯然无语，忆镜里朱颜，帘前白纻。一片空江，响数声疏雨。　**闲情集**

（"总些"二句）笔意雅近大晟。◎结写景而情自足。

石 州 慢 夏闺

竹院临池，蕉轩翳日，萧然烟幌。送春留病，赊秋做恼，懒梳蝉样。恹恹永昼，谁令幽梦惊回，偏嫌多事茶炉响。侍女秉齐纨，隔纱幮低荡。　　来往，一湖水气，满院兰风，扑归裙上。悄觉凉钗委枕，簟纹铺浪。起来慵绣，将泉戏泻团荷，怜他叶嫩才如掌。珠滑不成圆，却添人闲想。　**闲情集**

（"珠滑"二句）触处生情，意味绝胜。

贺 新 郎 云郎合卺词

小酌酴醾酿。喜今朝、钗光簟影，灯前混漾。隔着屏风喧笑语，报道雀翘初上。又悄把、檀奴偷相。扑朔雌雄浑不辨，但临风、私取春弓量。送尔去，揭鸳帐。　　六年孤馆相依傍，最难忘、红蕤枕畔，泪花轻飏。了尔一生花烛事，宛转妇随夫唱。努力做、薰砧模样。只我罗衾浑似铁，拥桃笙、难得纱窗亮。休为我，

再惆怅。　**闲情集**

　　按：徐郎名紫云，广陵人，冒巢民家青童。儇巧善歌，与其年狎。其年尝画云郎小像，遍索诸名人题咏。至是出橐中金为云郎合卺，复系以词。语不免于亵，而情致甚酸楚。

<h2 style="text-align:center">又 夏日为代菊岩催妆</h2>

　　乳燕飞晴昼。凤城边、灵符刚换，女儿节后。报道侯门方合卺，预酿菖蒲花酒。待醉也、玉钗才溜。更喜石榴开几簇，小阑前、要与猩裙斗。一般样，胭脂透。　　檀奴才在温邢右，羡催妆、昨宵烛下，填词立就。耳畔依稀闻郎字，似说东篱比秀。惹一笑、玉人回首。且俟秋来黄菊院，卷帘人、同倚西风口。问果是，谁清瘦。　**闲情集**

　　（“小阑”三句、“惹一”五句）与上半阕同一比较入妙，而笔法深浅有别。

<h2 style="text-align:center">又 和竹逸江村遇妓之作</h2>

　　寒食江村约。正水上、纷纷士女，采兰调谑。中有

一人曾相识，记在那家帘阁。惊会面、愁他非确。细取玉容花下认，果天涯、断雨翻重握。花欲谢，人犹昨。　　风前小进休仍却，从古是、蛾眉燕颔，此身奚托。我有红绡无穷泪，弹与多情灼灼。悔则悔、当初轻诺。十载云英还未嫁，诉伤心、拨尽琵琶索。且少驻，对春酌。　**闲情集**

（"正水"二句）轻率。（"惊会面"句）故作疑笔，欲合仍离。（"我有"五句）淋漓慷慨，情文相生，深人无浅语，信然。

摸鱼儿 清明感旧

正轻阴、做来寒食，落花飞絮时候。踏青队队嬉游侣，只我伤心偏有。休回首，新添得、一堆黄土垂杨后。风吹雨溜，记月榭鸣筝，露桥吹笛，说着也眉皱。
十年事，此意买丝难绣，愁容酒罢微逗。从今纵到岐王宅，一任舞衣轻斗。君知否，两三日、春衫为汝重重透。啼多人瘦，定来岁今朝，纸钱挂处，颗颗长红豆。　**闲情集**

（"休回"二句）只浅浅说来，已觉凄恻入骨。（"君知"六句）此更扑入深处，几于猿声鹃血。

兰 陵 王 春恨

香腮托，人与梨花俱弱。东风外、斜压香衾，慽损
潇湘远山角。镜鸾空掩却，愁觑玉肌减削。又不是、中
酒伤春，尽日沉吟倚妆阁。　　唾花裙上落，奈紫栈才
温，红绵正薄。水晶帘额轻寒络。更阵阵春雨，恹恹残
日，小楼欲睡那便着。且自漱春酌。　　飘泊，旧时约。
只柳绵花絮，年年如昨。绿遍平芜天又各，念马嘶门外，
听来常错。清明寒食，无限恨，燕子觉。　　**闲情集**

起三字俗。（"又不"二句）曲折尽致。◎"小楼"七字，不炼
而炼，与轻率者有别。◎结数语沉至，纯乎大晟。

十 二 时 偶忆

绵濛二月如酥雨，做出销魂天气。更独客、冷清清
地，挤则向红篝倚。灯炧香焦①，天寒酒醒，往事难提
起。想那日、元夜迷藏，禊日秋千，人在绿杨丝
里。　　更当初、戟门嬉戏，一部烟花轶记。帘畔分钗，
屏间惜曲，无限恹恹意。便海棠月上，夜深谁放花

---

① "焦"，原稿作"蕉"，据《迦陵词全集》改。

睡。　　奈几年、飘零羁旅，已隔千山万水。昨岁铜街，记曾一见，隐隐卓金车子。恰柳花如梦，又早香轮过矣。　**闲情集**

（"更当初"句）此折较上又进一层，故用"更"字提起。（"恰柳"二句）若近又远，似梦如尘。

瑞 龙 吟 春夜见壁间三弦子，是云郎旧物，感而填词。

　　春灯炮，挤取歌板蛛萦，舞衫尘洒。屏间乍见檀槽，与秋风扇，一般斜挂。　　帘儿镈，几度漫将音理，冰弦都哑。可怜万斛春愁，十年旧事，恹恹倦写。　　记得蛇皮弦子，当时妆就，许多声价。曲项微垂流苏，同心结打。也曾万里，伴我关山夜。有客向、潼关店后，昆阳城下，一曲琵琶者。月黑枫青，轻拢细研，此景堪图画。今日怜人琴，泪如铅泻。一声声是，雨窗闲话。
闲情集

（下阕）游丝落絮之情，云涌风飞之笔，彼好为粉白黛绿语者，盍取其年词三复之也？

《词话》卷九（刻本卷七）：其年《瑞龙吟》（春夜见壁间三弦

子，是云郎旧物，感而填词）后半云，游丝落絮之情，云涌风飞之笔，亦一时之雄也。

丰 乐 楼 辛酉元夜

上元许多往事，摺蛮笺倦写。对皎皎、一片冰轮，背人铅泪偷泻。记年少、心情百种，抛来都付传柑夜。月将圆、狂到收灯，那宵刚罢。　　要识狂奴踪迹，除是问、宝钗罗帕。喜人月、一色相看，盈盈堆满帘螤。粉墙西、火蛾低旋，软幔左、飞蝉频卸。也曾招、花朵般人，倚风轻骂。　　谁差词客，去作官人，旧情仍乱惹。况今岁、凤城中，烟柳外、添了万盏晶笼，水边斜挂。狮蛮假面，参军杂鬤，绣帷飘得天街满，更夹路、香谜凭人打。鸾靴兽袄，几群牙帐毺门，弹压紫陌坊瓦。　　升平士女，京国楼台，荷九重放假。嘱闾阖、鸡人漫唱，月总西沉，人忍空辜，舞场歌榭。缓扶薄醉，御沟斜转，前门小立偏妒煞。缀犀钉、钿粟缭垣下。往来月里摩挲，多被春谶，絮伊情话。　　**闲情集**

（一阕）语必极致，其年本色。（二阕）姿态绝饶。（三阕）写升平盛世，如火如荼。（四阕）亦见风致。

望 江 南 岁暮杂忆〇十首录一

江南忆，白下最堪怜。东冶璧人新诀绝，南朝玉树
旧因缘。秋雨蒋山前。 **别调集**

结只五字，而气韵雄苍。

又 寄东皋冒巢民先生并一二旧游〇十首录五

如皋忆，忆得暮云天。着醋红蛏经酒脆，带糟紫蛤
点羹鲜。日日醉花前。 **别调集**

又

如皋忆，记坐得全堂。几缕椒鸡闲说饼，半罂花露
静焚香。弦索夜枨枨。 **别调集**

又

如皋忆，如梦复如烟。满院嫩晴歌板脆，一城纤月
酒旗偏。过了十多年。 **别调集**

结句笔力亦横。

又

如皋忆，往事倍盈盈。水郭题名新怅望，板桥话别旧心情。双鬟可怜生。　**别调集**

（“双鬟”句）悲郁，正不在多着墨。

又

如皋忆，按谱砌香词。传语东君须婉转，此情莫遣外人知。除说与杨枝。　**别调集**

（“传语”三句）圆美流转。

桂 殿 秋 淮河夜泊

波淼淼，月胧胧，神巫争赛禹王宫。船头水笛吹晴碧，樯尾风灯飐夜红。　**别调集**

（"船头"二句）精于炼句，"夜红"二字尤奇警。

杨 柳 枝

袅娜丝杨水面生，波光柳态两盈盈。揽来风色昏于梦，不许春江绿不成。　**别调集**

（"波光"三句）缠绵凄婉，亦复清俊，仍是其年本色。

南 乡 子 清明后一日吴阊道中作○二首

才过清明，东风怯舞不胜情。红袖楼头遥徙倚，垂杨里，阵阵纸鸢扶不起。　**别调集**

又

卷絮搓绵，雪满山头是纸钱。门外桃花墙内女，寻春路，昨日子规啼血处。　**别调集**

（"寻春"二句）沉警。

昭 君 怨 咏柳

谁把软黄金缕,裛在最临风处。低蘸绿波中,太濛
濛。　　愁杀花花絮絮,半是风风雨雨。一树倍堪怜,
寺门前。　**别调集**

"一树"二字有味。

浣 溪 沙 投金濑怀古

格格沙禽拍野塘,离离苦竹上空墙。投金濑在漾斜
阳。　　击絮人才怜伍员音运,浣纱溪又产夷光。英雄生
死系红妆。　**别调集**

("英雄"句)以感慨胜,不以新巧胜。

又 雨中由枫桥至齐门

料峭春寒恰未消,鹁鸪啼急水迢迢。半船微雨过枫
桥。　　荠菜绿平齐女墓,梨花雪压伍胥潮。柳枝和恨
一条条。　**别调集**

上半写景如画，下半怀古亦自余味不尽。

又 橘

　　秋染包山树树苍，高低斜缀绛纱囊。西风飘过满湖香。　　未免为奴供饮啖，微闻有叟话沧桑。霜红露白尽徜徉。　　**别调集**

　　（"未免"二句）运典中亦别有感慨，令人寻味无穷。

又 郊游联句

　　出郭寻春春已阑维崧，东风吹面不成寒无锡秦松龄留仙。青村几曲到西山无锡严绳孙荪友。　　并马未须愁路远慈溪姜宸英西溟，看花且莫放杯闲秀水朱彝尊锡鬯。人生别易会常难长白成德容若。　　**别调集**

　　铢两悉称，可谓工力悉敌矣。以其年首唱，故系之。

添字昭君怨 夜泊銮江

　　今夜月明江上，绿染吴天新样。万家帘幕火微明，

佛狸城。　　一点瓜洲玉糁，半笏金山雪透。乱帆飒飒响秋江，泻银泷。　**别调集**

（"乱帆"二句）骨力雄苍，措词和雅。

减字木兰花 岁暮灯下作家书竟，再系数词楮尾。

天涯飘泊，湖雨湖①烟无定着。暗数从前，汝嫁黔娄二十年。　　当时两小，乐卫人夸门第好。零落而今，累汝荆钗伴藁砧。　**别调集**

七章皆寄妇之词。首章总叙，下六章历写二十年心迹，淋漓沉痛，情真文亦至矣。

又

余年二十，粗晓读书兼射猎。三十蹉跎，鼓瑟吹篪奈若何。　　堪怜阿堵，垂老讵曾亲识汝。沟水东西，何用男儿意气为。　**别调集**

———————————

① "湖"，《迦陵词全集》作"湘"。

（下阕）激昂沉痛，真令人短气。

又

今年离别，石畔梅花开似雪。骏马驰坡①，又见流光换碧罗。　　归鞍暂息，看汝机边还作织。秋月当头，重附租船江岸游。　　**别调集**

又

地名破冢，郭璞墓前波浪汹。细剔银釭，话尽秋宵角枕凉。　　橘红橙绿，九月敬亭山畔宿。水鸟斜飞，又逐孤篷一夜归。　　**别调集**

（下阕）写时节风物，流动而凄警。

又

曲阿湖上，重看縠纹平似掌。及到邗沟，丝雨斜风

---

① "坡"，底本作"波"，据《迦陵词全集》改。

水驿愁。　　败荷衰柳，且买高邮红玉酒。群盗如毛，月黑邻船响箭刀。　**别调集**

语至情真，叙事亦撩如指掌。

又

吴霜点鬓，客况文情都落尽。检点行装，泪滴珍珠叠满箱。　　并州曾到，也拟开怀还一笑。尘务相牵，执手云郎送上船。　**别调集**

又

客航风雨，冷雁湿猿齐夜语。欲作家书，腹转车轮一字无。　　经年如此，愁里光阴能有几。预报归期，又在梅开似雪时。　**别调集**

一片飘零之感，悲哀易工，斯之谓也。

好事近 郏城南倾盖亭下作

落日古郏城，一望秃碑苍黑。怪底蜗黄蛮紫，更藓

痕斜织。　　我来怀古对西风，歇马小亭侧。惆怅共谁倾盖，只野花相识。　**别调集**

（"惆怅"二句）感慨系之，其年词有云"论交道、令人齿冷"，可与此相发明。

醉 花 阴 至吴门，喜晤澹心、园次、 展成、既庭、石叶诸君，感旧有作。

昔年相见皋桥下，总是清狂者。惜别泰娘家，泪皴胭脂，冰了鲛绡帕。　　如今渔火枫桥夜，照沈腰堪把。黄叶似情人，也爱飘零，不肯归来也。　**别调集**

（"黄叶"三句）触景兴怀，缠绵凄楚。

鹧 鸪 天 七夕后一夕路次淮阴作

袁浦西风响乱滩，楚州纤月卧微澜。今宵新惹双星怨，此地原嗟一饭难。　　车历碌，轴斑兰，故园回首好溪山。赤车应诏浑闲事，赢得征尘涴旅颜。　**别调集**

（"今宵"二句）笔路颇近遗山，而气较遒紧。

又 寓兴用稼轩韵同蘧庵先生作○三首

斫厜吹箫吴市间，恨无大药驻红颜。诗情浩荡风前絮，身计微茫海外山。　　耽放浪，恣萧闲，烟波境界十分宽。新衔曲部兼茶部，旧署园官并橘官。　**别调集**

（"诗情"二句）两喻奇特。（"新衔"二局）趣甚，亦郁甚。

又

曾倚瑶台喝月行，嗔他鸾鹤不相迎。当时酒态公然好，今日诗狂太瘦生。　　千百辈，尽容卿，同谁堪与耦而耕。灌夫已去袁丝死，沦落人间少弟兄。　**别调集**

（下阕）不可一世。

又

罂粟阑边已放芽，枝头梅子着些些。勤过小圃招晴

蝶，闲倚疏林数暝鸦。　　无个事，帽檐斜，风光消得晚还家。陡然却忆前生事，看遍蓬莱碧奈花。　**别调集**

（"陡然"二句）使君自是不凡。

酷相思 冬日行彰德、卫辉诸处，马上作。

赵北燕南多驿路，见一带、霜红树。又天外、乱山青可数。丛台也、知何处，崔台也、知何处。　　一鞭袅袅临官渡，雁叫酸如雨。尽古往、今来夸割据。漳水也、东流去，淇水也、东流去。　**别调集**

（"漳水"二句）开板桥先路。

归田乐引 题王石谷《晴郊散牧图》

散牧凉秋月。或树根、痒而摩者，或饮寒湫窟。渡者人立者，蹄者鸣者，喜则相濡怒相龁。　　矜秋露毛骨，印首森然如陵阙。缘崖被坂，亏薮满林樾。驼一塞马七，豕牛羊百三十。牧笛一声日西没。　**别调集**

（"或树"五句）化笔墨为烟云，凌厉无敌。（"缘崖"五句）纯以神行。

满江红 怀阮亭

隋帝宫门，杨柳岸、春浓花涨。曾密报、杜家书记，平安无恙。相赏每多松石意，此情原在钱刀上。记红桥、风月六年游，皆君饷。　　瓜果宴，离旌漾。禅智寺，骊歌唱。任吴霜鬓里，渐为君酿。漫说休文围带减，吾年四十还须杖。夜阑时、梦汝帽檐斜，论诗状。　**别调集**

（"漫说"四句）笔笔生动。

又 酬几士兄

阿大中郎，论家世、人人有集。吾老矣、沅湘香草，童蒙聊拾。破屋霜红萝薜暗，空斋雨黑仓琅涩。叹青衫、原不为琵琶，年年湿。　　谁耐把，残编缉。久懒向，侯门揖。算曹刘沈谢，非今所急。一片月悬关塞上，五更笛落阑干北。正匣中、刀作老龙吟，声于邑。　**别调集**

（"破屋"二句）炼句精雅。

满庭芳 咏宣德窑青花脂粉厢，为莱阳姜学在赋。

龙德殿边，月华门内，万枝凤蜡荧煌。六宫半夜，齐起试新妆。诏赐口脂面药，花枝袅、笑谢君王。烧瓷翠，调铅贮粉，描画两鸳鸯。　　当初温室树，宫中事秘，世上难详。但铜沟涨腻，流出宫墙。今日天家故物，门摊卖、冷市闲坊。摩挲怯，内人红袖，恸哭话昭阳。

别调集

（"摩挲"三句）哀怨凄凉，鹍弦拨碎矣。

水调歌头 留别澹心，即用来韵。

离别亦常事，惆怅慎毋然。归舟一路弄笛，吹裂水中天。犹记吴趋坊后，再到惠山松畔，两地酒如泉。不久聚花下，小别向风前。　　白翎雀，鸡叫子，想夫怜。岐王空宅，旧日法曲散如烟。君有龙文百轴，近作小词一卷，千载定流传。早觅贺怀智，亟付李龟年。　　**别调集**

（"归舟"二句）超脱，兼稼轩、玉田之长。

又 溪泛

谁送半城绿，恰是两溪风。茫茫银涛雪浪，天水有无中。每到簟纹平处，不觉水香肥极，一色玉玲珑。最恼闲鸥鹭，偏解占空濛。　　驾一苇，凌万顷，浩无穷。今宵圆月定好，寄语织绡宫。脱帽五湖风景，卷幔半生心事，杳霭纵吟篷。一笛中流发，乃是绿蓑翁。　**别调集**

（"每到"二句）平常意，却未经人道。

又 酬别沈凤于，即用来韵。

君住马溪上，我住滆湖中。平生酒颠花恼，此事那输公。自逐鹓班鹭队，回忆练裙檀板，甚日恰重逢。也料秋江畔，开到粉芙蓉。　　人世事，枝向背，絮西东。青山见人分袂，替作别时容。纵使锦袍入直，讵抵绿蓑听雨，钓艇漾晴空。他日访君处，烟水定留侬。　**别调集**

（下阕）极疏狂之趣，胸中真无些子俗尘。

八声甘州 客有言西江近事者，感而赋此。

说西江近事最销魂，啼断竹林猿。叹灌婴城下，章江门外，玉碎珠残。争拥红妆北去，何日遂生还。寂寞词人句，南浦西山。　谁向长生宫殿，对君王试鼓，别鹄离鸾。怕未终此曲，先已惨天颜。只小姑、端然未[①]去，伴彭郎、烟水月明间。终古是，银涛雪浪，雾鬟风鬟。　**别调集**

直起老。（下阕）人世之恨何穷，直令人思求仙也。

月下笛

今夕何年，满天皓魄，一轮圆碧。露桥水驿，谁向风前喷笛。趁关山、河汉夜凉，故将凤竹凄倦客。正寒潭峭岸，离乡年少，凭江船侧。　当初曾记，趁寒食梨花，醉平阳宅。念奴琼管，碎[②]把画梁尘劈。到如今、漂流路岐，西风落叶无相识。月生烟，生怕铁龙，归海何处觅。　**别调集**

---

　① "未"，底本作"来"，据《迦陵词全集》改。
　② "碎"，底本作"醉"，据《迦陵词全集》改。

"故将"妙，无心偏作有心。（"到如"五句）笔力精锐。

金菊对芙蓉 访单县琴台。○邑为宓子贱、
巫马期旧治，台有二贤祠。

古树云平，荒台湍激，两贤留下祠堂。见蛛丝网院，马觅围墙。承尘画壁昏于梦，千年事、陈迹苍凉。江南游子，无聊侧帽，有恨循廊。　　迤逦渐下牛羊，响落木西风，飒沓层冈。怅琴声未杳，蘋藻谁将。拟寻北地韩陵石，呼来语、相伴他乡。那堪断碣，摩挲已遍，一笑斜阳。　**别调集**

（下阕）感慨中有悱恻缠绵之致，恰与题称。

渡 江 云 江南忆同云臣和蓬庵先生韵

江豚翻碧浪，凭高望极，折戟半沉沙。鸡笼山下路，记得凤城，数十万人家。貂蝉掩映，钟山翠、叠鼓鸣笳。更参差，青溪红板，从古说繁华。　　堪嗟，齐台梁苑，残月微风，剩颓墙败瓦。只苍凉、半林枫槲，四壁龙蛇。几番夜向寒潮泊，空城下、浪打蒹葭。青衫湿，隔船同

诉天涯。 **别调集**

（"江豚"三句）来势苍莽。（"几番"四句）去路凄凉。

念奴娇 云间陈征君有题余家远阁一阕，秋日
登楼，不胜蔓草零烟之感，因倚声和之。

得怜堂后，有丹楼飞起，当年争美。阳夏门庭能咏
絮，那更溪山葱蒨。带雨房栊，和烟帘幕，零乱东湖面。
碧阑干里，有人斜映琼扇。　　可惜人去匆匆，而今楼
下，秋水帆如箭。老我三吴好男子，绿鬓忽然衰贱。蔓
草霜浓，丛祠露悄，白昼鮭蛤现。舍南舍北，乱飞王谢
家燕。 **别调集**

一结哀感不尽。

又 戏题终葵画。○钟馗，一名终葵。

谁将醉墨，泼长笺、写作十分奇诡。䚣鼻魋肩形状
寝，风刮鬓毛攒猬。空驿啼杉，颓崖啸蒿，目欲营天地。
三间呵壁，荒唐情态如是。　　休只破宅蹒跚，荒江狼

犹，幽宵寻魑魅。鼎鼎试看朝市上，何限揶揄之子。卧
者为尸，坐而成冢，择肉须来此。笑渠笨伯，翻愁鬼以
公戏。　**别调集**

（"卧者"三句）激烈如此。

　　又　途经溧水，是宋周美成作令地，慨焉赋此。

词推北宋，有周郎香弱，集名片玉。未向大晟填乐
府，此地先留芳躅。隔浦莲娇，满庭芳丽，唱尽相思曲。
自注："《隔浦莲》《满庭芳》俱美成在溧水署中作。" 小亭姑射，
当初何限花竹。*自注："美成令溧水时，署中构一亭，名曰姑
射。"*　　弹指六百余年，词人重过此，闲愁枨触。一自
汴京时世换，绝调几人能续。冷店骑驴，野航听雁，客
睡何曾熟。蒋山在望，可怜依旧凝绿。　**别调集**

此词绝柔缓，笔墨又变。（"蒋山"二句）余情渺渺。

　　琵 琶 仙　泥莲庵夜宿，同子万弟与
　　寺僧闲话。○庵外白莲数亩。

倦客心情，况遇着、秋院捣衣时节。惆怅侧帽垂鞭，

凝情伫寥泬。三间寺、水窗斜闭，一声磬、林香暗结。
且啜茶瓜，休论尘世，此景清绝。　　询开士、杖锡何
来，奈师亦江东旧狂客。惹起南朝零恨，与疏钟呜咽。
有多少、西窗闲话，对禅床、剪烛低说。渐渐风弄莲衣，
满湖吹雪。　**别调集**

（"奈师"七句）大江无风，波浪自涌。

木兰花慢 过故友周文夏园亭

东风昏似梦，又吹我，此间行。算有限欢娱，无多
光景，也费经营。当初笑呼猿鹤，待功成绿野始寻盟。
空却池塘睡鸭，留些栏槛穿莺。　　盈盈，残月不胜情，
依旧下帘旌。叹堤杨尚短，林花未满，舞馆先倾。清明，
满园蝴蝶，只和烟带雨舞回汀。黄雪廊边旧事，水明楼
畔前生。　**别调集**

（"算有"三句）哀感。（"清明"五句）触物兴悲，情词双绝。

忆 旧 游 寄嘉禾俞右吉，朱子葆、子蓉。

松陵东去路，记水程、烟驿几多般。鸳鸯湖里泊，

重城灯火，一派潺湲。船头玉人行酒，碧浪泻红颜。更羃𦦨丹鳞，绵潆黛甲，上下哀湍。　　十年成间别，想怪侣狂朋，一样啼班。纵玉清归去，怕满天风露，犹忆人间。只是南湖柳色，憔悴不堪攀。长望语儿亭，故人为我且加餐。　**别调集**

（"碧浪"句）炼句精秀。（"纵玉"七句）兼草窗、玉田之胜。

瑶　花 秋雨新晴登远阁眺望

青山如黛，渌水如罗，映真珠帘罅。金闺瑟瑟，正青砧隔院，捣衣才罢。登楼远望，见一带、碧云轻泻。更萧关、征雁潆潆，愁煞江南此夜。　　几回搔首沉吟，叹今日深秋，前朝初夏。流光递换，问何处、更觅钿车罗帕。伤心故苑，依然似、天涯客舍。对秋风、强举金尊，又是夕阳西下。　**别调集**

（"伤心"四句）悲而郁，惟郁故能沉着。

春从天上来 钱塘徐野君、王丹麓来游阳羡，
余以浪迹梁溪，阙焉未晤，词以写怀。

烟月杭州，记徐卓当年，诗酒风流。水市露井，桂

桨莲舟，老铁吹裂龙湫。奈十年一梦，断桥上、落叶飕飕。恨年来，只无情皓月，犹挂湖头。　　王郎清歌绝妙，邀白发词人，同下长洲。瑟瑟丹枫，潇潇白雁，秣陵总不宜秋。叹龙峰归后，人去远、烟缆难留。漫登楼，数枝残菊，还替人愁。　**别调集**

（"瑟瑟"三句）警绝。

望 明 河　丁巳七夕玉峰作。○明日立秋。

冰轮尚缺，已耿耿流辉，盈阶铺雪。潭子空香，较莲子清芬，两般谁冽。荒唐稗史话，认做是、鹊桥佳节。惹无数、楼上穿针儿女，凭栏低说。　　风前老颠欲裂，问青海几处，玉台银阙。明日西风，怕点上许多，无情华发。碧箫吹来破，又跃入、龙堂变精铁。唤他起、须伴狂奴醉舞，冷光潜掣。　**别调集**

（"碧箫"四句）运典亦十分精采，总由笔力雄劲。

慢 卷 䌷　赋得秦女卷衣

长城西去，峣关一望，万古销魂地。怅汉苑秦宫，陇树洮云，栈连梁益，阁通燕魏。绣岭浑河，灞陵红树，鸟鼠山如髻。有六郡良家，四姓小侯，尽隶都尉。金鸿嘹唳，萧园忽忆寒衣事。刀尺拟裁量，怕带围难记。砧响秋宵逾霁，捣瘦银蟾，敲残木叶，叠在红箱里。倘寄到军前，验取嬴楼，翠绡封泪。　**别调集**

（"怅汉"十句）涛奔云涌，大气盘旋。◎上半雄莽，下半凄清。

小 梅 花 感事，括古语效贺东山体。

君莫喜，羊叔子，何如铜雀台前伎。拍檀槽，横宝刀，屠门大嚼，亦足以自豪。人生有情泪沾臆，虽寿松乔竟何益。挼黄须，眺五湖，如此江山应出孙伯符。　　伤心史，可怜子，聊复何为尔。大江东，一帆风，来往行人，闲坐说玄宗。连昌宫中满宫竹，白项老乌啼上屋。穆提婆，萧摩诃，且自吾为若舞若楚歌。　**别调集**

运用成语如己出，亦如七宝楼台，拆碎下来，不成片段也。

又

咸阳树，骊山路，可怜当日作事误。殷仲文，王卫军，国家此辈，要是可惜人。忆君清泪如铅水，奴见大家心亦死。令壶䪞，收中吾，聊且酒酣耳热歌呜呜。　莫栎釜，行学估，羞与哙等伍。金屈卮，杨叛儿，阿奴今日，不减向子期。生子当如李亚子，奴价今年大胜婢。毂朱丹，作高官，未若小楼吹彻玉笙寒。　**别调集**

别有感喟。（下阕）洋洋洒洒，畅所欲言。

沁 园 春 咏菜花

极目离离，遍地濛濛，官桥野塘。正杏腮低亚，添他旖旎，柳丝浅拂，益尔轻飏。绣袜才挑，罗裙可择，小摘情亲也不妨。风流甚，映粉红墙底，一片鹅黄。　曾经舞榭歌场，却付与空园锁夕阳。纵非花非草，也来蝶闹，和烟和雨，惯引蜂忙。每到年时，此花娇处，观里天桃已断肠。沉吟久，怕落红如海，流入春江。　**别调集**

（"小摘"句）细致。（"风流"三句）俗。（"沉吟"三句）题外牵情，感慨无限。

又 秋夜听梁溪陈四丈弹琵琶

瑟瑟阴阴，嗟哉此声，胡为乎来。似灵鼍夜吼，狂崩断岸，角鹰秋起，怒决荒台。忽漫沉吟，陡然掩抑，细抵游丝缀落梅。冰弦内，惹一宵涕泪，万种悲哀。　　十年前记追陪，乍握手霜灯暗自猜。叹朱门酒肉，谁容卿傲，梨园子弟，总妒君才。牢落关河，聊萧身世，迸入空亭小忽雷。颠狂甚，骂人间食客，大半驽骀。　**别调集**

（"叹朱"十句）总以感慨胜。

贺 新 郎 贺阮亭三十

牛马江东走。陪满座、邹枚上客，为君称寿。七叶貂蝉连凤阙，坐拥银筝翠袖。又兄弟、才雄八斗。三十王郎年正少，恰黄金、铸印双悬肘。此意气，古无有。　　淡黄十里隋堤柳，更多少、竹西歌吹，樊川诗

酒。满目关山原不恶，只是繁华非旧。算惟有、文章不
朽。簌簌珠帘人不卷，看使君、灯火春城口。依稀羡，
欧阳守。　**别调集**

又 汝洲月夜被酒感怀董二

今夜清辉苦。真醉矣、人生有几，关山如许。极目
海天浑一碧，回首家乡何处。总则是、年年羁旅。脱帽
凭栏何限恨，倚西风、细把寒更数。谁更打，严城
鼓。　　无端忽忆疏狂侣，曾记得、乌衣巷口，别来如
雨。明月也知千里共，照尽秦楼楚戍。应渐到、故人黄
土。只恐白杨和月冷，比人间、更有销魂处。汝河水，
白如乳。　**别调集**

前半言月夜被酒，因思乡意引起怀友。◎后半感伤文友，字字
沉痛。

又 食李戏作

咄汝前来此。问尔祖、人人都道，犹龙李耳。一自
瑶星沦谪后，恰值杨花尽矣。又幻出、李唐家世。纵岁

犹能交贵介，伴浮瓜、游戏西园邸。杨家果，讵君比。　　如今惯代桃僵死，客经过、其冠不正，视同苦李。一入公门身更辱，钻核羞他名士。但说着、王戎冷齿。只有井边堪避世，与蛴螬、饮啄称知己。还愁遇，於陵子。　　**别调集**

（上阕）运典游戏，妙在盘旋一气，驱遣自如。

又 挽骥沙朱南池先生　原叙：先生讳士鲲，明末以明经谒选，得粤西柳州府武宣县。南荒僻远，国初尚未入版图。先生忠于所事，历官至吏科给事中。子浣任北流知县。壬辰，王师入粤，先生偕子浣暨阖门三十余口俱殉节于北流之黎村。后数年，其子溶徒步七千里，觅先生埋骨所，卒不得，遂恸哭归。余敬为词奉诔，并寄其令嗣孝廉澄、文学溶。

泪湿苍梧树。是千年、骚人谪宦，旧销魂路。中殪国殇三十口，飒沓灵旗似雨。光剡剡、云中顾慕。钻铒潭西罗神庙，笑迎神、枉费昌黎句。须让尔，歆椒醑。　　招魂哭入南荒去，痛孤儿、芒鞋曾踏，万山愁雾。峭蒨悬崖藤幂缡，日落啁啾翠羽。寻不遍、鹧鸪啼处。谁认当年骑箕客，有猩猩、夜共獠奴语。蕉与荔，

绣祠宇。　　**别调集**

（"中殢"三句）灵光幽气，为烈士生色。

又　七夕感怀

鹊又填桥矣。满长安、千门砧杵，四围云水。长记当年茅屋下，佳节团圞能几。有和病、云鬟挥涕。纵病倘然人尚在，也未应、我泪多如此。弹不尽，半襟雨。　　如今剩有孱躯耳，便思量、故乡瓜果，也成千里。谁借针楼丝一缕，穿我啼红珠子。奈又说、春蚕竟死。嘱付月钩休潋滟，幸怜人、正坐罗窗里。风乍吼，粉云起。　　**别调集**

一"又"字虚领起通篇悼亡之意。（"纵病"四句）曲折沉着。（"谁借"七句）情真语切，几不知是血是泪。

摸鱼儿　春雨哭远公

怪连宵、暗风吹雨，伤心事竟如许。啼衫不恨分飞早，只恨论心何暮。溪畔路，昨岁里、善权艇系垂杨树。

洞门把炬，正古寺苍凉，乱山葱翠，长啸落松鼠。

沉思极，不是薤歌声误，从来易散难聚。衰年故国逢知己，天也把人轻妒。情最苦，记前日、文园一卷多情句。病中亲付，怕碎墨零纨，尘昏蠹损，和泪夜深抚。自注云："远公临没前一日，以《青堂词》一①卷嘱余收藏。" **别调集**

（"长啸"句）措语精炼又摆脱。（下阕）文生于情。

---

① "一"，《迦陵词全集》作"数"。

白雨斋词选卷十九

清词七

董以宁

字文友，武进人。贡生。有《蓉渡词》三卷。

董文友，词中之妖也，与诗中之王次回可谓匹敌。○文友《蓉渡词》三卷，艳体居其八九，钩心斗角，工丽芊绵，又远出施浪仙、马浩澜、沈去矜、[①] 周冰持辈上矣。○《花影词》不过如倚门卖笑者流，并不足为词之妖。《蓉渡词》乃真足惑人矣，此妖之神通也。[②]

《词话》卷九（刻本卷七）：文友为词中之妖，然却有妖之神通。后人为艳词，更欲胜之，亦非易易。故余愿学词者，各究本原之所在，本原既得，不独《蓉渡》为糟粕，即《乌丝》《载酒》，亦成疏缀。

《词话》卷三（刻本无）：文友词，如《感恩多》云："忒觉情

① "沈去矜"，底本误作"沈去衿"，下同。
② 此评录入《词话》卷三（刻本无），"诗中之王次回"作"王次回《疑雨集》"，"辈上矣"作"之右"。

多，真假特难分。特难分，便是空言，忍猜他未真。"王小山词：
"空言亦是玉人恩。"未尝不刻入，尚不及此之沉至。又《叩叩词》
云："堂下每迎花底笑，人前私向镜中看。可许一生拚。"又《菩萨
蛮》云："此情频欲寄，又恐伤郎意。斟酌数行书，言欢字字虚。"
曲折哀婉，情之至也。王阮亭谓："文友为艳情中绘风手。"亦非
虚誉。

望 梅 花 过鹦鹉洲

芳草萋萋如画，唤起祢生闲话，死向风波曾不
怕。　　长袴请君穿罢，除是阿瞒还值骂，黄祖不堪君
诧。王阮亭云："大长曹瞒声价。"　　放歌集

（"除是"二句）"大言炎炎"，旁若无人，但笔力不健。

贺 新 郎 淮阴祠

为汉空奔走。叹当年、追猴逐鹿，终烹功狗。留侯
曲逆虽阴诈，吕雉之谋多有。算此际、高皇身后。平勃
区区都易与，怕将军、武悍还如旧。因中祸，君知
否。　　国士无双称善斗，奈英雄、漂母寄餐，未央授
首。书生于此终疑诧，何事英风射斗。生死出、妇人之

手。刘郎宫寝埋荒草，喜将军、庙祀终难朽。君休信，
蒯通口。　**放歌集**

　　淮阴之狱，自是千古奇冤，当时设为疑似之迹，亦可谓巧于罗
织矣。文友此词颇能道着吕雉隐处，结二语尤能表明淮阴心迹。惜
措语多不纯，平仄亦有颠倒处。

　　《词话》卷八（刻本卷六）：董文友词只能言情，不堪论事。其
《望梅花》（过鹦鹉洲）、《贺新郎》（淮阴祠）两调，偶为慷慨之词，
立见其蹶。措语固不能圆健，平仄亦有颠倒处。

叩 叩 词 调《忆江南》

　　章台女，叩叩结新欢。堂下每迎花底笑，人前私向
镜中看。可许一生拚。　**闲情集**

醉 公 子

　　乍握纤纤手，侬意他知否。莫便使他知，教他归去
思。　　重来花下见，红晕潮生面。纤手只微笼，多时
露玉葱。　**闲情集**

浣 溪 沙 晓

　　幽梦宵来托锦胶，起看杂树巳花交。不禁莲瓣一轻敲。　　盥手试香挼豆蔻，开奁占喜得蟏蛸。绣床针帖尚闲抛。宋荔裳云："细腻熨贴，固是当家。"　**闲情集**

　　"莲瓣"句纤俗。◎后半绝婉雅。

感 恩 多 鸿信

　　昨夜传鸿信，雨后花扶病。兼传病有因，为郎颦。　　忝觉情多，真假转难分。转难分，便是空言，忍猜他未真。　**闲情集**

　　（下阕）情到海枯石烂时。〇王小山词云："空言亦是玉人恩。"未尝不刻入，尚不及此之沉痛。

菩 萨 蛮 代伊

　　阿娘碎语绵如絮，檀郎只好心头贮。音信日来稀，思伊转恨伊。　　此情频欲寄，又恐伤郎意。斟酌数行

917

书，言欢字字虚。王阮亭云："艳情中之有文友，绘风手也。" 闲情集

（"又恐"三句）曲折哀婉，情之至也。

相思引 为云孙咏侍儿小福

年纪花梢半未谙，柔情先似再眠蚕。偏将串结，珍重叠香函。　　闲伴夫人同斗草，沉思未敢摘宜男。郎情深浅，还向梦回参。 闲情集

（下阕）慧心密意，描写入微，当为千古咏侍女者绝唱。[①]

忆秦娥 堪讶

殊堪讶，自将阿鹜无端嫁。无端嫁，留他不得，掉他不下。　　昵人秋水临行泻，旧时团扇应难舍。应难舍，看他明日，耐他今夜。 闲情集

"昵人"句殊难为情。◎四"他"字用得甚隽。

---

① 此评录入《词话》卷三（刻本无）。

桃源忆故人 拟代

鸳鸯枕上青山誓，话得十分容易。不料有头无尾，枉受他调戏。　　知他又把前翻计，别院还应重试。暗笑那人知未，薄幸从前既。尤西堂云："是秦九得意笔，'既'字押得甚稳。"　**闲情集**

（上阕）浅率。（"暗笑"二句）怨词以婉语出之，最妙。◎西堂评语，"九"字当是"七"字之讹。

鹧　鸪　天 忆

豆蔻香含正未笄，三年嫣笑手长携。羽衾熨处分龙脑，罗幞缝成索麝脐。　　花并蒂，燕双栖，合欢犹卜紫姑乩。傍人已道成连理，惹得春山翠黛低。　**闲情集**

文友《鹧鸪天》诸阕，婉雅芊丽，艳词之有则者。（"傍人"二句）丰神可想，情态可绘。

《词话》卷三（刻本无）：文友《鹧鸪天》诸篇，如"忆"云（下阕）。又"绣苑"云："名花结果春前定，小鸟姻缘枝上谐。"又"寄"云："鸳鸯向午常交颈，豆蔻多时始见心。"又"慰"云："每弹指处闻花叹，自抵牙时为曲差。"丽而不佻，极芊婉之致。至

"昨夜"云云，深情密意，自有艳词以来，未有写到如此地步者。又《东坡引》九首、《苏幕遮》十首，命题既异，措词尤能销魂铄骨，真词中之妖也。

又 绣苑

绣苑晴光尽日佳，更无愁思望天涯。名花结果春前定，小鸟姻缘枝上谐。　　缠锦带，脱金钗，秋千架子近香街。彩绳握处开裙衩，多少香风正入怀。吴梅村云："'名花'二语，妙在是词非诗。"　**闲情集**

（"名花"二句）何等婉丽，与马浩澜辈自别。

又 别

赋得将离向绮窗，桃花流水送游舫。柔肠乍结先回九，小字亲钩定取双。　　同玉案，伴银缸，惯来一晌不惊厖。多情恐逐浮萍去，发愿拈针绣佛幢。　**闲情集**

（"柔肠"二句）九回肠、双钩字，支对不免纤俗。（"多情"二句）其天女堕落耶？

又 寄

两小无猜直到今，丙寅鹊脑惯同斟。鸳鸯向午常交颈，豆蔻多时始见心。　　曾赋别，几嗣音，天涯南北雁难寻。归来朱鸟窗前看，应有蛛丝网画琴。　闲情集

（"鸳鸯"二句）丽而不佻，得诗人"比"义。

又 叹

是处常来好当家，惯从明镜看朝霞。梦中犹认崔娘枕，扇底难披温令纱。　　人忽别，思无涯，归来空讶七香车。迎风一笑回头望，鬖髻双簪并蒂花。　闲情集

（"梦中"二句）典丽，亦芊雅。◎"双簪"妙。

又 慰

何处春风着柳斜，深深庭院绿阴遮。每弹指处闻花叹，自抵牙时为曲差。　　频减膳，漫呼茶，莫将惆怅饯年华。门前流水蓝桥锁，犹度当初金犊车。曹顾庵云：

"三、四殊令人思，何处看得此无人态也？" **闲情集**

（"每弹"二句）摹写入神。（"门前"二句）缠绵雅丽，马浩澜辈何曾梦见？

又 昨夜

昨夜天孙罢锦梭，轻槎无恙到明河。几经私语全珍重，再试真心薄谴词。　　羞月姊，避鹦哥，玉人频问夜如何。最怜蝴蝶惊魂骤，输与庄生晓梦多。　**闲情集**

（"几经"二句）情深意密，令人魂销。千古艳词，以此为极。◎后半阕写正面，芊雅工丽，亦非俗艳。

虞 美 人 临风寄语

花阴空覆鸳鸯寝，寒入红衾凛。早知好事付秋风，何似当初索性不相逢。　　闻伊别后思量意，窃自沾沾喜。累伊憔悴倍心伤，又望伊家索性不思量。王阮亭云："言情处入木三分。"　**闲情集**

（下阕）幽情苦绪，曲折达出。

东 坡 引 湖镜

　　茗溪前岁住，曾把银华铸。玉台犹恐尘埃驻。须将珍重贮，须将珍重贮。　　伊家自信，倾城无侣，试照向、帘前去。个中人也将人觑。肯教他让汝，肯教他让汝。陈其年云："前叠句妙在叮咛，后叠句妙在较量。"　**闲情集**

　　《东坡引》九章皆示婢词，细意熨贴，无微不入，不及秀水之清雅，而韵致过之，亦秀水之劲敌也。〇竹垞眷所戚，璞函眷一姝，文友则眷一婢，惟其情真，是以无微不至。

　　《词话》卷三（刻本无）：《东坡引》如咏"湖镜"云："个中人也将人觑。肯教他让汝，肯教他让汝。""杭粉"云："道侬真色何曾借。不堪珠汗洒，不堪珠汗洒。""济宁油胭脂"云："问郎原碟多应满。是谁分一半，是谁分一半。""川扇"云："轻摇莫便心儿喜。秋风明日起，秋风明日起。""蕲簟"云："与伊铺在纱帷近。银灯将欲晕，银灯将欲晕。"皆极有思致。又"建宁香袋"云云。前后叠句，俱有两意，真是想入非非。

又 杭粉

　　粉丸铅雪冶，捻就和兰麝。几年西子湖头买。开函

香尚蒸，开函香尚蒸。　　殷勤赠与，料应称谢，却留
向、湘帘下。道侬真色何曾借。不堪珠汗洒，不堪珠汗
洒。陈其年云："前叠句妙在叹赏，后叠句妙在唠叨。"　**闲情集**

（"道侬"三句）琐碎得妙，写来逼真。

又 济宁油胭脂

　　朱唇何待染，刺绣怜香腕。不龟手药任城换。簪
来挑与看，簪来挑与看。　　剔开寸纸，腥红腻软，
偏半晌、沉吟玩。问郎原碟多应满。是谁分一半，是
谁分一半。陈其年云："前叠句妙在殷勤，后叠句妙在琐
碎。"　**闲情集**

（"问郎"三句）猜忌得妙，妒态可哂。

又 如皋篦

　　如皋人射雉，曾把湘篦寄。匀排密比多坚致。与谁
除发腻，与谁除发腻。　　记他枕上，兰膏微渍，便唤
向、风前试。原来背后无人倚。宛伸怜玉臂，宛伸怜玉

臂。陈其年云："前叠句妙在商量，后叠句妙在留恋。" **闲情集**

（"原来"三句）旁面生情，妙妙。

又 六合肥皂

才梳云髻鬓，旋把新羹做。药炉茶灶时时课。恐
教纤手浣，恐教纤手浣。　　雄州皂荚，捣成百和，
浣手处、接抄过。夜深推枕钩郎卧。余香犹在么，余
香犹在么。陈其年云："前叠句妙在沉吟，后叠句妙在揣
摹。" **闲情集**

（"恐教"二句）情寄于物，加意怜惜。

又 余东手巾

香巾何细洁，云是余东织。见他珠汗融融湿。换
他红袷袜，换他红袷袜。　　绣床闲挂，有时轻摺，
将素手、频频拭。拭时莫把双银脱。应防侬欲窃，应
防侬欲窃。陈其年云："前叠句妙在踊跃，后叠句妙在指
点。" **闲情集**

（"拭时"三句）题外点缀，思路玲珑。

又 建宁香袋

缝成红素绢，妆就鸳鸯线。双双蜻子双双燕。一双图半面，一双图半面。　　系他裙衩，氤氲堪羡，愿翠管、郎亲捻。翻来覆去教郎见。这边题欲遍，这边题欲遍。陈其年云："前后叠句俱妙在一句两意。"　**闲情集**

（"双双"三句）天然结构，语亦秾丽。（"翻来"三句）情致绝佳，想见昵昵之态。

又 川扇

泥金叠扇子，别样成都纸。盘来双凤云如绮。藏时曾见未，藏时曾见未。　　偶然检出，携来花底，早捉向、纤纤指。轻摇莫便心儿喜。秋风明日起，秋风明日起。陈其年云："前叠句妙在踌躇，后叠句妙在跌宕。"　**闲情集**

（"轻摇"三句）此章最凄婉，虽一时戏言，合观《忆秦娥》一阅，此为词谶矣。

又 蕲簟

簟纹冰玉润，独有侬床衬。伊家臂上纹微印。怕人
容易认，怕人容易认。　　当初买向，田家古镇，这长
物、应难吝。与伊铺在纱帷近。银灯将欲晕，银灯将欲
晕。陈其年云："前叠句妙在忧疑，后叠句妙在催促。"　**闲情集**

（"银灯"二句）情态绝佳，正妙在说了一半。

苏 幕 遮 帘外听堕钗声

玉钩垂，犀箔护。肯递春风，偏断游丝路。内里暗
闻钗响度。掷地金声，抵得天台赋。　　望明妆，遮薄
雾。闹扫虽松，窣堕知何故。难道拔时纤手误。倘为侬
来，忽地回头顾。汤荆岘云："'肯递春风'二语咏帘佳，就帘
先布置，下意尤佳。后半摹拟揣度，却都为'帘外'二字写
神。"　**闲情集**

"闹扫"二语先作疑笔，妙甚。○"难道"句更妙，先有此层，

既见波折，愈见情致。

《词话》卷三（刻本有删节）：《苏幕遮》如"帘外听堕钗声"云（"闹扫"五句）。"屏边听浴声"云："粉应消，珠定映。唤取汤添，冷热心头省。""楼前听骰子声"云："似无愁，如有思。漫想闲猜，卜甚心头事。特忆前宵楸局里。亲点牙筹，赌喝双双雉。"（王北山云："'骰子逡巡裹手拈，无因得见玉纤纤。''玲珑骰子藏红豆，刻骨相思知未知。'总不如'亲点牙筹，赌喝双双雉'为销魂铄骨也。特亲特热，愈难为情耳。"）"灯下听剪刀声"云："应恐鸳鸯分背面。钿尺频移，停处商量遍。""帐畔听流苏响声"云："响原轻，声渐悄。睡熟鹦哥，定不惊他觉。和月和云和被抱。（此语庸劣，"和月和云"四字亦似雅而俗。姜西铭独叹为"化工之句"，何也？）一夜春风，散尽愁多少。"如此之类，皆能曲折传神，扑入深处，词中之妖也。同时如梅村、阮亭、迦陵、菌次、蛟门、程邨、西堂、西铭、荔裳、顾庵辈，多心折《蓉渡词》，每首下各缀以评语，亦不可解。学词者一入其门，念头差错，终身不可语于大雅矣。

又　花间听弹指声

绿初回，红渐出。树树春交，纤手轻来折。为底关心攀又歇。无语无言，自把螺纹画。　　爪才修，琴罢拨。啮遍纤痕，独向东风剔。毕竟思量春可惜。待问分

明，瞥去屏山隙。许力臣云："都于前后想出神情。" **闲情集**

（"绿初"二句）写景亦自含情。（"毕竟"三句）骤括《牡丹亭》前半部。

又 窗下听咳声

粉罘罳，金屈戍。花影交加，昨夜扶行处。欲嗽还惊兰玉饮。低锁轻喉，不放随风去。　怪重来，偏未遇。窗外濛濛，立尽三更雨。不是嗽声能听取。便认衣香，难捉迷藏住。汪叔定云："妙有非雾非云、溟蒙荡漾之致。" **闲情集**

（"窗外"五句）情景夹写，真痴于情者。

又 回廊听鞋底声

月初沉，星欲滴。一带回廊，曲曲犹能觅。暗数阑干应六七。听遍行踪，不是伊家屦。　步偏那，行转怯。似待如迎，却是来时节。半晌消停怜窄窄。两瓣轻莲，晓起看无迹。孙介夫云："'暗数'句妙，写回廊以后字字

入细。" **闲情集**

（"步偏"五句）曲曲传出，画所不到。（"两瓣"句）四字纤俗。

又 屏边听浴声

兔华轻，萤照冷。瞰浴潜来，转傍湘帘等。谁料银屏遮凤胫。小玉娇憨，枉赚黄金饼。　　粉应消，珠定映。唤取汤添，冷热心头省。豆蔻方接知未竟。半晌才看，秃袖来花径。薛固庵云："就'屏边'字翻用汉瞰浴金饼事，妙。" **闲情集**

此题易流于亵，此作却字字雅丽，固与瞿宗吉辈不同。〇"冷热心头省"五字有味。

又 楼前听骰子声

凤箫停，鸾幕启。十二楼高，结遍春风绮。今夜玉人慵不倚。骰子逡巡，掷向纤纤指。　　似无愁，如有思。漫想闲猜，卜甚心头事。转忆前宵楸局里。亲点牙筹，赌喝双双雉。王北山云："'骰子逡巡里手拈，无因得见玉纤纤','玲珑骰子藏红豆，刻骨相思知未知'，总不如'亲点牙筹，赌喝双双雉'为销魂铄骨也。转亲转热，愈难为情耳。" **闲情集**

（下阕）痴情慧想，真令人骨醉魂销。

又 房中听唤婢声

绮窗明，金屋暖。香篆浮帘，脉脉垂银蒜。翠幔欲搴行又缓。生怕鸦鬟，闲话长和短。　　茗须烹，花待灌。檀口轻圆，频把兰香唤。唤久不来谁作伴。知道伊家，独坐妆台畔。黄初子云："末句淡而可思，含蓄不尽。" **闲情集**

十章俱就上二字生情，俗手必贪发下数字，那得如许波折?（"频把"句）五字俗。

又 灯下听剪刀声

紫纹绫，红锦缎。裁向灯前，响杂黄金钏。应恐鸳鸯分背面。钿尺频移，停处商量遍。　　晃还移，人未倦。叠股并刀，运处分明见。万缕愁肠萦莫遣。欲断仍

连，试倩萧娘剪。吴次云："字字细贴，都传'听'字之神。" **闲情集**

（"应恐"三句）含思绵婉。

又 隔帏听梦魇声

穗煤昏，莲漏香。只隔重帏，远似蓬莱岛。魂梦知他何处绕。欲醒频呼，话觉糊涂好。　　养娘痴，香婢小。憨睡蕾腾，只索将伊叫。狂梦魇来应未料。试问伊家，可唤江郎觉。薛内文云："'听梦魇'与别题不同，故先下'只隔重帏'等语，自是作者细心。后转入'唤江郎'梦魇事，更自慧心。" **闲情集**

（"憨睡"二句）命题别致，措语亦新隽。

又 帐畔听流苏响声

枕珊瑚，床玟瑁。悬蛤初收，帐底容难照。忘却流苏能转掉。漫揭轻罗，傍动银钩了。　　响原轻，声渐消。睡熟鹦哥，定不惊他觉。和月和云和被抱。一夜春风，散尽愁多少。姜西铭云："'和月和云'三语化工。"吴梅村云："十首细腻熨贴，一字不闲却，无意不出，无思不入，真有绘影绘声之妙，而笔笔圆转，更如珠走盘中。" **闲情集**

（"睡熟"五句）秾丽之极，设色欲仙。○"和被抱"三字粗俗。

沁 园 春 美人额

眉黛峰侵，鬓丝云乱，似玉无瑕。笑黄饰仙娥，难方桂蕊，素妆公主，待点梅花。惯道如螓，真看似月，涂处休将宫样夸。春寒也，怕杭罗犹重，裹上蝉纱。　　却怜人去天涯，欲叩颡、低垂几叹嗟。更辗转愁添，回头半枕，平安喜报，举手频加。却讶萧郎，虚称上客，岁岁龙门望总赊。归来也，又翠围珠匝，代抹铅华。汪蛟门云："文友情癖温柔，才工香艳，故描写美人诸词，沦肌浃髓，不许《香奁》独步。至于选事典僻，尤属专长。" **闲情集**

运典多多益善，不为题所窘。（"举手"四句）寓以感慨，情味尤胜。○文友"美人额"等数篇，精工刻挚，胜似竹垞所咏诸篇，以此知词各有极也。

《词话》卷九（刻本卷七）：竹垞艳词，言情者远胜文友。而体物诸篇，则文友为工。此亦各有所长，不可相强。如"美人额"、"美人齿"等篇，竹垞非不工巧，然不及文友之精。

《词话》卷九（刻本无）：文友词，如"美人额"云："更辗转愁添，回头半枕，平安喜报，举手频加。却讶萧郎，虚称上客，岁岁龙门望总赊。"词意俱胜。又"美人鼻"云："花气嗅来，歌声收入，蕴得风前无限春。"又云："想微亚风棍，侵寒欲嚏，潜携月幌，屏息无闻。""美人齿"云："念衬处参红，榴编细贝，露时凝素，瓠破明犀。"又云："曾微幸，有姓名轻挂，何福消伊。"又云："更吟费推敲，咬松巍管，绣商深浅，嚼烂绒丝。"皆极其细腻。"美人肩"云："想向月凭时，削成软玉，将云护着，衬出明霞。"又云："愁多处，似相思担尽，绕遍天涯。"又云："更眠语羞应，笑时微耸，慵情漫倚，鞾处恒斜。娇若难胜，瘦如欲脱，寒倩萧郎半袂遮。"（此数语稍纤。○竹垞赋此题云："篱弱才过，墙低乍及，结伴还从影后窥。缘红索，上秋千小立，恰并花枝。"亦自贴切，而不及文友精细。）"美人乳"云："讶素影微笼，雪堆姑射，紫尖轻晕，露滴葡萄。"又云："见浴罢铜注，罗巾掩早，围来绣袜，锦带拴牢。逗向瓜期，褪将裙底，天壤何人吮似醪。（此数语太纤鄙。）幽欢再，为娇儿抛下，湿透重绡。"（"宁断娇儿乳，不断郎殷勤。"乐府荒淫语也。似此运用入妙，转有分寸。竹垞赋此题云："量取刀圭，调成药裹，宁断娇儿不断郎。"用成语亦呆相。）"美人背"云："泆来红汗还频，便浴室潜窥此独亲。（想入非非。）想郎手绕将，柔乡熨贴，妹胸拥着，寒夜横陈。（数语亦太昵。）剪爪轻搔，靠窗闲曝，问相应封号与秦。偏芒刺，怕无端笑指，向后纷纷。（似此运典，则雅而有味。竹垞赋此题云："每到嗔时，抛郎半枕，难啮猩红一点唇。堪憎甚，纵千呼万唤，未肯回身。"太亵太昵，不及此之工雅。）"美人膝"云："更爱欲频登，促来绮席，愁教独抱，阁尽吟笺。誓月幽窗，拈花法座，屈向氍毹较可怜。如今见，有阿侯旋绕，长在伊前。"此类皆极精丽。刘龙洲《沁园春》等篇，不足数矣。

又 美人鼻

闲际相看，见他梨颊，玉准停匀。料楚国夫人，掩来定妒，宜城公主，见后应嗔。花气嗅来，歌声收入，蕴得风前无限春。回头处，又一钩斜见，半面平分。　　不因口过逡巡，愿指向、明河索问津。想微亚风棍，侵寒欲嚏，潜携月幌，屏息无闻。素手轻按，薄巾微掩，曾恼萧郎被酒醺。伤心处，更有时酸甚，闷把香薰。　**闲情集**

运用雅丽。（"素手"六句）八面烘托，词意兼胜。

又 美人齿

看去纤匀，生成伶俐，掩映偏宜。念衬处参红，榴编细贝，露时凝素，瓟破明犀。刷后留芬，谈余剩慧，启向风前一笑迟。曾徼幸，有姓名轻挂，何福消伊。　　问来年纪应知，每剔罢、沉思叩欲低。更吟费推敲，咬松镜管，绣商深浅，嚼烂绒丝。漱石应同，拈梅欲冷，难画杨妃病抵时。销魂处，向檀郎戏啮，印臂痕微。　**闲情集**

（"念衬"四句）运用处极其工丽。（下阕）风流蕴藉，令人神往。○彭骏孙见沈去矜、董文友词，谓泥犁中皆若人，故无俗物。然去矜亦《花影》之余、冰持之匹，不及文友之工也。[①]

又 美人肩

此日鸦侵，当年丝覆，格韵偏赊。想向月凭时，削成软玉，将云护着，衬出明霞。两两同随，双双并比，应美风流是陆家。愁多处，似相思担尽，绕遍天涯。　　每因午倦频加，便侧着、芙蓉自枕他。更昵语羞应，笑时微耸，慵情漫倚，蝉处恒斜。娇若难胜，瘦如欲脱，寒倩萧郎半袂遮。长相并，觉偎红拥翠，胜拍洪崖。　**闲情集**

---

①　此评录入《词话》卷三（刻本无）。

（"愁多"三句）情词并茂，想其落笔时，必沉思渺虑为之。

又 美人乳

拊手应留，当胸小染，两点魂销。讶素影微笼，雪堆姑射，紫尖轻晕，露滴葡萄。漫说酥凝，休夸椒发，玉润珠圆比更饶。开襟处，正粉香欲藉，花气难消。　　当年初卷芳髫，奈坟起、逾丰渐欲高。见浴罢铜洼，罗巾掩早，围来绣袜，锦带拴牢。逗向瓜期，褪将裙底，天壤何人吮似醪。幽欢再，为娇儿抛下，湿透重绡。　**闲情集**

（"讶素"四句）细腻。（"见浴"四句）描摹殆尽。（"幽欢"三句）"宁断娇儿乳，不断郎殷勤"，未免过涉荒淫，似此运用入妙，转有分寸。

又 美人背

转去人看，侧来自顾，稳称停匀。见腰衭压珠，搭余半锦，领巾成字，挂下轻云。羞把栏凭，恼将身撇，俯拜深深总觑真。惊回首，是檀郎偷立，欲拍逡巡。　　浃来红汗还频，便浴室、潜窥此独亲。想郎手绕将，柔乡熨贴，妹胸拥着，寒夜横陈。剪爪轻搔，靠窗闲曝，问相应封号与秦。偏芒刺，怕无端笑指，向后纷纷。　**闲情集**

（"俯拜"句）思路必真。（"便浴"句）"浴室"句更想入非非。（"问相"四句）语语工雅，胜竹垞作。

又　美人膝

摇动衣纹，蹴开裙衩，似鹤仙仙。正藕覆交笼，垂过素笋，花茵盘坐，加上红莲。蜀国琴横，华山锦蔽，补屋才容也自妍。还堪觑，为胜常数四，宛曲迁延。　　有时昼拥床边，好一任、萧郎做枕眠。更爱欲频登，促来绮席，愁教独抱，阁尽吟笺。誓月幽窗，拈花法座，屈向氍毹较可怜。如今见，有阿侯旋绕，长在伊前。董得仲云："数词天巧人工，至此而极最。拈题得此，岂龙洲、清溪所能梦见耶？"　**闲情集**

（"为胜"二句）近日胜常，惟低眉敛手俯拜而已，宛曲迁延者必为人所笑，时态又一变矣。（下阕）四面烘衬，典丽极矣。

满江红 乙巳述哀○元日

去岁今朝，念母病、扪心私痛。犹记得、支床慰劳，慈恩深重。此际魂归何处去，黄泉碧落儿难送。便床前、再欲听呻吟，除非梦。　　椒花在，为谁颂。荔粉在，为谁奉。只扶携弱弟，麻衣悲恸。从此屠苏怜最后，亲魂若在应犹共。为愍孙、还尽半杯休，牵牛捧。自注："牵牛，儒儿小名。"邹程村云："此述哀诸作，文友苫块中当哭之辞也。家常话以至性出之，都成血泪，是天地间绝大文章。" **别调集**

十二首无一不从血性中流出，斯谓情真语至。○命题不无可议，而词则字字真切，令人堕泪，殆亦悲哀之极，不容已于辞耶？○句句是家常语，写来十分真至。

《词话》卷三（刻本无）：董文友，词中之妖也，与王次回《疑雨集》，可谓匹敌。《满江红》十二章，置之《蓉渡集》中，无乃不类？

又 人日

七叶蓂开，正彩胜、迎欢时节。都只愿、年年无恙，胜如畴昔。却忆称觞常不御，高堂翻怕逢人日。道待亡、难当世间人，添忧恤。　　　倏忽里，音容寂。人一去，谁依膝。便占晴占雨，任他凶吉。捧得宜春煎饼在，行行欲奉高堂食。猛思量、顾我已无人，呼天泣。自注："《岁时记》：人日煎饼为熏天会，故吴下作春饼。"黄艾庵云："未亡人虽存而待亡，孝子之心虽亲亡而不亡，均于此见。"　　**别调集**

（"却忆"四句）思深意苦，不堪多读。（"猛思"二句）真绝痛绝。

又 元夕

月正团圆，却不道、今宵月半。尽处处、笙歌灯火，六鳌争战。聊煮黄虀呼弟吃，为言吾母肠先断。念生前、曾未越中门，何曾看。　　　双条烛，烧将短。香一缕，行消篆。想慈亲若在，此时应倦。妻子相看还有日，新魂独自思儿伴。好同来、早向总帷眠，何须劝。自注："元夕寺中黄虀饭，是宋祁兄弟穷时事。"魏贞庵云："即此是宛鸠相诫语。"　　**别调集**

"却不道"三字得神。（"想慈"六句）不曰儿思亲，却云新魂思儿，真至性语，真令人泪下。

又 清明

父在斯耶，应听我、孤儿泣告。自父去、年年寒食，凄凉墓道。一盏香羹新妇做，调和费尽慈亲教。更声声、含泪问黄泉，儿谁靠。　　存亡事，伤怀抱。婚嫁事，催衰老。积劬劳悲痛，父魂应晓。后死漫言多十载，几曾生受孤儿孝。却堪怜、蓬草迟铭旌，行将到。周栎园云："是父墓前哭母词，极其真切。"　**别调集**

（上阕）此词一往痛绝，真令我不能卒读。（下阕）历叙家常琐事，无一字不伤心。

又 四月八日

三十无儿，曾累却、高堂心疚。每到得、饭宫悉达，降生时候。小制红衫供浴佛，病中怯腕亲缝就。愿膝边、早得茹饴人，憧前叩。　　堪慰处，兰生又。堪悲处，萱摧骤。念报刘无日，此儿方幼。泣绕灵筵呼祖母，幽魂若听眉还皱。待施将、金镜法王台，慈云覆。自注："刘敬宣浴佛日以金镜为母灌，悲泣不胜。"王阮亭云："牵牛绕泣，没者存者俱更难为情。"　**别调集**

（"小制"二句）愈真至，愈足动人。（"念报"六句）哀惨凄切。

又 午日

素鞸栾栾，早映却、一庭榴火。无奈是、萱枝新萎，北堂尘锁。续命色丝空欲系，招魂角黍频教裹。问茫茫、天地独何之，归来些。　蹒跚苦，应坚坐。劬劳久，应高卧。愿魂无去此，还防跌蹉。只听彩船喧竞渡，锦标未夺终怜我。便奠来、桂酒与椒浆，灵难妥。**陈其年云："是午日招魂，读'锦标未夺'语，更为文友泪下。"又云："文友尊慈以跌伤足成病，故后调云云。"别调集**

（"续命"四句）情词双绝。（"愿魂"六句）淋漓哀痛，情生文，文生情。

又 七夕

昨岁针楼，看儿女、筵前乞巧。曾道述、生儿愚鲁，公卿可到。膝上抱孙闲说与，牵牛尔是痴些好。待他年、为尔娶天孙，同偕老。　秋已再，星仍皎。言犹在，

人偏香。看敝衣曝处，音容非渺。此夕可能归白鹤，当时空望传青鸟。漫重陈、瓜果向灵帏，心如捣。 **别调集**

（"膝上"四句）家常语道来都成异彩。（"此夕"二句）运用七夕事，直恁凄丽。

又 七月十五日

时值中元，为冥赦、十方追奠。记唐代、幡迎七圣，遍传宫殿。吾母生平堪细数，料无罪过雁幽谴。又何须、佛会赴盂兰，今朝荐。   结欲解，钱缘线。啖欲饱，花簪面。总未能免俗，子情聊遣。果得母兮同父在，算来只当家人宴。但空中、曾否一加餐，何由见。 **别调集**

（"时值"四句）唐中尚署七夕进盂兰盆，荐高祖以下七圣。（"总未"六句）一片哀情，十分真至，千载共见。

又 中秋

记得当初，向膝下、时时欢笑。到此际、剖菱剥芡，团圆偏好。正待月华犹未冷，高堂已虑金风悄。命小鬟、

943

传语早添衣，频频道。　　　今夜月，依然皎。今夜冷，凭谁告。念繐帷寂寞，乌鸦飞噪。欲问冰轮回地底，可能还向慈颜照。奈夜台、一去半年余，无消耗。计甫草云："文友近有诗云：'无复高堂怜冷暖，自家珍重慰黄泉。'与此词前半映发。"　　**别调集**

（"正待"四句）父母爱子之心，靡不如是。（"欲问"四句）想落天外，然思路正自凄绝。

又　九日

每到重阳，扶老母、登高楼上。便拟就、三冬日暖，初移帷帐。此际楼空浑不见，凄凉索莫黄花酿。自看来、先做白衣人，谁相饷。　　　鸡骨在，愁难状。马鬣在，贫难葬。问侧身天地，那堪俯仰。漫把茱萸灵几插，未知母去今何傍。想幽魂、也向夜台登，将儿望。自注："先慈每于午日前就宁房中避暑，至九日始楼居。"王西樵云："思亲犹可念及亲魂，思子何以为怀？铁石人读之，亦当下泪。"　　**别调集**

（"此际"四句）运用凄警。（"问侧"四句）沉痛语。（"想幽"二句）慈亲孝子当不以幽冥隔也，读之令人酸鼻。

又 冬至逢忌日

永诀经年，浑不禁、呼天抢地。念执手、弥留嘱
付，宛然昨事。尽道阳春回律口，可能吹转幽魂至。正
愁添、如线引针锯，心头刺。　　杯桊在，空思嗜。楮
币设，空流泪。羡奉觞此日，伯仁兄弟。幸似阿奴都碌
碌，生前死后长相侍。奈风飘、翣铎挽歌催，行将逝。
自注：“周颐母冬至赐觞三子，嵩谓母曰：'惟阿奴碌碌，常在阿
母目下耳。'阿奴，周谟小字。”又云：“时宁卜葬有期。”　**别**
调集

（“尽道”四句）触处便生痴想，蔼然孝子之心，与上中秋一篇
同一思路。

又 除夕

日月云除，除不得、心头怆忾。漫说道、两年此夕，
痛魂相仿。去岁荆棺犹得抚，如今已去归泉壤。悔芒鞋、
垒土太匆匆，难相傍。　　爆竹裂，家家响。岁酒熟，
家家赏。只棘人此际，愁偕年长。有季可持门户事，有
儿堪主蒸尝飨。算此身、也是一闲人，随亲往。季沧苇
云：“诸词惨挚，实文生于情。但有季有儿，此身那便是闲人？吾

恐斯言过矣。" **别调集**

（"去岁"四句）此情直是无可解得，不然无此悔也。（"只棘"六句）淋淋漓漓，一往痛哭。

李良年

字符曾，秀水人。监生，康熙十八年荐举博学鸿词。有《秋锦山房文集》附《秋锦词》二卷。

《词话》卷四（刻本卷三）：符曾词，如《好事近》（秦淮灯船）云："五十五船旧事，听白头人语。"《高阳台》（过拂水山庄感事）云："一笛东风，斜阳淡压荒烟。"《踏莎行》（金陵）云："游人休吊六朝春，百年中有伤心处。"胜国之感，妙于淡处描写，情味最永。

好 事 近 秦淮灯船

相对卷珠帘，中有画桡来路。花烬玉虫零乱，串小桥红缕。　　横箫络鼓夜纷纷，声咽晚潮去。五十五船旧事，听白头人语。　**大雅集**

（"五十"二句）淡处感慨，情味最永。

高 阳 台 过拂水山庄感事

屋背空青，墙腰断绿，沙头晚叠春船。一笛东风，斜阳淡压荒烟。尚书老去苍凉甚，草堂西、贴石疏泉。倚香奁，天宝宫娥，爱说开元。　　松楸马鬣都休问，却土花深处，也当新阡。白氎红巾，是非付与残编。石家金谷曾拌坠，甚游人、尚记生前。更凄然，燕又双飞，柳又三眠。　**大雅集**

踏 莎 行 金陵

两岸洲平，三山翠俯，江豚吹雪东流去。故陵残阙总荒烟，斜阳鸦背分吴楚。　　青雀钿钉，朱楼画鼓，冥冥一片杨花路。游人休吊六朝春，百年中有伤心处。
大雅集

（"冥冥"三句）与上"天宝宫娥，爱说开元"同一寄慨，而语更隐。

西 兴 乐 追忆

天街灯火绣帘重，去年今日曾逢。斜蹴纤罗，相思

暗通。　　别后云山数峰，怅离踪。旧游不再，梦中芳草，春雨茸茸。　**闲情集**

（"相思"句）心心相印。（"旧游"三句）凄艳似赟房笔意。

蝶 恋 花 渡口

映水藤边丝万缕。往事惊心，柳下斜阳路。渡口湔裙曾小住，年年别有流红聚。　　燕也移巢谁可语。指点分明，翻似无凭据。镜槛梨花留一树，春风又到凭栏处。　**闲情集**

（"年年"句）婉丽。（"镜槛"二句）情致缠绵，含蓄不尽。

暗 香 绿萼梅

春才几日，早数枝开遍，笑他红白。仙径曾逢，萼绿华来记相识。修竹天寒翠倚，翻认了、暗侵苔色。纵一片、月底难寻，微晕怎消得。　　脉脉，清露湿，便静掩帘衣，夜香难隔。吴根旧宅，篱角无言照溪侧。只有楼边易堕，又何处、短亭风笛。归路杳、但梦绕，铜

坑断碧。 **别调集**

（"纵一"二句）雅丽而清劲，不失南宋名贤矩矱。

柳 梢 青 怀友人在白下

春事闲探，日斜风细，叶叶轻帆。燕子来时，梅花落尽，人在江南。 晚来何处停骖，携手地、王孙旧谙。白下残钟，青溪远笛，今夜难堪。 **别调集**

（"白下"三句）情词俱妙，笔意亦近草窗。

绮 罗 香 桃源晓行，同分虎赋。

僧磬才闻，渔歌乍响，一叶早潮催去。背岭人家，云碎着檐如絮。记前度、也趁鸣榔，料从此、仙源非误。只长年、见惯秋山，满船凉翠不教住。 好怀都付倦旅，细数青鞋往事，尽谙佳趣。除了江南，此景总无寻处。转溪湾、锦石分开，又飒飒、水红花路。甚西风、吹亚霜砧，数枝遮浣女。 **别调集**

（"背岭"四句）画境。（"只长"二句）句法、字法俱从白石、玉田得来。

李 符

字分虎，一字耕客，嘉兴人，布衣。有《耒边词》二卷。

《词话》卷四（刻本卷三）：二李词绝相类，大约皆规模南宋，羽翼竹垞者。符曾较雅正，而才气则分虎为胜。

钓 船 笛

曾去钓江湖，腥浪粘天无际。浅岸平沙自好，算无如乡里。　从今只住鸭儿边，远或泛苕水。三十六陂秋到，宿万荷花里。　**大雅集**

（上阕）回头是岸，热中人读之，冷水浇背。（"三十"二句）别饶姿态，于朱希真外自树一帜。

《词话》卷四（刻本卷三）：分虎《钓船笛》云，别有感喟，于朱希真五篇外，自树一帜。

好 事 近

梦里旧池塘，绿遍芊芊芳草。鸳径无人行处，更不

闻啼鸟。 冷香点地锦模糊，凤子会寻到。长日东风吹过，只乱红难扫。 **大雅集**

（"长日"二句）情在言外。

疏 影 帆影

双桡且住，趁风旌五两，挂席吹去。侧浸纹波，一片横斜，不碍招来鸥鹭。忽遮红日江楼暗，只认是、凉云飞度。待翠蛾、帘底凭看，已过几重烟浦。 摇漾东西不定，乍眠碧草上，旋入高树。荻渚枫湾，宛转随人，消尽斜阳今古。有时淡月依稀见，总添得、客愁凄楚。梦醒来、雨急潮浑，倚榜又无寻处。 **大雅集**

绘影处妙有曲折之致。○通首微嫌词胜于情。国初诸公咏物之作，大半犯此病，盖貌袭碧山、叔夏，似是而非者也。如此篇，犹为稍胜者。

摘 红 英 春雨惜花

鸳衾冷，春眠醒，温磨炉火销金饼。檐声细，添愁

思。料得烟梢，都无香气。　　妆楼凭，钩帘听，暗倾
一地胭脂凝。回心髻，簪花未。怪他紫燕，衔来红碎。

闲情集

（"料得"二句）惨淡春光，有心人不堪寓目。

华胥引 梦

　　试妆才罢，乍坐还眠，任欹翠枕。渐敛娇波，懒云
钗溜浑不省。屈戍难锁柔魂，度柳墙无影。暗逐春骢，
遍寻烟水云岭。　　此际相逢，道真真、画眉人并。不
知红日，窗间移桃过杏。分付呢喃双燕，近前催醒。重
叠花阴，怕伊迷了鸳径。　**闲情集**

（"屈戍"二句）梦境惝怳。

生查子

　　松翠石楠红，寒食孤坟路。素手摘金盐，苔印弓弓
步。　　细桨画桥边，微雨催归去。风度藼花香，吹到
回眸处。　**闲情集**

（"寒食"句）醒题。（"风度"二句）雅而不佻，风致绝妙。

河 满 子 经阮司马故宅

惨淡君王去国，风流司马无家。歌扇舞衣行乐地，只余衰柳栖鸦。赢得名传乐部，春灯燕子桃花。　　**别调集**

只就本事略点缀，而大铖之罪自著。遇此种题，总以不着议论为高。

齐 天 乐 苕南道中

野塘水漫孤城路，晓来载诗移舰。柳悴汀荒，丘迟宅坏，急雨鸣蓑千点。绿芜如染，映翠藻参差，鹈鹕能占。沽酒何村，花明独树小桥店。　　昔游如昨日耳，记深深院宇，绮罗春艳。妆阁悬蛛，舞衫化蝶，满目繁华都减。湿云乍敛，露浮玉遥峰，相看无厌。渔唱沧浪，荻根灯又闪。　　**别调集**

（"沽酒"二句）一幅画稿。

汪　森

字晋贤，桐乡人。由监生官户部郎中。有《小方壶存稿》，词三卷。

步 蟾 宫　查梅塈，余同里人也。其山水清逸，超然物表。丙辰夏，始晤于邗江寓舍。近以小卷见寄，谩题此阕，愧未能尽画中之妙耳。

平沙雁叫西风冷，看江上、月明人静。一声何处玉龙哀，空极目、烟中孤艇。　　数峰依约浑如暝，怕路远、归期难省。寒波不断古今愁，渺一片、芦花无影。

别调集

（"寒波"二句）空濛无际。

吴棠桢

字伯懋，山阴人。诸生。有《吹香词》一卷。

甘 州 子

鸦啼露井玉楼寒，梳绿鬓，整青鬟。斗将蟋蟀凭栏干，桐子堕来圆。银甲细，剥与小姑看。　**闲情集**

（"银甲"二句）含情言外。

蝴 蝶 儿

　　锦楼东，又西风。燕飞井上啄残红，金卮谁与
同。　　酒病惊春瘦，花愁入鬓浓。罗衣耐得五更钟，
绣床明月空。　**闲情集**

（下阕）凄艳幽秀，似唐五代人寓意之作。

山 花 子 闺夜

　　江影涵天萝月青，杜娘和冷立中庭。满颊羞红娇不
语，看春星。　　听得唤眠伴咳嗽，避人灭烛又消停。
只说邻家催绣枕，待三更。　**闲情集**

（下阕）故作留连，描写闺情尽致。

两 同 心 春夜

　　斗帐刚垂，沉香初浸。喜小腰、半卸红裙，见玉手、

缓移珊枕。又呼人，剔了灯花，教郎先寝。　　城上三更漏鼓，春寒太甚。不回头、媚眼羞开，假生嗔、笑声难禁。须记得，昨日看梅，前朝催饮。　**闲情集**

此词绝细腻，较棠邨《一剪梅》词，尤觉极情尽致。

陆次云

字云士，钱塘人。官江阴县知县。有《玉山词》一卷。

苏 幕 遮 玫瑰

卖花声，声甚美。叫过街头，惊醒楼头睡。买向妆台呼小婢。道似蔷薇，更比蔷薇媚。　　镜中人，私自拟。妾貌如花，花貌还如你。紫艳斜簪云鬟坠。暗里撩人，别有浓香味。　**闲情集**

小有可取处。○《四库全书提要》谓"次云《北墅绪言》有《属友人改正诗余姓氏书》，盖因《西泠词选》借名刻其词三首，故力辩之。高士奇称其自处甚高，今观所作，乃往往多似元曲，不能如书中所称周、秦、苏、辛体也"。

万　树

字红友，宜兴人。有《香胆词》一卷。

《词话》卷四（刻本卷三）：万红友《香胆词》，颇多别调，语欠雅驯。音律亦多不协处，与所著《词律》竟如出两人手，真不可解。

金缕曲　三野先生传赞

三野先生者。谓野居、野心野服，自称三野。人不知其何从至，姓氏知之者寡。在陌巷、门无车马。人不堪忧君独乐，且诉然、乐以忘天下。天山遁，是其卦。　　萧然四壁惟图画，于吟诗、读书之外，亦能书写。闲则云山随所至，多与渔樵答话。或共饮、极欢而罢。赞曰夫人生世上，每劳劳、名利而无暇。如是者，一人也。　　**别调集**

红友词，余未窥全豹，二词见《莲子居词话》，尚有别致，此章尤极自然。◎直似一篇传志。

又　游石亭记

乙巳春之季，与吴君、自注："吴天石、天篆。"曹君自

注："曹南耕。"诸子，会于槐里。遂往游于石亭涧，少长群贤毕至。兴不减、兰亭修禊。此地崇山多峻岭，有茂林、修竹清流水。堪畅叙，坐其次。　　气清天朗风和惠，共欣然、形骸放浪，兴怀托寄。俯仰彭殇皆妄作，莫问世殊事异。且一觞、一咏相继。客曰斯游真足乐，不可无、韵语传于世。余曰诺，是为记。　　**别调集**

叙事直起。◎合拍亦巧，惜笔力不足以举之。

曹鉴征

字征之，嘉善人。布衣。

山　花　子

小院西风木叶残，新愁勾引到眉端。人与嫦娥共憔悴，卷帘看。　　塞雁不传千里信，邻鸡初报五更寒。一自意中人去也，泪偷弹。　　**闲情集**

吴仪一

字瑔符，一字舒凫，钱唐人。监生。有《吴山草堂词》十七卷。

　　王渔洋晚年寄怀西泠三子诗曰："秭村乐府紫山诗，更有吴山绝妙词。此是西泠三子者，老夫无日不相思。"其为前辈推重如此。

清 平 乐

　　画屏烟雾，仿佛咸阳路。渭水无声流月去，照见汉家陵树。　　萧条孤客情怀，酒酣独上荒台。三月杨花似雪，满城羌笛吹来。　　放歌集

　　此词亦自精警。

俞士彪

　　一名珮，字季琼，钱塘人。官崇仁县县丞。有《玉蕤词钞》二卷。

贺 新 凉　旅店题壁

　　洒尽穷途泪。看少年、一番行役，一番憔悴。雨雪霏霏泥滑滑，上马屡愁颠踬。又况值、金轮西逝。屈指离家能几日，早行来、已是三千里。嗟岁月，似流水。　　蒙茸渐觉羊裘敝，怎当他、朔风凄紧，裂肤堕指。莽莽长途谁是主，灯火前村近矣。只无奈、望门投

止。沽得浊醪聊破冷,向灯前、独饮难成醉。天未晓,
又催起。　**放歌集**

(上阕)牢愁满纸,远行者不堪多读。

浣 溪 沙

眉翠都残画未成,脸波微褪梦初醒。恼他妆镜忒分
明。　　心里只因常有恨,人前还似不知情。背拈钗子
画银屏。　**闲情集**

("人前"句)曲而能达。

沈岸登

字覃九,一字南泞,平湖人。有《黑蝶斋词》一卷。

采 桑 子

桃花马首桃花放,小雨初收,草绿山邮,春色年年
独自愁。　　东风一带河桥柳,柳外朱楼,不上帘钩,
定有愁人楼上头。　**闲情集**

"定有"妙，与幼安"白鸟无言定是愁"并能使无情处都有情也。

浣 溪 沙

自在珠帘不上钩，篆烟微润逼香篝。薄罗衫子叠春愁。　　乳燕寒深浑不语，落花风定也难收。谢娘且莫倚西楼。　闲情集

（"薄罗"句）凄警语，微嫌小样。

步 蟾 宫　席上和竹垞韵

云花未净侵阶滑，奈小小、鸦头罗袜。恼人三五月朦胧，数不定、风鬟十八。　　歌阑才把觥筹撒，听去也、一声愁杀。尊前相对尚无言，又那得、相思书札。
闲情集

（"尊前"二句）艳词亦饶笔力，真竹垞之亚也。

卜 算 子

长簟点疏[①]萤，冷砌银蟾堕。吹遍梧桐叶叶风，定自挑灯坐。　　一片乱山秋，不管离魂破。望断天边少个人，雁字空排过。　闲情集

（"一片"二句）情景兼写，声调高抗。

如 梦 令

才见绿杨飘絮，又见颓桐垂乳。三十六鸳鸯，尽在藕花深处。飞去，飞去，生怕晚来烟雨。　别调集

（"三十"五句）意余于言。

沈　雄

字偶僧，吴江人。有《柳塘词》一卷。

---

① "疏"，底本作"点"，据《黑蝶斋词》《国朝词综》改。

浣 溪 沙 梨花

压帽花开香雪痕，一林轻素隔重门。抛残歌舞种愁根。　　遥夜微茫凝月影，浑身轻浅剩梅魂。溶溶院落共黄昏。　**别调集**

（下阕）极力洗炼，自是精心之作。

曹亮武

字渭公，宜兴人。有《南耕词》六卷、《荆溪岁寒词》一卷。

浣 溪 沙

画阁春眠贴绣茵，起寻残梦立香尘。鬓边山枕印纤痕。　　芳草有情怜荡子，落花无力恋愁人。日长风细暗销魂。　**闲情集**

（"芳草"二句）凄艳。

剔 银 灯 咏寒灯

戛触琅玕欲碎，听糁罢、六花还未。拨尽炉灰，磨

残冻墨，一盏寒檠斜背。连宵天气，怎逼得、光儿逾
细。　　直是冷清清地，记起十年前事。灭处情亲，烧
时心热，那怕夜长难寐。如今何意，照不了、五更滋
味。　　**别调集**

（"灭处"二句）工于言情，语极懊闷。

杨通伶

字圣期，济宁人。贡生。官合肥县教谕。有《竹西词》一卷。

生查子

欲绣合欢襦，先画双鸳谱。口诵梵王经，窗外教鹦
鹉。　　香暖夏兰开，细屈春纤数。绿蚁上盆牙，倒拨
金钗股。　　**闲情集**

此词绝似梅村。（下阕）写惜花心事，笔情婉丽。

盛　枫

字丹山，秀水人。康熙二十年举人，官安吉县教谕。有《梨雨选
声》二卷。

浪 淘 沙

槐影绿毵毵，午梦初残。北窗燕子自呢喃。楼外晚香人寂寂，月到阑干。　　帐冷小双鸾，斜軃云鬟。黄莺催起却无端。有意寻愁愁不见，镜里眉山。　**闲情集**

（"有意"二句）只是"愁"、"眉"二字，却运用得妙，故知人不可无笔。

龚翔麟

字天石，号蓼圃，仁和人。康熙二十年副榜，官工部主事，擢监察御史。有《红藕庄词》三卷。

醉 公 子 春游

马首山无数，绿绕仙源去。花外雨如丝，青青湿酒旗。　　笑指垂杨碧，未把红楼隔。树杪有双鬟，春风小画栏。　**闲情集**

（"树杪"二句）点缀有情。

冯 瑞

字霄燕，娄县人。康熙二十四年进士，官编修。有《棣华堂诗余》。

更 漏 子 七夕

藕花风，梧叶露，何处鹊桥堪渡。金屋底，绣帘前，秋兰绕夜烟。　　蛾眉敛，莺声啭，团扇轻罗半掩。立缓缓，步迟迟，相逢月落时。　闲情集

"秋兰"五字精秀。

孙致弥

字恺似，号松坪，嘉定人。康熙二十七年进士，官侍读学士，有《别花余事》一卷、《梅沜词》四卷、《衲琴词》一卷。

摸 鱼 子 秋暮

挂蒲帆、鲤鱼风弱，吴淞江上秋暝。潮回沙尾圆纹没，点点蘋花如镜。相掩映，倩荻雪菰云，谱出寒波静。眠鸥乍醒，渐牧笛横烟，钓船吹火，月黑雁无影。
莼鲈兴，一片西风谁省，年年长负清景。松醪半冻颇黎

色，不敌晚来愁凝。天水迥，待倚醉高歌，小海无人应。茫茫千顷，怕惊起蛟龙，中宵起①舞，电拂剑花冷。　放歌集

（"渐牧"三句）写夜景有声有色。（"怕惊"三句）沉雄俊爽，直逼遗山。

狄　亿

字立人，溧阳人。康熙三十年进士，授庶吉士。

蝶 恋 花 闲居

夏日园居何所事。水阁风轩，尽我徜徉耳。倦即高眠醒即起，年来经济都如此。　　怪石枯藤饶古意。跣足科头，亦复沾沾喜。小立阑干频徙倚，闲看水面蜻蜓戏。　放歌集

（"倦即"二句）以疏狂寓悲愤。

_____

① "起"，《梅泾词》《国朝词综》作"啸"。

临江仙 金陵怀古

城郭依然风景异，六朝金粉生愁。兴亡不到大江流。银涛雪浪，终古自悠悠。　　赢得秦淮多少恨，兴怀百尺楼头。琵琶一曲泪难收。夕阳山色里，犹带旧时秋。

放歌集

（"银涛"二句）感喟苍茫，骎骎乎唐人之诗矣。

又

月满楼台花满路，当年无限风流。而今胜迹已荒丘。空余残照，烟澹白蘋洲。　　惆怅长干桥下水，清光缥渺长浮。南朝佳丽等闲休。天生歌舞地，强半使人愁。

放歌集

焦袁熹

字广期，金山人。康熙三十五年举人。有《此木轩直寄词》二卷。

采桑子 秋怨

藓阶苔砌无人迹，闲立闲行，有甚心情，唱个相思

曲得成。　　　无憀最是黄昏雨，遮莫深更，听尽秋砧，搀入芭蕉点滴声。　　**闲情集**

语劲直而意闲婉。○"唱个"句粗。

更 漏 子

漏初残，更未审，半暖半寒鸳锦。雏燕语，乳鸦飞，忆他临别时。　　　隔窗花，临牖柳，陌上几番回首。红洗露，绿梳风，旧欢如梦中。　　**闲情集**

（"忆他"句）五字真，最难忘情者临别时也。（"红洗"三句）造语精炼。

魏 坤

字禹平，嘉善人。康熙三十八年举人。有《水村琴趣》四卷。

南 乡 子 潞河送别

鬓影西风，吹上蒲帆六幅中。烟外沙村云外树，今夜雨，水驿灯昏听雁语。　　**别调集**

（"烟外"三句）音调凄断。

城 头 月 咏燕，同徐虞木赋。

凌风玉剪穿帘去，花底双双住。细雨催归，轻烟织影，低向红窗语。　　年时漂泊愁如许，瀚海成羁旅。悔别雕梁，难寻旧垒，不记楼中路。　别调集

（"悔别"三句）言中有物，意味便长。

范允锁

字用宾，钱唐人。康熙三十九年进士，官监察御史。有《啸堂诗余》一卷。

苏 幕 遮 春思

粉墙阴，蝴蝶路。杨柳楼心，故作天斜舞。绿浅红深春几许。一半将归，一半还留住。　　杏花湾，桃叶渡。芳草连天，没个遮阑处。怅望王孙从此去，旧时燕子归来语。　闲情集

"芳草"二句，自是"心中事，眼中泪"人语。

叶寻源

字砚孙，江南华亭人。有《玉壶词》。

蝴 蝶 儿

蝴蝶儿，粉墙西。一双高下逐晴丝，日长舞影迟。　　思妇含颦绣，鸦鬟扑扇随。两般情绪落花时，笑啼争为伊。　**闲情集**

（"两般"二句）欢戚不同，一有知，一无知也。

徐　瑶

字天璧，荆溪人。有《离墨词》二卷。

惜 红 衣 拟梦窗词

云母屏前，湘妃帘后，晚寒慵绣。蓦地伤心，修蛾一痕皱。闲阶软步，曾乍遇、悄携纤手。波溜，无语暗怜，为新来消瘦。　　香云散久，玉碎花萎，春情已非

旧。惟教验取罗袖，尽湿透。待写别来愁思，寄与断魂
知否。问甚时还许，十二玉楼重叩。　　**别调集**

狄立人谓天璧才擅众长，词非一格。尤展成谓此词惝恍迷离，
得神光掩映之妙。余谓此词诚佳，但意境不深，拟诸梦窗，貌似而
神不似也。

周稚廉

字冰持，娄县人。著有《容居词》一卷。

《词话》卷三（刻本无）：周冰持亦好作绮语，不过《花影》之
流亚耳，尚不足为妖也。

相 见 欢

小髻衫着轻罗，发如螺。睡起钗偏髻倒、唤娘
梳。　　心上事，春前景，闷中过。打叠闲情别绪、教
鹦哥。合下章别本作明代湖广女子龙辅作，未知何据。　　**闲情集**

（"睡起"句）娇态如画，然流入荒淫矣。（"打叠"句）风致
绝胜。

又

雏鹦啄下红樱，曲栏晴。笑取泥金小扇、扑蜻蜓。　牵得住，推不去，是春情。多少柔肠嘱付、护花铃。　**闲情集**

（下阕）宛转缠绵。

生查子

鸂鶒翠钿飞，翡翠榴裙屐。含笑入罗帏，人影灯光蘸。　昵枕听晨鸡，点点铜壶勘。亏得种芭蕉，日闪红窗暗。　**闲情集**

（"亏得"二句）雅笔传艳情，妙只不露。

玉蝴蝶

越罗初绣双鸾，臂小绾猫环。试点郁金油，花酥腻粉山。　昵人红玉软，娇垢翠眉攒。半醉带郎冠，暗中试小鬟。　**闲情集**

（"半醉"二句）妒情可哂，可谓"善戏谑兮"。

卜　算　子

划袜坠金菱，髻溜琼妆钿。为爱鹦哥红豆抛，莫认车边果。　　曲槛小屏山，月淡花如雾。倦倚檀肩数乱星，数到牵牛住。　闲情集

（"为爱"二句）自爱自抛，自解自剖，妙甚。（"倦倚"二句）思路甚巧，而笔路病纤。

添字昭君怨

斗帐朝搴银蒜，绣幕夜燃兰焰。戏阉红豆叫郎猜，笑郎呆。　　看遍狼朱藉粉，无奈杏残梅褪。倚栏故意教鹦哥，骂儿夫。　闲情集

（"倚栏"二句）摹写娇憨，不免纤小。

浪　淘　沙

把盏饯东君，绿皱红蕚。为春憔悴不憎春。娇鸟避

风翻叶底，狼籍花裀。　　　细雨湿香尘，柳魄梅魂。今
年花伴去年人。只有心愁如织锦，别样翻新。　**闲情集**

（"今年"三句）凄婉颇近小山。

送入我门来 赠歌伶

青粉墙头，绿珠帘畔，彩棚高矗云端。年少彭郎，
眉学小姑攒。葵花淡写泥金扇，更榴火低簪碧玉冠。鸳
鸯帕偷换，息肥仙药，香窨双丸。　　　初见十三年纪，
认得发松髻小，腰细衫宽。曲榭重逢，往事异悲欢。尊
前谱我淋铃调，与滴雨新梅一样酸。看舞余欲坠，歌余
微喘，不忍催完。　**闲情集**

（"尊前"五句）凄凉酸楚，情韵双绝。

柴　震
字尺阶，钱唐人。

更 漏 子 闺夜

麝烟微，蝉影泻，楼上晚妆初卸。钗翠滑，鬓云松，

月移花影重。　　漏无声，莺未语，睡熟银屏深处。芳草径，马蹄尘，梦回还当真。　**闲情集**

　　结语婉至。

许　田

字莘野，钱唐人。康熙四十二年进士，官高县知县。有《屏山春梦词》二卷、《水痕词》一卷、《屏山词话》一卷。

小 重 山

　　百啭新莺在柳梢，杏花娇欲语、映轻绡。银塘东畔赤栏桥，寻芳去、女伴记曾邀。　　扶袖上兰桡，临波争照影、尽妖娆。休将闲事故相嘲，才一笑、双频上红潮。　**闲情集**

　　（"休将"二句）情态如绘。

解 语 花 偶见

　　鸭头波净，燕尾沙横，人坐矶边石。黛眉修碧，却好有、一树丝杨遮额。粉裙风揭，刚小露、鞋儿双窄。击青瑶、玉腕冰纱，问比来谁白。　　记取那年欢席，有虫娘似否，醉听歌拍。闲愁曾积，思量起、素体横陈芗泽。多情过客，空费汝、星眸小掷。漾花梢、一朵行云，化水痕难觅。　**闲情集**

此阕最为刘廷玑所爱，以结二语妙在离即之间，不着迹象，然篇中俚语甚多，除结数语外，皆无可取。

查慎行

字夏重，号初白，海宁人。康熙四十二年进士，官编修。有《余波词》二卷。

台 城 路 秋声

商飙瑟瑟凉生候，孤灯影摇窗户。堤柳行疏，井梧叶尽，添洒芭蕉细雨。才听又住，正淡月朦胧，微云来去。簌簌空廊，有人还傍绣帘语。　　多因枕上无寐，才二十五更，残点频误。响玉池边，穿针楼畔，一派难分竹树。零砧断杵，又空外飞来，搅成凄楚。别样关心，天涯惊倦旅。　**大雅集**

（"才听"句以下）层层逼入，满纸皆作秋声。〇他手作此题，每写得慷慨激烈，此独出以和雅之笔，可见先生风度。

念 奴 娇 赠别碧纹录事

寻春较晚，人都笑、小杜旧时光景。曲港桥通门启处，翠柳红薇交映。唤起梳头，恹恹犹带，中酒催花病。有心绛蜡，夜阑留照双影。　　却是我未成名，匆匆轻别了，翻嫌薄幸。此意沉吟行复住，不为石尤风紧。明日回头，离烟恨水，多少愁人境。问重来约，叮咛莫似瓶井。　闲情集

后半低回宛转，一往情深。◎李峤诗"消息似瓶井"，言瓶沉井底也。

华宗钰

字荆山，江南华亭人。有《寻云遗草》。

减 兰

朱门更静，帘卷琼钩风不定。对影沉吟，待剪灯花

惜寸心。　　镇常相见，只有巢梁双海燕。绣被香温，
梦断棠梨雨后魂。　**闲情集**

（"对影"二句）寄情绵邈。

陈　崿

　　字峄岚，江南华亭人。贡生。有《呵壁词》一卷。

忆 江 南

　　江南忆，十里芰荷池。微有风来低翠盖，断无人处
脱红衣。兰桨夜深归。　**别调集**

（"微有"二句）咏芰荷偏有此芊丽语，真才人之笔。

杜　诏

　　字紫纶，号云川，无锡人。康熙五十一年进士，授庶吉士。有
《浣花词》一卷、《凤髓词》三卷、《蓉湖渔笛谱》一卷。

南 乡 子

　　絮语曲阑边，小炷金猊窄袖偏。手约篆丝风不定，

凭肩，一袖香分两袖烟。　几欲卸头眠，翠被重熏梦不圆。错认柔乡容易住，从前，才着思量便渺然。　**闲情集**

（"才着"句）思路悠远，笔意清峭。

西 江 月

人静拥炉时节，夜阑剪烛房栊。枕边花落腻残红，敧侧钗头小凤。　睡里旋销酒晕，醒余还似春慵。铃声不耐五更风，并起秋衾说梦。　**别调集**

（"铃声"二句）忍俊不禁。

徐逢吉

字紫珊，自号青蓑老渔，钱唐人。诸生。有《摇鞭集》《微笑集》《柳洲清响》《峰楼写生》各一卷。

如此江山　吴山望隔江残雪

朔风卷却彤云去，江天正绕寒色。远踏冰崖，醉扶筇杖，坐向玉清楼侧。越山历历，见几点微青，数峰犹白。冻老梅梁，昏鸦斜带六陵夕。　　西兴谁又唤渡，是故人欲访，孤屿消息。独树无依，高帆半落，点缀米家残墨。海门渐黑，想今夜山阴，柴关岑寂。老鹳惊飞，登台吹短笛。　　别调集

（"冻老"二句）笔力清劲。（"独树"八句）写景有层折，有声势，措语亦自精湛。

绿窗并倚

忽地西风起，指衡阳缥缈，又早征鸿来矣。故园在何处，怎不把书相寄。念昨夜舟中，今宵梦里，多少愁滋味。欲住也、浑无计，欲去也、浑无计。　　还忆绿窗并倚，正天长地久，不道这回抛弃。想伊更多病，那受得、恁般憔悴。对湘竹帘儿，芙蓉镜子，弹了千行泪。一半是、西湖水，一半是、西江水。　　别调集

此词措语容易得妙，然却不浅率。

白雨齋詞選

〔清〕陈廷焯 编选　钟锦 校订

X

白雨斋词选卷二十

清词八

厉　鹗

字太鸿，钱唐人。康熙五十九年举人，乾隆元年荐举博学鸿词。有《樊榭山房词》二卷，又续集二卷。

樊榭词，幽香冷艳，如万花谷中杂以芳兰，在国朝词人中别树一帜，可谓超然独绝者矣。徐紫珊谓其沐浴于白石、梅溪，此亦皮相之见。大抵迦陵、竹垞、樊榭三人负其才力，皆欲于宋贤外别开天地，而不知宋贤范围必不可越。陈、朱固非正声，樊榭亦属别调。○樊榭拔帜于陈、朱之外，自是高境。然其幽深处在貌而不在骨，绝非从楚《骚》来，故色泽甚饶，而沉厚之味终不足也。○樊榭措词最雅，学者循是以求深厚，则去姜、史不远矣。

《词话》卷四：厉樊榭词，幽香冷艳，如万花谷中杂以芳兰，在国朝词人中，可谓超然独绝者矣。论者谓其沐浴于白石、梅溪（徐紫珊语），此亦皮相之见。大抵其年、锡鬯、太鸿三人负其才力，皆欲于宋贤外别开天地，而不知宋贤范围必不可越。陈、朱固非正声，樊榭亦属别调。◎樊榭词，拔帜于陈、朱之外，窈曲幽深，自是高境。然其幽深处在貌而不在骨，绝非从楚《骚》来，故色泽甚饶，而沉厚之味终不足也。◎樊榭措词最雅，学者循是以求深厚，则去姜、史不远矣。

《词话》卷四：樊谢亦精于造句。如《齐天乐》云："将花插帽，向第一峰头，倚空长啸。"《高阳台》云："秋翠分峰，凝花出土。"《忆旧游》云："溯溪流云去，树约风来，山剪秋眉。"下云："又送萧萧响，尽平沙霜信，吹上僧衣。凭高一声弹指，天地入斜晖。"《齐天乐》（秋声）云："微吟渐怯，讶篱豆花间，雨筛时节。独自开门，满庭都是月。"《念奴娇》云："起坐不离云鸟外，倒影山无重数。柳寺移阴，莳田拖碧，花气凉于雨。诗成犹未，远蝉吟破秋句。"下云："月逗篱声前浦。"结云："水凑摇曳烟路。"《桃源忆故人》（萤）云："残月刚移桐屋，一个墙阴绿。"似此之类，自其外著者观之，居然一乐笑翁矣。

《词话》卷八（刻本卷六）：词有貌不深而意深者，韦端己《菩萨蛮》、冯正中《蝶恋花》是也。若厉樊榭诸词，造语虽极幽深，而命意未厚，不耐久讽，所以去古人终远。◎樊榭词笔幽艳，盖亦知陈、朱之悖乎古，而别出旗鼓以争胜。浅见者遂谓其从《风》《骚》来，其实不过袭梅溪、梦窗、玉田面目，而运以幽冷之笔耳。然不可谓非作手。

《词话》卷八（刻本卷六）：朱、陈、厉三家，可谓极词之变态。以云骚雅，概未之闻。◎陈、朱词，显悖乎《风》《骚》，樊榭则隐违乎《风》《骚》。而不知《风》《骚》门径，必不容与之相背也。◎陈以雄阔胜，可药纤小之病。朱以隽逸胜，可药拙滞之病。厉以幽峭胜，可药陈俗之病。不可谓之正声，不得不谓之作手。◎

迦陵雄劲之气，竹垞清隽之思，樊榭幽艳之笔，得其一节，亦足自豪。若兼有众长，加以沉郁，本诸忠厚，便是词中圣境。

齐 天 乐 吴山望隔江霁雪

　　瘦筇如唤登临去，江平雪晴风小。湿粉楼台，酿寒城阙，不见春红吹到。微茫越峤，但半汒云根，半销沙草。为问鸥边，而今可有晋时棹。　　清歌几番自遣，故人稀笑语，相忆多少。寂寂寥寥，朝朝暮暮，吟得梅花俱恼。将花插帽，向第一峰头，倚空长啸。忽展斜阳，玉龙天际绕。　　**大雅集**

百 字 令 丁酉清明

　　春光老去，恨年年心事，春能拘管。永日空园双燕语，折尽柳条长短。白眼看天，青袍似草，最觉当歌懒。惝惝门巷，落花早又吹满。　　凝想烟月当时，饧箫旧市，惯逐嬉春伴。一自笑桃人去后，几叶碧云深浅。乱掷榆钱，细垂桐乳，尚惹游丝转。望中何处，那堪天远山远。　　**大雅集**

国 香 慢 素兰

路远三湘，记幽崖冷谷，采遍瑶房。仙人炼颜如洗，尚带铅霜。窈窕①东风摇翠，返魂处、佳珥成行。飘零遇张硕，已堕红尘，还舞霓裳。　　月中何限怨，念王孙草绿，孤负空香。冰丝初弄清夜，应诉悲凉。玉断相思一点，算除是、连理唐昌。闲阶澹成梦，白凤梳翎，写影云窗。　**大雅集**

（下阕）声调清越，是樊榭本色，亦是樊榭所长。

《词话》卷四：樊榭《国香慢》（素兰）云（下阕），声调清越，是其本色，亦是其所长。

霓裳中序第一 宋德寿宫芙蓉石，在南榷署。

墙阴拥翠浪，搔首繁华成俯仰。藤络苔皴草长，是亲见光尧，蓬莱无恙。香销玉葬，怕夜深、山鬼来往。凄凉处、奉华旧阁，记否卷帘赏。　　惆怅，疏蛩藏响，雨洗净、嶙峋十丈。芙蓉孤倚月幌，问点额宫梅，已归

---

① "窈"，《樊榭山房词》《国朝词综》作"嫋"。

天上。冷衔蜂乍放，不照到、铜沟腻涨。青芜里、宣和
金字，也是此情况。　大雅集

　　（"香销"四句）措语幽艳，气韵苍凉，就形似而论，正不减中
仙也。

高阳台 成窑九十九字①瓷合，

金寿门索赋，云是宫中妆具也。

　　秘翠分峰，凝花出土，依稀粉滴脂奁。钿合前尘，
宫罗冷却羹尖。浮梁犹有当时月，向夜深、孤照秋奁。
怨长门，梦断苍龙，字渍眠蚕。　　戏婴图子谁描得，
恰临妆试仿，黛笔重添。数比螽斯，未曾盈百休嫌。从
今旧价卑哥汝，宛青娥、红泪偷淹。莫销魂，汉苑瑶箱，
久落江南。原注："明时瓷器进御者，皆出浮梁之景德镇。"　大
雅集

　　起八字精炼。（"浮梁"五句）凄艳绝世。◎"螽斯"二语纤
小，"未曾"六字尤疲软。

----

　　① "字"，《樊榭山房词》《国朝词综》作"子"。

玉漏迟 永康病中，夜雨感怀。

薄游成小倦，惊风梦雨，意长笺短。病与秋争，叶叶碧梧声颤。湿鼓山城暗数，更穿入、溪云千片。灯晕剪，似曾认我，茂陵心眼。　　少年不负吟边，几熨帛光阴，试香池馆。欢境消磨，尽付蚀虫微叹。客子关情药裹，觅何地、烟林疏散。怀正远，胥涛晓喧枫岸。　　**大雅集**

（"病与"七句）此词绝似周草窗，而骚情雅意，更觉过之。①〇樊榭词品固在竹垞、迦陵之上。

百字令 月夜过七里滩，光景奇绝，

歌此调，几令众山皆响。

秋光今夜，向桐江、为写当年高蹑。风露皆非人世有，自坐船头吹竹。万籁生山，一星在水，鹤梦疑重续。桨音遥去，西岩渔父初宿。　　心忆夕社沉埋，清狂不见，使我形容独。寂寂冷萤三四点，穿破前湾茅屋。林净藏烟，峰危限月，帆影摇空绿。随风飘荡，白云还卧

---

① 此评录入《词话》卷四，"绝似"作"似"。

深谷。　大雅集

（"万籁"五句、"林净"五句）炼字炼句，归于纯雅，而于写景之外尤饶余味，似此真可步武玉田矣。

《词话》卷四：樊榭《百字令》（月夜过七里滩）云（"万籁"五句），无一字不清俊，下云（"林净"五句），炼字炼句，归于纯雅，此境亦未易到也。

忆旧游 辛丑九月既望，风日清霁，唤艇自西堰桥，沿秦亭、法华，湾洄以达于河渚。时秋芦作花，远近缟目，回望诸峰苍然，如出晴雪之上。庵以"秋雪"名，不虚也。乃假僧榻，偃仰终日，唯闻棹声掠波往来，使人绝去世俗营竞所在。向晚宿西溪田舍，以长短句纪之。

溯溪流云去，树约风来，山剪秋眉。一片寻秋意，是凉花载雪，人在芦漪。楚天旧愁多少，飘作鬓边丝。正浦溆苍茫，闲随野色，行到禅扉。　　忘机，悄无语，坐雁底焚香，蛩外弦诗。又送萧萧响，尽平沙霜信，吹上僧衣。凭高一声弹指，天地入斜晖。已隔断尘喧，门前弄月渔艇归。　大雅集

（"又送"五句）笔意超脱，胸中无些子俗尘。

齐 天 乐 秋声馆赋秋声

箪凄灯暗眠还起，清商几处催发。碎竹虚廊，枯莲
浅渚，不辨声来何叶。桐飙又接，尽吹入潘郎，一簇愁
发。已是难听，中宵无用怨离别。　　阴虫还更切切，
玉窗挑锦倦，惊响檐铁。漏断高城，钟疏野寺，遥送凉
潮呜咽。微吟渐怯，讶篱豆花间，雨筛时节。独自开门，
满庭都是月。　大雅集

（"讶篱"四句）笔意幽冷。

又 络①纬

夕阳才作微凉意，幽窗便闻秋纺。怨绪回风，情丝
曳雨，交戛依然摇飔。离惊记往，在枫叶横塘，豆花深
巷。翠股斜欹，萧萧又送去年响。　　何人听时较早，
旧啼银烛背，寒素无恙。染黛形轻，翻车韵急，偏隔秦
楼朱幌。余绚漫想，怕短发难搔，助愁千丈。夜色柴门，
几声天更爽。　大雅集

---

① "络"，底本作"绛"，据《樊榭山房词》《国朝词综》改。

（"萧萧"句）怨情离绪，言外自见。

念奴娇 甲辰六月八日，予将北游，东扶、圣几饯予湖上，泊舟柳影荷香中，日落而归，殊觉黄尘席帽，难为怀抱矣。因用白石道人韵，歌以志别。

孤舟入画，怪人间谁写，渔朋鸥侣。起坐不离云鸟外，倒影山无重数。柳寺移阴，莳田拖碧，花气凉于雨。诗成犹未，远蝉吟破秋句。　　忽记身是行人，劳君把酒，暂揖湖光去。共惜风亭今夜笛，月逗离声前浦。千里幽禊，一堤野思，终拟将家住。甚时携手，水蘋摇曳烟路。　**大雅集**

此词佳句绝多，造语之妙，亦近似白石、玉田矣。

谒金门 七月既望湖上雨后作

凭画槛，雨洗秋浓人淡。隔水残霞明冉冉，小山三四点。　　艇子几时同泛，待折荷花临鉴。日日绿盘疏粉艳，西风无处减。　**大雅集**

"秋浓人淡"四字写雨后，奇而精。（"日日"二句）中有怨情，意味便厚，否则无病呻吟，亦可不必。①

卖 花 声 徐翩翩书扇，自称金陵荡子妇。

花月秣陵秋，十四妆楼。青溪回抱板桥头。旧日徐娘无觅处，芳草生愁。　　金粉一时休，团扇谁留。赚人只有小银钩。句尾可怜书荡妇，似诉漂流。　**闲情集**

结二语可括《琵琶行》，不烦多着墨也。

眼 儿 媚

一寸横波惹春留，何止最宜秋。妆残粉薄，矜严消尽，只有温柔。　　当时底事匆匆去，悔不载扁舟。分明记得，吹花小径，听雨高楼。　**闲情集**

---

① "日日"二句评语录入《词话》卷四。

木兰花慢 城西开元宫，本宋周汉国公主府，元时句曲外史张伯雨入道于此。外史《开元宫得月轩词》有"环堵隘，花狼藉。沟水涨，云充斥。似石鱼湖小，酒船宽窄"之句，今阑入军营中，仅矮屋数楹，奉高真像旁有隙地，积水纵横，犹是当日陈迹也。雍正癸卯二月十九日过之，书此以贻访古者。

自吹箫伴去，还再住，列仙儒。想瑶草呼龙，梅花待鹤，诗鬓慵梳。平生爱寻先隐，冷襟怀、要与俗人疏。可惜风骚零落，而今才到清都。　　漫郎曾赋石鱼湖，流水绕阶除。剩一片涓涓，断云新柳，照影荒渠。宫奁已销余艳，觅彩毫、何处写黄图。说与游人记得，羽觞泛也应无。　**别调集**

（"平生"四句）超然绝俗，"冷襟怀"八字只是自写其词。（"宫奁"二句）凄艳入骨。

桃源忆故人 萤

夜凉那更秋情独，冷焰雨余轻扑。坠处湿粘帘竹，瞥见因风逐。　　穿烟照水犹难足，小簟窥人新浴。残月刚移桐屋，一个墙阴绿。　**别调集**

（"残月"二句）笔意幽冷。

摸 鱼 儿 得汪舍亭婺州晚春见怀诗，用蜕岩韵答之。

又腾腾、一番春晚，无情潮落江浦。故人犹忆春前
别，不肯载愁流去。窗暝处，展淡墨吴笺，忽见殷勤语。
客怀定苦，在縠水双流，池楼一角，日日独看雨。
凄凉意，不数淋铃督护，风流那减张绪。平生我亦多情
者，更揾酒边遗谱。还问取，问青子绿阴，可记城南路。
休歌尔汝，待再觅邮筒，余花晚笋，刻意为君赋。 **别
调集**

清 平 乐 春游士女图

胶鬟新拭，正是停针日。小扇扑余无气力，风里杨
花吹急。 销凝石畔兜鞋，不知偎暖苍苔。欲就浓香
一梦，翩翩蝴蝶飞来。 **别调集**

（"欲就"二句）婉约近北宋人手笔。

蝶 恋 花 戊申春暮城东周氏小园①

三月风颠吹断柳。何况蔷薇，落处依苔厚。折得一枝花在手，戴花人尚平安否。　　行遍回塘销永昼。水影蘋香，只是侵襟袖。杜宇数声春欲瘦，斜阳艳艳醺如酒。　**别调集**

（"折得"二句）信手写去，自饶清丽，俗手学之，毕生不得。

黄之隽

字石牧，江南华亭人。康熙六十年进士，官编修。有《唐堂词》二卷，补遗一卷。

《词话》卷十（刻本卷七）：黄石牧《香屑集》，古艳古香，集句神境。《唐堂词》二卷，亦多幽怨之音。

翠楼吟 魂

月魄荒唐，花灵仿佛，相携最无人处。阑干芳草外，忽惊转、几声杜宇。飘零何许，似一缕游丝，因风吹去。浑无据，想应凄断，路傍酸雨。　　日暮，渺渺愁余，

---

① 词题，《樊榭山房词》《国朝词综》后有"池上作"。

觉黯然销者，别情离绪。春阴楼外远，入烟柳、和莺私语。连江暝树，愿打点幽香，随郎粘住。能留否，只愁轻绝，化为飞絮。　**大雅集**

惨戚憯凄，迷离惝恍，非深于情者不能道只字也。①

一枝春　有为听浴词者，嫌近猥亵，正之以雅。

絮扑东邻，艳阳斜、小渍罗衣香汗。兰汤试否，细语杜鹃花畔。窗纱闲响，想卸到、画鸾裙衬。知尚怯、一缕微风，逗得玉肌寒浅。　移时暗闻水溅，是冰绡三尺，轻匀湿遍。梨花镜里，带雨自怜春软。窥墙未许，肯帘外、侍儿金赚。应怕有、雏燕雕梁，看人未免。　**闲情集**

（"窗纱"四句）细致。（"窥墙"四句）丽而有则。

忆汉月　愁月

没个有情如尔，辛苦寻侬来此。夜阑珍重下回廊，

驀地照人憔悴。　　垂帘浑怕看，偏照到、绿罗帏里。一泓碧水浸衾寒，那忍卸头来睡。　**别调集**

起二语幽怨。

季元春

字鸣赓，太平人。有《定余小草》。

醉太平 柳

去年今年，楼边水边。弄成漠漠春烟，管伤心酒筵。　　愁牵梦牵，风天雨天。瘦腰扶起三眠，又江潭可怜。　**别调集**

（"愁牵"二句）凄警。

陈　沆

字湛斯，海宁人。监生。有《小波词钞》一卷。

浣溪沙

紫陌人娇细马驮，绿杨风碎乱莺歌。个侬闺里笑蹉

跎。　珊枕有情圆梦小，芸篝无奈窃香多。春山也会赚双蛾。　**闲情集**

<h2 style="text-align:center">又</h2>

帘外将雏燕语忙，绿阴浓压绣金床。困人天气费商量。　梅子酸心怜旧渴，荷花娇面学新妆。干卿何事恼回肠。　**闲情集**

（"干卿"句）从"忽见陌头杨柳色"化出。

<h2 style="text-align:center">又</h2>

斜挂桐梢月一弓，碧云高洗暮天空。疏萤无力点帘栊。　凉意嫩侵团扇底，秋心微袅篆烟中。小鬟催着越罗重。　**闲情集**

"秋心"七字精绝。

陆　培

字翼风，号南芗，平湖人。雍正二年进士，官东流县知县。有

《白蕉词》四卷。

《词话》卷四：陆南芗《白蕉词》四卷，全祖南宋，自是雅音，但无宋人之深厚，不耐久讽也。

《词话》卷九（刻本卷六）：雍、乾以还，词人林立。如南芗、橙里辈，非无磨琢之工，而卒不能超然独绝者，皆苦不知本原所在。故下不至如杨、郭之卑靡，上亦难窥姜、史之门户。后之为词者，不根柢于《风》《骚》，仅于词中求生活，又无陈、朱才力，纵极工巧，亦不过南芗、橙里之匹。则亦车载斗量，不可胜数矣，尚安足为贵乎？

长亭怨慢 柳花

正啼鸠、声中春暮，别馆长亭，飏空交舞。作意揉绵，翠条犹弄旧眉妩。欲留无计，知逗落、谁家住。风里最轻盈，早吹入、香闺诗句。　　惜取，向帘旌户额，扑到白花如絮。斜阳马首，又乱惹、客怀凄楚。怎禁得、飘荡随波，半化作、青萍来去。却似我心情，飞梦天涯无主。原注：刘禹锡诗："春尽絮飞留不得，随风好去落谁家。"　大雅集

（下阕）清丽纤徐，宫鸣徵和，自是合作。

烛影摇红 连遭鼓缶，缺赋悼亡，
秋夜感生，填此以当哀些之曲。

征雁来时，卷帘怕看飞成阵。竟床长簟又空抛，陡
觉商飙紧。懒写屏风旧恨，早安仁、霜华点鬓。玉箫声
远，锦瑟烟繁，都萦方寸。　　已自愁边，奈他鹊报斜
河信。影堂梦尚不分明，钿盒何从问。绿酒杯巡自引，
黯凄凉、黄昏逼近。听残蟋蟀，立尽梧桐，怎生眠稳。
别调集

微之诗"悼亡诗满旧屏风"，此云"懒写屏风旧恨①，早安仁、
霜华点鬓"，运用更凄警。

真 珠 帘 白燕

阿谁软语纹窗畔，依稀认、束素差池轻剪。社日偶
相逢，比钗头娇颤。莫似寻常乌巷客，漫撇了、旧家亭
馆。春晚，怕凌波贴地，絮飞交乱。　　可要文杏双栖，
唤柔奴、挽上翠帘银蒜。蓦趁鹭鸶肩，看蓼滩雪溅。一
树梨花开正白，好写入、鹅溪东绢。难辨，约蹁跹、归

①　"恨"字误夺，据原词补。

候月华如练。　**别调集**

（"莫似"二句）贴切大雅。（"一树"四句）点染"白"字不可少。

卖 花 声

月额雨频吹，帘卷帘垂。横塘重过杳难期。吟得贺家肠断句，梅子黄时。　　昨梦碧峰疑，楚馆丛祠。觉来心事阿谁知。三十六鳞迟寄与，空叠乌丝。　**别调集**

（"觉来"三句）沉婉。

《词话》卷四：南芗《卖花声》后叠云，此词绝沉婉，真得南宋人消息，惜不多见。

毛之玉

字用羽，太仓人。雍正八年进士，官至御史。著有《晓珠词》一卷。

拜 星 月 中秋烧夜香作

露洗冰蟾，凉生玉宇，小院可怜新霁。一炷秋云，袅晴檐风细。漫惆怅、龙麝鸡熏消歇，如今识得，旃檀风味。佛火蛮窗，叹苟郎憔悴。　　记章台、柳叶颦眉翠。更天台、桃浪烘花醉。春情半似寒灰，趁残烟飞起。苦相思、人隔银河水，梦不到、十二琼楼闭。更莫把、心字香烧，恐心儿先碎。　闲情集

（"春情"二句）精炼语。

王时翔

字抱翼，号小山，太仓人。以诸生荐举，官至成都府知府。有《香涛集》一卷、《绀寒集》一卷、《青绡乐府》一卷、《初蝉绮语》《旗亭梦呓》一卷。

太仓诸王皆工词，汉舒最为杰出，次则小山。小山工为绮语，才不高而情胜，措语亦自婉雅，无绮罗恶态。○小山自云规模北宋，此亦未必尽然。大约得晏、欧之貌，不能升周、秦之堂也。

《词话》卷四：太仓诸王皆工词，汉舒尤为杰出，次则小山。小山工为绮语，才不高而情胜，措语亦自婉雅，无绮罗恶态。

《词话》卷四：小山词，如"病容扶起淡黄时"，又"燕子寻人，巷口斜阳记不真"，又"一双红豆寄相思，远帆点点春江路"，又"画屏离思远，罗袖泪痕浓"，又"一双燕子夕阳中。莫衔残鬓

影，吹向落花风"，又"灯微屏背影，泪暗枕留痕"，又"小园春雨过，扶病问残春"，又"眼波低剪篆丝风"，又"一弯愁思驻螺峰"，皆情词凄婉，晏、欧之流亚也。

浣 溪 沙

消减惟应鹊镜知，压肩浓绿鬓鬖欹。病容扶起淡黄时。　　碧院无人春寂寂，画楼有燕雨丝丝。药烟影里过相思。　**闲情集**

采 桑 子

梨花小院东风谢，无主残春，燕子寻人，巷口斜阳记不真。　　个侬背面罗窗下，粉泪偷匀，立到黄昏，淡月微风上绣裙。　**闲情集**

"记不真"三字绝有味。

又　九日作

凉波倒浸层楼影，疏柳寒塘，帘里重阳，一朵秋花

点鬓黄。　　无端惹起离人恨，不住回肠，约略新妆，曾把茱萸酒数行。　闲情集

（"帘里"句、"不住"句）短句节短韵长。

踏 莎 行

嫩嫩烟丝，轻轻风絮。绛旗斜飐秋千处。花枝照得画楼空，薄情燕子和人去。　　冷落阑干，凄清院宇。夕阳西下明残雨。一双红豆寄相思，远帆点点春江路。
闲情集

（"一双"二句）婉约中见笔态，小晏之流亚也。

一 斛 珠

夜来闻雨，罗帏越觉孤眠苦。玉人微病深深处。一点红灯，燕子寒相语。　　可惜春光留不住，知他薄幸今何许。卜花晓起添愁绪。才卷珠帘，却又飞香絮。　闲情集

（"卜花"三句）情丝宛转，触处生愁。

临 江 仙

不断柔情春似水，迢迢那计西东。午眠初起玉钗松。画屏离思远，罗袖泪痕浓。　　云水粘天楼外路，卷帘试认狂踪。一双燕子夕阳中。莫衔残絮影，吹向落花风。　**闲情集**

（"画屏"二句）凄丽。（下阕）思路凄绝，真才人之笔。

又 次汉舒韵

一段旅情无处着，闲眠中酒平分。燕归窗黑又黄昏。灯微屏背影，泪暗枕留痕。　　梦入怨花伤柳地，分明有个人人。压帘香气倚轻裙。小园春雨过，扶病问残春。　**闲情集**

（"小园"三句）凄婉全得小晏遗意。

钗 头 凤

琼窗口，雕阑右，轻烟半幂梨花瘦。燕儿尾，莺儿

嘴。都来勾引，酒情春思。醉，醉，醉。　　银灯后，
蛾眉皱，知他一样孤眠否。分离意，相思味。裙量绣带，
袖弹红泪。寄，寄，寄。　闲情集

青 玉 案

暗飘玉笛高楼暮，更谁管、人羁旅。早睡何曾央梦
去。残灯挂壁，破窗鸣纸，一枕相思雨。　　起来欲写
相思句，恼断愁肠心不聚。须待与伊当面诉。安排茶碗，
画屏深处，镇日低低语。　闲情集

（"须待"四句）真切恳至，无限缠绵。

蝶 恋 花

晓揭风帘犹带倦。独下瑶阶，绣履轻裙展。朵朵香
兰钗上颤，苔衣露滑纤腰软。　　花事阑珊飞絮满。庭
角残枝，幽鸟啼红怨。多病药炉烟未断，槛边莫信春寒
浅。　闲情集

又

碧树萧疏斜日漏。雪藕调冰，已过炎蒸候。几许西风吹薄袖，画阑人似秋花瘦。　　彩线慵拈谁耐绣。玉骨支离，莫使新凉透。露下虫声添偄惓，月明珍重分携后。　**闲情集**

（"露下"二句）凄丽闲婉，沺沐浴于晏、欧而出之者。

浣 溪 沙

彩扇轻遮画烛红，卷帘微步玉丁东。眼波低剪篆丝风。　　梅额有香人澹澹，梨云无梦月胧胧。暗惊雕刻费春工。　**闲情集**

"剪"字警。（下阕）意境全从宋人来。

又

半是含娇半是慵，宝钗欲堕翠鬟松。锦窝情态为谁浓。　　春浅花招新蛱蝶，夜寒香烬绣芙蓉。一弯愁思

驻螺峰。 **闲情集**

（"一弯"句）不尚新奇，自饶婉丽。

又

杨柳梧桐翠色齐，小鸾幺凤镇双栖。梦中仙路有丹梯。　　玉篁分明花气重，琐窗萧淡月痕低。惺忪那易到如泥。 **闲情集**

（"梦中"句）离即之间，用笔超妙。

又

细雨尖风欲断魂，落红庭院又黄昏。麝烟金鸭被微温。　　无计可令春睡稳，空言亦是玉人恩。分明曾许拭啼痕。 **闲情集**

（下阕）情到至处，乃有此语，浅情人不知也。

南 柯 子

握藕香沾雪，垂珠泪滴红。分襟地是桂堂东，一径斜斜铸就寸心中。　　梦易莺儿唤，书难燕子通。情丝轻袅断魂风，小醉清愁无日不朦胧。　**闲情集**

（"情丝"二句）"刻意伤春复伤别，人间惟有杜司勋"。

诉衷情近

晚香庭院，帘卷西风人瘦。惊看真比黄花，痛惜惟持翠袖。无限向时深意，欲语都慵，咽泪频低首。鸳盟久，几载人前难就。怨歌重唱，尚有芳心逗，依然又。夜凉衣薄，秋灯影里，坐醒残酒，明月空如昼。　**闲情集**

（"无限"三句）语语真至。

雨 零 铃 　点阅汉舒《香雪词》竟，感题卷末。

一编香雪，剔寒灯坐，滴泪翻阅。风流词客安在，却愁闲杀，世间花月。剩有酒垆痴叔，对丽制凄咽。赏心处、团扇标题，已矣郴江句应绝。　　前尘影事分明说，是夕阳、小院生周折。紫兰香径孤冢，费尽了、梦花鹃血。零落青衫，更没人知，便冷吟骨。算只赖、红袖怜才，地下相携挈。自注："汉舒所遇平原君，有'落花小院夕阳黄'之句，汉舒时对人吟之。亡后，汉舒填词哀挽，累数十阕。"　**别调集**

小山心折于香雪，尝云："吾娄建治三百年，始得一香雪，学之久而不能至者，如余是也。"此词亦字字从肺腑流出。

王　愫

字存素，太仓人。诸生。有《林屋诗余》二卷。

清 平 乐

雨濛烟暝，又是清明近。零落杏花浑欲尽，时节绿窗人困。　　含情独上西楼，珠帘半卷银钩。纵有千丝杨柳，能藏几许春愁。　**大雅集**

毛　健

字今培，号鹤汀，太仓人。贡生。有《卧茨乐府》一卷。

菩 萨 蛮

　　流苏百结参差影，绣罗轻软鸳鸯枕。斜月小屏风，玉人残梦中。　　起来无意绪，记得销魂处。窗外子规啼，梨花飘满衣。　闲情集

　　前半阕似唐五代人笔意。

昭 君 怨

　　帘底烛花销尽，惹得春寒春闷。初月乍朦胧，杏花风。　　绣帐文鸾半卷，人在画屏前面。道是没心情，理银筝。　闲情集

　　（"道是"二句）只此便住，意味正自不尽。

玉 楼 春

　　玉船销尽银缸焰，几度风枝窗外闪。闲阶夜久月痕移，渐渐落花墙角暗。　　床空枕冷屏虚掩，好梦难成成亦暂。画楼人去不归来，犹卧回文湘缕簟。　闲情集

（"好梦"三句）遣词闲雅，逼近北宋。

临 江 仙

楼上轻寒风景悄，橙阴静锁浓烟。玉琴抛在乱书边。花枝灯影，低供小金仙。　　白发忏愁香篆里，凭销锦字因缘。断云惹梦又无端。一钩斜月，偏挂曲栏前。　**闲情集**

美人好佛，名士亦好佛。美人忏悔在老大时，名士忏悔亦在白发后。然终不能脱去羁缚者，只是情关一点打不破耳。

眼 儿 媚

柳条轻软杏花鲜，见了便情牵。送阉微笑，背灯私语，别是巫山。　　琼枝想像春还在，题破浣花笺。昨宵醉后，今朝梦里，明日愁边。　**闲情集**

更 漏 子

不成眠，还似醉，做就许多憔悴。金鸭冷，玉蟾明，

空阶落叶声。　　云母扇，芙蓉面，只隔秋云一片。愁未了，梦偏稀，晓鸦门外啼。　别调集

此词绝凄警，不减五代人手笔。

月 当 窗 邻女小名三三

非莺非燕，邀月成佳伴。何处梅花频弄，巫山梦、惊分断。　　上巳春步缓，湘波裙褶散。谁赠双文新句，张家影、柳家变。　别调集

句句贴切，巧不伤雅。

王 辂

字素威，太仓人。诸生。有《涬虚词》二卷。

虞 美 人

闻说碧桃开满院，强作寻芳伴。画桥西畔弄秋千，几叶绣裙飘碎绿杨烟。　　秦楼记有萧郎约，春色轻抛却。香鬟不整钿金钗，知向乱花深处悄归来。　闲情集

（"知向"句）描写分花拂柳之态，设色颇妍。

王 嵩

字颖山，太仓人。诸生。有《别花人语》一卷。

疏 影① 秋桐

霜柯械械，共竹阴满地，并起骚屑。白露离离，一点飘零，早报清秋时节。萧疏不受多风雨，但搅碎、斜阳千叠。更阶前、落满缃云，瘦到半庭残月。 　百尺楼空孤影，雁行斜度处，遥露天末。金井荒寒，一片清霜，玉虎敲残黄叶。西风蚀尽吴宫树，还愁把、旧题吹灭。怅清宵、立遍残阴，遥忆美人寒绝。 **别调集**

（"萧疏"四句）清虚骚雅，神似草窗。

王 策

字汉舒，太仓人。诸生。有《香雪词钞》二卷。

---

① "影"，底本作"柳"，据《国朝词综》改。

太仓诸王皆工词，汉舒尤为杰出，然皆偏工艳体，详见《闲情集》中，兹选从略。

《词话》卷四：闲情之作，竹垞几于仙矣，文友则妖也，香雪居二者之间。读香雪词，去取不可不慎。如《踏莎行》云："落灯天似晚秋寒，病春人卧销魂处。"又云："梦中寻梦几时醒，小桥流水东风路。"《满江红》云："拂砌风轻莺作态，穿帘雨细花无恙。"又云："斗草心慵垂手立，兜鞋梦好低头想。"（永叔"倚阑无绪更兜鞋"，浅俗语耳，似此则婉雅矣。）又云："槛外红新花有信，镜中黄淡人微恙。"又云："梦短易添清昼倦，书长惯费黄昏想。"又云："架上牛衣红泪在，梦中鸾信青天杳。"又云："风榻茶烟秋病思，月帘花气春愁料。"此类皆丽而有则，正不必让小长芦。

浣 溪 沙

野堠斜明远树间，几家邨屋嵌屏颜。笋舆看近小城湾。　　苦竹鸟声流水寺，短芦牛背夕阳山。天公着意做荒寒。　**大雅集**

（"苦竹"二句）绝妙画图。

法曲献仙音 经故人所居，用张玉田韵。

时有鸦啼，绝无人影，落叶满堤飘卷。惨不成游，认来非梦，渔汀一湾寒浅。恨半尺、新苔土，生遮故人面。　　暗风软，吹不去、一天哀怨。纵漾尽今愁，难消前感。面也几曾遮，印心头、昼夜长见。楚些声寒，但叠将、素纸裁剪。奈并刀未下，已自泪珠盈点。　**大雅集**

（"时有"六句）凄切。（"面也"二句）翻跌更警。

琵 琶 仙 秋日游金陵黄氏废园

秋士心情，况遇着、客里西风落叶。惆怅侧帽行来，隔溪景清绝。没半点、空香似梦，只几簇、野花谁折。莎雨寒幽，石烟荒淡，莺蝶飞歇。　　试问取、旧日繁华，有饼媪、浆翁尚能说。道是廿年弹指，竟风光全别。真不信、寻常亭榭，也例逐、沧桑棋劫。何怪宋苑陈宫，荒蛄吊月。　**大雅集**

（下阕）感慨苍茫，无穷哀怨，他手每每倒说，意味转薄。

《词话》卷四：汉舒自是作手，惜其享年不永，未尽所长。其笔分甚高，如《琵琶仙》（秋日游金陵黄氏废园）云（"莎雨"三句、"真不"四句），感慨苍茫，结四语尤妙。他手每每倒说，意味转薄。

十六字令

愁，草际凄凄诉不休。良夜永，织就一庭秋。　放
歌集

此调颇不易工，似此尚称清警。

念奴娇 金陵秋思

江山如画，被西风旅雁，做成萧索。人与门前双树
柳，一样悲伤摇落。旧院花寒，故宫苔破，今古伤心各。
浮生皆梦，可怜此梦偏恶。　　看取西去斜阳，也如客
意，不肯多担阁。料得芙蓉三径里，红到去年篱脚。瘦
削腰围，嵚崎骨相，厌杀青衫缚。文章底用，我将归事
耕凿。　放歌集

（"浮生"二句、"看取"五句）沉痛如此，香雪所以不永年也。
少年有才者，必不可学此种衰飒语。

《词话》卷四：作词贵于悲郁中见忠厚。悲怨而激烈，其人非
穷则夭。汉舒词，如："浮生皆梦，可怜此梦偏恶。"又云："看取
西去斜阳，也如客意，不肯多担搁。"沉痛迫烈，便成词谶，香雪
所以不永年也。

踏莎行 次皋谟叔韵

短烛三条，冻梅一树。月痕窗外徐徐去。落灯天似晚秋寒，病春人卧消魂处。　　拨火香残，弹丝调苦。客愁夹及啼鸦诉。梦中寻梦几时醒，小桥流水东风路。
闲情集

（"落灯"二句）凄警。（"梦中"二句）较叔原鬼语更觉有味。

临江仙

彩络双钩银蒜小，鹦哥帘外贪眠。几枝杨柳漾新烟。碧阑丝雨嫩，人在杏①花天。　　半躯香鬟窗里坐，书愁自叠红笺。夹衫初着卸轻绵。珊珊腰更瘦，不耐晚风前。　**闲情集**

（"碧阑"二句）清丽。

满江红

睡眼初回，衾麝暖、翠濛烟浪。临晓镜、春山一对，

---

① "杏"，《香雪词钞》《国朝词综》作"落"。

别翻新样。拂砌风轻莺作态，穿帘雨细花无恙。绣床前、纤指怯朝寒，金针放。　　双彩燕，钗梁傍。双绣蝶，裙拖上。听卖花声过，柳边深巷。斗草心慵垂手立，兜鞋梦好低头想。正邻姬、敲户送香来，铜环响。　　**闲情集**

（"拂砌"二句）何等芊雅。（"斗草"二句）绝世丰神，几令读者不能释手。

又　前韵

嫩碧池塘，杨柳岸、细风吹浪。飐千缕、烟丝撩乱，不成春样。槛外红新花有信，镜中黄淡人微恙。两眉尖、叠着许多愁，难安放。　　屏风侧，阑干傍。香正熟，帘初上。看莺啼远树，燕归斜巷。梦短易添清昼倦，书长惯费黄昏想。又隔廊、雏婢觉敲棋，楸枰响。　　**闲情集**

（"飐千"六句）描写病容，另是一种笔墨，香雪真绘风绘影手。（"梦短"二句）字字耐人玩索。

又　用秋水词韵

黛拂轻螺，看淡淡、两山青了。须念我、笔花新落，休嫌潦草。架上牛衣红泪在，梦中鸾信青天杳。把归来、堂里话闲提，为伊道。　　翻绣谱，鸳针小。书唐韵，篦香绕。且清尊互劝，瘦琴同抱。风榻茶烟秋病思，月帘花气春愁料。怎箫楼、一对可怜人，如今老。　**闲情集**

（"风榻"四句）骚情雅意，一片商音，固知汉舒之不永年也。

苏 幕 遮 寒食

柳绵①新，梨粉瘦。脉脉消魂，池馆轻寒透。一霎花梢斜日漏。细雨连天，又做黄昏候。　　翠原风，青冢酒。地下红妆，睡损苔花绣。肠断玉兰香豆蔻。春到人间，也到幽泉否。　**闲情集**

（"肠断"三句）一味凄绝，较梦窗女髑髅之作，笔墨又变。

兰 陵 王

小楼角，一树新桐孕萼。湘帘冷，雏燕怯飞，那

---

① "绵"，底本作"棉"，据《香雪词钞》《国朝词综》改。

更①东风晓偏恶。菱花莹妆阁，淡淡临窗梳掠。玉梯畔，随意行来，一种天真最难学。　　无言映珠箔，正闲拂霜毫，字仿钗脚。珊珊影并炉烟弱，旋小敛鸳研，微揎罗袖，笋娇荑嫩宛似削，把鬟缕低约。　　珠珞，镇闲却，爱扣缀通犀，鞋绣文雀。药房深处葳蕤钥，恰襟上香暖，鬓边花落。这般情景，怎教我，不念着。

闲情集

　　全篇从对面写来，直至结处，一笔挽入，戛然而止，真有龙跳虎卧之奇。

　　《词话》卷四：香雪《兰陵王》一阕，句句从对面写来，直至结处云："这般情景，怎教我，不念着。"一笔叫醒，戛然而止，用笔亦有龙跳虎卧之奇。

南　乡　子

　　日影红檐，蜻蜓翼薄柳花粘。隔院鹦哥眠白昼，东风瘦，时节落花人病酒。　　**别调集**

　　（"东风"二句）语不多而凄感无限，小令隽品也。

---

　　①　"更"，底本作"堪"，据《香雪词钞》《国朝词综》改。

甘 州 子

画眉才了换花冠，帘雨细，篆香残。崔钗金腻涩烟鬟，风勒柳丝寒。青一把，搭在小阑干。　**别调集**

（"风勒"三句）小令以婉约为宗，香雪得之矣。

天 仙 子 晓发尚湖

远树惊乌飞不定，烟中渐吐青山影。犬声荒店未开门，西风紧，霜华凝，半湖残月芦花冷。　**别调集**

全首写景，亦是一格。

《词话》卷十（刻本卷七）：王香雪《天仙子》（晓发尚湖）云，全首写景，亦是词中变格，后人不必效颦。

浣 溪 沙 玉山道中

绿叶莺啼卵色天，柳丝金老漾残烟。遥峰缺处乱云联。　　山脚草香低蝶翅，滩头风紧闹渔船。小桥茅店酒旗偏。　**别调集**

此篇亦是全首写景。

虞　美　人　平原君生前小诗有"落花小院夕阳黄"之句，词旨凄婉，惜全首缺落。借填二词，以志哀悼。

恼春心事消魂景，并入香奁咏。落花小院夕阳黄，谱得晚窗风致恁凄凉。　杜兰香去新篇少，燕子东风老。谁传七字向残笺，赚我梦中吟了十多年。　**别调集**

"落花"七字，精神全在一"黄"字，无怪香雪反覆吟玩不置也，亦可谓情种矣。

又

消他几句愁边稿，断送诗人了。柳阴青粉谢家墙，依旧落花小院夕阳黄。　女坟湖畔东风碎，谁送枫根纸。年年杜宇向黄昏，细雨梨花洒血哭残春。　**别调集**

（"柳阴"二句）情词凄艳，可以招魂。

临 江 仙 吕城道中

　　一棹离乡才四日，羁愁早似天涯。布帆风色掠蒹葭。雨晴山骨瘦，岸圮树身斜。　　荒店夕阳人卖酒，青旗冷趁飞鸦。不成村落两三家。老藤篱角蔓，杂草壁根花。　**别调集**

　　"雨晴"句胜。◎"花"字韵偏押得虚炼。

芭 蕉 雨 春雨

　　昏昏天影如墨，不分朝与暮、声声滴。烟柳万丝愁织，腻得一带纱窗，欲明无力。　　苔纹阶畔暗积，鸠舌唤晴涩。待何日携琴、西城陌。只一味、闷恹恹，忘了清明①，前朝寒食。　**别调集**

　　（"只一"三句）哀怨在骨。

高 阳 台 舟中用张玉田韵

　　远缕鹅黄，短篙鸭绿，东风稳放吴船。十里山光，

---

① "清明"，底本据《国朝词综》，《香雪词钞》作"今日清明"。

诗情又入今年。桃溪竹坞谁家住，也莺声、一样堪怜。簇青红，塔影春城，半裹轻烟。　　行行渐隔乡关路，但天低短草，霞没长川。知道来宵，孤帆更落谁边。且凭闲梦随轻橹，水云中、半晌清眠。莫伤心，纵有飞花，绝少啼鹃。　**别调集**

（"莫伤"三句）宽一步，正是紧一步。

玉烛新　云期旧居有红杏一株，每岁花时，辄同吟赏。今屋主他姓，君亦下世。初秋偶过其下，伫立彷徨，不胜系马闲庭之感。漫填一长短句，用香岩词韵。

清溪环舍后，记小苑莺边，杏腮红骤。两三骚客，狂吟处、写遍钗形屋漏。嗅香敲句，常误了、月痕钟候。又谁料、人落先花，多时泪无干袖。　　呼君一片吟魂，向斜日光中，为侬来否。柳眉遥斗，似怅望、地下忆花人瘦。花应再秀，只难见、荀郎白首。尽肠断、烟雨年年，玉梢脂绣。　**别调集**

（"又谁"二句、"呼君"三句）哀怨沉痛，天地当为之变色。

二 郎 神 清明思旧，用歇浦词韵。

白杨枝老，暗锁一天愁雾。绝调已销沉，怎把钟期重铸。胜游空数，也识人间怀旧泪，滴不透、夜台深土。单苦是、山头灰蝶，飞遍我凝眸处。　　听去，饷冷清箫，莺栖远树。渐挨到、黄昏灯乍点，又门掩、棠梨寒雨。可怜新火新泉换，总催得、少年人暮。看昨日、花鸡①小冢，谁添藓纹侵路。　　**别调集**

（"也识"四句）沉痛与上章同一迫切。（"渐挨"四句）凄怨如此，香雪享年不永，于词中已可概见。

徐 庚

字同怀，太仓人，诸生。有《昙华词》二卷。

扫 花 游 落叶，用王碧山韵。

萧萧械械，坠千片霜痕，舞难留住。蛮江倦旅，吊荒沙淡月，与谁同赋。病骨梳风，小倚空廊听取。恨如

---

① "鸡"，底本据《国朝词综》，《香雪词钞》作"溪"。

许，早一别汉南，人是枯树。　　南浦，芳信阻，似木落波寒，洞庭衰楚。美人玉宇，想题红梦断，悄惊铃语。去国萧郎，碎滴心头暗雨。何处，又翻飞、冻乌凄苦。

（"美人"五句）托兴深远。

踏 莎 行 梅

蕊佩凌云，缟衣映树。飞琼不向瑶台去。嫩岚如黛月如眉，玉魂瘦尽无人处。　　纸帐幽清，琴心澹苦。东风流恨无重数。暮江飘忽雨丝寒，断鸿渺失孤山路。

别调集

（"嫩岚"）语亦遒峭。（"暮江"二句）梅词最难工，此篇幽艳中见身分，自是佳作。

白雨斋词选卷二十一

清词九

陆 震

字种园，兴化人。

满 江 红 赠王正子

蓦地逢君，且携手、垆边细语。说蜀栈、十年烽火，万山鼙鼓。枫叶满林愁客思，黄花遍地迷归路。叹他乡、好景最无多，难常聚。 同是客，君尤苦。两人恨，凭谁诉。看囊中罄矣，酒钱何处。吾辈无端寒至此，富儿何物肥如许。脱敝裘、付与酒家娘，摇头去。 **放歌集**

此词附《板桥集》中。板桥幼从种园学词，故笔墨亦与之化。（下阕）措语太粗。○世态炎凉，形容尽致，结二句尤令人失笑。

郑　燮

字柔克，兴化人。乾隆元年进士，官潍县知县。有《板桥词》
一卷。

板桥词最为直捷痛快，魄力自不可及。若再加以浩瀚之气，便
可亚于迦陵。

《词话》卷四：板桥词，颇多握拳透爪之处，然却有魄力，惜
乎其未纯也。若再加以浩瀚之气，便可亚于迦陵。

《词话》卷四：其年词沉雄悲壮，是本来力量如此，又加以身
世之感，故涉笔便作惊雷怒涛，所少者沉厚之致耳。板桥、心余，
未落笔时，先有意为刘、蒋，金刚努目，正是力量歉处。◎板桥诗
境颇高，间有与杜陵暗合处，词则已落下乘矣。然毕竟尚有气魄，
尚可支持。心余则力弱气粗，竟有枝撑不住之势。后人为词，学板
桥不已，复学心余，愈趋愈下，弊将何极耶！

《词话》卷七（刻本卷五）：激昂慷慨，原非正声。然果能精神
团聚，辟易万夫，亦非强有力者，未易臻此。国朝为此调者，迦陵
尚矣，后来之隽，必不得已，仍推板桥。若蒋心余、黄仲则辈，丑
态百出矣。

《词话》卷八（刻本卷六）：板桥论诗，以沉着痛快为第一。论
词取刘、蒋，亦是此意。然彼所谓沉着痛快者，以奇警为沉着，以
豁露为痛快耳。吾所谓沉着痛快者，必先能沉郁顿挫，而后可以沉
着痛快。若以奇警豁露为沉着痛快，则病在浅显，何有于沉？病在
轻浮，何有于着？病在卤莽灭裂，何有于痛与快也？◎板桥词，

如："把夭桃斫断，煞他风景。鹦哥煮熟，佐我杯羹。焚砚烧书，椎琴裂画，毁尽文章抹尽名。荥阳郑，有慕歌家世，乞食风情。"似此恶劣不堪语，想彼亦自以为沉着痛快也。（蒋竹山词，如："春晴也好，春阴也好，着些儿、春雨越好。"同此恶劣。）

贺 新 郎 徐青藤草书一卷

墨渖余香剩。扫长笺、狂花扑水，破云堆岭。云尽花空无一物，荡荡银河泻影。又略点、箕张鬼井。未敢披图容易玩，拨烟霞、直上嵩华顶。与帝座，呼相近。　　半生未挂朝衫领，狠秋风、青衿剥去，秃头光颈。只有文章书画笔，无古无今独逞。并无复、自家门径。拔取金刀眉目割，破头颅、血逆苔花冷。亦不是，人间病。　**放歌集**

（"并无"五句）淋漓痛快。

《词话》卷四：板桥《贺新郎》（徐青藤草书）云（下阕），痛快之极，不免张眉努目。

又 西村感旧

抚景伤飘泊。对西风、怀人忆地，年年担搁。最是江村读书处，流水板桥篱落。绕一带、烟波杜若。密树连云藤盖瓦，穿绿阴、折入闲亭阁。一静坐，思量着。　　今朝重践山中约，画墙边、朱门欹倒，名花寂寞。瓜圃豆棚虚点缀，衰草斜阳暮雀。村犬吠、故人偏恶。只有青山还是旧，恐青山、笑我今非昨。双鬓减，壮心弱。　放歌集

（"一静"二句）二语递下无痕。（"只有"四句）感伤而不叫嚣，板桥词之有把握者。

又 送顾万峰之山东常使君幕

掷帽悲歌起。叹当年、父母生我，悬弧射矢。半世销沉儿女态，羁绊难逾乡里。健羡尔、萧然揽辔。首路春风冰冻释，泊马头、浩淼黄河水。望不尽，汹汹势。　　到看泰岱从天坠，矗空青、千岩万嶂，云揉月洗。封禅碑铭今在否，鸟迹虫鱼怪异。为我吊、秦皇汉帝。夜半更须陵日观，紫金球、涌出沧溟底。尽海内，奇观矣。　放歌集

哀音激楚，声调悲远。（"为我"五句）笔力雄肆。

又

　　独有难忘者。宁不见、慈亲黑发，于今雪洒。检点装囊针线密，老泪潺湲而泻。知多少、梦魂牵惹。不为深情酬国士，肯孤踪、独骑天边跨。游子叹，关山夜。　　颇闻东道兼骚雅，最美是、峰峦十万，青排脚下。此去唱酬官阁里，酒在冰壶共把。须勖以、仁风遍野。如此清时宜树立，况鲁邹、旧俗非难化。休沉溺，篇章也。　**放歌集**

　　跟上章折入，情真语至，远游子何堪卒读。○"不为"二句，是无聊解说，不是故作壮语。（"如此"四句）规勉得体。

又　赠陈周京

　　咄汝陈生者。试问汝、天南地北，游踪遍也。十五年前广陵道，马上翩翩游冶。曾几日、髭须盈把。落拓东归寻旧梦，剔寒灯、絮尽凄凉夜。浑不似，无羁马。　　君家先世丹青亚，原注："令祖射闯贼中目。"炳千秋、凌烟褒鄂，云台耿贾。谁料关西将家子，乱草飘蓬四野。还一任、雨淋霜打。莫向人前谈往事，恐道傍、

屠贩疑虚假。勉强去，装聋哑。 **放歌集**

一气旋转，笔力横绝。其年《赠何生铁》一篇后，有嗣音矣。
（"落拓"四句）"何意百炼钢，化为绕指柔"，同此浩叹。（"莫向"
四句）几于痛哭。

浣溪沙 老兵

万里金风病骨秋，创瘢血渍陇西头。戍楼闲补破羊
裘。　　少壮爱传京国信，老年只话故乡愁。近来乡思
也悠悠。 **放歌集**

结更进一层，意极悲郁。

又

陇雨萧萧陇草长，夕阳惨淡下边墙。敌楼风起暮鸦
翔。　　册上有名还点队，军中无事不归行。替人磨洗
旧刀枪。 **放歌集**

（上阕）塞外风景之异，直似唐贤乐府。

念 奴 娇 莫愁湖

鸳鸯二字，是红闺佳话，然乎否否。多少英雄儿女态，酿出祸胎冤薮。前殿金莲，后庭玉树，风雨摧残骤。卢家何辜，一歌一曲长久。　　即今湖柳如烟，湖云似梦，湖浪浓于酒。山下藤萝飘翠带，隔水残霞舞袖。桃叶身微，莫愁家小，翻借词人口。风流何罪，无荣无辱无咎。　**放歌集**

板桥《金陵怀古》十二首，圣哲、英豪、美人、名士，苍茫感喟，毕现毫端，惟不免稍涉叫嚣。兹择其稍纯者六章，可见大概。◎前半嫌有腐语，后半洒脱自如。

又 台城

秋之为气，正一番风雨，一番萧瑟。落日鸡鸣山下路，为问台城旧迹。老蔓藏蛇，幽花溅血，坏堞零烟碧。有人牧马，城头吹起觱篥。　　当初面代牺牲，食惟菜果，恪守沙门律。何事饿来翻掘鼠，雀卵攀巢而吸。再曰荷荷，跌跏竟逝，得亦何妨失。酸心硬语，英雄泪在胸臆。　**放歌集**

（"老蔓"五句）景物凄凉，精于摹绘。（"再曰"三句）稍伤忠厚。◎结振作。○虽是人云亦云，然措语却老横。

又 高座寺

暮云明灭，望破楼隐隐，卧钟残院。院外青山千万叠，阶下流泉清浅。鸦噪松廊，鼠翻经匣，僧与孤云远。空梁蛇脱，旧巢无复归燕。　　可怜六代兴亡，生公宝志，绝不关恩怨。手种菩提心剑戟，先堕释迦轮转。青史讥弹，传灯笑柄，枉作骑墙汉。恒沙无量，人间劫数自短。　**放歌集**

（"鸦噪"五句）写废寺惨淡可畏。

又 胭脂井

辘轳转转，把繁华旧梦，转归何许。只有青山围故国，黄叶西风菜圃。拾橡瑶阶，打鱼官沼，薄暮人归去。铜瓶百丈，哀音历历如诉。　　过江咫尺迷楼，宇文化及，便是韩擒虎。井底胭脂联臂出，问尔萧娘何处。清夜游词，后庭花曲，唱彻江关女。词场本色，帝王家数

然否。 **放歌集**

　　此词精绝，为诸篇之冠。（"词场"二句）妙语解颐。

　　《词话》卷四：板桥金陵十二首，瑕瑜互见，惟《胭脂井》一篇，用笔最胜。余独爱其《满江红》二句云："碧叶伤心亡国柳，红墙堕泪南朝庙。"凄凉哀怨，为金陵怀古佳句。

又　方、景两先生祠

　　乾坤欹侧，藉豪英几辈，半空撑住。千古龙逄原不死，七窍比干肺腑。竹杖麻衣，朱袍白刃，朴拙为艰苦。信心而出，自家不解何故。　　也知稷契皋夔，阊颠散适，岳降维申甫。彼自承平吾破裂，题目原非一路。十族全诛，皮囊万段，魂魄雄而武。世间鼠辈，如何妆得老虎。 **放歌集**

　　此阕未免粗野，然语极雄奇，足为毅魄忠魂生色，故终不忍置也。○"信心"十字刺骨。"孔曰成仁，孟曰取义"，原非勉强得来。◎结更恣肆。

又 孝陵

东南王气，扫偏安旧习，江山整肃。老桧苍松盘寝殿，夜夜蛟龙来宿。翁仲衣冠，狮麟头角，静锁苔痕绿。斜阳断碣，几人系马而读。　　闻说物换星移，神山风雨，夜半幽灵哭。不记当年开国日，元主泥人泪簇。蛋壳乾坤，丸泥世界，疾卷如风烛。老僧山畔，烹泉只取一掬。　放歌集

（"静锁"三句）感慨不尽。◎虎斗龙争，读至结二语，正如冷水浇背，令我有遗世之想。

满 江 红 金陵怀古

淮水东头，问夜月、何时是了。空照彻、飘零宫殿，凄凉华表。才子总缘杯酒误，英雄只向棋盘闹。问几家、输局几家赢，都秋草。　　流不断，长江淼。拔不倒，钟山峭。剩古碑荒冢，淡鸦残照。碧叶伤心亡国柳，红墙堕泪南朝庙。问孝陵、松柏几多存，年年少。　放歌集

（上阕）上下千年，流连凭吊，遣词琢句，俱极凄警。

又 思家

我梦扬州，便想到、扬州梦我。第一是、隋堤绿柳，不堪烟锁。潮打三更瓜步月，雨荒十里虹桥火。更红鲜、冷淡不成圆，樱桃颗。　　何日向，江村躲。何日上，江楼卧。有诗人某某，酒人个个。花径不无新点缀，沙鸥颇有闲功课。将白头、供作折腰人，将毋左。　**放歌集**

命意措语，全以神行，情词双绝，令人不能释手。○一气卷舒，却字字妥贴，精神团聚故也，固非心余所及。

太 常 引 听噶将军说边外风景

满天星露压长城，夜黑月初生。万障马嘶鸣，还夹杂、风声雁声。　　红霞乍起，朝光满地，飞鸟立辕门。边塞静无尘，须检点、中原太平。　**放歌集**

（上阕）笔力雄苍。◎收束亦庄雅。

贺 新 郎 赠王一姐

竹马相过日。还记汝、云鬟覆颈，胭脂点额。阿母扶携翁负背，幻作儿郎妆饰。小则小、寸心怜惜。放学归来犹未晚，向红楼、存问春消息。问我索，画眉笔。　　廿年湖海长为客，都付与、风吹梦杳，雨荒云隔。今日重逢深院里，一种温存犹昔。添多少、周旋形迹。回首当年娇小态，但片言、微忤容颜赤。只此意，最难得。　**闲情集**

意芊婉而语俊爽，是板桥本色。

又 有赠

旧作吴陵客。镇日向、小西湖上，临流弄石。雨洗梨花风欲软，已逗蝶蜂消息。却又被、春寒微勒。闻道可人家不远，转画桥、西去萝门碧。时听见，高楼笛。　　缘悭觌面还相失，谁知向、海云深处，殷勤款惜。一夜尊前知己泪，背却①短檠偷滴。又互把、罗衫拉湿。相约明年春事早，嚼花心、细②蕊相思汁。共染得，肝肠赤。　**闲情集**

---

① "却"，《板桥词钞》作"着"。
② "细"，《板桥词钞》作"红"。

（"旧作"六句）题前设色。（"闻道"四句）迤逦写来，宛如画稿。（"一夜"七句）情深似海，血泪淋漓，不谓艳词有如许笔力，真正神勇。

虞 美 人 无题

盈盈十五人儿小，惯是将人恼。撩他花下去围棋，故意推他勍敌让他欺。　　而今春去花枝老，别馆斜阳早。还将旧态作娇痴，也要数番怜惜忆当时。　**闲情集**

（"也要"句）情态可哂亦可怜。

酷 相 思

杏花深院红如许，一线画墙拦住。叹人间、咫尺千山路。不见也、相思苦，便见也、相思苦。　　分明背地情千缕，挤恼从教诉。奈花间、乍遇言辞阻。半句也、何曾吐，一字也、何曾吐。　**闲情集**

（"半句"二句）惟其情真，故言之亲切有味，不着力而自胜。

浪淘沙 潇湘夜雨

风雨夜江寒，篷背声喧。渔人稳卧客人叹。明日不知晴也未，红蓼花残。　　晨起望沙滩，一片波澜。乱流飞瀑洞庭宽。何处雨晴还是旧，只有君山。　**别调**集

（"渔人"句）一忙一闲，对写好。

又 平沙落雁

秋水漾平沙，天末澄霞。雁行栖定又喧哗。怕见洲边灯火焰，怕近芦花。　　是处网罗赊，何苦天涯。劝伊早早北还家。江上风光留不得，请问飞鸦。　**别调**集

（"劝伊"三句）神在个中，意在言外。

唐多令 寄怀刘道士，并示酒家徐郎。

一抹晚天霞，微红透碧纱。飐西风、凉叶些些。正是客愁愁不稳，杨柳外、又惊鸦。　　桃李别君家，霜凄菊已花。数归期、雪满天涯。分付河桥多酿酒，须留

待、故人赊。　**别调集**

此词绝类西麓短调，《板桥集》中最平正者。

陈　章

字授衣，钱唐人。监生，乾隆元年荐举博学鸿词。有《竹香词》二卷。

谒 金 门 晚树归鸦

天欲暮，流水板桥村坞。背闪残阳来又去，断云遮不住。　　几杵山钟归路，倚杖柴门闲数。一霎无声投那处，隔溪黄叶树。　**大雅集**

此词亦有所刺。

江炳炎

字研南，钱唐人。有《琢春词》一卷。

《词话》卷四：江研南词，取法南宋，颇有一二神解处。南芗所得在貌，研南所得在神，吾终不以貌易神也。◎研南词，如"只有东风，依依分绿上杨柳。"又（柳影）云："误了闺人，也曾描出春前怨。"宛雅幽怨，视少游、碧山，几于化矣。《琢春词》在国朝不甚显，然识者当相赏于风尘外也。

八声甘州 久客扬州，追思湖上清游之乐，凄然有作。

记苏堤芳草翠轻柔，柳丝拂帘钩。趁花风吹帽，扶藜买醉，正好清游。日落乱山衔紫，塔影挂中流。唤棹穿波去，月满船头。　　不料嬉春散后，对白云揖别，烟水都愁。数那家池阁，曾啸碧天秋。到而今、归期未稳，梦六桥、飞满旧浮①鸥。更初转、猛惊回处，却在扬州。　**大雅集**

极写清游之乐，便觉扬州俗尘可厌。"烟花三月下扬州"后，不可无此冷水浇背之作。②

垂　杨 柳影

轻寒乍暖，算碧阴占地，昼闲庭院。欲折偏难，巧莺空送声千啭。休嫌云暗章台畔，怕纤雨、楚腰吹断。正依稀、低映江潭，共夕阳飘乱。　　辛苦长亭夜半，

---

① "浮"，《琢春词》《国朝词综》作"凫"。
② 此评录入《词话》卷四，并录原词"到而"四句。

是摇漾瘦魂，兔华初满。误了闺人，也曾描出春前怨。
还教学缀修蛾浅，但漠漠、如烟一片。秋来待写疏痕，
愁又远。　**大雅集**

（"辛苦"七句）气和音雅，逼近南宋。

绮罗香　春晚同陈玉几夜泊虎丘，听邻舫琵琶声与
雨声互作，凄然于怀，各赋一阕，以写此忧。

帆脚初收，船头小泊，共向山塘携手。可惜来迟，
恰过好春时候。绝不见、倚槛调莺，更那处、垂帘唤酒。
算殷勤，只有东风，依依分绿上杨柳。　何须重省旧
梦，生怕幽怀感触，顿添腰瘦。夜永灯枯，喜得故人相
耦。听敲篷、雨滴乡心，和隔水、弦声指骤。一丝丝，
弹出悲凉，泪痕余两袖。　**别调集**

（"算殷"三句）宛雅幽怨，逼近宋贤。

买陂塘　送史南如还阳羡

弄檐牙、悬冰滴溜，惊心又是冬序。天涯知己凄然

别，勾引乡愁良苦。扬子渡，望不断、寒山绕尽烟波路。君从此去，趁雪点荒江，芦飞斜岸，犹见冷枫舞。

荆溪畔，竹径斜穿帘户，早梅开遍无数。盈樽笑酌鹅儿醱，更挽室中眉妩。相对语，那似我、蓬吹梗泛家何处。休遗旧侣，计春水揉蓝，杨条渲绿，来听隔窗雨。　　**别调集**

（"扬子"六句）情韵固胜，笔力亦高。（"相对"二句）无留滞之迹，可与竹垞把臂入林。

江　昱

字宾谷，号松泉，仪征人。诸生。有《梅鹤词》四卷。

松泉词深得南宋人遗意，虽未臻深厚，却与浅俗者迥别。[①]

《词话》卷四：研南学南宋，合者得其神理；宾谷学南宋，合者得其意趣。皆出陆南芗之右，而皆未能深厚。

买 陂 塘　题家研南《冷红词》

掐檀痕、细巡银字，冷枫江外红舞。些儿宛转凄凉

---

① 此评录入《词话》卷四，"深得"作"亦得"。

意，浑是玉田俦侣。梅子雨，又那信、江南肠断无佳句。
湖山间阻，漫芍药厅前，茱萸湾畔，寂寞写离绪。
垂虹路，雪夜吹箫自度，风流空忆南渡。平生亦有梅边
集，流水静传弦语。自注："余词初名《梅边琴泛》。"堪和
汝，还共叹、幽商不入昭华谱。为邻旧许，约鸥雨渔烟，
瓮春篷月，吟啸傲千古。　　**别调集**

　　（"堪和"六句）言为心声，有不期然而然者，自叹亦自负也。

鹧鸪天 冬夜感旧

　　午夜寒多酒不胜，梦华往事记普腾。屏留绿雾香煤
暖，帐掩红罗烛泪凝。　　嗟岁月，怆无凭，近来风味
转如僧。纸窗竹屋闲听雨，人与梅花共一灯。　　**别调集**

　　（"屏留"二句）凄艳近梦窗。（"纸窗"二句）冷隽。

清平乐 题《板桥杂记》

　　才人老去，寂寞修花谱。长板桥边桃叶渡，细说旧
游佳处。　　尊前往事谁弹，雪窗自剪灯看。他日秦淮

夜泊，蟪蛄明月勾栏。　**别调集**

结语凄冷。

琵 琶 仙 康山

春草台荒，古城角、独蹑探幽吟屐。骀宕轻暖吹衣，
危栏抚空碧。看一桁、樯竿近远，揖江外、数峰青湿。
太子楼闲，东山宅冷，遥伴岑寂。　　却因甚、前代风
流，漫寻遍、残碑少遗迹。浑把一襟依黯，付闲来词客。
还暗想、琵琶碎了，信郁轮、比拟非匹。怅望散绝广陵，
夕阳愁笛。　**别调集**

（"看一"二句）流连感叹，黯然销魂。（"怅望"二句）清警似
玉田。

湘 月 嘉定赵饮谷自北归，年七十，
授衣调此为寿，爱倚其声赠之。

天涯孤旅，是几番梦绕，吟边红叶。弹折冰弦谁见
赏，一棹鸥波烟阔。词客梁园，酒人燕市，赢得萧萧发。

薄游情味，小窗剪烛同说。　　休叹散迹江湖，天教料理，世外闲风月。毕竟千秋归我辈，眼底何须簪笏。两版丛书，双鬟度曲，髯也风流绝。吴乡春好，何年长占梅雪。　**别调集**

上半叹其遇，下半慰其名。（"毕竟"二句）怀才不遇者为之开颜。

蝶 恋 花 青山夜泊

夜定收帆葭苇际。鸥梦惊回，扑簌深丛里。月上潮生凉入袂，篷窗酒醒人无寐。　　隐隐钟声何处寺。响答空山，遥度空江水。何必天涯萦旅思，初程谱尽凄凉味。　**别调集**

（"何必"二句）"黯然销魂者，唯别而已矣"，正不分远近也。

张四科

字喆士，号渔川，临潼人。监生，寓居江都。有《响山词》四卷。

《词话》卷四：张喆士当时颇以诗词名，然其于诗太浅太薄，直似门外汉。词则规模乐笑翁，间有合处。板桥诗胜于词，四科则词胜于诗，各取其长可也。

浣 溪 沙

夜合花西水阁东，依然一曲亚栏红。柳丝搭在夕阳中。　　剩觅爪痕知划月，曾怜腰态看凭风。帘钩飞下翠玲珑。　**闲情集**

（"剩觅"二句）冷处传神，工于刻画。

丑奴儿令 春日淳川招往湖上，不赴。

玉梅花下晴光嫩，散了茶烟，闲了冰弦，好个伤春病酒天。　　提壶幽鸟空相唤，梦绕湖边，愁到尊前，自爱斜阳枕手眠。　**别调集**

（"好个"句）浅而有味。

台 城 路 春日登平山堂作

闲来且放登临眼，高堂暂留人住。绣野林光，撑空塔影，诗在数峰青处。阑干漫抚，怅六一风流，去人千古。小瀹名泉，山僧为拾堕樵煮。　　支筇翻感白发，酒旗歌板地，游冶曾误。解带量松，寻题扪藓，一箭流光如许。前踪暗数，剩飞动龙蛇，断碑堪语。又报昏钟，竹鸠呼夜雨。　　**别调集**

（"诗在"句）有云烟缥渺之致。

齐 天 乐 送樊榭归湖上

绿杨城郭黄梅雨，清尊故人高会。凉沁琴丝，愁翻笺叶，谁写一襟无赖。吴船旋买，怅黯黯江浒，萧萧篷背。数罢邮签，满湖烟景正相待。　　鱼天空阔夜话，想西窗剪烛，喧枕潮籁。听竹先秋，弄泉忘暑，看足水光山态。尘栖自悔，羡鸥鹭为群，蒲莲如海。别酒醒时，去帆横暮霭。　　**别调集**

（上阕）既骚雅又清脆，应得力于乐笑翁。（"别酒"二句）挽题苍茫。

江　昉

字旭东，号橙里，又号砚农，歙县人。寓居扬州，候选知府。有《练溪渔唱》三卷、《集山中白云词》一卷。

《词话》卷四：江橙里词，清远而蕴藉。沈沃田称其"刿钵肝肾，磨濯心志，苦心孤诣以为词"，可谓难矣。然余观《练溪渔唱》，句琢字炼，归于纯雅，只是不能深厚，盖知学南宋，而不得其本原。（本原何在？沉郁之谓也。不本诸风骚，焉得沉郁？）国朝词家，多犯此病，故骤览之，居然姜、史复生，深求之，皆姜、史之糟粕。惟陈迦陵兕吼熊啼，悍然不顾，虽非正声，不得谓非豪杰士。

玉漏迟

伊人秋水远，相思迢递，茂陵心眼。悄对钲花，独自觉难消遣。枝上红稀翠暗，蝶梦绕、梨云秋苑。愁莫剪，花阴月冷，锦筝弹怨。　　旧时曳雪歌云，怅三叠阳关，一声河满。似草春怀，又被东风吹遍。书剑天涯去后，何处觅、试香庭院。帘半卷，怕听杏梁双燕。　**大雅集**

（"似草"六句）清远而蕴藉，在草窗、西麓之间。

《词话》卷四：旭东《玉漏迟》云（"似草"六句），寄慨处婉雅幽怨，颇近西麓。

高阳台 赠素兰席间赋

乍茁瑶房，初调玉轸，冰裾净浣纤尘。雅不成娇，飘飘翠带轻分。曲阑响佩东风外，似飞来、空谷香云。两眉尖，瘦靥春山，淡扫秋痕。　　洞花幽草羞窥面，爱生来静婉，不惹游氛。试卷晶帘，娟娟凉月移人。十千斗酒通宵醉，解金貂、谁换温存。趁苔阶，嫩绿才铺，暗魇湘裙。　**闲情集**

（"曲阑"五句）雅丽似梦窗手笔。

木兰花慢 秋帆和厉丈樊榭

近蒹葭野岸，展十幅、挂樯竿。惯遥障堤痕，低遮鹭浴，高拂云寒。争先，惊飞雁底，带萧萧落叶下江干。惆怅登楼望眼，几番张尽凉天。　　悠然，波静远如闲，宛转度枫湾。指一片斜阳，参差影里，回首乡关。空悬，离愁渺渺，任西风送客自年年。画出潇湘数点，依稀没入苍烟。　**别调集**

（"惯遥"六句）情景兼写，措语清隽，亦不减樊榭。（"画出"二句）收足正面，空濛无际。

《词话》卷四：旭东《木兰花慢》（秋帆和樊榭）结数语云（"空悬"五句），空濛寂历。橙里自非樊榭匹，而此词殊不减也。

清 平 乐

新阴满径，月底花筛影。寂寞心情凭自领，小院无人春静。　　海棠开到三分，怜他伴我温存。始解华胥是梦，晓风吹破行云。 **别调集**

（"始解"二句）悠然意远。

忆 萝 月

嘹嘹征雁，萧瑟残芦岸。迷入暮云孤影断，望尽倚楼心眼。　　屏空旧梦难成，簟凄灯暗愁生。几阵梧桐夜雨，随风搅作秋声。 **别调集**

（"迷入"二句）笔意近高竹屋。

买 陂 塘 芦

一枝枝、荒江送响，记曾摇过烟艇。雪花点点偏侵鬓，飘泊断篷①残梗。看弄影，更瑟瑟萧萧，搅乱斜阳冷。空波万顷，惯曳转西风，捎来疏雨，引领入诗境。　关鸿早，辛苦衔将路迥，圆沙栖也难定。月明塞管吹寒夜，多少征人愁听。惊梦醒，又几叶敲窗，唤起吟秋兴。遥山掩映，认鱼浦鸥乡，参差遮断，极目水天暝。　**别调集**

（"看弄"六句）笔致凄警，亦洒脱。（"月明"五句）四面烘染，浑是凄怨。

又 蘋花

爱平铺、水明沙净，叶分十字偷聚。风漪翠影烟如织，小样白莲无数。花放处，早鸥梦惊回，几阵横塘雨。冰雕雪缕，惯弄影邀凉，吹香润碧，点点破残暑。
江南种，付与苏潭深贮，托根不染尘土。莼丝荇带难相并，输此清标幽素。还认取，尽剪碎秋云，点缀湖天暮。

---

①　"篷"，《练溪渔唱》作"蓬"。

轻桡荡去，载山色青青，玉纤采摘，和月淡遥浦。　**别调集**

（"花放"七句）佳处全从南宋人得来。（"莼丝"二句）二语嫌滞。（"还认"七句）炼字炼句，归于纯雅，姜、史化境也。

摸鱼子 月夜登金山，集《山中白云词》句。

舣孤篷、水平天远，古台半压琪树。石根清气千年润，禅外更无今古。浮净宇，对此境尘消，江影沉沉露。停杯问取，任一路白云，炯然冰洁，空翠洒衣屦。
凭栏久，说与霓裳莫舞，此时心事良苦。浦潮夜涌平沙白，落叶空江无数。还自语，听虚籁泠泠，无避秋声处。离情万绪，正独立苍茫，呜呜歌罢，小艇载诗去。　**别调集**

集成语，一气相生，骚情雅调，便如玉田复生。

史承谦

字位存，宜兴人，诸生。有《小眠斋词》四卷。

位存词寓纤秾于闲雅之中，流逸韵于楮墨之外。才力不逮陈、朱,而雅丽纡徐,亦陈、朱所不及,真陈、朱劲敌也。[1]

《词话》卷四:位存词极凄婉,又极雅洁。短调如:"千蝶帐深萦梦苦,倦拈红豆调鹦鹉。"又:"十二金堂小阑干,偏没个、留侬处。"又:"说与今年小楼中,第一夜、听春雨。"又:"萧萧瑟瑟到天明,蟋蟀声中灯一点。"又:"人去月痕消。"皆极精妙。长调如:"晴色渐苏梅柳,风和雪、忽又阑珊。春情远,千回万转,才肯到人间。"又:"二十四桥边,醉年时明月。"又:"沾暮雨、只有杨花,系归心、不关芳草。"曲折哀婉,不必板学南宋,而意境亦胜。

《词话》卷四:其年词最雄丽,竹垞则清丽,樊榭则幽丽,璞函则称丽,位存则雅丽,皆一代艳才。位存稍得其正,而才气微减。

一萼红 桃花夫人庙

楚江边,旧苔痕玉座,灵迹自何年。香冷虚坛,尘生宝匮,千秋难释烦冤。指芳丛、飘残清泪,为一生、颜色误婵娟。恩怨前朝,兴亡闲梦,回首凄然。　　似此伤心能几,叹诗人一例,轻薄流传。雨飒云昏,无言有恨,凭栏罢鼓神弦。更休题、章台何处,伴湘波、花

---

[1]　此评录入《词话》卷四。

木暗啼鹃。惆怅明珰翠羽，断础荒烟。　　**大雅集**

（"恩怨"三句）清虚骚雅，较白石"野老林泉"三句亦不多让。〇后半阕用意忠厚。"至竟息亡缘底事，可怜金谷坠楼人"，适形其轻薄耳。

《词话》卷四：位存《一萼红》（桃花夫人庙）云，清虚骚雅，用意忠厚。"至竟息亡缘底事，可怜金谷坠楼人。"适形其轻薄耳。

谒 金 门

凉满院，雨后碧云齐卷。莲叶东西飞月浅，红妆窥半面。　　香气因人近远，随意曲栏凭遍。团扇先秋生薄怨，小池风不断。　　**大雅集**

《风》《骚》嗣响，非中有怨情，不能如此沉至也。

《词话》卷四：位存词，如"团扇先秋生薄怨，小池风不断"，神似温、韦语。然非其中真有怨情，不能如此沉至。故知沉郁二字，不可强求也。

满 庭 芳

灯影分红，帘痕映翠，欲来独倚雕阑。诗慵酒懒，谁与慰愁颜。晴色渐苏梅柳，风和雪、忽又阑珊。春情远，千回万转，才肯到人间。　　斑斑，听细雨，寒威未减，闷掩重关。叹鬓丝如许，那禁摧残。屈指踏青挑菜，西园路、盼断双弯。怕伊也，生生憔悴，依旧锁眉山。　**大雅集**

（"晴色"五句）迤逦写来，至"渐"字一擒，至"又"字忽又一纵，千回百折，逼出"春情远"三句来。（"怕伊"三句）"依旧"二字，包括多少往事。

鹊 踏 枝

乳燕初飞春已去。罗幕低垂，消尽沉烟缕。千蝶帐深萦梦苦，倦拈红豆调鹦鹉。　　凝望碧云将薄暮。记否西窗，一夕消魂语。夜合花时芳讯阻，有情明月无情雨。　**大雅集**

（"千蝶"二句）凄艳绝世。

台城路 甲子秋寓金陵蔡氏水亭，有句云"三秋丝雨侵孤馆，一树垂杨见六朝"，极为汪枫南先生所赏。丁卯秋重至，垂杨如故，亭沼依然，不胜今昔之感。词以写怀，并邀充上、辂怀同赋。

槐花忽送潇潇雨，轻装又来长道。水咽青溪，苔荒露井，故国最伤怀抱。登临倦了，只一点愁心，尚留芳草。斗酒新丰，而今惭愧说年少。　　何应重过小驻，看红阑碧浪，眉影如扫。潘鬓经秋，沈腰非故，应笑吟情渐杳。柔丝细袅，是几度西风，几番残照。司马金城，剧怜憔悴早。　**大雅集**

（"柔丝"五句）所咏亦浅显在目，而措语却深婉可讽。①

卖 花 声

独自掩屏山，香冷人间。东风应不惜花残。片片玉鳞飞尽也，楼上春寒。　　疏影惯贪看，折下难拈。笛声休遣近阑干。知有一番零落恨，空护苔湾。　**大雅集**

---

① 此评录入《词话》卷四，录原词"登临"五句。

（"知有"二句）低回凄怨，应是咏梅花。

绮罗香 秦邮道中

风柳夸腰，露桃呈脸，倦客顿舒愁抱。摇漾晴云，不定浴波沙鸟。映水郭、酒旆斜挑，倚高楼、黛痕初扫。记春帆，前度曾过，惊心又是隔年了。　　佳辰何处祓禊，怊怅采兰人远，空嗟长道。官烛分烟，一半韶光还好。沾暮雨、只有杨花，系归心、不关芳草。奈今宵，尚滞江皋，楚天双岫杳。　大雅集

起八字稍纤。（"沾暮"二句）曲折哀婉，虽不能接武南宋诸家，而意境自胜。

采 桑 子

郁轮袍曲当时谱，沦落天涯，侍酒随车，谁问行吟到日斜。　　从教年少伤迟暮，怨入悲笳，泪滴寒花，渐渐逢人说鬓华。　放歌集

（下阕）文言道俗情，极其真至。

《词话》卷四：位存《采桑子》云："泪滴寒花，渐渐逢人说鬓华。"悲感语，说得和缓，便觉意味深长。（南溪词云："旧识僧徒与酒徒，年来多半疏。"亦无叫嚣恶习，然尚逊此和缓。）

南 歌 子

月上轻罗扇，凉生小画衣。玉腕又重携，曲池风不定，水萤飞。　**闲情集**

景中带情，不着浮艳。

又

茜袖凝香重，银灯照影娇。人去月痕消，画堂空似水，可怜宵。　**闲情集**

"人去月痕消"五字凄警。

小 重 山

闲倚风前数落红，残寒犹未去、酒尊空。竹声都在

画廊东，春庭月、无夜不朦胧。　　独自理薰笼，合欢
人去久、与谁同。清宵迢递最愁侬，书应寄、何处觅征
鸿。　**闲情集**

（"竹声"二句）措语宛约，得南宋人神髓。

满 江 红

才说春来，转眼又、送春归去。算几日、淡红香白，
斗他眉妩。袯襫洛滨游已散，湔裙洧水人何处。料卿卿、
应向琐窗眠，吹香絮。　　知多少，闲情绪。都付与，
新词句。叹朱颜非旧，韶华空度。更不推辞花下酒，最
难消受黄昏雨。闷恹恹、和梦听莺声，空无语。　**闲情集**

（"袯襫"四句）语极深款。（"更不"四句）此种句法，自是冲
口而出，然非天人兼到者不能。[①]

鹊 桥 仙

经时消渴，连宵中酒，未试醅醨新酿。日长慵敧小

[①]　此评录入《词话》卷四，"句法"作"语"，录原词"更不"二句。

帘栊，听雨点、绿阴中响。　　好花轻谢，好春闲过，总是凄凉情况。试教说向玉楼人，怕瘦损、横云眉样。　　**闲情集**

（"好花"二句）有心人语。

留 春 令

薄罗初试，深杯交劝，横波分付。十二金堂小阑干，偏没个、留侬处。　　灯前又是分携去，定有愁千缕。说与今年小楼中，第一夜、听春雨。　　**闲情集**

（"十二"二句）句法颇似竹垞。

东风第一枝

杏叶阴繁，蕉心碧重，东风不放帘卷。寻香怕认罗囊，觅句先题纨扇。春光去也，只剩与、轻寒轻暖。奈今宵、淡月笼烟，记起谢娘庭院。　　想多少、年时私愿，又添得、几番恩怨。相思恁日能消，薄幸今生怎免。欢期如梦，枉负了、当初心眼。问何时、嚼蕊吹花，更

向绮窗重见。　**闲情集**

（下阕）曲折哀怨，才不大而情胜。

祝英台近 　碧鲜岩相传为祝英台读书处，明邑令
谷兰宗先生镌一词于壁。秋日过之，因和原韵。

楚云归，湘佩香，芳意寄琼箸。碧藓苍苔，曾记读书处。未输锦水鸳鸯，花丛蛱蝶，长自向、春风容与。　　便应虑，留作粉本流传，千年赋情语。缥缈青鸾，应把旧游觑。只今月冷空山，香销幽谷，想犹有、凌波来去。　**别调集**

凄艳中自饶温雅，较《神女》《洛神》，转得其正。

玉 楼 春

年来不觉欢情减，太息韶华真荏苒。凄迷只似雨余花，凉冷略如秋后簟。　　酒醒多分愁依黯，那得芳尊时潋滟。萧萧瑟瑟到天明，蟋蟀声中灯一点。　**别调集**

（"凄迷"二句）两喻凄警。（"萧萧"二句）冷绝中有鬼气。

石 州 慢 岁暮寄广陵同学诸君

寒掩空庭，回首清游，转添凄咽。故人云外难期，岁晚凝情空切。爱闲多病，十年不到扬州，清狂杜牧还伤别。把酒慰飘零，记天涯风雪。　　愁绝，闲来拟趁，沙岸云帆，江头桂楫。只待看灯潮稳，落梅风歇。隋堤携手，相邀重认风流，丝丝杨柳应堪折。二十四桥边，醉年时明月。　别调集

（"把酒"二句）情文相生，得贺老遗意。（"二十"二句）深情苦意，"年时"二字中含曲折。

探 芳 讯

冶城暮，见衰草连波，晚花萦雾。指垂杨深岸，重寻六朝路。闲人莫问兴亡事，冷笑兰成赋。只当年、璧月琼枝，竟归何处。　　休觅欢游侣，怅故苑荒凉，怨歌愁舞。断粉零香，都逐寒潮去。画船不向秦淮泊，寂寞空烟浦。最伤心，桃叶渡头秋雨。　别调集

（"闲人"四句）幽情逸韵，神明乎姜、史。（"画船"四句）凄凉哀怨。

台 城 路

江南五月寒如许，惊心又移芳序。梅子初黄，冰荷渐展，倦客谁题纨素。薰笼频贮，但镇日惟消，水沉烟缕。重试春衣，如今那是旧情绪。　　莺声尚留深树，笑耽诗殢酒，懒寻青羽。润逼红绡，香消珠络，转忆萧娘眉妩。层楼凝仁，揎不到黄昏，便添凄楚。暮霭沉沉，远天都是雨。　**别调集**

全得力于南宋，后半尤逼真西麓。

解 佩 令　登大别山

澄江如练，碧峰孤拥，指晴川、片帆催送。转眼春归，奈客里、登临谁共。踏残芳、玉鞭飞鞚。　　东连彭蠡，斜通嶓冢，古山川、楚天遥控。落日鱼龙，唤长笛、一声吹动。恨茫茫、北云南梦。　**别调集**

此位存纵调，集中偶一为之。

任曾贻

字淡存，荆溪人。诸生。有《矜秋阁词》一卷。

《词话》卷四：任淡存词，措语婉妙，味亦隽永，可为位存之亚、遂侄之匹。朱云翔，字遂侄，元和人，有《蝶梦词》。同时张龙威，亦以词名，然有枝而不物之弊，不及任、朱也。

踏 莎 行

絮影帘栊，莺声门径。相逢记得清明近。画阑红袖许双凭，东风也解撩人鬓。　　捣麝成尘，分莲作寸。春光已尽情难尽。待将惆怅托宾鸿，书成又怕无凭准。

闲情集

（"画阑"二句）妙在有意无意之间。（"待将"二句）情词婉转。

临 江 仙 暨阳道中

断雁西风古驿，暮烟落日荒城。乍来江馆驻宵程。

砧声今夜月，灯影昔年情。　　拂晓片帆欲去，一川流水泠泠。蜻蜓如叶划波轻。乱愁高下树，飞梦短长亭。

别调集

"灯影"五字，言中有物。

张云锦

字龙威，平湖人。监生。有《红澜阁词》一卷。

雨　霖　铃　南榷署中观宋芙蓉石，署即德寿宫基址。

炎精销歇，草离离处，藓碑重剔。芙蓉十丈犹矗，寒蝉抱宿，向人凝咽。问讯宫梅，却早已、花散如雪。指一抹、墙角斜阳，不照蓬莱旧城阙。　　君臣南渡甘心屈，枉承欢、宝母供烟月。奉华上寿那处，谁信道、不成王业。半壁江山，风卷云飞，都付磨灭。只一拳、剩话凄凉，是宋偏安物。　　**别调集**

（"指一"二句）感慨中有笔力。

朱云翔

字遂伫，元和人。诸生。有《蝶梦词》一卷。

玉 漏 迟 雁

莽秋云一片，征鸿点点，夕阳无数。影落楼头，抛下一天疏雨。望断巫峰十二，但满眼、芦花风絮。惊叹处，玉关衰草，江南烟浦。　　自顾尚是漂零，甚锦字堪裁，异乡相遇。倚遍危栏，赢得闷怀千缕。空写一行古篆，渐移过、风窗月户。归路阻，今宵梦魂同苦。　**别调集**

（上阕）融情炼景，雅近耆卿。（"归路"二句）结处映"漂零"三语，极其凄黯。

浣 溪 沙 桃源早发

淡月微黄雨乍晴，征衫初试马蹄轻。关情柳絮舞邮亭。　　芳草已非裙带绿，远山犹是黛眉青。故园冷落木香屏。　**别调集**

（"芳草"二句）"已非"、"犹是"四虚字，唱叹得神。

陆　烜

字蝶厂，平湖人。有《梦影词》三卷。

浣 溪 沙 "淋铃夜雨滴空阶"，洪子持寰梦仙姝所
赠句也，余取入《浣溪沙》歌之，声甚凄悱。

好梦无端上玉钗，仙人亲见缕金鞋。相思风味病情怀。　　青鸟不来春竟去，落花无主月长埋。淋铃夜雨滴空阶。　闲情集

（"淋铃"句）凄咽直似鬼语。

夏宗沂

字兰台，江阴人。有《浣花集》三卷，词一卷。

浣 溪 沙 雨窗别意嘲苣滨

暗别偷啼掩泪珠，画檐丝雨惜分初。个人襟袖夜窗虚。　　犬吠定疑微步至，风声应认隔帘呼。孤帷曾絮

薄情无。 **闲情集**

（下阕）此意昔人用之屡矣，然情节特妙，不病其袭也。

朱方霭①

字吉人，号春桥，桐乡人。监生。有《小长芦渔唱》四卷。

《词话》卷四：朱春桥，竹垞太史族孙也。其词亦颇近秀水，而才力不逮。

钓 船 笛 月夜瓜步守风

雪浪打城根，一片芦花摇白。天意欲留人住，领涛声月色。 江南昨夜系孤篷，今夜又江北。应惹沙头宿鹭，笑飘零踪迹。 **别调集**

徐柱臣

字题客，昆山人。贡生。有《艮岑乐府》。

---

① "方"，底本作"芳"，据《小长芦渔唱》《国朝词综》改。

珍 珠 帘 拜月

云空碧落寒光透，挂疏帘、小院新秋时候。妆罢下兰阶，正月华如昼。鹊尾烧香心字结，问此意、素娥知否。稽首，恰花阴满地，玲珑衫袖。　　惟愿万里婵娟，似清辉此夕，年年依旧。莫漫近黄昏，只照人消瘦。凉露湿衣扶不起，压绣垫、湘裙微皱。垂手，倚熏炉小立，又闻莲漏。　闲情集

（"鹊尾"五句）深情若揭。

吴　烺

字荀叔，全椒人。乾隆十六年召试，赐内阁中书，官至宁武府同知。有《杉亭词》四卷。

探　春

度曲人归，卖花声散，嫩凉天气初霁。窄袖拖蓝，轻衫束素，弱骨不堪罗绮。小立赤栏桥，还只怕、晚风吹起。无端掷与相思，双瞳斜剪秋水。　　旧事思量如醉。便销尽吟魂，知他知未。病草侵阶，蛮花糁径，小

雨黄昏门闭。独自守空庭，争禁得、许多憔悴。一幅鲛绡，为伊都染红泪。　**闲情集**

（"便销"二句）"魂不胜销死也拚"，痴于情者亦犹是也。

浣 溪 沙 新晴

独倚危楼望晓天，雨余风景剧堪怜。马嘶深巷草芊芊。　几点浓愁山染黛，一行香梦柳梳烟。断肠春色又今年。　**别调集**

（下阕）凄丽不减陈卧子。

王鸣盛

字凤喈，号西沚，嘉定人。乾隆十九年进士，官至光禄寺卿。有《谢桥词》二卷。

渔 家 傲

浅梦轻寒添酒病，蓥腾怕问梨花信。走近玉台肩却并，窥明镜，相怜愁对春风影。　　爱看月华雕槛凭，

丁宁薄薄衫儿冷。小胆不宜耽寂静，灯将烬，侧身单枕和衣等。　**闲情集**

　　（"相怜"句）即顾影自怜意。◎"不宜"二字妙，是代他设想。

董　均

　　字平铨，娄县人。贡生，官无为州训导。有《疏庵诗余》。

鹊踏枝

　　嵇阮垆边司马壁。检点平生，多少闲踪迹。客里亦家家亦客，近来心绪谁知得。　　静处思量频泪滴。何事撩人，更有山阳笛。一夜梅花催放白，天涯芳草无穷碧。　**别调集**

　　（"客里"二句）愤懑语，却不激烈，愈婉曲愈沉着也。

过春山

　　字葆中，吴县人。诸生。有《湘云遗稿》二卷。

湘云词徜徉山水，绵渺无际，其笔致之妙，别于位存，近于樊榭。同时春桥、荀叔、秋潭、圣言、对琴诸君，皆以词名东南，然无出湘云右者。

《词话》卷四：过春山《湘云遗稿》二卷，徜徉山水，绵渺无际，其笔意之骚雅，别于位存，近于樊榭，吴竹屿称其词如"雪藕冰桃，沁人醉梦"。百余年来，此调不复见矣。◎湘云词，每读一过，余音袅袅，不绝如缕。读之既久，其味弥长。同时朱春桥、吴荀叔、朱秋潭、江圣言、汪对琴诸君，皆以词名东南，然无出湘云右者。

《词话》卷四：湘云词，如："几点萍香鸥梦稳，柳棉吹尽春波冷。"又："回首桃源仙路迥，一声欸乃川光暝。"又："数尽落花无语，黄昏双燕还来。"又："香乍热，簟微寒，魂销似去年。"又："秋声吹不尽，长笛月明中。"又："指点江山，斜阳一片下平楚。"又："双桨趁潮平，载取江云归去。"皆令人寻味不尽。◎湘云词，如："小雨啼花，深烟怨柳。"又："金碗生苔，漆灯无焰。"又："但山鬼吟秋，杜鹃啼雨。回首宫斜，白杨深夜语。"此类皆凄警特绝。

明月生南浦 河桥泛舟，同吴竹屿赋。

宿雨收春芳事尽。绿涨溪桥，花落无人境。几点萍香鸥梦稳，柳绵吹尽春波冷。　　溪上人家斜照影。招

手渔竿，烟外浮孤艇。回首桃源仙路迥，一声欸乃川光
暝。　大雅集

探　春　月夜饮荒祠，水木明瑟，池馆苍凉。主人告余曰：
"此邹副使愚谷十二楼址也，声伎豪侈，久衰歇矣。"感赋。

小雨啼花，深烟怨柳，往事倩谁重诉。甃冷铜瓶，
尘封玉镜，试问荒溪鸥鹭。说起那时恨，又恐怕、莺愁
燕苦。醉余一点闲情，立尽阑干凉露。　　残月三更南
浦，想山鬼清游，木兰微赋。金碗生苔，漆灯无焰，应
是不胜凄楚。叹一番春梦，长堤外、落红无数。记取明
朝，莫上危楼高处。　大雅集

台 城 路　登雷峰望宋胜景园故址

东风又入荒园畔，繁华已成尘土。太液芙蓉，未央
杨柳，曾见当年歌舞。危栏谩抚，叹事逐飞云，梦随香
雾。指点江山，斜阳一片下平楚。　　悠悠此恨谁诉，
想青燐断续，还过南浦。铁马凭江，香车碾月，忍读昭
仪词句。凄凉几许，但山鬼吟秋，杜鹃啼雨。回首宫斜，
白杨深夜语。　大雅集

俯仰流连，感慨不尽，却无一字不和雅，真沐浴于南宋诸公而出之者。

倦寻芳 过废园，见牡丹盛开有感。

絮迷蝶径，苔上莺帘，庭院愁满。寂寞春光，还到玉阑干畔。怨绿空余清露泣，倦红欲倩东风浣。听枝头，有哀音凄楚，旧巢双燕。　　漫伫立、瑶台路杳，月佩云裳，已成消散。独客天涯，心共粉香零乱。且尽花前今夕酒，洛阳春色匆匆换。待重来，怕只有、断魂千片。　　**大雅集**

（"寂寞"七句）寄情绵渺。（"且尽"四句）及时勿失，有心人语，亦情到至处，有此无聊之解。

《词话》卷四：湘云《倦寻芳》（过废园见牡丹盛开有感）云（"寂寞"四句、"且尽"四句），及时勿失，自是有心人语。

踏莎行 游秦园

寂寂帘栊，深深院宇。碧桃花下闻人语。闲情寻遍小阑干，东风犹袅余香缕。　　酒外啼莺，鬓边飞絮。

夕阳山色愁如许。游丝不解系春留，为谁偏逐香车去。
闲情集

（"游丝"二句）词不必艳，而情自芊婉。

更 漏 子

半开帘，斜背烛，困倚画屏新浴。眉淡扫，鬓低梳，夜凉生绣襦。　秋声骤，雁来候，人共海棠消瘦。香乍热，簟微寒，魂销似去年。　闲情集

（下阕）措语宛约，规摹古人，不肯流入时派。

临 江 仙 秋柳

试数旧愁余几缕，暮蝉凄断西风。萧疏无力系游骢。津亭携手地，梦逐晓霜空。　似与玉楼人比瘦，翠痕都减眉峰。多情只有晚烟笼。秋声吹不尽，长笛月明中。　别调集

（"多情"三句）笔意清超，琢句婉雅，自是湘云本色。

绮 罗 香 湖上闻歌

旧恨消香，新愁倦酒，寂寞又惊春晚。小立斜阳，何处暗飞银管。有几许、离绪吟秋，怎知我、天涯肠断。莫随风、吹入西泠，为渠唤起故宫怨。　　霓裳遗曲曾谱，怅望青鸾已杳，彩云消散。剩粉零红，忍向尊前重见。消几度、月淡窗寒，更那堪、梦回人远。指青袍、今夜愁痕，倩谁江上浣。　**别调集**

（"有几"四句、"剩粉"六句）凄凉幽怨，出入南宋诸贤而得其神理，最是高境。

江 亭 怨 西泠晚渡

寒翠湿衣欲暮，烟际乱山无数。露滴宿鸥惊，飞过沙洲自语。　　欲摘白蘋寄与，几点鸣蓑丝雨。双桨趁潮平，载取江云归去。　**别调集**

（"双桨"二句）风流疏雅，不减乐笑翁。

清 平 乐

雨轻风细，小院深深闭。梦醒余寒侵翠被，又被啼莺催起。　　悄然微步香阶，柳塘斜日初开。数尽落花无语，黄昏双燕还来。　　**别调集**

（"数尽"二句）得五代人神髓，不同貌似者。

水 龙 吟 太湖晚泊

片帆斜挂西风，水云卷尽秋无际。沙声拥沫，波光弄暝，一痕新霁。散发临流，扣舷长啸，满身空翠。怅钓徒去后，烟波冷落，凭谁唱、渔歌子。　　青箬绿蓑容与，倚斜阳、乱山如此。鲈香菰冷，几番付与，眠鸥梦里。一点闲愁，欲采蘋花，相思谁寄。最难堪此夜，短篷新月，听征鸿唳。　　**别调集**

（"片帆"二句）超旷。（"一点"五句）疏密适中，兼梦窗、玉田之美。

西 子 妆 雨中坐放鹤亭，眺湖光山色，感而赋此。

露滴松梢，泉穿竹径，一带疏阴催暮。凭阑目断白
云深，但萧萧、满身香雾。闲情欲诉，怅荒渚、难招鸥
鹭。俯沧浪，叹荷衣谁浣，天涯尘土。　　佳期误，落
尽梅花，寂寞谁为主。玉琴弹破碧天寒，问东风、鹤归
何处。重寻旧址，谩赢得、苍烟冷雨。黯销魂，入夜啼
鹃更苦。　**别调集**

（下阕）清虚骚雅中又极深厚，此湘云所以为高也。

《词话》卷四：湘云《西子妆》后半阕云，清虚中亦复骚雅，
湘云所以为高。

朱 昂

字适庭，号秋潭，休宁人，寓居长洲。监生。有《绿阴槐夏阁词》
一卷。

摊破浣溪沙 闺病

药鼎微温枕半欹，不曾中酒眼迷离。忆着伤春断肠
句，总无题。　　弱絮轻萍愁似水，晓风残月命如丝。

檐马丁东灯焰小，五更时。　**闲情集**

（"弱絮"二句）微伤纤巧。◎结二语尚可。

浣 溪 沙

蕙鼎香微掩画屏，酴醾架外月斜明。谁家帘阁夜吹笙。　　忆自春浓圆好梦，挤他花谢引柔情。那堪重听杜鹃声。　**别调集**

江 立

初名炎，字圣言，歙县人，寓居江都。监生。有《夜船吹笛词》二卷。

百 字 令 夜渡扬子江，泊舟金山下。

孤云海树，趁回潮拍岸，尚悬苍暝。三两点鸥沙外月，同载烟波千顷。山势北来，水声东去，一叶江心冷。醉余梦里，而今翻被惊醒。　　一夜换却西风，也应回首，步屧交枝径。忆着旧时歌舞地，花影倒窥天镜。濯足吹箫，吴头楚尾，未了清游兴。世尘空扰，阑干来此闲凭。　**别调集**

（"山势"五句）措语警炼。（"世尘"二句）必以情运词乃工。

汪　棣

字辫怀，号对琴，江都人。监生，官刑部员外。有《春华阁词》二卷。

琵琶仙 金阊晚泊

　　斜日扬舲，堞楼下、一带荒凉吴苑。珠幌犹蔽何乡，秋空片云卷。风渐急、横塘乍渡，便穿入、虎山西崦。野草低迷，寒鸦下上，浑是凄怨。　　看胥口、波面灵旗，未输尔、鸱夷五湖远。无限乱山衔碧，闪烟樯斜展。排多少、荒台废馆，只望中、破楚门键。料得遥夜钟声，梦回难遣。　**大雅集**

（下阕）不以成败论英雄。有议论，有感慨，有笔力，渊渊作金石声。

《词话》卷四：汪对琴《琵琶仙》（金阊晚泊）一章，有议论，有感慨，有识力，渊渊作金石声，可为《春华阁词》压卷。

蒋士铨

字心余，铅山人。乾隆二十二年进士，官编修。有《铜弦词》

二卷。

心余词，气粗力弱，每有支撑不来处，匪独不及迦陵，亦去板桥甚远。① 兹选其笔力稍健者十余阕。

《词话》卷四：《铜弦词》，惟"浮香舍小饮"四章，"廿八岁初度"两章，为全集完善之作。虽不免于叫嚣，精神却团聚，意境又极沉痛，可以步武板桥。如云："越霰吴霜篷背饱，奈年来、王事都麼盬。藉竿木，尚能舞。"又："十载中钩吞不下，趁波涛、忍住喉间鲠。呕不出、渐成瘿。"激昂呜咽，天地为之变色。

满 江 红 赤壁

凿翠流丹，使全楚、山川襟带。是一片、神工鬼斧，劈开灵界。几下白龟横断岸，楼中黄鹤飞天外。剩文章、双照大江流，垂金薤。　　一斗酒，犹堪载。三分事，聊堪话。甚英雄竖子，倏焉成败。歌舞二乔谁得有，舳舻千里今安在。便江风、山月尚如前，都无奈。　放歌集

"歌舞"七字费解。◎结三字没意思，外强中干。

_____

① 此评录入《词话》卷四，"心余"作"蒋心余"。

水 龙 吟 题戈二斋壁

相逢同饮亡何，酒酣清泪飘如霰。茂陵词客，秦川公子，惟君其彦。台上呼鹰，河东饮马，陇头磨剑。数年少豪游，唯吾与汝，记得潼关四扇。　　旧恨新愁难遣，误才人、乌阑黄绢。一寒至此，妇人醇酒，斯言诚善。仆本恨人，君真佳士，奈何贫贱。莫辞痛饮，人心不似，大都如面。　　放歌集

（"台上"三句）尚见笔力，可以升刘、蒋之堂。

贺 新 凉 自题《一片石》传奇

蝶是庄生化。绝冠缨、仰天而笑，闲愁休挂。大抵人生行乐耳，檀板何妨轻打。穷与达、漫漫长夜。呆女痴儿欢笑煞，叹何戡、已老秋娘嫁。须富贵，何时也。　　十年骑瘦连钱马，经几多、浮云变态，悲歌嫚骂。南郭东方游戏惯，粉墨谁真谁假。吊华屋、荒丘聊且。不见古人何足恨，只文词、伎俩斯其下。我本是，伤心者。　　放歌集

心余《一片石》传奇表娄妃之贞烈，淋漓悲壮，可泣可歌。此词非题传奇中事，只是写自己怀抱，明所以传奇之故。

又 南昌判官程十七北涯浮香精①舍小饮，酒阑口占杂纪。四首。

潇洒房栊底。展文茵、红氍一片，秋光如水。残月晓风多少恨，我辈钟情而已。问低唱、浅斟何似。忍把浮名轻换了，钝词锋、不过吴蒙耳。敢浪犯，将军垒。　　官斋十笏堆图史，拓轩窗、招人来坐，米家船里。锦袋绯鱼腰手版，别驾风流如此。叹海内、几人知己。虚掷年华无寸益，戴儒冠、不合称才子。击碎也，乌皮几。　　**放歌集**

（"忍把"四句）时北涯方校心余新词院本，故云。（"虚掷"四句）悲愤。

又

名宦何堪数。让先生、风裙月扇，歌儿舞女。达者为官游戏耳，续了袁家新谱。谁唱得、屯田乐府。非我

---

① "精"，底本误夺，据《铜弦词》补。

佳人应莫解，向花间、自点檀匡鼓。奏绝调，可千古。　　秋宵想见文心苦，列名姬、共持椽烛，筝琶两部。忍冻挥毫辞半臂，明月西楼才午。尽一串、珠喉吞吐。越霰吴霜篷背饱，奈年来、王事都靡盬。藉竽木，尚能舞。　**放歌集**

（"达者"二句）北涯有《后西楼》填词，故云。◎"文心苦"上着"秋宵"二字，便有精神。（"越霰"四句）激昂慷慨，遣词亦有官止神行之妙。

又

帐冷香销夜。断肠吟、生平一事，最伤心者。记得琉璃为砚匣，新咏玉台频借。春去矣、小楼花谢。诵偈朝云曾现影，怨东风、雨次吹兰麝。看燕燕，香泥惹。　　判官自判氤氲且，白尚书、歌填长恨，再生缘也。世味从来皆嚼蜡，情绪偏同啖蔗。梦断了、浮香精舍。君语如斯吾怕听，便英雄、泪也如铅泻。儿女恨，那堪写。　**放歌集**

北涯姬人赵兰征能诗，亡后廿余日，八月十三夜，夫人将产，北涯时共友人露坐庭庑,见姬魂冉冉外来,入夫人卧内,遂生子,七日而殇。姬复见梦曰:"本非乐生者,聊归视家人耳。"北涯痛绝,为作《再生缘》乐府,故云。

又

烛炖铜盘矣。挂缔衣、几枝萝薜,晚风吹起。猿笛雁筝声拉杂,一带天河斜指。论甲子、大夫强仕。不信东方编贝稳,笑昌黎、早落期期齿。原注:"北涯年未五十,齿落几半。"浑未免,聊复尔。 饥驱我亦愁无底,揖诸侯、人呼上客,自称狂士。十载黄斋酸到骨,嚼出宫商角徵。岂年少、甘为荡子。大噱仰天天也闷,肯登堂、浪进先生履。沦落感,竟如此。 放歌集

("岂年"五句)沉痛激楚,发几上指。

满江红 送程十七判官入都

马铎郎当,南浦上、雁声凄绝。谁与唱、穷秋一路,晚风残月。画壁重寻钗脚字,黄河怒卷龙门雪。忆官斋、吹彻玉笙寒,新婚别。原注:"时北涯方纳姬。" 英雄

概，刚肠热。儿女态，柔肠折。负绸缪小印，臂痕亲啮。取瑟而歌公莫舞，以儒为戏吾真拙。把离愁、抛掷与江山，都休说。 放歌集

（"把离"二句）笔力傲健，虽是极力支撑，亦能自成一队。

贺 新 凉 廿八岁初度日感怀，时客青州。二首。

仰屋和谁语。计年华、人生不过，数十寒暑。转忆四龄初识字，指点真劳慈母。授经传、咿唔辛苦。母意孳孳儿欲卧，剪寒灯、掩泣心酸楚。教毋听，丽樵鼓。　　十龄骑马随吾父，历中原、东西南北，乾坤如许。天下河山看大半，弱冠幡然归去。风折我、中庭椿树。血渍麻衣初脱了，旧青衫、又染京华土。败翎折，堕齐鲁。 放歌集

（"母意"四句）字字真朴，泪痕血点结缀而成。（"风折"五句）泪随声堕，不能卒读。

又

愁似形随影。苦飘零、身如槁木，心如废井。尘海

迷漫无处着，常作风前断梗。触往事、几番追省。十载
中钩吞不下，趁波涛、忍住喉间鲠。呕不出，渐成
瘿。　　眼前一片馍粘境，黑甜中、痴人恋梦，达人求
醒。阅尽因缘皆幻泡，才觉有身非幸。况哀乐、劳生分
领。历乱游蜂钻故纸，溺腥膻、醉饱怜公等。草头露，
但俄顷。　**放歌集**

（"十载"四句）呜咽缠绵，天地变色。

　　又　陈其年洗桐图，康熙庚申夏周履坦画。

一丈清凉界。倚高梧、解衣盘薄，髯其堪爱。七十
年来无此客，余韵流风犹在。问何处、桐阴不改。名士
从来多似鲫，让词人、消受双鬌拜。可容我，取而
代。　　文章烟月思高会，好年华、青尊红烛，歌容舞
态。太白东坡浑未死，得此人生差快。弹指耳、时乎难
再。及见古人图画里，动无端、生不同时慨。口欲语，
意先败。　**放歌集**

（"问何"五句）一片向慕，迦陵知己也。

解 连 环 燕子矶独眺

江流日夜，问六朝人物，尔何为者。三百年、龙战
玄黄，但歌舞荒淫，风流儒雅。醉梦兴亡，又节次、欺
人孤寡。放千寻铁锁，一片降帆，妆点图画。　　几处
杀人盈野，算偏安才过，几王几霸。说天堑、虎踞龙蟠，
被风月莺花，几番误也。眼底苍茫，剩燕燕、于飞上下。
诉当年、故国山围，空城潮打。　　放歌集

（上阕）上下千古，大笔淋漓。

吴泰来

字企晋，号竹屿，长洲人。乾隆二十五年进士，二十七年召试，
赐内阁中书。有《昙香阁琴趣》二卷。

《词话》卷五（刻本卷四）：吴竹屿《昙香阁词》，如水木之清
华，云岚之秀润，高者亦湘云流亚。◎风流婉雅，是竹屿本色。吴
中七子，璞函而外，固当首屈一指。

《词话》卷五（刻本卷四）：竹屿词，如"一点相思谁与寄，罗
襟留得东风泪。"逼近小山。又《卖花声》云："杨柳小湾头，烟水
悠悠。归心空望白蘋洲。只有春江知我意，依旧东流。"情词宛转，
不求高而自合于古。

凤栖梧

　　江梅吹尽红楼闭。杨柳多情，也为春憔悴。燕子来时人未起，梨花小雨重门里。　　梦断青溪伤往事。桃叶桃根，多是凄凉意。一点相思谁与寄，罗襟留得东风泪。　**大雅集**

　　（"杨柳"四句）情词凄艳，雅近小山。

卖花声 沪城旅思

　　风雨送扁舟，回首红楼。伤春伤别几时休。昨夜浓香今夜梦，多是离愁。　　杨柳小湾头，烟水悠悠。归心空望白蘋洲。只有春江知我意，依旧东流。　**大雅集**

　　（"归心"三句）情词宛转，不求高而自合于古。

祝英台近 和述庵、少华蘋花水阁听雨忆山中旧游之作

　　石玲珑，花匼匝，池馆翠阴密。蘋末风来，雨意正萧瑟。最怜柳外舟移，苇间门掩，听彻了、隔林渔

笛。　　　坐岑寂，是谁手款双扉，幽阶点藤屐。梦里寒山，跳珠溅千尺。凭时桐帽穿云，荷衣滴露，共赏遍、松龛苔壁。　**别调集**

起数语布景工于点缀。◎风流婉雅，是竹屿本色。吴中七子，璞函而外，固当首屈一指。

《词话》卷五（刻本卷四）：竹屿《祝英台近》（和王述庵蘋花水阁听雨忆山中旧游）云："石玲珑，花匼匝，池馆翠阴密。蘋末风来，雨意正萧瑟。"起数语淡淡布置，点缀入妙。下云："梦里寒山，跳珠溅千尺。"亦甚超远。

卜 算 子

蕙帐袅残烟，宝篆消寒雾。小小阑干曲曲屏，人在深深处。　　　梦断楚楼云，恨比秦筝柱。窗外芭蕉不忍听，更着风和雨。　**别调集**

台 城 路　葭溪晚步

垂杨零落西堤路，楚天倦闻征雁。芦管藏鸦，枫林带月，十里沧江秋晚。闲愁检点，怅如此溪山，荷衣未换。好景匆匆，西风空复感团扇。　　　天涯暗催旅思，想苔深杜曲，朱户长掩。白发新愁，青衫旧泪，供尽庚郎吟卷。故山在眼，送一点归心，暮帆天畔。回首秦楼，断肠人正远。　别调集

（下阕）宛转流丽，颇近小长芦。

买 陂 塘 别璞函

又匆匆、水天分袂，蒲帆轻挂洲渚。倦游人老荷衣破，未浣旧时尘土。情最苦，是一片斜阳，催送离亭杵。相看无语，但倚遍阑干，楚鸿声里，重谱断肠句。
江南路，双桨桃根古渡，俊游何限凄楚。宝筝纨扇俱零落，休问庚郎词赋。君看取，又几阵西风，吹散高阳侣。离愁几许，向竹屋秋灯，水窗夜月，都是梦君处。　别调集

（"君看"七句）清圆浏浣，如闻苏门长啸。

许宝善

字敩愚，号穆堂，青浦人。乾隆二十五年进士，官监察御史。有《自怡轩词》。

阮 郎 归

一帘酥雨杏花残，罗衣生薄寒。小楼无力倚阑干，怕看山外山。　　眉翠薄，泪痕斑，无端春又阑。生憎鸳梦醒时单，今宵和梦难。　**大雅集**

此词绝宛约，惟"酥"字不自然，致使全篇减色。

白雨斋词选卷二十二

清词十

赵文哲

字损之，号璞函，上海人。乾隆二十七年召试，赐内阁中书，官户部主事，恤赠元禄寺少卿。有《婷雅堂词》四卷。

璞函词，措语浓至，用笔清虚，规模亦甚宏远，可与竹垞、樊榭并驱争先。○璞函词，秾艳是其本色。然能规摹古人，不离分寸，故雅而不晦，丽而有则，视国初名家，正不多让。[①]

璞函艳词，情最深，味最浓，笔力却绝遒，与竹垞分道扬镳，各有千古。○艳词至竹垞，仙骨珊珊，正如姑射神人，无一点人间烟火气。璞函则如丽娟、玉环一流人物，偶堕人间，亦非凡艳。此两家艳词之别也。[②]

《词话》卷五（刻本卷四）：璞函《台城路》（张丽华祠）云："璧树飞蝉，袿裳化蝶，欲问故宫无路。残钟几度，只遗曲犹传，隔江商女。回首雷塘，暮鸦啼更苦。"音调凄惋，措辞大雅，所谓

---

①　此评录入《词话》卷五（刻本卷四）。

②　此评录入《词话》卷五（刻本卷四）。

丽而有则。又"桃叶渡"（前调）云："乌衣巷口斜阳冷，寻常更无飞燕。"又云："明月多情，素光犹似照团扇。"淡淡着笔，情味自饶。此词后半阕牵入邪思，不免佻薄。又"咏芦花"（《凄凉犯》）云："西风乍卷，便鸥鹭、飞来不见。"又云："几度思持赠，回首天崖，白云空剪。"又"秋柳"（《台城路》）云："长亭古道，莫更问当时，燕昏莺晓。"又"秋草"（前调）云："不见王孙，夕阳空记旧行迹。"又云："塞北秋深，江南日暮，一带伤心寒碧。凭高望极，又断雨零烟，几重遮隔。独立苍茫，旧袍青泪湿。"均于凄感中见笔力。规模南宋，似又胜于张仲举。

《词话》卷八（刻本卷六）：位存词，规模较隘，而全篇精粹，亦能拔帜于陈、朱之外。璞函则轻圆俊美，跌宕纵横，鼓吹陈、朱，正不多让，皆国朝之哲也。

河 传

　　送客，南陌，千丝残柳，一丝凉笛。东风日暮雨潇潇，魂销，人归红板桥。　　梨花小院深深闭，栏杆倚，离恨倩谁寄。酒初醒，梦将成，愁听，纱窗啼晓莺。 **大雅集**

《词话》卷五（刻本卷四）：璞函《河传》云："东风日暮雨潇潇，魂销，人归红板桥。"又云："酒初醒，梦将成，愁听，纱窗啼晓莺。"凄秀之词，味亦深永，似五代人手笔。

台城路 张丽华祠

奈何声里香魂断，荒祠尚临寒渚。梁鼠啼时，砌虫咽处，杂沓灵旗风雨。羊车一去，但寂寞青溪，小姑同住。梦远鸡台，海蠡谁解荐芳醑。　　兰衰休拟菊秀，喜胭脂井畔，便作坏土。璧树飞蝉，袿裳化蝶，欲问故宫无路。残钟几度，只遗曲犹传，隔江商女。回首雷塘，暮鸦啼更苦。　**大雅集**

（"璧树"八句）音调凄惋，措语温雅，所谓丽而有则者。

又 桃叶渡

乌衣巷口斜阳冷，寻常更无飞燕。却溯轻潮，闲临古渡，记起尊前人面。珠喉一串，只付与残蝉，夜吟哀怨。明月多情，素光犹似照团扇。　　船唇曾此小泊，指朱扉扣处，鹦鹉轻唤①。旧曲飞花，芳名刻玉，姊妹双蛾谁浅。莺俦蝶眷，怅两桨重来，画楼天远。输与王郎，渡江歌婉转。　**大雅集**

---

① "唤"，底本作"换"，据《婍雅堂词集》《国朝词综》改。

好起笔。("明月"二句）淡淡着笔，情味自饶。◎后半牵入邪思，不免佻薄矣。

又 秋草

疏枝一夜鸣鹧鸪，青青渐看非昔。古柳阴中，残荷影外，迢递河梁秋色。西风巷陌，恨送尽年年，宝鞍珠勒。不见王孙，夕阳空记旧行迹。　　西堂吟兴乍减，那堪离梦醒，无限相忆。塞北秋深，江南日暮，一带伤心寒碧。凭高望极，又断雨零烟，几重遮隔。独立苍茫，旧袍清泪湿。　**大雅集**

（"塞北"八句）于凄感中见笔力，规模南宋，不减张仲举。

又 秋柳

南楼昨夜吹横笛，声声玉关怀抱。暮节纷来，柔姿瘦尽，满眼西风残照。长亭古道，莫更问当时，燕昏莺晓。认取寒枝，只今惟有晚鸦绕。　　青青几度送远，玉葱持赠处，离恨多少。西角吟诗，北征陨涕，况值凄凉秋杪。愁丝袅袅，怕攀折重经，漫思春好。旧馆枚生，

赋情今渐老。　大雅集

凄凉犯 芦花

沧江望远，微波外、芙蓉落尽秋片。野桥古渡，轻
筠袅袅，露华零乱。西风乍卷，便鸥鹭、飞来不见。似
当时、杨花满眼，人别灞陵岸。　　几度思持赠，回首
天涯，白云空剪。夕阳自颤，叹丝丝、鬓边难辨。独立
苍茫，问何事、频吹塞管。正凄凉、冷月宿处，起断
雁。　大雅集

（"几度"五句）清虚骚雅，得乐笑翁遗意。

倦寻芳 送春同竹屿作

柳遮翠馆，花落红亭，催老芳序。满目江山，何处
送春归去。漫惜侵帘莺语滑，可怜隔浦鹃啼苦。最消魂，
是斜阳欲下，一庭疏雨。　　怅往事、都如流水，人面
重门，佳约无据。系马踟蹰，不记旧时芳树。青子绿阴
空自好，年年总被东风误。只多情，燕归来，画梁愁
诉。　大雅集

（"青子"二句）哀艳，似梦窗手笔。

《词话》卷八（刻本卷六）："青子绿阴空自好，年年总被东风误。"璞函送春词也。意味极厚，词之可以怨者。

一萼红 重过水竹居有感，用草窗登蓬莱阁词起句。

步深幽，看白蘋紫蓼，池苑恰宜秋。笮帽寒多，荷衣尘少，醉中一晌凝眸。记堤上、千丝杨柳，骤轻鞍、何处不勾留。烛泪堆红，茶烟飓碧，人在高楼。　　风景而今无恙，但板桥西畔，换却盟鸥。苔涩蛩疏，芹残燕垒，声声犹诉离愁。问溪水、揉蓝如许，恁年年、只解送行舟。怕见旧时月色，莫上帘钩。　　**大雅集**

（下阕）轻圆俊美，兼有竹垞、樊榭之长。

霓裳中序第一

轻烟弄暝色，伫立单衣寒恻恻。一片东风巷陌，问送过几番，宝鞍金勒。凭高望极，但暮云、芳草凝碧。人何处，瑶华信杳，迢递乱山驿。　　畴昔，清尊瑶席，记玉面、灯前初识。江湖谁念倦客，感灭烛匆匆，许闻

芳泽。越罗红泪拭，道别后、休思此夕。今应是，梨花门掩，燕子伴岑寂。　**闲情集**

《词话》卷五（刻本卷四）：《霓裳中序第一》云（"凭高"五句），又云（"越罗"五句），思深意苦，笔致迥与人殊。

忆少年

杨花时节，梨花庭院，桃花人面。重寻已无路，吠云中仙犬。　几点春山横远岸，也难比、翠眉痕浅。东风落红豆，怅相思空遍。　**闲情集**

（"重寻"二句）仙乎仙乎，绝非凡艳。[1]

绮罗香

宝帐围春，琼窗映晓，鹦鹉催回幽睡。兰语无多，只道未消残醉。开鸾镜、惯画春山，调雁柱、似啼秋水。趁风流、双蝶穿花，几番同住翠帘底。　西风吹梦乍散，红袖阑干凭处，余香犹腻。一夜相思，题遍碧罗裙

---

[1]　此评录入《词话》卷五（刻本卷四），并录原词"重寻"二句、"几点"四句。

子。怕飞鸿、也替人愁，写绣笺、又还休寄。想而今、门掩梨云，小楼人未起。　闲情集

（"开鸾"四句）璞函词以秾丽胜，而气甚清，笔甚遒，所以不可及。

又 席上

乳燕栖梁，丝莺坐槛，曾记看花同住。十载蓬飘，那分者回重聚。浑已换、款柳心情，犹未减、咒桃眉妩。向芳筵、粉箑轻招，剪灯还认旧题句。　相看惟有掩袖，无限鸳思凤想，都随飞絮。选婿窗边，可忆断魂柔路。纵尊前、不鼓琵琶，算青衫、也无干处。怕明朝、划地东风，钿辕吹又去。　闲情集

赠妓之词，亦以雅为贵，此篇情深文明，可推绝唱。作艳词者以此为法，则不病词芜，亦不患情浅矣。（"选婿"四句）淋漓曲折，一往情深，较古人赠妓之作高出数倍。

《词话》卷五（刻本卷四）：赠妓之词，亦以雅为贵。余最爱璞函《绮罗香》云："浑已换、款柳心情，犹未减、咒桃眉妩。"又云："选婿窗边，可忆断魂柔路。纵尊前、不鼓琵琶，算青衫、也无干处。"淋漓曲折，一往情深。较古人赠妓之作，高出数倍。

祝英台近

映红霞，环碧水，宛在芷萝住。小扇笸扉，恰对大堤路。番番南浦回舟，东风试马，曾系到、画楼芳树。　　几朝暮，不是手控帘钩，谁分见眉妩。约略华年，才到玉筝柱。横波一寸无多，尽人魂断，问底事、双鸳还露。　　**闲情集**

八章遣词闲雅，用笔沉至，艳词中运以绝大笔力，真千年绝调也，竹垞《洞仙歌》后又辟一境矣。○首章叙识面之始。[①]

《词话》卷五（刻本无）：《祝英台近》八章，意态极浓，笔力极健，层折又极入妙，亦艳词极轨也。

又

采茶天，挑菜地，有意者边走。记得高楼，一笑目成久。趁他叶叶衣香，弓弓袜印，盼归路、翠堤烟柳。　　板扉扣，殷勤试乞琼浆，堂上话清昼。堕地钗声，只在玉屏后。多时阿母呼来，胜常道罢，又背立、花阴垂手。　　**闲情集**

---

① 　此评录入《词话》卷五（刻本卷四）。

此章访之,句句承上章来。○借乞浆入门,偏先见其母,层折妙。○"堕地"二语,有意无意,八面玲珑。[1]

又

凤钗盟,鸳镜约,心事尚难料。见说东邻,争扑小庭枣。何如一舸移家,三楹赁屋,独占取、燕昏莺晓。   道南好,遥指修竹吾庐,别院更清悄。随意安排,药臼与茶灶。年来手种梅花,玉罗窗下,算合有、冶妆人到。   **闲情集**

此章既见之后,特移居以就之。○"心事尚难料"五字妙,是初见时情景,心尚摇摇如悬旌。[2]

又

拓书巢,安钿槛,南北喜连栋。斫粉墙低,含睇独窥宋。笑他折齿机边,针心画里,盼不到、眼波微送。   两情重,几番月午霜辰,不怕玉楼冻。佳约无

---

① 此评录入《词话》卷五(刻本卷四)。
② 此评录入《词话》卷五(刻本卷四)。

凭，寂寞翠帷梦。最怜持赠殷勤，白团扇子，也描取、吹箫双凤。　**闲情集**

此章移居已就，上半言彼此心心相印，下半叹佳约仍是无凭，所谓"空有相怜意，未有相怜计"也。殷勤反覆，以起下章之意。①

又

井桐阴，墙杏外，小犬卧花影。那角单扉，别有窈香径。寻来凤眼窗心，虾须帘额，笑一捻、露荑尖冷。　　夜初静，留取如豆银釭，细照晚妆靓。犀蝶双双，偷解意偏肯。通宵软语吹兰，云情水盼，拚抨了、菖蒲相等。　**闲情集**

此章因比邻既久，有隙可乘，遂赴佳约也。○"偷解意偏肯"五字，笔力绝大，写到此处，学力稍次者立见其蹶矣。②

---

① 此评录入《词话》卷五（刻本卷四）。
② 此评录入《词话》卷五（刻本卷四）。

又

月如弓，风似剪，花外漏将尽。梦醒催归，烧烛酹残酡。分明三五星期，枕函留约，怅临去、又还重问。　　别难忍，依然独拥罗衾，无那薄寒阵。日度梅梢，睡起意犹困。销魂黫惹脂香，衣沾粉泪，更镜里、腕阑留印。　**闲情集**

此章叙暂时离别，更重坚后约也。"临去"七字，姿态逼真。◎"睡起意犹困"，题后传神，正是加一倍写法，笔力亦自横绝。[①]

又

卷鱼云，收虹雨，弦月半池浸。溪阁临风，灭烛爱凉寝。一声宿鸟翻檐，流萤扑扇，笑挽住、琐莲谁禁。　　薄罗衽，莫愁湿遍真珠，高柳恰垂荫。款语迟迟，偏恋碧瓷饮。可怜良夜如年，柔情似水，休负了、珊瑚双枕。　**闲情集**

---

① 此评录入《词话》卷五（刻本卷四），"正是加一倍写法，笔力亦自横绝"作"是加一倍写法"。

五章是访彼美，此章是彼美自来，① 情节特妙。曰"谁禁"者，非比前日之访彼美不免蹈险也。○"一声"二语，写来时情景妙。

又

　　飔茶烟，堆烛泪，帘阁镇长掩。犹是双栖，已觉别魂黯。谁令玉箸成珠，金环化玦，连翠帐、风情都减。　　倚阑槛，屈指陌上花开，难把绣祛捗。梦断芝田，只合写鱼梵。还愁藕色春裙，兰香秋帕，尚留得、猩红残点。　**闲情集**

此章叙离别，中有一片不得已之情，欲言难言，令读者自悟。◎不作心灰意死语，结而不结，余情无尽。

《词话》卷五（刻本卷四）：此章叙离别，结处不作心灰意死语，余情无尽。

孤　鸾帐

　　当年鸳社，指小小红楼，薄罗低挂。四角垂垂，看

---

① 此评录入《词话》卷五（刻本卷四）。

取碧霞如画。相逢几回中酒，笑扶来、粉妆初卸。魂断流苏揭处，正烛昏香炷。　　倩银壶，留住好春夜。算真个今番，醉忘归也。梦醒催人愁，见冷蟾交射。何时浅斟低唱，搦纤葱、玉钩双下。一任娇鬟帘角，听吹兰情话。　**闲情集**

通篇是追忆之词，用"当年"二字领起，非泛咏帐也。俪云偶月之词，都凭虚驾过。◎"何时"二字，挽到目前，映上"当年"字。

双 头 莲 枕

学绣棚边，爱描取花枝，翠禽交颈。柔荑晓冷，搓碧艾、装就吴绵难胜。小阁日度梅梢，恰莺声堪听。人乍醒，起掠双鬟，宵来堕钗初省。　　一自留下相思，向空床独倚，啼红常凝。空余破镜，叹玉镂金带，不堪持赠。好剩半棱珊瑚，待梦中相并。魂断处，斜月条条，纱幮逗影。　**闲情集**

（"学绣"五句）从绣枕时叙起。◎后半凄艳芊绵，深情无限。

摸鱼子 过旧游处

怪苔痕、一番疏雨，闲阶早被新绿。双鸳蓦迹归何处，回首郁金堂北。烧画烛，记一石留凭，扇底人如玉。明珠未斛，叹别后生涯，炉香经卷，倦耳罢丝竹。

扬州路，谁念三生杜牧，重来魂梦相逐。飘萧鬓影西风里，还忆内家妆束。寻旧曲，恨病蝶、秋来不到花房宿。悲吟断续，更燕子年年，斜阳多处，几度话华屋。　**闲情集**

（"寻旧"六句）"春风重到凭栏处，肠断妆楼不忍登"，刘改之诗也。此词情深一往，固自不减。

台城路 舟中忆所见

红阑桥转逢西弄，谁家画楼斜启。凤子单衣，鸦雏浅袜，人在珍珠帘底。墙阴犬吠，恨千缕垂杨，玉骢难系。结网无凭，片帆空挂五湖水。　　笕窗愁掩六扇，任琳腴不饮，冶思如醉。一镜遥山，半梳初月，依约分梢眉翠。崔郎再至，怕落尽桃花，小门深闭。望断微波，素笺何处寄。　**闲情集**

（"一镜"八句）情景兼写，艳词必如此乃不俚俗。

酷 相 思 吴淞雨发

草草一尊临欲去，频执手、浑无语。看几阵、东风催日暮。酒醒也，人何处。梦醒也，人何处。　　短棹蓁蓁挝画鼓，咫尺天涯路。但一种、凄凉须记取。小楼也，潇潇雨。小舟也，潇潇雨。　**别调集**

（"酒醒"二句）运用柳词妙，是自出机杼。

摸 鱼 子 竹屿别业近邓尉，梅花之盛甲于吴会。曩时相逢萧寺，有入山之约，会竹屿宦游未果。戊辰冬杪，铧怀书来，言将以献岁扁舟载酒，期我于铜坑香雪中，爰成此解寄之。山中人去，殊叹息壤之消沉也。

记当年、破窗风雨，相逢清话连夕。吴侬家近东西崦，绕屋老梅三百。清兴剧，算载酒携琴，花发期来觌。枯筇短屐，叹此意沉吟，山中人去，极目暮云隔。
沧江卧，闻道芜城赋客，扁舟几度游历。天寒倚树微吟好，莫弄旧时横笛。九月白，想独醉苍苔，翠羽纷啾唧。

迢迢水驿，纵盼断琼枝，梦魂飞去，踏遍五湖碧。　**别调集**

（"枯筇"四句）风流云散。（"丸月"七句）清警似玉田。

洞仙歌 索竹屿作《江村图》

庾郎萧瑟，怅鬓丝如许。老去生涯小园赋。爱丛鸥水北，乳燕花南，湘帘卷，恰对数重芳树。　东皋除隙地，十笏吟窝，随意招要故人住。望断剡溪舟，有约连床，几负却、夜窗风雨。问别后相思定何如，试乞我新图，汉阴鸡黍。　**别调集**

惜秋华 牵牛花

过了星期，爱疏篱一带，娟娟秋色。风小露浓，筠竿挂来无力。桐君药录曾闻，应怕堕、寻常标格。匀碧，是宫眉罢描，乍分螺笔。　回首小楼北，记穿针人倦，鸳机停织。微步处，翠栏外、剥葱同摘。而今梦散梨云，但残蟾、花梢犹昔。相识，问银湾、隔年消息。　**别调集**

（上阕）纤徐婉折，运典亦雅丽有致。

郑　沄

字晴波，号枫人，仪征人。① 乾隆二十七年举人，三十年召试，赐内阁中书，官至浙江督粮道。有《玉勾草堂词》一卷。

长亭怨慢 送金棕亭

甚相见、匆匆如此，落木秋帆，酒阑人起。兴冷看花，茂陵今更倦游矣。别离情绪，流不尽、桑干水。底事说重来，似短梦、惊回千里。　　遥指，正烟空过雨，晚照数峰凝紫。孤云鹤背，谩赢得、旧时行李。却笑我、送客天涯，算杨柳、前身应是。只一点归心，吹入南鸿声里。　**别调集**

（"别离"四句）低回曲折，情胜而笔力亦胜。（"却笑"四句）款款深深，极其凄婉。

---

① "仪征人"，底本置小传末，依体例前移。

施朝干

字培叔，号小铁，仪征人。乾隆二十八年进士，官至宗人府府丞。有《正声集》四卷，词附。

月 下 笛 秋笛

怪底湖边，苍龙睡醒，素秋吹霁。危楼静倚，乍悠扬、数声坠。宵来已落霜前月，又却向、关山唤起。正官桥衰柳，争禁更折，误人凝睇。　　云际，凄凉意，便律吕相和，断肠难寄。人间万里，为谁含怨如此。那堪三弄新翻就，恰送入、西风倦耳。想塞上，奏凉州多少，征人梦里。　大雅集

（"人间"七句）苍凉哀怨，笔力亦劲。

吴省钦

字冲之，号白华，南汇人。乾隆二十四年召试，赐内阁中书，二十八年进士，官至左都御史。

忆 萝 月

炉薰被暖，好梦和春短。梦又不来人又远，月上梨

花小院。　　更更更漏沉沉，无眠低枕横琴。才是蒉腾倚睡，窗前早唤山禽。　**别调集**

"梦又不来"，四字中有多少委曲。

林蕃钟

字毓奇，号蠹槎，吴县人。乾隆三十三年举人，官华亭县教谕。有《兰叶词》一卷。

玉 楼 春

罗帏小障残寒浅，诉到深情莺语软。城边风约角声来，窗外月和花影转。　　相逢暂遣愁蛾展，惜别每嫌银烛短。今宵有酒为君斟，明日画桥春共远。　**大雅集**

（"今宵"二句）悲深婉笃，令人心醉。

《词话》卷五（刻本卷四）：蠹槎《玉楼春》云："今宵有酒为君斟，明日画桥春共远。"语婉情深，令人心醉。若酣酣子之"云破穷阴纤月逗，会须重醉当垆酒。"（调《蝶恋花》"秋日湖上作"。）则一片伤心，溢于言外矣。（西泠酒民有《酣酣词钞》一卷。）

菩 萨 蛮 丁亥暮春抵澄江作

春风一棹天涯客，沉沉暮霭伤行色。远树欲生烟，夕阳波上寒。　　篷窗今夜永，酒薄征衫冷。江水送人行，梦中柔橹声。　**别调集**

（"远树"二句）词骨亦高。（"梦中"句）写客感凄切。

鬲溪梅令 吴淞舟中记所见

荪桡载酒下吴淞，水溶溶。昨夜春寒吹出、绿杨风，画桥烟雨中。　　翩翩珠袖倚房栊，似惊鸿。断续疏香只在、玉楼东，隔花帘影重。　**别调集**

（"昨夜"二句）婉雅闲丽，词场本色。

清 平 乐

晚妆初就，炉篆空闲昼。冷落夕阳疏雨后，花影一帘红瘦。　　低鬟无语盈盈，画罗凉意微生。为问翠阴孤蝶，近来多少春情。　**别调集**

（"为问"二句）笔意闲雅。

浣溪沙 八月十九日夜过润城

漠漠寒汀起暮愁，平芜吹绿送行舟。烟波只许傍闲
鸥。　　帆影凉生明月夜，灯痕人在隔江楼。荻花风里
过残秋。　**别调集**

（"帆影"二句）字字秀炼，无一浅滑语，是蠡槎胜人处。

珍珠帘 石湖为白石老仙游衍地也，
秋夜泊舟，有感而作。

暮帆微觉西风劲，正闲看几处、疏林残暝。秋色画
桥边，引十年游兴。柳外新蟾凉意浅，早淡了、碧溪云
影。人静，爱入棹蘋香，翠痕千顷。　　重问，旧日词
仙，有花飞玉笛，雪依孤艇。零落翠樽空，几月圆如镜。
今夜湖光留我住，但梦与、闲鸥俱冷。还省，又隔院飘
来，一声清磬。　**别调集**

（"柳外"二句）此词笔意亦雅近石帚。（"今夜"五句）清虚骚

雅，居然作手。

沈起凤

字桐威，号薲渔，吴县人。乾隆三十三年举人，官祁门县训导。有《吹雪词》一卷。

鬲溪梅令

小勇山下水溶溶，记相逢。欲采苹蘩可惜、过东风，午桥烟雨浓。　　不如归去梦帘栊，小楼东。留得栏杆一半、月明中，夜凉花影重。　大雅集

婉丽得南唐二主之遗。[①]

谒 金 门

风乍定，无数落红满径。向晚疏帘寒一阵，小窗灯影晕。　　何处秦台箫韵，唤起江南离恨。梦里玉人楼远近，燕归花气冷。　大雅集

---

① 此评录入《词话》卷五（刻本卷四）。

（"梦里"二句）字字清新，逼真五代，不堕南宋人陈迹。

《词话》卷五（刻本卷四）：蕶渔《谒金门》云："梦里玉人楼远近，燕归花气冷。"亦逼近五代，不袭南宋人陈迹。

浣 溪 沙 淮城梦草园，余童时钓游地也，别来忽忽
二十年矣。戊子之春，遇芥山于白傅堤边，作此寄意。

几度天涯夕照残，美人家在碧云端。柳边小阁一春寒。　　芳草如烟空极浦，疏花留月共阑干。好怀何日对江山。　**别调集**

遣词温雅，桐威词以隽永胜。

庆 春 宫 露华在水，明月同舟，
江国梅花，依依入梦。

波远生烟，云低分暝，荒江日暮回首。木叶亭皋，伤心望极，飘零谁共樽酒。断桥霜月，照江国、梅花开否。关山此夜，几处阑干，露华依旧。　　闲庭拾蕊吹花，词客生平，略曾消受。孤舟荡雪，疏灯梦雨，归去春衫剪后。小园那树，倚风雪、佳人翠袖。如今无奈，

津鼓烟钟，助人清瘦。　**别调集**

（"孤舟"八句）亦绵丽，亦清雅，词品在上下、中上之间。

感皇恩

　　流水谢桥湾，几行柳色。愁损江南旧相识。乱云向晚，人在江楼吹笛。栏干空倚遍，天涯客。　　旧雨情怀，阻风踪迹，唤取佳人共游历。云深月淡，几处琐窗寒碧。露浓花重也，归时节。　**别调集**

（"云深"四句）风流婉娩，而清瘦在骨，所以为高。

蒋元龙

字乾九，秀水人。乾隆三十六年副榜。有《桃花亭词》一卷。

忆江南　敬堂旧有"楼冷一灯红"句，讫未成诗。予心赏有年，因补成是阕。使敬堂见之，当不笑为黄九惯窃也。

　　深院静，帘外雨潆潆。梦到江城人悄悄，酸鸡啼断五更风。楼冷一灯红。

（"梦到"三句）语亦凄警，宜其自赏。

施　源

字实君，号蒙泉，吴县人。乾隆三十九年举人，官舒城县知县。有《爱静词》。

瑶　华 梅魂

美人何处，院宇黄昏，恨悄然无主。声声玉笛吹未散，多谢淡烟扶住。水边林下，料应为、逋仙延伫。倩冷风、偷逐疏英，吹度几重帘户。　　还教梦里相招，叹夜帐残灯，悄寒凄楚。参横瘦影，认不出、当日松林归路。余香在否，想幽恨、翠禽能诉。望枝南、一片迷离，今夜月明寻去。　**别调集**

（"声声"二句）疏狂中别饶清雅。（"参横"二句）轻扬宛转，令人销魂。（"余香"四句）情痴得妙。

吴锡麒

字圣征，号谷人，钱唐人。乾隆四十年进士，官国子监祭酒。有《有正味斋词》。

谷人古诗、骈文，皆未臻高境，转不若律赋、试帖之工。惟词则清和雅正，秀色有余，出古诗、骈文之右。○词欲雅而正。国初自竹垞后，大半尚南宋，惟所得者仅在形似，以云神理，概乎其未之闻也。谷人亦犹是耳，合者可亚于樊榭，微嫌格调稍平。

《词话》卷五（刻本卷四）：吴谷人古诗、骈文，皆未臻高境，转不若试帖、律赋之工。惟词则清和雅正，秀色有余，出古诗、骈文之右。◎词欲雅而正，故国初自秀水后，大半效法南宋，而得其形似。谷人先生，天生一枝大雅之笔，益以才藻，合者可亚于樊榭，微嫌才气稍逊。

《词话》卷八（刻本卷六）：樊榭造句多幽深，谷人措词则全在洗炼，又不逮樊榭远甚。◎谷人所长者，律赋、试帖耳。古文固非所能，骈文亦不免平庸。词较胜于骈文，然亦未见高妙。至古今体诗，则下驷之乘矣。大抵谷人先生只可为近时高手，论古则未也。

扫花游 隔水见小桃一枝，妍媚可念。

恨难销处，共脉脉无言，夕阳流水。峭寒未已，怅仙源隔断，小门深闭。画出燕支，只在秋千影里。惹愁起，待愁到减时，那减红泪。　　前度阑更倚，念立共鬟齐，个人千里。染成凤纸，向烟波杳渺，尺书曾寄。涨满春潮，独有归来燕子。忆花末，认天涯，断霞鱼尾。　**大雅集**

柳 色 黄 秋柳

减碧挽黄，啼罢晚蝉，凉雨初霁。斜阳暗逗林梢，几笔白门秋意。山长水远，渐见十二楼头，依稀飏出青旗字。谁料结同心，有而今憔悴。　　休拟，停船古渡，系马危堤，挂筇荒寺。老尽丝丝，只在一丝风里。烟寒月冷，认取无数清愁，分明闹入眉峰底。听一曲乌栖，把离魂唤起。　**大雅集**

（"老尽"二句）沉至语，然自是近人佳作，去宋已远。

探 春 慢 宋宫洗铅池在梳妆台侧，今为僧院。

月树栖乌，花宫放梵，山空孤凤无语。浅水波消，斜阶沫灭，难得旧时春聚。镜影团圆在，料无分、照伊眉妩。但凭前岭斜阳，额黄一点偷注。　　铜辇记曾来

去，问几曲栏围，几重云护。流粉流香，映花映柳，那
有浣人愁处。泻尽繁华泪，蓦化作、响衣寒雨。暝入僧
楼，沉沉都咽钟鼓。　　**大雅集**

（"泻尽"四句）缠绵凄咽，是谷人所长。

望　湘　人　春阴

惯笛寒弄暝，非雨非晴，误抛多少春色。半带闲愁，
半迷归梦，黯黯蘼芜空碧。阁处云浓，禁余烟重，欲移
无力。最晚来、如雪东栏，一树梨花明白。　　孤负饷
箫巷陌，已清明时过，懒携游屐。只润逼熏炉，约略故
香留得。天涯燕子，问伊来也，可有斜阳信息。听傍人、
半晌呢喃，似怨暮寒帘隙。　　**大雅集**

香雪词"老藤篱角蔓，杂草壁根花"，此云"阁处云浓，禁余
烟重"，皆是实字虚用，一在句尾，一在句首，可谓异曲同工。
（"天涯"五句）低回婉转，自是雅音，粗才摹仿不得。

月　华　清　九月望夜，被酒归来，明月在窗，
清寒特甚。新愁旧梦，枨触于怀，因赋此解。

鸦影偎烟，蛩机絮月，月和人共归去。愁满青衫，

怕有琵琶难诉。想玉栏、吹老苔花，枉闲却、扇边眉妩。延伫，渐响余落叶，冷摇灯户。　　不怨美人迟暮，怨水远山遥，梦来都阻。翠被香消，莫话青鸾前度。剩醉魂、一片迷离，绕不了、天涯红树。谁语，正高楼横笛，数声清苦。　**大雅集**

（下阕）态浓意远，此类亦居然草窗矣。[①]

凤凰台上忆吹箫 城东瓦子巷本南宋时勾栏

冷落鸦边，凄凉叶底，一条古巷弯环。问冶春踪迹，数梦都难。叹息琵琶仙去，流水外、别调谁弹。西风紧，萧萧草树，暗起清寒。　　湖山，故宫十里，算桂子荷花，尽足盘桓。甚小门闭后，斜照同闲。燕子归时应恋，凭翠袖、几处阑干。重回首，新愁旧愁，并作秋看。　**别调集**

（上阕）撇去吊咏套语，独得凄婉之神。（"重回"三句）凄警。

---

① 此评后一句录入《词话》卷五（刻本卷四）。

台 城 路 富春道中

江流不管闲鸥梦，匆匆似随帆转。鬓短笼烟，衫轻浣雪，禁得天涯人惯。丝风乍卷，听万竹阴中，画眉低啭。镇日狂歌，早催斜照堕天半。　　回头山远水远，只依依霁月，无限情恋。短笛能横，长鱼欲舞，相对蓬壶清浅。空明一片，想深谷高眠，白云都懒。钓火何人，隔滩流数点。　别调集

（"丝风"五句）祭酒词深得南宋之雅正，此篇尤与西麓相近。

锁 窗 寒 绿阴

浅压山腰，深笼巷尾，碧阴千树。濛濛密密，香剩几花明处。映苍苔、余寒未休，隔帘又酿江南雨。甚满身冷翠，低鬟微鄻，摘梅簪去。　　延伫，听蝉语，纵未到斜阳，已成凄楚。残红换了，早是薰风庭宇。认江边、烟耶水耶，误人望眼云又暮。问遮将、一径春归，恁禁秋来路。　别调集

（"映苍"五句）全以蕴藉胜人，自是先生本色。◎结凄警。

台 城 路 南湖感旧

夕阳多少闲鸥在，曾盟旧时秋水。松坠枯钗，柳回净眼，换了袈裟初地。陂塘数里，叹谁替词仙，石阑重倚。远晕烟蛾，晚山低锁一查翠。　　平泉都已割舍，甚龙华发愿，难扫文字。酒被云残，诗襟雪瘦，梦老幅巾花底。休提燕子，问头白僧归，主人知未。独立苍茫，冷萤移暗尾。　**别调集**

（"夕阳"二句）落笔清超闲雅，得白石意趣。

黄景仁

字仲则，武进人。贡生。议叙州判，未仕，卒。有《竹眠词》二卷。

仲则于词鄙俚纤俗，不类其诗。《词选》附录一首，尚见作意，余无足观矣。[①]

《词话》卷九（刻本卷六）：《词选》后附录诸家词，大旨皆不悖于《风》《骚》，惟冠以仲则一首，殊可不必。仲则于词，本属左道，此一词不过偶有所合耳，亦非超绝之作。

---

① 此评录入《词话》卷五（刻本卷四）。

丑奴儿慢

日日登楼，一换一番春色，者似卷如流春日，谁道迟迟。一片野风吹草，草背白烟飞。颓墙左侧，小桃放了，没个人知。　　嫣然一笑，分明记得，三五年时。是何人、挑将竹泪，粘上空枝。请试低头，影儿憔悴浸深池。此间深处，是伊归路，莫惹相思。　**大雅集**

沁园春　述庵先生斋头消寒夜宴，即席赋呈二首。

读万卷书，从十年征，归来策勋。有闻名破胆，白狼青徼，望风稽颡，僰女髳君。黔蜀烽销，西南埃一，脱剑仍归鸥鹭群。承明暇，拉一时燕许，置酒论文。　　长安车马纷纷，只左拥尊彝右典坟。算才还得福，文昌司命，知能兼勇，司马行军。绝域功名，熙朝柱石，天下苍生望雨云。书生意，感牛心分炙，白练题裙。　**放歌集**

二词不免有应酬俗套语，然一二矫健奇拔处，亦不可没。◎"拉"字粗，"燕许"字不的。（"熙朝"句）俗语，亦腐语。

又

久客京华，落拓无成，咍吁暮朝。叹名场已醒，梦
中蕉鹿，酒徒难觅，市上荆高。冰柱如山，雪花比席，
昨夜征衣换浊醪。尘土外，但西山一角，冷翠迢
迢。　　朝来寒竟须消，怪贱子何当折束招。却几层幕
底，歌圆似豆，一重门外，风利于刀。顾曲心情，当场
意气，今日逢公颇自豪。明朝事，任纥干雀冻，鹖旦虫
号。　**放歌集**

上章叙其从征归来，此章说到本题，上章结笔即此章起笔来
脉。前半写身世落拓，后半写消寒夜宴。◎下半阕太俗，"怪贱子"
句尤不堪，"颇自豪"句亦外强而中馁。较其年赠芝麓先生等作，
相去何可以道里计也！

摸 鱼 子 归鸦

倚柴门、晚天无际，昏鸦归影如织。分明小幅倪迂
画，点上米家颠墨。看不得，带一片斜阳，万古伤心色。
暮寒萧淅，似卷得风来，还兼雨过，催送小楼黑。　　曾
相识，谁傍朱门贵宅，上林谁更栖息。几丛枯木惊霜重，

我是归飞倦翮。飞暂歇，却好趁渔船，小坐秋帆侧。旧巢应忆，笑画角声中，暝烟堆里，多少未归客。 **放歌集**

"看不得"三字直截。

点 绛 唇

瘦骨无情，年年此际恹恹病。小立风前，讨个伤春信。　淡月微云，作出春宵景。斜还整，断无人处，卍字阑干影。 **闲情集**

此词绝有味，但上半第三句变调，下半第四句不押韵，终非正格。

苏 幕 遮

雪初晴，帘正卷。未试春灯，先把春衣浣。第一番风须放软。怯怯春魂，万一惊他转。　饮厌厌，歌缓缓。蓦地思量，春近家乡远。细粟柳芽枝上满。待尔春深，把我离愁绾。 **别调集**

（"第一"三句）情胜于词，中含怨意。

吴蔚光

字恺甫，号竹桥，昭文人。乾隆四十五年进士，官礼部主事。有《小湖田乐府》十卷。

临 江 仙

楼上阑干闲倚遍，暮天又近昏黄。是谁偷学晚来妆。月梳山髻小，风剪水裙①长。　　相见时难偏别易，千回百折柔肠。可能拚个不思量。懒描惊蛱蝶，怕绣睡鸳鸯。　**闲情集**

（"月梳"二句）工丽语，亦警炼。

杨芳灿

字蓉裳，金匮人。贡生，官户部郎中。有《吟翠轩初稿》。

《词话》卷五（刻本卷四）：金匮二杨（蓉裳、荔裳）工为绮语，高者亦不过吴蔺次、徐电发之亚，不足语于大雅。

---

① "裙"，底本作"云"，据《小湖田乐府》《国朝词综》改。

双调望江南

人去也，极目碧云流。梧叶有情留夕照，柳丝如梦送残秋。倦倚晚妆楼。　　无聊甚，强把缕鞋兜。才捉康猧翻玉局，又移幺凤近香篝。谁解个中愁。　　**闲情集**

（"无聊"四句）凄丽不减杨孟载。

又

腰围减，芳思渐消磨。白纻单衫裁却月，红盐怨曲唱回波。闲处敛双蛾。　　人迹少，琼砌草成窠。鬓影恰同花影瘦，泪丝持比雨丝多。惆怅奈秋何。　　**闲情集**

（"白纻"三句）情必极深，词必极艳。

摸鱼儿 韩大景图有句云："归来坐深林，误到秋生处。"余爱之，作此寄韩。

据胡床、深林独坐，微茫天色催暮。碧云几叶流空影，窜地感秋无据。秋欲语，道还叩骚人，识我家何处。

君应不误，想篱豆花边，凉蝉声里，依约认来路。

凄凉意，不数庾诗江赋，天然空外琴趣。伥伥我亦悲秋者，忍搯檀槽遗谱。拼睡去，枕半榻明蟾，梦与秋同住。玲珑窗户，正露沁莲池，夜深人静，花气冷于雨。　**别调集**

（"正露"三句）措词清丽，蓉裳擅长在此，特不可语于大雅也。

小 重 山

一桁珠帘小绮疏，断肠人未睡、凤衾孤。香笺锦字泪模糊。青奁掩、怕检寄来书。　　懊恼夜窗虚，沉檀然一瓣、博山炉。尖风料峭袭罗襦。银灯炧、微雨雁飞初。　**别调集**

结五字景中带情，意味甚永。

杨　揆

字荔裳，金匮人。乾隆四十五年召试举人，官四川布政使。有《瓔珞香龛词》。

浣 溪 沙

手展文窗几扇纱，当筵银烛影斜斜。暗抛红豆记韶华。　　宝枕共凭连理蕊，香衾多绣折枝花。销魂真到莫愁家。　**闲情集**

（"香衾"句）凄秀刺骨。

渡 江 云 渡江赴金陵

连云低暝色，江风暮紧，莽莽长春潮。蜻蜓舟一叶，渐觉摇融，接柁水花高。烟中翠黛，乍回头、已失金焦。空载取、满船离恨，人向石城桥。　　魂销，当年金粉，何处楼台，渐荒凉多少。凭检点、香笺螺墨，闲赋南朝。新声谁唱琼枝曲，和风前、欸乃无聊。愁未了、打篷雨又潇潇。　**别调集**

（"连云"三句）起势雄劲。◎后半不过套语，殊少余味。（"愁未了"句）挽入本题。

浣 溪 沙 水榭即事

槛外春流长暮潮，石城艇子不须招。相逢同到赤栏桥。　　帘影自明波瑟瑟，茶烟低飐雨潇潇。水天凉夜听吹箫。　**别调集**

（下阕）措语沙明水净，小品隽品也。

沈清瑞

字芷生，长洲人。乾隆五十二年进士。有《沈氏群峰集》，词一卷。

点 绛 唇 梨花

梦隔凉烟，半帘月转花阴午。粉香吹度，罗幕无重数。　　归倚银屏，淡到无言处。轻寒聚，晓云来去，依约留春住。　**别调集**

起语精秀，"淡到无言处"五字尤佳，通首亦俱生动。

吴志远

字毅哉，江南华亭人。有《粤游词草》一卷。

卜 算 子 和竹垞先生韵

揽镜不成妆，盼去花如雾。谁向萧郎索素书，传到心头语。　　憔悴又而今，衣薄还装絮。如豆残灯未杀时，却更潇潇雨。　　闲情集

（"如豆"二句）笔意亦近秀水。

洪亮吉

字稚存，阳湖人。乾隆五十五年进士，官编修。有《机声灯影楼词》。

《词话》卷五：洪稚存经术湛深，而诗多魔道，词稍胜于诗，然亦不成气候。

一 萼 红 龚孝廉克一寓居晋阳庵侧，因属余颜其斋曰"闻钟"，并系以词。

傍禅关，构闲亭似舫，四面启疏棂。十五良宵，一双人影，三千里外钟声。有多少、春人心事，奈秋窗、黄叶已先零。借了蒲团，翻残梵页，悟彻灯檠。　　我亦能来听此，只青衫似梦，百倍凄清。苦竹疏芦，幽花

淡草，此身如在江城。况惹起、寒虫鸣砌，又丁丁、莲漏滴残更。待得萧斋响寂，人语还生。　**别调集**

（"有多"五句）凄清婉转，似周草窗。（"况惹"四句）旁面烘染，意不深而措词合拍。

余鹏翀

字少云，怀宁人。诸生。有《少云词》一卷。

玉 楼 春 独夜

荒村尽处多时立，残夜暗风吹冥色。无僧古屋一灯青，落月平原千树黑。　　重来谁记江南客，自绕苍苔寻屐迹。无端影堕碧溪边，一片寒芦秋瑟瑟。　**别调集**

（"无僧"二句）写夜景凄冷中有鬼气。（"无端"二句）语亦骇人。

吴翊凤

字伊仲，吴县人。诸生。有《曼香词》。

凄凉犯 牙觚有"坤宁宫提铃癸第二"八字。案陈悰
《天启宫词》注：宫人有罪，罚提铃唱夜。自乾清宫门至
日精门、月华门，仍还乾清门而止。徐行正步，高唱
"天下太平"四字，声缓而长，与铃声相应，虽风雨不敢
避。此觚其遗物也。三十年前，尝见于郑于谷丈绀珠堂，
索赋诗，未果，因补缀此词。

宵深和泪，郎当韵、凄清更杂风雨。沉沉永巷，迢迢
长夜，纤纤微步。恁般哀楚，比蜀栈、啼鹃又苦。五云
中、铜壶徐滴，兀未歇歌舞。　　规样牙觚在，癸二分
明，问谁约取。太平四字，曳春丝、曼声如许。旧物空
留，吊芳草、宫斜甚处。是曾亲、玉指恨血，带几缕。　**别
调集**

题甚酸楚，词亦凄丽。（"五云"二句）荣悴相形，愈难为情。
◎收足牙觚，亦甚沉痛。

吴宝书

字松崖，无锡人。诸生。有《桐华楼词》。

浣溪沙

对镜何心理翠钿，粉柔香软只贪眠。金炉袅出并头

烟。　　飘尽柳绵人似梦，烧残银烛夜如年。小楼闲过杏花天。　**闲情集**

（"金炉"句）闲丽。

孙原湘

字子潇，昭文人。嘉庆年进士，官编修。著有《天真阁词》。

《词话》卷五：孙子潇、袁兰邨辈为词，全不讲究气格，只求敷衍门面而已，并有门面亦敷衍不来处。

昭 君 怨

花里一丝云影，花外一声清磬。晓露滴衣裳，满身香。　　折得幽兰谁赠，弹出瑶琴谁听。一蝶绕人飞，自依依。　**别调集**

"一蝶"妙，便有姿态。

小 桃 红　白门舟中

又趁西风去，衰草连天暮。看老江边，几番斜照，南徐北固。只金焦两点浪花中，镇青青如故。　　垂柳丝千缕，似我曾攀处。试挽柔条，问他前梦，依然无语。渐黄昏芦荻并江声，作潇潇秋雨。　**别调集**

后半阕意味甚浓，颇得此中三昧。

李　福

字备五，号子仙，吴县人。贡生。有《拜玉词》。

浣　溪　沙

望里层层众绿齐，春风也怕子规啼。只须饮到醉如泥。　　胡蝶不知花事晚，梦回犹绕海棠飞。泪珠滴砚写无题。　**大雅集**

（"蝴蝶"二句）低徊深款，惜全篇未能尽善。

临　江　仙

春色三分淡宕，吟魂一饷迷离。炉烟袅袅日迟迟。落花飞不远，有恨几人知。　　卯酒千钟醉后，丁香百结愁时。楼空人去燕差池。天涯无梦到，生悔旧题诗。
闲情集

（"落花"二句）幽怨。（"天涯"二句）哀婉沉着。

郭　麐

字祥伯，号频伽，吴江人。诸生。有《蘅梦楼词》。

频伽词，骨不高而情胜。

《词话》卷五（刻本卷四）：频伽词，尤多恶劣语，如："小桃如绮，命短东风里。"又："昔日结如心，今日心如结。心里重重叠叠愁，愁里山重叠。"又："那家，那家，在天涯。雨又斜，云又遮。听也听也，听不到、一曲琵琶。"又："丁字帘前，有个丁娘凄断。"之类，似又出二杨之下。◎频伽艳体，惟《忆少年》结句云："当时已依约，况梦中寻路。"颇似竹垞手笔，集中不可多得。又《好事近》云："犹认堕钗声响，却梧桐叶落。"措语甚雅，亦频伽词中罕见者。

《词话》卷七（刻本卷五）：一篇之工，脍炙人口，如"山抹微云"、"梅子黄时雨"、《暗香》《疏影》、"春水"等篇，名实相副，则亦当之无愧色。然《白雪》《阳春》，知音必少，有志之士，自宜取法乎上，历久愈新。若急于求知，如郭频伽、杨荔裳辈，每作一篇，群焉附和，庸夫俗子，皆言其佳。呜呼！诚属高超深厚之作，庸夫俗子，何足以知其佳？庸夫俗子皆言其佳，其不佳也可知矣。

好 事 近

深院断无人，拆遍秋千红索。一桁画帘开处，在晓凉池阁。　　潜行行过曲栏干，往事正思着。犹认堕钗声响，却梧桐叶落。　**闲情集**

（"犹认"二句）措语甚雅，频伽词之最正者。

卜 算 子

帘外雨如烟，柳外花如雪。已是恹恹薄病天，又作清明节。　　昔日结如心，今日心如结。心里重重叠叠愁，愁里山重叠。　**闲情集**

（下阕）语太尖而气不厚。

忆 少 年

三巡绿酒，三条红蜡，三通画鼓。轻船只三板，载

桃根归去。　　天为浓欢容易曙，月朦胧、那人窗户。当时已依约，况梦中寻路。　**闲情集**

（上阕）小有别致。（"当时"二句）一结颇似竹垞笔路，频伽词中不可多得。

清 平 乐

小桃如绮，命短东风里。薄薄轻寒人半臂，且把帘儿垂地。　　春人如许年华，春闺几幅窗纱。又是一番寒食，不知多少飞花。　**闲情集**

"命短"句恶劣不堪，余亦尖薄。◎结二语有意味。

卖 花 声

十二玉阑干，六曲屏山。留春不住送春还。昨夜梨花今夜雨，多分阑珊。　　春梦太无端，到好先残。夹衣初换又添绵。只是别来珍重意，不为春寒。　**闲情集**

（上阕）笔头总嫌尖，味便不永。◎结真情至语。录杨、郭、黄、袁等词，只可截取，全璧甚少也。

又

秋水淡盈盈，秋雨初晴。月华洗出太分明。照见旧时人立处，曲曲围屏。　　风露浩无声，衣薄凉生。与谁人说此时情。帘幕几重窗几扇，说也零星。　闲情集

（"帘幕"二句）轻倩语。

喝 火 令　题许校书《清露瑶台图》

鹤背吹笙下，桥头步靥通。云鬟雾鬓太玲珑。只恐五铢衣薄，晓起不禁风。　　好梦浑难记，重游未易逢。郁金堂北画楼东。记得楼头，一树碧梧桐。记得碧梧桐外，两度月如弓。　闲情集

（"记得楼头"四句）只写景，而情在其中，但笔意总嫌尖薄。

江城梅花引

一重方空一重纱，采莲花，采菱花。爱住吴船，生

小号吴娃。墙内红楼楼外水，有明月，照鸳鸯，宿那家。　　那家，那家，在天涯。雨又斜，云又遮。听也听也，听不到、一曲琵琶。渐渐西风，秋柳不藏鸦。欲倩西风吹梦去，还只恐，梦魂中，太远些。　**闲情集**

（"那家"七句）亦有笔意，然总不免俚浅。（"渐渐"六句）此数语尚佳。

十 二 时 同湘湄夜坐

疏窗四面，秋霖一阵，愁人两个。天涯已肠断，况离情无那。　　桐叶初肥蕉叶大，说凄凉、也无人和。今宵尚相对，怕来宵灯火。　**别调集**

隽语，总是小品。

张　诩

字勿诩，号渌卿，元和人。监生。有《露华榭词》。

摸 鱼 儿 吴门喜晤梦华，剪灯话旧，为赋此解。

甚悠悠、半年离别，韶光如水偷去。飘零如此真堪唑，天也替人凄楚。君记否，棹一叶扁舟，扶病吴门卧。可怜孤旅，任万唤千呼，含愁相对，忍泪不能语。

东风紧，早送游云归树，相逢一笑起舞。胡床箕踞吹长笛，同按玉田新谱。堪喜处，是仙骨珊珊，久脱风尘苦。飞扬跋扈，对几叠晴山，一江春浪，斗酒定须取。　放歌集

（"君记"三句）自然流出。◎"定须取"三字弱，结不住。虽太白有"定须沽取对君酌"之句，然无割去"沽"字之理。

萧　抡

字子山，太仓人。诸生。有《判花阁词》。

卜　算　子

几度悔相思，犹倚秦楼等。淡月疏风叶满庭，时见寒鸦影。　酒病何曾病，梦醒何曾醒。拚尽今宵长短更，翠被余香冷。　闲情集

深情在"拚尽"二字。

董国华

字荣若，号琴南，吴县人。贡生。有《香影庵词》一卷。

浣溪沙

背着银釭伴寂寥，新愁未了旧愁撩。可怜人度可怜宵。　　香恨深缄红豆蔻，秋心欲碎绿芭蕉。梦魂如水不禁消。　**闲情集**

（"新愁"二句）恶劣语。（下阕）凄秀似元人笔意。

沈星炜

字吉晖，号秋卿，仁和人。诸生。有《梦绿庵词》。

临江仙 亡妇江来归四年，情好綦笃。丁春月吉，举丈夫子，遂得羸疾，渐成不起。病中令余坐榻前絮话一切，弥留时仅一执手而已。痛定悲来，不能自已，爰作《临江仙》十首。

记得楼头深夜语，几分春到梅花。天寒翠袖薄罗遮。月和人瘦，透影上窗纱。　　今日琐窗成独倚，无聊忆

遍年华。东风依旧满天涯。断肠玉笛，吹梦入谁家。　**别调集**

　　悼亡十阕，情文交至，措词以真切胜，正不必求深也。

又

　　记得春前江上别，离愁黯尽黄昏。罗巾空惹旧啼痕。香寒被角，应许梦温存。　　不信浮云催聚散，而今真个销魂。此情欲语更谁论。迢迢彩石，何处问西昆。　**别调集**

　　（"此情"三句）音节浏亮，情韵双绝。

又

　　记得沧江归路晚，飞鸿远寄相思。三生恩义少人知。红笺记注，珍重乍开时。　　一别秋风人隔世，锦书惆怅何之。泪寒鳏枕雁来迟。凄凉心事，望断碧云祠。　**别调集**

　　（"红笺"二句）低回婉曲。（"泪寒"三句）文生于情，泪随声堕。

又

记得画眉窗下立，粉香轻浣罗衣。落花消瘦草痕肥。翠分浅黛，一角远山低。　痛绝当年京兆笔，柔情已逐云飞。月中环佩是耶非。空余遗挂，掩幔却依稀。　**别调集**

"落花"七字精秀。（下阕）凄绝。

又

记得荆花开五树，东风忽殒双枝。谢庭残雪燕归迟。衰亲健在，犹赖汝维持。　何事仙云才现影，玉箫又动离思。伤心阿母最堪悲。七年一瞬，三度丧琼姿。　**别调集**

（"衰亲"二句）情真语至，沉痛绝伦。

又

记得良言曾劝我，读书须惜分阴。功名水到自渠成。忍将心力，轻弃十年情。　毕竟珊瑚沉断网，梦花空

许相寻。西风无那又飘零。青灯负我，我自负卿卿。　　**别调集**

字字酸楚，尤为十章之冠，真令人泪下。（下阕）用书馆语，偶一为之尚可。

<h2 style="text-align:center">又</h2>

记得天涯逢七夕，搯云初见秋河。可堪经岁别离多。绿窗消息，争奈薄情何。　　似此星辰原昨夜，剧怜潘鬓蹉跎。阴阴凉月转垂萝。阑干风露，盥水欲生波。　　**别调集**

（"阴阴"三句）好句如秋烟笼月。

<h2 style="text-align:center">又</h2>

记得绣帘风影细，并刀乍剪轻纨。彩丝无力挽双鸾。絮痕着处，点点唾花寒。　　几向空房寻旧迹，新愁又上眉端。模糊卷本鼠拖残。年时针线，和泪更重看。　　**别调集**

（"彩丝"三句）情词凄艳。◎"针线犹存未忍看"，转不及"和泪更重看"为真至。

又

记得凉飔吹碧树，愁心不耐清秋。短衣喜趁薄寒收。遥知临篋，中夜自绸缪。　　太息年华同逝水，孤蟾影破琼钩。寂寥庭院晓霜浮。茧丝抽尽，双袖冷香篝。　**别调集**

（"遥知"二句）婉转生哀。（"茧丝"二句）凄断。

又

记得伤心临去日，喘丝欲断还连。相持纵有万千言。不成一语，忍痛向重泉。　　曾是达人应作达，此情何计周旋。茫茫来日快抽鞭。好将心事，同证后身缘。　**别调集**

（上阕）此章写临诀时，十分哀惨。（"茫茫"三句）情缘不断，笔墨淋漓。

陶 梁

字宁求，号凫卿，长洲人。诸生。有《红豆树馆词》。

解 连 环 辛酉四月六日，随述庵先生及何君春渚，送樊榭征君并姬人月上栗主入祔黄文节公祠，用玉田生拜陈西麓墓韵。

白杨依郭，叹逋仙老去，空山无鹤。镇吟魂、未恋南湖，怕重觅双栖，旧时门钥。"旧隐南湖渌水旁，稳双栖处转思量"，樊榭悼月上句也。惆怅春风，又册度、棠梨花落。只泉台月好，听取佩环，聊慰萧索。　　幽灵酹酒应却，泣故人高义，千古如昨。况瓣香、分占涪翁，伴荒殿吟蛩，废龛飞雀。艳魄同招，恐梦里、雨声迷着。记西泠、妥神曲就，定传夜壑。　**别调集**

（"白杨"三句）起超远。◎后半面面都到，中有凄感之神，故佳。

卖 花 声 李香君小影

薄晕脸烘霞，双鬓堆鸦。香名千载属侯家。剩粉零

脂无着处，飞上桃花。　　风月谱红牙，往事堪嗟。板桥依旧夕阳斜。却笑南朝浑一霎，扇底繁华。　　**别调集**

（"板桥"三句）凄丽，尚不病尖薄。

吴　会

字晓岚，海陵人。嘉庆十九年举人。有《竹所诗钞》三卷，附诗余一卷。

归 国 谣　客中夜雨

愁如许，人间只有相思苦，黄昏况是潇潇雨。他年再向邗沟路，商去住，先寻没有芭蕉处。　　**放歌集**

（"商去"二句）不言旅愁，而旅愁自见，用笔简妙。

满 江 红　周君者，年少从军，老而落魄，酒酣耳热，歌哭相随，仆本恨人，为歌此阕。

头白周郎，说年少、横戈草檄。记当日、人人习斗，声声筚篥。青海射雕晴雪冷，沙场盘马秋云黑。卧长城、

万里月明中，吹横笛。　　今日换，穷奇骨。回首减，
英雄色。但短衣缚袴，抚髀叹息。洒泪天涯游子梦，落
花时节江南客。拔琵琶、诉与白江州，青衫湿。　**放歌集**

（"青海"四句）笔力雄健。（"洒泪"四句）浏漓顿挫，情词
兼胜。

又 题照

石户松关，好一片、幽栖之地。皴染得、疏疏密密，
苍苍翠翠。略彴斜通林外路，鬟头乱挽烟中髻。有庄襟、
老带古先生，容高寄。　　门对着，青溪水。水尽处，
云还起。仿倪黄家法，荆关写意。辋水自成诗里画，桃
源岂复人间世。倘山头、添个小行庵，予来矣。　**放歌集**

（"略彴"二句）绝妙画图。（"门对"四句）短句层折入妙。
（"辋水"二句）对法活泼。◎一结风雅，恰好扣住本题。

摸鱼儿 写愁

倩东风、吹愁不去，教人直欲吟瘦。心头眼底眉尖

上，几度欲抛还又。黄昏后，与酒病诗魔，累了人儿瘦。
猜他不透，算只有春波，映侬双黛，替得半分皱。

湘帘外，莺语一声初溜，风光那堪拖逗。世间欢少离多
日，此境何堪消受。频回首，记那日帘栊，剩有闲花柳。
春风依旧，把别后笺儿，年时诗句，脉脉记红豆。 **闲
情集**

　　句法、字法，趋入轻巧一路，此乾隆以后风气也。无往不复，
皋文唱于前，蒿庵兴于后，所谓"贞下起元"也。

相 见 欢 维扬道上

　　天涯裁罢闲游，木兰舟。又载离情无数、下邗
沟。　　　蛩声乱，鸿声断，惹新愁。始信最难为客、是
深秋。　**别调集**

　　（"始信"句）冲口而出，不烦雕琢，自成绝妙好词。

沁 园 春 题《梅花书屋图》

　　若有人兮，我欲呼之，仙耶隐耶。见昏黄者月，三

更清冷，空濛者雪，万树横斜。白欲藏天，香能作海，老屋中间是那家。容高卧，扫萧萧四壁，满贮烟霞。　谁能笔洗铅华，只水墨、轻描一味赊。好添将只鹤，闲依苔径，呼来些雀，冻啤檐牙。得化千身，竟从今夜，飞入图中去伴他。凭谁问，问梅花似我，我似梅花。　**别调集**

句法、字法别样清新，但骨不高耳。

吴兰修

字石华，嘉应人。有《桐华阁词》。

石华词，气格不高，措语却凄警。

菩萨蛮

愁虫琐碎啼金井，离人渐觉秋衾冷。一味做凄凉，梦魂都不双。　当年相恋意，万种心头记。酒醒一灯昏，更长细细温。　**闲情集**

语极松秀。岭南绝少词家，如石华者，即杰出也。

虞 美 人 七夕寄内

一年又到穿针节，楼角纤纤月。素馨棚外倚阑干，最忆二分风露玉钗寒。　　人间无限银河水，相隔长千里。九回今夕在天涯，只有心头梦里不离家。 **闲情集**

（"素馨"二句）语亦闲雅。（"九回"二句）情真语切。

黄 金 缕

柳丝细腻烟如织。病过花朝，又是逢寒食。多少春怀抛不得，都来压损眉峰窄。　　可怜生抱伤心癖。一味多愁，只恐非长策。葬罢落花无气力，小阑干外斜阳碧。 **闲情集**

（"多少"二句）佳处亦不免浅薄，然不得谓之不佳。

汪 焜

字宜伯，号忆兰，钱唐人。有《怀兰室词》。

喝火令

弱絮粘红豆，名花委绿苔。一奁秋水镜初揩。闻道香泥旧径，重印凤头鞋。　　欲见无端借，相期有梦来。模糊心事系春怀。记得盟时，笑指鬓边钗。记得鬓边钗上，双凤不分开。　**闲情集**

"欲见"五字不妥，与下所云亦不贯。（"记得鬓边"二句）小有姿态。

项　达

字梅侣，道光□□年进士。①

祝英台近 悼亡

恼蜂情，慵蝶意，春色又如许。愁立苍苔，花影乱深坞。如花人已天涯，花开依旧，争忍见、翠园红舞。　　漫延伫，犹记双袖凭栏，冷香上诗句。能几番游，风月竟抛去。只除梦里归来，梦醒何处，重帘外、

---

① 项达，《国朝词综续编》作"项名达"，小传："字梅侣，仁和人。道光六年进士，官国子监学正。"

断烟零雨。　**别调集**

（"恼蜂"五句）字字沉细。（"能几"五句）此情此境，何以为怀。

陈　行

字小鲁，仁和人。布衣，早卒。

《词话》卷七（刻本卷五）：词有故作朴直语，而实形粗鲁者。如陈小鲁《鬲溪梅令》云："庭前竹树报平安，不平安。一夜西风吹折、两三竿，缺中来远山。（此五字有景无情，束不住上三句。）　古人只道出门难，入门难。江北江南也作、故园看，玉门何处关。（此二句尚可。）"又《浣溪沙》云："一世杨花二世萍，无疑三世化卿卿。不然何事也飘零。"又《太常引》云："水天水地水人家，水上做生涯。一二亩蒹葭，七八亩、菱花藕花。　蒹葭活火，菱香藕熟，湖水可煎茶。秋梦有些些，只不管、朝云暮鸦。（此二句尚可。）"此类大抵皆拾黄山谷、蒋竹山唾余，可厌之极。

鬲溪梅令

庭前竹树报平安，不平安。一夜西风吹折、两三竿，缺中来远山。　古人只道出门难，入门难。江北江南

也作、故园看，玉门何处关。　放歌集

（"庭前"三句）神似竹山。◎"缺中"句有景无情，束不住上三语。◎结五字悲凉，音调却又和缓。

浣 溪 沙 怀董九九

一世杨花二世萍，无疑三世化卿卿。不然何事也飘零。　掬水攀条无别意，百般怜惜汝前生。何人知我此时情。　闲情集

（上阕）笔致尚佳，工于取巧，总非正格也。

太 常 引 水上人家

水天水地水人家，水上做生涯。一二亩蒹葭，七八亩、菱花藕花。　蒹葭活火，菱香藕熟，湖水可煎茶。秋梦有些些，只不管、朝云暮鸦。　别调集

笔致在宋人中近竹山，在国朝人近板桥。

赵庆熺

字秋舲，仁和人。道光壬午进士。有□□集。

苏 幕 遮

玉阑干，金屈戍。帘外长廊，廊响弓弓屧。鬓影春云衫影雪，如水裙拖，幅幅相思摺。　　阮弦松，笙字涩。心上烧香，香上心先灭。安得返魂枝底叶，便做青虫，也褪花蝴蝶。　**闲情集**

（"安得"三句）语极沉痛，古人亦说不到此。

浣 溪 沙 悼亡

检点青衫有泪痕，十年前事最销魂。偏他细雨又黄昏。　　鹦鹉一篇才子泪，桃花三尺女儿坟。不知何处吊湘君。秋舲所聘室卒，作《续离骚》《招魂》哭之，末题此阕。　**别调集**

（下阕）凄艳绝世，真才人之笔。

生查子

青溪几尺长，中有双枝橹。杨柳小于人，便解留船住。　　歌声过暮云，酒气蒸香雾。又落碧桃花，红了来时路。　**别调集**

（"杨柳"二句）清思婉转。（"又落"二句）清丽语最能撩人。

冯柳东

嘉兴人。道光初进士。①

满 江 红　散馆一等，改官闽中，留别都下诸同年。

一枕菁腾，蓦催醒、春婆梦早。也莫问、得时欢喜，失时烦恼。风好已通蓬岛路，水空忽换霓裳调。想君恩、只许住三年，瀛洲渺。　　诗书债，粗完了。功名事，浑难料。看策勋清镜，头颅催老。仕本为贫宁厌俗，禄犹逮养何嫌少。试今朝、骑马作粗官，由他笑。　**放歌集**

（"风好"四句）得失何常，看得达，故不作愤激语。（"仕本"

---

① 冯登府，字云伯，号柳东，浙江嘉兴人。

四句）语极和平，而笔趣甚足。

满 庭 芳 自题种菜图

种豆棚低，饁瓜亭小，千古老却英雄。长镵短柄，不数草堂风。漫说周妻何肉，清斋供、菜肚都空。小园赋，寒畦一稜，春韭更秋菘。　　昨宵新雨足，丁宁阿段，好灌连筒。并桔槔无用，俯仰都慵。料理瓜壶经济，头衔换、老矣园公。休赊望，飞钱篱落，生计笑邻翁。

放歌集

只起数语寄慨，下皆写种菜正面，而不得意之情自于言外可会。温柔敦厚，我思其人。（"休赊"三句）真达天知命语。

朱紫贵

字立斋，长兴人。司训杭州。

买 陂 塘 天寒岁暮，乡思无端。陈君筱初同此清况，

谱是调奉柬。丁酉岁不尽九日，书于安阳学舍。

甚无端、水程山驿，天涯偏又萍寄。浮云富贵非吾

白雨斋词选

愿，何况一官鞿系。疏懒意，也不拟、飘零湖海求知己。
闲愁唤起，正落叶堆门，残蕉飐牖，风雨响窗纸。
同心侣，却有哦松隐吏，谁怜家世兰锜。青袍十载萧骚
感，仿佛寒毡滋味。春及矣，只愿逐、宾鸿北向成归计。
栏杆自倚，算最是无情，桃花峻岭，乡路隔千里。　　放
歌集

（"疏懒"二句）风雅疏狂，似竹垞老人手笔。◎下半束陈。◎
收足思乡。

朱瓣香

山阴人。道光中进士，早卒。

醉　太　平　用独木桥体，十二解。

高槐怒声，修篁恨声。萧骚叶堕阶声，破窗儿纸声。
一解
沉沉鼓声，寥寥磬声。小楼横笛声声，接长街柝声。
二解
邻猧吠声，池鱼跃声。啾啾独鸟栖声，竹笼鹅鸭声。
三解

1164

虫娘络声，狸奴赶声。墙根蟋蟀吟声，又空梁鼠声。
四解

重门唤声，层楼应声。村夫被酒归声，听双扉阖声。
五解

兰窗剪声，芸窗读声。孀闺少妇吞声，杂儿啼乳声。
六解

喁喁昵声，喃喃梦声。咿唔小女娇声，有爷娘惜声。
七解

盘珠算声，机丝织声。松风隐隐涛声，是茶炉沸声。
八解

风鸣瓦声，人离坐声。窗盎叩响连声，想残烟管声。
九解

床钩触声，窗镮荡声。檐前玉马飞声，似丁当佩声。
十解

空堂飒声，虚廊飕声。花阴湿土虫声，作爬沙蟹声。
十一解

遥声近声，长声短声。孤衾捱到鸡声，盼晨钟寺声。

十二解　别调集

愁绪万千，中夜交集，冷冷清清，如泣如诉，亦绝调也。〇正不必作一悲秋语，而善言悲秋者亦不能到。（"兰窗"一解）此解尤凄切，不堪卒读。（"有爷娘"句）"惜声"妙。◎"想残烟管声"，匪夷所思。（"遥声"一解）无限秋声，却是从枕上听得，"孤衾"二语结醒。

程振鹭

见《谐铎》。

金 缕 曲 赠葛九

廿四桥头步。怪东风、等闲吹过，良宵十五。重向十三楼上望，谩掩四围珠户。欠好梦、十年一度。数遍巫山峰六六，第三峰、留作行云路。双星照，七襄渡。　　三三径里三生谱，倚花前、阑干六曲，三弦低诉。弹到六幺花十八，一半魂销色舞。添一缕、谢娘眉妩。卅六鸳鸯周四角，更二分、明月三更鼓。且莫把，四愁赋。　**闲情集**

处处贴切"九"字，分写合写，如天衣无缝，巧夺化工，葛九之名，焉得不著？○雅丽精工，而不纤巧，视宋人无名氏赠妓崔念四一阕，琐屑不足道矣，谁谓今人不逮古人耶？

白雨斋词选卷二十三

清词十一

左　辅

字仲甫，阳湖人。有《念宛斋词》。

《词话》卷五（刻本卷四）：左仲甫词，逸情云上，愈唱愈高。如《南浦》（夜寻琵琶亭）云："何处离声刮起，拨琵琶、千载剩空亭。是江湖倦客，飘零商妇，于此荡精灵。"下云："我是无家张俭，万里走江城。一例苍茫吊古，向荻花、枫叶又伤心。只琵琶响断，鱼龙寂寞不曾醒。"极沉郁，又极跳荡。又《浪淘沙》（裹花片投涪江歌以送之）下半阕云："乡梦不曾休，惹甚闲愁。忠州过了又涪州。掷与巴江流到海，切莫回头。"精警奇肆，言外有无穷幽怨。

南　浦 夜寻琵琶亭

浮阳江上，恰三更、霜月共潮生。断岸高低向我，渔火一星星。何处离声刮起，拨琵琶、千载剩空亭。是江湖倦客，飘零商妇，于此荡精灵。　　且自移船相近，绕回栏、百折觅愁魂。我是无家张俭，万里走江城。一例苍茫吊古，向荻花、枫叶又伤心。只琵琶响断，鱼龙寂寞不曾醒。　**大雅集**

（"是江"三句）灵光幽气，笔态飞舞。◎"觅愁魂"三字，看似奇警，究欠雅驯。◎后片愈唱愈高。

《词话》卷九（刻本卷六）：左仲甫《南浦》（夜寻琵琶亭）一章，格调不凡。惟"绕回栏、百折觅愁魂"句，终嫌不大雅。

浪淘沙 曹溪驿折得桃花一枝，数日零落，
裹花片投之涪江，歌以送之。

水软橹声柔，草绿芳洲。桃花几树隐红楼。者是春山魂一片，招入孤舟。　乡梦不曾休，惹甚闲愁。忠州过了又涪州。掷与巴江流到海，切莫回头。　**大雅集**

（"掷与"二句）无穷幽怨，言外寻绎不尽。

恽　敬

字子居，阳湖人。乾隆癸卯举人，官瑞金县知县。有《蕅塘词》。

《词选》录子居"画胡蝶"六首，俱见新意，兹录其尤佳者二章。

《词话》卷五（刻本卷四）：恽子居《阮郎归》（画蝴蝶）六首，俱见新意。余尤爱其次章云（"少年"一首），哀感顽艳，古今绝唱。又三章云（"轻须"一首），情深意远，不袭温、韦、姜、史之貌，而与之化矣。

阮 郎 归 画胡蝶

少年白骑放骄憨，踏青三月三。归来未到捉红蚕，化蛾真不甘。　　江橘叶，一分含，那防仙姬探。双双凤子出花龛，茧儿风太酣。　**大雅集**

哀感顽艳，古今绝唱。

又

轻须薄翼不禁风，教花扶着侬。一枝又逐月痕空，都来几日中。　　曾有伴，去无踪，栏前种豆红。蜜官队里且从容，问心同不同。　**大雅集**

结婉妙。

钱季重

字季重，阳湖人。有《黄山词》。

鹧 鸪 天

落魄天南意未降，倦游何处觅归舲。几时载酒携红袖，终日焚香坐碧幢。　　寻杜若，采兰茳，清愁怕见影双双。才能吹得灯儿黑，明月无言又到窗。　　别调集

（"才能"二句）无避影处，只是无避愁处，语极婉至。

张惠言

字皋文，武进人。嘉庆己未进士，官编修。有《茗柯词》。

皋文《词选》一编，可称精当，识见之超，有过于竹垞十倍者。古今选本，以此为最。其中小疵虽不能尽免（详见余《词话》中），于词中大段却有体会。温、韦宗风，一灯不灭，赖有此耳。

《词话》卷五（刻本卷四）：璞函而后，作者日盛，而愈趋愈下。芝田（朱泽生）、晴波（郑沄）、蠢槎（林蕃钟）、萁渔（沈起凤），间有可观。余则竟尚新声，务穷纤巧，几忘却此中甘苦。惟毗陵二张，溯厥本源，独求《风》《骚》门径，不必学南宋，而意

境自合。词之不灭者，二张力也。

《词话》卷五（刻本卷四）：张皋文《词选》一编，扫靡曼之浮音，接《风》《骚》之真脉。《附录》一卷，简择尤精，洵有如郑抡元所云："后之选者，必不遗此数章。"具冠古之识者，亦何嫌自负哉！

《词话》卷九（刻本卷六）：碧山、玉田而后，得张皋文一揭其旨，而词以不灭。其间五六百年，亦多杰出之士，竟无溯其源者，亦足异矣。

水调歌头 春日赋示杨生子掞

东风无一事，妆出万重花。闲来阅遍花影，惟有月钩斜。我有江南铁笛，要倚一枝香雪，吹彻玉城霞。清影渺难即，飞絮满天涯。　　飘然去，吾与汝，泛云槎。东皇一笑相语，芳意落诸家。难道春花开落，又是春风来去，便了却韶华。花外春来路，芳草不曾遮。　　**大雅集**

皋文《水调歌头》五章，既沉郁，又疏快，最是高境。陈、朱虽工词，究曾到此地步否？不得以其非专门名家少之。

《词话》卷五（刻本卷四）：皋文《水调歌头》五章，既沉郁，又疏快，最是高境。陈、朱虽工词，究曾到此地步否？不得以其非专门名家少之。如首章云："难道春花开落，又是春风来去，便了却韶华。花外春来路，芳草不曾遮。"次章云："招手海边鸥鸟，看我胸中云梦，蒂芥近如何。楚越等闲耳，肝胆有风波。"三章云，四章云，五章云，热肠郁思，若断仍连，全自《风》《骚》变出。

又

百年复几许，慷慨一何多。子当为我击筑，我为子高歌。招手海边鸥鸟，看我胸中云梦，蒂芥近如何。楚越等闲耳，肝胆有风波。　　生平事，天付与，且婆娑。几人尘外相视，一笑醉颜酡。看到浮云过了，又恐堂堂岁月，一掷去如梭。劝子且秉烛，为驻好春过。　　大雅集

又

珠帘卷春晓，胡蝶忽飞来。游丝飞絮无绪，乱点碧云钗。肠断江南春思，粘着天涯残梦，剩有首重回。银蒜且深押，疏影任徘徊。　　罗帷卷，明月入，似人开。一尊属月起舞，流影入谁怀。迎得一钩月到，送得三更月去，莺燕不相猜。但莫凭阑久，风露湿苍苔。　　大雅集

热肠郁思，全是《风》《骚》变相。◎此种起结，看似不甚费

力，实乃高绝、精绝。

又

今日非昨日，明日复何如。竭来真悔何事，不读十年书。为问东风吹老，几度枫江兰径，千里转平芜。寂寞斜阳外，渺渺正愁余。　千古意，君知否，只斯须。名山料理身后，也算古人愚。一夜庭前绿遍，三月雨中红透，天地入吾庐。容易众芳歇，莫听子规呼。　**大雅集**

忽言情，忽写景，若断若连，似接不接，沉郁顿挫，至斯已极。○无处不咽住，咽则郁，郁则厚矣。

又

长镵白木柄，斸破一庭寒。三枝两枝生绿，位置小窗前。要使花颜四面，和着草心千朵，向我十分妍。何必兰与菊，生意总欣然。　晓来风，夜来雨，晚来烟。是他酿就春色，又断送流年。便欲诛茅江上，只怕空林衰草，憔悴不堪怜。歌罢且更酌，与子绕花间。　**大雅集**

一片神行，兼老坡、幼安之长。

传言玉女

多谢东风，吹送故园春色。低晴浅雨，做清明时节。昨夜花影，认得江南新月。一枝枝漾，春魂如雪。

却问东风，怎都来、共阒寂。绣屏绮陌，有春人浓觅。闲庭闭门，拼锁一丝愁绝。梦儿无奈，又随春出。　**别调集**

（"昨夜"四句）奇情幻景，有神光离合之致。（"闲庭"四句）结笔又变，一往无尽。

张　琦

字翰风，武进人，皋文弟。嘉庆十九年举人，知馆陶县。有《立山词》一卷。

《词话》卷五（刻本卷四）：张翰风词，飞行绝迹，不逮皋文，而宛转缠绵处，时复过之，真皋文伯仲也。

菩萨蛮

横塘日日风吹雨，隔帘却望江南路。胡蝶惯轻盈，

风前魂屡惊。　　栏干人似玉，黛影分窗绿。斜日照屏
山，相思罗袖寒。　**大雅集**

温、韦风格，于斯再见。

《词话》卷五（刻本卷四）：余最爱其《菩萨蛮》云，真不减飞
卿语。又"碧藕折莲丝，梦轻君未知。"亦极凄丽。

又

江花玉面娇相逐，香风乍送凌波曲。瞥见鬓鬟低，
棹回情转迷。　　钗头双凤翅，照水胭脂泪。碧藕折连
丝，梦轻君未知　**大雅集**

（"碧藕"二句）凄丽娴雅，逼真《花间》。

李兆洛

字申耆，阳湖人。嘉庆乙丑进士。有《蜩翼词》一卷。

菩 萨 蛮

画眉楼畔花如霰，疏香飞上参差茧。翠羽暗低迷，

语长人未知。　　　金笺新研玉，钿局敲双陆。复袖锦鸳鸯，经年绣一双。　**大雅集**

（"复袖"二句）即楚《骚》"好修以为常"之意。

《词话》卷五（刻本卷四）：李申耆《菩萨蛮》云："复袖锦鸳鸯，经年绣一双。"即屈子"好修以为常"意。又："不为见时难，忍扶罗袖看。"何其凄怨。又："花气泛红螺，横飞出茧蛾。"冷艳幽香，奇情异采。又："不觉月痕西，下帘霜满衣。"伤所遇之不偶也。此类真可继武飞卿。

又

海棠低护行云径，画楼西畔分明影。不为见时难，忍扶罗袖看。　　　撩人回面语，颤袅钗翘舞。花气泛红螺，横飞出茧蛾。　**大雅集**

（"花气"二句）幽香冷艳，真如雪藕冰桃，沁人醉梦。

又

帘前细袅沉烟紫，隔帘柳絮飘香砌。蛛缕恋残魂，

摇摇更不禁。　　玉箫吹未彻，垂手还凝立。不觉月痕西，下帘霜满衣。　**大雅集**

（"不觉"二句）伤所遇之不偶也。

陆继辂

字祁生，阳湖人。有《清邻词》。

鬲 溪 梅 胡蝶

游丝不系可怜身，竟谁邻。早又飞花和雨、委轻尘，将魂付与春。　　罗浮仙侣怨轻分，怕黄昏。待得清光一院、月如银，无由更觅君。　**别调集**

（"待得"二句）深情婉转，词之可以怨者。

金应城

字子彦，歙人。有《兰籍词》。

贺 新 凉 咏萤

芳草何曾歇。问王孙、一春游处，个还相识。误入纱囊因何事，一字神仙不食。算只伴、蝉鱼岑寂。风雨黄昏庭院黑，照沉沉、蝶梦浑无迹。玉山路，悔轻别。　　景华宫里音尘绝，怅秋风、洛阳古树，青燐堆血。白鸟如霉羞难尽，惨惨阴陵妖碧。又恐到、清霜时节，小扇轻罗无人惜。更银屏、翠幕深深隔。笑熠熠，近墙隙。　　**大雅集**

咏物词不得呆写正面，纵极工巧，终无关于兴观群怨之旨。亦不必无病呻吟，必须言中有物，在若远若近之间，不许丝毫说破，方能入妙。子彦此词，可推合作。

《词话》卷五（刻本卷四）：金应城《贺新凉》（咏萤）云："风雨黄昏庭院黑，照沉沉、蝶梦浑无迹。"下半阕云，寄托甚深，"汉苑飘苔"而后，又成绝响矣。

水调歌头

春色奈何许，芳径万重花。朝来怕说花事，浓艳正交加。一片春山都被，多少愁魂锁住，无处落朝霞。肠断江南路，芳草夕阳斜。　　凝望处，空回首，碧云遮。知他风外飞絮，飘泊到谁家。折得一枝红萼，剩有暗香盈袖，何处赠天涯。愁绝黛眉影，寂寞倚窗纱。　　**大雅集**

（"折得"三句）中有怨情，语自深切。

临 江 仙

篆缕厌厌人悄悄，欹鬟慵倚银屏。红儿笑道月华明。海棠枝上，一半碧云横。　　坐待窥窗窗正满，一身花影亭亭。隔墙何处又吹笙。帘儿下了，双袖悄寒生。　**别调集**

"一半"二字有情。（下阕）旁面生情，极离合之妙。

又

花外啼鹃帘外燕，夕阳容易黄昏。丝丝篆缕是愁魂。阑干倚遍，幽恨共谁论。　　剩得柳梢明月上，夜深还照重门。厌厌心事素娥闻。也应怪得，不是旧眉痕。　**别调集**

（"厌厌"三句）情词酸楚，黯然销魂。

金式玉

字朗甫，歙人。有《竹邻词》。

《词话》卷五（刻本卷四）：金朗甫学于皋文，《词选》附录七首，意远态浓，婉而多讽。《相见欢》三章，尤为绝唱。

相见欢

真珠一桁帘旌，坐调笙。梦里不知芳草、一池生。　蛮弦语，红儿舞，总关情。无奈枝头啼鸟、唤花醒。　大雅集

（"无奈"句）别有衷曲。

又

暗萤点向深苔，去还来。都是星星流影、惹帘开。　芙蓉面，轻罗扇，扑盈怀。不道一天清露、湿香阶。　大雅集

又

微云度尽窗绡，夜迢迢。又恐秋声无赖、上芭蕉。　玉绳转，金波暗，可怜宵。只剩栖香胡蝶、抱空条。　大雅集

曲折隽永，后主二阕后，有嗣音矣。

郑善长

名抡元，以字行，歙人。有《字桥词》。

《词话》卷五（刻本卷四）：郑抡元《字桥词》，思深意苦，深得中仙之妙。如《绿意》（残荷）下阕云，直是碧山化境，得之于词学衰微之候，益令我嗟叹不已。

《词话》卷五（刻本卷四）：抡元《高阳台》（柳）云："平芜一片斜阳影，问韶光、何处勾留。"下云："侬心化作天涯絮，怕重来、错认帘钩。便拼他，过了残春，又是残秋。"又前调（秋海棠）云："江南昨夜霜华满，算萧萧兰径，都付芳尘。倚尽雕栏，殷勤谁伴黄昏。断肠剩得娉婷影，敛娇红、欲上罗裙。"又《甘州》云："怅夫容已老，西风不管，独自沉吟。可惜断红双脸，只是泪痕深。"下云："看亭皋落叶，片片是秋心。怕天涯、几经摇落，向雪关、风渡更难禁。"哀怨缠绵，碧山之深厚，玉田之清雅，两得之矣。

绿　意 残荷

芳塘曲处，看翠云憔悴，收尽残暑。记得罗衣，波上频湔，娇鬟一时相妒。而今一片烟波冷，只剩得、双双鸥鹭。知恁时、越女还来，空忆采莲前度。　　眼底红芳嫁尽，但枯苇历乱，堪诉愁苦。卷向熏风，坼向西风，消受斜阳无数。晓来清露怜侬甚，正无奈、盘心非故。只看他、铅泪难收，洒向一池烟雨。　大雅集

（下阕）思深意苦，得中仙之骨髓矣。

湘春夜月 帘

一丝丝，替侬织就相思。只是一片湘波，怎便隔天涯。约住满庭花气，问东风可解，吹送芳菲。算惊回残梦，唯应燕子，频蹴双犀。　　游丝千尺，杨花万点，恼乱春晖。庭院凄凉，却凭得、深深为我，低护颦眉。朝来欲卷，怕暗尘、点上罗衣。从此便，更休论春事、任教银蒜，终日垂垂。　大雅集

（"却凭"四句）思路幽渺，用笔亦曲而能连。◎"便"、"更"二字嫌逗。

《词话》卷九（刻本卷六）：郑善长《湘春夜月》（帘）一章，意味甚深，可称佳构。而结数语云："从此便，更休论春事，任教银蒜，终日垂垂。""便"、"更"二字嫌逗，亦不检之过。

高阳台 柳

　　暮雨催眠，朝风催起，丝丝绾住春愁。依旧清明，还教伴我登楼。平芜一片斜阳影，问韶光、何处勾留。怎凭他，蘸尽流波，送尽行舟。　　当年系马江南路，正歌台月暗，舞榭烟稠。纤手而今，攀来可记温柔。侬心化作天涯絮，怕重来、错认帘钩。便挤他，过了残春，又是残秋。　　**别调集**

　　（"平芜"二句）含情要眇。（"侬心"五句）深婉沉笃，纯乎碧山咏物诸篇。

前 调 秋海棠

　　粉晕微搓，脂痕浅印，招来袅袅秋魂。一样红妆，偏教背却青春。相思无数深闺泪，向西风、染就愁痕。有谁怜，几度凝娇，几度含颦。　　江南昨夜霜华满，算萧萧兰径，都付芳尘。倚尽雕阑，殷勤谁伴黄昏。断肠剩得婷婷影，敛娇红、欲上罗裙。又消他，漠漠轻烟，漠漠斜曛。　　**别调集**

（"一样"七句）怨深愁重，情见乎词。（"江南"七句）幽窈绵远，中仙高境。

甘　州

渐香篝余烬冷罗衾，帘卷对秋阴。怅夫容已老，西风不管，独自沉吟。可惜断红双脸，只是泪痕深。细忆辽阳梦，恨杀兰砧。　　十二阑干倚遍，只霜花抱信，又到疏林。看亭皋落叶，片片是秋心。怕天涯、几经摇落，向雪关、风渡更难禁。怎倩得、征鸿为我，寄与芳音。　　**别调集**

（"看亭"四句）哀怨缠绵，碧山之深厚，玉田之清雅，两得之矣。

黄承勋

字朴存，仁和人。有《眠鸥集·词》。

《词话》卷五：仁和黄朴存《眠鸥集》词，亦沐浴于南宋诸家，而未能深厚。格调亦嫌平，合者亦不过谷人流亚。如《台城路》（归燕）云："蓼渚捎红，芦塘掠雪，秋思浑生南浦。"又《浪淘沙》（渔舟）云："短笛唱凉州，惊起沙鸥。浪花圆处钓丝柔。蓑笠不辞江上老，云水悠悠。"声调清朗，气息和雅，自是越中一派。

台 城 路 归燕

乌衣深巷西风紧，如今又逢归去。只引新雏，难移故垒，飞向当时来路。梳翎振羽，叹衰草迷空，乱山如故。纵去仍来，半年离绪更谁诉。　　呢喃帘下已久，忆曾穿柳陌，衔住飞絮。蓼渚捎红，芦塘掠雪，秋思浑生南浦。柔情万缕，怕客里魂销，暗愁吟苦。记取江南，杏花村店雨。　**别调集**

亦是沐浴于南宋诸家，虽未臻深厚，然自是清雅。

浪 淘 沙 渔舟

不载旅人愁，欸乃中流。两三星火一江秋。潮落夜深归去晚，红蓼滩头。　　短笛唱凉州，惊起沙鸥。浪花圆处钓丝柔。蓑笠不辞江上老，云水悠悠。　**别调集**

声调清朗，泠泠作泉石响。

袁 通

字兰邨，钱唐人，袁枚子。有《捧月楼词》二卷。

兰邨词轻薄尖小，又下于频伽。择录其稍正者数阕。

《词话》卷五（刻本无）：兰邨词，轻薄纤小，又下于频伽。其最佳者，如《临江仙》云："诉来别恨太零星。薄罗衫一角，曾为拭红冰。"又："慵妆不整两鬟云。偏忘纤指冷，强为数螺纹。"又："料无消息到王昌。只愁瞒不得，三十六鸳鸯。"又："无意询他夫婿事，颊潮红晕胭脂。新来言笑太矜持。不应裙带上，双写合欢诗。"亦不过小有心思耳。

绮 罗 香 坠欢如梦，杳不可寻，作《南园春影图》。

香梦勾人，胡麻饭客，想不分明前度。无主桃花，因甚乱飞如雨。便堤杨、痴绾春来，恐梁燕、已知人去。问亭亭、倩女魂归，啼痕窗上解寻否。 阑干曾记共倚，一度摩挲欲遍，一番酸楚。纵有春山，争似个人眉妩。说来迟、绿易成阴，试觅取、绿阴何处。一声声、凄入东风，隔林啼杜宇。 **闲情集**

此篇词意极融洽，为兰邨集中压卷。

临 江 仙

记得小乔初嫁了，云轺驾鹤归时。九雏钗压两鬟欹。薄撩蝉翼鬓，窄画月稜眉。　　无意询他夫婿事，频潮红晕胭脂。新来言笑太矜持。不应裙带上，双写合欢诗。　**闲情集**

（下阕）不免过于艳冶，然却有心思。

又

记得兰期初七夜，秋窗曾约春人。痴云围住阁三层。下梯娇划袜，避影巧遮灯。　　暖絮一团飞入抱，轻盈碧玉腰身。诉来别恨太零星。薄罗衫一角，曾为拭红冰。　**闲情集**

（"薄罗"二句）情词凄断。

又

记得春寒寒侧侧，药炉曾伴双文。传闻肺疾忌香熏。

麝珠容姊乞，瓶卉许郎分。　　行近纱幮贪久坐，等闲
压皱罗裙。慵妆不整两鬟云。偏忘纤指冷，强为数螺
纹。　　**闲情集**

又

记得画栏红压水，水边一带垂杨。携将冰簟坐回廊。
波平同鉴影，帘薄不遮香。　　忽地柔肠凉似雪，分来
一碗琼浆。料无消息到王昌。只愁瞒不得，三十六鸳
鸯。　　**闲情集**

（"料无"三句）丽而不佻，兰畹集中尤为难得。

蒋春霖

字鹿潭，江阴人。有《水云楼词》二卷。

鹿潭词，深得南宋之妙，于诸家中尤近乐笑翁。竹垞自谓学玉
田，恐去鹿潭尚隔一层也。[1] ○词至国初而盛，至乾嘉以后乃精。
庄中白复乎不可及矣，皋文、仲修亦骎骎与古为化。鹿潭稍逊于皋
文、庄、谭之古，而才气甚雄，淘铁中之铮铮者也。

---

① 此评录入《词话》卷五。

　　《词话》卷五：词至国初而盛，至毗陵而后精。近时词人，庄中白夐乎不可尚已。谭氏仲修，亦骎骎与古为化。鹿潭稍逊皋文、庄、谭之古厚，而才气甚雄，亦铁中铮铮者。

　　《词话》卷五：鹿潭深于乐笑翁，故措语多清警，最豁人目。集中《谒金门》（"人未起"一章）、《甘州》（"又东风唤醒一分春"一章）两篇，情味尤深永，乃真得玉田神理，又不仅在皮相也。◎鹿潭词，如《东风第一枝》云："云影薄、画帘乍卷，山意冷、瘦筇又懒。"《木兰花慢》云："云埋蒋山自碧，打空城、只有夜潮来。"又（前调）云："芦边夜潮骤起，晕波心、月影荡江圆。"又云："看莽莽南徐，苍苍北固，如此山川。钩连，更无铁锁，任排空、樯橹自回旋。寂寞鱼龙睡稳，伤心付与秋烟。"又《甘州》云："避地依然沧海，险梦逐潮还。一样貂裘冷，不似长安。"又云："引吴钩不语，酒罢玉犀寒。总休问、杜鹃桥上，有梅花、且向醉中看。南云暗，任征鸿去，莫倚阑干。"《寿楼春》云："但疏雨空阶，萧萧半山黄叶声。"《鹧鸪天》云："屏间山压眉心翠，镜里波生鬓角秋。"《凄凉犯》云："疏灯晕结，觉霜逼、帘衣自裂。"又云："窗鸣败纸，尚惊疑、打篷干雪。悄护铜瓶，怕寒重、梅花暗折。却开门，树影满地压冻月"。《唐多令》云："哀角起重关，霜深楚水寒。背西风、归雁声酸。一片石头城上月，浑怕照、旧江山。"《齐天乐》云："海气浮山，江声拥树，闪闪灯红萧寺。高谈未已，任夜鹊惊枝，睡蛟吟水。笑指天东，一丸霜月荡潮尾。"又云："啼鹃万里，怕化作秋声，醉魂惊起。凉露沉沉，断鸿悲暗苇。"似此皆精警雄秀，造句之妙，不减乐笑翁。

东风第一枝 冬至

雀谇晴檐，蝇苏冻纸，严霜忽作轻暖。锦貂才近熏炉，凤律暗移翠琯。寻春无处，但日日、春痕偷展。恰引起、千丈愁思，添似绣床金线。　云影薄、画帘乍卷，山意冷、瘦筇又懒。几多酿雪楼台，预涤熨寒酒盏。梅魂知否，怕迤逦、年华将换。待借他、一缕东风，悄把万花吹转。　大雅集

谒 金 门

人未起，桐影暗移窗纸。隔夜酒香添睡美，鹊声春梦里。　妆罢小屏独倚，风定柳花到地。欲拾断红怜素指，卷帘呼燕子。　大雅集

《词话》卷五：鹿潭《谒金门》云，宛雅凄怨，寻味不尽。

木兰花慢 江行晚过北固山

泊秦淮雨霁，又灯火，送归船。正树拥云昏，星垂

野阔，暝色浮天。芦边，夜潮骤起，晕波心、月影荡江
圆。梦醒谁歌楚些，泠泠霜激哀弦。　　婵娟，不语对
愁眠，往事恨难捐。看莽莽南徐，苍苍北固，如此山川。
钩连，更无铁锁，任排空、樯橹自回旋。寂寞鱼龙睡稳，
伤心付与秋烟。　**大雅集**

"圆"字警绝，不减"平沙落日圆"也。（"看莽"八句）淋漓
大笔。

凄凉犯 十二月十七日夜，大寒，读书至漏三下，屋
小如舟，虚窗生白，不知是月是雪。因忆江南野泊，雪
压篷背，光景正复似之。

短檐铁马，和冰语、敲阶更少残叶。鼠声渐起，芸
编倦拥，酒怀添渴。疏灯晕结，觉霜逼、帘衣自裂。似
扁舟、风来柁尾，野岸冷云叠。　　回首垂虹夜，瘦橹
摇波，一枝箫咽。窗鸣败纸，尚惊疑、打篷干雪。悄护
铜瓶，怕寒重、梅花暗折。却开门、柳影满地，压冻
月。　**大雅集**

此词清绝警绝，读之觉满纸有寒色，用笔之妙也。○味不厚，

而词绝佳。

甘 州 甲寅元日，赵敬甫见过。

又东风唤醒一分春，吹愁上眉山。趁晴梢剩雪，斜阳小立，人影珊珊。避地依然沧海，险梦逐潮还。一样貂裘冷，不似长安。　　多少悲笳声里，认匆匆过客，草草辛盘。引吴钩不语，酒罢玉犀寒。总休问、杜鹃桥上，有梅花、且向醉中看。南云暗、任征鸿去，莫倚阑干。　**大雅集**

曲折动荡，似此直可与玉田把臂入林。

卜 算 子

燕子不曾来，小院阴阴雨。一角阑干聚落花，此是春归处。　　弹泪别东风，把酒浇飞絮。化了浮萍也是愁，莫向天涯去。　**大雅集**

（"一角"二句）沉着。（"化了"二句）何其凄怨若此？

《词话》卷五：鹿潭穷愁潦倒，抑郁以终，悲愤慷慨，一发于词。如《卜算子》云，何其凄怨若此？

唐 多 令

枫老树流丹，芦花吹又残。系扁舟、同倚朱栏。还似少年歌舞地，听落叶、忆长安。　　哀角起重关，霜深楚水寒。背西风、归雁声酸。一片石头城上月，浑怕照、旧江山。　**大雅集**

（"还似"二句、下阕）精警雄秀。

齐 天 乐 董竹沙亡兄苕石曾寓焦山松寮阁，竹沙追赋焦山夜话诗。

千帆影里斜阳堕，危阑醉中同倚。海气浮山，江声拥树，闪闪灯红萧寺。高谈未已，任夜鹊惊枝，睡蛟吟水。笑指天东，一九霜月荡潮尾。　　西风空想欹唾，似霏霏玉屑，吹散烟际。瘦鹤铭寒，盟鸥会冷，画出孤峰憔悴。啼鹃万里，怕化作秋声，醉魂惊起。凉露沉沉，断鸿悲暗苇。　**大雅集**

工于摹景，笔力清苍，似乐笑翁。

甘 州 王午桥，常山人，词笔清丽，似吴梦窗。
渡滹沱时相见，庚午复遇于南中，云自越绝返都
门也。歌而送之。

记疏林霜堕蓟门秋，高谈四筵惊。击珊瑚欲碎，长
歌裂石，分取狂名。短梦依依同话，风雨客窗灯。一醉
江湖老，人似春星。　　蓦上长安旧路，怅春来王粲，
还赋离亭。唤天涯绿遍，今夜子规声。待攀取、垂杨寄
远，怕杨花、比客更飘零。凄凉调、向琵琶里，唱彻幽
并。　**放歌集**

（上阕）爽豁人目。（"唤天"六句）缠绵沉着。

木兰花慢 甲寅四月，客有自金陵来者，感赋此阕。

破惊涛一叶，看千里，阵图开。正铁锁横江，长旗
树垒，半壁尘埃。秦淮，几星燐火，错惊疑、灯影旧楼
台。落日征帆黯黯，沉江戍鼓哀哀。　　安排，多少清
才，弓挂树，字磨崖。甚绕鹊寒枝，闻鸡晓色，岁月无

涯。云埋蒋山自碧，打空城、只有夜潮来。谁倚莫愁艇子，一川烟雨徘徊。 **放歌集**

（"秦淮"五句）悲壮淋漓，笔力雄厚。（"云埋"五句）亦是寻常词意，妙在笔力绝大。

水 龙 吟 癸丑除夕

一年似梦光阴，匆匆战鼓声中过。旧愁才剪，新愁又起，伤心还我。冻雨连山，江烽照晚，归思无那。任春盘堆玉，邀人腊酒，浑不耐、通宵坐。　　还记敲冰官舸，闹蛾儿、扬州灯火。旧嬉游处，而今何在，城闉空锁。小市春声，深门笑语，不听犹可。怕天涯忆着，梅花有泪，向东风堕。 **放歌集**

此篇押韵绝陡峭。（"旧嬉"九句）短句中亦带苍莽之气，是何等力量。

寿 楼 春 扬州之行，历春徂秋，萍梗再移，
短梦云散，作闲情赋。

过垂杨春城，胃游丝一缕，偷倚红情。记得开帘收

燕，隔花调莺。桃叶渡，谁相迎。又几番、潮生潮平。待菱唱船归，荷香路悄，留月伴娉婷。　　西风起，凉蝉鸣。早抛闲素扇，歌断瑶筝。可奈诗题愁寄，梦回无凭。珠户寂，银红明。任听残、秋宵长更。但疏雨空阶，萧萧半山黄叶声。　别调集

此调不易合拍，似此清虚骚雅中仍复圆美流转，固是神技。

鹧 鸪 天

杨柳东塘细水流，红窗睡起唤晴鸠。屏间山压眉心翠，镜里波生鬓角秋。　　临玉管，试琼瓯，醒时题恨醉时休。明朝花落归鸿尽，细雨春寒闭小楼。　别调集

造语精炼。

台 城 路 金丽生自金陵围城出，为述沙洲避雨光景，感成此解。时画角咽秋，灯焰惨绿，如有鬼声在纸上也。

惊飞燕子魂无定，荒洲坠如残叶。树影疑人，鸱声幻鬼，欹侧春冰途滑。颓云万叠，又雨击寒沙，乱鸣金

铁。似引宵程，隔溪燐火乍明灭。　　江间奔浪怒涌，断筇时隐隐，相和呜咽。野渡舟危，空村草湿，一饭芦中凄绝。孤城雾结，剩罥网离鸿，怨啼昏月。险梦愁题，杜鹃枝上血。　　**别调集**

状景逼真。◎层折极多，有声有色。

《词话》卷五：鹿潭《台城路》云，状景逼真，有声有色。因思迦陵《贺新郎》（作家书竟，题范龙仙书斋壁上芦雁图）云，绘声绘影，字字阴森，绿人毛发，真乃笔端有鬼。然同一设色，而陈自纵横，蒋多萧戚。言为心声，蒋所遇之穷，又不逮陈远矣。

霜叶飞　庚申重九，杜小舫以西岐登高之作见寄，是日余游虎墩大圣寺，亦用清真韵和之。

岸云湖草秋无际，斜帆疑挂云表。傍村枫叶未全霜，拥寺门红悄。正雨霁、山容似晓，径台吹帽西风小。试笔染糕香，又却怕、黄花笑我，空醉斜照。　　遥认瘦塔玲珑，苔斑青换，去年人又重到。翠荸杯冷客衣单，况玉琴孤抱。算鬓影、苍华误了，丝阑愁和凄凉调。待寄还、相思语，寒树冥冥，旧鸿稀少。　　**别调集**

措语超，用笔健，托体亦在梦窗、玉田之间，在国朝断推作手。

莺 啼 序 哀顾莺

凄风又惊院竹，是春魂悄转。泹残雾、眉月微阴，背窗如听娇叹。梦回乍、兰釭淡碧，飞鸿冉冉轻烟散。误笼鹦，檀板声空，画图谁唤。　　剪烛青楼，桐阴试茗，道寻春未晚。镜华掩、相见还休，那时争似不见。记犀帷、扶肩问字，枉吟熟、鸳鸯诗卷。玉箫寒，门闭缃桃，去年人面。　　离巾寄语，药槛移栽，算栖香愿满。旛影护、蔫红几日，露叶霜蕊，瘦倚斜阳，顿成秋苑。啼鹃夜诉，飘蓬旧事，无端落絮缁尘浣。更关山、笛里江烽乱。罗囊尚秘，伤心绣缬痕销，泪点凝滴湘管。　　莲枝解脱，丈室禅枯，任龈丝素缱。但沉恨、珠根玉蒂，堕溷何因，寄燕巢成，妒莺缘短。韦郎老矣，楚招歌罢，清宵归鹤环佩冷，剩西陵、松柏埋幽怨。今生拌醉拌愁，听绝哀弦，翠衾怕展。　　别调集

语带鬼气。○从梦境叙起，章法奇变。◎中二折追叙旧事。◎末折映第一段。◎自叙以写哀，字字凄断。

张崇兰

字狷谷，丹徒人。贡生。有《梦溪棹讴》二卷。

《词话》卷七（刻本卷五）：余乡能词者，张狷谷（崇兰）有《梦溪棹讴》二卷，赵次梅（彦俞）有《瘦鹤轩词》一卷。两君之词，摘录一二于《词则》中。而余所服膺者，则庄中白《蒿庵词》也。他人词，皆不免为风气所囿，蒿庵则吐弃凡庸，冥心独往，夐乎不可尚已。

水 龙 吟 游丝

何来一缕春痕，更无人处还萦绕。惺惺昼静，丝丝风细，垂垂帘悄。欲断仍牵，才颭又惹，缠绵怎了。怪飞花舞絮，无因绾住，空尽日、和愁袅。　　几许韶华暗老，映长空、渐低斜照。千回往复，不离故处，尽伊颠倒。清露宵沾，分明垂下，泪珠多少。任年年、抽尽情丝，算只有、春知道。　大雅集

此词绝精雅。竹垞《春风袅娜》一阕，未尝不工，此作波澜转折，更出其右，故弃彼录此。◎结三语顿断处稍病牵强，必须以"情丝"句绝、"只有"句绝方妥，但于调不合。

疏　影

　　梁间燕语，把春愁唤起，终日凝聚。一片迷离，万种缠绵，欲说也无头绪。落花时节门常掩，又捱过、几番风雨。叹近来、瘦损谁知，宽减带围如许。　　除却吞花卧酒，试从头细数，此生真误。才是清晨，早又黄昏，看遍春来春去。鬓丝缕缕无情甚，不解把、少年留住。问人间、何地埋忧，举眼茫茫今古。　放歌集

　　（"一片"五句）凄咽缠绵，往复不尽，若加以理，便是梦窗、梅溪之亚。

赵彦俞

字次梅，丹徒人。贡生。有《瘦鹤轩词》一卷。

徵　招 秋角

　　夜阑梦觉西楼上，呜呜数声来矣。一曲小单于，怨关山迢递。马嘶霜满地，正悲壮、五更天气。短驿荒鸡，去程孤雁，霎时惊起。　　犹记听江城，相思在、青青麦苗风里。原注："京口旗兵清明后登城吹角，谓之'催青'。"

戍鼓换凄凉，阻十年归计。梅花吹落未，望不尽、月明如水。愿三奏、展遍旌旗，报捷书千里。　**大雅集**

次梅以此调冠词集之首，然亦实系《瘦鹤轩》压卷。凄凉悲壮，去古作者未远。◎时发逆尚未平，故结语及之。

蝶恋花 藏花

醉里花奴停羯鼓。谁折花枝，戏把输赢赌。只记迷藏花外觑，那知花在迷离处。　暗掷琼盘偏细数。疑有疑无，眼底真如雾。射罢蜡灯红不语，嫣然一笑花全吐。　**闲情集**

（"射罢"二句）传神阿堵。

又 闺人叶子戏

长昼恹恹无个事。旧谱新翻，数遍麻姑指。薄命生憎轻若纸，郎心轻薄休相似。　坐久犀筹闲自理。相对相当，帘外花开矣。一笑佯输窥叶底，蓦然乱扫秋风里。　**闲情集**

（"薄命"二句）凄感。（"一笑"二句）形容尽致。

谭　献

字仲修，仁和人。有《复堂词》二卷。

复堂词品骨甚高，源委悉达。窥其胸中眼中，下笔时匪独不屑为陈、朱，尽有不甘为玉田处。近时词人，庄中白尚矣，蒄以加矣，次则谭仲修也。鹿潭虽工词，尚逊其沉至。

《词话》卷五：仁和谭献，字仲修，著有《复堂词》，品骨甚高，源委悉达。窥其胸中眼中，下笔时匪独不屑为陈、朱，尽有不甘为梦窗、玉田处。所传虽不多，自是高境。余尝谓近时词人，庄中白尚矣，蒄以加矣，次则谭仲修。鹿潭虽工词，尚未升《风》《骚》之堂也。◎仲修小词绝精，长调稍逊，盖于碧山深处，尚少一番涵泳功也。

《词话》卷五：仲修之言曰："吾少志比兴，未尽于诗，而尽于词。"又曰："吾所知者比己耳，兴则未逮。河中之水，吾讵能识所谓哉！"即其词以证其言，亦殊非欺人语。庄中白序《复堂词》云："仲修年近三十，大江以南，兵甲未息，仲修不一见其所长，而家国身世之感，未能或释。触物有怀，盖风人之旨也。世之狂呼叫嚣者，且不知仲修之诗，乌能知仲修之词哉？礼义不愆，何恤乎人言？吾窃愿君为之而蕲至于兴也。"盖有合风人之旨，已是难能可贵，至蕲至于兴，则与风人化矣，自唐迄今，不多觏也。求之近人，其惟庄中白乎？

　　《词话》卷五：仲修《清平乐》云："东风吹遍，稚柳垂清浅。云树朦胧千里远，望见高楼不见。　　楼前塞雁飞还。愁边多少江山。忍把棉衣换了，玉梅花下春寒。"逼近五代人手笔。

<h2 style="text-align:center">苏 幕 遮</h2>

　　绿窗前，红烛底。小拨檀槽，月荡凉烟碎。夜静衔杯风细细。吹上罗襟，仍是相思泪。　　病谁深，春似醉。陌上桃花，门内先憔悴。梦到高楼星欲坠。零露无声，冷入空闺里。　**大雅集**

　　《词话》卷五：仲修《苏幕遮》云，低回哀怨，此种境界，固非浅见所能知。

<h2 style="text-align:center">青 门 引</h2>

　　人去阑干静，杨柳晚风初定。芳春此后莫重来，一分春少，减却一分病。　　离亭薄酒终须醒，落日罗衣冷。绕楼几曲流水，不曾留得桃花影。　**大雅集**

　　凄婉而深厚，纯乎《骚》《雅》。

《词话》卷五：仲修《青门引》云（上阕），透过一层说，更深，即"相见争如不见"意。下云（下阕），此词凄婉而深厚，纯乎《骚》《雅》。

昭 君 怨

烟雨江楼春尽，盼断归人音信。依旧画堂空，卷帘风。　　约略薰香闲坐，遥忆翠眉深锁。鬓影忍重看，再来难。　**大雅集**

（"鬓影"二句）深婉沉笃，小令正声。

《词话》卷五：又《昭君怨》云，深婉沉笃，亦不减温、韦语。

浣 溪 沙

昨夜星辰昨夜风，玉窗深锁五更钟。枕函香梦太匆匆。　　帘阁焚香烟缥缈，栏干摵笛月朦胧。碧桃花下一相逢。　**大雅集**

通首虚处传神，结语轻轻一击，妙甚。①

---

①　此评录入《词话》卷五。

临 江 仙

　　玉树亭台春缥缈，罗衣吹断参差。燕飞偏是落花时。陌头杨柳，叶叶管分离。　　院宇殷勤重问讯，金铃几日扶持。江南红豆一枝枝。江南人面，眼底是相思。　大雅集

　　"燕飞"七字，何等沉郁！（"江南红豆"三句）低回婉转，情致缠绵。

　　《词话》卷五："燕飞偏是落花时"，此仲修《临江仙》词语也。观此七字，是何等沉郁！◎仲修《临江仙》云："江南红豆一枝枝。江南人面，眼底是相思。"思路幽绝。

又 和子珍

　　芭蕉不展丁香结，匆匆过了春三。罗衣花下倚娇憨。玉人吹笛，眼底是江南。　　最是酒阑人散后，疏风拂面微酣。树犹如此我何堪。离亭杨柳，凉月照毵毵。　大雅集

　　（"玉人"二句）意中人，心中事。

　　《词话》卷五：又前调和子珍云，厚意稍逊前章，而语极清隽，

琅琅可讽。"玉人吹笛"二语，尤为警绝。

蝶恋花

楼外啼莺依碧树。一片天风，吹折柔条去。玉枕醒来追梦语，中门便是长亭路。　　眼底芳春看已暮。罢了新妆，只是鸾羞舞。惨绿衣裳年几许，争禁风日争禁雨。　**大雅集**

《蝶恋花》六章，美人香草，寓意甚远。〇后三章尤精绝。（"惨绿"二句）幽愁忧思，极哀怨之致。

《词话》卷五：仲修《蝶恋花》六章，美人香草，寓意甚远。首章云（上阕），凄警特绝。下云（"惨绿"二句），幽愁忧思，极哀怨之致。

又

下马门前人似玉。一听班骓，便倚阑干曲。乍见回身蛾黛蹙，泥他絮语怜幽独。　　燕子飞来银蒜触。却怕窥帘，推整罗裙幅。语在修眉成在目，无端红泪双双落。　**大雅集**

"眉语目成"四字不免太熟，此偏用得凄警，抒写忧思，自不同泛常艳语。

《词话》卷五：次章云："下马门前人似玉。一听斑骓，便倚阑干曲。"结云："语在修眉成在目，无端红泪双双落。"真有无可奈何之处。"眉语目成"四字，不免熟俗，此偏运用凄警，抒写忧思，自不同泛常艳语。

又

抹丽柔香新欲破。为卜团栾，暗数盈盈朵。睡起鬓边低渐堕，镜前细整留人坐。　　却换罗衣怜汗颗。不唤红儿，自启葳蕤锁。一握鬓云梳复裹，半庭残日忽忽过。　**大雅集**

《词话》卷五：三章云："一握鬓云梳复裹。半庭残日忽忽过。"即屈子"好修"之意，而语更深婉。

又

帐里迷离香似雾。不烬炉灰，酒醒闻余语。连理枝头侬与汝，千花百草从渠许。　　莲子青青心独苦。一唱将离，日日风兼雨。豆蔻香残杨柳暮，当时人面无寻

处。　**大雅集**

（"连理"二句）"以胶投漆中，谁能别离此。"有此沉着，无此深婉。（"一唱"四句）凄婉芊绵，不懈而及于古。

《词话》卷五：四章云（上阕），"以胶投漆中，谁能别离此。"有此沉着，无此微至。下云（下阕），凄婉芊绵，不懈而及于古。

又

庭院深深人悄悄。埋怨鹦哥，错报韦郎到。压鬓钗梁金凤小，低头只是闲烦恼。　　花发江南年正少。红袖高楼，争抵还乡好。遮断行人西去道，轻躯愿化车前草。　**大雅集**

（"埋怨"四句）传神绝妙。（"遮断"二句）沉痛已极，真情至语。

《词话》卷五：五章云（上阕），传神绝妙。下云（下阕），沉痛已极，真所谓情到海枯石烂时也。

又

玉颊妆台人道瘦。一日风尘，一日同禁受。独掩疏

楼如病酒，卷帘又是黄昏后。　　六曲屏前携素手。戏说分襟，真遣分襟骤。书札平安知信否，梦中颜色浑非旧。　**大雅集**

（"一日"二句、"卷帘"句）沉至语，殊觉哀而不伤，怨而不怒。（"戏说"四句）相思刺骨，瘴疬潜通，顿挫沉郁，可以泣鬼神矣。

《词话》卷五：六章云（上阕）沉至语，殊觉哀而不伤，怨而不怒。下云（下阕），相思刻骨，瘴疬潜通，顿挫沉郁，可以泣鬼神矣。

贺 新 郎 和人

离思无昏晓。不分明、东风吹断，旧时颦笑。疏雨重帘烟漠漠，花色雨中新好。又只怕、人随花老。珍重乍来双燕子，问玉骢、何处嘶芳草。腰带减，更多少。　　春衫裁剪浑抛了，盼长亭、行人不见，飞云缥缈。一纸音书和泪读，却恨眼昏字小。见说是、天涯春到。梦倚房栊通一顾，奈醒来、各自闲烦恼。知两地，怨啼鸟。　**大雅集**

（"一纸"七句）凄凉怨慕，深于周、秦，不同貌似者。①

蝶恋花

庭院深深秋梦断。玉枕新凉，雨气和愁乱。一炷炉香烧渐短，空房无语芳心软。　小胆惺忪谁是伴。瘦到支离，病比年年惯。眼底朱栏千里远，西风几点南飞雁。　**大雅集**

（"一炷"二句）怨深思重。

庄　棫

字中白，一名忠域，字希祖，丹徒人。监生。有《蒿庵词》。

中白为余姨表叔。其词穷源竟委，根柢盘深，实能超越三唐、两宋，与《风》《骚》、汉乐府相表里，自有词人以来，罕见其匹。而究其得力处，则发源于《国风》《小雅》，出入于淮海、大晟，而寝馈于碧山也。○千古词宗，温、韦发其源，周、秦竟其绪，白石、碧山各出机杼以开来学。嗣是六百余年，鲜有知者。得茗柯一发其旨，而词以不灭，特其识解虽超，尚未能尽穷底蕴，然则复古

---

① 此评录入《词话》卷五，并录原词下阕。

之功兴于茗柯，必也成于蒿庵乎？

　　蒿庵词名不显，匪独不及陈、朱诸公，亦不逮杨荔裳、郭频伽辈犹争传于一时也。然世无不显之宝，文人学业，特患其不精，不患其无知己。曲高寡和，于我奚病焉？①

　　《词话》卷六（刻本卷五）：吾乡庄棫，一名忠棫，字希祖，号中白，吾父之从母弟也。著有《蒿庵词》，穷源竟委，根柢盘深，而世人知之者少。余观其词，匪独一代之冠，实能超越三唐、两宋，与《风》《骚》、汉乐府相表里，自有词人以来，罕见其匹。而究其得力处，则发源于《国风》《小雅》，胎息于淮海、大晟，而寝馈于碧山也。◎千古词宗，温、韦发其源，周、秦竟其绪，白石、碧山各出机杼以开来学。嗣是六百余年，鲜有知者。得茗柯一发其旨，而斯诣不灭，特其识解虽超，尚未能尽穷底蕴，然则复古之功兴于茗柯，必也成于蒿庵乎？

　　《词话》卷六（刻本卷五）：李子薪（慎传）尝语余云："庄希祖词，穷极高深，竟难于位置。即置之清真、白石间，尚非其驻足处。"此真知蒿庵甘苦。彼囿于流俗之见者，必以其言为不伦矣。

　　《词话》卷六（刻本卷五）：中白先生序《复堂词》有云："夫义可相附，义即不深；喻可专指，喻即不广。托志帷房，眷怀君国，温、韦以下，有迹可寻。然而自宋及今，几九百载，少游、美成而外，合者鲜矣。又或用意太深，辞为义掩，虽多比兴之旨，未

---

　　①　此评录入《词话》卷六（刻本卷五）。

发缥缈之音。近世作者，竹垞撷其华，而未芟其芜；茗柯溯其原，而未竟其委。"又曰："自古词章，皆关比兴。斯义不明，体制遂舛。狂呼叫嚣，以为慷慨，矫其弊者，流为平庸。风诗之义，亦云渺矣。"先生此论，实具冠古之识，并非大言欺人。◎仲修序《蒿庵词》云："夫神之所宰，机之所抽，心之所游，境之所构，身之所接，力之所穷，孰能无所可寄哉？纵焉而已逝，荡焉而已纷。鱼寄于水，鸟寄于木，人心寄于言，风云寄于天，凡夫寄于荣利，庄楲寄于词。填词原于乐，闺中之思乎？灵均之遗则乎？动于哀愉而不能已乎？小子学诗，可以兴，可以观，可以群，可以怨。沱潜洋洋，岷嶓峨峨，泛彼柏舟，容与逍遥。为《鹤鸣》，为《沔水》，为《园有桃》，为《匏有苦叶》，吾知之矣，吾知之其诗也。"数语洞悉深处。盖人不能无所感，感不能无所寄。知有所寄，而后可读《蒿庵词》。

《词话》卷六（刻本卷五）：近世文人学士，略谙吟咏，辄哀然成集。尚未能涉猎藩篱，便思欲质诸后世，亦多见其不自量矣。彼若知有蒿庵词，定当汗流浃背。

《词话》卷六（刻本卷五）：《蒿庵词》一卷，所传不过四十阕。其一生所作，必不止于此。余友李子薪尝欲得其全稿以付梓，余求之两年，竟不能得。今其家住泰州之东乡，一子又故，身后萧条，遗稿不知尚存否。读其词，思其人，悲其遇，为之於邑者累日。◎中白病殁时，年甫半百。生平与余觌面，不过数次，晤时必谈论竟夕。余出旧作与观，语余曰："子于此道，可以穷极高妙，然仓卒不能臻斯境也。"又曰："子知清真、白石矣，未知碧山也。悟得碧山，而后可以穷极高妙。"（此言在中白病殁之前一年。）余初不知其言之恳至也。十余年来，潜心于碧山，较曩时所作，境地迥别，识力亦开，乃悟先生之言，嘉惠不浅。思以近作就正于先生，而九原已不可作，特记其言如此。

买 陂 塘

问西风、数行新雁，故人今向何许。衔来音信从谁至，宛转似将人语。休轻顾，便拆得封时，都是伤心句。此情最苦，剩凉月三更，盈盈血泪，化作杜鹃去。

空阶外，往日佳期已误，凄凉说与迟暮。清商一曲原萧爽，消受几多霜露。情莫诉，休再望、南天渺渺衡阳浦。锦笺附与，回首绛云飞，伤心只在，一点相思处。　　大雅集

《词话》卷六（刻本卷五）：蒿庵《买陂塘》云，骚情雅意，词品超绝。其年、竹垞，才气虽高，此境却未梦见。结句"相"字，不协于律，然于本原殊无伤也。

八 六 子

鬘重城，凄凄风雨，都来伴我孤征。渐湿雾凄迷不

断，薄寒料峭还生，秋心暗惊。　　沉沉不放新晴。倚槛慵开鸾镜，临流罢抚银筝。漫忘却他乡，茱萸节近，黄花放后，白衣人远，但见拍水沙凫野渡，寥天云雁烟汀。黯销凝，匆匆又听橹声。　**大雅集**

《词话》卷六（刻本卷五）：蒿庵《八六子》云，此则变化于少游、美成、碧山，而更高出数倍者。（此词与碧山一篇格调近似，而用意各别，与板袭者不同。）

蝶恋花

城上斜阳依绿树。门外斑骓，过了偏相顾。玉勒珠鞭何处住，回头不觉天将暮。　　风里余花都散去。不省分开，何日能重遇。凝睇窥君君莫误，几多心事从君诉。　**大雅集**

"回头"七字，感慨无限。（下阕）声情酸楚。○托志帷房，眷怀身世，四章如一章也。

《词话》卷六（刻本卷五）：蒿庵《蝶恋花》四章，所谓托志帷房，眷怀身世者。首章云（上阕），"回头"七字，感慨无限。下云（下阕），声情酸楚，却又哀而不伤。

又

百丈游丝牵别院。行到门前，忽见韦郎面。欲待回身钗乍颤，近前却喜无人见。　　握手匆匆难久恋。还怕人知，但弄团团扇。强得分开心暗战，归时莫把朱颜变。　**大雅集**

（"还怕"四句）心事曲折传出。○韬光匿采，忧谗畏讥，可为三叹。

《词话》卷六（刻本卷五）：次章云（上阕），心事曲折传出。下云（下阕），韬光匿采，忧谗畏讥，可为三叹。

又

绿树阴阴晴昼午。过了残春，红萼谁为主。宛转花旛勤拥护，帘前错唤金鹦鹉。　　回首行云迷洞户。不道今朝，还比前朝苦。百草千花羞看取，相思只有侬和汝。　**大雅集**

词殊怨慕，次章言所谋有可成之机，此则伤所遇之卒不合也。◎怨慕之深，却又深信而不疑。想其中或有谗人间之，故无怨当局之语。然非深于《风》《骚》者，不能如此忠厚。

《词话》卷六（刻本卷五）：三章云（上阕），词殊怨慕。次章盖言所谋有可成之机，此则伤所遇之卒不合也。故下云（"回首"三句），悲怨已极。结云（"百草"二句），怨慕之深，却又深信而不疑。想其中或有逸人间之，故无怨当局之语。然非深于《风》《骚》者，不能如此忠厚。

又

残梦初回新睡足。忽被东风，吹上横江曲。寄语归期休暗卜，归来梦亦难重续。　　隐约遥峰窗外绿。不许临行，私语频相属。过眼芳华真太促，从今望断横波目。　**大雅集**

天长地久之恨，海枯石烂之情，不难得其缠绵沉着，而难得其温厚和平。

《词话》卷六（刻本卷五）：四章云（上阕），决然舍去，中有怨情，故才欲说便咽住。下云（下阕），天长地久之恨，海枯石烂之情，不难得其缠绵沉着，而难得其温厚和平。

相 见 欢

春愁直上遥山，绣帘闲。赢得蛾眉宫样、月儿

弯。　　云和雨，烟和雾，一般般。可恨红尘遮得、断人间。　**大雅集**

中白《相见欢》两篇，能将《骚》《雅》真消息吸入笔端，更不可以时代限也。

《词话》卷六（刻本卷五）：蒿庵《相见欢》云，次章云，二词用意用笔，超越古今，能将《骚》《雅》真消息吸入笔端，更不可以时代限也。

又

深林几处啼鹃，梦如烟。直到梦难寻处、倍缠绵。　　蝶自舞，莺自语，总凄然。明月空庭如水、对华年。　**大雅集**

瑞 鹤 仙

望钿车何处，香乍拂、暗锁一庭薄雾。云窗小院塼，恍屏山曲曲，纱笼珍护。玳梁几许，问海燕、芳踪可住。看红襟飘暼，重到画屏，漫把人误。　　苦忆年年远道，水驿山程，空怨零雨。莺声暗诉。催春至，共谁语。怕

高楼去后，花枝满眼，东风吹向绣户。更青青柳色，陌上费人凝伫。　大雅集

（"玳梁"五句）缠绵沉厚，似又深于碧山。

《词话》卷六（刻本卷五）：蒿庵《瑞鹤仙》云（"玳梁"五句），又云（下阕），又《垂杨》云（"觑睆"六句），又云（"凄楚"三句）。此类皆含无限情事，郁之至，厚之至，似又深于碧山。词至是，可以兴，可以怨矣。

垂　杨

东风几日，怎留人不住，更添金缕。觑睆流莺，依稀似欲迎人语。侬心纵使从君诉，奈飞燕、雕梁娇妒。傍长堤、一碧无情，任玉骢嘶去。　　凄楚连宵苦雨，竟沾水渍泥，不堪重顾。鬓已如丝，笛中偏惹闲情绪。柔枝袅娜谁攀折，但赢得、离愁几许。年年蹴地青青，休怨汝。　大雅集

（"觑睆"六句）暗含情事，郁之至，厚之至也。（"凄楚"三句）哀怨。

定 风 波

　　为有书来与我期，便从兰杜惹相思。昨夜蝶衣刚入梦，珍重，东风要到送春时。　　三月正当三十日，占得，春芳毕竟共春归。只有成阴并结子，都是，而今但愿着花迟。　**大雅集**

　　（"便从"四句）寄兴深远，耐人十日思。

　　《词话》卷六（刻本卷五）：蒿庵词，有看似平常，而寄兴深远，耐人十日思者。如《定风波》云，暗含情事，非细味不见。

菩 萨 蛮

　　人人都说江南好，今生只合江南老。水调怨扬州，月明花满楼。　　当时年少乐，湖上春衫薄。春水碧于烟，绿阴藏画船。　**大雅集**

　　《菩萨蛮》诸阕和平温厚，感人自深。温、韦后一千年来，此调久不弹矣，不谓于蒿庵见之，岂非快事？

　　《词话》卷六（刻本卷五）：蒿庵《菩萨蛮》诸词，全祖飞卿，而去其秾丽之态，略带本色，境地甚高。如："人人都说江南好，今生只合江南老。水调怨扬州，月明花满楼。"又："懒起学浓妆。偷闲绣凤凰。"又："轻云帘乍卷，香雾罗帷掩。记得嫁王昌，盈盈出画堂。"又："荼蘼开后群芳歇，绿阴满院听鹧鸪。窗外老莺声，都教和泪听。"又："人在木兰舣，春波度远江。"又："郎意若为寻，妾愁江水深。"又："楼头花事急，金雁无消息。怎得晚春时，薄情郎早归。"又："帘外几番风，香闺梦正浓。"和平温厚，感人自深。温、韦后，一千年来，此调久不弹矣。不谓于蒿庵见之，岂非快事？

又

阑干深院无人语，画屏金雀参差舞。懒起学浓妆，偷闲绣凤凰。　　轻云帘乍卷，香雾罗帏掩。记得嫁王昌，盈盈出画堂。　**大雅集**

又

荼蘼开后群芳歇，绿阴满院听鹧鸪。窗外老莺声，都教和泪听。　　日长人倦午，芳草蝴蝶舞。瘦损小腰围，翩翩金翅衣。　**大雅集**

（"窗外"二句）沉厚。

又

晓云和梦凝鸳帐，梨花如雪还相向。人在木兰舻，春波度远江。　　归来梦莫续，潜伴诸郎宿。郎意若为寻，妾愁江水深。　**大雅集**

（"郎意"二句）温雅芊丽，油然感人。

又

宫眉新样黄初吐，梦惊粉重西园雨。弱薄不胜衣，满园莺乱飞。　　楼头花事寂，金雁无消息。怎得晚春时，薄情郎早归。　**大雅集**

（下阕）怨慕之情，不同愤激语。

又

画桥绿水沽春酒，乌啼门外霏春柳。春色倍关心，闲庭芳草深。　　花丛人似月，忙煞飞来蝶。帘外几番风，香闺梦正浓。　**大雅集**

（"帘外"二句）态浓意远，直与飞卿化矣。

念 奴 娇

流云乍歇，又当空推出，一轮明月。月自多情能照我，怎奈我伤离别。鬓已成丝，眉常蹙黛，此后从谁说。那堪回首，班骓系岸时节。　　几回远寄鸾笺，深藏怀袖，字字愁磨灭。欲待将书重一读，读又柔肠千结。便得常留，也难相比，携手重亲接。不知今夜，梦魂可化蝴蝶。　**大雅集**

（下阕）缠绵往复。◎结从无可奈何中作此痴想，不作诀绝语，自是温厚。

《词话》卷六（刻本卷五）：蒿庵《念奴娇》后半阕云，怨慕之词，低回往复，结二语从无可奈何中作此痴想，不作决绝语，自是温厚。

真 珠 帘

熏风乍引齐纨扇，昼长时、独立阑干人倦。香袅曲帘深，恰湘纹初展。倚枕支颐情缱绻，浑不觉、梦儿萦转。流眄，怎栩栩随风，影都不见。　谁省茧纸敲窗，似有人几案，乱翻书卷。蓦地起相寻，见白云自远。烟草满川梅雨后，只肠断、江南何限。凄惋，对茶鼎沉沉，闲煎绿荈。　**大雅集**

（"蓦地"四句）意味甚深，不知其何所指。[①]

浪 淘 沙

衰柳暮栖鸦，楼畔残霞。珠帘半卷玉钩斜。恰好个人帘外坐，今日谁家。　旧事漫嗟呀，镜影窗纱。音书字字记无差。说不尽时抛却去，流水天涯。　**大雅集**

（下阕）言尽而意无穷，令人寻味不尽。

《词话》卷六（刻本卷五）：蒿庵词，有不知其用意所在，而不得谓之无因者。如《浪淘沙》下阕云，又《梦江南》云（"红袖"三句），不知其何所指，正令人寻味不尽。

---

　　① 此评录入《词话》卷六（刻本卷五）。

梦 江 南

　　芳草岸，岸上玉骢嘶。红袖满楼招不见，桥边杨柳细如丝。春雨杏花时。　大雅集

　　各有感触，正不以掇拾成语为嫌。

更 漏 子

　　玉楼寒，芳草碧，门外马嘶人迹。搴绣幕，拂银屏，风来夜不扃。　　应念我，偏相左，鱼钥重门深锁。书不寄，梦无凭，窗纱一点灯。　大雅集

　　自是脱胎于飞卿，而意味又自不同。①

凤凰台上忆吹箫

　　瓜渚烟消，芜城月冷，何年重与清游。对妆台明镜，欲说还羞。多少东风过了，云缥缈、何处勾留。都非旧，君还记否，吹梦西洲。　　悠悠，芳辰转眼，谁料到而

---

　　①　此评录入《词话》卷六（刻本卷五）。

今，尽日楼头。念渡江人远，侬更添忧。天际音书久断，还望断、天际归舟。春回也，怎能教人，忘了闲愁。　**大雅集**

幽绝深绝。纯是《风》《骚》变相，温、韦几非所屑就，尚何有于姜、史？①

青门引

梦里流莺啭，唤起春人都倦。研笺莫漫去题红，雨丝风片，帘幕晚阴卷。　　碧云冉冉遥山展，去也无人管。便寻画篚螺黛，可堪路隔天涯远。　**大雅集**

情怀万种，欲言难言，极沉郁之致。②

踏莎行

斜日楼台，平芜道路。玉骢嘶去无寻处。断霞一抹远山横，东风忽送行云住。　　美景匆匆，华年负负。

---

① 此评"纯是"以下录入《词话》卷六（刻本卷五）。
② 此评录入《词话》卷六（刻本卷五），"情怀万种"作"怨深愁重"。

当筵空把金樽舞。樽中余沥且休挥，明朝帘外迷红雨。
大雅集

（"樽中"二句）凄警绝伦，不同凡艳。[1]

丑奴儿慢

飞来燕燕，惊破绿窗残梦。看多少、花昏柳暝，云暗烟笼。望帝春心，枝头曾否解啼红。阑干曲曲，柔丝细细，愁杀游蜂。　　长记那时，成蹊桃李，一样鲜秾。到此际、风风雨雨，谁写春容。迢递仙源，何人寻约到山中。蛾眉休说，入门时候，妒恨偏工。　　**大雅集**

此词忧愁幽思，骨高味古，几欲突过中仙。◎此感士不遇也，结更深一层说。

《词话》卷六（刻本卷五）：蒿庵《丑奴儿慢》云，此感士不遇也，结更深一层说。骨高味古，几欲突过中仙。

侧　犯

稀红怨绿，淡匀宫粉新妆靓。顾影，看寂寞无言、

---

[1]　此评录入《词话》卷六（刻本卷五）。

泪清莹。荒苔迷草色，萝月遮花径。风定，蟜尾宴，杯空醉还醒。　　金铃暗触，底事留芳信。空记省，廿番风、蜂蝶还相并。见说韶华，不堪问讯。幽恨待教，暗窥明镜。　**大雅集**

（下阕）托意甚微，亦不知其何所指。

菩萨蛮

宝函钿雀金泥凤，钗梁敧侧云鬟重。莫遣梦儿酣，江南春色阑。　　音书金雁断，芳草芙蓉岸。当户理机丝，年年战士衣。　**大雅集**

意似有所刺。原本五章，今录其二。

《词话》卷六（刻本卷五）：此蒿庵《菩萨蛮》词也。意亦有所刺，而笔墨又别，正不必袭温、韦陈迹。

又

六铢衣薄迷香雾，画屏曲曲山无数。生小爱新妆，输人眉黛长。　　梦回深院静，月过秋千影。宫里醉西

施，乌啼台上时。　**大雅集**

水 龙 吟 和秦淮海

　　小窗月影东风，碧纱笼外轻寒骤。绣奁暂掩，闲门半启，夜阑相候。不见连朝，新来岁月，游踪曾有。看春光满眼，王孙草色，离离远迷荒甃。　　犹记去年别后，恰依稀、探春时又。客中意绪，愁道东阳，为君消瘦。燕子雕梁，飞花巷陌，一般搔首。更天涯是处，流莺满院，说新和旧。　**大雅集**

　　此篇用笔稍疏，但总未只字说破，意境仍自深厚。

王荫祜

　　字子受，号菊龛，真定人。附生，官江苏角斜场大使。有集，词附。

　　《词话》卷七（刻本卷五）：道农以其尊翁菊龛（荫祜）姻丈《满江红》四篇示余，（其一，"弹铗"六句、"湘汉"二句；其二，"柳色"四句、"杜老"二句；其三，下阕；其四，"对此"六句、"怕阶"四句。）感激豪宕，直可摩迦陵之垒。

满 江 红 四首 咸丰甲寅，客海州，与王子扬、刘子谦、殿埙、许牧生、吴莲卿、周廉廷、张溥斋朝夕过从，觞咏甚乐。吴介轩用少陵《饮中八仙歌》韵赋诗，矜宠之。离隔以来，几陈迹矣。今廉廷便涂见过，谓已绘图留证堕欢，命曰"海国骚音"，兼示所作弁言及诸贤题咏。怅触往梦，不能无言。

弹铗悲吟，问谁是、平津侯者。尽年来、怀中刺灭，琴前曲寡。一例空堂栖燕雀，虚名随处拼牛马。甚海滨、翻值钓鳌人，争相迓。 延陵季，词源泻。高阳裔，才名亚。又客星几点，攒眉结社。湘汉骚人联棣萼，张王乐府争雄霸。镇多情、把臂到狂奴，论风雅。 放歌集

（"弹铗"六句）慨当以慷，"悲风为我从天来"。

又

击钵声声，浑不为、风云月露。算都是、苍茫身世，郁怀喷吐。柳色虹桥惊战伐，菊花九日伤迟暮。尽旁人、肿背诧驼峰，甘陵部。 仙耶怪，予和汝。床上下，人三五。仗彩毫收入，浣花旧谱。杜老风华传绮季，酒龙序次排诗虎。只齿牙、余论我难胜，公其误。 放歌集

（上阕）一片感慨，不仅以蹈扬湖海为工。

又

顾曲雄才，合放尔、出人头地。尚关心、西园余韵，再翻图记。鸿爪印留修褉帖，龙头人似催租吏。倚征篷、促和右军诗，斜阳里。　　君且去，门须闭。侬便学，陈无己。待哀猿啼彻，恐应出涕。偶破天悭成此会，再联萍影谈何易。看眼中、落落聚星群，还余几。　**放歌集**

（下阕）笔意动荡，不可羁缚。

又

对此茫茫，没着落、愁人一个。浑不耐、堕欢如梦，乱愁如火。聚合何关神鬼忌，抛离忍使因缘左。诵河梁、五字断肠诗，铅波堕。　　休便说，刘琨卧。佑浪炙，淳于髡。怕阶前尺地，也难容我。谁续罪言怜杜牧，枉传仙侣伴张果。问何年、位业纪真灵，弹冠贺。　**放歌集**

（上阕）感激豪宕。（"怕阶"六句）悲歌慷慨，去路亦肮脏不平。

李慎传

字子薪，丹徒人。同治庚午年举人，官上元县教谕。有《植庵集》，词一卷。

子薪，余故友也。年逾四十始习倚声，学力未充，而才气甚旺。使天假之年，未始不可为迦陵嗣响。录存数阕，每一展卷，为之泫然。

《词话》卷七（刻本卷五）：《植庵词》一卷，余友李子薪（慎传）所撰也。子薪年逾四十，始习倚声。学力未充，而才气甚旺。使天假之年，未始不可为迦陵嗣响。《贺新凉》六阕，余录入《放歌集》中，所以存旧交也。

贺 新 凉 凉夜不眠，感昔有作，六首。

风雨飞来骤。乍惊人、嫩凉天气，近秋时候。暑病才苏心偏怯，冷露森森湿袖。渐半壁、灯摇红豆。哀乐中年多少事，几何时、促似城头漏。怀曩昔，梦都旧。　　少年努力期成就，蓦无端、潘郎头白，沈郎腰瘦。一夜西风催摇落，惹我愁丝入扣。休再较、卢前王

后。惟有桃笙堪结契，耐轻寒、不睡常偎守。凄切泪，
染衫透。　**放歌集**

又

才气工驰骤。忆从前、年方弱冠，峥嵘之候。卓荦
胸怀观书史，一卷高文自袖。笑腐竖、眼光如豆。北固
山头供啸傲，尽豪怀、吸尽长江漏。题句处，墨痕
旧。　　子由学业欣同就，斗吟笺、机云相埒，何分肥
瘦。富贵于吾探囊耳，一任名缰牵扣。也莫问、祖刘先
后。高卧元龙楼百尺，气如虹、俯视娜嬛守。今古事，
勘都透。　**放歌集**

此章追叙少年情事。

又

壮志摧残骤。十余年、仓皇离乱，愁逢谍候。席帽
随身难抛却，空舞长沙短袖。问栈马、何求刍豆。同学
少年多不贱，就丹砂、我欲寻句漏。全扫却，雪泥
旧。　　功名福泽休轻就，暗思量、蝉声带恨，鹤姿原

瘦。身世升沉无须说，不待君平询扣。纵得意、瞠乎已
后。击碎珊瑚歌慷慨，老生涯、底事青毡守。通与塞，
料先透。　放歌集

跟上章来，叙壮年身世之感。（"纵得"五句）"富贵应须致身
早"，同此感慨。

又

捧檄催人骤。叹一官、懒如庙祝，拙如门候。十里
秦淮风雪夜，赢得酒痕浣袖。挤痛嚼、王敦澡豆。柳色
台城无意绪，恨长条、枉把春光漏。狂剧矣，尚如
旧。　　萍踪知己时相就，甚关情、苏禅张醉，郊寒岛
瘦。结伴寻秋南朝寺，枯树马缰稳扣。论好古、嗟余生
后。一霎胜游泡影去，悄衙斋、明月谁为守。思铸错，
汗都透。　放歌集

此章叙服官上元。

又

秣马尘中骤。历齐燕、几重山水，几多亭候。尺五

宣南知交客，谁作文章领袖。共旅馆、闷吟盘豆。罗隐才华原有用，只朱衣、误把名儿漏。天末感，怅怀旧。　　七年三度公车就，记那时、酒阑灯炝，月肥花瘦。遮莫尊前杨枝曲，醉极唾壶欲扣。冷眼看、青云满后。一事无成成落魄，让愁魔、有意来相守。明岁计，莫参透。　**放歌集**

此言北上不得志。

又

日月驰如骤。念生平、热肠侠气，不逢其候。余事吟哦成何用，观者胡卢掩袖。到不若、南山种豆。欲拜空王除恼障，猛惊闻、邻寺传钟漏。欢喜境，总非旧。　　寒虫得过须将就，奈诗人、山头饭颗，杜陵消瘦。白发缘愁三千丈，难说流光绾扣。何况冀、扬云身后。河汉微云梧叶露，冷惺忪、梦境吾何守。窗隙影，月斜透。　**放歌集**

总收六篇。（"河汉"四句）眼前景作去路。

钗 头 凤

相思字，更番记。怀中已露千金意。衣佯整，钗难稳。欲言又住，低头为甚。肯，肯，肯。　　灯花坠，虫声碎。珊珊细步来犹未。慵欹枕，楼头冷。不应爽约，累人痴等。怎，怎，怎。　**闲情集**

（"欲言"五句）信得妙。（"不应"五句）疑得妙。

唐　煜

字少白，丹徒人。附生。

少白与余为中表弟兄，年少工词，后困于衣食，未能充其学力之所至，年未五十下世，可叹也。

《词话》卷七（刻本卷五）：吾乡唐少白（煜），与余为中表弟兄，年少工词，后困于衣食，未能充其学力之所至，年未五十下世，可叹也。犹记其《金缕曲》（登岱）二章云，笔意豪迈，亦板桥之流亚。

金 缕 曲 登岱二首

此是擎天柱。峙岩岩、青连不断，平分齐鲁。老柏苍松高十丈，对着罡风絮语。犹自说、秦皇汉武。欲识前朝兴废事，把山灵、唤起谈今古。哭还笑，歌复舞。　　望中遥见金阊路，人道是、孔颜师弟，登临之处。白马当时疑匹练，只今变为烽火。忍细认、江南故土。天设此山南北限，为神京、万古撑门户。愁飞鸟，尚难度。　**放歌集**

（"忍细"五句）庄丽雄阔。

又

万仞丹梯路。其中有、神房阿阁，秦碑汉树。下视齐州烟九点，上接青天尺五。占膏壤、中居于鲁。西望长安东瞰海，更北连、燕赵南吴楚。小天下，空寰宇。　　一声长啸千山暮，却杂入、村夫樵唱，牧童笛谱。峭壁巉岩云乱涌，怪石嵯峨如虎。有松柏、凌风而舞。问有仙缘能遇否，已石闾、烟锁无仙住。收胜境，付金缕。　**放歌集**

（上阕）面面都到，是何神勇！

白雨斋词选卷二十四

清词十二

冒褒

见《倚声初集》。褒字无誉，如皋人。冒襄弟。有《铸错轩诗草》。①

浣 溪 沙 春寒

翠被生寒宝篆斜，银河半炷透窗纱。旧时闲事记些些。　　懒向重帏松扣领，谁来隔院理琵琶。自携残腊照梅花。　**闲情集**

（"旧时"句）婉妙。

欧阳德榕

见《古学指南集》。德榕字惺堂，江西安福人。诸生，由拔贡官彭

---

① 小传原无，依例补。

泽教谕。有《归去来词集》。①

长 相 思

云苍苍，树苍苍，云树苍苍独雁翔。秋来愁怎当。　　山茫茫，水茫茫，真见偏稀梦见长。相思天一方。　**闲情集**

（"真见"二句）语浅情长，低回哀怨。

西泠酒民

有《酣酣词钞》一卷。

绣 带 儿

金屑小桃春，愁锁绿眉颦。一种风情抛也，偏做别离人。　　何处芷萝邨，倚碧槛、忆断黄昏。水云沙草，青枫白露，两下销魂。　**闲情集**

---

① 小传原无，依例补。

酣酣子词，一片伤心，寄情言外，读者当别具会心，不可泥迹求之也。

沙塞子

休将醽醁破愁城，除非是、常醉无醒。空赢得、夜阑人静，泪转盈盈。　　隔帏还剩小红灯，荧荧影、斜照秦筝。恁无语、沉檀添炷，背立云屏。　**闲情集**

（"除非"三句）恨深怨极，寥寥数语，极淋漓之致。

谒金门 江楼

江楼晚，帆影橹声争乱。剩得夕阳刚一线，任风吹不见。　　燕子也应飞倦，误入谁家深院。只有双鸥眠水浅，愁人凝泪眼。　**别调集**

（"剩得"二句）言外有无穷哀感，极耐玩索。

蝶恋花 秋日湖上

一片明湖歌舞旧。景色萧骚，恁处堪回首。波上残

荷堤上柳，秋山都被西风瘦。　　扑面黄尘吹满袖。寒入香林，宾雁来时候。云破穷阴纤月逼，会须重醉当炉酒。　　**别调集**

（"恁处"三句）凄凉哀怨，如读《黍离》《麦秀》之歌。（"云破"二句）语极快乐，意极悲凉，一片伤心，言外可会。

无名氏
见《冷庐杂识》。

双调南乡子　题荏平旅壁二首，赠歌者秋桂。

茅店月昏黄，不听清歌已断肠。况是鹍弦低按处，凄凉，密雨惊风雁数行。　　我自鬓毛苍，怪汝鸦雏恨也长。等是天涯沦落者，苍茫，烛炧尊空泪满裳。　　**放歌集**

是下第后有托，而言语绝凄警。

又

宛转拨檀槽，浑是秋江涌怒涛。乐府于今如吃语，

魂销，劝汝人前调莫高。　　　上客郁轮袍，惭愧村姝慢捻挑。卿唱新词吾亦和，萧骚，今古怜才是尔曹。　**放歌集**

（"劝汝"句）曲高和寡，千古同慨。

高　云

盘山寺僧。

踏　莎　行 寄花影庵主

漏静钟鸣，霜寒月冷。群阴剥尽春将醒。满腔碧血阿谁知，百年心事传花影。　　　去去留留，潜潜等等。高云一样踪无定。玲珑梦破玉壶中，翩翩光映摩尼顶。
别调集

起三句似语录，"满腔"二句极愤懑，殆隐于僧者耶？◎"高云"句插入自己，趣甚。

西湖老僧

点 绛 唇

来往烟波，此生自号西湖长。轻风小桨，荡出芦花港。　　得意高歌，夜静声偏朗。无人赏，自家拍掌，唱得千山响。查恂叔《词话》："茂州陈时若大牧最喜歌此调，云武林一老僧所填《点绛唇》也，忘其名。余闻之，辄录出，往复咏叹，音调超绝。噫！此亦红姜老人之俦匹也。"　**放歌集**

一片化机，古今绝调。〇一本作"唱彻千山响"，然"彻"字不及"得"字。

《词话》卷九（刻本卷七）：僧之能词者，除西湖老僧《点绛唇》一阕外，鲜有佳者。此词亦非正声，然其中有一片化机，未可浅视。

徐 灿

字湘蘋，长洲人。陈之遴室。有《拙政园诗余》三卷。

《词话》卷七（刻本卷五）：闺秀工为词者，前则李易安，后则徐湘蘋。明末叶小鸾，较胜于朱淑真，可为李、徐之亚。◎国朝闺秀工词者，自以徐湘蘋为第一。李纫兰、吴蘋香等，相去甚远。

少 年 游

　　衰杨霜遍瀛陵桥，何物似前朝。夜来明月，依然相照，还认楚宫腰。　　金尊半掩琵琶恨，旧谱为谁调。翡翠楼前，胭脂井畔，魂与落花飘。　**大雅集**

　　感慨苍凉，似金元人最高之作。◎结句外凄警而内少精义。

踏 莎 行

　　芳草才芽，梨花未雨。春魂已作天涯絮。晶帘宛转为谁垂，金衣飞上樱桃树。　　故国茫茫，扁舟何许。夕阳一片江流去。碧云犹叠旧河山，月痕休到深深处。
大雅集

　　（"夕阳"三句）笔意高超，音节和雅，在五代、北宋之间。

　　《词话》卷七（刻本卷五）：湘蘋《踏莎行》云："碧云犹叠旧河山，月痕休到深深处。"既超逸，又和雅，笔意在五代、北宋之间。

满 江 红 闻雁

　　既是随阳，何不向、东吴南越。也只在、黄尘燕市，共人凄切。几字摧残风雨夜，一声叫落关山月。正瑶琴、弹到望江南，冰弦歇。　　悲共喜，工还拙。廿载事，心间叠。却从头唤起，满前罗列。凤沼渔矶何处是，荷衣玉佩凭谁决。且低飞、莫便入高云，明春别。　　**大雅集**

　　意惬飞动，姿态绝饶。

永 遇 乐 舟中感旧

　　无恙桃花，依然燕子，春景多别。前度刘郎，重来江令，往事何堪说。逝水残阳，龙归剑杳，多少英雄泪血。千古恨、河山如许，豪华一瞬抛撇。　　白玉楼前，黄金台畔，夜夜只留明月。休笑垂杨，而今金尽，秾李还销歇。世事流云，人生飞絮，都付断猿悲咽。西山在、愁容惨黛，如共人凄切。　　**放歌集**

　　全章精炼，运用成典，有唱叹之神，无堆垛之迹，不谓妇人有此杰笔，可与李易安并峙千古矣。

浣 溪 沙 春归

金斗香生绕画帘，细风时拂两眉尖。绣床针线几曾添。 数点落花红寂寂，一庭芳草雨纤纤。不须春病也恹恹。 **闲情集**

（下阕）凄丽而和雅，无纤佻之习。

水 龙 吟 春闺

隔花深处闻莺，锁窗一霎东风骤。浓阴侵幔，飞红堆砌，殿春时候。送晚微寒，将归双燕，去来迤逗。想冰弦凄鹤，宝钗分凤，别时语、无还有。 怕听玉壶催漏，满珠帘、月和烟瘦。微云卷恨，春波酿泪，为谁眉皱。梦里怜香，灯前顾影，一番消受。恰无聊、问取花枝，人长闷，花愁否。 **闲情集**

（"送晚"六句）绵丽得北宋遗意。（"满珠"七句）神味渊永，固自不让李易安。

临 江 仙

不识秋来镜里，个中时见啼妆。碧波清露璨红香。莲心羞结，多半是空房。　　低阁垂杨罢舞，窥帘归雁成行。梦魂曾到水云乡。细风将雨，一夜冷银塘。　　**别调集**

（"碧波"三句）触物生愁。（"梦魂"三句）绝去纤冶之习，乃见凄艳。

风 中 柳

春到眉端，还怕愁无着处。问年华、替谁为主。怨香零粉，待春来怜护。被东风、霎时催去。　　日望南云，难道梦归无据。遍天涯、乱红如许。丝丝垂柳，带恨舒千缕。这番又、一帘梅雨。　　**别调集**

（"怨香"三句、下阕）意缠绵而语沉郁，居然作手。

满 江 红 示四妹

碧海苕溪，弹指又、一年离别。看过眼、倦杨青老，

怨桃红歇。相约每期灯火夜，相逢长是葵榴月。倩残灯、
唤起半生愁，今宵说。　　采莲沼，香波咽。斗草径，
芳尘绝。痛烟芜何处，旧家华阙。娇小凤毛堂构远，飘
零蝉鬓门楣子。拂银罂、谱向玉参差，声声血。　**别调集**

（"倦杨"二句）炼字炼句。（"相约"四句）运笔空灵，遣词沉
着，不落小家数。（"娇小"四句）缘情生文，慰叹兼至。

又 将至京寄素庵

柳岸欹斜，帆影外、东风偏恶。人未起、旅愁先到，
晓寒时作。满眼河山牵旧恨，茫茫何处藏舟壑。记玉箫、
金管振中流，今非昨。　　春尚在，衣怜薄。鸿去尽，
书难托。叹征途憔悴，病腰如削。咫尺玉京人未见，又
还负却朝来约。料残更、无语把青编，愁孤酌。　**别调集**

（"人未"六句）有笔力，有感慨，偏出自妇人手，奇矣。（"咫
尺"二句）措语绝生动，真是奇才。

满 庭 芳 寒夜别意

水点成冰，离云愁暮，能禁几阵凄风。绮窗吟寂，

频倚曲阑东。梦短宵长难寐，听不了、点滴铜龙。销魂也，梅花憔悴，飞雪断来鸿。　　翠帏，春乍透，鸳鸯香冷，两地愁同。只天涯离别，如此匆匆。争奈多愁多病，无头闷、一夜惺忪。风摇处，兽环双控，银烛影微红。　**别调集**

（"梅花"二句）凄警。◎结笔凄婉而温雅。

柳　是

字如是，嘉兴人。归虞山钱氏。

金　明　池　咏寒柳

有恨寒潮，无情残照，正是萧萧南浦。更吹起、霜条孤影，还记得、旧时飞絮。况晚来、烟浪迷离，见行客、特地瘦腰如舞。总一种凄凉，十分憔悴，尚有燕台佳句。　　春日酿成秋日雨，念畴昔风流，暗伤如许。纵饶有、绕堤画舫，冷落尽、水云犹故。念从前、一点春风，几隔着重帘，眉儿愁苦。待约个梅魂，黄昏月淡，与伊深怜低语。　**别调集**

（上阕）情景兼到，用笔亦洒落有致。（"待约"三句）去路甚别致。

侯承恩

字孝仪，嘉定人。有《盆山词钞》一卷。

捣 练 子

情脉脉，思悠悠，花自纷飞水自流。青鸟不来春又尽，含愁无那倚妆楼。 **别调集**

小令以婉约为宗，须言尽而意不尽。"青鸟"七字，极婉约之致。

吴 芳

字芳英，秀水人。徐然室。

阮 郎 归 寄远

东风吹就雨廉纤，慵将针线拈。暗愁多半上眉尖，残灯和泪添。 罗帐冷，髻鬟偏，无言且独眠。欲凭

清梦到君边，谁知梦也悭。 **别调集**

（"欲凭"二句）叠进一层，更见凄警。

钟 筠

字葊若，仁和人。仲某室。有《梨云榭诗余》三卷。

减字木兰花 春晓

晓莺破梦，九十春光谁与共。望眼迷离，粉蝶梨花一处飞。　　东风无力，小院回廊春寂寂。悄傍妆台，明镜无端引恨来。 **别调集**

（"悄傍"二句）凄感之词，笔力颇健。

张学雅

字古什，太原人。张佚女。流寓苏州，早卒。

菩萨蛮

纤纤眉月窥帘小，夜深人静闲庭悄。香袖倚栏干，

玉阶花露寒。　　钿筝弦断续，懒奏归云曲。微湿素笺红，灯前带泪封。　**别调集**

（"香袖"二句）凄艳似飞卿语。

蝶 恋 花

紫燕双飞春去了。桃李枝头，留得春多少。帘箔重重人悄悄，相思一半萦芳草。　　空忆故园归去好。正是池塘，绿满荷钱小。深院垂杨烟缭绕，落红荒榭啼鹃老。　**别调集**

（"帘箔"二句）离愁满纸。

烛影摇红 秋思

摇落江天，一庭淡日闲清昼。素衣时怯晓风侵，睡起笼金兽。病后东阳消瘦，凭高几度空回首。篱边疏菊，天际孤鸿，年光依旧。　　不解双蛾，偏将恼恨深深覆。莲房泣露粉香愁，池水风吹皱。昨夜雨轻寒骤，海棠满砌胭脂透。暮蝉疏柳，黄叶堆阶，断肠时候。　**别调集**

（"病后"五句）旅怀寂寞，触处凄凉，哀感如此，所以不永年也。

沈关关

字宫音，吴江人。

临 江 仙

春睡恹恹如中酒，小庭闲步徘徊。雨余新绿遍苍苔。落花惊鸟去，飞絮卷愁来。　　才觉春来春已暮，枝头累累青梅。年光一瞬总堪哀。浮云随水逝，残照上楼台。　**别调集**

（"落花"二句）造句精警。（"浮云"二句）情词并美，笔力亦佳。

叶宏缃

字书城，昆山人。有《绣余词草》。

望 江 南

人别后，独自倚窗纱。画谱懒图连理树，绣床羞刺

并头花。愁思近来加。 **闲情集**

结五字婉约。

踏 莎 行 秋闺

寒雁侵吟，篱花伴绣。萧疏一派秋时候。曲栏倚遍
望天涯，斜阳断处青山瘦。　　屏掩银床，篆喷金兽。
芭蕉影压疏帘绉。那堪月上又黄昏，声声露滴芙蓉漏。

别调集

（"芭蕉"三句）清丽纤徐，最耐人思。

浣 溪 沙 题女史杨倩玉《远山遗集》

吹落双星雁独归，断魂残梦绕花枝。西风冷落旧罗
帏。　　黛笔难描索笑影，泪珠抛作乱红飞。挑灯读遍
远山词。 **别调集**

（上阕）字字凄艳。

秦清芬

忆 江 南

人静也，独自怯凭栏。戏剥瓜仁排梵字，闲将盏底印连环。无事上眉弯。 **闲情集**

纤巧语，小有聪明。

孙云凤

字碧梧，析州孙令宜廉使之长女，嫁程氏。

少 年 游

淡扫蛾眉，轻盘螺髻，妆罢更涂黄。云母屏前，水晶帘外，荷气杂衣香。　　晚来放艇波心去，独自觅清凉。笑摘青莲，故惊女伴，隔水打鸳鸯。 **闲情集**

（"笑摘"三句）似马浩澜一派，然语却聪明。

菩 萨 蛮

玉阶露冷虫声咽，珠帘影透玲珑月。长夜梦难成，秋窗不肯明。　　柳眉花似脸，镇日深闺掩。人立小栏干，莺花春正残。　　**别调集**

后半雅近飞卿。

孙云鹤

字兰友。析州孙令宜廉使之次女，嫁金氏。

点 绛 唇

村柝声寒，乡关梦断三更过。纸窗风破，一点残灯堕。　　静院无人，独自开帘坐。重门锁，梅花和我，对月成三个。　　**别调集**

（"重门"三句）洒脱可喜。

张玉珍

字蓝生，一字清河，江南华亭人。嫁太仓金瑚秀才，早寡。有

《得树楼词》。

金缕曲 余自遭变以来，久抛笔砚，春光通半，肠断泪流，无可自解，聊寄长调，以写悲怀。

小院春寒冽。又无端、过了清明，断肠时节。剪纸招魂招不得，路黑关山影灭。但只有、愁心凝结。五载离情空缱绻，苦而今、踪迹成鸿雪。歌宛转，复呜咽。　　林中杜宇应啼血，看天边、月缺犹圆，几曾常缺。命薄红颜千古恨，旧事何堪重说。化梦里、双飞蝴蝶。一霎光阴如露电，愿黄泉、碧落休言别。生已负，死同穴。　**别调集**

（"剪纸"三句）惨戚愔凄，声尽气咽，不必计其句调之工拙也。

祝英台近 病起

雁书沉，芳信远，丽句写纨扇。小极无聊，睡也几曾倦。纵有鸿雪行踪，絮泥心事，都付与、旧时莺燕。　　蜡灯泫，早又院落黄昏，萤火两三点。曲录栏干，不语苦凭遍。倩携绿绮轻弹，一天离恨，任香影、

回风低卷。 **别调集**

（下阕）曲折哀怨，一片血泪。

清 平 乐

　　药铛茶臼，病骨闲消受。愁到眉心频敛皱，不是秋来才瘦。　　无言闷拍阑干，西风早报轻寒。回首乡关迢递，负他红树青山。 **别调集**

　　（"不是"句）刻骨之痛，情见乎词。（"回首"二句）凄惋闲雅。

沈湘云

字绮琴，江阴人。王氏青衣。有《峡水余音》。

淡 黄 柳 归舟咏蝉

　　寒蝉乍咽，桥外停兰楫。一带江村残雨歇。听到五更欲断，淡月萧疏又秋色。　　这时节，梦儿乍成得，橹声苦、响偏急。记乌衣巷柳曾相识。卷起孤篷，迢迢

往事，一树无情自碧。 **别调集**

吴蘋香

著有《花帘词》一卷。

《词话》卷九（刻本卷七）：双卿词，怨而不怒，可感可泣。吴蘋香则怨而怒矣，词不逮双卿，其情之可悯则一也。

河 传

春睡，刚起，自兜鞋，立近东风费猜。绣帘欲钩人不来，徘徊，海棠开未开。 料得晓寒如此重，烟雨冻，一定留春梦。甚繁华，故迟些，输他，碧桃容易花。 **大雅集**

（下阕）自写愁怨之作，宛转合拍，意味甚长。

《词话》卷七（刻本卷五）：蘋香词可取者，如《河传》云（下阕），自写愁怨之作，宛转合拍，意味甚长。

祝英台近 咏影

曲阑低，深院锁，人晚倦梳裹。恨海茫茫，已觉此身堕。那堪多事青灯，黄昏才到，又添上、影儿一个。　　最无那，纵然着意怜卿，卿不解怜我。怎又书窗，依依伴行坐。算来驱去应难，避时尚易，索掩却、绣帏推卧。　放歌集

蘋香父夫俱业贾，两家无一读书者，而独呈翘秀，殆有夙慧也。词意不能无怨，然其情亦可哀矣。[1]

浪淘沙

莲漏正迢迢，凉馆灯挑。画屏秋冷一枝箫。真个曲终人不见，月转花梢。　　何处暮砧敲，黯黯魂销。断肠诗句可怜宵。欲向枕痕寻旧梦，梦也无聊。　闲情集

措语轻圆，亦不免习气。○蘋香初好读词曲，或劝之曰："何不自作？"遂援笔赋《浪淘沙》一阕云云，一时湖上名流传诵殆遍。

《词话》卷七（刻本卷五）：吴蘋香《浪淘沙》云，此亦郭频伽、杨荔裳流亚。韵味浅薄，语句轻圆，所谓隔壁听之，铿锵鼓舞者也。

---

① 此评录入《词话》卷七（刻本卷五），并录原词。

如 梦 令 燕子

　　燕子未随春去，飞入绣帘深处。软语话多时，莫是要和侬住。延伫，延伫，含笑回他不许。　闲情集

　　（"延伫"三句）风流蕴藉，有意无意之间。

柳 梢 青 题《无人院落图》

　　不索烧茶，一重帘卷，几摺栏遮。杨柳楼台，桃花世界，燕子人家。　　东风幅幅窗纱，望翠袖、非耶是耶。鹦鹉前头，秋千背面，没处寻他。　别调集

　　"杨柳"三语清丽，无人意言外自见。（"鹦鹉"三句）锦心绣口，语极圆脆。

李　畹

字梅卿，冯柳东室。

南 歌 子 寒夜

　　细点瓜蘦谱，闲栽萱草花。三年为妇惯贫家，且喜

芦帘纸阁、手同叉。　　兽火温箫局，蛾灯罢纺车。戏他小女绾双丫，懒放金针今夜、较寒些。　**闲情集**

（上阕）语亦朴实。（"戏他"二句）芊绵温婉，音节自佳。

何月儿

乩仙。

鹧鸪天

整束簪环下碧宵，教人肠断念奴娇。曲房空剩残香粉，独对潇湘忆翠翘。　　寻别话，酌清醪，盈盈徐送小红桥。从今不伴烟霞客，爱向风前斗柳腰。

（"从今"二句）仙人亦不能忘情也。

李纫兰

长洲人。有《生香馆词》。①

————————

　① 李纫兰，名佩金，字纫兰，一字晨兰。邦燮女，何湘室。

卖 花 声 暮春感赋

眉影控帘钉，花补苔痕。满身香雾嫩寒侵。怨入杜鹃声里血，独自愁吟。　　玉笛撼离情，草长红心。月钩空吊美人魂。怜尔为花犹命薄，何况侬今。　**别调集**

（下阕）凄婉沉至，押"今"字韵尤极逋峭。

菩 萨 蛮 秋夜书怀

冰轮碾破遥空碧，砧声敲冷相思夕。望断雁来天，潇湘烟水寒。　　玲珑花里月，知否人间别。一样去年秋，如何几样愁。　**别调集**

（"望断"二句）雅韵欲流。（"一样"二句）宛转悲凉。

蝶 恋 花

记得黄昏耽静坐。宠柳娇花，春恨吟难妥。珠箔飘灯风婀娜，四围碧浪春痕簸。　　谱就红盐兰烛堕。击碎珊瑚，唱彻谁人和。提起闲愁无一可，泪丝弹瘦缃桃

朵。 **别调集**

（"四围"句）炼句炼字。

露 华 残月

星疏云敛，正莲漏将残，树影低转。忽逗惺忪，依
旧一痕秋浅。怜渠那忍先眠，夜夜照人清减。还知否，
眉梢恨多，偏是侬见。　　小庭暑退纨扇，便误拜深深，
香袅心篆。争奈一回凝伫，一回长叹。剩得前度闲愁，
挂在宝帘银蒜。罗衣冷，花魂和梦销黯。 **别调集**

"偏是侬见"四字凄警，中含无限悲怨。（"剩得"四句）凄艳
直似鬼语。

金 缕 曲 阑干

梵字①随花转。正销凝、孤鸿影里，斜阳庭院。一桁
翠帘波瑟瑟，依约隔花曾见。渺天际、娇云弄晚。背立
东风空徒倚，奈离愁、曲曲都萦遍。认千点，啼红

①　"字"，底本作"字"，据《生香馆词》改。

怨。　　　低徊怕问闲池馆，剩依然、杏梁双燕，惜春微叹。寂寞海棠红晕近，只是看花人远。再软踏、苔衣寻遍。十二碧城天似水，嵌玲珑、夜月春痕浅。又试拍，轻魂唤。　**别调集**

（"背立"四句）悲怨中一唱三叹，极其缠绵。（"十二"二句）"秋水楼台，淡不可画"，语意似之。

又　题黄仲则《悔存词》后，即用其赠汪剑潭韵。

展卷灵光放。罨银屏、玉蕤烟烬，冷吟闲望。读到夜窗虚似水，百斛泪珠难量。可只为、落梅凄怅。真向百花头上死，倩二分、明月和愁葬。疏影淡，暗香荡。　　　奇才合住青冥上，想当时、裁红晕碧，清狂情况。叹息词人零落尽，只有青山无恙。对衰草、斜阳门巷。小雨滴残秋梦瘦，怪金飙、凉透朱樱帐。正绕砌，乱蛩响。　**别调集**

（"倩二"三句）出笔凄怨，正如寒潭吊影，落花辞枝。◎"小雨"七字警绝。

曹玉雨

西江人。有《撷芳馆词》。

玉 漏 迟 灯

绿阴凉月暗，湘帘欲下，纱笼漫卷。病起支离，瘦影怕教重见。休认夜珠一点，系多少、春愁秋怨。思无限，香消漏尽，酒阑歌散。　　曾记旧日兰闺，正剪烛分题，尚嫌宵短。争似而今，只解照人肠断。况对疏窗冷雨，更独倚、熏篝挑倦。乡梦远，心绪落花零乱。　　别调集

（"休认"二句）凄警。〇笔意亦雅近南宋诸家。

双 卿

见《西青散记》。

双卿负绝世才，秉绝代姿，为农家妇，姑恶夫暴，劳瘁以死。生平所为诗词，不愿留墨迹，每以粉笔书芦叶上，以粉易脱，叶易败也。其旨幽深窈曲，怨而不怒，古今逸品也。余录其词十二阕，并附录《西青散记》数则，令阅者同声一哭焉。〇按：史梧冈《西青散记》载双卿事甚详，或疑其寓言，亦刻舟之见。

《词话》卷七（刻本卷五）:《西青散记》载绡山女子双卿词十二阕。双卿负绝世才,秉绝代姿,为农家妇,姑恶夫暴,劳瘵以死。生平所为诗词,不愿留墨迹,每以粉笔书芦叶上,以粉易脱,叶易败也。其旨幽深窈曲,怨而不怒,古今逸品也。(史梧冈《西青散记》载双卿事甚详。或疑其寓言,亦刻舟之见。)十二阕余录入《别调集》。如《望江南》云,又《二郎神》(咏菊花)云,此类皆忠厚缠绵,幽冷欲绝,而措语则既非温、韦,亦不类周、秦、姜、史,是仙是鬼,莫能名其境矣。

浣 溪 沙

暖雨无晴漏几丝,牧童斜插嫩花枝。小田新麦上场时。　　汲水种瓜偏怒早,忍烟炊黍又嫌迟。日长酸透软腰肢。　**别调集**

望 江 南

春不见,寻过野桥西。染梦淡红欺粉蝶,锁愁浓绿骗黄鹂。幽恨莫重提。　　人不见,相见是还非。拜月有香空惹袖,惜花无泪可沾衣。山远夕阳低。　**别调集**

湿罗衣

世间难吐只幽情，泪珠咽尽还生。手捻残花，无言倚屏。　　镜里相看自惊，瘦亭亭。春容不是，秋容不是，可是双卿。　**别调集**

（"春容"三句）凄怨不胜，婉娩有致，想见素质幽情。

二 郎 神 菊花词

丝丝脆柳，袅破淡烟依旧。向落日、秋山影里，还喜花枝未瘦。苦雨重阳挨过了，亏耐到、小春时候。知今夜，蘸微霜，蝶去自垂首。　　生受，新寒浸骨，病来还又。可是我、双卿薄幸，撇你黄昏静后。月冷栏干人不寐，镇几夜、未松金扣。枉辜却、开向贫家愁处，欲浇无酒。　**别调集**

双卿性爱菊，植野菊于破盂，春鬖皆对之，为此词凄凉宛转，可以怨矣。○总无一语落恒径，所以为高。（"可是"六句）低回留恋，我不忍卒读。○此词绝厚，根于性情。

孤 鸾

午寒偏准，早疟意初来，碧衫添衬。宿髻慵梳，乱
裹帕罗齐鬓。忙中素裙未浣，摺痕边、断丝双损。玉腕
近看如茧，可香腮还嫩。　　算一生、凄楚也拼忍，便
化粉成灰，嫁时先忖。锦思花情，敢被爨烟薰尽。东蔷
却嫌饷缓，冷潮回、热潮谁问。归去将棉晒取，又晚炊
相近。　　别调集

双卿之夫横戾暴虐，粗丑不堪，双卿无憎意。一日饷黍迟，夫
怒，挥锄拟之，乃为此词。芊绵凄怨，读"一生凄楚"三语，谁不
为之呼天耶?

惜黄花慢 孤雁

碧尽遥天，但暮霞散绮，碎剪红鲜。听时愁近，望
时怕远，孤鸿一个，去向谁边。素霜已冷芦花渚，更休
倩、鸥鹭相怜。暗自眠，凤凰虽好，宁是姻缘。　　凄
凉劝你无言，趁一沙半水，且度流年。稻粱初尽，网罗
正苦，梦魂易警，几处寒烟。断肠可似婵娟意，寸心里、
多少缠绵。夜未闲，倦飞误宿平田。　　别调集

日暮，双卿左携帚，右挟畚，自场归。见孤雁哀鸣，投圩中宿焉，乃西向伫立而望。其姑自后叱之，堕畚于地。双卿素胆小易惊，久疾益虚损，闻暗响即怔忡不宁，姑以此特苦之。乃为此词，鹃血猿声，令人肠断。

《词话》卷七（刻本卷五）：双卿《惜黄花慢》（孤雁）云（上阕），读此觉"虽速我讼，亦不汝从"，尚嫌过激，不及此和平中正也。下云（下阕），此词悲怨而忠厚，读竟令人泣数行下。

凤凰台上忆吹箫 残灯

已暗忘吹，欲明谁剔，向侬无焰如萤。听土阶寒雨，滴破三更。独自恹恹耿耿，难断处、也忒多情。香膏尽，芳心未冷，且伴双卿。　　星星，渐微不动，还望你淹煎，有个花生。胜野塘风乱，摇曳渔灯。辛苦秋蛾散后，人已病、病减何曾。相看久，朦胧成睡，睡去空惊。　　**别调集**

双卿谏其夫赌，夫怒，屏之爨室。倚薪而坐，对残灯泣焉，乃为此词。情文酸楚，不堪卒读。

薄　幸 咏疟

依依孤影，浑似梦、凭谁唤醒。受多少、蝶嗔蜂怒，有药难医花证。最忙时、那得工夫,凄凉自整红炉等。总诉尽浓愁,滴干清泪,冤煞蛾眉不省。 去过酉来先午,偏放却、更深宵永。正千回万转,欲眠仍起,断鸿叫破残阳冷。晚山如镜,小柴扉烟锁,佳人翠袖恹恹病。春归望早,只恐东风未肯。 **别调集**

　　双卿夙有疟疾,体弱性柔,能忍事,即甚闷,色常怡然。一日,双卿春谷喘,抱杵而立。夫疑其惰,推之,仆曰傍,杵压于腰,忍痛复春。炊粥半而疟作,火烈粥溢,沃之以水。姑大诟,掣其耳环曰:"出!"耳裂环脱,血流及肩,乃拭血毕炊。于是抒臼俯地而叹曰:"天乎!愿双卿一身,代天下绝世佳人受无量苦,千秋万世后为佳人者,无如我双卿为也。"至是为苦疟词,以芦叶书之,叹曰:"诚不如'化作彩云飞'也。"○日用细故,信手拈来,都成异彩。得双卿词,足为《别调集》生色。[①]

摸　鱼　儿

　　喜初晴、晚霞西现,寒山烟外清浅。苔纹干处容香履,尖印紫泥犹软。人语乱,忙去倚柴扉,空负深深愿。相思一线,向新月搓圆,穿愁贯恨,珠泪总成串。

---

　　① 此评录入《词话》卷七(刻本卷五),"《别调集》"作"吾《别调集》"。

黄昏后，残热谁怜细喘，小窗风射如箭。春红秋白无情艳，一朵似侬难选。重见远，听说道、伤心已受殷勤饯。斜阳刺眼，休更望天涯，天涯只是，几片冷云展。邻女韩西新嫁而归，性颇慧，见双卿独春汲，恒助之。疟时坐于床，为双卿泣。不识字，然爱双卿书，乞双卿写《心经》，且教之诵。是时将返其夫家，父母饯之，召双卿，疟弗能往。韩西亦弗食，乃分其所食，自裹之遗双卿。双卿泣为此词，以淡墨细书芦叶，又以竹叶题《凤凰台上忆吹箫》一阕。　**别调集**

《词话》卷七（刻本卷五）：余最爱双卿《摸鱼儿》云（并录《西青散记》本事），缠绵凄恻，陇头流水，不如是之呜咽也。

凤凰台上忆吹箫

　　寸寸微云，丝丝残照，有无明灭难消。正断魂魂断，闪闪摇摇。望望山山水水，人去去、隐隐迢迢。从今后，酸酸楚楚，只似今宵。　　青遥，问天不应，看小小双卿，袅袅无聊。更见谁谁见，谁痛花娇。谁望欢欢喜喜，偷素粉、写写描描。谁还管，生生世世，夜夜朝朝。　**别调集**

叠用双字累二十余叠，亦可谓广大神通矣。易安见之，亦当避席。◎缠绵凄恻，"陇头流水"不如是之呜咽也。

《词话》卷七（刻本卷五）：又《凤凰台上忆吹箫》云（上阕），其情哀，其词苦。用双字至二十余叠，亦可谓广大神通矣。易安见之，亦当避席。

《词话》卷九（刻本卷七）："寻寻觅觅，冷冷清清，凄凄惨惨戚戚。"易安隽句也。（并非高调。）"莺莺燕燕春春，花花柳柳真真，事事风风韵韵。娇娇嫩嫩，（四字尤不堪。）停停当当人人。"乔梦符效之，丑态百出矣。然如双卿《凤凰台上忆吹箫》一阕，叠至四五十字，而运以变化，不见痕迹，长袖善舞，谁谓今人不逮古人？

春从天上来 梅花

自笑恹恹，费半晌春忙，去省花尖。玉容憔悴，知为谁添，病来分与花嫌。正腊衣催洗，春波冷、素腕愁沾。硬东风，枉寒香一度，新月纤纤。　　多情满天坠粉，偏只累双卿，梦里空拈。与蝶招魂，替莺拭泪，夜深偷诵楞严。有伤春佳句，酸和苦、生死俱甜。祝花年，向观音稽首，掣遍灵签。　**别调集**

双卿事姑孝谨，事夫柔顺。元夜，持《楞严经》，就灶灯诵之。姑出游归，夺而骂曰："半本烂纸簿，秀才覆面上且穷死，蠢奴乃考女童生耶？"偶涤砚，夫见之，怒曰："偷闲即弄泥块耳，釜煤尚

可肥田。"双卿于火纸上，日为夫记腐酒，夫不识字，从旁故睥睨，
谩骂曰："此字倒矣!"双卿爱花，拾花片和土埋之。夫怒曰："败
花者丑，今世丑，复败花耶?"双卿好洁，虽拮据烟尘，而鬐鬟不
染。其夫则狐臊逆鼻，垢腻积颐项，揉可成丸，劝之沐，则大怒。
常敬礼白衣大士，夫骂曰："汝何修? 嫁我，福已厚矣。"双卿谓邻
女韩西曰："余舌苦，食饧反甚，何也?"为梅花、饷耕二阕，情词
凄怨。

又 饷耕

紫陌春晴，慢额裹春纱，自饷春耕。小梅春瘦，细
草春明，春田步步春生。记那年春好，向春燕、说破春
情。到于今，想春笺春泪，都化春冰。　　怜春痛春春
几，被一片春烟，锁住春莺。赠与春侬，递将春你，是
侬是你春灵。算春头春尾，也难算、春梦春醒。甚春魔，
做一春春病，春误双卿。　　**别调集**

张 八

粤妓。　见《蚧蛣杂记》。

重头菩萨蛮

　　今宵屋挂前宵月，前年镜入新年发，芳心不共芳时歇。草色洞庭南，送君花满潭，别花君岂堪。　　绮窗临水岸，有鸟当窗唤，水上春帆乱。游蝶化行衣，行人游未归，蓬飞魂更飞。　**别调集**

　　（下阕）柔情婉转，生面独开。◎音节之绵远，全妙在增一句，便觉此调应如此作。自我作古，有何不可？①

袁　九

　　粤妓。　见《蜻蛣杂记》。

曳脚望江南

　　无人到花外，已闻倒挂一声声。往事都为商女笑，新诗要掩大家名。乞得情人小字篆双成。　**别调集**

　　出奇制胜，与张八作可谓两美必合。

————————————

　　① 此评录入《词话》卷七（刻本卷五），并录全词。

《词话》卷七（刻本卷五）：《蝲蛄杂记》载粤妓张八《重头菩萨蛮》云，柔情宛转，生面独开，音节之妙，全在增一句，便觉此调应如此作。自我变古，有何不可？又粤妓袁九《曳脚望江南》云，情丝摇曳，亦变调中之最佳者。（二词余录入《别调集》。）

附录

《词则》序

风骚既息，乐府代兴，自五七言盛行于唐，长短句无所依，词于是作焉。词也者，乐府之变调，风骚之流派也。温、韦发其端，两宋名贤畅其绪，风雅正宗，于斯不坠。金、元而后，竞尚新声，众喙争鸣，古调绝响。操选政者，率昧正始之义，媸妍不分，雅郑并奏，后之为词者，茫乎不知其所从。卓哉皋文，《词选》一编，宗风赖以不灭，可谓独具只眼矣。惜篇幅狭隘，不足以见诸贤之面目，而去取未当者，十亦有二三。夫风会既衰，不必无一篇之偶合，而求诸古作者，又不少靡曼之词，衡鉴不精，贻误匪浅。余窃不自揣，自唐迄今，择其尤雅者五百余阕，汇为一集，名曰《大雅》。长吟短讽，觉南窗雅化，湘汉骚音，至今犹在人间也。顾境以地迁，才有偏至，执是以寻源，不能执是以穷变。《大雅》而外，爰取纵横排奡、感激豪宕者四百余阕为一集，名曰《放歌》。取尽态极妍、哀感顽艳者六百余阕为一集，名曰《闲情》。其一切清圆柔脆、争奇斗巧者，别录一集，得六百余阕，名曰《别调》。《大雅》为正，三集副之，而总名之曰《词则》。求诸《大雅》，固有余师，即遁而之他，亦即可于《放歌》《闲情》《别调》中求大雅，不至入于歧趋。古乐虽亡，流风未闯，好古之士，庶几得所宗焉。

光绪十六年五月望日，丹徒亦峰陈廷焯序。

《词话》卷七（刻本卷五）：余旧选《词则》四集，二十四卷，计词二千三百六十首，七易稿而后成。余自序云。

《词话》卷九（刻本卷七）：癸酉、甲戌之年，余初习倚声，曾选古今词二十六卷，得三千四百三十四首，名曰《云韶集》。自今观之，殊病芜杂。然其中议论，亦有一二足采者。如云："北宋词，诗中之《风》也。南宋词，诗中之《雅》也。"又云："东坡不可及处，全是去国流离之思，却又哀而不伤，怨而不怒，所以为高。"又云："方回笔墨之妙，真乃一片化工。"又云："张文潜谓方回词'妖冶如揽嫱、施之袪，盛丽如入金、张之堂，幽索如屈、宋，悲壮如苏、李'，此犹论其貌耳。若论其神，则如云烟缥缈，不可方物。"又云："稼轩词非不运典，然运用虽多，而其气不掩，非放翁所及。刘氏并讥辛、陆，谬矣。"（刘潜夫云："放翁、稼轩一扫纤艳，不事斧凿，高则高矣，但时时掉书袋，要是一癖。"）又云："词至张仲举后，数百年来，遽无嗣响南宋者。"又云："词衰于元，然犹未亡也。至明而词乃亡矣。"又云："竹垞词，艳而不浮，疏而不流，工丽芊绵中，而笔墨飞舞。"（此亦第论其面目。）又云："其年词以气胜，然亦是以情胜。盖有气以达情，而情愈出，情为主，贵得其正，气为辅，贵得其厚。后人徒学其矜才使气，殊属无谓。"（此亦第论形骸，其年词亦未能到此地步，然其说自可取。）又云："词家之病，首在一俗字，破除此病，非读樊榭词不可。"又云："稼轩词，精者直似一座铁瓮城，坚而锐，锐而厚，纵饶千军万马，亦冲突不入。板桥、心余辈，一击瓦解矣。"又云："五代人词，不着力而意自胜，而俚浅处亦不少。"以上数条，虽不必尽然，亦未为无见。

《词话》卷十（刻本卷八）：余拟辑古今二十九家词选（附四十二家），约二十卷。有唐一家（附一家）：温飞卿（附皇甫子奇）。五代三家（附四家）：李后主（附中宗）、韦端己（附牛松卿、孙光宪）、冯延巳（附李珣）。北宋七家（附六家）：欧阳永叔（附晏元献）、晏小山、张子野、苏东坡、秦淮海（附柳耆卿、毛泽民、赵长卿）、贺方回、周美成（附陈子高、晁具茨）。南宋九家（附八家）：辛稼轩（附朱敦儒、黄公度、刘克庄、张元干、张孝祥、刘改之、陆放翁、蒋竹山）、姜白石、高竹屋、史梅溪、吴梦窗、陈西麓、周草窗、王碧山、张玉田。元代一家（附二家）：张仲举（附彭元逊，末附金之元遗山）。国朝八家（附二十一家）：陈其年（附吴梅村、曹洁躬、尤悔庵、郑板桥）、曹珂雪（附彭骏孙、徐电发、严藕渔）、朱竹垞（附李分虎、李符曾、王士禛、董文友）、厉太鸿（附黄石牧）、史位存（附王小山、王香雪）、赵璞函（附过湘云、吴竹屿）、张皋文（附张翰风、李申耆、郑善长）、庄中白（附蒋鹿潭、谭仲修)。自温飞卿至冯延巳为第一卷,欧阳永叔至张子野为第二卷,苏东坡至秦淮海为第三卷,贺方回至周美成为第四卷,辛稼轩为第五卷,姜白石至史梅溪为第六卷,吴梦窗为第七卷,陈西麓至周草窗为第八卷,王碧山为第九卷,张玉田至张仲举为第十卷,陈其年为第十一卷、第十二卷、第十三卷,曹珂雪为第十四卷,朱竹垞为第十五卷、第十六卷,厉太鸿为第十七卷,史位存为第十八卷,赵璞函为第十九卷,而殿以张皋文、庄中白,为第二十卷。词中源委正变,约略具是。(此选大意,务在穷源竟委,故取其正,兼收其变,为利于初学耳。非谓词之本原,即在二十九家中漫无低昂也。惟殿以皋文、中白,却寓深意。)

《大雅集》序

太白诗云："大雅久不作，吾衰竟谁陈。"然诗教虽衰，而谈诗者犹得所祖祢。词至两宋而后，几成绝响。古之为词者，志有所属而故郁其辞，情有所感而或隐其义，而要皆本诸《风》《骚》，归于忠厚。自新声竞作，怀才之士，皆不免为风气所囿，务取悦人，不复求本原所在。迦陵以豪放为苏、辛，而失其沉郁，竹垞以清和为姜、史，而昧厥旨归，下此者更无论矣。无往不复，皋文溯其源，蒿庵引其绪，两宋宗风，一灯不灭。斯编之录，犹是志也。录《大雅集》。丹徒亦峰陈廷焯识。

《词话》卷七（刻本卷五）：序《大雅集》云。

《词话》卷十（刻本卷八）：余选《希声集》六卷，所以存诗也；《大雅集》六卷，所以存词也。

《放歌集》序

　　息深达罣，悱恻缠绵，学人之词也。若瑰奇磊落之士，郁郁不得志，情有所激，不能一轨于正，而胥于词发之。风雷之在天，虎豹之在山，蛟龙之在渊，恣其意之所向，而不可以绳尺求。酒酣耳热，临风浩歌，亦人生肆志之一端也。杜诗云："放歌破愁绝。"诚慨乎其言矣。录《放歌集》。丹徒亦峰陈廷焯识。

　　《词话》卷七（刻本卷五）：序《放歌集》云。

　　《词话》卷八（刻本卷九）："投畀豺虎"，"投畀有北"，《三百篇》之痛快语也。然谓《三百篇》之佳者在此，则谬不可言矣。

《闲情集》序

《闲情》一赋，白璧微瑕，昭明误会其旨矣。渊明以名臣之后，际易代之时，欲言难言，时时寄托。闲情云者，闲其情使不得逸也。是以历写诸愿，而终以所愿必违，其不仕刘宋之心，言外可见。浅见者胶柱鼓瑟，致使美人香草之遗意，等诸桑间濮上之淫声，此昭明之过也。兹编之选，绮说邪思，皆所不免。然夫子删诗，并存郑、卫，知所惩劝，于义何伤？名以"闲情"，欲学者情有所闲，而求合于正，亦圣人"思无邪"旨也。录《闲情集》。丹徒亦峰陈廷焯识。

《词话》卷七（刻本卷五）：序《闲情集》云。

《词话》卷六（刻本卷五，有删略）：闲情之作，虽属词中下乘，然亦不易工。"一面发娇嗔，碎揉花打人。"恶劣已极，无足置喙。即"须作一生拚，尽君今日欢。""好为出来难，教君恣意怜。"亦失之流荡忘反。盖摹色绘声，碍难着笔。第言姚冶，易近纤佻；兼写幽贞，又病迂腐。然则何为而可？曰：根柢于《风》《骚》，涵泳于温、韦，以之作正声也可，以之作艳体亦无不可。宋人词云："香减羞回空帐里，月高犹在重帘下。"虽薄不佻，尚有可观。下忽接云："恨疏狂，待归来、碎揉花打。"则令人喷饭矣。他如："上马出门时，金鞭莫与伊。"又："莫倚倾国貌，嫁取个、有情郎。彼此当年少，莫负好时光。"又："有时觑着同心结，万恨千愁无处说。当初不合尽饶伊，赢得如今长恨别。"又："归去想娇娆，暗魂销。"又："嫁得薄情夫，长抱相思病。"又："照水有情聊整鬓，倚阑无绪更兜鞋。"又："等闲妨了绣工夫，笑问双鸳鸯字怎生书。"又："旋移针线小姑前。"又："又成娇困倚檀郎，无事更抛莲子打鸳鸯。"又："待雁却回时，也无书寄伊。"又："和羞走，倚门回首，却把青梅嗅。"又："笑摘朱樱，微搂翠袖，枝上打流莺。"国朝词如："欲骂东风误向西。"又："倦倚檀肩数乱星，数到牵牛住。"又："待他重与画眉时，细数郎轻薄。"又："笑请檀郎今夜暂分床。"又："起常憎婢早，睡每怨娘迟。"又："晓风残月命如丝。"又："小桃如绮，命短东风里。"又："可怜人度可怜宵。"诸如此类，不可枚举。将婉娈风流，写成轻薄不堪女子，吾不知此辈是何肺腑？即以之写歌妓尚不可，况闺襜耶！古人词如毛熙震之"暗思闲梦，何处逐云行"，晏元献之"楼头残梦五更钟，花底离愁三月雨"，林和靖之"罗带同心结未成，江头潮已平"，晏小山之"落花人独立，微雨燕双飞"，又："当时明月在，曾照彩云归。"又："从别后，忆相逢，几回魂梦与君同。今宵剩把银釭照，犹恐相逢是梦中。"又："春思重，晓妆迟，寻思梦梦时。"欧阳公之"照影摘花花似面，芳心只共丝争乱"，秦少游之"欲见回肠，断续熏炉小篆香"，贺方回之"初未试愁那是泪，每浑疑梦奈余香"，无名氏之"为君惆怅，何独是黄昏"，汤义仍之"不经人事意相关，牡丹亭梦残。断肠春色在眉湾，倩谁临远山"。国朝王香雪之"斗草心慵垂手立，兜鞋梦好低头想"，史位存之"千蝶帐深萦梦苦，倦拈红豆调鹦鹉"，赵璞函之"东风落红豆，怅相思空遍"。似此则婉转缠绵，情深一往，丽而有则，耐人玩味。其次则牛松卿之"强攀桃李枝，敛愁眉"，又"弹到昭君怨处，翠蛾愁，不抬头"，牛希济之"红豆不堪看，满眼相思泪"，顾夐之"敛袖翠蛾攒，相逢尔许难"，寇莱公之"愁蛾浅，飞红零乱，侧卧珠帘卷"，晏元献之"疑怪昨宵春梦好，元是今朝斗草赢。笑从双脸生"，范文正之"眉间心上，无计相回避"，欧阳公之"都缘自有离恨，故画作、远山长"，周子宽之"伤春还上去年心，怎禁得、时节又烧灯"，无名氏之"怎得西风吹泪去，阳台为暮雨"，王次回之"善病每逢春月卧，长愁多向花前叹"，又"几度卸妆垂手望，无端梦觉低声唤。猛思量、此际正天涯，啼珠溅"。国朝吴梅村之"摘花高处赌身轻"，又"惯猜闲事为聪明"，梁玉立之"拂镜试新妆，低回问粉郎"，吴蔺次之"巫云昨夜，同骑双凤。梦，梦，梦"，王小山之"灯微屏背影，泪暗枕留痕"，又"小园春雨过，扶病问残春"，又"眼波低剪篆丝风"，又"一弯愁思驻螺峰"，王香雪之"槛外红新花有信，镜中黄淡人微恙"，又"梦短易添清昼倦，书长惯费黄昏想"，毛今培之"斜月小屏风，玉人残梦中"，过湘云之"游丝不解系韶华，为谁偏逐香车去"，均不失为风流酸楚。而世人每好读尤西堂之"不敢骂檀郎，喃喃咒杜康"，又"笑掷竹夫人，无端一面嗔"，又"聊聊私语小窗中，骂春风"，汤卿谋之"倚烟欺雨咒东风"，周冰持之"睡起钗偏鬌倒唤娘梳"，又"半醉带郎冠，暗中试小鬟"，又"戏阄红豆教郎猜，笑郎呆"，又"倚阑故意教鹦哥，骂儿夫"等类，作者可鄙，读者尤可鄙。又如牛希济之"终日劈桃穰，人在心儿里"，辛稼轩之"道无书却有书中意，排几个，人人字"，国朝蒋希元之

"刺绣怎般针脚细，拈词好个笔头尖。错教夫婿认神仙"，又闺秀秦
清芬之"戏剥瓜仁排梵字，闲将盏底印连环"，又有竹影词人所谓：
"你看他疏疏密密，整整斜斜，总写着、个人两字。"此类皆一味纤
巧，不可语于大雅。又有着力写去，适形粗鄙者。如柳耆卿之"昨
宵里怎和衣睡，今宵里又怎和衣睡"，蔡伸道之"我只为相思特特
来，这度更休推，后回相见"，辛稼轩之"枕头儿放处，都不是旧
家时、怎生睡"，国朝陈其年之"努力做、薰砧模样"，董文友之
"不禁莲瓣一轻敲"，郑板桥之"盈盈十五人儿小，惯是将人恼。撩
他花下去围棋，故意推他勍敌让他欺"，皆是也。若竹垞《静志居
琴趣》一卷，璞函《祝英台近》八章，文友《东坡引》《鹧鸪天》
诸阕，俱实有所指，又当别论。至赠妓之词，原不嫌艳冶，然择言
以雅为贵，亦须慎。若孙光宪之"醉后爱称娇姐姐，夜来留得好
哥哥。不知情事久长么"，真令人欲呕。魏承班之"携手入鸳衾，
谁人知此心"，语亵而意呆。林楚翘之"重道好郎君，人见莫恼
人"，亦俚鄙可笑。古人词佳者，如孙光宪之"将见客时微掩敛，
得人怜处且生疏。低头羞问壁边书"，又"除却弄珠兼解佩，便随
西子与东邻。是谁容易比真真"，张子野之"舞彻梁州，头上宫花
颤未休"，陈无己之"弹到断肠时，春山眉黛低"，刘潜夫之"贪与
萧郎眉语，不知舞错伊州"，均无害为婉雅。而余所爱者，则张子
野之"望极蓝桥，正暮云千里，几重山，几重水"，司马公之"相
见争如不见，有情还似无情"，周美成之"旧时衣袂，犹有东风
泪"，贺方回之"芭蕉不展丁香结，枉望断天涯，两厌厌风月"，张
仲宗之"相见嫣然一笑，眼波先入郎怀"，王渔洋之"今夜梦潇湘，

琴心秋水长",陈其年之"凝情低咏年时句,人在东风二月初",周冰持之"尊前谱我淋铃调,与滴雨新梅一样酸。看舞余欲坠,歌余微喘,不忍催完",皆极其雅丽,极其凄秀。而尤爱赵璞函之"浑已换、欹柳心情,犹未减、咒桃眉妩",下云:"选婿窗边,可忆断魂柔路。纵尊前、不鼓琵琶,算青衫、也无干处。"情深文明,自是绝唱。作赠妓词者,要当以此为法,则不病词芜,亦不患情浅矣。今人不知作词之难,至于艳词,更以为无足轻重,率尔操觚,扬扬得意,不自知其可耻,此《关雎》所以不作也,此郑声所以盈天下也,此则余之所大惧也。

《词话》卷九(刻本卷七):国初诸老,好作闺夜词。董文友"昨夜天孙罢锦梭"一篇,最为刻骨。他如梅村《醉春风》云:"皓腕频移,云鬟低拥,羞眸斜睇。"棠邨《一剪梅》云:"画眉人似旧风流,对面温柔,背面娇羞。"又云:"双结灯花两意投,一晌低头,半晌回眸。玉猊烟冷睡还休,倚了香篝,褪了莲勾。"西堂《醉花间》云:"芙蓉帐底眠,春梦同郎续。"棠桢《两同心》云:"城上三更漏鼓,春寒太甚。不回头、媚眼羞开,假生嗔、笑声难禁。"此类皆丽而淫矣。

《别调集》序

　　人情不能无所寄，而又不能使天下同出一途，大雅不多见，而繁声于是乎作矣。猛起奋末，诚苏、辛之罪人；尽态逞妍，亦周、姜之变调。外此则啸傲风月，歌咏江山，规模物类，情有感而不深，义有托而不理。直抒所事，而比兴之义亡；侈陈其盛，而怨慕之情失。辞极其工，意极其巧，而不可语于大雅，而亦不能尽废也。录《别调集》。丹徒亦峰陈廷焯识。

　　《词话》卷七（刻本卷五）：序《别调集》云。

　　《词话》卷七（刻本卷五）：回文、集句、叠韵、变调各体，余于《别调集》中，求其措语无害大雅者，择录一二。非赏其工也，聊备一格而已。◎回文、集句、叠韵之类，皆是词中下乘。有志于古者，断不可以此眩奇，一染其习，终身不可语于大雅矣。若友朋唱和，各言性情，各出机杼可也，亦不必以叠韵为能事。（就中叠韵尚可偶一为之，次则集句，最下莫如回文，断不可效尤也。）◎古人为词，兴寄无端，行止开合，实有自然而然，一经做作，便失古意。世人好为叠韵，强己就人，必竟出工巧以求胜。争奇斗巧，乃词中下品，余所深恶者也，作诗亦然。

　　《词话》卷十（刻本卷八）：《诗词源流》曰："词之《纥那曲》《长相思》，五言绝句也。《柳枝》《竹枝》《清平调引》《小秦王》《阳关曲》《八拍蛮》《浪淘沙》，七言绝句也。《阿那曲》《鸡叫》，仄韵七言绝句也。《瑞鹧鸪》，七言律诗也。《款残红》，五言古诗也。体裁易混，征选实繁，故当稍别之，以存诗词之辨。"余于《大雅集》中，近五、七言绝句者，概不入选。惟《别调集》登皇甫子奇《采莲子》一首、《浪淘沙》一首、刘采春《罗唝曲》两首而已。

《白雨斋词话》序跋

【自序】倚声之学，千有余年，作者代出。顾能上溯风骚，与为表里，自唐迄今，合者无几。窃以声音之道，关乎性情，通乎造化。小其文者，不能达其义，竟其委者，未获溯其原。揆厥所由，其失有六：飘风骤雨，不可终朝，促管繁弦，绝无余蕴，失之一也；美人香草，貌托灵修，蝶雨梨云，指陈琐屑，失之二也；雕镂物类，探讨虫鱼，穿凿愈工，风雅愈远，失之三也；惨慽憯凄，寂寥萧索，感寓不当，虑叹徒劳，失之四也；交际未深，谬称契合，颂扬失实，遑恤讥评，失之五也；情非苏、窦，亦感回文，慧拾孟、韩，转相斗韵，失之六也。作者愈漓，议者益左。竹垞《词综》，可备览观，未尝为探本之论。红友《词律》，仅求谐适，不足语正始之原。下此则务取秾丽，矜言该博。大雅日非，繁声竞作，性情散失，莫可究极。夫人心不能无所感，有感不能无所寄，寄托不厚，感人不深，厚而不郁，感其所感，不能感其所不感。伊古词章，不外比兴。《谷风》阴雨，犹自期以同心；攘诟忍尤，卒不改乎此度。为一室之悲歌，下千年之血泪，所感者深且远也。后人之感，感于文不若感于诗，感于诗不若感于词。诗有韵，文无韵。词可按节寻声,诗不能尽被弦管。飞卿、端己,首发其端,周、秦、姜、史、张、王,曲竟其绪,而要皆发源于风、雅,推本于《骚》《辩》。故其情长,其味永,其为言也哀以思,其感人也深以婉。嗣是六百余年,沿其波流,丧厥宗旨。张氏《词选》,不得已为矫枉过正之举,规模虽隘,门墙自高,循是以寻,坠绪未远,而当世知之者鲜,好之者尤鲜矣。萧斋岑寂,撰词话十卷,本诸风骚,正其情性,温厚以为体,沉郁以为用,引以千端,衷诸壹是。非好与古人为难,独成一家言,亦有所大不得已于中,为斯诣绵延一线。暇日寄意之作,附录一二,非敢抗美昔贤,存以自镜而已。光绪十七年除夕日,亦峰陈廷焯序。

【汪懋琨序】陈子亦峰,予戊子江南所校士也。闱中得生卷,议论英伟,而真意恳挚,决其为宅心纯正之士。亟荐于主司,果膺魁选。谒予于桃源署斋,温文尔雅。与谈经史,悉能根究义理,贯串本原。诗古文辞,皆取法乎上,必思登峰造极而后止。间论时事,因及古忠臣孝子,辄义动于色。予窃喜鉴衡不爽,而生之素所蓄积可知矣。桃源剧邑,不易治,予欲维縶之,俾资赞画,以亲老辞。讵意年甫强仕而殁,尊公犹健在也。其门弟子集其词话,并所著诗词,先以付梓。予得而阅之,推本风骚,一归于温柔敦厚之旨,非所谓宅心纯正,蕲至于登峰造极者欤?予既幸能得一士,又甚惜得一士而未获见诸行事，第以空言传世，不能无慨于中，爰书数言，以弁简端。光绪二十年秋八月，历城汪懋琨序。

【王耕心叙】诗莫盛于唐，而词莫盛于宋，宋以后词律复变，则南北曲出焉。故词之为体，诗以为祢，曲以为子。识者为之，莫不沿溯汉、魏，游衍屈、宋，以蕲上窥三百篇之恉，意谓不如是不足以澄其源、涉其奥，其说亦既美矣。然予尝以为此文辞之源，非文心之源也。文心之源，亦存乎学者性情之际而已。为文苟不以性情为质，貌虽工，人犹得以抉其柢，不工者可知。所谓词者，意内而言外，格浅而韵深，其发摅性情之微，尤不可掩，而世乃欲以锲薄求之，藻绘揉之，抑末已。吾友陈君亦峰，少为诗歌，一以少陵杜氏为宗，杜以外不屑道也。年几三十，复好为词，探索既久，豁然大彻。所为词稿，深永超拔，已足上摩宋贤之垒。而别著《词话》八卷，抉择幽微，辩才无碍，尤有不受流俗羁绁者。亦峰之于词，思与学兼尽如此，亦勤矣哉！亦峰天资醇厚，笃内行，与人交，表里洞然，无觙骹之习。退省其家，父兄之劳，靡不肩任；宗族之困，莫不引为己忧，其有得于性情者又如此。则文辞之工，操本以运末，复何怪焉？同治之季，予始识亦峰于泰州，切劘道义既久，因得附为婚姻。迄今二十余年，莫渝终始。顾予兄弟辈，业不加修，而亦峰之学，乃与年俱进。尝言四十后当委弃词章，力求经世性命之蕴。予深伟其议，且思有所翼赞。而亦峰遽以光绪壬辰秋，奄忽辞世。噫，善人君子，不能久存于世，欧阳所以致慨于张子野者，予尝以为憃言，今乃不幸于吾亦峰亲见之，宁无恫耶？亦峰为学精苦，每昼营家事，夜诵方策。及既殁，遗书委积，多未

彻编。惟手录词话已有定稿，其门下士海宁许君守之诸君子将为刊
行，以予庶几能知亦峰者，督文弁首。予既感亦峰之志，且幸是书
之传也，因述所见如右，以质许君。惟托于文字者可以无穷，亦峰
所以自托者既著，其亦可以无憾矣乎？记三年前，亦峰尝挈是书初
稿见视，且属为叙，予方如南清河，倥偬装待发，无以应也。今乃
终得论次其书，而亦峰已不及见。乌呼，此尤足以启予之悲也已！
亦峰讳廷焯，镇江丹徒人，举光绪戊子科江南乡试，殁时年四十。
光绪十九年，太岁在癸巳，夏四月，正定王耕心撰。◎《词话》卷
七（刻本卷五）：正定王道农（耕心）天才超逸，博学多能，经史
古文诗词之类，皆能淹贯古今，独抒己见，而尤精于内典。其论词
亦以大雅为主，而不废猛起奋末之音。余词得力处，半由蒿庵一
言，半由道农、子薪辩论之功也。

【包荣翰跋】荣翰自束发受业于亦峰舅氏，亲承指受者有年。
乙亥岁，补弟子员，旋食廪饩，舅氏喜荣为可造，由是举业外兼课
诗词杂艺，时得闻其绪论。然舅氏于书无所不览，凡习一艺必造精
微，而于词学为尤深且邃。所著词话八卷，一本温柔敦厚，以上溯
《国风》《离骚》之旨，可谓发前人之所未发，俾后学奉为圭臬，卓
卓乎词学之正宗矣。荣请付梓以公诸世，舅氏不许，谓于是编历数
十寒暑，识与年进，稿凡五易，安知将来不更有进于此者乎？则舅
氏之浸润沉潜于此道，岂寻常诣力所能造也耶？壬辰岁，舅氏遽归
道山，荣惧是编久而散佚，亟与同学诸子刊而传之。呜乎！舅氏天
资卓越，丰于才而啬于年，著作林立，是编特其绪余。荣愧不获卒
业以底于成，而不能忘谆谆耳提面命时也。悲夫！受业甥包荣翰

谨识。

　　【许正诗跋】先师陈亦峰先生，宅心孝友，卓然有以自见。既殁二年，太夫子铁峰先生整其遗著，得若干帙。正诗与同门王雷夏诸君子因有剞劂之请，而铁峰先生谦抑至再，以为不足传，仅许刻其词话八卷，并诗词附焉。呜呼！此虽不足传先生，要亦可为诸编之嚆矢，先生有知，慰耶？悲耶？刊既成，敬疏其缘起如右，盖泣然不知涕泗之何从矣。光绪二十年夏六月，门下士海宁许正诗谨撰。

陈廷焯论自作词

《词话》卷六（刻本卷五）：近人为词，习绮语者，托言温、韦；衍游词者，貌为姜、史；扬湖海者，倚于苏、辛。近今之弊，实六百余年来之通病也。余初为倚声，亦蹈此习。自丙子年与希祖先生遇后，旧作一概付丙，所存不过己卯后数十阕，大旨归于忠厚，不敢有背《风》《骚》之旨。过此以往，精益求精，思欲鼓吹蒿庵，共成茗柯复古之志。蒿庵有知，当亦心许。

《词话》卷六（刻本无）：《蝶恋花》一调，最为古雅。"六曲阑干"唱后，几成绝响。一千年来，复得蒿庵四阕，仲修六阕，可以嗣响正中，此外鲜有合者。余曾赋四章，非敢云抗美古人，要亦不外《离骚》"初服"之义。首章云："日日伤春如病酒。但到春来，便是愁时候。楼畔斜阳溪畔柳，可堪往事重回首。　　前度桃花无恙否。好梦如烟，风景都非旧。冉冉行云迷洞口，无端立尽黄昏后。"次章云："杨柳高楼天欲暮。深院无人，莫放春归去。六曲阑干同凭处，此心偏似沾泥絮。何事竟迷三里雾。昨夜东风，今夜潇潇雨。记不分明花下语，细思翻悔从前误。"三章云："细雨黄昏人病久。不分伤心，都在春前后。独上高楼风满袖，春山总被鹃

1294

啼瘦。　　昨夜重门人静候。料得灯昏，一点悬红豆。梦里容颜还似旧，南来消息君知否。"四章云："回首行云三月暮。竟日相思，不道相思苦。私祝东风休作雨，凭伊遮断春归路。　　帘外断红重拾取。泪眼依依，枉自关情绪。金篋留香还记否，（叶府，五代人已作俑矣。）沉吟前度凭栏处。"

　　《词话》卷六（刻本无）：越五日，情有未尽，不能无言，续赋四章，觉孤诣苦心，热肠郁思，均可于言外领会。首章云："迢递声催花外漏。满院莺啼，残梦醒时候。临水高楼凝望久，陌头折尽青青柳。　　风景而今还似旧。强起开帘，春燕归来否。欲拾残红迟素手。凭栏不觉黄昏后。"次章云："炉篆香消人意倦。春梦岑岑，不隔闲庭院。晓雨初过寒尚浅。穿帘只有双飞燕。玉洞桃花难久恋。山瀑飞来，百尺跳珠溅。一片湿云愁不展。梦回依旧天涯远。"三章云："闲倚江楼频目送。过尽征帆，江上闲云拥。红豆枝枝和泪种，相思都付回潮涌。　　曾说碧梧栖彩凤。落尽桐花，此恨君应共。芳草不曾来入梦，碧栏干外春阴重。"四章云："小字红笺曾远寄。一梦三年，灭尽怀中字。江阁不堪重徙倚，萋萋芳草愁无际。　　山外斜阳云外水。泪尽南天，竟日空凝睇。欲说相怜无好计，锦书何处缄红泪。"此类皆多比兴之旨，不至遗讥于浮薄。

《词话》卷六（刻本无）：飞卿《更漏子》三章，后来无人为继，惟蒿庵一阕为高境。秋宵不寐，哀感无端，赋《更漏子》三阕以寄怀。书之于左，都忘工拙。首章云："飔轻烟，收急雨，花外沉沉钟鼓。罗袖薄，泪痕浓。思君春梦中。　　西风起，人千里，今夜月明如水。灯渐烬，雁还飞。梦君君岂知。"次章云："凤盟寒，鸾信杳，离梦近来多少。风不定，月初沉，空阶络纬声。　　芙蓉岸，秋江畔，惆怅落红零乱。烟漠漠，草萋萋，玉骢何处嘶。"三章云："漏才停，钟渐动，记不分明残梦。啼绿蕙，怨红兰，潇湘云水寒。　　肠欲断，车轮转，开箧泪痕都满。春梦杳，别情长，虫声迎晓霜。"

《词话》卷六（刻本无）：飞卿《菩萨蛮》，古今绝调，难求嗣响。蒿庵诸词，几于上掩古人，惟《菩萨蛮》十三章，虽穷极高妙，究不能出飞卿之右。盖词各有极，既振其蒙矣，又何加焉？后人为此调者，本诸《风》《骚》，参以温、韦，无害大雅，便算合作，更欲驾飞卿上之，则不能也。余曾赋两阕云："翡帱翠幄深深处，画屏金雀双双舞。鸾镜照花枝，低回拢鬓丝。　　敢将脂粉弃，知合时宜未。寂寞倚阑干，小窗春梦残。""翡帱"

二语，言托根之厚，"鸾镜"二语，言修饰之工，即《离骚》"内美修能"意。不弃脂粉，委曲求全，寂寞梦残，言所遇之卒不合也。次章云："江南春信归来早，江南红豆相思老。心绪落花知，流莺故故啼。 卷帘天正远，不见西飞燕。隔院自笙歌，剧怜春恨多。""流莺故故啼"，即汪彦章所谓"无奈这一队畜生何"也。结言欢戚不同。二词于伊郁中饶蕴藉，厚之至也。

《词话》卷六（刻本无）：戊寅秋，余作《浪淘沙》云："残日照平沙，烟际归鸦。黄昏风起暮云遮。消息不知郎近远，杨柳天涯。 帘卷月钩斜，灯背红纱。寻思前事漫嗟呀。一自绿云归去也，空怨年华。"书以志一时之感。

《词话》卷六（刻本无）：东坡《水调歌头》一阕，忠爱缠绵，千年绝唱。稼轩诸篇，不尽忠厚，而于飞行绝迹中，时见古意，可谓神勇。至迦陵则才力甚雄，古意全失。茗柯五章，与坡仙所感，不必相同，却有暗合处。余曾赋数阕，未知有合于昔贤否。如云："春事已如许，曲沼点轻荷。百年弹指间耳，日月去如梭。我有铜琶铁板，况对清风明月，不醉待如何。摇笔走风雨，拔剑斫蛟鼍。 浮生事，今古恨，尽消磨。人生哀乐何限，得意且高歌。一夜绿窗残梦，又被晓莺啼破，烟景等闲过。兰蕙莫轻折，路远慎风波。"极直率中，却有一片幽怨。又云："斜日半山紫，归雁落平沙。揭来音信无据，隔断赤城霞。记折梅花赠我，又是菊花时候，离梦绕天涯。肠断未能语，侧帽数飞鸦。　望江南，千里隔，暮云遮。挑灯深闭孤馆，薄雾掩红纱。永夜霜风凄警，起弄五更残月，清泪堕秋筇。不忍复开箧，芳草怨年华。"反复低回，总无一语说煞，故厚。又云："促柱鼓瑶瑟，慷慨复凄清。龙吟虎啸儿吼，风雨飒空庭。凉月梧梢正落，帘外秋星如斗，古壁一灯青。肝胆向谁是，中夜拭青萍。　灯欲烬，弦转急，晓钟鸣。虚廊黄叶乱舞，商气薄空城。叹息云和调绝，抛却金徽玉轸，旧恨渺难平。明发不能寐，挥手涕纵横。"三词尚不悖于古。人生不能无所感，故与《浪淘沙》一阕，连类书之。

《词话》卷六（刻本无）：诗词皆贵沉郁，而论诗则有沉而不郁，无害其为佳者。杜陵情到至处，每多痛激之辞，盖有万难已于言之隐，不禁明目张胆一呼，以舒其愤懑，所谓不郁而郁也。作词亦不外乎是。惟于不郁处，犹须以比体出之，终以狂呼叫嚣为耻，故较诗为更难。己卯九月，余作《买陂塘》一阕，呜咽缠绵，几不知是血是泪，盖天地商声也。词云："最愁人、深秋时节，雁声嘹唳西去。天寒红袖高楼倚，楼外满天风雨。

情莫诉，望百叠寒山，一线中原路。几回凝伫。枉目断西洲，魂飞南国，泪血洒江树。　　伤心事，鸦雀偏能傲汝，南来音信无据。殷勤分付西飞雁，一幅锦笺寄与。还嘱咐，也不望重逢，慰我飘零苦。华年已误。便瑶瑟亲调，玉筝低弄，哽咽不成语。"怨而怒矣，然亦有不能已于言之隐。

《词话》卷六（刻本无）：余作《卜算子》云："残梦逐杨花，行尽江南路。行尽江南路几程，还恋江南住。　　碧海杳茫茫，瑶岛知何处。不嫁东风却怨谁，空叹华年误。"时己卯九月十九日也。可与《买陂塘》一阕参看。

《词话》卷六（刻本无）：庚辰秋九月，中宵不寐，万感交集，赋《蝶恋花》一阕。天下后世，读我词者，皆当兴起无穷哀怨，且养无限忠厚也。词云："采采芙蓉秋已暮。一夜西风，吹折江头树。欲寄相思怜尺素，雁声凄断衡阳浦。　　赠我明珠还记否。试拨鹍弦，更欲从君诉。蝶雨梨云浑莫据，梦魂长绕南塘路。"余甥包荣翰（字树人）云："采采芙蓉，日暮途远之感；西风折树，言所如辄阻也；欲寄相思，情不能忘；雁声凄断，书无可达；明珠忆赠，旧事关心；鹍弦更诉，不忍薄待其人；雨云无据，明知诉必无功；梦魂长绕，意虽不达，情总不断也。可以观，可以怨，郁之至，厚之至，词至是，乃蔑以加矣。"

《词话》卷六（刻本无）：越五日，复作《满庭芳》词云："潮落枫江，云迷篁谷，雁声嘹唳秋空。华筵樽酒，曾记叙离惊。前度湘皋佩解，烟槛外、波碧兰红。高楼望，粘天衰草，无处问征鸿。　飘蓬。怜绿鬓，谁歌楚些，弄影云中。叹盘心非故，老尽芙蓉。永夜霜砧入破，钗梁卜、心事谁同。灯将烬，西窗梦醒，残月五更钟。"哀怨与上《蝶恋花》一阕同，而冲厚之意微减。

《词话》卷六（刻本无）：丙戌之秋，余曾赋《丑奴儿慢》一篇，极郁极厚，有感而发也。词云："嫩寒破晓，帘外落红成阵。镇几日、花昏柳暗，雨湿云封。婉娩年华，一时都付鸟声中。小窗梦冷，西楼月淡，影掠孤鸿。　记否年时，游丝系处，不碍帘栊。叹此日、飘残清泪，遗误花工。寂寞空山，更无人与说残红。野烟深锁，尽伊憔悴，莫怨东风。"

《词话》卷六（刻本无）：或问余词较蒿庵如何，余曰："譬挽六钧之弓，蒿庵已满十分，余则才至八九，后日甚长，尚不知究竟如何也。"

《词话》卷六（刻本卷五，有删略）：或问余所作艳词，以何为法？余曰：余固尝言之，根柢于《风》《骚》，涵泳于温、韦，以之作正声也可，以之作艳体亦无不可。盖绮语已属下乘，若不取法乎古，更于淫词亵语中求生活，则吾岂敢！余旧作艳词，大半付丙，然如《菩萨蛮》十二章，有云："箫鼓画船归，双双蝴蝶飞。"又："太息镜中缘，当时意惘然。"又："新愁旧恨年年有，重逢又是春归后。觍面悄无言，低头弄素纨。"又："心事素蛾知，月明三五时。"又："高梧夜鹊惊飞起，月明帘外天如水。灯背小红楼，残钟咽暮秋。"（此章系述梦境。）又："小立影珊珊，春风罗袖单。"又："一杯桑落酒，薄醉黄昏后。劝饮意殷勤，低回拢鬓云。"又："柳棉吹尽春寒恻，为谁含怨中庭立。"又："草草理残妆，春山眉黛长。"又："花枝娇欲并，杳杳青鸾信。竹外一枝斜，输他桃李花。"又："宛转绣花枝，当窗理乱丝。"又："杨柳夜乌飞，愁中音信稀。"又："梦云依约无凭据，孤根嫩叶禁风雨。掩袖泪痕多，松松挽髻螺。"又："千里雁书来，秋风落叶哀。"又："去去莫回头，烟波江上愁。"虽属艳词，似尚不背于古。

《词话》卷六（刻本卷五）：余曾作《倦寻芳》（纪梦）云："江上芙蓉凝别泪，桥边杨柳牵离绪。望南天，数层城十二，梦魂飞渡。"下云："正飒飒、梧梢送响，搀入疏砧，残梦无据。倚枕沉吟，禁得泪痕如注。欲寄书无千里雁，最伤心是三更雨。待重逢，却还愁、彩云飞去。"又《齐天乐》（为杨某题凭栏美人图）后半云："樊川旧愁顿触，叹梨云梦杳，锁香何处。翠袖天寒，青衫泪满，怕听楝花风雨。"又《忆江南》云："离亭晚，落尽刺桐花。江水不传心里事，空随闲恨到天涯。归梦逐尘沙。"皆可与《菩萨蛮》十二章参看，措语亦无纤佻浮薄之弊。

《词话》卷七（刻本卷五）：吾邑马眉生（尚珍），天资甚优，生有词癖，充其力量所至，可以卓然成家。己卯秋，会于金陵旅次，畅论词学源流，并赠以旧录唐宋词一本。不见马生久矣，谅于此中消息，必有所得。他日觌面，再当重与切磋也。◎眉生好为艳词，间作壮语。余友王竹庵（凤起）亦有此癖。余初为词，亦不免淫冶叫嚣之失。犹忆丙子报罢后，宴竹庵座中，赋《临江仙》云："落日江干分手处，无端重见云英。眉棱犹带远山青。多卿珍重意，苦语慰飘零。　　飒飒西风摧劲羽，萧郎憔悴而今。宾鸿嘹唳过前汀。红灯摇客梦，明月碎秋心。"又《金缕曲》（秋江送别，座有歌者，即癸酉春竹庵座中所见也。琵琶三弄，哀怨不胜，为赋此曲。）云："鹃血凝罗袖。拨檀槽、轻拢漫捻，双蛾浅逗。诉尽半生恩怨语，飒沓悲风来骤。正鸿雁、初飞时候。一曲琵琶弹未彻，已青衫、为汝重重透。再为我，一挥手。　　当年丝竹春江口。惜韶华、良辰莫负，暗抛红豆。今日云英还未嫁，我亦杜陵消瘦。又待折、渡头杨柳。眼底茫茫分南北，也无心、再进当筵酒。江月白，浪花吼。"又"九日登岳墩感怀"赋前调后半阕云："丝丝惨结秋阴候。抚危阑、生平细数，尽多僝僽。三十男儿仍落拓，何论中年以后。况又值、西风重九。（倒插此句见笔力。）破帽多情偏恋我，问何人、印佩黄金斗。中原望，悲风吼。"又前调云："箕踞狂呼聊复尔，拭青萍、夜夜光凝紫。便欲击，唾壶碎。"下云："黄花小圃饶秋意。扫苍苔、眠裀藉草，径须觅醉。得失鸡虫何足数，一笑浮云富贵。聊自学、田家生计。不信马周终落拓，倒金尊、且了东篱事。更不下，穷途泪。"（余戊子捷南闱，诗题《金罍浮菊催开宴》，此亦词谶也。）此类非无才思，皆不足语于大雅。

《词话》卷七（刻本卷五）：余曾作《罗敷艳歌》云："红桥一带伤心地，烟雨凄凄，燕子楼西，难道东风不肯归。　　青旗冷趁飞鸦起，沽酒人稀，旧恨依依，一树垂杨袅乱丝。"意境似尚深厚。又《青门引》云："断肠无奈送春归，落花时节，妆阁镇常掩。"下云："梦魂应苦关山远，只傍闲庭院。"皆极沈至语，视前《金缕曲》诸篇，浅深判然矣。而阅者多遗此录彼，曲高寡和，自昔已然。蔡以台文云："冀得数人誉以坚其信，尤虑不得数人毁以释其疑。"又云："不独得一知己也，顾而色动，即得一不知己也，亦闻而快心。"余读之，浮一大白。

《词话》卷八（刻本卷六，有删略）：余友王竹庵，工诗词，而未造深厚之境。余赋《秋怨诗》，有云："鸡鸣欲曙天未曙。此夜知君在何处。红灯如雾纱如烟，凉月沉沉梦中语。"竹庵叹为幽绝，以为不厌百回读也。癸酉年，与余唱和甚多，余时年二十一，竹庵长余九年。后闻其游楚、粤间，援例报捐县丞，以海运保举，补缺后以知县用，与新简大令某公不合，悒悒抑郁，年未四十下世，可哀也已。甲申秋，余过靖江，怀以诗云："云水空濛欲化烟，眼前风物似当年。黄芦苦竹秋萧瑟，肠断江楼暮雨天。"（竹庵著有《江楼暮雨诗钞》）越三日，过其墓下，是夜旅宿宜陵，复赋二律云："墓门郁郁满楸梧，独向秋原哭素车。芜馆空萦孤客梦，秣陵谁报故人书。张堪妻子嗟流落，陶令田园半有无。生死论交吾负汝，不堪回首子云居。""《蒿里》凄凉曲未终，数声哀雁月明中。但将清泪酬知己，苦恨浮云蔽太空。宝剑未遑求烈士，文章从古哭西风。江楼暮雨秋萧瑟，呜咽寒潮日向东。"又有《怨歌》一篇，亦为竹庵作也。诗云："桃李城南开欲遍，春光已老闲庭院。美人二八泣春风，独抱芳心君不见。机中织锦云为裳，头上金钗双凤凰。画阁熏香袅沉水，关山明月照流黄。自怜碧玉良家女，却笑东邻献歌舞。寂寂朱扉昼不开，杨花满地春无主。银瓶汲井寒照影，素手抽针怜夜永。二月东风倚暮花，江楼处处吹箫冷。"词则倡和者不下十余首，大半率意之作，都无存稿。仅记《摸鱼子》一阕（甲戌春暮，竹庵将有远行，赋此留之）云："又匆匆、几声杜宇，今年花事如许。万千红紫都休了，那又送君南浦。王十五（竹庵行十五），试问汝、天涯芳草归何处。功名浪语。算四海为家，萍踪絮影，冷梦狎鸥鹭。 思归赋，我亦飘零羁旅，（时余家在黄岩，余则往来吴越。）浮名惯把人误。朝吴暮越成何事，冷落高阳旧侣。君莫去，君不见、乱山相向愁无数。留君少住。愿剪烛西窗，一杯相属，同听夜深雨。"竹庵得词，忧喜交集。此余十七年前作，现词境变而益上矣。使竹庵见之，又不知喜慰如何也。

《词话》卷九（刻本卷七）："镇日双蛾愁不展。隔断中庭，羞与郎相见。十二阑干闲倚遍，凤钗压鬓寒犹颤。 昨日江楼帘乍卷。零乱春愁，柳絮飘千点。上巳湔裙人已远，断魂莫唱蘋花怨。"此余《蝶恋花》词也。怨而不怒，尚有可观。越二日，又赋一阕云："谁道蓬山天外远。晓起开帘，重见芙蓉面。弹髻笼云眉翠敛，低头不觉朱颜变。　　避入花阴藏不见。细拾残红，不语思量遍。小院新晴寒尚浅，秋风先已捐团扇。"决绝如此，未免怨而怒矣，然自是幽郁。

《词话》卷九（刻本卷七）：乙酉乡试，泄泻委顿，草草完卷。归舟望月，秋气沉寥，曾赋《临江仙》云："八月西风吹客袂，初程少驻征鞍。雁声嘹唳碧云端。高城天共远，回首泪阑干。　　短荻长芦秋瑟瑟，水边红蓼花残。冰轮寂寞夜江寒。回潮如有恨，呜咽绕前滩。"意不深而情胜。明日阻雨，又赋《洞仙歌》一阕。上半阕云："荒江晚泊，舣兼葭深处。回首高城堕烟雾。正酒怀落寞，旅途凄迷，愁欲绝、况是短篷疏雨。"亦即上章之意，词境皆浅，聊寄吾怀而已。

《词话》卷九（刻本卷七）：词有信笔写去，若不关人力者，而自饶深厚，此境最不易到。余曾赋《鹧鸪天》一阕云："一夜西风古渡头，红莲落尽使人愁。无心再续西洲曲，有恨还登舴艋舟。　　残月堕，晓烟浮，一声欸乃入中流。豪怀不肯同零落，却向沧波弄素秋。"书以俟识者。

《词话》卷十（刻本无）：余曾作《菩萨蛮》云："青山

断续江如带，孤帆直刺青山外。疏柳短长亭，离人梦未醒。　　断云横别浦，芳草和烟雨。燕子画楼西，春归人不归。"起二语嫌着力，余皆悲郁而和厚，有风人遗意。

《词话》卷十（刻本无）："寂寞空城鼓角鸣，敌楼西望旅魂惊。天山月落单于垒，辽海风凄汉将营。万里金闺空有梦，十年荒戍未休兵。轮台夜指妖星堕，伫俟秋高返旆旌。""欃枪焰焰扫天河，大漠云昏拥鹳鹅。不信前军皆弃甲，犹能落日一挥戈。钺旄未假甘延寿，薏苡终怜马伏波。争怪扁舟归隐去，五湖烟水老渔蓑。""兀坐空堂日已曛，摩挲风雨拭龙文。新亭独下千秋泪，瀚海虚传百战勋。边马夜嘶胡地月，捷书晓望陇山云。城头籓篥声凄咽，鬼哭天阴不忍闻。""十上封章愿未休，书生何必不封侯。陈陶岂谓悲房琯，酒市凭谁识马周。弹铗年年成画饼，书空咄咄亦庸流。孤南星彩中天耀，指日关河雪涕收。"此余丙戌年杂感中四律也。声调极悲壮，而不免过激，发之于诗尚可，发之于词则伉矣。故知感时伤事，非如碧山咏物诸篇不可。